RÈGLEMENT DE COMPTES

Davide Longo, né en 1971, est l'une des figures montantes de la littérature italienne. Multiprimé et encensé par la presse, il réalise également des documentaires, écrit des pièces radiophoniques et de théâtre, des livres pour enfants, et donne des cours d'écriture à la Scuola Holden à Turin. Il a publié, entre autres, *L'Homme vertical* (Stock, 2013). Après *L'Affaire Bramard* (Prix Le Point du polar européen, 2024), *Les Jeunes Fauves*, et *Une colère simple, Règlement de comptes* est le quatrième tome de sa série de romans noirs piémontais.

Marianne Faurobert est née en 1963 à Paris. Elle a étudié la littérature italienne du Moyen Âge, et travaillé, entre autres, dans l'édition et pour la télévision, avant de devenir traductrice de l'italien.

lemasque.com

Davide Longo

RÈGLEMENT DE COMPTES

Traduit de l'italien par Marianne Faurobert

Éditions du Masque
17, rue Jacob, 75006 Paris

Titre original :
La vita paga il sabato
Publié par Einaudi

Couverture et Conception Graphique : Jany Bassey

ISBN : 978-2-7024-5269-1

« L'étrange est la forme que prend le beau
quand le beau est sans espérance. »

Antoine Volodine, *Des anges mineurs.*

1.

La tête sur l'oreiller, le corps recroquevillé dans une posture de sépulture primitive, Arcadipane fixe son téléphone qui, pour la troisième fois en cinq minutes, illumine la base de la lampe, l'étui de son arme, quatre sucaï, ses clés et le cercle sombre imprimé sur la table de chevet par une tasse ou un verre brûlant.

Il lui suffirait de tendre la main pour l'éteindre ou pour répondre, mais il sait qui l'appelle à cette heure-ci et pourquoi. Aussi fait-il la seule chose possible pour un homme de son âge, avec son métier et en position horizontale : il prend son temps. Trente ans de police lui ont appris que, la nuit, les secondes sont pareilles aux pièces de monnaie anciennes, le chiffre inscrit dessus ne dit rien de leur valeur réelle.

La faible fluorescence du téléphone expire, laissant l'obscurité et le silence intacts. Le quartier où il dort est un quartier convenable, pas de pots d'échappement percés, d'individus qui hurlent en sortant d'établissements louches, de toxicos, d'ivrognes ou de maquereaux. Seulement quelques travestis de la vieille école : horaires de travail de 23 à 2 heures, semaine courte, à l'allemande, places assignées par arrêté royal, propriétaires de leur entresol. Des professionnelles qui exercent depuis que la barbe leur a poussé et qu'elles l'ont épilée aussi sec, qui savent tenir en respect les maniaques, les petits malins et les crapules en quête de fric. Du reste, une paire de ciseaux, une clé anglaise et une bombe au poivre coûtent moins cher qu'un protecteur et interviennent plus vite en cas de besoin.

Le téléphone remet ça.

Arcadipane s'accorde cinq, quatre, trois, deux secondes, puis il le saisit, sort du lit et se dirige à pas lents vers la salle de bains. Car il sait aussi qu'à l'autre bout du fil on laissera sonner tout le temps qu'il faudra. Sa dernière pensée d'homme en civil c'est qu'il en sait, des choses, pour un couillon obligé de se lever à 5 h 26. Puis il entre dans la salle de bains, referme la porte et prend son service.

— Dis-moi tout.

— C'est Pedrelli, commissaire.

— J'espérais Edwige Fenech, dit-il en s'asseyant sur l'abattant du siège des toilettes. Mais cette garce me bat froid. Alors ?

— Vous avez raison, commissaire, Fenech est toujours…

— Au fait, Pedrelli ! Il est 5 h 30.

— Oui, commissaire. Il y a eu un mort.

— Sans blague ?

— Ça ne devrait pas nous concerner, mais le directeur général a appelé pour demander expressément que vous soyez chargé de l'enquête. Il recommande de ne rien dire au téléphone. Si vous voulez bien descendre, je suis en bas de chez vous avec la voiture de service.

Arcadipane tend la main vers les vêtements qu'il laisse accrochés à la poignée de la fenêtre pour des éventualités comme celle-ci. Il fouille la poche de sa veste en peau retournée que lui ont offerte ses ex-beaux-parents jusqu'à ce qu'il sente sous ses doigts les angles arrondis du petit parallélépipède qu'il cherchait. Il en apprécie la consistance gommeuse et rugueuse, la nature aérienne de quelques peluches de fond de poche qu'il n'ôtera pas, puis il chope le sucaï et le met dans sa bouche.

— Une affaire hors de la région, dit-il en mastiquant.

— Hors de la région.

— Pas de notre ressort, mais le directeur général…

— A appelé en personne il y a une heure en exigeant qu'on se rende sur place sans tarder.

— Botta et Lavezzi…

— Ils sont déjà partis, commissaire.

— Avec l'Alfa.

— Avec l'Alfa, répète Pedrelli qui baisse d'un ton, en devinant la trajectoire du propos.

— Et toi, tu es en bas de chez moi.

— Depuis une vingtaine de minutes, mais vous ne répondi…

— Avec ?

Pedrelli se tait.

— Deux Alfa neuves, Pedrelli ! Après deux ans de suppliques, ils nous ont donné deux Alfa neuves et toi, tu t'obstines à prendre cette putain de Peugeot. Non, mais avoue, dis-le que tu me veux du mal ! On n'a qu'à leur flanquer direct quelques coups de marteau, si ça peut te rassurer, ou alors on les prête aux bourrins de la section mobile[1], histoire de te faire passer ta phobie de la rayure !

— Ce n'est pas ça, commissaire, mais moi, toute cette technologie…

En écoutant les piteuses justifications de son adjoint, Arcadipane scrute le visage que le miroir au-dessus du lavabo lui renvoie : la bande clairsemée de cheveux autour du crâne chauve, la barbe de deux jours qui s'étend déjà, les yeux enfoncés, le front paléolithique, la peau sombre à la lueur des réverbères qui filtre de la fenêtre. Des traits que Lombroso…

— Commissaire ?

— Quoi ?

— Vous avez entendu ?

Arcadipane se lève et relève l'abattant, puis il se rappelle où il est et il se rassied.

— J'ai entendu, j'ai entendu. Emmène ta chiotte de Peugeot place Duca degli Abruzzi, allez !

— Mais en fait, je…

— Tu es en bas de chez moi, je sais – Arcadipane s'essuie avec du papier, une conquête récente favorisée par la position assise –, mais je te demande de venir place Duca degli Abruzzi

1. *Reparti Mobili della Polizia di Stato*, RMPS, équivalents des CRS. Aussi appelés *Reparto celere* ou *Celere* : « rapide ».

– il coince son téléphone entre son oreille et son épaule et commence à s'habiller. Pas la peine de relier les points entre eux maintenant, OK ? – Il enfile son pantalon. Penses-y en route – il boutonne sa chemise – et magne-toi, parce que je suis déjà lavé, peigné et habillé !

— Entendu, commissaire, mettez quelque chose de chaud, j'ai pris deux paires de surchaussures au commissariat.

Arcadipane, qui remontait sa braguette, suspend son geste.

— Des surchaussures ? Mais on part où, Pedrelli ? Au XIXe siècle ?

— À la montagne, commissaire… mais je ne vous ai rien dit.

— Tu crains quoi ? Que la CIA nous espionne ?

— C'est une chanson.

— Hein ?

— La CIA nous espionne, c'est une chanson d'Eugenio Finardi[1].

— Mais je m'en fous, moi, de ton Eugenio Fidenco[2], grouille ! Et laisse le moteur tourner, inutile de jouer les rapiats pour faire économiser quatre sous à l'État.

Arcadipane raccroche, ouvre le robinet, se lave les mains et se passe de l'eau sur le visage, qu'il trouve brûlant et biscornu, comme un tubercule poussé dans un terrain caillouteux. Ses chaussettes et ses chaussures sont restées au pied du lit.

Il sort de la salle de bains et les rejoint avec circonspection, s'assied au bord du lit et se met au travail. Derrière lui, ça bouge sous les couvertures.

— Tu es réveillée ?

— Mm, mm.

Il enfile ses mocassins et vient ramasser ses affaires sur la table de chevet. Au-dessus de sa tête pendent les cordes qui parcourent le plafond de l'appartement, comme les fils d'un tramway.

— J'ai reçu un appel – il répartit les quatre sucaï dans ses deux poches. Il faut que j'y aille.

1. *La Cia ci spia sotto gli occhi della polizia*, 1976.
2. Nico Fidenco, auteur-compositeur-interprète (1933-2022).

— Mm, mm.

— Tu peux garder Trepet jusqu'à cet après-midi ?

— Mm, mm.

Il va jusqu'au fauteuil à côté duquel le chien dort et se penche sur sa silhouette amorphe.

— Et toi, tu ne fais pas de bêtises, hein ? chuchote-t-il assez fort pour qu'elle l'entende.

Trepet émet un grognement nocturne excédé, puis s'élève le *flap flap* de sa langue sur ses testicules.

— OK, dit Arcadipane en se redressant. Je t'appelle quand je rentre pour le récupérer. Rendors-toi.

— Mm, mm.

Sa veste sur le dos, il sort sur le palier et ferme la porte derrière lui. Dans sa poche, un trousseau de clés, qui ne sont pas celles qui ouvrent cette serrure, ni celles de cet autre appartement où, de temps à autre, par distraction, il manque de retourner. C'est comme ça, se dit-il en descendant l'escalier.

Dehors l'attend la Turin froide et déserte qui précède l'aube. Il la hume et reconnaît cette odeur qui l'a élevé sans pour autant l'avoir mis au monde. Une odeur sauvage et sans façons de boue, de pierre, de plomb et de sous-bois. D'un quartier à l'autre, ça varie en intensité : plus de fer à Borgo Dora, du plomb à Mirafiori, la pierre au centre, la boue au bord du Pô et le sous-bois à partir des Capucins, mais la peau de Turin est un mélange de ces cinq notes. Il le sait parce que cette odeur est sa première tétée, une chose dont on ne se souvient pas et que, pourtant, on n'oublie jamais.

À la vue du feu qui signale la place, Arcadipane allonge le pas. Il aurait pu donner l'adresse à Pedrelli, du reste, si tu veux garder un secret, l'emporter dans ta tombe ou le confier à un Piémontais, c'est à peu près pareil, mais la question n'est pas là. La question, c'est que…

Un chien blanc déboule à l'angle du pâté de maisons, le sauvant d'une réflexion qu'il n'aurait pas su porter à son terme. C'est un pitbull, ou quelque chose de ce genre, compact, trente kilos, qui caracole sur le trottoir dans sa direction.

« Mais putain... », a-t-il le temps de penser, quand une femme surgit à son tour.

— Slash ! Slash ! hurle-t-elle en poursuivant le chien.

Ce dernier, qui était à l'arrêt et flairait un réverbère, se retourne pour la regarder puis se remet à trottiner, avec l'allure euphorique des jeunes qui ne savent pas où ils vont mais qui y vont contents.

— Arrêtez-le ! crie la femme. Arrêtez-le !

Arcadipane plie les genoux et tend la main. Le chien parcourt les derniers mètres en louvoyant, hésitant entre accepter la caresse ou passer outre. Il a un beau pelage blanc avec des taches café au lait, mais pas de collier. Quand il passe à sa portée, Arcadipane lui pose la main sur la tête. Le chien lui tourne autour, excité, il le flaire et le pousse, joueur.

La femme les a rejoints.

— Tenez-le, s'il vous plaît ! Elle halète, appuyée contre la porte cochère.

Arcadipane observe son visage couleur Vuitton, sa robe de chambre, le médaillon ésotérique à son cou, la choucroute sous laquelle on entrevoit son crâne pâle. Elle semble s'être évadée d'un concours de beauté des années 1960 en passant par une décharge qu'elle a mis un demi-siècle à traverser.

— Vous n'avez pas de laisse ?

— Eh non, je n'en ai pas ! répond-elle en se tâtant le front. J'ai cru mourir de peur quand il s'est enfui, je le voyais déjà sous une voiture et moi, obligée de téléphoner à mon fils – elle porte la main à sa poitrine. Il me l'a laissé pour quelques jours, mais... Miséricorde, ce chien – puis à son ventre. Ne le lâchez pas, je vous en supplie, je ne le rattraperais plus.

Arcadipane empoigne le chien qui cherche aussitôt à l'embrasser sans se rebeller.

— Alors prenez-le, je dois y aller.

La femme avance d'un pas et le chien tente de se dégager, Arcadipane le bloque en resserrant sa prise.

— Vous voyez ! piaule la femme, qui en pleurerait si son corps abritait encore des liquides. Il n'en fait qu'à sa tête et il a une de ces forces ! Il faut que vous m'aidiez !

Arcadipane regarde vers la place où il croit apercevoir la Peugeot amarante de Pedrelli.

— Vous habitez où ?

— Au coin, rue Colombo, regardez, je n'ai même pas eu le temps de mettre...

Arcadipane n'a aucune envie de voir ce que la femme n'a pas eu le temps de mettre. Mais il sait que miss parchemin occulte n'a aucune chance de s'en sortir toute seule, que le directeur général n'appelle jamais en personne et qu'une somme d'erreurs mène parfois à ce qu'une chose stupide soit la seule qui reste à faire. Alors, il la fait.

Dès qu'il sent le sol se dérober sous ses pattes, le chien se laisse aller contre le torse d'Arcadipane, lequel, d'un geste décidé, se le flanque sur les épaules.

— Alors ? lance-t-il à la femme qui le fixe des yeux, bouche bée.

— Venez, venez, réagit-elle enfin.

Le chauffeur d'un bus qui passe à ce moment-là sur l'avenue tourne la tête et observe la femme en robe de chambre suivie d'un homme portant un chien, mais la procession ne figure sans doute pas parmi les dix choses les plus étranges qu'il a eu l'occasion de voir, car il se remet à fixer la route, sans même ralentir.

Le coin de la rue est à une vingtaine de mètres. Arcadipane sent le poids de l'animal adhérer, paisible, à ses épaules, son ventre rose et chaud contre sa nuque, le battement enfantin de son cœur encore chiot dans son oreille droite. Il se revoit vingt ans auparavant, allongé sur une plage de Calabre, dans la somnolence marine d'une fin d'après-midi, une main derrière la tête et l'autre posée sur le dos de Loredana qui, à quatre mois, dort sur le ventre ; puis, quelques années plus tard, de retour d'un match perdu, consolant un Giovanni de six ans qui pleure, sur la banquette arrière d'une voiture qui n'est pas la leur, jusqu'à ce qu'il s'endorme la tête sur ses cuisses et que ses larmes mouillent son pantalon, la paume de sa main sur sa petite caboche tiède de colère et de sommeil.

Arcadipane, qui a plissé les yeux sur ses souvenirs, sent quelque chose de chaud glisser le long de son dos. Un filet, indéniablement liquide.

— Mais bordel…, lâche-t-il sans s'arrêter, tandis que le chien, reconnaissant, cale mieux son crâne sur son épaule.

La femme, qui jusqu'à présent marchait en fixant le trottoir d'un air contrit, se retourne.

— Ça lui arrive, elle hoche la tête, ça lui arrive.

Après quoi elle tourne au coin et avance jusqu'à un portillon qu'elle pousse pour lui faire comprendre que la mission s'achève à l'étage.

Arcadipane sort par ce même portillon dix minutes plus tard, le temps qu'il a passé dans l'appartement de la femme à refuser les dix euros qu'elle voulait à tout prix lui refiler en récompense et, avec plus de fermeté encore, le maillot de corps et la chemise de son défunt mari qu'elle insistait pour lui donner, après la « toilette de chat » qu'il pouvait aller faire dans la salle de bains.

Pedrelli l'attend à l'endroit convenu, dans sa Peugeot amarante, moteur éteint.

— Bonjour, commissaire. Je viens d'arrêter le moteur, puisque vous tardiez…

— Démarre, lance Arcadipane en attachant sa ceinture.

Pedrelli s'assure qu'aucune voiture n'arrive et s'engage dans l'avenue. Il porte un coupe-vent monochrome sur son sempiternel costume gris souris, une chemise bleu clair et une cravate rouge grenade. Les cheveux toujours courts, toujours bien peignés, toujours partagés par une raie parfaite sur sa tête d'allumette.

— Tu peux me dire où on va, maintenant, ou non ?

— À Clot, commissaire, acquiesce Pedrelli, dont les yeux explorent la route avec prudence.

— Et c'est où, ça ?

— Dans la vallée d'Alve.

— Qui se trouve… ?

— Province de Coni, commissaire, une heure et demie de voyage, d'après l'ordinateur.

— Avec l'Alfa, Botta et Lavezzi mettront une heure et demie. Nous, on arrivera pour le déjeuner si tout va bien. On peut au moins allumer le chauffage ou c'est une de tes pratiques de yoga contre le vieillissement ?

— Toujours à plaisanter, commissaire !

— À 6 heures du mat, ça me vient spontanément.

Pedrelli tourne le bouton rouge jusqu'au cinq – le maximum serait six, mais *esageroma nen*[1], puis sa main droite rejoint la gauche sur le volant, à 9 h 15, très précisément.

— Qu'est-ce qu'on sait du mort ?

— Rien. Le directeur général a dit qu'on nous informerait sur place.

Arcadipane approche ses pieds des buses d'où la chaleur commence à sortir, sous le tableau de bord.

— Carrément.

— Je pense que c'est à cause de la femme disparue.

— Quoi ? On a aussi une femme disparue ?

— L'épouse du mort. Mais ils nous informeront également à ce sujet…

— … sur place.

Pedrelli tourne le museau vers le pare-brise et hume l'air.

— Ça vous ennuie si je baisse le chauffage ? Un chat a dû faire pipi sur le capot. Ils sentent la chaleur du moteur, mais ensuite, pour faire partir l'odeur…

— Éteins, éteins, dit Arcadipane en tournant la tête pour se renifler l'épaule. Je récupère un peu de sommeil.

— Bien sûr, commissaire, je vous réveille avant qu'on arrive.

— Parfait, réveille-moi sur place, quand ils nous informeront, confirme Arcadipane en laissant glisser nonchalamment sa main droite sur la manivelle de la fenêtre. Juste un poil.

---

1. « N'exagérons pas » en piémontais.

2.

Réveillé sur la rocade de Coni par un dépassement hasardeux aux dépens d'un triporteur, pendant les trois derniers quarts d'heure, Arcadipane a, dans l'ordre, relevé la vitre de la portière, envoyé un message à Mariangela pour reporter la remise mensuelle de sa pension alimentaire prévue ce matin-là, un second à Loredana – « Comment s'est passé ton examen ? + émoticône ravie », réponse : « C'est après-demain + émoticône furieuse » –, mangé quatre sucaï et songé avec une nostalgie de mercenaire suisse à la tiédeur de ce lit et à ce corps chaud dont il ignore encore si…

— Nous y sommes presque, commente Pedrelli pour la troisième fois, en continuant à hisser la Peugeot dans les virages au moyen de passages de vitesse rageurs.

Seule trace de civilisation, une conduite hydraulique sous laquelle ils passent de loin en loin, en baissant la tête par réflexe. Pour le reste, tout ce qu'ils voient depuis qu'ils ont traversé le dernier village normalement pourvu d'une mairie, d'une place, d'un monument aux morts et d'un café ou deux, c'est de l'herbe jaunie, des pins et de la roche.

— Le voici ! lance Pedrelli en montrant le panneau.

Après quelques virages, ils arrivent à l'entrée de Clot : un agglomérat de maisons plus croulantes qu'anciennes, une placette, un hôtel et un édifice qui pourrait être une école, ou un abattoir.

Entre eux et toute cette cocagne, un type en gilet jaune qui fait des signaux avec un de ces fanions pour courses cyclistes.

Arcadipane s'extrait du siège qui l'a englouti et abaisse sa vitre.

— Vous êtes de la police ? fait le type qui a la tête de Chuck Norris et le corps d'un ascète.

— Nous sommes de la police, où faut-il qu'on aille ?

L'homme se penche pour regarder le conducteur.

— Montez vers Chiossi – il pointe le doigt dans la direction. Là-bas, vous trouverez la piste qui mène à Gias Vej. Vous la reconnaîtrez parce que les gardes forestiers y sont, avec des barrières.

Arcadipane lorgne l'entonnoir au-dessus de la vallée où, à sa façon perverse, le ciel bleu invite à monter.

— À combien d'ici ?

— Avec celle-ci ? fait l'homme, en s'accoudant au toit de la voiture.

Arcadipane le fixe. L'homme ôte son coude.

— Une vingtaine de minutes, reprend-il, si vous ne pétez pas le carter au premier nid-de-poule, ajoute-t-il une fois à distance de sécurité.

Pedrelli traverse la placette jusqu'à l'une des deux petites routes qui brisent la continuité des bâtisses. Des maisons en pierre et crépi lépreux, quelques balcons en fer, un peu de bois apparent, mais sans esbroufe. À l'instar de l'école, ou allez savoir ce que c'est, l'hôtel date des années 1960 et trahit l'engouement délirant de l'architecte pour la brique de verre. Sur la façade, des lettres annoncent *Sosta del pellegrino*[1], mais il n'y a pas d'église sur la place ni de clocher en vue dans le bourg.

— C'est un endroit vraiment isolé, fait remarquer Pedrelli comme s'ils étaient un couple en quête d'une résidence secondaire.

Au bout de quelques minutes, la petite route qu'ils ont empruntée se révèle être une voie militaire. On le comprend à

1. « Halte du pèlerin ».

la patience avec laquelle elle épouse le flanc de la montagne – un mélange d'ingénierie fine, de mégalomanie et de main-d'œuvre à coût nul. La lumière, livide malgré l'heure matinale de cette fin d'octobre, se pose sur toute chose de manière déjà hivernale.

Le 4 x 4 est garé à côté de deux barrières. Deux gardes forestiers en descendent. Le plus jeune, dans les trente-cinq ans, a des yeux à fréquenter des discothèques perdues au milieu des champs de maïs ; quant à l'autre, de dix ans plus vieux, on dirait qu'il vient tout juste de se démaquiller. Tous deux ont sans doute été minces, jadis.

— Commissaire Vincenzo Arcadipane – il leur montre sa carte –, et lui, c'est mon adjoint.

Le noctambule approche le nez du porte-cartes et opine du chef, mais au lieu de déplacer les barrières, il enfonce les mains dans ses poches.

— Sacré pastis là-haut, hein ?

Arcadipane le dévisage, puis se tourne vers son collègue.

— Qu'est-ce que vous en savez, vous ?

— Moins que zéro, fait l'autre, que son démaquillage ne semble pas avoir détendu. On se gèle le cul ici depuis quatre heures et on ne nous dit rien de rien !

D'après leur accent, ils sont tous les deux du cru, mais le plus vieux est du genre à demander au bistrot du coin qu'on lui garde les vieux journaux pour allumer son poêle, tandis que le jeune doit se contenter de jeter de temps en temps un coup d'œil aux faits divers et à la rubrique sportive, histoire de garder le rythme et de savoir vaguement comment se comporter…

— Ce qui est sûr, poursuit-il, c'est que vous faites venir une fameuse cavalerie ! Vu qu'à part vous, qui y êtes autorisés, personne ne monte, on pourrait peut-être…

— Déplacer les barrières et faire ce qu'on vous a dit ?

Le garde forestier se gratte la tête sous sa casquette, sans doute pour s'occuper la main par un geste anodin.

L'autre, qui est la preuve vivante qu'un caractère de merde ne s'améliore pas avec quelques points de suture, se dirige déjà vers les barrières. Arcadipane a sorti son portable de sa poche.

— Pas de réseau par ici ?

— Non, du village jusqu'en haut, on ne capte rien, réplique le jeune en prenant le ton dangereux de quand il est 2 heures en discothèque, que l'alcoolémie des hommes est élevée et le parc féminin, limité à quelques spécimens.

— Les carabiniers sont là-haut ? demande Arcadipane, certain à présent d'avoir toute son attention.

— Oui, ils étaient les premiers à arriver.

— S'ils sont du coin, j'imagine qu'ils ont des satellitaires ?

— Ils en ont, et nous aussi.

— Veinards ! ironise Arcadipane, qui commence à bien l'aimer, ce petit jeune. Il y aura du boulot toute la journée, faites-vous relayer ou apporter du café chaud.

— Merci, dit le gars, on n'a besoin de rien.

Arcadipane acquiesce, remonte sa vitre et fait signe à Pedrelli de démarrer. La Peugeot passe entre les deux barrières écartées, pile au moment où le plus vieux des deux gardes regarde de l'autre côté, comme par hasard.

— Ne dis rien, lâche Arcadipane.

Pedrelli obéit, et se concentre sur les nids-de-poule à éviter.

— J'y travaille.

— Ne vous découragez pas, commissaire, il faut du temps et de la patience pour changer de posture émotive. Pour convertir sa colère et autoriser notre enfant intérieur à…

— Je viens de te dire que j'y travaillais, Pedrelli. Conduis !

— Oui, commissaire.

Clot disparaît puis réapparaît en dessous d'eux : ses maisons illuminées par le soleil d'un côté et ombragées de l'autre par le barrage qui s'élève un ou deux kilomètres en amont, telle la main d'un père pris de boisson. À présent, ils aperçoivent l'église, tout à l'heure invisible, à l'écart et reliée au village par la trace d'un sentier.

— Voilà Lavezzi ! s'exclame Pedrelli en dirigeant la voiture vers la pente où l'homme les attend.

Lavezzi, pantalon de velours ajusté, lourde veste en cuir et grosses chaussures Timberland, leur fait signe d'aller se garer dans le pré en pente légère, à côté du Forester des carabiniers, de l'Alfa qu'ils auraient pu utiliser et d'une poignée d'autres véhicules, parmi lesquels un fourgon. Il affiche la même expression neutre qu'à son arrivée le matin au commissariat ou quand il en ressort après dix heures de service. Pommettes anguleuses, nez vaguement féminin et menton de boxeur.

Arcadipane l'a dans son équipe depuis une quinzaine d'années et pourtant, tout ce qu'il sait de lui, c'est qu'il habite un studio au-dessus de la boulangerie de ses parents, que sur le plan sentimental, il préfère les amours brèves payées comptant plutôt qu'avec prêt à taux variable, et qu'autrefois il collectionnait des figurines de Schtroumpfs, qu'il a depuis vendues pour trois mille deux cents euros à un employé de banque d'Ivrée. Un dix sur dix quand il s'agit de ne pas lâcher quelqu'un, mais un six et demi pour les interrogatoires et un cinq et demi si, parmi les témoins ou les suspects, figurent des femmes entre seize et cinquante-cinq ans.

— Bonjour commissaire, lui dit Lavezzi. Vous avez vu ce cirque ?

Arcadipane regarde la Jaguar plantée au milieu du pré, portière du conducteur et coffre ouverts. Tout autour, trois carrés concentriques de passerelles ont été montés, à une vingtaine de centimètres du sol et à un mètre de distance les uns des autres. Les rubans blanc et rouge délimitent un périmètre plus vaste – avant l'aube, il devait être éclairé par les deux grands projecteurs branchés au groupe électrogène dans le fourgon. Sur toute la zone circule une dizaine de personnes, entre les membres de son équipe, ceux de la questure de Coni et de la police scientifique. Arcadipane reconnaît avec soulagement les fesses molles d'Amedeo Sarace, à demi plongé dans le véhicule à inspecter.

— Qui est l'heureux élu ? demande-t-il.

— Terenzio Fuci, lit Lavezzi, quatre-vingt-sept ans, résidant rue del Babuino à Rome, propriétaire de la maison de production cinématographique Veronica Film.

— Connais pas, lâche Arcadipane en commençant à descendre vers la voiture qui, tel un aimant, a attiré tout ce bazar, lui compris, dans les parages. C'était quoi, une espèce de star du cinéma ?

— Pas vraiment, répond Lavezzi, c'était le frère d'Amilcare Fuci.

— Qui ? L'homme politique ?

Lavezzi feuillette son calepin.

— Deux fois ministre entre 1964 et 1973, et éminence grise de la Démocratie chrétienne jusqu'à sa mort en 1988.

— OK. Maintenant on sait au moins pourquoi le directeur général a décroché son téléphone à 4 heures du mat'. Autre chose ?

— Le brigadier-chef Labarbuta, reprend Lavezzi en désignant un carabinier qui les observe à une vingtaine de mètres de là, est arrivé le premier, suite à un appel anonyme parvenu à la caserne d'Alve à 23 h 46 signalant un mort à cet endroit qui s'appelle… – il feuillette son calepin – Gias Vej, mais je ne sais pas si ça se prononce comme ça.

— On va dire que oui. Et après ?

— Les deux carabiniers sont arrivés vers 1 heure, ils ont découvert le véhicule immobile là où vous pouvez le voir et…

— Quel modèle c'est ? demande Arcadipane en se penchant pour passer sous le ruban. Qu'est-ce qu'il y a, Pedrelli ? Tu vas y arriver ou il va falloir qu'on te porte ?

— Une Jaguar XJ40 de 1989, 3 600 de cylindrée. En plus, c'est une édition limitée, sièges en cuir beige, instrumentation exclusivement en anglais, une de ces voitures qui ne perdent jamais de valeur.

— Les carabiniers l'ont trouvée avec la portière et le coffre ouverts ?

— Non, tout était fermé, phares et moteur éteints, seul le plafonnier était allumé. Vu le signalement, le type de véhicule et le lieu insolite, le brigadier-chef et son subordonné se sont approchés et ont remarqué les mains de l'homme attachées au volant, ils ont donc ouvert la portière et constaté le décès. Son portefeuille était dans la poche intérieure de son manteau, sur la banquette arrière. À l'intérieur, six cent trente euros en liquide, cinq cartes bancaires et ses papiers d'identité. Botta essaie de débloquer l'iPhone qu'on a trouvé dans son autre poche. Par contre, aucune trace de sa femme ni de ses effets personnels.

En file indienne, ils empruntent l'une des passerelles ; bizarrement ralenti, Pedrelli ferme la marche. Dans la voiture, distante d'une dizaine de mètres, Arcadipane aperçoit la victime assise à la place du chauffeur. Sarace est en train de lui soulever la tête pour examiner son cou. Sachant que le légiste ne veut personne dans ses pattes dans ces moments-là, il s'arrête.

— On est sûrs que sa femme était avec lui ?

— Pas sûrs et certains mais... – Lavezzi feuillette ses notes – ils sont arrivés hier vers 17 heures à Clot, où ils avaient réservé une chambre. Ils ont dîné au restaurant de l'hôtel après quoi, vers 21 h 30, l'hôtelier les a vus sortir, monter dans leur voiture, quitter la place et prendre la route qui monte dans cette direction. Sa femme était assise sur le siège passager avant.

— À propos, commissaire..., commence Pedrelli, quand Sarace sort la tête de l'habitacle, les voit et leur fait signe d'approcher.

— Plus tard, Pedrelli, dit Arcadipane en s'avançant. Mais quoi ? La voiture t'a donné mal au cœur ? Tu es blanc comme un linge.

Arrivé près de la Jaguar, il attend que Sarace ôte ses gants en latex.

— Salut Amedeo, ça va ?

Ils se serrent la main.

— Comme ça peut aller à cent cinquante bornes de chez moi. Il y a des gens qui exercent ma profession plus près d'ici, tu le sais ?

— C'est l'avantage de s'être fait un nom.

— C'est ça ! Comment va Mariangela ?

— Très bien, depuis qu'elle m'a viré.

— Ça faisait partie des conseils que je me suis permis de lui donner, en tant que médecin. Elle s'est trouvé un fiancé ?

— Un peu plus que ça.

— C'est la meilleure chose à faire, dans ces cas-là, je suis donc sûr que toi, tu n'y as pas pensé. Ce n'est pas plus mal, on a toujours du temps pour affronter la dure réalité de la déchéance. Tu la salueras de ma part et tu lui diras que si ça n'avait pas été contraire à la déontologie, je me serais proposé moi-même.

— Ce sera fait, on cause boulot ?

Sarace arrange ses cheveux ouatés que le plafond de l'habitacle a aplatis – il est laid, de cette laideur qui, à une certaine époque, a pu être un atout. L'époque de Nicola Di Bari[1], pour être clair. Ce n'est pas un hasard si, depuis vingt-cinq ans, il se produit chaque vendredi et samedi soir comme soliste d'un groupe qui écume les boîtes pour seniors de la province : Dik Dik, Pettenati, Camaleonti, Richy Shayne, Rokes, Fred Bongusto, Don Backy, Califano. Son costard bleu ciel et sa chemise à jabot indiquent que le coup de fil de la veille ne lui a pas laissé le temps de repasser chez lui pour se changer.

— Cet homme est mort, déclare-t-il après avoir fait une chose que seul un légiste à la veille de la retraite peut se permettre : s'allumer une cigarette sur une scène de crime. Mais si tu veux un autre avis, tu peux appeler un enfant de six ans. Pour le reste, je peux te dire qu'il a trépassé d'une asphyxie due à un étranglement, entre 21 heures et 1 heure du matin, je ne peux pas être plus précis pour le moment. Ce que je peux encore te dire, cependant – il désigne le cou de l'homme, visible maintenant qu'il lui a soulevé la tête –, c'est que pour le stranguler, on a presque certainement utilisé un fil électrique comme celui avec lequel on lui a ligoté les mains. Tu vois cette double marque rouge-bleu sur son cou ? Ces câbles-là étaient bipolaires, leurs deux conducteurs glissés dans une gaine plate. On les a utilisés jusqu'aux années 1970, et puis les normes ont changé. Pour une raison compliquée, que je ne vais pas t'expliquer parce que tu ne la comprendrais pas, je pourrais jurer que ses poignets ont été attachés au volant post mortem. Ce qui veut dire que ceci – et il désigne le morceau de fil d'un blanc sale qui entrave les mains de l'homme – pourrait être l'arme du crime.

1. Chanteur de variétés né en 1940 qui représenta l'Italie au Festival de la chanson de Knokke en 1965 et remporta le Festival de San Remo en 1971 et en 1972.

Arcadipane regarde Terenzio Fuci : vieux, raide, bouche grande ouverte et chevelure grise, drue et souple. C'est bien la seule chose qu'il lui envie, le costume en laine sur mesure que porte le mort n'étant pas son style. Ses pieds, dans ses chaussures en daim, pressent les pédales avec force, ses jambes sont tendues dans ce qui doit avoir été son dernier effort.

— Celui qui l'a tué se tenait sur la banquette arrière ?

— Sans aucun doute. Détail intéressant : il n'a pas croisé le fil, dit Sarace en appuyant fortement sur le tronc du cadavre désormais rigide. Comme tu peux le voir, sa nuque est intacte, seule la partie antérieure de son cou est marquée. Avec trente ans de moins, il aurait peut-être réussi à se dégager, mais l'âge, la panique, le manque d'air... Le fait de s'abandonner à la dame qui nous attend tous fait partie du mécanisme animal, exactement comme celui de se rebeller. C'est une question de secondes, on ne peut pas savoir ce qu'on ferait dans une telle situation.

— Amen.

— Tu peux le dire.

— Autre chose ?

— Je ne l'avais pas remarqué jusqu'ici mais tu sens cette odeur ? Il a dû s'uriner dessus en trépassant. Ça arrive.

— C'est tout ? demande Arcadipane en s'écartant de lui.

— Une tache de sang, petite, sur le siège de l'épouse, tu veux la voir ?

— Maintenant qu'on nous a tirés du lit...

Ils font le tour de la Jaguar en marchant sur l'une des passerelles. Sarace sort de son manteau un gant en latex et l'enfile, puis il ouvre la portière du passager. Il fait un pas en arrière pour laisser à Arcadipane le plaisir du *do it yourself*. La tache n'est pas grande, mais bien visible, au milieu du siège en cuir.

— Tu es sûr que c'est du sang ?

Sarace se contente de tirer de sa poche son cendrier portatif pour y laisser tomber la cendre de sa cigarette.

— Ce ne serait pas celui du mort ?

— On ne l'a pas encore analysé, mais Terenzio Fuci ne présente ni blessure ni écorchure, pas de résidus sanguins à l'intérieur de la bouche, du nez et des oreilles donc, à moins qu'il s'agisse d'une tache ancienne, ce dont je doute… Quoi qu'il en soit, dans une ou deux heures, nous saurons si c'est le sang de Fuci, de sa femme ou de l'assassin. Je miserais sur la femme.

— Que nous recherchons, n'est-ce pas, Lavezzi ?

— Pour l'instant, nous avons fouillé les alentours et une partie du bois, sans résultat. La Protection civile et les carabiniers sont en train de former des équipes pour élargir la zone de recherche et les chiens devraient arriver d'une minute à l'autre.

Arcadipane glisse un sucaï dans sa bouche et le mâche en inspectant l'intérieur de la voiture, le manteau en poil de chameau sur la banquette arrière, les quelques pièces dans le compartiment sous le levier du frein à main, le ticket d'un parking, l'écusson jaune et rouge avec la louve qui pend des clés sur le contact, le pare-soleil décroché d'un côté, peut-être quand l'homme s'est débattu, un opuscule avec le programme du Théâtre de l'opéra de Rome, tombé sur le tapis de sol, le cendrier plein d'où émerge le mégot d'une de ces cigarettes fines que fument ceux qui ne veulent pas avoir l'air de fumer comme tout le monde. Et cette tache de sang de la dimension d'une tasse à café.

C'est le moment où il sait qu'il doit penser comme Corso Bramard, puisqu'il ne peut pas l'avoir à ses côtés. Corso Bramard, son ex-chef, mentor, ami et, après toutes ces années, toujours objet de mystère.

Corso Bramard qui arrivait sur la scène du crime et se mettait à l'écart. Bramard qui posait des questions, mais pas trop. Qui ne faisait pas d'hypothèses et ne pensait jamais à haute voix. Qui ne se hâtait pas de tirer des conclusions, même face à un type couvert de sang déjà passé aux aveux et un couteau dans un sachet scellé. Regarder, réfléchir et garder ses cartes en main. Résister à la tentation de répondre à la question qui motive ta présence ici, que ce soit ton salaire ou ton obsession, ce qui est leur cas, qui t'y a mené. C'est-à-dire : « Qui a fait ça ? » Ce n'est jamais la bonne question à se poser au départ. Parce qu'elle aveugle autant que fixer le soleil : tu finis par ne plus le voir et quand tu détournes les yeux, le reste t'échappe aussi. Voilà ce que Corso lui a appris durant les années où ils ont travaillé ensemble ou, plutôt, où il l'a regardé travailler. Parce qu'il y a forcément une question plus modeste par laquelle commencer. Et dans cette affaire, la bonne question est la suivante : que faisaient donc Fuci et sa femme à cet endroit, la nuit, dans une Jaguar immatriculée à Rome ?

Voilà ce que se demanderait Corso Bramard s'il était ici, et c'est donc ce que se demande Arcadipane en mastiquant son sucaï.

Il pense à Bramard, dont il n'a aucune nouvelle depuis des mois. Il est forcément vivant, sa mort, il l'aurait apprise d'une manière ou d'une autre, quant à savoir comment il va... Au fond, ça s'est toujours passé comme ça, entre eux. Y compris quand ils se retrouvaient après le boulot, en pleine nuit, au comptoir d'un bar. Tous deux savaient qu'il valait mieux se taire. Parler aurait nui au motif de leur présence ici, à cette heure-là – se constituer un petit oreiller de temps avant de rentrer à la maison. C'est pourquoi là où l'on prend en charge la mort et la méchanceté, les cours sont toujours pleines de gens qui ont fini leur service. Le problème, c'est que dans ces moments-là, parler signifie ouvrir la porte à la bêtise que génère la fatigue, à la surenchère de ceux qui ont vu pire, à la tentation de se convaincre que ça ne fait plus aucun effet, au cynisme, à la mélancolie débridée, au découragement ou à l'aigreur. Donc mieux vaut boire en silence à côté d'un ami ou d'un collègue. Au fond, il n'y a pas lieu non plus de s'en étonner.

— Commissaire ?

Arcadipane se tourne vers Pedrelli.

— C'est Vera Ladich !

— Qui ça ?

— La femme de Terenzio Fuci, c'est Vera Ladich, dit Pedrelli. Ça fait dix minutes que j'essaie de vous le dire, putain !

Arcadipane regarde son subordonné qui n'a pas prononcé de gros mots depuis le 13 mai 1992[1], puis la Jaguar, les passerelles,

1. Ce jour-là, le Torino FC affronte l'Ajax à Amsterdam en finale de la coupe UEFA et l'arbitre prend une décision controversée en ne sifflant pas un penalty en faveur des Italiens dont l'entraîneur, Emiliano Mondonico, brandit alors une chaise en signe de protestation.

les projecteurs et le fourgon de l'unité cynophile qui vient de se garer à côté de la Peugeot.

— Vera Ladich l'…

L'hélicoptère de l'Arme qui les survole avale la moitié de sa question.

Ils le voient descendre vers le lac de retenue qui, un kilomètre plus bas, pèse contre la mince barrière du barrage, puis dessiner une ellipse au-dessus de l'eau dans laquelle les pentes de la vallée glissent sans hâte, avant de remonter pour explorer le versant plus au nord.

— Comment l'appelait-on, déjà ? demande Sarace en tirant une dernière fois sur sa cigarette.

— Mademoiselle le look[1], murmure Pedrelli.

— Mademoiselle le look, acquiesce le légiste, qui écrase son mégot et range dans sa poche son cendrier portatif, comme pour signifier qu'il a fait son boulot, et qu'Arcadipane n'a plus qu'à se démerder.

1. En franglais dans le texte.

3.

La pièce est un rectangle de trois mètres sur quatre dont les meubles aux lignes simples évoquent davantage une maison au bord de l'océan qu'un trois-étoiles de montagne. Bois local de sapin, mais sans rosaces ni fioritures champêtres. Un grand lit double, une armoire à deux portes, dans laquelle sont suspendus une doudoune Moncler et un poncho en alpaga. Sur la commode sont posées deux valises de format cabine, 55 x 40 x 20, et dans la salle de bains, sans douche mais avec baignoire, un petit meuble vide et deux étagères sur lesquelles Terenzio Fuci et Vera Ladich ont rangé leurs trousses de toilette respectives.

— Je voulais vous parler un instant, dit Pedrelli en s'approchant d'Arcadipane qui, penché au-dessus du lit, examine les objets que Botta y a déposés.

Le jeune homme s'affaire à présent dans la salle de bains.

— Urgent ou inhérent ?

— Ni l'un ni l'autre, commissaire.

— Alors on verra ça plus tard. Des nouvelles de l'équipe de recherche ?

— Aucune.

Arcadipane regarde sa montre. Treize heures ont passé. Un délai raisonnable pour retracer la piste d'un assassin, mais inquiétant pour une femme enlevée, blessée ou perdue dans les bois. Catastrophique, si cette femme est Vera Ladich.

— Des nouvelles de Lavezzi ?

— Il est toujours sur la scène du crime, ils relèvent les empreintes et les traces de pneus. J'essaie de l'appeler.

Pedrelli quitte la pièce. En bon Piémontais, il préférerait être opéré en public de ses hémorroïdes plutôt que de parler au téléphone devant témoin.

— Rien de significatif, commissaire, annonce Botta en sortant de la salle de bains. Que des médicaments génériques et des produits pour l'hygiène, mais si vous voulez y jeter un coup d'œil…

— Non, non, voyons plutôt ce que tu nous as rassemblé.

Botta s'approche du lit sur lequel il a disposé une dizaine d'objets sortis des valises et des tiroirs. Élancé, il fait une tête de plus qu'Arcadipane – une taille normale, donc – et il est toujours bien mis mais jamais élégant. Il a trente-deux ans, mais pourrait en avoir cinquante, car il fait partie de ces personnes qui, pour une raison inconnue, restent bloquées au jour de la photo de leur confirmation. Ils grandissent, la barbe leur pousse, et avec elle, cravate, études, expériences, érections et treizième mois ; certains, comme Botta, prennent même en charge la saloperie humaine, ils font du rafting, ont le permis bateau, une fiancée et une arme, mais ils n'en demeurent pas moins ce gamin de douze ans debout parmi d'autres gamins de son âge sur les marches devant l'autel. Rien de grave, c'est un garçon en or et avec le temps, il deviendra même un bon policier. Et puis, dans une équipe, les types « procéduraux » comme lui, propres et sans trop de nuances, sont un cadeau du ciel.

Finalement, nous sommes tous restés coincés dans des recoins de nos vies. Dans le cas d'Arcadipane, un cinquième de son être dans un hôtel d'Andora en 1975, un autre cinquième dans un appartement des beaux quartiers de Turin où il fit un jour irruption avec la brigade des mœurs, un cinquième encore dans les moments passés à travailler aux côtés de Bramard, puis un autre sur un trottoir près d'une inconnue mourante, et le dernier pour tout le reste. Dit comme ça, c'est impressionnant à quel point les gens que tu aimes, avec lesquels tu partages ta maison, ton lit, des années, des soucis…

— Commissaire ?

Les confirmés, comme Botta, sont tout de même une catégorie à part : au moins la moitié de la personne qu'ils sont s'est figée sur cette photo. Comme pour les criminels. Personne ne devient criminel sans qu'une moitié de lui-même ne soit restée piégée dans un instant qu'il n'aurait pas dû vivre : une humiliation, une violence faite, vue ou subie, une soustraction, une envie, un plaisir illicite, un bonheur perçu comme immérité. Si tu saisis cet instant, tu comprends le criminel. Toutes choses qu'il a concentrées dans…

— Commissaire ?

— Quoi ?

— Les souches de son carnet de chèques sont systématiquement annotées, Fuci devait être un type méticuleux, mais à part ça, je ne vois pas d'inscriptions qui nous fassent avancer.

— Des inscriptions.

— On a deux romans, qui sont à sa femme je crois, des cartes de visite, un ophtalmo, un restau, une galerie d'art, un atelier de tapissier, tout ça à Rome. Des vitamines, un somnifère homéopathique. Ce classeur avec de vieilles revues françaises. Des clés, celles de leur appartement, j'imagine. Mais pas d'appareil.

— C'est grave ?

— On a trouvé un iPhone dans le manteau de Terenzio Fuci, il devait donc se débrouiller avec la technologie, mais pas d'ordinateur ni de tablette ou d'agenda électronique. L'hôtelier dit que quand ils sont sortis, la femme portait un sac à main normal. Rien d'autre. Les gens de ce milieu ont peut-être des collaborateurs qui se chargent de tout. Je n'en sais rien. Je ne connais personne de ce milieu.

— Moi non plus. Ils l'ont débloqué, le téléphone ?

— Oui, surtout des messages professionnels, ou bien d'amis. On vérifie plusieurs contacts, mais à aucun moment Fuci n'a fait allusion à cet endroit ou à un voyage. Le bagage léger laisse penser qu'ils avaient l'intention de quitter Rome deux ou trois jours maximum. Reste qu'on ne sait toujours pas ce qu'ils sont venus faire par ici.

Arcadipane acquiesce.

— Et ces revues françaises dont tu me parlais, c'est quoi ?

Botta ouvre le classeur rigide de ses mains de préadolescent – longues, blanches et sans malice.

— Ce sont dix-neuf numéros du *Milieu du siècle*, je crois que c'est l'un de ces journaux qui publiaient des romans-feuilletons. Les exemplaires sont parus un samedi, entre novembre 1852 et mars de l'année suivante. Ce sont tous les épisodes de...

Botta feuillette le premier des journaux. Ils comptent seulement quelques pages, de format moyen, un peu comme les pages des offres d'un centre commercial, sans les couleurs et sans les prix. Leur papier n'a pas tant jauni, en cent cinquante ans.

— ... *Histoire d'une fille sans remords* d'un certain... Philippe Rouen.

— Ça vaut cher ?

— Je n'en sais rien, mais un ami de mon père tient une boutique de livres anciens. Je peux me renseigner.

— Pose-lui donc la question, à l'ami de ton père. Mais qu'est-ce qu'il fout, Pedrelli, avec ce téléphone ? Pedrelli !

Des pas dans le couloir. L'escalier et les planchers de l'hôtel sont en bois. Sur les murs blancs, des cadres avec des dessins ni beaux ni laids, presque tous à l'encre de Chine. Quelques petites sculptures en châtaignier occupent les angles morts. Au moins, il n'y a ni têtes de cerf ni bestioles empaillées. Pas de lustres, mais des appliques avec des abat-jours en tissu rouge.

Pedrelli apparaît sur le seuil, le satellitaire à la main.

— J'ai eu Lavezzi, ce serait mieux que vous lui parliez en direct.

Arcadipane tend la main vers l'appareil, dont la forme rappelle celle des premiers téléphones sans fil.

— Le satellitaire ne capte pas entre ces murs, commissaire.

Ils ouvrent la porte du petit balcon qui donne sur l'arrière. Arcadipane boutonne sa veste en peau retournée. Le soleil est encore haut, mais il descend sur la vallée, résigné.

— Lavezzi ? Tu m'entends ? OK, dis-moi.

Pedrelli voit le visage de son supérieur se rembrunir à mesure qu'il écoute.

— Mais c'est quoi, cette histoire ?

Arcadipane secoue la tête en fixant son adjoint, lequel ayant développé, en vingt ans de coexistence, des neurones miroir gros comme des loutres, s'y laisse prendre et fait de même.

— Ils ont bossé correctement, tu en es sûr ? – silence – D'accord, mais avant de plier les gaules, faites-moi une dernière vérification. Et rappelle les chiens. Qu'ils repartent de là-bas. Je ne voudrais pas qu'ils aient perdu la boule, entre les chèvres, les vaches, les écureuils et tout le reste. Tu me tiens au courant, OK ? Toutes les trente minutes, et à 14 heures, tu redescends, il faut qu'on retourne tout, ici.

Arcadipane rend le téléphone à Pedrelli et appuie les mains sur la balustrade. Les maisons sont là, à une dizaine de mètres du balcon, humbles et toutes semblables, avec leurs toits en pierre. Aucune intervention récente, peu de gouttières. Autrefois, le village devait abriter une communauté qui, à vue de nez, devait compter deux cents, deux cent cinquante âmes. Ses ruelles ne sont praticables qu'à pied.

— On est dans la merde.

Pedrelli se tait et attend.

— Autour de la voiture et sur l'ensemble du pré, il n'y a aucune empreinte de chaussure, à part celles du brigadier-chef et de son collègue. Et les seules traces de pneus sont celles de la Jaguar et du Forester des carabiniers.

— Et l'assassin ?

— Ailé.

— Allé où ?

— Ailé, Pedrelli ! Il avait des ailes !

Pedrelli le fixe et ricane. Arcadipane craint le pire.

— Dans ce cas, il devait en avoir une sacrée paire, pour pouvoir emporter la Ladich.

Arcadipane considère ce petit homme qui fait plus ou moins sa taille mais pèse la moitié de son poids, et de ses problèmes. Cinquante ans qu'il vit à Turin, et il ne s'est toujours pas résigné au fait que, chez les Piémontais, le sens de l'humour est pareil aux vieux radiateurs électriques, il n'a que deux positions : éteint ou allumé. Zéro thermostat. Et Pedrelli n'est pas le radiateur qu'on souhaite avoir quand il fait moins vingt.

— Dites, commissaire, puisque nous avons deux minutes...

— Bien sûr qu'on a deux minutes, Pedrelli, on a aussi un mort assassiné qui déjeunait au Quirinal[1], une actrice disparue dont la moitié de la planète était amoureuse, une scène de crime pleine de boue mais sans une seule empreinte ; six chiens dressés par le Mossad qui ne flairent aucune trace de Vera Ladich à deux mètres de son véhicule, un hélico qui tournicote en vain, moi qui pue la pisse et le directeur général qui appelle toutes les heures... Alors bien sûr, on a deux minutes, Pedrelli, si tu veux sortir ton Sudoku, on peut même appeler Botta qui est quasiment expert-comptable !

Pedrelli regarde le barrage en faisant glisser le gros téléphone dans la poche de son anorak.

— Je suis désolé que vous ayez ce problème...

— Quel problème ?

— Ce sont des choses qui arrivent, passé la cinquantaine... Mais il existe des remèdes naturels. Je peux en parler à mon herboriste, discrètement, bien entendu, comme si la prescription me concernait.

Dès qu'Arcadipane s'en sent capable, il passe une main sur son crâne en ébullition.

— Écoute, Pedrelli, mettons que j'aie accepté, OK ? Le taulier est en bas ?

— Oui, il vous attend à la réception.

— Alors je descends lui parler, viens avec moi.

— Volontiers, commissaire.

— Ne te réjouis pas, Pedrelli, ça risque de t'abîmer la peau. Pendant que je lui parle, toi, tu sors et tu te renseignes pour savoir s'il existe, dans cette fiente d'aigle de village, un endroit où l'on vend des vêtements et des trucs de ce genre.

— Vous avez besoin d'un chapeau ? Dans la Peugeot, il y a...

1. Le palais du Quirinal est la résidence officielle du président de la République italienne.

— Je sais de quoi j'ai besoin, on peut y aller maintenant ?

Le patron de l'hôtel s'appelle Ottavio Claro, il a cinquante ans et il est beau. Sa femme Marta, qui en a quarante-neuf, est pareillement belle. Arcadipane a remarqué ça en entrant, tandis qu'ils se faisaient remettre les clés de la chambre sans donner trop d'explications : la perquisition passait en priorité, puisqu'ils espéraient trouver quelque élément qui puisse éclairer l'homicide et la disparition.

En retournant à la réception, Arcadipane se dit qu'il n'y a pas de quoi faire tout un plat de la beauté de cet homme, seulement voilà... Ottavio Claro a la barbe d'un père fondateur américain et le teint recuit des alpinistes, les yeux clairs et limpides. Sa femme apparaît sur le seuil de la cuisine et en remet une couche. Aucun soin, zéro cosmétique, les cheveux en désordre, et malgré ça...

— Vous avez aussi besoin de moi ? demande-t-elle d'une voix peu féminine mais pas dure non plus, juste pleinement sienne. La route est barrée, ma fille est ici et elle doit aller à l'école.

Arcadipane considère ces deux grands corps superbes, affûtés et, à l'évidence, fonctionnels. Des corps qui, autrefois, ne surgissaient qu'une fois toutes les cinq cent mille naissances, plus souvent de nos jours, mais rarement avec cette évidence et ce naturel. Deux corps qui, en plus, se sont accouplés. Pour la gamine, il va falloir réserver une vitrine au Louvre.

— Oui, madame. C'est nous qui la barrons. C'est nécessaire. Je commence avec votre mari, si vous voulez bien rester à disposition. Merci.

Marta Claro acquiesce sans sourire, parce que les circonstances ne l'exigent pas et qu'elle n'en a nul besoin. Ottavio Claro pose sur le comptoir ses avant-bras qui sortent d'une chemise à carreaux, ni trop musclés ni trop fins, juste comme il faut, comme le reste.

— Dites-moi, commence-t-il, par déformation professionnelle.

— C'est vous qui avez enregistré Terenzio Fuci et Vera Ladich hier ? Et si c'est le cas, à quelle heure ?

— Dès qu'ils sont arrivés... Ottavio Claro tire de sous le comptoir une petite étagère avec un clavier, il saisit leurs noms, contrôle l'écran de son ordinateur... Il était 17 h 18.

— Si vous avez fait une copie de leurs papiers, vous pouvez me la montrer ?

L'homme ouvre un tiroir et s'exécute. Arcadipane s'assure que l'état civil correspond, en s'attardant sur la carte d'identité de Vera Ladich, née à Basovizza en 1944, citoyenne italienne, résidant à Rome, rue del Babuino, etc. Profession : un espace blanc et deux tirets. La photo, récente, rend justice à son expression grave et à ses grands yeux.

— Vous saviez qui ils étaient ? Surtout la dame ?

— C'est-à-dire ?

La voix d'Ottavio Claro est à peine plus mâle et moins neutre que celle de sa femme. Chacune de ses syllabes est un clou.

— Qui ils étaient et ce qu'ils faisaient dans la vie ?

— Non.

— Ça ne vous a pas étonné qu'ils viennent de Rome en cette saison ?

— Nous n'avons pas beaucoup de clients, mais ça reste un hôtel, ici. Ceux qui en ont besoin viennent d'ailleurs, en général.

— C'est juste. Est-ce qu'ils vous ont dit ce qui motivait leur séjour ? Ou bien vous avez un de ces formulaires optionnels où figure cette question ?

— Non, ils n'ont rien dit, et on ne leur a rien demandé.

Arcadipane regarde le paquet de tabac qui dépasse de la poche de son jean de cow-boy.

— Vous avez indiqué à mon collègue que la chambre avait été réservée.

Ottavio Claro revient en mode analogique et prend un cahier. Il baisse le nez pour le feuilleter, ses cheveux commencent à peine à se faire moins drus, au sommet de son crâne. Si Arcadipane était plus grand, il pourrait voir cette zone et enfin lui trouver un défaut.

— Il y a deux semaines, le 13 octobre, une Mlle Brocani a téléphoné de Rome pour réserver six chambres au nom de Veronica Film. Pour deux nuits.

— Comment ça, six ? Vous en avez combien, en tout ?

— Six. Elle voulait privatiser l'hôtel entier et le restaurant. Elle a payé pour la pension complète de vingt-deux personnes, c'est notre capacité maximale, le virement est arrivé le lendemain et j'ai bloqué les chambres et le restaurant.

— Et vous n'avez pas trouvé curieux de les voir débarquer seulement à deux ?

— J'ai demandé si les autres allaient arriver. M. Fuci m'a dit que non, que ce sont des choses qui arrivent, dans le cinéma. Il n'a pas demandé à être remboursé, et de toute façon, je n'aurais pas pu le faire.

— Et ensuite ?

— Ensuite je leur ai montré la chambre, madame a dit qu'elle lui convenait, et ils ont demandé ce qu'il y aurait pour dîner. J'ai proposé des plats locaux, qui leur convenaient aussi, et je les ai revus à table vers 20 heures.

Pedrelli entre par la porte dont la clochette n'a rien d'agaçant. Du regard, Arcadipane lui signifie de rester tranquille et de patienter. À gauche du comptoir et des escaliers s'ouvre la salle à manger avec une dizaine de tables, toutes dressées.

— Il y a des touristes en cette saison ?

— Pas beaucoup, mais il arrive que quelqu'un vienne pour voir les fresques de l'église : des chercheurs ou des étudiants en art qui font leur thèse sur le Maître de Clot. Si vous voulez, j'ai un dépliant ici.

Arcadipane y jette un bref coup d'œil.

— Et puis il y a les techniciens de la société du barrage. Ils montent une fois par semaine pour l'entretien des installations, une fois par mois pour le nettoyage et la révision de la turbine et une fois l'an pour les interventions exceptionnelles et l'inspection. L'hôtel a été construit en 1959 pour héberger le personnel qui a créé le lac de retenue, alors on est conventionnés. Mon père est devenu gérant et nous, on a renouvelé l'accord avec la société qui a pris la suite.

— Une affaire compliquée.

L'homme sort son paquet de tabac de sa poche et commence à se rouler une cigarette.

— Pas tant que ça. Ceux qui montent chez nous pour le barrage ont vingt pour cent de réduction, les autres non. C'est tout.

Arcadipane observe en silence la confection de la cigarette. Il sait que, derrière lui, Pedrelli non plus ne lâche pas des yeux ces doigts harmonieux. Par chance, la cigarette est imparfaite, mais le geste avec lequel il la glisse provisoirement dans la poche de sa chemise, alors là…

— Donc, reprend Arcadipane, vous avez eu l'occasion de bien observer vos deux clients pendant le dîner.

— Oui, c'est moi qui les ai servis. Ma femme est en cuisine.

— J'espère au moins qu'elle cuisine mal.

L'homme ne saisit pas. Certes, on est proche de la France ici, mais toujours au Piémont. Manette du radiateur on/off, lui aussi. Quelque chose lui dit que dans ce village, sur ce plan-là, il risque de ne pas faire très chaud.

— Ils vous ont semblé comment ? Ils se parlaient ? Ils ne se parlaient pas ? Complices, ennuyés, moroses, indifférents ? Vous avez remarqué un geste, un désaccord, une saute d'humeur ? C'est que vous avez dû en voir, des couples, avec ce travail. Rien qu'à leur façon de se tenir à table, on comprend un tas de choses, non ?

Ottavio Claro sort la cigarette de sa poche, en humecte une extrémité entre ses lèvres puis la range de nouveau.

— Je ne suis pas très observateur, conclut-il. Ils m'ont paru normaux. Il m'a lancé une ou deux boutades…

— Quel genre de boutades ?

— Je ne sais plus très bien.

— Je comprends.

— En tout cas, il était plus causant. Elle était gentille, mais réservée. Et il avait plus d'appétit, elle n'a pas pris de plat de résistance. Mais à la fin, ils ont tous les deux fait des compliments à ma femme.

— Ils l'ont fait venir à leur table ?

— Non, ils sont montés dans leur chambre, et quand ils sont redescendus, ils ont bu un café au comptoir, un américain décaféiné pour elle. Ma femme est sortie de la cuisine, et ils lui ont dit qu'ils avaient bien mangé. Ensuite ils sont sortis.

Arcadipane s'aperçoit que quelqu'un les épie de la porte de la cuisine. C'est une fillette, cheveux roux. Sept ou huit ans. Très belle, mais il s'attendait à mieux.

— Notre fille Ester.

— Salut, Ester.

— Tu as un pistolet ?

— Tu veux quelque chose, Ester ? l'interrompt son père. Sinon, va dans la cuisine avec maman.

— Mais non, laissez-la tranquille. J'ai eu des enfants petits, moi aussi, même si maintenant, je n'en suis plus si sûr.

— Ottavio a un fusil, déclare Ester.

— Ah oui ? Et de quel Ottavio tu parles ?

La fillette désigne l'homme.

— Ah ! Sûrement pour la chasse aux ours – il se tourne vers le père. Éveillée, hein ? C'est mignon, ça, d'appeler son papa par son prénom, c'est moderne !

— C'est parce que j'ai été adoptée, explique Ester. Et on ne tire pas sur les ours. Ils étaient ici avant nous. Il faut les respecter.

Sous les yeux verts de l'enfant qui le scrutent sans jugement mais sans pitié, Arcadipane fouille sa poche à la recherche d'un sucaï qu'il ne trouve pas. Il se contente de passer son doigt, qui a recueilli un peu de sucre au vague goût de réglisse, sur ses lèvres.

— Va dire à maman de préparer les chambres pour ces messieurs, lance Ottavio Claro avant de se tourner vers le commissaire. Pour le déjeuner, votre collègue – il désigne Pedrelli toujours planté près de la porte – m'a commandé des sandwichs parce que vous mangerez en route.

— Très bien, des sandwichs, c'est parfait. Une dernière chose, pendant que vous me faites un café... Rien pour mon collègue, il est macrobiotique.

— Un thé, si c'est possible, demande Pedrelli dans son filet de voix.

— Bon, un thé, mais alors pas trop infusé.

Ottavio Claro se retourne, exhibant le triangle impeccable de son dos. Il s'active, charge, actionne.

— Quand Terenzio Fuci et Vera Ladich sont sortis hier soir, ils étaient habillés comment ?

— Je l'ai déjà dit tout à l'heure à votre collègue...

— Je m'en doute, mais redites-le-moi, dit sèchement Arcadipane. Ce n'est pas le grand amour, entre eux et nous, vous savez.

L'homme encaisse le changement de ton. Cela se voit à ses épaules, qu'il hausse à peine, mais il ne se retourne pas. S'ensuit une bonne minute de silence, justifiée par la préparation du thé. Pedrelli en profite pour s'approcher du comptoir, sur lequel Ottavio Claro pose une tasse et une théière. Pedrelli a le choix entre thé vert, noir et breakfast.

— Le vieux monsieur avait un manteau élégant et un costume dans les verts. Elle, une veste en peau, peut-être en daim, un bonnet en laine et un foulard saumon. Un pantalon à carreaux.

— De quelle couleur ?

— Marron et rouge, je crois.

— Écossais, et les chaussures ?

L'homme se sert un verre d'eau, les interroge du regard. Arcadipane fait signe que oui, un doigt.

— Lui, des chaussures de ville, basses. De luxe, je crois. Elle, basses aussi, avec un talon large. Pas très haut, mais large. Un peu bizarre quand on va à la montagne. Avec une boucle carrée, en métal.

Arcadipane avale son café en deux lampées. Ottavio Claro le regarde d'une manière différente. Ni bonne, ni mauvaise, seulement différente. Excellent. Pedrelli attend que son thé vert donne le meilleur de lui-même.

— Le maire sera à la mairie dans une dizaine de minutes, dit-il. Il était absent pour un stage de formation. Il a demandé à vous rencontrer, le brigadier-chef et vous.

— Il y a un maire ?

— Clot est une commune, dit Ottavio Claro.

Arcadipane regarde la placette derrière la porte vitrée. Vu d'ici, avec la vallée qui s'ouvre et les montagnes vertes en arrière-plan, le panorama est presque charmant. Du reste, à Turin aussi, il y a des immeubles très moches d'où la vue est superbe. Au fond, celui dans lequel il a grandi et où son ex-femme et sa fille vivent encore fait partie de ceux-là. Mais à bien y penser, il n'y a guère que de la fenêtre de la salle de bains que le paysage vaut le coup d'œil. Alors non, il n'en fait pas partie.

— Vraiment, vous ne saviez pas qui est Vera Ladich ? demande-t-il.

— Non, répond l'homme en ramassant sa tasse. On m'a dit qu'elle travaillait dans le cinéma, mais on n'a pas de cinéma, ici. Et franchement, ça ne m'intéresse pas.

Arcadipane hoche la tête.

— Pas de cinéma, mais vous avez un maire. Combien d'habitants êtes-vous ?

— Trente-sept.

Arcadipane consulte l'heure. Vera Ladich est introuvable depuis quatorze heures et trente minutes.

— Est-ce que l'un des trente-sept vend des sucaï ?

4.

Arcadipane jette un coup d'œil à l'horloge au-dessus de la porte derrière laquelle la femme a disparu il y a cinq minutes. Presque 13 heures.

Il se balance sur ses pieds, talon-pointe, talon-pointe, pour se dérouiller les chevilles. Ses jambes sont engourdies, ses reins, en compote, et sa tête, lourde. Il s'est couché à minuit, s'est endormi à 2 heures et levé à 5. Toujours mieux que Vera Ladich qui est morte, blessée ou prisonnière depuis seize heures. Il consulte son portable : pas d'appel ni de message de son équipe.

La propriétaire du magasin revient en portant une pile de cinq boîtes qu'elle pose sur le comptoir. Pendant qu'elle les ouvre, Arcadipane observe ses jambes nues sous la jupe qui lui tombe au genou. Mollets fermes et élancés. La peau de son visage aussi est tendue, pour une femme qui doit avoir soixante-dix ans bien sonnés. Pas le genre de mercière qu'on s'attend à trouver dans une telle mercerie, laquelle, en revanche, est tout à fait le genre de mercerie qu'on imagine trouver dans un tel village : étagères vides pour la plupart, posters de mannequins aujourd'hui grands-mères et, en vitrine, des pyjamas qui seraient interdits même dans un hospice public d'Oslo.

— Comme chemises, j'ai ça, annonce-t-elle, avec un sens de la synthèse dont elle avait déjà fait preuve juste avant de fuir dans son arrière-boutique.

Une blanche, une bleue et une troisième d'une improbable couleur saumon. Les deux autres boîtes contiennent des maillots de corps à côtes, tous envisageables.

— C'est la bonne taille ? demande Arcadipane.

— Je ne sais pas, quelle taille faites-vous ?

Arcadipane fixe la dent ébréchée que dévoilent les lèvres entrouvertes de la femme. La vérité, c'est que depuis sa séparation et son déménagement, il s'est contenté de puiser dans le fonds slips, maillots de corps, chemises et chaussettes que Mariangela avait accumulé pour lui durant leurs vingt ans et quelques de mariage. Compte tenu des boîtes empilées au-dessus de son armoire, il se pensait à l'abri du besoin jusqu'à sa mise au tombeau, costume funéraire compris.

— C'est que, d'habitude, c'est ma femme qui… – il bascule – … et je suis vraiment très pressé.

La femme le jauge en quatre coups d'œil – cou, épaules, ventre et absence d'alliance.

— À vue de nez, la seule qui vous va est celle-ci, conclut-elle.

Il traverse la place en faisant un U pour éviter les six hommes de la Protection civile et les quatre du Secours alpin, plus quelques volontaires, rassemblés autour de la carte ouverte sur le coffre d'un Defender. Le coordinateur est un type monté de Turin que Botta dit avoir connu lors de sorties spéléo sur le plateau du Karst. L'entente entre individus éprouvant du plaisir à descendre dans des siphons à deux cents mètres sous terre en serrant les fesses pour que l'eau ne les envahisse pas lui échappant, Arcadipane a chargé son subordonné d'assurer la liaison et de passer au rapport toutes les trente minutes, chose que Botta expédie en levant son pouce. Douze ans, la photo de sa confirmation, justement. Ça l'aurait étonné qu'il n'ait pas fréquenté les scouts, celui-là.

Pedrelli attend devant la porte de ce qu'ils pensaient être une école ou un abattoir, et qui se révèle être la mairie.

— Le maire est arrivé, l'informe-t-il tandis qu'ils parcourent le petit couloir qui mène à l'escalier, il y a aussi le brigadier-chef et un type de Milan.

— Qui est-ce ?
— Un avocat.
— Il ne nous manquait plus que ça, put… Sur le palier, Arcadipane avise la porte des toilettes. Dis-leur que j'arrive dans deux minutes.

Il choisit les toilettes pour handicapés parce qu'il va lui falloir de l'espace. Il ôte veste, chemise et maillot de corps et les accroche à la poignée à côté du siège des WC. L'eau froide sous ses aisselles lui provoque un début de spasme musculaire, mais il se contorsionne néanmoins en essayant de se laver le dos tandis que, de l'autre main, il s'efforce de rattraper les gouttes avant qu'elles ne lui glissent dans la raie des fesses. Il sèche le tout avec des serviettes en papier, enfile maillot et chemise propres, fourre le linge compissé dans le sac de la mercerie, renfile sa veste et sort.

Au centre de la salle du conseil, une table ovale entourée d'une dizaine de chaises. Ni drapeau ni décoration institutionnelle, ce qui confère aux quatre hommes réunis dans la pièce l'allure d'un misérable conseil d'administration, ou d'un groupe d'otages. En identifiant la carte topographique dépliée sur la table, Arcadipane pense plutôt à d'anciens copains de collège que la vie a séparés, qui décident de se retrouver, allez savoir pourquoi, pour une battue de chasse au cours de laquelle le plus gros de la troupe finira par se prendre une balle.

Son sac en plastique dans la main gauche, il tend la droite au brigadier-chef Labarbuta, qu'il a rencontré quelques heures auparavant à Gias Vej, où le carabinier lui a confirmé les informations transmises par Lavezzi : l'appel anonyme, la découverte du corps et de l'absence de la femme, les horaires et les recherches en cours pour localiser l'appareil d'où l'appel a été passé. Pour un carabinier quinquagénaire en exil dans ces montagnes, il lui a donné l'impression d'être un homme alerte et collaboratif.

Il lui présente le maire, Beppe Dro, quant à l'homme au costume croisé anthracite, il se présente tout seul.

— Alberto Spurio, avocat. Mlle Brocani m'a contacté cette nuit pour me mettre au courant, et puisque j'étais à Milan, j'ai jugé bon de venir en personne. J'ai conseillé à Mlle Brocani de rester au bureau à Rome pour d'éventuels appels. J'espère avoir bien fait. Bien entendu, elle est disposée à prendre le premier vol si vous pensez que c'est nécessaire.

Arcadipane pose son sac sur la table puis, constatant la proximité du maire, il le laisse glisser jusqu'au sol.

— Mlle Brocani est la secrétaire qui a réservé l'hôtel ? demande-t-il.

— Oui, c'est la secrétaire personnelle de M. Fuci depuis quarante ans, et également celle de Vera.

— Et vous êtes ?

— Officiellement, le représentant légal de la Veronica Film, mais je travaille pour M. Fuci et pour Vera depuis plus de dix ans. Avant moi, c'était le cabinet de mon père qui suivait la maison de production et la famille Fuci. Vous imaginez donc ce que signifie pour nous…

— Bien sûr, bien sûr. Qui a convoqué cette réunion ?

— C'est moi, intervient le maire, qui a moins de soixante ans et se cache depuis longtemps sous ses cinquante kilos en trop. Ça m'a paru s'imposer, je regrette d'ailleurs de ne pas avoir pu le faire plus tôt, mais je suivais un stage de gestion des zones de montagne.

— OK, à présent, nous sommes ici…, dit Arcadipane en ouvrant les bras à tout ce qui serait susceptible de faire avancer les choses.

Le maire passe la main gauche dans les cheveux qui cascadent de chaque côté de sa grosse tête. Un geste qui paraîtrait précieux s'ils étaient plus soignés.

— Bon, je voulais vous communiquer certaines informations mais… Me Spurio m'ayant fait savoir qu'il existait certaines… limitations… je lui laisse le soin de…

Me Alberto Spurio pose sur la table un attaché-case qui n'est pas noir, en accord avec son costume, mais en aluminium, et pourvu de coins en cuir.

— Merci, monsieur le maire.

Il l'ouvre et en sort une série de fascicules tous identiques.

— Avant que le maire ne vous fournisse les informations qu'il jugera utiles, je me vois obligé, dans l'intérêt de mes clients Terenzio Fuci et Vera Ladich, de vous soumettre cet accord de confidentialité. Un accord qui concerne l'ensemble de ce qui vous sera communiqué par M. le maire, et éventuellement par moi entre ces murs, et que je verbaliserai ultérieurement dans les espaces laissés en blanc page 3. J'ajoute que cet accord doit être considéré comme contraignant que Mme Ladich nous revienne saine et sauve, comme nous l'espérons tous, qu'elle soit retrouvée sans vie ou jamais retrouvée. Pour être clair, donc, quelle que soit l'issue des événements, rien de ce que nous dirons dans cette pièce ne pourra être communiqué à des tiers. L'accord de confidentialité prévoit des pénalités financières et légales, et il court pour trente-cinq ans à partir de la date de la mort de M. Fuci, c'est-à-dire aujourd'hui.

Dans le silence qui s'abat dans la pièce, le poêle émet un léger sifflement, une vesse du bois qui rappelle à Arcadipane les problèmes intestinaux de Trepet.

Il sourit, se penche pour attraper un des fascicules et le feuillette.

— Ça a dû vous prendre du temps de rédiger ces quatorze pages !

— Mes clients en avaient prévu une ébauche, mais en effet, les ajouts dus aux circonstances sont la raison pour laquelle je suis arrivé il y a une heure seulement. Bien entendu, vous pouvez prendre tout le temps nécessaire pour les lire.

— Mais bien entendu. Tu dis quoi, Pedrelli, on signe ? Vous, monsieur le maire, vous avez déjà signé, après avoir consulté Me Spurio ?

Le maire donne un tour de plus à l'agenda qu'il tient droit devant lui et qu'il fait pivoter par alternance. Sa parka ne parvient pas à masquer les sourires que la sueur a dessinés sur sa chemise bleue, sous ses pectoraux flasques.

— On va faire comme ça, reprend Arcadipane. Pendant que vous lisez ces quatorze pages, moi je lance une procédure contre vous et contre cet avocat pour entrave à la justice, non-assistance à personne en danger, complicité d'homicide au premier degré, dissimulation de cadavre, suppression, destruction et contrefaçon d'informations susceptibles d'aider à la découverte de personne disparue et négligence volontaire dans l'exécution de vos fonctions.

La rotation de l'agenda de Beppe Dro stoppe net.

— Ne vous laissez pas impressionner, dit l'avocat, la plupart de ces délits n'existent pas.

— Combien, d'après vous ? demande Arcadipane sans cesser de fixer le maire.

Alberto Spurio ferme sa mallette et la pose à terre, dans l'exact alignement du sac de linge compissé. Mais ça, aucun de leurs propriétaires respectifs ne le sait.

— Il faudrait que vous me les répétiez, en admettant que vous en soyez capable, mais grosso modo, au moins trois.

— Il en reste donc quatre, monsieur le maire, assez pour vous créer une montagne de problèmes. Si jamais nous retrouvons Vera Ladich trop tard et qu'il apparaît que son décès aurait pu être évité avec une intervention plus rapide, ça en ferait cinq ou six, sans compter qu'alors, je... – Pedrelli lui pose une main sur le bras.

Beppe Dro recommence à faire pivoter son agenda noir orné de l'autocollant d'un rallye. Il fixe des yeux la chemise saumon de ce commissaire qu'il n'aurait sans doute jamais imaginé ni voulu rencontrer, encore moins à l'intérieur de cette chemise. Le poêle a perdu de sa chaleur et diffuse à présent dans la pièce une odeur organique, le feu doit avoir rencontré une langue de bœuf, une poule des bois, une armillaire ou quelque autre...

— Vera Ladich est née Anna Mattalia, déclare le maire. Ici, à Clot, en 1946.

Arcadipane sent la main de Pedrelli glisser de son coude à la table, comme brusquement épuisée. Il regarde Me Alberto Spurio, calme et courtois sur sa chaise en bois rustique d'auberge de montagne. L'un de ces hommes qui vous rendraient désagréable un bon feu de cheminée, un verre de rouge et l'entrée dans une baignoire d'eau chaude. Le pire, selon Arcadipane, c'est qu'il n'a absolument rien à voir avec l'homicide de Terenzio Fuci et la disparition de Vera Ladich. Les hommes de cette trempe ne sont jamais des criminels, ni grands ni petits. Autrement, ce serait trop facile. Et la police n'aurait pas besoin de personnes comme Bramard ou lui.

— Vous voulez continuer ? demande Arcadipane.

Spurio se penche pour ramasser ses fascicules et, en deux coups secs sur la table, les tasse en une liasse égale qu'il pose à sa gauche.

— Pourquoi pas ? répond-il. Au fond, tout le monde aime les histoires d'amour.

— Oui, dit Pedrelli, allez savoir pourquoi.

Spurio défait deux des boutons de sa veste et pose les coudes sur la table.

— En 1958, quand la construction du barrage a commencé, l'Italie était en plein miracle économique. Elle avait besoin d'électricité, de beaucoup d'électricité, afin de soutenir la production et la consommation. Le pays, ne disposant pas de pétrole ni de charbon, a eu la clairvoyance de choisir l'hydroélectrique. En effet, nos montagnes...

— Vous pouvez nous raconter ça en moins de quatorze pages ? l'interrompt Arcadipane.

L'avocat se force à sourire.

— Amilcare Fuci, le frère de Terenzio Fuci, était l'un de ceux qui croyaient au développement du pays mais, à la différence de bien des politiciens, y compris au sein même de son parti, il était en mesure d'y contribuer. Aussi s'est-il démené pour fonder ICA, une entreprise publique chargée de construire de nouvelles centrales hydroélectriques. Parmi les quinze sites étudiés par les experts, celui-ci s'est révélé le plus propice à tous les points de vue, le barrage de Clot fut le premier construit et mis en service par ICA. La tragédie et les erreurs commises avec le Vajont[1] ayant pesé sur la perception de l'hydroélectrique par l'opinion publique, de nombreux projets ont été abandonnés.

1. Le 9 octobre 1963 à 22 h 39, un versant du mont Toc s'écroule d'un seul bloc dans le lac de retenue du barrage du Vajont (région Frioul-Vénétie Julienne), provoquant plusieurs vagues qui causèrent la mort de 1 900 personnes. Le procès montrera que la catastrophe était non seulement prévisible, mais prévue.

Mais ce barrage, comme beaucoup de ceux qui furent construits ces années-là, est sûr. Preuve en est qu'aucun incident ne s'est produit depuis, pas même une alerte.

Arcadipane sent la légère vibration d'un texto dans sa poche. Il vérifie. C'est Botta qui passe au rapport : « Les nouvelles équipes élargissent la zone de recherche. Rien de nouveau chez les chiens. Hélico rentré faire le plein. Curieux et journalistes locaux se rassemblent au barrage routier en dessous du village, pour l'instant justifié pour cause d'éboulement, comme convenu. Mais il faut s'attendre à ce que la presse nationale et les télés s'intéressent sous peu à la chose. »

Arcadipane répond d'un bref « OK ».

— Excusez-moi – et il fait signe à Spurio de poursuivre.

— À quelques mois de l'inauguration de l'ouvrage, Amilcare Fuci a demandé à son frère de l'accompagner pour une visite du chantier. Terenzio Fuci dirigeait déjà la Veronica Film et commençait à trouver sa place parmi les producteurs de cinéma, en Italie et à l'international. Ils sont restés au village durant cinq jours, dans l'hôtel construit par ICA. Les techniciens leur ont montré le lac de retenue et la centrale, mais M. Terenzio, toujours en quête de nouveaux visages, a surtout été impressionné par la physionomie des habitants de Clot. En particulier par celle d'une jeune fille.

— De quel âge ?

Spurio réordonne la pile de fascicules qui n'a pas bougé d'un poil.

— Seize ans.

— Et M. Terenzio Fuci en avait à l'époque…

— Trente-six.

— Pas besoin d'être un cador en mathématiques pour constater que ça fait plus du double. Donc M. Terenzio Fuci s'entiche de cette adolescente dont nous savons maintenant qu'elle s'appelait ?

— Anna Mattalia, lâche le maire, ressuscité de sa torpeur.

— Excusez-moi, messieurs, une précision s'impose, intervient l'avocat. Vera Ladich n'est pas un nom d'artiste, mais la nouvelle identité que Vera a choisie et dans laquelle elle se reconnaît pleinement. Pour elle, Anna Mattalia n'existe plus, je préférerais donc que nous continuions à utiliser le nom de Vera Ladich pour parler d'elle. Nous éviterons ainsi des malentendus qui pourraient nous distraire de notre unique objectif qui est de la retrouver.

Arcadipane ferme la veste en peau lainée que lui ont offerte ses ex-beaux-parents, le poêle est presque éteint et en plus, le maire ne cesse de le reluquer, comme hypnotisé.

— Alors donc, M. Fuci, trente-six ans, visite le chantier du barrage que son frère fait construire et, une fois sur place, il tombe amoureux de la future Vera Ladich, seize ans. Il la ramène chez lui, la convainc de changer de nom et, en deux ans, il en fait une star de cinéma.

Pour la première fois, sur le visage de Me Spurio, se dessine une grimace peu professionnelle.

— Je me suis trompé quelque part ? demande Arcadipane.

— Vous trivialisez de manière offensante la naissance d'une relation qui a duré cinquante ans. Et qui a lié deux personnes hors du commun.

— Il ne l'a donc pas ramenée chez lui ?

— M. Fuci était célibataire et sans engagements. Il n'a ramené personne : Vera partageait ses sentiments et elle a décidé de le suivre.

— Et de changer de nom en se vieillissant de deux ans. Bizarre pour une femme, et plus bizarre encore pour une actrice.

— Vera Ladich n'était pas encore une actrice. La décision d'avancer sa date de naissance a été prise d'un commun accord parce qu'elle les mettait tous deux à l'abri des médisances. Étant donné le rôle politique d'Amilcare, la famille Fuci était au centre de bien des attentions. Qu'il ne s'agît pas d'une amourette passagère me paraît par ailleurs…

— J'ai compris, j'ai compris, le grand amour, pitié ! – Arcadipane se lève et se met à marcher autour de la table. Ça n'avait donc rien à voir avec la loi qui empêchait une jeune fille aussi jeune de contracter un mariage sans l'accord écrit de ses parents ? Parce que moi je les vois mal, papa et maman Mattalia, nés à Clot au début du XXe siècle, signer le papier permettant à leur gosse de seize ans de partir pour Rome au bras d'un producteur de cinéma rencontré l'avant-veille et deux fois plus vieux qu'elle.

— C'est pourtant bien ce qu'ils ont fait, dit Spurio. Ils ont signé cette autorisation. Et même si je ne crois pas que cela ait un quelconque rapport avec ce qui vient de se passer, je peux vous montrer une copie de ce document.

— C'est à nous d'estimer ce qui a ou non un rapport avec notre affaire. Vous en dites quoi, monsieur le maire ? Comment ils ont pris la chose, par ici ? Ils ont accroché des boîtes de conserve à la voiture et lancé du riz, sans blague ?

Le maire tourne la tête pour localiser Arcadipane qui s'est arrêté derrière lui.

— J'avais une dizaine d'années, mais je ne me rappelle pas d'un « scandale ». Il y a eu davantage de polémiques à cause de la construction du barrage. Plusieurs familles ont émigré en France ou se sont déplacées dans la vallée. À propos d'Anna Mattalia, la communauté devait avoir son opinion, mais ça restait une affaire privée, tout de même.

Un téléphone sonne. Il y a ce bref échange de regards durant lequel chacun pense que c'est peut-être le sien, avant que le brigadier-chef ne se lève, présente ses excuses et quitte la pièce. Le maire en profite pour suspendre la séance. Esquivant la manœuvre d'Arcadipane qui vient de se poster derrière lui pour le prendre en tenaille, il va jusqu'au poêle, saisit une bûche dans le panier et la pose sur les braises encore incandescentes. Il ferme et rouvre une ou deux fois le volet d'aération pour oxygéner la flamme.

— Est-ce qu'elle revenue au village ?

— Pas que je sache, répond le maire.

Derrière son mètre quatre-vingt-dix de parka, pantalon de futaine et Clarks, Arcadipane ne peut s'empêcher de voir l'adolescent gauche que tout le monde s'est soudain mis à qualifier de « beau gaillard » sans qu'il comprenne bien pourquoi.

— Il est donc plausible que l'hôtelier et sa femme ne l'aient pas reconnue ?

— Je crois qu'ils étaient à peine nés quand Anna Mattalia est partie. Moi-même, qui ai vu plusieurs de ses films, j'ai eu du mal à la reconnaître sur la photo récente que votre collègue m'a montrée.

— Quand est-ce que sa carrière s'est arrêtée ?

— Son dernier film date de 1973. Depuis, elle n'a plus fait d'apparitions publiques.

Même l'inébranlable Me Spurio commence à montrer quelques signes de fatigue. La nuit passée à rédiger cet accord de confidentialité qui pourrait maintenant servir à raviver le feu…

— J'imagine que vous pouvez nous dire pour quelle raison Vera Ladich et Terenzio Fuci sont venus ici hier, n'est-ce pas ? lui demande Arcadipane.

— Non, ni Mlle Brocani ni moi n'en avons la moindre idée.

— Vraiment ?

— Puisque je n'étais pas au courant de ce voyage, c'est la première question que j'ai posée à Mlle Brocani. Elle m'a répondu avoir réservé la totalité de l'hôtel pour deux nuits, comme M. Fuci l'en avait priée, sans l'informer de ses motivations.

— Cette demoiselle savait-elle ce que Clot signifiait pour Fuci et Ladich ?

— Nous n'avons jamais abordé le sujet, mais je suppose que oui. Je crois qu'elle a pensé comme moi que la mort, il y a quelques mois, du frère de Vera, hospitalisé depuis des années dans une clinique de la banlieue de Rome, avait réveillé en elle le désir de revoir son village natal. J'imagine que Vera a demandé à M. Fuci de revenir sur les lieux de leur rencontre. Le fait qu'aucun des deux n'en ait parlé à personne confirme la valeur sentimentale et très intime de ce voyage. Qu'ils aient choisi de le faire en voiture – chose curieuse compte tenu de la distance – me laisse penser que s'il n'était pas arrivé ce qui est malheureusement arrivé, nous n'aurions peut-être jamais rien su de cette « fugue ».

Arcadipane, qui s'est remis à marcher autour de la table ovale quand l'avocat a commencé à parler, se retrouve à la hauteur d'une des deux fenêtres qui donnent sur la place où le brigadier-chef discute avec un carabinier arrivé à bord d'une Punto d'ordonnance. Son subordonné tient un porte-documents avec bandoulière. Le brigadier-chef y range les écouteurs qu'il portait quelques instants auparavant, prend le porte-documents et se dirige vers l'entrée de la mairie.

Arcadipane attend qu'il soit rentré dans la salle, puis il s'approche de la table et pointe le doigt sur Clot, auquel la carte dépliée rend honneur à une échelle plutôt généreuse.

— Je vous prie de m'écouter vous aussi, déclare-t-il à l'adresse du gradé. Pour le moment, la route reste barrée. Monsieur le maire, je compte sur vous pour faire comprendre à vos trente-six administrés que tout déplacement doit être justifié et autorisé. S'ils ont invité des proches, qu'ils annulent. S'ils ont besoin de quelque chose d'indispensable, qu'ils le commandent, nos hommes le récupéreront au barrage routier et le leur feront remettre. Pour que tout soit clair, la situation est la suivante : le classique « personne ne sort de la classe tant que l'élève qui a piqué le compas de son camarade ne se dénonce pas ou n'est pas dénoncé par un autre ».

À côté du brigadier-chef, le maire l'écoute. Aucun des deux ne s'est rassis.

— Je veux que vous nous indiquiez, à nous et aux carabiniers, toutes les cabanes, les ruines ou les accidents de terrain qui ne figurent pas sur cette carte. Ce pré, Gias Vej, a une fonction particulière ? Un propriétaire ? Il est destiné à une activité dont nous devrions être informés ?

— C'est un terrain domanial, avec vue panoramique sur le lac. Alors, à la belle saison, les touristes y montent se promener ou faire un pique-nique. Et puis les vaches, quand les camions les emmènent à l'alpage. Ils les déchargent là, au bout de la route et reviennent les prendre à la fin septembre. Ensuite, les trois granges qui sont encore utilisées restent vides.

— Nous les avons inspectées, commissaire, précise Pedrelli.

— Bien, on a de la lumière jusqu'à quand ?

Le maire consulte une breloque électronique à son poignet et presse deux de ses petits boutons avec ses doigts de bûcheron.

— Le soleil se couche à 18 h 23, mais la lumière décline au moins une demi-heure avant.

— Alors on a un peu de temps devant nous. Montez au pré avec Pedrelli. Je veux que vous observiez les lieux et que vous me disiez si quelque chose vous paraît différent de d'habitude : une pierre déplacée, une branche cassée, une fiente ou une bouse de vache. Que ça vous paraisse pertinent ou non, peu importe : vous le signalez. OK ?

— Entendu.

— Allez-y.

Pedrelli bondit sur ses pieds, comme s'il émergeait d'une torpeur vigile. Une fois qu'ils sont sortis, seules trois personnes restent dans la pièce. Arcadipane s'assied à côté de l'avocat, les jambes tournées vers lui. Ses genoux frôlent presque ses cuisses.

— Tant pis si je ne vous suis pas sympathique, lui dit-il, écoutez-moi bien.

— Vous ne m'êtes pas antipathique. Moi aussi, en dehors de mon service, je suis moins insupportable que j'en ai l'air.

— Vous avez choisi le mauvais exemple, parce que moi, par contre, je le suis tout autant. D'ailleurs, ma femme m'a quitté, mes enfants font tout juste l'effort de me supporter et le seul ami que j'ai est peut-être mourant, mais il refuse de m'en parler. Alors...

— Êtes-vous en train de m'expliquer que j'ai pris un billet pour la même destination que vous ?

— Je ne sais pas, je m'en fous et de toute façon, je ne peux rien y faire. Vous pensez qu'on l'a enlevée ? Ne me répondez pas. Je reformule ma question : vous pensez qu'on peut l'avoir tué lui afin de l'enlever elle ?

— Non.

— Donc, d'après vous, nous ne devrions pas nous attendre à une demande de rançon ?

— Adressée à qui ? Ils n'ont ni enfants ni héritiers directs. À part leur appartement et l'argent qui se trouve sur leurs comptes, tout est au nom de la société. Ce serait très compliqué de débloquer quoi que ce soit.

— Vous pourriez le faire ?

— Je le pourrais, mais étant donné la complexité de l'opération et les délais, les ravisseurs doivent être soit très mal informés soit très patients.

— Je vous remercie pour votre sincérité.

— Ce n'est pas de la sincérité, c'est un avis professionnel.

— C'est la raison pour laquelle ma femme m'a quitté.

— Laquelle ?

— Elle n'arrivait plus à distinguer sincérité et avis professionnel.

Me Spurio le toise, puis se lève, ramasse ses affaires et sort de cette salle où tous ont l'impression d'être entrés avec une dizaine d'années en moins. Le poêle émet une lueur sépulcrale, la température l'est tout autant.

— Faites-le-moi écouter, dit Arcadipane.

Le brigadier-chef sort son PC de son sac, il l'allume puis cherche le dossier. Arcadipane écoute, les yeux rivés au lac, sur la carte, à sa forme animale et dormante.

« Carabiniers d'Alve », dit la voix de celui qui tenait le standard ce soir-là. Silence, une respiration ténue, paisible. « Carabiniers, parlez. » Long silence, aucune respiration audible. « Il y a un mort à Gias Vej. » *Clic.*

— Repassez-le-moi.

Le brigadier-chef s'exécute. Arcadipane réécoute l'appel en pensant qu'il a sur les bras un mort encombrant, une star disparue, un village de montagne fermé comme une huître et que tous ceux qu'il a interrogés, même les plus odieux, hostiles et réticents, lui ont dit la vérité. Cette voix non plus, ne ment pas, ces mots prononcés par un homme qui n'est pas jeune et qui couvre sa bouche d'une écharpe ou d'un mouchoir, ne mentent pas non plus. Pas d'accent évident.

Ce qui est un problème.

Les gens pensent que les informations, les faits avérés sont ce qui vous permet de résoudre une affaire alors qu'en réalité mensonges et demi-vérités sont le seul terrain malléable où creuser. Or, pour le moment, il ne rencontre que de la roche dure.

Le brigadier-chef se tient à côté de la fenêtre et lui fait signe d'approcher.

Arcadipane ramasse son sac de fringues pisseuses et le rejoint.

— Il a appelé de là-bas, lui dit le gradé en désignant l'oreille en Plexiglas bleu qui abrite le téléphone public, entre l'épicerie et la mercerie. C'est étrange de se dire qu'hier soir, à 23 h 46, l'homme que nous cherchons était sous ce réverbère et téléphonait, non ?

5.

Ils se garent dans une cour intérieure. Il fait nuit, il est presque 20 heures. Plusieurs infirmiers en fin de service décompressent en fumant une cigarette entre semblables, avant de se lancer dans le monde au-delà du portail. Comme le font les flics, les gardiens de prison, les missionnaires, les institutrices et tous ceux qui côtoient d'un peu plus près que les autres le mal et la douleur sans consolation. Arcadipane, qui y pensait justement tout à l'heure, passe au milieu d'eux, Pedrelli sur ses talons.

Ils se dirigent vers la petite porte qu'on leur a indiquée. En principe, il leur faudrait un passe magnétique, mais il paraît que la serrure ne fonctionne plus depuis deux semaines – « poussez et entrez », leur a-t-on dit. Et c'est donc ce qu'ils font.

Le couloir souterrain pourrait être celui d'un stade ou d'un complexe sportif. Dans le sous-sol des hôpitaux aussi, il y a des canalisations, des chaudières, des réserves, des débarras, des cagibis, des poubelles et même des chiottes, où Arcadipane peut faire son deuxième pipi de la journée.

Ils se retrouvent aux lavabos, un bruit de chasse d'eau en fond sonore. Pendant le trajet en voiture, Arcadipane n'a pas lâché son téléphone : questeur, Corps forestier, maire, parquet et, pour finir, le directeur général. Il a résumé, récapitulé, reconsidéré et tenté de revêtir le néant dont ils disposent de l'or pur des potentialités. La synthèse qu'on lui balançait à l'autre bout du fil : ne pas perdre de temps, trouver Vera Ladich, tenir la presse à l'écart et, même si vous n'avez pas signé ce putain d'accord de confidentialité, faites comme si on vous l'avait tatoué sur le dos.

— On n'a pas arrêté une seconde aujourd'hui, n'est-ce pas, commissaire.

— Non.

— C'est ça aussi, qui est bien, dans ce métier, non ?

— Non. Allez, on est en retard.

Ils montent l'escalier. Aucun des deux n'est jamais venu dans cet hôpital, mais les indications qu'on leur a fournies se révèlent exactes : ils finissent par tomber sur la double porte qu'ils cherchaient et pressent la sonnette de ce qui semble être la blanchisserie. Entre-temps, Arcadipane a enfoncé un doigt dans un coin de la poche de son pantalon, à la recherche de quelque grain de sucre autrefois consubstantiel d'un sucaï. Le trou qu'il découvre à la place est la preuve qu'il n'y a plus qu'à conclure cette journée tout juste bonne à être enterrée. Il s'attarde un peu sur les poils de sa cuisse, puis la porte s'ouvre et ils entrent.

— Venez, leur lance une ombre longue et voûtée du fond du couloir, avant de disparaître.

Ils la retrouvent devant une deuxième porte.

— Battantier, dit l'homme, qui n'est en réalité qu'un gamin. Je suis le médecin légiste de service.

— Tu mesures combien ?

— Deux mètres trois. Suivez-moi, je vous prie.

La pièce n'évoque guère la médecine, le progrès et la nécropsie. C'est une salle de jeux ornée de posters de basketteurs, avec un panier sur lequel est inscrit « vas-y si tu peux », un panneau d'autoroute à l'évidence volé, de la musique électronique à bas volume et des fanions d'universités américaines. Le corps de Terenzio Fuci, producteur romain de quatre-vingt-sept ans, époux de Vera Ladich, frère d'Amilcare Fuci, homme du Vatican au sein de la DC et de la DC au cœur du Vatican, est étendu sur une civière au beau milieu de tout ça, son épaisse crinière lui servant d'oreiller, un drap le recouvrant jusqu'à la poitrine sur laquelle est posée une feuille A4 où l'on peut lire, inscrit au stylo : « PRIAM, Les Dieux ont destiné les misérables mortels à vivre pleins de tristesse, et, seuls, ils n'ont point de souci[1]. »

— La vache, mais qui te permet de faire ça ? s'exclame Arcadipane.

— Je reçois des propositions de boulot des États-Unis. Au moins deux fois par jour. Asseyez-vous, je me lave les mains.

Ils le regardent déplacer sa carcasse de ptérodactyle chaussé d'Air Jordan et se passer les mains sous l'eau, sans savon. Il porte une blouse de magasinier. À l'avant de son crâne ovoïde, deux bosses grosses comme des nèfles. Un truc osseux. Ses doigts fins et interminables ne bougent pas, ils fluctuent.

— Alors, qu'est-ce que tu fiches encore à Coni ? demande Arcadipane du canapé en cuir rouge où il s'est installé, collé à l'accoudoir pour ménager un espace entre Pedrelli et lui.

— J'ai une mère invalide. Tant qu'elle est en vie, Coni *is my hometown.*

Battantier vient s'asseoir entre eux, sur le canapé. De là, ils distinguent la silhouette du corps sous le drap et le profil de Fuci qui, sans être beau, n'est pas banal.

— M. Fuci a été étranglé avec le fil qui a servi à lui ligoter les mains une fois expiré. Pas avec un fil identique, avec ce fil-là. Je sais que Sarace vous l'avait déjà précisé, d'ailleurs vous le saluerez de ma part, je n'oublierai jamais ses cours, mais moi, j'y appose le sceau du dogme. Quoi qu'il en soit, la chose intéressante, c'est qu'il s'est agi d'un étranglement « lent ».

— Ça veut dire quoi ?

— Il s'agit d'une technique du bondage et de certaines pratiques érotiques. Et en ce qui concerne notre affaire, cela peut seulement nous servir de révélateur.

— Je ne comprends pas.

— Sa gorge, ses yeux et les autres indicateurs sont très semblables à ceux que l'on rencontre chez les personnes qui

1. *Iliade*, XXIV, 525. Traduction de Leconte de Lisle.

ont poussé trop loin des pratiques de bondage, érotiques et sadomasochistes. Ça signifie que la personne qui a étranglé M. Terenzio a alterné les moments de traction provoquant l'asphyxie et les moments de relâchement, qui ont pu donner au sujet « une bouffée d'oxygène », l'expression est ici à prendre au sens propre.

Arcadipane sent Pedrelli frémir à l'autre bout du canapé. Il ne peut pas le voir car Battantier, si filiforme debout, est bien plus balèze qu'il y paraît. Rien que ses genoux, cartilage et os, doivent peser autant que le cœur d'un bovin adulte.

— Je l'imagine mal faire un truc pareil, objecte Arcadipane.

— En effet, d'ailleurs ce n'est sûrement pas ce qu'il faisait, et la personne qui l'a tué non plus. Restent donc deux hypothèses. Soit il s'agissait d'une personne peu vigoureuse, malade, blessée, mourante, inhabile, un enfant incapable de maintenir la tension trop longtemps, ce que j'exclus parce que la régularité de l'action traction-relâchement et le fait que le fil n'a jamais changé de position sur le cou seraient alors le fruit d'un hasard vraiment exceptionnel.

— Soit ?

— Soit c'est quelqu'un qui souhaitait obtenir exactement cet effet, c'est-à-dire prolonger l'agonie de M. Terenzio, en lui concédant quelques instants d'espoir avant de le replonger dans la détresse. Le tuer ne lui suffisait pas, encore fallait-il qu'il sût qu'on le tuait. De notre point de vue, ce n'est pas bien joli, mais c'est l'achèvement du désir profond de tous les meurtriers. Le distillat de l'homicide, l'aspiration de tout tueur, comme le *dunk* est celle de tout basketteur.

— Tu joues au basket ?

— Non, jamais, c'est un sport grotesque.

Le jeune homme sort de la poche de sa blouse une boîte de bonbons à la lavande. Il l'ouvre et y prend un sucaï.

— Tu connais Bramard ?

— Il est vivant ou mort ?

— Vivant, je crois.

— Alors non. D'autres questions ? Sinon je continue.

— Continue.

— Le sang prélevé sur le siège appartient à Vera Ladich, aucun doute possible. Quant au fil électrique plat, il est sorti d'une usine italienne qui en a produit des centaines de kilomètres pendant une quinzaine d'années, de 1952 à 1964.

— Je pensais que tu ne t'occupais que du corps.

— C'est pour ça qu'ils me veulent, en Amérique. Réflexion latérale. Ce fil a été récupéré sur une installation, il n'est pas neuf, mais n'a pas été exposé aux intempéries, neige ou pluie, pour être précis, donc l'endroit devait être couvert. C'est tout.

— C'est tout.

— En fait, j'ai bien quelques autres données sous le coude, mais puisqu'on ne m'a pas autorisé à ouvrir M. Terenzio, je ne suis pas censé les connaître.

— On ne t'y a pas autorisé? Pourquoi?

— Il s'envole demain matin pour Rome, de l'aéroport de Coni-Levaldigi, ils veulent tout faire à la capitale, on m'a demandé de n'effectuer que les relevés urgents, tout ce que le temps pouvait altérer. Et c'est ce que j'ai fait. Officiellement.

Le jeune homme se penche en arrière pour remettre la boîte de bonbons dans sa poche. Le grincement du canapé donne à Arcadipane une petite idée de ce que signifie mouvoir un corps pareil.

— Tu m'offres un sucaï?

— Je comprends ton problème.

— Alors je t'en prends deux, merci. Et qu'est-ce que tu peux nous dire, officieusement?

— Qu'il n'a pas pris de drogues, très peu d'alcool, deux verres de vin, qu'il était en bonne santé, qu'il n'a jamais eu à faire de travaux de force et qu'il y avait dans son estomac des châtaignes, des orties, des champignons, de l'ail et de l'orge, donc qu'il avait mangé au dîner ce que, dans la vallée, on appelle de la soupe à l'ancienne. Et aussi du Viagra. Pas hier soir ni les jours précédents, mais il en prenait de temps en temps.

— Comment as-tu su tout ça sans l'ouvrir?

— Il y a des années, j'ai appris une petite manœuvre avec deux longues baguettes… Mieux vaut que vous n'en sachiez pas plus. Je dois y aller, maintenant. Comme je vous l'ai dit, j'ai une mère invalide. Sans quoi je serais en Amérique.

Voitures et infirmiers ont déserté la cour où ne traînent plus que deux médecins qui se plaignent de leurs horaires. Ils rejoignent la Peugeot, laquelle aurait bien sa place dans la zone « soins de longue durée » d'un hôpital. À cette heure-ci, le trafic de Coni est intense, c'est-à-dire nul. Arcadipane consulte son portable, Pedrelli conduit.

— J'ai fait préparer quatre chambres à l'hôtel : pour vous, Lavezzi, Botta et moi. Les nôtres sont au deuxième étage. J'ai renvoyé les autres chez eux, ils remonteront tôt demain matin. Il n'y a pas assez de lits pour tout le monde. Et aussi élastiques que soient les horaires, ils sont tout de même syndiqués.

— Tu as bien fait. Gare-toi un instant, s'il te plaît.

La voiture roule encore quelques mètres autour de la grande rotonde puis s'arrête à deux pas du trottoir. Avec une aisance de fauve, Arcadipane ramasse son sac de linge compissé puis ouvre sa portière et sort.

— Qu'est-ce que vous faites, commissaire ? demande Pedrelli, presque couché sur le siège passager.

— Je rentre à Turin. J'ai un train dans cinq minutes.

— Mais la direction nous a ordonné de…

— Je dois m'occuper de mon chien. Je laisse mon téléphone allumé et demain à l'aube, je serai de retour à Clot.

— Mais, j'espérais profiter du voyage… depuis ce matin j'attends de pouvoir vous parler.

Arcadipane regarde l'heure sur la façade de la grande gare.

— Vas-y, j'ai cinq minutes !

— Mais non, rien… Je voulais vous présenter mes excuses pour avoir perdu mon calme.

— Tu as perdu ton calme.

— Avec l'estime et le respect que j'ai pour vous… Laisser échapper ce gros mot… Ce n'est pas pour minimiser ma faute, mais quand j'ai compris… Je peux vous confier un secret ?

— Si ça dure moins de deux minutes.

— Je ne l'ai jamais avoué à Paola, parce que ce n'est pas bien de faire des comparaisons, même quand elles sont flatteuses comme…

— Pedrelli ? Mon train.

— Quand j'ai rencontré Paola, ce qui m'a frappé, c'était sa ressemblance avec Vera Ladich, qui me plaisait tant. J'avais vu tous ses films, je ne dirais pas que j'en étais amoureux, mais… Voilà pourquoi je savais qu'elle était mariée à Terenzio Fuci.

Arcadipane contemple Pedrelli, en cherchant dans le coin de sa bouche l'un des sucaï conquis sur le terrain. Il a croisé ladite Paola quatre ou cinq fois et il a du mal à croire qu'elle a un jour ressemblé à Vera Ladich, même à vingt ans. Ni à vrai dire – mais que Dieu nous en préserve – à une Vera Ladich défunte depuis vingt heures dans le coffre d'une voiture ou sous un mètre de terre.

— Très romantique, Pedrelli, on se voit demain, appelle-moi s'il y a quoi que ce soit.

Il traverse le hall à grands pas, la billetterie est fermée, il y a les bornes électroniques mais ça lui prendra des plombes, il achètera son ticket à bord. Le train gît le long du quai prévu. Multicolore, portes ouvertes. Arcadipane plonge dedans, il pose son sac en plastique sur le siège d'en face et s'affale sur le sien. Le wagon est vide.

Depuis ce matin, c'est la première fois qu'il s'assied sans avoir quelqu'un à qui parler ou à écouter, sans avoir à réfléchir ni à examiner quelque chose avec attention. Il a faim, il a besoin d'une douche, mais d'abord, il voudrait dormir. Au lieu de quoi il a déjà son téléphone à la main.

— Avant que j'oublie…, se justifie-t-il.

Il consulte son répertoire, sélectionne un nom. Tandis que ça sonne, deux garçons noirs montent dans le wagon – quinze ans, survêtements et sacs de l'équipe de foot d'un village voisin.

— Amedeo ? C'est Vincenzo.

— Je me disais bien que tu m'appellerais. Tu as vu Battantier ?

— Oui, je l'ai trouvé un peu… Tu es sûr qu'il est fiable ?

— Tu comptes lui laisser les clés de chez toi pour qu'il arrose tes plantes ?

— Je n'ai pas de plantes.

— Bon, c'est un médecin légiste de génie. Les Américains l'appellent tous les deux jours pour le supplier de bosser pour le FBI. Il n'y va pas parce que sa mère est invalide.

— Qu'est-ce qu'elle a ?

— Sa mère ? Je ne sais pas.

— Et sa tête ?

— Quoi, sa tête ?

— Ces bosses…

— Quelles bosses ?

— Grosses comme des kiwis… sur son crâne, on les voit à dix mètres, putain !

— Ah, ça, oui, il s'injecte des trucs sous la peau. Une fois il est venu en cours avec un goitre, une autre fois, avec une orchite, on y a tous cru, même nous, ses profs, mais le lendemain, il n'avait plus rien. L'année d'après, il a publié un article en anglais sur l'absorption de certaines substances par l'organisme. Quand ils ont lu ça, les Améric…

— Se sont mis à l'appeler un jour sur deux, j'ai pigé. En tout cas, c'est dégueulasse !

— Bah, tu l'as vu combien de temps, dix minutes ? Imagine sa fiancée…

— Il n'a pas de fiancée.

— Tu te goures.

— Il n'en a pas.

— Il en a des flopées, elles l'appellent tous les jours…

— Va te faire foutre, Amedeo.

— J'irais volontiers, mais je crains que ça ne t'empêche pas de m'y appeler. Repose-toi.

6.

La gare du Lingotto est à celle de Porta Nuova ce que les premières explorations génitales autogérées sont au sexe : périphérique, relativement propre et peu fréquentée, elle anticipe quelque chose que tu désires et te signale qu'en l'absence de retards ou de problèmes techniques sur la ligne, tu peux commencer à préparer tes bagages parce que tu approches de ta destination.

C'est pourquoi Arcadipane observe avec une pointe de tristesse les passagers qui y descendent et se dirigent vers le passage souterrain. Presque un renoncement.

Son père a travaillé six ans à l'usine du Lingotto, pour ensuite retourner à Mirafiori et produire, jusqu'à sa retraite, dans une boîte de métallurgie de la ceinture, des pièces toujours destinées à la Fiat mais qui effectuaient quelques déplacements avant de finir montées sur une automobile de cette marque. À l'époque, le train dans lequel il voyage était celui des équipes de nuit. Des centaines d'hommes et de femmes que les chemins de fer nationaux aspiraient à Langhe, Roero et dans toute la province de Coni puis déversaient dans les établissements qui ne dormaient jamais.

Ces années-là, les services de nuit de son père finançaient ses études de comptabilité dans l'espoir que, à l'instar de Vittorio Valletta[1], de diplômé des cours du soir sur les chiffres il se

1. Vittorio Valletta (1883-1967) obtint son diplôme d'expert-comptable en suivant des cours du soir, entra à la direction de la Fiat en 1921, en devint président en 1945 et le resta jusqu'en 1966, date de son départ à la retraite.

retrouve à la barre de quelque chose. Et le voilà, quinquagénaire, dans la branche la plus crade de la police, à bord d'un train régional aux sièges bleus, avec son sac de linge pisseux qu'il devra laver lui-même.

Derrière la vitre défile la vieille usine reconvertie en centre de congrès et en galerie marchande. À mesure que le train accélère – sans exagérer parce que le centre-ville est proche –, Arcadipane reconnaît la tour du CTO[1] et le halo orangé de l'hôpital des Molinette dont les pavillons n'excèdent pas trois étages. Il prend son portable et fait défiler son répertoire jusqu'à « Bramard ». Une pression sur la touche verte, et dans une de ces chambres, à deux kilomètres à vol d'oiseau, un écran s'illuminera peut-être. Si tant est qu'il soit là. Si tant est qu'il soit vivant.

Comme le train pénètre dans la gare, le téléphone commence à vibrer dans sa main. Il lève les yeux au ciel en lisant le nom affiché sur l'écran.

— J'ai l'horloge du quai sous les yeux, Pedrelli, on s'est quittés il y a cinquante-cinq minutes.

— Désolé de vous déranger, commissaire. Je voulais vous informer du résultat des empreintes relevées dans l'habitacle et sur la carrosserie de la voiture. Elles appartiennent à Vera Ladich, à Terenzio Fuci et à leur secrétaire, Mlle Brocani.

— Merde.

— Même chose pour le téléphone public. On n'a rien trouvé, que de vieilles empreintes, et partielles, celui qui a passé l'appel portait des gants, ou bien il a tout nettoyé.

— Putain de merde.

— Pour bien faire, Botta et Lavezzi – « Lavezzi et Botta », rectifie Lavezzi – ont perquisitionné les maisons et interrogé les habitants du village, avec une attention particulière pour ceux qui habitent sur la place. Personne n'a remarqué de mouvement

---

1. *Centro Traumatologico Ortopedico* : immense bâtiment en briques construit dans les années du boom économique qui se dresse à l'entrée sud de Turin.

autour du téléphone public à cette heure-là. À vrai dire, ils ont tous déclaré qu'ils dormaient.

— Pour ce qu'il y a à faire par là-haut !

— Lavezzi et Botta… Allons, les gars, arrêtez… se sont fait ouvrir l'église et y ont jeté un coup d'œil, rien à signaler. Les équipes cynophiles sont reparties. Ne nous laissons pas abattre, commissaire. On se voit demain matin ?

Le train stoppe avec une double secousse. Arcadipane hoche la tête, comme si Pedrelli pouvait le voir, et raccroche. Après le sifflement électronique, quelques têtes commencent à se succéder derrière la vitre zébrée par la pluie.

La gare est un labyrinthe de panneaux OSB : la longue main de la milanisation venue rentabiliser les voûtes du XIXe siècle et les vastes espaces inutiles qui accueillaient les arrivées. La dernière bouffée d'air avant d'entrer dans la ville qui achète et qui travaille, étouffée elle aussi. Dans quelques mois, les voyageurs défileront entre cafétérias, sandwicheries, librairies, magasins de fringues, de lunettes, de valises, de médicaments et d'électroménager. Fini les consignes et les chiottes gratis, qui offraient sans doute trop de distraction.

Comme prévu, au-delà des arcades de la place Carlo Felice, il pleut. Tant mieux, pense Arcadipane, car s'il existe une ville belle et modeste sous la pluie, c'est bien Turin. Pas comme Paris où, dès les premières gouttes, si tu n'y es pas venu accompagné, il te faut impérativement trouver l'amour, et chacun sait qu'à Paris tout est cher et recouvert de *crème fraîche**[1]. Quand il pleut, Turin reste la même, mais mouillée : le temps que le monoxyde se précipite, glace les pavés, et la pierre des édifices retrouve, pour quelques heures, l'air limpide des montagnes d'où elle provient. C'est toujours beau de voir quelque chose rentrer à la maison. Quelle qu'elle soit.

Arcadipane fait la première partie du trajet sous les arcades de l'avenue Vittorio, après quoi il choisit de tourner rue San

1. Les mots ou expressions en italique suivis d'un astérisque sont en français dans le texte.

Secondo. Il a en tête une carte des endroits où dîner seul à 22 heures, surtout quand il pleut. Pas de kébabs, ni de chinois, de thaïlandais ou de sibérien, mais des bistrots ou des gargotes qui ont survécu en se cachant sous des enseignes de garages, avec des rideaux plissés et des panneaux vitrés où les menus ne changent jamais parce qu'on a perdu la clé.

Mais pas ce soir.

Alors il marche pendant une vingtaine de minutes, son sac en plastique à la main. Ses mocassins lui font mal aux pieds, la pluie lui trempe l'épaule côté rue. Pas grand monde dehors, surtout des personnes pourvues d'un parapluie et/ou d'un chien. Parmi celles qui ont juste un parapluie, une ou deux prostituées qui le saluent d'un geste du menton : un policier avec trente ans de service, c'est comme un fou qui arpente la ville en hurlant – qui ne le connaît pas, au moins de vue ?

Il passe à côté de son Alfa 33 Quadrifoglio, garée la veille au soir sur le boulevard. Bien entendu, il s'est pris trois prunes que la pluie a déjà reliées en un petit livre rose.

Il sonne à l'interphone et attend. En général, pas trop longtemps, compte tenu du fait que… Effectivement, la porte s'ouvre. Le hall est propre, correct, l'ascenseur, du début du xxe, en fer forgé. En l'attendant, il considère le sac en plastique qu'il a trimbalé toute la journée, puis la chemise saumon qu'il a sur le dos : deux accessoires d'une laideur au-dessus de la moyenne, et la moyenne n'est déjà pas terrible. Il revient sur ses pas, rouvre la porte et la bloque, se dirige vers la première poubelle et élimine le premier.

Sur le palier du troisième, la porte est entrouverte.

— C'est moi, annonce-t-il en enlevant ses mocassins avec ses pieds, avant d'ôter sa veste mouillée et de la suspendre à l'un des cintres qui se balancent sur les cordes du couloir.

Elle est dans le séjour, qui lui tourne le dos, assise sur le canapé couleur tabac. Elle tape sur le clavier de son ordinateur portable sous la seule lumière d'un lampadaire. Du dossier dépasse sa tête, avec ses cheveux ramassés et fixés par une clé Allen, et sa nuque qui tiendrait dans la main d'un enfant.

Exactement comme la première fois qu'il l'a vue en entrant dans son cabinet. Sauf qu'elle était assise dans un fauteuil, sans clé Allen dans les cheveux ni ordinateur devant elle, mais après une journée aussi merdique, Arcadipane ne juge pas utile de se gâcher l'instant avec des détails sans importance.

— Jolie chemise, commente-t-elle sans se retourner.

Peut-être aurait-il dû jeter celle-ci et garder l'autre, pense-t-il en cherchant du regard Trepet, la raison officielle pour laquelle il est ici. Mais le chien est invisible. Sûr qu'il est dans la chambre où il ne fait plus qu'un avec le tapis.

— Il t'a embêtée ?

Ariel se retourne en posant le bras sur les coussins.

— À part l'ironie que représente pour une psychothérapeute infirme le fait de se balader avec le chien à trois pattes d'un ex-patient, tu veux dire ? Non, et d'ailleurs, si je ne préférais pas l'herpès aux animaux, tu m'aurais presque convaincue.

Arcadipane la regarde. Cinq ans auparavant, guidé par le hasard et par le désespoir, il est entré pour la première fois dans son cabinet. Il y a six mois, peut-être pour les mêmes raisons, elle l'a fait entrer dans son lit. En définitive, il la connaît depuis plus de cinq ans mais ne sait toujours pas si elle est vraiment psychothérapeute, psychologue ou quoi que ce soit de ce genre.

— Je suis désolé. Il t'a fait descendre combien de fois ?

— Deux, mais la première, j'ai demandé à un patient obsédé par les reproches d'autrui de s'en charger, et j'ai oublié de lui donner les sachets ; la seconde, à une quinquagénaire nymphomane qui a dû se servir de lui pour choper un quidam autour du pâté de maisons. Mais je pense que Trepet est toujours vierge, car après deux années de séances, nous avons obtenu qu'elle cesse de s'attaquer au gibier de moins d'un mètre quarante. L'association Nains par discrimination a déposé une requête, mais tout est dans les mains du Tribunal administratif régional. Tu as faim ?

— Non.

— Tant mieux.

— Tu as mangé ?

Ariel brandit le carton vide d'une pizza.

— Tu pourrais refermer ta porte après la livraison, tout de même, dit Arcadipane en faisant un signe vers l'entrée.

— Mais pourquoi ? J'ai tellement hâte que tu me surprennes en pleine action. Je parle de sexe. Tu sais, ce truc qu'il m'arrive de faire même quand tu es là ?

— Ce n'est pas pour ça…

— Alors je coche la case « j'accepte ». Tu as faim ?

— Tu me l'as déjà demandé.

— Sait-on jamais… si entre-temps elle t'était venue. Il reste un quart de pizza au frigo. Je ne l'ai pas mangée parce que je me suis soudain aperçue qu'elle ressemblait au vice-président d'Obama.

Arcadipane jette un coup d'œil vers la cuisine. À part la salle de bains, les pièces n'ont pas de portes, leurs embrasures sont plus larges de cinquante centimètres. Pas de rideaux aux fenêtres. Le plancher est en bois, toutes les lampes sont posées dessus.

— Je récupère Trepet et j'y vais, dit-il. Demain matin, je dois me lever tôt. Je ne peux pas t'en parler, mais nous sommes dans la merde.

— En effet, lâche-t-elle en tapant quelque chose sur le clavier de son ordinateur, qu'elle a rouvert. Les astronomes ne parviennent pas à trouver quatre-vingt-dix pour cent de la matière de l'univers, alors vous, avec votre Vera Ladich…

Arcadipane regarde le portable qu'elle a levé à son attention : il est trop loin pour pouvoir lire le titre, mais la photo suffit.

Il rejoint le canapé, déplace les béquilles et s'assoit, la tête entre les mains.

— Tu as cent euros sur toi ?

— Non, et de toute façon, je ne peux plus être ton patient.

— Juste parce que tu me fais ces trucs-là ? Et tu crois que ça vaut cent euros de l'heure ? Si c'est le cas, je t'informe que tu me dois quatre-vingt-dix-huit euros soixante-dix pour chaque fois que tu t'imagines avoir économisé une séance.

Arcadipane tourne l'écran de l'ordinateur qu'Ariel a reposé sur ses cuisses. Il lit le papier, vague et mal écrit, mais au moins, ce que l'accord de confidentialité devait masquer n'y apparaît pas : pour l'instant, eux seuls savent que Vera Ladich est Anna Mattalia.

— Tu vois – elle pointe le doigt sur la troisième ligne de l'article – ils écrivent que « c'est une affaire confidentielle ». Ce doit être vrai, car les autres sites le confirment. Mais d'après moi, mieux vaudrait s'assurer que les infos télévisées de la nuit et les journaux de demain disent la même chose. Je ne voudrais pas m'imaginer que c'est confidentiel et découvrir ensuite que ça ne l'était pas.

— Putain, mais ils font comment…

— Combien de personnes la cherchent ?

— Entre la police, les carabiniers, la Protection civile, les pompiers, le Secours alpin et les bénévoles ?

— Et zéro Casques bleus ? En revanche, le village a l'air mignon, il s'appelle comment ?

— Clot.

— Tiens, regarde cette photo… Ça donne tout de suite envie d'y réserver un week-end et de l'offrir à quelqu'un qui a abusé de toi.

Le dos calé contre les gros coussins, Arcadipane se détend, la nuque entre ses mains jointes, et parcourt du regard les cordes au plafond qui partent en direction de la cuisine, de la porte-fenêtre, de la chambre, de l'entrée et de la chaîne stéréo.

— Tu as vu ses films ? demande-t-il.

— Pourquoi, toi non ?

— Peut-être, mais je ne m'en souviens pas. Pourquoi on l'appelait comme ça ?

Au lieu de répondre, Ariel pianote. Arcadipane y est habitué. Quand ils sont sur ce canapé, il contemple les cordes pendant qu'elle écrit, lit, surfe, regarde un film ou écoute de la musique, ne s'interrompant que pour lui balancer une vacherie qui le fait saigner, guérir et rester. Quoi qu'il en soit, il est rare qu'ils passent du temps ensemble sur un canapé ou à table, et c'est toujours ici, dans cet appartement. Le sien est au quatrième sans ascenseur. Ce qui, toutefois, n'explique pas pourquoi ils ne sont jamais non plus sortis dîner, voir un film, se balader ou faire des courses.

— Tu veux regarder ou tu préfères continuer à taquiner le bonobo qui est en toi ?

Sans changer de position, Arcadipane coule un regard vers l'écran. Il n'a pas la moindre idée de ce qu'est un bonobo, et elle le sait. Ariel clique sur l'une des vidéos que YouTube a mis en colonne.

— Ça, c'est un extrait de *Sofia, vingt-cinq ans*, de 1965. Son deuxième film, je crois, celui qui a fait d'elle une star.

Arcadipane regarde marcher sur un trottoir presque désert celle qui, aux yeux du monde, est Vera Ladich, née en 1944 sur les terres disputées de Basovizza[1]. Il sait maintenant que cette fille n'a, à l'époque, que dix-neuf ans, qu'elle vient de changer de nom et qu'elle est née dans ce trou du cul du monde qu'était – et est resté – Clot. Cela ne le concernerait guère si elle n'avait pas décidé de retourner là-bas et si elle ne s'y était pas fait enlever en laissant derrière elle un mari mort et une tache de sang.

À l'écran, une voiture roule à la hauteur de la protagoniste, qui porte un pantalon et une veste bleue de capitaine norvégien, ouverte sur un pull. Ses cheveux noirs, en désordre, frôlent ses épaules. La voiture suit Vera Ladich qui avance sans se retourner. Elle sait que celui qui conduit cette voiture de sport est prêt à rouler au pas aussi longtemps qu'il le faudra pourvu qu'elle lui accorde un regard. Vera Ladich le sait, comme Anna Mattalia devait le savoir quand, encore gamine, elle traversait la place de Clot.

« Où vas-tu, Sofia ? demande l'homme au volant de la voiture, en se penchant par la fenêtre ouverte. Arrête-toi, s'il te plaît ! »

Un passant se tourne vers lui, mais elle, non. Elle marche, avec sur son visage l'expression de celle qui doit rejoindre un lieu si éloigné qu'il est inutile d'y penser pour l'instant.

1. Village de la province de Trieste où, en 1910, 97,6 % de la population était de langue maternelle slovène.

— Tu as vu comment elle est faite ? commente Ariel. Grande, longues jambes, hanches étroites, petite poitrine, épaules menues, cou de garçonnet ? On commençait à en voir en France, des actrices comme elle, alors qu'ici, on en était encore aux beautés armées jusqu'aux dents, les Mangano, Loren, Cardinale. Des femmes qui déboulent mitraillette au poignet, collent tout le monde contre un mur et dynamitent le coffre-fort, si tu vois ce que je veux dire.

— Pas du tout.

— Du fracas, des tirs, de la fumée, du sang, alors que celle-ci, regarde-moi ça… Plutôt voleuse à la tire, non ? De celles qui te poussent à courir racheter une montre dès le lendemain et à prendre le même bus en espérant la revoir. Et puis il est clair qu'elle agit par vocation et non par nécessité. Presque par ennui. Regarde maintenant, regarde ce qu'elle fait !

Un vélo dépasse l'homme en actionnant sa sonnette. Le type au volant est en train de devenir la risée de toute la rue, mais il n'en démord pas. Ils sont à Rome. Dans un quartier sans doute un peu éloigné du centre.

« Tu as raison d'être en colère, Sofia, poursuit l'homme d'un ton désormais suppliant. J'ai eu tort, j'aurais dû t'en parler.

— Oui, tu aurais dû », finit-elle par répondre, mais sans tourner la tête.

Et enfin elle s'arrête.

La voiture stoppe. Et avec elle, la caméra.

L'homme descend et la rejoint. À l'évidence, il voudrait la prendre dans ses bras, mais un éclair d'instinct de survie le maintient à un mètre de distance. Tout autour d'elle, des épines invisibles.

« Sofia, vraiment, je ne voulais pas… »

Sofia se tourne et le fixe. Sur ce, elle glisse imperceptiblement son regard vers la caméra, devenant Vera Ladich : « Et alors, le mal ne pourra plus me nuire », dit-elle. Une fraction de seconde et Sofia, Vera Ladich et Anna Mattalia se remettent en marche, laissant l'homme et tous ceux qui, depuis quarante ans, assistent à cette scène avec l'irrévocable, catastrophique certitude qu'ils ne reverront plus jamais ces yeux. Que ce regard-là était bien le dernier.

— Tu as compris pourquoi on l'appelait Mademoiselle le look ?

Arcadipane a compris ce que peut comprendre un homme qui, durant un instant, n'a plus rien compris du tout.

— Elle faisait ça dans tous les films, reprend Ariel, au milieu d'une conversation, ou d'une scène quelconque, elle regardait l'objectif et lâchait quelques mots, avec ces yeux-là. C'est Godard qui l'a appelée Mademoiselle le look au cours d'une interview où il lui proposait – puisque les films dans lesquels elle jouait n'étaient que de pâles copies des siens – de travailler avec celui qui avait inventé ce style de cinéma.

— Elle l'a fait ?

— Non.

— Comment peux-tu savoir tout ça ? Tu n'étais même pas née !

— Ne retourne pas le couteau dans ta plaie. Et sache que jusqu'à mes dix-neuf ans, je sortais peu parce que j'étais complexée.

— Je comprends, dit Arcadipane en prenant un air contrit.

— J'avais plein de boutons, et mon père, les VHS de tous les films de Ladich. Je crois que c'est à elle, et aux chèques de la pension alimentaire de ma mère, qu'il doit en grande partie la musculature de sa main droite.

Ariel tend le bras vers la corde qui court au-dessus du canapé puis elle se met debout.

— Fin du cours de cinéma. Si cette remise d'un euro trente t'intéresse, tu me trouveras au lit.

Tandis qu'elle se déplace, Arcadipane observe le balancement de son corps, ses jambes maigres et arquées, ses petites fesses sous les poches arrière du pantalon d'ado qu'elle a dû acheter sur un site pour ado. Son dos étroit, sous son vieux pull, et les bras nerveux qui le soutiennent.

« Si tu n'as pas lu Kipling, Saramago ou l'*Homme araignée*, tu ne peux pas comprendre », lui a-t-elle dit à propos de ces cordes, la première fois qu'il a mis les pieds chez elle. Comme il sait à peine qui est l'Homme araignée, il se borne depuis à la regarder bouger à la force de ses bras dans ces pièces qui sont sa Notre-Dame, sa scène, son ami imaginaire, son permis d'estropiée et sa victoire. Comme les souliers orthopédiques noirs qu'elle s'obstine à porter sous son froc kaki.

Arrivée au seuil de la chambre, Ariel pose une main sur le chambranle, ses jambes soutiennent son poids pendant à peine deux secondes, le temps qu'elle saisisse une autre corde.

Du canapé, Arcadipane la regarde gagner le lit, déboutonner son pantalon et l'abaisser d'une main jusqu'à ses chevilles. Une fois son pull enlevé, elle reste en culotte et en caraco. Sa peau impeccable tendue sur ses hanches bancales. La courbe légère de ses abdominaux. Le relief de ses côtes sous le fin tissu bleu. Les tendons sous lesquels se creusent les aisselles.

Arcadipane se lève et éteint le lampadaire.

Il entre dans la chambre et observe Trepet qui dort sur le tapis, le ventre en l'air. Ses bajoues tombantes qui vibrent quand il expire. Les miettes accrochées à ses babines. La rotondité rose de son bedon interrompue par ses testicules bicolores.

— Il faudra bien qu'on en parle un jour, dit-il.

— De quoi ? demande Ariel en haussant les épaules. Du fait que je suis une splendide mannequin de *Vogue*, mais qu'on a froissé la page, et toi, un flic moche pourvu de l'une des queues les plus harmonieuses de l'univers connu ?

Avec sa technique de soldat blessé se traînant vers ses lignes sans perdre l'ennemi de vue, Ariel atteint son lit, se glisse sous les couvertures et éteint la lampe de chevet.

Debout dans le noir, Arcadipane écoute le soufflet de la respiration de Trepet. Après une ou deux secondes, il commence à déboutonner sa chemise saumon.

— Je dois me lever très tôt, demain matin.

— Hon hon.

7.

— Nous l'avions demandé, bien entendu, mais il est vrai qu'avec tout ce monde… Un des bénévoles en parle à sa femme, sa femme confie ça à sa sœur… Non, pas les collègues de l'Arme, je ne crois pas… Oui, nous maintenons le barrage routier… Non, aucune protestation au village… Collaboratifs ? Le maire, plutôt, mais à part lui… Pas un seul ne s'est proposé pour les équipes de recherche, c'est vous dire. Bon, il est vrai qu'ils sont presque tous âgés… Oui, nous les avons interrogés, tous les trente-sept, ça va de soi… Ils disent qu'ils dormaient, et le pire, c'est que c'est sans doute vrai… Pas d'empreinte utilisable sur le téléphone public, et l'analyse de la voix n'a mené à rien, trop altérée… Ça, c'est la chose vraiment bizarre, on peut essuyer des traces papillaires, mais des empreintes de pieds et de pneus sur un terrain comme celui-ci… et emporter une personne de force, ou bien évanouie, droguée ou… Bien sûr, n'évoquons pas cette hypothèse… Oui, moi aussi j'avais une grand-mère à l'hospice… Elle les mettait dans le frigo, vraiment ? Eh bien nous chercherons dans le frigo, ou dans l'équivalent, bref… Dans le village en aval, la caméra d'un distributeur cadre un tronçon de la départementale : une dizaine de voitures sont passées dans les horaires concernés, mais aucun des propriétaires ne s'est révélé intéressant… Je crois que d'une manière ou d'une autre, Vera Ladich n'est pas loin… Oui, nous espérons tous qu'elle le soit de cette manière-là et non de l'autre, bien entendu… Je rejoins tout de suite mes hommes et le brigadier-chef… Une bonne collaboration, oui, dans la limite des différences entre espèces… Nous faisons le point toutes les deux ou trois heures, et pendant ce temps-là, on avance sur tous les fronts… L'enlèvement, si vous voulez mon opinion, est l'hypothèse la moins plausible, mais s'il s'agissait de quelqu'un d'avisé, vous avez raison, il pourrait aussi attendre quelques jours avant de poser ses conditions… Oui, nous avons envisagé la piste du fanatique, mais Vera Ladich n'apparaît plus en public et ne donne plus d'interviews depuis quarante ans… Mina… Certainement, mais il me semble qu'elle chante encore, non ? En effet, inutile de faire des comparaisons, cela ne nous fait pas avancer… L'ADN, demain ou après-demain… Non, il fait beau, froid, mais beau, nous sommes tout de même à mille sept cents mètres et quelques d'altitude… Cet après-midi, Pedrelli ou moi… Bien sûr, un lien direct. À très vite.

Arcadipane raccroche et voit le feu passer à l'orange puis, forcément, au rouge. Il consulte l'horloge magnétique sur le tableau de bord et se demande de quelles plaies sont affligés les occupants de la voiture devant lui, à 6 h 42, dans l'excentrique rue Cigna. Les siennes, lui, il les connaît par cœur, par leurs noms et prénoms, et certaines, de longue date, comme celle qui bave sur la banquette arrière.

Le feu passe au vert et la colonne infâme s'ébranle. Dès qu'il le peut, il tourne sur le quai Dora Firenze pour s'extraire du goulet d'étranglement de l'intersection avec l'avenue Emilia. Il roule à une allure soutenue, car la troisième est la vitesse reine de l'Alfa, et la Doire coule à son côté, imprévisible et teigneuse, à la manière d'un chat de gouttière. Tu veux voir Turin toute pomponnée pour un premier rencard ? Regarde le Pô. Tu veux te faire une idée de ce qu'elle sera vingt ans plus tard, après quelques déboires économiques et deux ou trois querelles mal cicatrisées ? La Doire.

Sur les ailes de cette réflexion il arrive, et ce n'est pas un hasard, au pied de l'immeuble dans lequel se trouve l'appartement où il a vécu enfant, puis marié, avec ses enfants petits puis grands, et dont sa progéniture, son ex-conjointe et même un connard d'étranger ont les clés, mais pas lui. Il se gare en face du bar qui est en train d'ouvrir. Il y passe de temps à autre, quand il en a marre des vrais criminels. Ça le soulage qu'ici, il ne s'agisse que de bricoles, de petits larcins, de squats, d'arnaques aux personnes âgées, de piratages de téléphones et de trafics de cartes contrefaites pour voir les matchs de série A. Des délinquants qui, en dehors de l'exercice de leurs fonctions, sont parfois de braves gens affligés d'une somme de problèmes personnels et familiaux non négligeable. Certains font des kilomètres pour s'attendrir devant un bébé rhinocéros albinos mais lui, il lui suffit de voir un petit voleur enlacé au vieux téléviseur cathodique qu'il vient de chiper dans un entresol.

— Qui est-ce ? demande la voix de Mariangela à l'interphone.

— Vincenzo.

— Ah... Qu'est-ce que tu fais là ? Monte.

Le hall est moche, mais propre. Peinture à rafraîchir. Escalier en marbre feint et ascenseur faussement laqué en plastique. Les années 1960 : *égalité, modernité**, et faisons comme si. Malgré tout, l'ascenseur s'élève jusqu'à l'étage demandé, comme quand Arcadipane était petit, à la grande fierté de sa mère qui, avant d'arriver à Turin, n'avait assisté qu'à une seule ascension, celle de la Vierge, dans son village.

Mariangela a ouvert la porte, déjà habillée pour le lycée et même à demi maquillée. Mais en pantoufles.

— Entre, je faisais du café. Tu peux garder tes chaussures, la femme de ménage passe aujourd'hui.

Arcadipane franchit le seuil et se retrouve plongé dans l'odeur de café, de linge, de chaussures, de cire et de plats cuisinés – soixante ans de rôtis et de cuisson vapeur pour des dîners auxquels il n'assistait pas toujours. Il rejoint Mariangela dans la cuisine où elle a pris une deuxième tasse dans le placard. Elle a beau s'être un peu étoffée, aux endroits qui déjà montraient des dispositions à l'accueil, elle est toujours belle, il n'y a pas à dire.

Il sort de sa poche intérieure l'enveloppe qu'il trimbale depuis deux jours. Avant de la poser sur la table, il l'approche distraitement de son nez, comme s'il voulait se gratouiller la lèvre. Comme tout objet ayant séjourné plus de deux heures dans cette poche, elle ne sent que le mouton, heureusement.

— Faut-il te le répéter ?

— Sinon je repartirai contrarié.

Mariangela fait glisser vers lui la tasse de café qu'elle a déjà sucré de deux cuillerées.

— Il existe des…

— … virements…

— … permanents et…

— … je n'ai pas besoin de raison précise pour passer à la maison. Il suffit de passer un coup de fil avant.

— Qu'une fois de plus tu n'as pas passé !

Arcadipane acquiesce, l'air grave. Quelque chose a changé… sans doute les rideaux, mais c'est peut-être à cause de la lumière faiblarde qui, à cette heure, se réverbère sur la façade bleue de l'immeuble d'en face. Enfin, pas de mystère, le démantèlement est en cours : chemin de table, compotier avec des faunes, vase en cristal, porte-revues, lampadaire en fer forgé, tout est parti. Remplacé ? Pensez-vous ! À leur place, le vide ! À part la boule en papier qui s'est substituée au lustre. Si on leur avait offert un truc de ce genre en cadeau de mariage, ils auraient trouvé la blague aussi saumâtre que ce plat avec un cornichon. Même le puzzle de l'Isola Bella[1] réalisé par les enfants cloîtrés pour cause de rougeole a été sacrifié il y a un an à l'affiche d'une exposition sur les Étrusques. Des affiches d'expositions sur tous les murs. Florence, Bologne, Padoue, le fort de Bard, Alba, Ferrare, Gênes, Brèche, Trieste, Venise. Des endroits où Giampiero et elle ont passé des week-ends prolongés, puisque, comme par hasard, ils sont libres tous les deux le lundi, vu qu'il est professeur d'histoire de l'art et que, en tant que proviseur adjoint, c'est lui qui décide des emplois du temps.

— Vincenzo ?

Et où l'emmenait-il, lui ? À part la rituelle semaine à Bergeggi[2] et quelques échappées exotiques à Policoro[3] et Marina di

1. L'une des îles Borromée, sur le lac Majeur.
2. Petite station balnéaire de la côte ligure.
3. Commune de la province de Matera en Basilicate.

Camerota[1] ? Au marché aux poissons de Porta Palazzo, c'est là qu'il l'emmenait ! Le samedi, à 18 heures, quand ils remballent et bradent les grosses crevettes, les daurades et l'espadon au prix de la chair à saucisse. Voilà !

— Vincenzo ?

— Oui ?

— À quoi penses-tu ?

— À rien, comment va Loredana ?

— Bien. Elle m'a demandé de la réveiller à 7 heures mais je la laisse dormir encore un peu. Elle a révisé jusqu'à tard et elle passe un examen lundi. D'ailleurs, si tu as cinq minutes, puisque tu es là, assieds-toi. Il y a deux ou trois choses dont je voudrais te parler.

Arcadipane cherche des yeux l'horloge au-dessus de la hotte. Disparue. Il regarde sa montre.

— En fait, je ne devrais même pas être à Turin ! Je suis vraiment pressé, mais si c'est urgent je te rappelle de la voiture. Ça concerne les enfants ?

— Si tu n'as pas le temps, tu n'as pas le temps. On en parlera une autre fois. J'imagine que vous êtes sur l'affaire de Vera Ladich.

— Comment tu le sais ?

— Je ne le sais pas, je te le demande !

— Ce n'était pas une question. Je ne suis pas professeur au lycée, mais je sais reconnaître une question. Ça fait quarante ans que c'est mon boulot d'en poser ! Une question, ça se termine par un point d'interrogation. Et pourquoi c'est moi qui devrais m'occuper de ces deux-là ?

— Qu'est-ce que j'en sais ? Tu débarques ici à 7 heures du matin, tu n'as pas cinq minutes pour parler, tu es irascible… J'ai entendu la nouvelle à la radio et j'ai pensé que tu étais sous press…

— Parce que sans ça, sans Ladich et son mari crevé, moi, en général, je n'en fous pas une. Je ne suis jamais sous pression.

---

1. Hameau campanien et lieu de départ pour l'Amérique du Sud au XIXe siècle.

Non, je me lève, je mets le café en route et je me plante devant la télé !

— Tu as la télé ?

— Non, je ne l'ai pas, quel rapport ?

— Tu as une cafetière, au moins ?

— Bien sûr que j'en ai une, tu crois quoi ? Que je suis à la rue ?

Mariangela reprend la tasse d'Arcadipane, avec un petit sourire qu'elle se fiche bien de cacher. Elle n'a jamais été de celles qui se vexent ou qui se fâchent, pourquoi devrait-elle le devenir maintenant qu'elle n'a plus à négocier, à rassembler, à réparer. À présent qu'elle est exactement ce qu'elle voulait être depuis qu'elle lui a dit « Je t'ai aimé, mais... », une femme qui a survécu à toutes ces années, qui a élevé deux enfants pas superbes mais solides comme les casseroles d'autrefois, et a fini par conclure : « J'ai donné, messieurs-dames ! Et ce qui reste est pour moi ! »

— Alors ?

— Alors quoi ?

— Tu voulais juste saluer Loredana ?

— Non. Je serai absent de Turin à cause de l'affaire Ladich, je voulais vous laisser Trepet.

— D'accord, ça fera plaisir à Loredana. Où l'as-tu laissé ?

— Qui ça ?

— Trepet !

— Quoi, Trepet ?

— Où est le chien, Vincenzo ?

Arcadipane réfléchit.

— Dans la voiture ! répond-il, avec une assurance affectée. Ce n'était pas la peine de monter avec si vous ne pouviez pas le garder, si ? Je vais le chercher.

— Vas-y, vas-y, ce matin tu m'as l'air tellement... et Mariangela secoue la tête pour illustrer l'intensité et l'envergure de ce tellement.

Arcadipane se dirige vers la porte et l'ouvre avec nonchalance.

— Je te l'envoie par l'ascenseur ! lance-t-il d'une voix forte. Embrasse Loredana.

Sur ce, il se rue dans l'escalier qu'il descend quatre à quatre, en tâchant d'atterrir sur la pointe des pieds pour faire le moins de bruit possible. Le hall est encombré par le matériel de l'entreprise de nettoyage, mais par chance, ils n'ont pas encore lavé le sol. Il enjambe seau et balais, et le voilà sur le trottoir. Sa voiture est devant le bar, mais les trois clients qui l'entourent, tasses de café à la main, n'annoncent rien de bon.

— Ah, le bâtard !

Il a le pied sur la ligne médiane de l'avenue quand il distingue des flocons de caoutchouc-mousse sur la plage arrière.

— L'enfoiré.

Il ouvre la portière arrière et saisit Trepet, les crocs plantés dans l'appuie-tête à demi éventré. Il le secoue et le tire, mais le chien se laisse pendre sans lâcher prise.

— Petit fumier !

Le chien le lorgne de biais. On dirait qu'il rit, mais c'est seulement sa mâchoire bloquée. Les trois gars sont rentrés dans le bar pour suivre l'affaire au chaud, de derrière la vitrine.

Trepet finit par céder.

Arcadipane retraverse la chaussée en le tenant devant lui, tel un engin explosif.

— Excusez-moi, dit-il en traversant le hall qu'une femme et un jeune homme ont commencé à nettoyer.

Il ouvre l'ascenseur, y balance le chien, presse le bouton de l'étage et sort.

— Tu le fais monter ? hurle Mariangela du palier du quatrième. Vincenzo ? Vincenzo ?

8.

Quand Arcadipane tourne la clé de contact, son Alfa est traversée par un dernier sanglot, presque une apnée, après quoi elle s'éteint, ne laissant en héritage que le balancement de son Arbre Magique.

Il ramasse le sachet de huit cents grammes de sucaï sur le siège passager, le glisse dans son sac de voyage et descend. Pedrelli est à vingt centimètres de sa portière, aussi pressant qu'un voiturier clandestin.

— Bonjour, commissaire.

— C'est ça, répond Arcadipane en posant son sac pour enfiler sa veste.

Pedrelli jette un coup d'œil à l'appuie-tête emmailloté de chatterton, puis à sa montre.

— J'ai dû passer prendre de quoi me changer et m'occuper du chien et puis le samedi, un tas de gens quittent leur appartement douillet et prennent la route pour se rendre dans des endroits froids où le téléphone ne capte pas et où des actrices disparaissent. Ne me dis rien et emmène-moi voir cette…

— Gemma Lunel, la secrétaire de mairie, fait Pedrelli en esquissant un signe pour lui montrer dans quelle direction il serait opportun qu'il aille.

— Et c'est seulement maintenant qu'elle percute qu'elle a un truc important à nous dire ?

— Elle suivait un stage de formati…

— Elle aussi ! Un maire et une secrétaire pour trente-cinq administrés, et il faut qu'ils se forment, putain ! Des nouvelles du front ?

— Malheureusement, non.

Arcadipane fouille sa poche puis se fourre un sucaï dans la bouche. Il s'est bien gardé de raconter qu'après avoir constaté qu'inexplicablement, le rideau de fer de l'épicerie de la rue Aosta était encore baissé à 7 heures, il a été contraint d'enquiller tous les petits patelins merdiques entre la sortie de l'autoroute et Clot, dans l'espoir d'entrer dans une boutique, de lever les yeux et de reconnaître le bocal opaque de ses sucaï préférés : en vrac, jonchant une antique strate de sucre amoncelée par leurs ancêtres. Ce qui ne s'est produit que dans la quatrième boutique, dans un village dont il ne se rappelle pas le nom tant l'abstinence le perturbait. Périple certes évitable, en achetant des sucaï conditionnés dans un bar ou un supermarché, pour qui est disposé à faire passer une défaite morale pour un pis-aller.

— Vous savez ce que j'ai remarqué, commissaire ?

— Vera Ladich au bar ?

— Ah ! Si seulement !

— Hé, hé... Dans quel bureau on doit aller ? Ils sont trente-sept et ils ont une mairie avec dix bureaux.

— Venez, commissaire, je vous y emmène. Je suis entré dans le petit magasin sur la place pour voir si j'y trouvais une théière et j'ai remarqué qu'ils vendent ces bonbons que vous mangez. Au poids, vous savez ?

— Ce n'est pas hygiénique, Pedrelli. Et puis je ne suis pas venu ici pour les sucreries. C'est là ?

— Oui, commissaire, l'état civil !

— J'imagine leurs dossiers.

— Après vous.

Derrière la porte, une pièce meublée d'un bureau et de deux classeurs métalliques, de trois chaises de salle de classe et d'étagères sur lesquelles sont empilés de vieux registres. Un poêle à granulés et un lampadaire éteint, parce que les deux fenêtres qui donnent sur l'arrière de la mairie et sur le barrage suffisent pour le moment. Comme un étranger, sur une petite table contre un mur, un ordinateur relié à une imprimante.

Une femme d'une cinquantaine d'années, le visage dur, les cheveux noirs, est assise derrière le bureau. Elle était probablement moins belle toute jeune, mais à présent, ses yeux se sont un peu adoucis, sa bouche s'est détendue. Elle fait partie de ces personnes qui ont été très en colère dans leur jeunesse et en qui, bien qu'elles aient surmonté la chose, résonne encore l'écho de ces orages. Ce qui ne contribue pas à mettre à l'aise ceux qui les approchent.

D'ailleurs, le maire Beppe Dro est resté debout à côté du bureau sur lequel il n'y a qu'un agenda fermé. À l'évidence, ils sont là pour eux. Et puisque Pedrelli et Arcadipane le sont également, en venir à l'essentiel ne devrait pas être difficile.

— Voici Gemma Lunel, notre secrétaire, déclare le maire, aussi encombrant que la veille.

— Parfait, répond Arcadipane, qui a laissé la porte ouverte, pour marquer sa prévenance.

La femme ramène une mèche de ses cheveux derrière son oreille. D'habitude, elle la coince derrière la branche de ses lunettes, mais elle ne les porte pas ce matin.

— Le maire a dû vous dire que j'étais…

— Bien sûr, bien sûr, la formation…

— Hier soir, en rentrant, j'ai consulté l'agenda et je me suis rendu compte que ce matin, j'avais rendez-vous avec Mme Ladich et son mari.

— Ah oui ? dit Arcadipane en avançant d'un pas.

La femme ouvre l'agenda et lui montre la page, sans cependant le tourner vers lui.

— À 10 heures, précise-t-elle.

— Pour ?

— L'acquisition de trois concessions funéraires.

— Trois concessions funéraires. Et comment se fait-il que vous nous en informiez seulement maintenant ?

Au bord des larmes, la femme fixe Arcadipane, puis son bureau, comme si elle voulait s'excuser de l'avoir utilisé toutes ces années sans même un merci. Beppe Dro lui pose la main sur l'épaule. Un geste de réconfort, mais une patte de quatre bons kilos, tout de même.

— Il faut que vous compreniez, explique celui-ci, que dans ce village, nous n'avons pas l'habitude des situations de ce genre. C'est moi qui ai prévenu Mlle Lunel, qui a aussitôt quitté Florence.

— Le stage de formation avait lieu à Florence?

— Oui, confirme la femme, quand M. le maire m'a appelée pour me raconter ce qui s'était passé, je me suis souvenue du rendez-vous, mais dans la confusion et dans ma hâte de rentrer, je n'ai pas réalisé qu'il pouvait être utile de vous prévenir. J'en suis vraiment mortifiée.

— Qui a pris ce rendez-vous, et quand?

Gemma Lunel rouvre l'agenda, dans lequel elle avait glissé son doigt pour marquer la page.

— Par la dame elle-même, je crois. Il y a trois semaines.

— Vous croyez?

— La personne qui a téléphoné s'est présentée comme Mme Fuci. Elle a demandé des informations sur la disponibilité des concessions, la procédure pour l'acquisition, les papiers nécessaires…

— Vous l'avez reconnue?

— Non.

— Vous ne vous êtes pas dit que Mme Fuci pouvait être Vera Ladich?

— Non.

— Pourtant, comme tout le monde ici, vous saviez que Vera Ladich était Anna Mattalia, née à Clot, épouse Fuci.

— Bien sûr, même si j'étais une enfant, à l'époque, c'est une histoire qui circulait, à Clot. Mais je n'y avais pas associé le patronyme Fuci.

— Seulement ici, à Clot? insiste Arcadipane.

— Qu'est-ce que vous voulez dire? s'agace le maire, qui a ôté sa main de l'épaule de la secrétaire pour la ranger dans la poche de sa parka, qui semble à présent habitée par une marmotte.

— Nous avons pris mille précautions pour garder le secret sur cet homicide et cette disparition, et quelques heures plus tard, la nouvelle s'était déjà répandue. En revanche, sur l'histoire d'Anna Mattalia devenue Vera Ladich, pas un murmure en cinquante ans. Personne pour descendre un soir dans la vallée, picoler un peu trop et laisser échapper que cette célèbre actrice est née ici. Personne pour téléphoner à un cousin vivant ailleurs et faire allusion à la chose. Il y avait combien d'habitants à Clot en 1962 ?

Le maire se tourne vers Gemma Lunel.

— Une centaine, je crois. Mais je peux vérifier, si vous voulez.

— Cent personnes en 1962, et ensuite leurs enfants et leurs petits-enfants. Et le secret n'est jamais sorti de Clot.

— Les gens d'ici peuvent vous paraître indifférents, tente d'expliquer le maire, mais quand une famille traverse une épreuve, nous savons l'épauler. Pour la famille Mattalia, ça voulait dire garder le silence, et c'est ce que nous avons fait.

Arcadipane s'approche de la fenêtre. La ligne du barrage tranche le ciel bleu en reliant les deux versants de la vallée. Froide, aseptisée, et imposante malgré ses dimensions moyennes.

— Allons voir ces concessions funéraires.

Ils traversent le village. La plupart des maisons sont inhabitées, ou habitées par quelque taiseux aimant lorgner à travers les volets. Toutes se ressemblent – sur deux niveaux, même structure, mêmes matériaux. Sur tous leurs balcons, l'absence, frappante, de tout ce qui voyage en parallèle avec la vie : pots de fleurs, séchoirs, chaussures, jouets, escabeaux, cendriers, serpillières, arrosoirs et balais à divers stades de maturation.

Le maire ouvre la marche. Ils empruntent un passage qui débouche bientôt sur un pré que traverse un sentier. Au bout d'une centaine de mètres, son tracé commence à grimper à flanc de montagne pour rejoindre l'église qui surveille Clot d'en haut : antique, grise. Sans élan ni clocher.

— Comment vous faites pour les enterrements ? demande Arcadipane.

— Nous portons les cercueils à l'épaule, acquiesce le maire. Comme autrefois.

Arcadipane suit Dro et Lunel à travers le pré, sur ses talons, Pedrelli, avec ses bottines fourrées et son coupe-vent ringard, ressemble à un explorateur du XIXe adopté par un club de pétanque. Le climat n'a pas changé depuis deux jours : ciel bleu, quelques nuages, mais les rayons du soleil arrivent fatigués au village, à peine tièdes. Ce qui laisse le champ libre au vent coupant et à la disgrâce des choses nées froides.

Ils attaquent le premier des trois virages, enserré entre des murs de pierres sèches sur lesquels poussent succulentes et mousses. Dans son pantalon en stretch, Gemma Lunel a plutôt fière allure. Écharpes, bonnets et gants doivent être interdits par arrêté municipal parce qu'Arcadipane n'a vu personne en porter. Avec sa fibre anarchiste, Pedrelli y contrevient en arborant écharpe rouge et bonnet de ski. Et si Arcadipane s'y plie, c'est parce qu'il ne possède aucun des accessoires en question.

Au sommet de la côte, les voici face à l'église, aussi basse et trapue qu'elle paraissait de loin. Deux bandes de pierre bleuâtre tranchent sur le gris de sa façade, elles sont semées de petits visages aux yeux aveugles, en bas-relief et disposés de manière asymétrique.

— L'église date du XIIIe siècle, explique le maire, mais les recherches ont révélé une construction sous-jacente antérieure à l'an mil.

— Le cimetière ?

— Il est à l'arrière.

— Allons-y.

Ils longent un côté de l'église, percé de seulement trois fenêtres. Arcadipane remarque d'autres bas-reliefs. Deux visages, un animal à quatre pattes, un arbre, un blason. Pas plus grands qu'une feuille de dessin et désormais érodés par les intempéries. Le cimetière ressemble à ceux qu'il a vus dans des films anglais. Un pré d'une quarantaine de mètres de long sur vingt de côté, entouré d'un muret, de l'herbe, des tombes, des plaques et quelques enfeus en marbre.

— Où sont ces concessions ?

La secrétaire les emmène jusqu'à l'angle le plus éloigné, d'où l'on peut voir la vallée en contrebas. Mais pas le barrage, caché par l'église et par un versant de la montagne.

— Ce sont celles-ci, dit-elle en indiquant une partie du pré à l'écart des autres sépultures.

— Il y en avait d'autres vacantes ?

Elle regarde autour d'elle, comme pour signifier qu'il y en a un peu partout.

— Je lui ai envoyé la planimétrie avec les espaces disponibles et elle m'a répondu qu'elle souhaitait acquérir ces trois-là.

— Elle a spécifié les noms des intéressés ?

— On n'est pas tenu de le faire. Les concessions achetées restent à la disposition de la famille. On ne peut jamais savoir…

— Bien sûr, bien sûr ! Mais aujourd'hui, vous avez bien une petite idée ? Comme il s'agissait de Vera Ladich, vous avez dû en déduire…

Gemma Lunel réfléchit et lorsqu'elle réfléchit, ses yeux ne tiennent pas en place.

— Puisque son frère est mort il y a quelques mois, elle a sans doute eu l'intention de le ramener au village.

— Et d'un ! Les deux autres ?

— Je ne sais pas, peut-être pour son mari et elle, plus tard. Mais maintenant…

— Donc vous misez sur le frère, Vera et son mari.

Elle regarde alentour, l'air perdu.

— Mlle Lunel vous a dit que Vera Ladich n'avait mentionné aucun nom, intervient le maire qui, jusqu'ici, affichait l'expressivité d'un sarcophage. Pour ce qu'on en sait, leur visite peut très bien n'avoir eu qu'une visée exploratoire, pure curiosité !

— Pure curiosité ! De Rome, en voiture, pour voir des concessions au cimetière de Clot !

— Je n'ai rien à ajouter, et Mlle Lunel non plus, je le crains. Ça fait deux nuits que je ne dors pas et le téléphone n'arrête pas de sonner. Et puis il y a les équipes de la Protection civile, il faut leur apporter à manger, des plats chauds… Bref, je comprends que vous ayez une enquête à mener, mais vous voyez bien qu'on est en pleine urgence. Cette histoire a bouleversé...

— Bien sûr, bien sûr. Une dernière question et je vous laisse aller au ravitaillement... vous savez où sont enterrés les parents d'Anna Mattalia ?

L'homme regarde la secrétaire, épuisé.

— Là-bas, je crois, répond-il avec un geste en direction de l'église.

Ils le suivent jusqu'à un groupe de tombes ni vieilles ni récentes.

— Ce sont celles-ci, vous voyez ? Chiaffredo Mattalia et Costanza Dro épouse Mattalia.

— La mère était de votre famille ?

— Pas directement, mais il n'y a que sept patronymes, au village, donc, d'une façon ou d'une autre...

— Bien sûr, d'une façon ou d'une autre... Le père est mort en 1997 et la mère, dix ans plus tard. Anna Mattalia n'est pas venue à leur enterrement ?

— Je ne crois pas, répond le maire, la tradition veut que tout le village participe aux obsèques.

— Donc vous y étiez ?

— Évidemment !

— Et vous ne l'y avez pas vue ?

— Non, et comme une présence étrangère ne serait pas passée inaperçue, je pense pouvoir en déduire qu'elle n'était pas là. Mais il faut vraiment que j'y aille, maintenant.

— Bien sûr, bien sûr, une dernière chose, mademoiselle... Y avait-il des concessions plus proches de celles de ses parents ?

Gemma Lunel enfonce ses mains dans les poches de son Orsetto bleu. Au fil des minutes, elle semble avoir vieilli de quelques années, malgré le froid, censé conserver.

— Je n'ai pas le plan sur moi, répond-elle en haussant les épaules, mais je pense que oui. De fait, celles que je vous ai montrées sont les plus éloignées.

— Je vois. L'église est fermée ?

— On ne l'ouvre que sur demande – le maire a déjà la pointe des pieds tournée vers la sortie. Et une présence est requise, celle de Mlle Lunel, de l'agent municipal ou la mienne. Après la restauration des fresques, un système d'alarme a été installé et nous faisons payer un petit droit d'entrée : huit euros par personne.

— Donc personne n'y dit la messe ?

— Non, pas depuis des années. Du reste, il n'y a plus de curé à Clot.

— Et pour ceux qui veulent y assister ?

— Elle a lieu à Alve. La paroisse a mis en place une navette le samedi après-midi, le dimanche matin et pour les fêtes. Gratuite.

— C'est bien pratique. Bon, vous êtes libres. De toute façon, je peux vous trouver à la mairie, n'est-ce pas ? Vous non plus, mademoiselle, ne vous éloignez pas. Plus de stage de formation pour le moment.

Le maire et la secrétaire s'éloignent, lui devant, elle sur ses talons. Une fois sortis du cimetière, ils se rapprochent et échangent quelques mots en attaquant la descente – probablement au sujet de ce commissaire obtus et casse-burnes. Au début de sa carrière, la chose a pu le contrarier. Durant ses belles années, ça l'a empli d'orgueil. Et à présent, ça lui fait l'effet d'une peluche de chaussette entre les orteils : désagréable mais inévitable ; s'en débarrasser sans y accorder trop d'importance.

Pedrelli est tout pâle, emmitouflé et pensif, et seul ce dernier élément est une nouveauté.

— Qu'est-ce qu'il y a, Pedrelli ?

— Rien, commissaire.

— Tu as dit « putain » une fois, *ego ti absolvo*, je te l'ai déjà dit. Va en paix.

— Ce n'est pas pour ça.

— Quoi, alors ? soupire Arcadipane.

— Vous vous rappelez *Moliendo Café*. – Et sur ce, il se met à chantonner : « *Cuando la tarde languidece renacen las sombras. Y en su quietud los cafetales.* »

— Non.

— Rita Pavone l'a interprétée au Festival des Inconnus d'Ariccia en 1962. Elle avait dix-sept ans. Juste un an de plus qu'Anna Mattalia.

— Appelle le juge, dit Arcadipane en fermant son col. On demande tout de suite un mandat.

— Mais non, commissaire, qu'est-ce que vous racontez… Je pensais seulement que l'organisateur de ce festival, c'était Teddy Reno. Et que c'est à cette occasion qu'ils se sont rencontrés. Teddy Reno avait trente-six ans, comme Terenzio Fuci.

— Alors il va nous falloir deux mandats. Tu as d'autres suspects ?

Son adjoint hausse les épaules et commence à pétrir ses mains.

— D'après le maire, Vera Ladich n'est pas venue à l'enterrement de ses parents, donc j'imagine que ces derniers ne sont pas non plus venus à son mariage. Quand Rita et Teddy se sont mariés en Suisse, son père à elle a refusé d'y aller à cause de leur différence d'âge et parce que Reno avait déjà été marié. Et pourtant, cinquante ans plus tard, ces deux-là sont toujours ensemble – il se passe le dos de la main sous le nez. Exactement comme Terenzio Fuci et Vera Ladich, avant qu'il ne meure. Tout ce qu'on fabriquait à l'époque était plus solide : l'électroménager, les maisons, les voitures… et les amours aussi, n'est-ce pas, commissaire ?

Arcadipane enfonce ses poings dans ses poches.

— Vous vous séparez, ta femme et toi ?

— Mais non, commissaire, voyons, à notre âge… Ce n'est pas pour… Chacun a ses soucis… Non, c'est à cause de ma fille…

— Elle n'était pas à la colle avec un copain de fac ? À filer le parfait amour ?

— Oui, mais…

— Qu'est-ce qu'elle a fichu ? Elle s'est trouvé un autre vioque ?

— Non, pas un vieux, mais… Elle nous donne du souci. On dirait qu'elle ne trouve jamais satisfaction.

— J'ai l'impression qu'elle en trouve pas mal, moi, des satisfactions.

— Oui, répond Pedrelli qui, heureusement, n'a pas saisi l'allusion. Mais tout de même, en tant que parents, on aimerait bien les voir un peu stables. Maintenant, il paraît qu'elle fréquente un garçon qui vend des bitcoins.

— Qui vend quoi ?

— De la cryptomonnaie.

— Ah, de la cryptomonnaie.

Tandis qu'il cherche des yeux quelque chose à quoi se raccrocher pour changer de sujet, histoire de ne pas céder à l'envie de rentrer tout simplement au village, Arcadipane remarque un mouvement sur la place. C'est Lavezzi qui les a aperçus et qui gesticule pour leur signifier d'écouter leur portable.

Arcadipane sort le sien de sa poche. Pas de réseau.

— Le tien capte ?

Pedrelli vérifie.

— Non, le maire dit que les seules zones couvertes sont le village et le barrage.

Ils dévalent la descente en risquant plusieurs fois de finir le cul par terre et déboulent sur le pré. À mesure qu'ils approchent des maisons, le téléphone d'Arcadipane émet les *bling bling* des appels et des messages manqués. Il vérifie : trois appels et un message sur le répondeur. Il clique pour l'écouter et met le haut-parleur : « Bonjour, carabinier Nazareno de la caserne de Pregliasco. J'ai tenté de vous joindre, mais votre téléphone est toujours sur messagerie. Appelez-moi dès que possible, s'il vous plaît, merci. »

Arcadipane continue de marcher en attendant de voir apparaître au moins deux barres.

— C'est où, Pregliasco, bordel ? demande-t-il alors qu'ils arrivent presque à l'entrée du village, où Lavezzi les attend.

— Vous ne connaissez pas les pommes de Pregliasco, commissaire ? s'étonne Pedrelli. C'est une variété très particu…

— C'est ça, Pedrelli. Tiens, voilà Lavezzi qui, justement, est un fondu de pommes et de Rita Pavone… Faut que je passe ce coup de fil, mais vous me tenez au courant, hein !

9.

La voiture des carabiniers les attend près de la rotonde, où ils ont convenu de se retrouver. Pedrelli gare la Giulietta, qu'Arcadipane l'a forcé à prendre, à côté de la Punto. Pendant que son adjoint conduisait, il a mangé l'un des pique-niques que, depuis deux jours, Marta Claro prépare pour les équipes de recherche. Trois sandwichs généreux, charcuterie, fromage et omelette ; une part de gâteau, de l'eau et une demi-bouteille de vin, à laquelle il n'a pas touché, malgré la tentation. Tout est bon, mais il n'en reste pas moins qu'il n'a rien ingéré de chaud depuis trente-six heures, sans parler de dormir…

La vitre de la portière de la Punto s'abaisse. Au volant, un jeune carabinier, visage net et sicilien qui, Arcadipane le parierait, a vu pousser sa première barbe dans le Nord.

— Bonjour, commissaire, dit-il avec cet accent qu'on se transmet en famille, à l'instar de certains épis dans les cheveux. C'est à cinq minutes, vous me suivez ?

Pedrelli suit la voiture bleu foncé jusqu'au départ d'une piste où il s'arrête en la voyant avancer en cahotant.

— Ça ne l'esquintera pas, Pedrelli. Et si ça l'esquinte, ce n'est pas toi qui paieras. Vas-y, s'il te plaît !

Environ quatre cents mètres de secousses, de précautions, de pauses et de sueurs froides, et ils se retrouvent au milieu de champs où poussent des kiwis, des poires, mais surtout des pommes. La saison de la cueillette est finie : il ne reste plus sur les arbres que quelques sphères rouges, gâtées ou tardives.

Une fois descendu de sa voiture, le carabinier Nazareno révèle des jambes courtes et musclées, au-dessus desquelles est posé un buste d'une longueur incompatible. Tout le reste est réglementaire. Chaussures cirées de carabinier, képi et insignes d'épaule avec le galon rouge qui indique son grade.

— Le brigadier-chef est désolé de ne pas pouvoir être là, ment-il, mais avec la clôture de la récolte, il y a eu quelques frictions.

— À quel sujet ?

— Une enquête télévisée sur les contrats des saisonniers. Ils sont tous en règle, ici. Ce sont des personnes qui viennent depuis des années et qui ont de bonnes relations avec la communauté, mais si vous allez creuser dans les horaires de travail, la protection sociale… À juste titre…

Arcadipane pense aux quatre ou cinq cyclistes noirs qu'ils ont croisés sur la route. Des jeunes, et un plus âgé, tous avec des gilets orange, parce qu'aucun de leurs vélos n'avait de feux.

— Alors c'est vous qu'il a envoyé ?

— Oui, répond simplement le jeune homme, ce qui signifie que le brigadier-chef, son supérieur direct, a dû lui dire que s'il tenait à soulever cette question, qu'il se démerde pour le faire et en dehors des horaires de service.

— C'est cette voiture ?

— Oui, répète le carabinier en s'avançant.

La Panda est arrêtée là où finissent les traces des tracteurs : bleu pâle, solitaire et modeste. Une voiture d'une quinzaine d'années, bien entretenue, pneus d'hiver déjà montés.

— Ce sont les saisonniers qui cueillaient alentour qui l'ont remarquée. Comme ils ne l'ont pas vue bouger pendant deux jours, ils ont averti leur responsable, qui nous l'a signalée il y a trois semaines.

Le carabinier sort une clé de sa poche et ouvre la portière.

— La clé était sur le contact et le véhicule, ouvert. Nous avons contrôlé la plaque et appris qu'elle est au nom d'une certaine Masimine Orusa, soixante-huit ans, célibataire, résidente à Saluzzo. Aucune plainte pour vol, alors nous avons cherché à la joindre, mais elle ne répondait pas au téléphone. Nous avons contacté nos collègues de la caserne de Saluzzo qui se sont rendus à son domicile, ils ont sonné, sans résultat, alors ils ont forcé la porte, au cas où il lui serait arrivé quelque chose, mais la maison était vide, et tout était en ordre.

Arcadipane jette un coup d'œil à l'intérieur de la Panda, qui est également en ordre. Tableau de bord et sièges propres, rien de suspect.

— Des amis ou de la famille à qui demander des informations ?

— Pas de famille. Et ses voisins ne l'avaient pas vue depuis quelques jours. Elle a travaillé comme infirmière à l'hôpital de Savigliano, mais ces dernières années, elle faisait partie d'une association qui suit des malades en phase terminale à domicile. Très appréciée par ses patients, nous a-t-on dit. Une femme tranquille, sans vices, sans problèmes judiciaires, même pas de dettes… rien.

— Des ex-maris ou des fiancés en cours ?

— Aucun.

— Ensuite, qu'est-ce que vous avez fait ?

— Nous avons transmis un signalement, et après les délais requis, elle est entrée dans la base de données des personnes disparues, mais il y a tellement de gens qui disparaissent… La plupart du temps, il n'y a rien de répréhensible derrière. Mais aujourd'hui, quand j'ai lu dans le journal ce qui s'était passé à Clot, j'ai eu des soupçons.

— Parce que cette dame est née à Clot, elle aussi.

— Oui, elle est née à Clot et elle n'a qu'un an de moins que l'actrice que vous recherchez. Alors j'ai pensé qu'il était de mon devoir de vous le signaler.

— Vous avez bien fait, reprend Arcadipane.

Il tourne autour de la voiture en se disant que cette Orusa avait en fait un an de plus que Vera Ladich, et non un de moins. Il ouvre la portière du passager. La tache est là, sur le dossier du siège : une coulure plus qu'une tache.

— Ça ressemble bien à du sang, mais vous en êtes sûr ? demande-t-il.

— Sincèrement, je n'y connais rien.
— Vous ne l'avez pas fait analyser ?
— En l'absence de crime, le brigadier-chef a pensé que, même si c'était du sang, la dame étant infirmière, cela pouvait peut-être…
— Évidemment. Des effets personnels ?
— La voiture était telle que vous la voyez : pas de sacs ni de papiers, à part la carte grise dans la boîte à gants. Même chose dans sa maison, aucun papier, mais tout le reste semble à sa place : ses vêtements, son ordinateur, quelques bijoux sans grande valeur et un stock de médicaments qu'elle utilisait pour ses patients. Le seul objet manquant serait une sacoche en toile orange qu'elle apportait avec elle lors de ses visites. Elle n'était pas chez elle, ni dans sa voiture.
— J'ai compris. Donc ce véhicule n'a pas bougé depuis trois semaines.
— Un peu plus. Quand ils nous l'ont signalé, les saisonniers l'avaient repéré depuis deux ou trois jours. La dame n'ayant pas de famille, nous avons déposé une demande d'enlèvement. Les gars de la fourrière auraient dû venir le chercher depuis un moment, mais les temps sont ce qu'ils sont.
Arcadipane jette un dernier coup d'œil à cet habitacle bien tenu, puis il pose les deux mains sur ses reins et regarde la campagne alentour : pommes, kiwis, pommes, poires, kiwis, pommes. Au-dessus de tout ça, un ciel de nuages bas et indistincts qui n'ont rien de menaçant.
— Orusa Ma… ?
— Masimine, un prénom un peu français. D'usage dans ces vallées.
— Orusa Masimine, d'accord. Et toi tu t'appelles ?
— Nazareno Massimo.
— Bien, Nazareno Massimo. Toi, maintenant, tu rentres à la caserne et tu informes ton brigadier-chef qu'il doit nous envoyer un rapport très précis avec dates, horaires et circonstances de la découverte de cette voiture. Il te le fera rédiger, histoire de te faire chier, mais prends ça pour un compliment. Et surtout,

n'oublie pas d'y mettre le nom du propriétaire du champ et celui des jeunes qui y bossaient et qui l'ont vue les premiers.

Nazareno acquiesce et se gratte la barbe qu'il n'a pas.

— Je ne vous ai pas fait perdre votre temps, alors ?

— J'aurais préféré, mais je crains que non. Enfin, c'est nous qui sommes sur l'affaire, à présent, d'accord ? Tu dis au brigadier-chef que quelqu'un de chez nous va venir inspecter la voiture et analyser cette tache. Quand il arrivera, je veux que ce soit toi qui l'attendes. Entre-temps, j'enverrai quelqu'un d'autre chez Mme Orusa à Saluzzo.

— Donc je préviens les collègues de la caserne que vous les contacterez.

— Préviens-les, mais je veux que tu sois là-bas pendant la perquisition. Je m'occupe de régler ça avec ton brigadier-chef, de toute façon – il est très occupé avec ce reportage télé, hein, on ne va pas lui rajouter du boulot. Tu as mon numéro, appelle-moi si quoi que ce soit te vient à l'esprit.

— Entendu, commissaire.

— Une dernière chose : les personnes que je vais t'envoyer te sembleront peut-être un peu bizarres. Ne t'inquiète pas. Surtout si c'est une femme, qui vient... Elle, elle est trèèès bizarre, inutile que je t'explique en quoi, tu comprendras. Fais ce qu'elle te dit, prends-en de la graine, mais ne la serre pas de trop près, d'accord ? Elle déteste ça. Deux gars s'y sont encore risqués dernièrement, le premier n'a plus besoin de fermer un œil pour viser et l'autre se met encore de la glace sur les burnes tous les soirs. Ah, et lui, c'est Pedrelli, mon adjoint. Utile et inoffensif.

— D'accord.

Arcadipane se dirige vers la Giulietta, se retourne et lève le pouce, pour s'assurer qu'il a tout compris.

— Tout est clair, dit le carabinier, à la fois content et déjà concentré sur les problèmes que son brigadier-chef va lui créer.

Pedrelli est déjà au volant quand il monte dans la voiture à son tour. Tout le long de la piste, ils se taisent, chacun perdu dans ses pensées. Pour l'un : Masimine Orusa, soixante-huit ans, née à Clot. Et pour l'autre : le carter et toutes ces parties sophistiquées qu'aujourd'hui, allez savoir pourquoi, on place sous les véhicules.

— Ça nous fait une enquête de plus, c'est vrai, commente Pedrelli, dont l'optimisme est revenu dès que les roues ont retrouvé l'asphalte, mais ça pourrait nous aider à faire avancer l'autre.

— C'est ça. Comme de se péter une jambe dans la douche de l'hôpital où on t'a admis pour un autre motif.

Deux kilomètres de silence. Le moteur qui réclame la quatrième, en vain.

— Quand vous avez dit au carabinier qu'une femme viendrait peut-être, vous pensiez à…

— Je ne sais pas, je dois y réfléchir, justement.

Rotonde, quelques virages, un kilomètre au pas derrière un tracteur qui, grâce à Dieu, finit par tourner dans un champ et dégager de la route.

— C'est sûr qu'une personne comme elle, ça pourrait…

— J'ai dit que je devais y réfléchir, Pedrelli. Conduis.

Ils traversent un petit village, de ceux dont la boulangerie, le bar-tabac, le restaurant, le radar, l'église et un vendeur de kebabs donnent sur une grand-rue centrale. Avant que Pedrelli ne revienne à la charge, Arcadipane sort son portable de sa poche et fait défiler les noms de ses contacts – pas longtemps, puisque Amedeo est le quatrième. Il presse le bouton d'appel et attend. Trois, quatre, cinq sonneries, puis quelqu'un décroche, mais sans rien dire.

— Sarace, tu m'entends ? J'ai une voiture à te faire inspecter.

Silence.

— Sarace ? Où tu es passé ?

— Parti me faire foutre, où j'espérais que tu ne m'appellerais pas.

10.

À 7 h 10, l'unique rayon de soleil qui gratifiera Clot ce dimanche 27 octobre franchit les montagnes, le barrage et les volets de la fenêtre du deuxième étage de l'hôtel *Sosta del pellegrino*, pour tomber sur l'oreiller du lit double où Arcadipane a fini par s'endormir seulement deux heures plus tôt.

La soupe à l'ancienne, l'agneau aux châtaignes, les roulés de chou et le vin « fait maison mais qui passe tout seul » l'ont tourmenté toute la nuit. Dans son demi-sommeil, ses pensées l'ont trimbalé sans trêve de Terenzio Fuci à son frère Amilcare, de Vera Ladich à Rita Pavone, de Masimine Orusa à Anna Mattalia, de l'enlèvement à la rançon, de l'appel anonyme au fil électrique, des taches de sang à l'absence de traces, du coup de fil qu'il voudrait passer à Bramard à celui qu'il devrait passer à Isa. Le tout avec en bande-son, la chanson en espagnol que Pedrelli…

Arcadipane s'assied dans son lit et se gratte la tête des deux mains, comme s'il avait perdu le bouton « marche » et cherchait à gagner du temps en appuyant un peu partout à l'aveugle. Il porte un maillot en lainage, pêché au hasard dans son sac vers 3 heures, quand il a cru raisonnable de renoncer à espérer quoi que ce soit des gargouillis aqueux de l'unique radiateur.

Il consulte sa montre : presque cinquante-huit heures depuis la dernière fois que Vera Ladich a été vue vivante. Et Masimine Orusa ? Née dans le même trou à un an d'écart. Des vies différentes, mais toutes deux disparues en l'espace de quelques semaines à une distance d'à peu près quatre-vingts kilomètres, en laissant une tache de sang sur un siège de voiture. Coïncidence ? Si seulement c'était le cas. Mais voilà, passé la cinquantaine, tu as appris deux choses : il y a moins de coïncidences qu'il en faudrait, et les femmes qui valent quelque chose dorment déjà avec quelqu'un d'autre.

Dans la salle de bains, petite mais lambrissée, on a le choix entre eau glacée ou bouillante. Arcadipane se prépare un cocktail tempéré dans le lavabo, mais ses parties basses ne se révèlent pas à la hauteur, en termes d'altitude. Il réitère donc l'opération dans le bidet et y fait sa toilette. À genoux, il se lave aussi les aisselles – ce qu'il aurait pu faire dans le lavabo, mais bon…, se dit-il en changeant de slip, de chaussettes et de maillot de corps. Puis il boutonne la chemise saumon somme toute encore portable. Pantalon, chaussures et veste en peau, et le voilà dans l'escalier.

— Vous voulez un café ou vous attendez vos collègues ? lui demande Marta, sur le seuil de la cuisine.

Elle est coiffée d'un foulard de pirate d'où s'échappent, dans son cou, ses cheveux un peu ondulés. Son visage montre qu'elle s'est levée aux aurores, mais qu'elle en a l'habitude. Splendide, inutile de le préciser, mais sur la réserve, inutile d'espérer le contraire.

— Un café, merci.

Le sol de la salle, autour et sous les tables, est souillé de terre. Arcadipane s'approche de la fenêtre qui donne sur la place et observe les hommes du secours alpin et les bénévoles qui fument après leur petit déjeuner. Encore un jour, deux maximum, et puis basta, pense-t-il. La veille, il a renvoyé les clébards à la niche, ils ont fait tout leur possible. Aujourd'hui, les plongeurs prennent le relais. S'il ne croit guère au lac comme ultime demeure de Vera Ladich, mieux vaut s'ôter d'un doute.

— Je vous en ai apporté deux, dit Marta Claro, en posant le plateau sur la seule table dressée et inoccupée, vu qu'hier…

— Vous avez bien fait, la coupe Arcadipane en venant s'asseoir.

— Quelque chose à manger ? Le buffet – elle désigne une grande table contre le mur que les quinze gars sur la place ont déjà sérieusement déblayée. Yaourt, biscuits, croissants, pain avec de la confiture maison et du beurre de la région ? Sinon, j'ai fait une tarte aux pommes et un gâteau aux macarons.

— Une part de chaque. Et un verre d'eau gazeuse.

La femme s'éloigne. Elle a quelque chose d'un homme, vue de dos, ses hanches, ses épaules… mais d'un aussi bel homme que son mari. Arcadipane siffle son premier café qui a un mauvais goût de brûlé – tant mieux, il préfère quand la journée ne démarre pas trop bien. Il a toujours détesté la petite musique dans la salle d'attente du dentiste ou dans les ascenseurs des cabinets d'avocats divorceurs. S'il faut bouffer de la merde, autant attaquer d'emblée.

Les deux parts de gâteau arrivent. Ayant épuisé son quota journalier de cinquante mots, Marta Claro les dépose devant lui puis s'en va. Elle a quelque chose d'un homme, vue de dos, ses hanches, ses épaules, mais… Arcadipane se rappelle s'être déjà fait cette réflexion à l'instant. Au prochain stade, il ne se le rappellera pas. Au stade suivant, le penser, ne pas se le rappeler et le dire à quelqu'un chaque fois que ça te passe par la tête. Au dernier, espérons que d'autres y pensent pour toi.

Personne devant les trois autres couverts dressés. Pedrelli doit être dans sa chambre en train d'adresser ses salutations au soleil (s'il le trouve), après avoir parlé avec les équipes, bu son thé vert et fait sa promenade. S'il n'a pas envoyé de message ni frappé à sa porte, inutile de dire qu'il n'y a rien de neuf. Botta et Lavezzi se montrent rarement au bureau avant 8 heures, sauf si on le leur demande expressément, alors ici… Ceci dit, combien d'heures travaillent-ils par jour, et pour quel salaire ? Et les heures supplémentaires non payées ? Ils sont en sous-effectif depuis vingt-cinq ans.

Tandis qu'il mâche son gâteau aux macarons, une femme entre dans la salle munie de sac-poubelle, seau, balais et serpillière. Elle lui accorde un bref regard, neutre, puis se dirige vers le buffet et commence à le remettre en ordre en jetant les restes en vrac dans le sac.

Arcadipane l'observe : jupe sombre, savates noires, col roulé marron et gilet tricoté main en grosse laine, également marron. Cheveux grisonnants ramassés en chignon. La soixantaine, mais la poitrine encore haute et ce je-ne-sais-quoi de juvénile et de puissant dans l'allure qu'ils ont tous, dans ce village.

— On vous met un sacré bazar, hein ? lance Arcadipane.

La femme déchire un coin du sac noir pour le suspendre au dossier de la chaise. Seul signe indiquant qu'elle n'est pas complètement sourde : un vague haussement d'épaules.

Sa part de tarte à la main, Arcadipane retourne à la fenêtre. Les camionnettes sont parties avec les quinze hommes. Hormis l'Alfa 33, la Peugeot amarante merdique et la Giulietta, la place est vide. Parmi les maisons alentour, seule la lumière de l'épicerie est allumée, la porte de la mercerie est encore fermée par des volets. Entre les deux boutiques, l'oreille bleue du téléphone public d'où, l'avant-veille, l'homme a passé un coup de fil.

Pourquoi ? Se demande-t-il. S'il venait de tuer Fuci et d'enlever Vera Ladich, il n'avait qu'à attendre que quelqu'un trouve la voiture. Il aurait gagné des heures, peut-être même un jour ou deux. Sauf s'il n'avait pas besoin de ce temps… Non, les chiens l'auraient retrouvée, même trois mètres sous terre. Il a pu constater ça avec ce type d'Orbassano que son voisin avait enterré dans le potager qu'ils partageaient le long de la rocade. Reste le lac…

Un minibus de vingt places surgit en haut de la pente, déboule sur la place et vient s'immobiliser à la hauteur du poteau d'arrêt, à quelques mètres du téléphone. Le jeune homme au volant, la vingtaine et les cheveux longs, ouvre la porte mais reste assis et ne coupe pas le moteur. Il est seul à bord.

Arcadipane se tourne vers la femme qui balaye le sol autour de la grande table du buffet.

— Le car passe combien de fois par jour ?

— Deux fois, précise-t-elle sans le regarder, mais ça, c'est la navette de la paroisse.

Arcadipane s'apprête à lui demander combien de personnes vont d'habitude à la messe à Alve, quand son portable se met à vibrer dans sa poche. Il le prend et le regarde. Un texto de Sarace : « Le sang dans la Panda est bien celui de Masimine Orusa. Rien d'autre à signaler. Quand tu auras trouvé ton ravisseur (ou tueur en série) gérontophile, salue-le bien de ma part. »

Eh merde, ça veut dire quoi, gérontophile ? Sûrement un truc médical. Il rempoche son portable.

— Je peux vous demander votre nom ?

— Caterina Rubet, répond-elle sans lever les yeux du sol qu'elle nettoie.

— Soixante ans ?

— Soixante-huit en décembre.

— Vous ne les faites pas, commente Arcadipane en croquant dans sa part de tarte. Alors vous avez connu Anna Mattalia.

La femme finit de balayer autour du buffet, fait une pause et le regarde.

Des milliers de fois, des personnes ayant quelque chose à cacher, à nier, à effacer ou à attribuer à d'autres qu'eux ont regardé Arcadipane, mais il ne lui est arrivé qu'une seule fois de croiser en un laps de temps aussi bref deux yeux aussi morts que ceux-ci.

8 heures, une anse du Pô à la sortie de la ville, une jeune femme repêchée dans le fleuve, étranglée avant d'y avoir été jetée. Debout à côté du corps, il avait posé à Sarace les questions d'usage et celui-ci lui avait répondu. Le tout sous le regard sérieux et pourtant absent de la jeune femme, déjà allongée dans un sac noir. Ensuite, il avait gravi le talus, rejoint le sentier et cherché en vain dans sa poche ses clés de voiture. Revenu sur ses pas à la recherche de ces maudites clés, il s'était retrouvé à côté de Sarace et avait reçu en prime le même regard de la jeune fille : vide et grave. La vie avait suivi son cours, modestement, mais ce regard-là, non. C'est l'un des cinq moments qui lui ont fait comprendre que son métier de flic ne consistait pas, comme le pensent souvent les gens, à se pencher sur la fin d'une vie, mais sur l'instant où quelqu'un l'a congelée pour toujours. Quelque chose qui a davantage à voir avec

Pompéi et l'éruption du Vésuve qu'avec... Arcadipane croque un nouveau morceau de tarte.

— Vous la connaissiez, alors? demande-t-il la bouche pleine.

— Le village est ce qu'il est – elle hausse les épaules et se remet au travail. Sa mère était la cousine de la mienne.

— Donc vous êtes cousines, Anna Mattalia et vous?

— Issues de...

— Cousines issues de germains, avec juste un an de différence. Vous avez dû aller à l'école ensemble. À l'époque, dans les petits villages comme le vôtre, il n'y avait qu'une seule classe en primaire. En tout cas, c'était comme ça en Basilicate.

— Je ne m'en souviens pas.

— Vous ne savez plus si vous étiez dans une classe unique, ou si vous étiez en classe avec Anna Mattalia?

La femme change de balai et commence à passer la serpillière sous la grande table. Drôle de façon de procéder, alors que le sol de la salle est souillé de terre et de miettes, pense Arcadipane, qui n'a jamais eu à nettoyer un restaurant et a rarement lavé le sol chez lui.

— Et après? insiste-t-il.

— Après quoi?

— À quatorze, quinze ans. Vous vous fréquentiez?

— Assez peu. À dix-huit ans, j'étais déjà mariée.

— Mais Anna Mattalia avait seize ans quand elle a quitté Clot, et vous, dix-sept. On se parle, entre filles, à cet âge-là, on se fait des confidences, non?

— Je n'avais rien à confier, à dix-huit ans...

— Vous étiez déjà mariée, tant mieux pour vous. Vous vous parliez, oui ou non?

La femme pose le balai serpillière, reprend l'autre balai et s'active entre les tables.

— Non. Et de toute façon, la journée, elle était en cours à Coni.

— Quand ça? Après le collège?

— L'année suivante. Pour l'école d'infirmières, il fallait rester à l'internat. Son père ne voulait pas. Après, quand c'est devenu possible de faire l'aller-retour dans la journée, il l'a laissée y aller.

— Mais il a commencé par refuser.

— Peut-être qu'il avait déjà compris son genre, répond la femme avec un haussement d'épaules, sa manière à elle de dire à peu près tout.

— Quel genre ?

— Le genre qui trouve qu'écouter des disques, c'est moins difficile que de se courber sur la terre ou sur des livres. D'ailleurs, l'année d'après, elle était de retour à la maison. La discipline des sœurs ne devait pas lui plaire.

Arcadipane observe par la fenêtre le jeune homme de la navette qui pianote sur son portable. Il porte une chemise à carreaux par-dessus un sweat-shirt floqué d'un dessin pour enfant. Pour l'instant, personne n'est monté dans le minibus.

— Vous connaissiez aussi Masimine Orusa, j'imagine.

— Les Orusa étaient bien d'ici, acquiesce la femme, mais ça doit faire quarante ans que je n'ai pas vu leur fille.

— Elle est infirmière à Saluzzo. Vous vous rappelez si, à l'époque, elle fréquentait elle aussi l'école de Coni ? Si elle était amie avec Anna Mattalia ?

— Aucune idée.

— Vous savez comment c'est, à cet âge-là, votre amie s'inscrit quelque part, alors vous décidez de vous y inscrire vous aussi. Plus tard vous suivez des voies différentes, mais vous restez en contact…

La femme interrompt son ménage et, pour la troisième fois, lui adresse ce même regard.

— Vous avez fini ?

Arcadipane la dévisage.

— Votre déjeuner, dit la femme en montrant la tasse de café désormais froid sur la table. Vous avez fini ?

Arcadipane secoue la tête, il apprécie son mauvais goût de brûlé, même froid, alors il peut bien rester là. Pendant quelques minutes, il observe la femme qui balaie le sol autour et sous les tables, à l'exception de la zone qu'il occupe.

— Vous n'auriez jamais fait ça, vous, si j'ai bien compris.

— Quoi ? demande Caterina Rubet en reprenant son balai à franges.

— Quitter le village pour suivre un homme que vous aimiez. Mais vous admettrez que la plupart des femmes donneraient un bras pour vivre une vie comme celle de Vera Ladich !

— Chacun donne bien ce qu'il veut. Si vous vous poussez, je pourrai nettoyer là, et ensuite j'aurai fini.

Arcadipane glisse vers la fenêtre d'à côté. La femme attaque le carrelage directement à la serpillière, sans balayer avant.

— Parlez-moi de son frère, Aldo. Il s'appelait bien Aldo, un cousin à vous, non ?

— Ça, c'est la nature, et la nature commande.

— Bien sûr, elle commande, mais ça a été un grand malheur pour votre famille.

— La famille finit au seuil de chaque maison. Sur leur porte, c'était écrit Mattalia et sur la nôtre, Rubet.

La femme efface la trace d'une chaussure de marche juste en dessous de la fenêtre. Un des membres des équipes qui, entre un café et un sandwich, est allé voir quel temps s'annonçait, ou a entrebâillé l'ouvrant pour tirer une taffe qui ne pouvait plus attendre. Puis elle se redresse et le fixe. Une quatrième fois. Toujours de la même manière.

— Vous croyez que je n'ai pas compris ce que vous cherchez à me faire dire ?

Arcadipane engloutit sa dernière bouchée de tarte.

— Qu'est-ce que je cherche à vous faire dire ?

— Que c'est quelqu'un de chez nous qui les a assassinés. Et pourquoi pas moi.

— Donc Vera Ladich est morte ? Parlez sans crainte, je ne suis pas en train de rédiger un procès-verbal.

La femme pose les yeux sur la table où ce café l'indispose.

— Ici, Vera Ladich n'a jamais existé. Écrivez ça dans votre procès-verbal ou bien où vous voudrez.

— Et Anna Mattalia ?

— Elle est morte il y a cinquante ans, en montant dans cette voiture qui partait pour Rome.

— Ce n'est donc pas vous qui l'avez assassinée ? La journée s'annonçait bonne et maintenant, il va falloir que je continue à chercher.

— Vous pouvez chercher, ici, au village, vous ne trouverez personne prêt à se salir les mains pour une affaire pareille.

La femme reprend son nettoyage. Arcadipane regarde le va-et-vient de la serpillière devenir un mouvement circulaire.

— Il fallait qu'elle revienne ici pour nous chier un autre étron, *'sta bagasa frusta*[1], grommelle-t-elle à cinquante centimètres de ses pieds.

Un rauquement mécanique fait vibrer les vitres des fenêtres. Le jeune homme a démarré le minibus vide. Deux manœuvres, une accélération, et la silhouette disgracieuse du véhicule disparaît au-delà de la pente, où la lumière est plus intense, laissant sur la place un nuage de diesel strictement horizontal.

Le temps de voir le village le digérer, Arcadipane saisit son portable pour passer les deux appels qu'il aurait dû passer des heures auparavant. La tasse de café froid a disparu. Autour de ses pieds, un îlot sale et sec du diamètre d'un puits.

1. « C'te vieille pute », en piémontais.

11.

Les tripots, les bordels et les hôpitaux sont les derniers endroits où un insigne de flic vaut encore quelque chose. C'est pourquoi, à 10 h 35, Arcadipane peut sortir de l'ascenseur au deuxième étage, suivre la ligne jaune sur le linoléum du couloir et sonner à la porte du service fermé aux visites avant 11 heures.

L'infirmière qui lui ouvre doit être sur le point de lever le camp, parce qu'elle se contente de le voir ébaucher un geste vers sa poche intérieure. Ou alors, les agents de l'accueil l'ont prévenue.

— La cinquième à gauche, lance-t-elle avant de tourner les talons et de retourner à ses moutons.

Même s'il n'y a pas été invité, Arcadipane la suit dans le couloir en comptant les portes. Quelques pas avant la cinquième, il s'arrête et se gratte le nez, en s'efforçant de se convaincre que l'odeur des hôpitaux est moins pénible qu'autrefois.

Il y a trois lits dans la chambre : l'un est refait et vide, dans un autre, dort un jeune homme au crâne lisse, Bramard est dans le troisième, près de la porte.

— Je parie que tu n'as pas cessé de fixer la poignée de cette porte depuis que je t'ai prévenu de ma visite, dit Arcadipane.

— Même pas quand ils ont voulu me distraire en me faisant un lavement.

Arcadipane jette un coup d'œil au lit vide sous la fenêtre qui, pour des raisons inavouables, est la présence la plus inquiétante dans la pièce. Puis au jeune homme dans le lit du milieu. Beau, glabre et un peu bouffi, son visage émerge des draps. De sa bouche, s'échappe un léger ronflement qui, ailleurs qu'ici, passerait inaperçu, mais dans le silence pneumatique de cette chambre…

— Qu'est-ce qu'il a ? demande Arcadipane à voix basse.

— Il dort, dit Bramard.

— Ah ! lâche Arcadipane comme si c'était la réponse à sa question.

Il entre et s'approche du lit de Corso, les mains indécises – dans les poches de sa veste en peau lainée, ce ne serait pas poli ; ballantes, mais on n'est pas au bistrot ; appuyées contre quelque chose, mais on est à l'hôpital, tout de même, alors on ne sait jamais.

— Et toi ? lui demande-t-il, après avoir jaugé de l'œil qu'il a bien repris dix kilos depuis la dernière fois qu'ils se sont vus, en mars, au moment de l'affaire Shun.

— Tu veux la version longue ou je vais droit au but ?

— Choisis, toi. De toute façon, tu sais que ça ne m'intéresse pas plus que ça.

Bramard se passe sur le visage une main qui masque peut-être un demi-sourire.

— En avril, j'ai accepté qu'on me fasse une greffe.

— Tu n'avais pas l'air de cet avis, un mois avant.

— Bon, alors allons-y pour la version longue.

— Laisse tomber. La courte.

— La courte, c'est deux mois de piqûres et de transfusion avant la greffe ; ensuite, deux mois d'isolement à l'hôpital. Deux autres mois à la maison, au régime, et maintenant, je suis ici depuis trois jours pour des examens qui diront si les choses se sont goupillées comme il le fallait ou s'il faut tout recommencer depuis le début.

Arcadipane acquiesce – pour être bref, il l'a été. Puis son regard tombe sur la table de chevet en acier sur laquelle s'entassent une gourde, un paquet de mouchoirs, deux livres, une paire de lunettes, un téléphone portable, deux crayons et un carnet. Si, l'autre soir, en rentrant à Turin, il avait pressé la touche verte, ce téléphone aurait sonné, et peut-être interrompu le rite de la compote de pommes à la fin du repas ou le quiz à la télé – qui, à présent éteinte, reflète l'image déformée de trois lits et d'un couillon planté là, les bras ballants.

— Je ne suis jamais venu te voir, dit-il.

— Tu devais avoir à faire, tranche Corso, avant de saisir sa gourde et d'en dévisser le bouchon pour boire une gorgée.

Arcadipane regarde son cou maigre dont une barbe blanche de quelques jours ne parvient pas à masquer la peau grenue, les veines saillantes, les tendons. La brèche à travers laquelle la vieillesse est passée pour s'emparer, jour après jour, de ce corps apparemment imprenable. D'instinct, il cherche ses épaules des yeux, et les retrouve comme il les espérait, carrées et solides, sous le T-shirt sur lequel est écrit « Monter toujours, ou presque » : des bastions destinés à résister longtemps, avant de tomber, mais en dernier.

— On s'en sort de cette manière, demande-t-il. À l'ancienne ?

— Je comptais bien continuer comme ça jusqu'à la tombe. Quelque chose a changé ?

— Si rien n'a changé pour toi…

Et il examine la machinerie au-dessus de la tête du lit. Branchements, boutons, fils et plaques de voltage, et danger. Un bouzin inimaginable il y a quelques années. Tout ça est tellement lourd, gris, métallurgique. Sauf ce petit moniteur blanc sur son trépied. Ses chiffres qui oscillent, verts et rouges, son léger zonzonnement reposant…

— Vincenzo ?

— Oui.

— On y va ?

— On y va. C'est quoi, la suite ?

— Mise à jour familiale, répond Corso avant de consulter la Cyma à son poignet, mais en vitesse, parce qu'Elena sera là dans un quart d'heure. Tes enfants ?

Arcadipane s'autorise finalement à glisser les mains dans ses poches.

— Plus facile de causer à un boss mafieux à l'isolement qu'à Loredana. Mais d'après ses messages, elle devrait passer le dernier examen pour sa licence, elle languit après un type qui ne veut pas d'elle et essaie de maigrir en pédalant trois soirs par semaine dans un sous-sol sur un vélo vissé au lino. L'année prochaine, Giovanni jouera peut-être en série B, mais ça l'obligerait à quitter Modène où s'entraîne sa fiancée, qui fait de l'athlétisme. Ça console, non, de savoir que même les non-greffés et ceux qui ne courent pas après Vera Ladich ne coulent pas des jours sereins ?

— Un peu ? Et Mariangela ?

— Toujours avec son prof, toujours belle, et à la fin, c'est toujours elle qui a raison. Mais je la trouve un peu bizarre ces derniers temps, ça ne m'étonnerait pas qu'elle rapplique un de ces jours avec les papiers du divorce. Genre aujourd'hui, puisque je vais la voir tout à l'heure. Tes enfants rapportés ?

— Ani barbote gaiement en première au lycée, Matei vient de rentrer à l'école hôtelière où il rame.

— Et ta fille à toi ?

Bramard boit une autre gorgée puis repose sa gourde sur la table de chevet.

— Martina est en Italie depuis le jour de l'intervention, officiellement pour être près de moi, mais je crois que ça ne marche pas très fort avec son fiancé allemand. Elena va bien et elle sera ici dans – il regarde sa Cyma – douze minutes. Alors vas-y.

Arcadipane pense à cette femme qui a donné à Bramard une nouvelle famille et, en partie, une nouvelle vie. Belle, forte, dure et qui l'a en aversion. Il jette un bref coup d'œil à sa montre : 10 h 51, mais surtout, soixante-deux heures que Vera Ladich est introuvable. Puis il regarde le visage de l'homme face à lui qui, malgré son absence totale d'ambition et son dédain pour la hiérarchie, fut, à trente ans, le plus jeune commissaire d'Italie. L'homme qui, pendant cinq ans, a résolu toutes les affaires qu'on lui confiait, tel un mathématicien qui démêle une équation complexe sans rien écrire au tableau et sans que personne, a posteriori, ne puisse comprendre comment. Et ce jusqu'au dernier homicide, celui qui a privé Bramard des deux personnes qu'il aimait et qui étaient sa première vie, la seule affaire qu'il n'a pas résolue. En tout cas, pas à temps. À partir de là, ce même homme est devenu alcoolique, il a quitté la police pour enseigner dans un lycée, puis il a rencontré Elena et il est redevenu père, substituant peu à peu à l'alcool une méthode, plus cabalistique et solitaire, pour se tuer. Il a survécu à cela pendant vingt ans, défiant les lois de la gravité et des probabilités chaque fois qu'il revenait de ses escalades nocturnes sans aucune sécurité. Voilà qui est l'homme allongé devant lui, avec ses cheveux blancs, courts et clairsemés, mais tout de même plus drus que les siens. L'homme qui lui a laissé ce métier en héritage, et l'obsession de bien l'accomplir, et qui, depuis vingt-cinq ans, n'a cessé de le lui apprendre. C'est difficile à croire, mais cet homme-là a été tout cela. Il en est témoin, et il pourrait poser le doigt sur chacune des coutures qui tiennent ensemble tous ces moments. C'est la raison pour laquelle Arcadipane est ici. Pour laquelle Bramard accepte qu'il soit ici. Pour laquelle, entre eux, « J'avais beaucoup à faire » est une excuse amplement acceptable.

— Je commence par où ? demande-t-il.

— Par ce que vous avez.

— Alors c'est déjà fini, parce qu'on n'a ni empreintes de pas ni traces de pneus sur la scène. Aucune empreinte à l'intérieur de la voiture ni sur le téléphone d'où l'appel a été passé. Pas d'ADN. Rien dans leur chambre d'hôtel. Pas grand-chose de l'autopsie, si ce n'est l'étranglement prolongé dont je t'ai causé au téléphone. Les équipes de recherche ont fait chou blanc et les chiens, pareil. Rien sur l'arme du crime, qui est un vieux fil électrique qu'on peut trouver n'importe où. Bref, à part ce truc des concessions funéraires qui ne nous mène nulle part pour l'instant, on ne sait même pas pourquoi Vera Ladich est revenue à Clot après tant d'années, ni surtout pourquoi son mari et elle sont montés en pleine nuit jusqu'à cet alpage.

— Et sur Masimine Orusa ?

— Aucune liaison, aucun vice, pas de dette ni de double-fond. Une vie tranquille, à tel point que personne n'avait signalé sa disparition. On se décarcasse pour savoir si elle a pu être impliquée dans un trafic de médocs, mais c'est vraiment de l'enculage de mouches. Au bout du compte, à part la tache de sang sur le siège, le fait qu'elle soit née à Clot et qu'elle ait été une camarade de classe d'Anna Mattalia, on n'a que dalle.

— Tu es allé chez elle ?

— Pas encore.

— Et chez Vera Ladich ?

— À Rome ? Des collègues de la capitale s'en sont chargés.

— Et dans sa maison de famille au village ?

— Botta et Lavezzi y sont allés. Elle est fermée depuis la mort de ses parents.

— Va la voir toi aussi, ou alors envoies-y une qui sache trouver ce qu'elle ne cherche pas. Tu sais de qui je parle, tu l'as appelée ?

— Elle ne répond pas.

— Elle répondra. Que disent les gens de Clot ?

— À part « Fous-nous la paix, métèque » ? Ils la détestaient tous, mais aucun n'a de mobile de moins de cinquante ans d'âge. Et d'ailleurs, les montagnards, tu les connais mieux que moi. À propos, ils vont te garder ici longtemps ?

— Ça dépendra des examens, mais de toute façon la réponse est non.

Arcadipane fixe ces yeux d'ardoise sur lesquels il a vu s'abattre plus d'un cataclysme, avant d'y voir repousser du lichen. Pas vraiment une végétation ni quoi que ce soit qui puisse fleurir, mais tout de même de la vie, dans sa forme la plus primitive et tenace.

— Tu pourrais au moins…

Bramard secoue la tête pour signifier que non, il ne pourra rien du tout.

— Au fond, c'est tranquille, il y a du bon air, et puisque tu dois manger léger…

Dans le lit d'à côté, le jeune homme émet l'un de ces geignements qui, chez les enfants, annoncent le réveil. Quelque chose qui revient à tâter l'eau du pied pour en estimer la température avant de décider de s'y baigner ou non. Elle doit lui sembler trop fraîche parce qu'après un claquement de lèvres, il se remet à ronfler. Entre-temps, Bramard s'est tourné vers la grande fenêtre derrière laquelle, pendant cette demi-heure, la lumière n'a guère changé. Arcadipane regarde à son tour ce pan de ciel et de ville. Au-dessus de Turin, les nuages d'octobre lui évoquent des hydrocarbures, des culottes et le mot abandon, dans les deux sens du terme.

— Bon, alors c'est tout ?

— Quoi, c'est tout ? dit Bramard.

— Je comptais sur quelques conseils. Tu as enquêté sur des disparitions, non ?

— Tu penses à ma fille, que j'ai retrouvée vingt-cinq ans plus tard et sans que ce soit de mon fait ?

— Aux autres affaires.

— Pour les autres affaires, tu sais comment ça s'est passé, tu étais là. Les enlèvements se résolvent si quelqu'un commet une erreur et si ce quelqu'un n'est pas toi. Et puis là, il ne s'agit pas d'un enlèvement.

— Non, hein ?

— Non, et tu le sais, sans quoi tu ne serais pas ici.

Le regard d'Arcadipane glisse du profil de Bramard à ses mains, posées devant lui, de la même teinte terreuse que la couverture : deux chars abandonnés dans le désert après une guerre ancienne. Rouille, force, oubli… Des vestiges qui inspirent la tendresse quand on songe à leur puissance d'autrefois, mais qui donnent aussi l'impression dérangeante que si quelqu'un les remettait en marche, d'une manière ou d'une autre…

— Tu t'en souvenais, toi, de Vera Ladich ? demande-t-il.

— Je n'y pensais pas tous les jours, mais oui, je me souvenais d'elle.

— Et pourquoi ?

— Quoi, pourquoi ?

— Pourquoi tout le monde s'en souvient ? Il y en avait plein d'autres, des actrices canon.

— J'avais un pull que j'adorais. Je l'ai porté deux ou trois fois et puis il a disparu, j'ignore comment. Je ne l'ai plus revu.

J'avais vingt-deux ans. C'est le seul pull que j'ai eu dont je me souviens.

— C'est une parabole ? Genre, comme celles de la Bible ? Si c'est le cas, traduis-la-moi, parce que je n'y comprends jamais rien.

— Les autres actrices ont vieilli à l'écran, dans les magazines et à la télé. Pas Vera Ladich. Elle s'est retirée au summum de sa beauté.

Arcadipane effleure des doigts la rassurante forme des sucaï dans sa poche. Il en choisit un qu'il s'apprête à porter à sa bouche, avant de se dire que Bramard n'y a sans doute pas droit... Impossible de manger un sucaï sous le nez de quelqu'un qui, pour des raisons de santé, en est privé... Quelqu'un qui a perdu un pull il y a trente ans et qui y pense encore...

— Tu es sûr que tu ne...

— Sûr.

— Les heures passent, mais tout de même, si tu y réfléchissais calm...

— C'est tout réfléchi.

— C'est à cause d'Elena, dis la vérité !

— Bien sûr que c'est à cause d'Elena.

— Tu as peur qu'elle se foute en rogne.

— Je n'en ai pas peur, j'en suis sûr.

— Si c'est comme ça...

— C'est comme ça.

Arcadipane ouvre la bouche pour faire une autre tentative quand il éprouve une sensation d'imminence. Cela arrive parfois avec la pluie. Il ne pleut pas, rien ne te dit qu'il pleuvra, mais l'impression que tu aurais quand même dû le prévoir te titille. Lorsqu'on est jeune, c'est un sentiment électrique et lysergique comme celui que procure une gravure d'Escher, pourrait se dire Arcadipane s'il savait qui est Escher et si, pour des raisons personnelles, l'art n'était pas, en deux ou trois ans, passé de terre inconnue à sujet crispant. Quant aux vieux, ils conjurent cette sensation en prenant leur parapluie dès qu'ils sortent, même si le ciel n'a rien de menaçant.

Il se retourne.

— Oh, salut Elena !

La femme fixe Arcadipane sans se forcer à sourire. Aucun des deux hommes ne sait exactement depuis quand elle est là, appuyée contre le montant de la porte, avec une besace à l'épaule. Depuis trop longtemps, probablement. Si son corps est programmé pour vieillir d'un coup à cinquante-deux ans, comme c'est souvent le cas chez les Slaves, elle garde pour le moment sa beauté un peu âpre, sa blondeur pâle et son refus radical de partager ce qu'elle considère lui appartenir. Il existe des dizaines d'animaux inoffensifs dans la tanière desquels un gros félin regretterait vite de s'être introduit. D'un autre côté, Arcadipane n'a rien du gros félin et n'a guère l'habitude de s'introduire dans la tanière d'autrui, mais soixante-deux heures ont passé, alors…

— Tu t'en vas ou tu viens juste d'arriver ? demande-t-elle.

— Non, non, j'allais partir, Mariangela m'attend en bas – ce qui n'est qu'à moitié vrai, mais l'idée que quelqu'un, qui n'y peut rien si tu es un sale type, est en train de t'attendre est toujours une bonne carte à jouer.

— Comment tu l'as trouvé ?

Pendant une ou deux secondes, déformation professionnelle, Arcadipane interprète la question de travers. Grâce à Dieu, il se reprend avant de répondre.

— Bien ! Il a bonne mine et il s'est un peu remplumé. Vraiment bien… Bon, ça peut prendre du temps, mais si c'est bien engagé… La prochaine fois, j'apporterai de la mozzarelle qu'un ami me rapporte du Sud. Aujourd'hui, j'étais pressé et puis j'ai pensé que…

— Il a refusé, j'espère, le coupe-t-elle.

— Tout de suite, avant même que je lui pose la question, se hâte-t-il de répondre.

Elle tourne les yeux vers Corso, qu'Arcadipane n'a plus osé regarder depuis qu'elle est arrivée, et Corso confirme sans doute d'un signe, parce qu'Elena se détache de la porte et marche jusqu'à l'un des petits placards sous la télévision.

— Alors salut, Corso, lâche alors Arcadipane, qui en profite pour faire un premier pas vers l'orée de la tanière. Si tu as besoin de quoi que ce soit… Il se tourne une dernière fois vers Bramard, qui le regarde, à la fois sérieux et amusé. Sinon, on se verra plus tard, quand tu seras tranquille, à la maison… Bon, maintenant, j'y vais, je vous laisse à vos… ajoute-t-il en passant la porte, obtenant un sursis pour la fin d'une phrase qu'il n'avait pas eu le temps de mettre au point.

Une fois en sécurité, il prend appui contre le premier mur venu, sort un sucaï de sa poche, le met dans sa bouche, puis s'autorise à attendre que le goût du sucre laisse place à celui de la réglisse.

De l'intérieur de la chambre lui parvient le bruit des pas d'Elena. Tout homme qui a vécu au moins trois mois avec une femme connaît ce genre de pas. Ils rappellent le choc de la grêle sur les gouttières. Une matière dure qui cogne contre une matière dure, et tant pis pour la première qui rompt.

— Viens t'asseoir, entend-il Bramard lui dire.

Il imagine l'une de ses mains, aussi bien faites pour agripper la roche que pour tourner les pages d'un livre, qui se soulève pour lui faire de la place.

— Je range ces affaires et puis j'y vais, lâche-t-elle d'un ton aussi dur que ses pas, Matei rentre à 13 heures avec le car.

— Et tu lui as laissé un déjeuner à réchauffer, viens ici un moment.

Arcadipane entend la porte de la salle de bains qui s'ouvre, Elena qui va y déposer quelque chose, puis qui revient dans la chambre et rejoint le lit. Le silence qui suit est déjà une petite capitulation : elle s'est assise. Cela aussi, il aurait dû l'apprendre de Bramard. Qu'est-ce qu'il aurait fait, lui ? Allumer la télévision.

— J'ai entendu ça aux infos, dit Elena. Je savais bien que si on lui donnait l'affaire…

— Je le savais moi aussi.

— Ce serait stupide.

— Très stupide.

— Et puis tu me l'as promis.

— Je te l'ai promis. Tu as parlé au médecin ?

S'ensuit un blanc, durant lequel Arcadipane imagine qu'elle sourit. Quand les femmes sourient, c'est comme si elles faisaient entrer de l'air dans la pièce. Et quand elles rient c'est presque comme si le vent se levait.

— Toutes tes analyses sont bonnes, répond-elle, ils attendent juste le chef de service pour signer ta sortie.

Arcadipane comprend qu'ils se sont pris les mains et… par chance, il est déjà trop loin pour deviner la suite.

Il rejoint la porte au fond du couloir en serrant les pans de sa veste en peau de mouton. Le temps d'entrer dans l'ascenseur, de gober un autre sucaï et de presser le bouton du rez-de-chaussée, et le rideau se ferme sur un homme seul au faciès de statue nuragique à la recherche d'une star.

12.

Le trafic dominical de la ville lui laisse du temps pour expédier les trois appels qu'il passe en conduisant. Côté Pedrelli, rien de neuf, à part les plongeurs qui sont arrivés avec deux canots pneumatiques et se sont mis au travail, et puis peut-être une autre chose... mais c'est une broutille, ajoute-t-il... Vas-y, dis-moi tout, une broutille, c'est toujours mieux que le néant, non ? Je vérifie quelques détails et je vous la montre quand vous serez là, parce que vous êtes en route, n'est-ce pas ?

Côté directeur, en revanche, ce sont les reproches habituels... vous avez vu ce que racontent les journaux, ou non ? Il ment en répondant que oui, alors qu'il ne lit pas les articles qui traitent des affaires sur lesquelles il travaille... et puis les pressions en haut lieu, les Fuci qui ont encore tant de vieux amis chez les politiques... Arcadipane cherche à l'amadouer avec les équipes de plongeurs... Pompiers, chiens de recherche et plongeurs donnent toujours l'impression que tu te décarcasses... Personne ne pense au fait que, quand ils retrouvent quelque chose, dans quatre-vingt-dix pour cent des cas, cette chose est morte... Nous déployons toutes nos ressources... des conneries qui fonctionnent pendant les premières heures, un jour maximum. Ensuite, le plus important, c'est la vieille infanterie des témoins, l'audition des voisins, l'analyse des comptes bancaires, des propos rapportés, des mails, des textos, un peu de fouille des vies privées... Le problème dans cette affaire, c'est que pour retourner la vie de Fuci et de Vera Ladich, il faut plus de précautions et d'autorisations que pour sortir le Saint-Suaire de sa vitrine. Sans compter qu'un mort et une disparue en même temps, c'est toujours le bordel, parce qu'homicide et enlèvement impliquent des stratégies différentes. C'est un peu comme nourrir un gosse qui doit prendre du poids et un autre qui doit en perdre : tu finis par mettre sur la table quelque chose qui ne réussit à aucun des deux, et c'est ce qu'ils sont en train de faire… mais ça, il ne peut pas l'avouer au directeur général. Bien entendu, monsieur le directeur, nous suivons plusieurs pistes, y compris sur cette autre femme… Quelle autre femme ? Masimine Orusa, je vous en ai parlé… Beaucoup de choses, en effet, beaucoup de fils à tenir ensemble, je n'aimerais pas être à votre place. Nous ferons le point ce soir, certainement.

Le troisième coup de fil, il le passe tout en garant son Alfa 33 entre une voiture japonaise et une Passat. Et pour la troisième fois de la matinée, le numéro est injoignable, ou le portable, éteint.

Il ferme sa voiture et, d'humeur sombre, parcourt l'un des côtés de la place octogonale qu'il a choisie pensant y trouver un peu de variété et de confusion, après ces deux jours passés à Clot, ce sanatorium, mais il a oublié qu'on était dimanche. Pas de marché et par conséquent, pas de vêtements chinois, de poissons, de légumes, de cris, d'épices, de vols à la tire, de bouchers historiques, de chariots, d'échantillons à déguster, de chambres froides des années 1940, de fromagers. Le dimanche, Porta Palazzo ressemble à Clot, en plus crade, sans barrage et avec un brin de soleil en plus. Pour le reste, une poignée de touristes candides et un ou deux clochards prêts à la troisième inspection des déchets du marché de la veille, désormais assez succincts pour s'enfiler dans les bouches d'égout et dans les anfractuosités.

Il a rendez-vous devant le caviste, qui est bien entendu fermé. De toute façon, ce n'est pas l'endroit où s'asseoir pour boire un verre. Chez Damarco, on ne vend qu'à emporter. À l'intérieur, il faut rester concentré car le passage entre les bouteilles qui font tapisserie jusqu'au plafond a été calibré d'après la carrure moyenne des années 1960 : petite, voire un peu rachitique. Tout comme les portes des vieilles maisons de montagne. Et revoilà Clot.

Mariangela attend devant le rideau de fer abaissé. Elle est en train d'envoyer un message – ce qui, déjà, est pénible. Mais surtout, elle a emmené Trepet, qui se tient gentiment à ses pieds, avec sa laisse en chaînette. Et c'est encore plus pénible.

— Excuse le retard, dit Arcadipane sans daigner accorder une attention au bâtard.

— Tu n'es pas en retard.

Elle achève de taper son texto, puis le regarde et sourit. Son visage est toujours reposé, même quand elle travaille beaucoup, parce que quand elle dort, elle dort, et c'est tout. Elle ne gamberge pas, elle ne démonte ni ne remonte rien. Ses comptes, elle les clôture chaque soir avant d'aller au lit, et ils tombent presque toujours juste. Quand d'aventure il reste un brin de surplus, il glisse dans l'ampoule du cumul émotif, une sorte de fonds, juste ce qu'il faut pour se dire : « Ah, la vie, quelle folie ! Heureusement, elle te réserve toujours une petite surprise. » Sur ce, elle va se coucher l'âme en paix, sans même…

— Vincenzo ?

— Oui, tout est fermé, je sais. J'ai oublié qu'on était dimanche.

— J'ai fait un tour en t'attendant et…

— Donc j'étais bien en retard.

— Non, pas du tout, c'est moi qui suis arrivée en avance. J'ai vu qu'ils avaient ouvert des restos, dans la galerie… Tu as le temps de manger ?

— Non, non, juste un café et une bricole en vitesse, on m'attend, là-haut.

Ils se dirigent vers la galerie qui fut le premier hôpital de Turin, un truc de curé, à l'évidence, éventré par la suite et transformé en un lieu que la ville utilisait comme vestibule. L'antichambre qui permettait de décrotter les bouseux qui habitaient le long de la Doire avant qu'ils ne mettent les pieds au centre. Un mélange d'éducation, de bon sens et de discipline, comme la plupart des choses qui composent Turin. Il suffit d'une petite année pour comprendre ce qui pulse sous cette ville de barbares, si vraiment tu y tiens. En réalité, si tu es flic, seulement un mois ou deux. Encore faut-il être capable de distinguer criminalité et primitivité. Et surtout, savoir ce que désigne ce dernier terme. Chose qui, en ce qui concerne Arcadipane, n'est pas…

— Ici, ça te va ?

— Oui, oui, très bien, répond Arcadipane sans regarder ni le nom ni le style de l'établissement.

À l'intérieur, deux couples, dont l'un pourvu de deux enfants. Une vieille qui mange, et deux jeunes filles qui s'activent sur leur ordinateur. Des étudiantes qui bûchent même le dimanche ou qui ont attendu le dernier moment pour préparer un examen… Plutôt du deuxième type, vu comme elles sont fagotées. Des jouets anciens sont accrochés aux murs. Sur toutes les tables, un billet indique « Free Wi-Fi » et un mot de passe.

— Qu'est-ce que je vous sers, s'enquiert la serveuse alors qu'ils n'ont pas encore ôté leur veste.

— J'ai vu que vous aviez des plats, dit Mariangela en accrochant sa fausse fourrure au dossier de sa chaise. Qu'est-ce qu'on peut avoir rapidement ?

La femme y réfléchit comme si elle s'était réfugiée ici une demi-heure plus tôt pour échapper à un harceleur, ou pour en trouver un. Elle a la cinquantaine, mais ne se résigne pas. Très pimpante. Puis la solution lui apparaît :

— Le couscous, j'ai juste à le réchauffer, alors que le tajine est préparé à la commande, sinon, nous avons aussi du gratin de pâtes, un hamburger aux pois chiches et au quinoa, du saumon norvégien, des *capunet*[1] et deux portions de *matambre*, un plat argentin à base de bœuf et de porc. Nous sommes très ouverts à la contamination.

— Dans ce cas, je dois prévenir l'inspection sanitaire, grommelle Arcadipane.

1. Roulé de feuilles de choux à la viande et au fromage, plat piémontais typique.

— Qu'est-ce que vous dites ?

— Je prends le couscous, annonce Mariangela pour détourner son attention. Je reviendrai une autre fois avec plus de temps pour goûter le reste. Et un verre de blanc non pétillant.

— Un couscous, répète-t-elle. Et pour vous ?

— Un café allongé et un toast.

— Nous n'avons pas de toast, mais je peux vous préparer un roulé Fuji.

— Qui serait ?

— Avocat, fromage de chèvre, yaourt grec, oignons caramélisés et germes, le tout enveloppé dans un pain pita de farine de kamut...

— Avec du jambon ?

— Non, vous êtes végétarien ?

— On peut y mettre du jambon ?

— Je pense que oui.

— Alors un café et ce machin-là avec du jambon.

Pendant le discours, ils ont réussi à s'asseoir, les chaises sont en fer forgé, modèle cour de club de pétanque qui veut faire fuir les vioques sujets aux hémorroïdes. Et puis il fait froid, ce n'est jamais chouette de manger dans le froid.

— Tu vas bien, Vincenzo ?

— Mais oui, c'est cette histoire de Vera Ladich !

— Je parlais de ta santé, je ne voudrais pas me mêler de tes affaires, mais tu sens l'hôpital.

Brigade cynophile, tu parles, se dit-il. J'aurais dû lui faire renifler un foulard de Vera Ladich et la lâcher dans la montagne.

— Non, non, j'y suis allée pour le boulot... Alors, qu'est-ce que tu voulais me dire ?

— Il y a trois choses...

— Trois ? Si j'avais su, j'aurais pris du pot-au-feu...

— Je vais faire vite, mais ce sont des questions délicates, il est donc important pour moi qu'il n'y ait pas de malentendu.

Nous y voilà, pense Arcadipane, les papiers du divorce. Aux pieds de Mariangela, Trepet le fixe avec ressentiment, exprimant sans réserve sa volonté en cas de division des biens.

— La première concerne Loredana. Elle ne sait pas que je t'en parle, alors je t'en prie…

— Mais oui… Tout le monde me demande d'avoir de la retenue, aujourd'hui. Continue, va.

La serveuse revient avec le verre de vin et le café. Mariangela l'aide à installer serviettes et couverts, voyant que la manœuvre a l'air pour elle aussi complexe que le lancement du *Titanic* et que, livrée à elle-même, elle finirait inévitablement comme ce dernier.

— Bon, reprend Mariangela dès que la serveuse s'est éloignée, Loredana m'a dit t'avoir vu avec une femme, elle s'est convaincue qu'il s'agissait de ta nouvelle compagne.

— Où ça ? laisse échapper Arcadipane, qui aussitôt éprouve de la honte, mais pas suffisamment pour retirer sa question, dont il est le seul à savoir ce qu'elle implique.

— Dans un bar du côté de Crocetta.

Il a beau prendre des précautions, ce matin-là, ils sont descendus ensemble, il avait faim, le bar est dans le pâté de maison d'en face… Mais que faisait Loredana là-bas à 8 heures, l'université est à l'autre bout du quartier… et puis qu'a-t-elle bien pu voir ? Il n'est plus un adolescent qui bécote sa chérie en public… parce qu'en plus, lui, quand il mange, il mange. Même si maintenant, on combine jambon et kiwi, fromage et confiture, il est préférable de ne pas mener de front l'assouvissement de tous ses besoins. Il se rappelle très bien l'affaire de cette femme qui s'était étouffée avec un os de poulet pendant que son mari lui faisait…

— Vincenzo ?

— Ça devait être un témoin, une personne que j'interrogeais pour une enquête, franchement, je ne m'en souviens pas.

— La question n'est pas là, c'est juste pour que tu saches que Loredana a digéré notre séparation, qu'elle est toute disposée à faire la connaissance de ta nouvelle partenaire, si d'aventure tu en avais une… Quoi qu'il en soit, j'ignore qui est cette personne et, bien sûr, tu n'as aucun compte à me rendre ! Mais s'il ne s'agit pas d'une de ces conquêtes occasionnelles que tu dragues sur Internet…

— Mais de quelles conquêtes tu me parles ? Je ne drague personne… C'était pour le boulot, on enquêtait sur… et d'ailleurs, le problème, c'est que c'est Loredana que j'ai trouvée sur ce site ! On marche sur la tête, ou quoi ? On va changer le vin en eau, maintenant ?

— Ne monte pas sur tes grands chevaux !

Tes grands chevaux… mais qui parle encore comme ça, pense Arcadipane qui n'a pas digéré l'allusion à sa drague sur Internet.

— Je sais que tu as compris ce que je cherche à te dire.

— J'ai compris, j'ai compris, on peut passer à autre chose ?

Comme si elle avait attendu la fin de la première station de sa montée au calvaire, la serveuse rapplique avec leur commande. Elle dépose tant bien que mal leurs assiettes, leur souhaite bon appétit et retourne au comptoir.

Le roulé qui gît sous le nez d'Arcadipane a la couleur, la forme, mais heureusement, pas la taille, d'un sac pour aspirateur bien rempli. À cette heure-ci, en plus, le café doit être froid. Tiède, en réalité.

— La deuxième chose…, dit Mariangela avant de prendre une première bouchée de couscous avec une mine qui signifie « pas mal, vraiment pas mal, ce couscous », … concerne Giovanni et Suade.

— Giovanni et Suade, répète Arcadipane qui examine son roulé pour savoir s'il dispose d'un devant et d'un derrière.

— Ils sont venus dîner à la maison il y a une dizaine de jours.

— De Modène !

— Une escapade d'une journée. Giovanni devait voir son agent, je crois.

— Ce chameau ! Il aurait pu me le dire, qu'il venait à Turin.

— Je crois qu'il te l'a dit, regarde tes textos. Bon, en tout cas, ils sont venus dîner. Adorables, comme d'habitude, ils ont apporté du vin.

— Pourquoi ? Ils boivent ?

— Ils sont sportifs de haut niveau, Vincenzo, pas moines ! Tu ne manges pas ?

— J'attends que ça refroidisse.

— C'est froid, tu sais ?

— J'attends que ça se réchauffe. Donc, ils sont venus dîner, et…

— On dîne, je leur verse du vin, et elle me répond non merci.

— Les Musulmans ne boivent pas – Arcadipane soulève son roulé. Il le hume : l'odeur de camphre manque réveiller sa sciatique.

— Vincenzo !

— Quoi ?

— Suade n'est pas musulmane, d'accord ? Nous avons déjà eu cette discussion… Elle n'est pas non plus arabe, ni brésilienne comme tu as eu la délicatesse de le lui dire. Elle est originaire de la Côte d'Ivoire et a été adoptée à cinq ans par une famille de Padoue, elle est l'un des espoirs de l'équipe d'Italie d'athlétisme, en plus d'être une jeune femme délicieuse. Pouvons-nous tenir ces éléments pour acquis ?

— Mais bien entendu – Arcadipane mord dans son sac à poussière. Maintenant, en plus, on sait qu'elle ne boit pas.

— C'est faux, je l'ai vue boire du vin en d'autres occasions. En tout cas, j'apporte du jambon cru à table, celui qu'ils se sont mis à faire à Coni…

— S'il te plaît, je ne veux pas entendre parler de Coni.

— Et elle me répète « non, merci ».

— Donc elle est bien devenue musulmane.

Mariangela prend deux bouchées en silence, vexée comme une femme peut l'être par l'homme avec lequel elle a passé vingt ans. Une fois que tu as été au volant d'un semi-remorque, tout ce que tu conduis ensuite te donne l'impression d'être une Smart. Arcadipane en profite pour mastiquer sa symphonie de saveurs. Le pire de tout, il est bien forcé de l'admettre, c'est encore le jambon.

— Et alors ?

— Alors, la même scène s'est répétée avec la viande crue et les carottes râpées, dit Mariangela, alors qu'elle a englouti sans problème une assiette entière d'orecchiette et deux belles tranches de rôti avec des pommes de terre. À vrai dire, je n'y ai pas fait attention, mais quand ils sont partis, Gian Pietro m'a fait relier les points entre eux…

— Pourquoi, il était là aussi, Giampiero ?

— Il n'aurait pas dû l'être ?

— Je n'en sais rien, je ne savais même pas qu'ils étaient à Turin. Bon, alors comme ça, Giampiero t'aide aussi à relier les points et…

— C'est peut-être une coïncidence, bien sûr, mais ça ne m'étonnerait pas que… Ce serait un sacré choc, pour nous, non ?

Arcadipane mastique en la fixant.

— De quoi ?

Mariangela pose sa fourchette et balaie la salle du regard, comme pour implorer de l'aide. Elle boit une gorgée.

— Quelques années ont passé, mais tu devrais te rappeler ce que ça signifie quand une femme cesse de manger du jambon cru, de la viande crue et des légumes crus. Et de boire de l'alcool.

Arcadipane fouille les méandres de sa mémoire en insérant dans son moteur de recherche les mots régime, allergies, intolérance à la couleur rouge-orangé des aliments. Quand les termes « aucun résultat » apparaissent, il clique sur « chercher encore » et, à l'avant-dernière bouchée de son roulé, il s'illumine pour aussitôt se rembrunir.

— Impossible.

— Pourquoi dis-tu ça ?

— Inutile d'en parler. Jamais de la vie… ils sont trop jeunes… sportifs tous les deux… Et puis elle n'était pas censée aller aux Jeux olympiques ? Sûr qu'elle l'oblige à mettre des préservatifs et qu'elle les a tous testés avant avec une pompe à vélo.

— Vincenzo ! Mais qu'est-ce que tu racontes ?

Il met dans sa bouche le dernier morceau de cet objet étrange qui, au bout du compte, avait le goût du poisson cru bien qu'il n'en contînt pas une miette. À moins que.

— Je raconte qu'il est tard, très tard ! Autre chose ?

Mariangela siffle une petite gorgée de blanc puis arrange la serviette sur ses cuisses.

— J'aurais préféré t'en parler autrement qu'entre deux portes, mais puisque tu es toujours pressé…

— Pour ma prochaine vie, à la rubrique « travail » je cocherai moi aussi la case dix-huit heures par semaine.

— … et que tu ne m'as pas l'air non plus très bien disposé.

— Ça risque d'empirer dans les jours qui viennent, mais si ça n'est pas urgent…

— En fait, ça l'est.

— Bon, alors ?

— C'est au sujet de l'appartement, je voudrais discuter avec toi de l'éventualité de le vendre.

— Quel appartement ?

— Le seul qui nous appartienne à tous les deux.

— Qu'est-ce que tu racontes ? Pourquoi on devrait le vendre ?

— Parce qu'il est immense et que je ne m'en sors plus, avec les charges et les factures de chauffage. Giovanni a pris son envol. Loredana voudrait s'inscrire en master à Bologne ou à Padoue. Toi, tu es locataire, et je ne pense pas que tu vivrais, seul ou en couple, dans un appartement des années 1960 de cent quarante mètres carrés, avec trois chambres à coucher et un tas de rénovations à faire.

Arcadipane ressuie ses doigts dans sa serviette.

— Depuis un moment, Gian Pietro et moi, nous pensons à déménager pour nous rapprocher du lycée. Un petit appartement nous suffirait, avec une chambre d'amis pour les enfants quand ils voudront venir. Si nous vendons le nôtre, je pourrai investir ma part dans cette nouvelle acquisition. Avec la tienne, tu pourras t'acheter quelque chose toi aussi, ce qui te regarde, bien évidemment. En plus, ça nous permettrait de mettre un peu de sous de côté pour les enfants. Giovanni ne jouera pas au football toute sa vie, et Loredana a encore des années d'études devant elle, avant d'être indépendante.

— Non.

— Quoi, non ?

— Non, on ne le vendra pas.

— Écoute, Vincenzo, je sais ce qu'il représente pour toi… C'est la maison que tes parents ont achetée.

— Avec un prêt sur vingt-cinq ans.

— Et où tu as grandi, je sais. Mais les familles ont changé. Je veux dire que si Giovanni et Loredana ont des enfants, il n'est pas certain qu'ils voudront les élever à Turin, ou dans cet appartement !

— Ils le vendront à ce moment-là.

— Tu sais bien que les prix vont continuer de baisser, dans ce quartier. Si nous voulons bien le vendre, il faut s'y prendre maintenant. On m'a fait une proposition…

— Une proposition.

— C'est une famille roumaine, nombreuse…

— Tu veux vendre la maison à des Roumains !

— Disons que je n'ai rien entendu, Vincenzo.

— Non !

Mariangela jette un coup d'œil à la ronde, pour s'assurer que les autres clients ne les regardent pas. Les plus curieuses sont les deux étudiantes qui voient là une bonne excuse pour cesser de travailler. L'un des couples ne dédaigne pas non plus l'esclandre, tandis que l'autre, dont les deux enfants jouent sur une tablette, pignoche sa deuxième portion de tiramisu, enténébrée par l'entropie dominicale.

— Nous en reparlerons une autre fois, conclut Mariangela, salomonienne, reléguant son sentiment véritable à un imperceptible déplacement de la table.

— On n'en reparlera pas. Pour moi, ce sujet est clos.

Mariangela le toise pendant quelques secondes, puis elle se lève, enfile sa veste en fausse fourrure, opération qu'Arcadipane ne suit que du coin de l'œil, puisqu'il fixe le sol sous la table, les bras croisés. Après quoi, elle attrape son sac et se dirige vers la porte.

Arcadipane l'entend l'ouvrir, c'est alors que son regard croise celui de Trepet.

Il se retourne d'un bloc pour avertir Mariangela.

— Trepet !

Sur le seuil, un pied dehors, Mariangela se fige, non parce qu'elle hésite ou qu'elle a changé d'avis, mais bien pour souligner sa décision. Sur ce, l'instant d'après, elle sort pour de bon, laisse la porte se refermer derrière elle et part sans se retourner.

Il y a des moments où un homme a trois choix, deux déshonorants et un désastreux : il pouvait lui courir après, ou lui envoyer un message de plates excuses ou encore se bercer dans la certitude d'être dans son bon droit.

Ayant choisi le pire et bu deux autres cafés, Arcadipane sort de l'établissement dix minutes plus tard.

Quelques mètres lui suffisent pour renoncer à l'illusion de passer pour un quelconque pékin en promenade dominicale avec son chien. En effet, personne ne se balade en traînant un sac de sable récalcitrant. Il insiste sur encore un mètre ou deux, puis se résigne, se penche et détache la laisse.

Trepet le regarde s'éloigner puis, une fois qu'il est à deux mètres de distance, lui emboîte le pas.

Arcadipane vérifie son téléphone. Aucun appel, aucun texto. Il rappelle le numéro qui, depuis ce matin, s'obstine à le contrarier. Par miracle, après trois sonneries, elle décroche.

— On est dimanche, qu'est-ce que tu me veux ?

Arcadipane pourrait lui rappeler qu'on ne tutoie pas un supérieur, mais il a déjà essayé, en vain, comme il vient de le constater. À vrai dire, avec Isa Mancini, il a à peu près tout essayé : l'engueuler, lui lâcher la bride, rester sur son dos, l'ignorer, la conseiller, adopter la posture du père, du tonton, de l'ami, ne rien lui passer et tout lui passer. Pour finir, il s'agit toujours de choisir entre se ronger les sangs mais bénéficier de son talent dans ses rangs, ou bien la faire muter et s'en mordre les doigts. C'est ainsi qu'il a décidé… Pour le moment. Du moins tant que le collègue auquel elle a presque crevé un œil travaille dans le box qui fait face à son bureau et lui rappelle chaque jour de quoi est capable cette tête de pioche.

— Je t'appelle depuis ce matin, dit-il. Vous n'êtes pas censés être joignables, vous autres, à la routière ?

— Non, et en plus, ce n'est pas mon téléphone pro.

— Donc tu ne réponds pas sur ton téléphone privé ?

— Pas le dimanche matin, ni quand c'est un numéro qui ne me revient pas. Et là, c'est les deux. Qu'est-ce que tu me veux ?

— On est sur l'affaire…

— Ladich.

— Oui, mais un nouveau front s'est ouvert avec…

— Masimine Orusa.

— Mais qui a écrit là-dessus ? On n'a même pas encore établi le lien entre les deux !

— Personne n'a rien écrit nulle part. Le soir, je fais un tour de la presse locale, et je colle les trucs intéressants dans un système avec un algorithme qui fait matcher les données…

— Ça va, c'est bon, ne commence pas. Je veux que tu ailles à Pregliasco, où on a retrouvé la voiture d'Orusa. Il y a là-bas un carabinier, un jeune, dégourdi, il s'appelle Nazareno. Je l'ai prévenu de ton arrivée, mais passe-lui un coup de fil avant. Il te montrera le champ où était garée la voiture et t'emmènera au domicile de la femme à Saluzzo. Inspecte les lieux, son ordinateur, tout ce que tu trouveras. Ladich et elle ne se voyaient plus depuis des années, il faut qu'on sache si elles étaient restées en contact, si elles avaient un lien. C'est clair ?

— Pour être clair, ça l'est. Mais il manque un truc.

— Quoi donc ?

— Ce truc qui sonne comme « tu me donnerais un coup de main, s'il te plaît ? ».

Arcadipane trouve sa voiture garée là où il l'a laissée. La première bonne nouvelle depuis qu'il s'est levé.

— Ne tournons pas autour du pot, tu me le donnes, ce coup de main, ou non ?

— Non.

— Comment ça, non ?

— Je suis en arrêt maladie.

— Qu'est-ce que tu as ? Pour combien de temps ?

— Pour quelques jours. Quand je reprends, si tu as encore besoin de moi, appelle mon supérieur et fais-moi détacher. Je verrai si je fais un saut.

— Quelques jours… Je verrai… Mais qu'est-ce que vous avez, tous, aujourd'hui ?

— Une vie. T'as une idée de ce que c'est ?

— Non.

— Ben voilà. Bramard y sera ?

— Non.

— Tu ne l'as pas appelé ?

— Si, mais il récupère de son intervention, il ne peut pas.

Silence de l'autre côté.

— Donc finalement il l'a fait ? demande Isa, sur un tout autre ton.

— Non, il récupère d'une intervention qui n'a pas eu lieu. Bien sûr, qu'il l'a fait. Je t'envoie un message avec le nom et le numéro du carabinier, OK ? Appelle-le, vas-y et tiens-moi au courant. Demain, je contacte ton chef pour lui parler. Je ne vais pas le déranger un dimanche.

— Pourquoi, on est dimanche ?

Arcadipane raccroche pile au moment où sa clé déclenche le déverrouillage centralisé de l'Alfa 33. Il ouvre la portière arrière et attend que Trepet approche, avec cet air distrait qu'il prend pour affronter cette manœuvre humiliante, après quoi il le soulève et le dépose sur la banquette.

Oubliant ce moment de honte, le chien se met à étudier l'appui-tête rafistolé avec du chatterton.

— N'y pense même pas !

Arcadipane claque la portière puis s'assied au volant et balance la laisse sur le tapis de sol du siège d'à côté. Il se retourne et fixe Trepet qui lui lance un regard torve.

— Montagne, froid, ours, loups, dit-il. Va falloir te démerder avec tout ça…

Le temps de se retourner et de démarrer, à l'arrière s'élève déjà le *flap flap* tristement familier.

Il gobe un sucaï, sort du parking et accélère, faisant voler le dernier papier gras du marché. L'horloge encastrée dans la structure en fer du pavillon boucherie et fromages lui annonce : soixante-quatre heures.

13.

Le soir les a saisis alors qu'ils s'éloignaient des dernières maisons de Clot pour s'engager dans le vallon, en longeant une grève caillouteuse trop large pour le cours d'eau qu'elle borde. Peut-être l'exuvie de quelque crue du fleuve avant que le barrage ne le dompte, ou bien le résultat de vidanges programmées du lac. Mais Arcadipane a trop de soucis et trop besoin de voir où il met les pieds pour penser à la grève et à la maintenance du barrage. À la différence de Pedrelli, qui trottine sur ces pierres arrondies tel un crabe sur le perré d'une digue. C'est donc vrai : la gymnastique, la diète et une femme qui apparie tes chaussettes… Cependant, son adjoint a lui aussi connu sa période noire… quand sa fille s'était toquée de ce vieil industriel de la crème glacée… Il ne trottinait plus, ce pauvre Pedrelli, à l'époque. À le voir traîner les pieds dans le couloir central, il vous venait l'envie de lui offrir des pantoufles marron avec fermetures Éclair.

— C'est ici, commissaire. Il faut monter par là.

Arcadipane scrute la pente recouverte de plantes et de ronces sur la gauche de la grève.

— Monter où ça ?

— Vous voyez cette trace ?

Pedrelli désigne un point parmi la végétation.

— Une trace de quoi ?

— De sentier. Le garçon de la Protection civile m'en a parlé au bar, et puis il m'a accompagné jusqu'ici… C'est un peu raide au début.

Arcadipane soupire et lui fait signe d'avancer, ce que, hélas !, Pedrelli fait.

Une ou deux minutes plus tard, ils progressent péniblement à travers le sous-bois, en s'agrippant aux fougères, aux racines et à quelques bouleaux dont ils distinguent, dans la pénombre, les troncs blancs. Arcadipane se serait bien passé de ça, mais il sait qu'avant le dîner il y aura le coup de fil rituel du directeur général. Et il faut bien qu'il trouve un peu de biscuit, quitte à l'enjoliver, pour le calmer un peu. Il lui a fait le coup des plongeurs ce matin et, malgré une première expédition, il n'y a rien de nouveau sur le front.

— Voici le sentier, précise Pedrelli en arrivant sur une bande de terre nue et presque plane.

Arcadipane le rejoint et reprend son souffle, le cuir de ses mocassins ne fait plus qu'un avec ses pieds gonflés. Il aurait sans doute dû se procurer une paire de chaussures convenables en ville. Les rangers de sa formation d'officier doivent être encore à la cave, chez Mariangela. Un souvenir du passé, révolu. Il aurait voulu les laisser à Giovanni, ces rangers, mais ce sont les Roumains qui les mettront, et voilà ! Pas grave. Il a toujours bien aimé les Roumains. Et puis qu'est-ce que tu veux discuter avec une femme qui veut vendre ta maison ?

Pedrelli s'est déjà avancé de quelques pas sur le chemin praticable.

— Et il part d'où, ce sentier ?

— De l'église, je crois.

— Alors pourquoi on n'est pas partis de là-bas, au lieu de se ruiner les jambes ?

— Je pense que c'est plus court par ici.

— Qui t'a soufflé ça ? Ah, ton nouveau pote de la Protection civile, celui que tu as rencontré au bar ! Vas-y, avance… Tu n'avais pas pris une torche ? Tu la sors ou tu la gardes allumée dans ta poche, pour faire éclore tes œufs ?

Pedrelli s'exécute, allume la torche et repart. Un peu plus loin, le faisceau lumineux illumine, au bord du chemin, l'embouchure d'une conduite aussi grande que la roue arrière d'un tracteur. Une grille circulaire, munie d'un cadenas, la ferme.

— J'espère qu'ils ont déjà inspecté cet endroit, commente Arcadipane.

— Bien sûr, commissaire, galeries, canalisations, centrales hydrauliques, tout ça. Mais Sergio m'a dit…

— Sergio !

— Le garçon de la Protection civile m'a dit que son équipe avait trouvé cette bouche de déversoir.

— Bouche de déversoir.

— Vous voyez un évier de cuisine… Le trou pour le trop-plein… Puisque de l'eau y entre, il faut pouvoir l'évacuer quelque part… c'est un mécanisme de sécurité… Et ça, c'est la conduite d'où sortirait l'eau au cas où le niveau du lac… je ne sais pas si je suis clair…

— Aussi clair que Piero Angela[1] quand il explique la Rome antique, et qu'est-ce qu'ils ont trouvé dedans ?

— Rien, sinon, ils nous l'auraient dit…

— Pedrelli, je viens de me taper une journée où j'ai rencontré trois personnes et où ces trois personnes m'ont foutu en rogne, alors tu prends de gros risques, là.

— Mais non, commissaire, je vous ai prévenu que ce n'était pas grand-chose. Mais ça m'a paru important que vous le voyiez de vos yeux.

Pedrelli écarte une touffe de fougères et éclaire une plaque de bronze encastrée dans la roche, juste à côté de la conduite.

— Enrico Mangiaracina et… – Arcadipane s'approche pour lire. Domenica Cotti épouse Mangiaracina. C'est qui ?

— J'ai posé la question au maire, et à d'autres personnes au village. C'est une histoire un peu longue, si vous voulez, je vous la raconte en rentrant au village.

1. Célèbre journaliste et vulgarisateur italien (1928-2022).

— Mais pourquoi ? On n'est pas bien ici ? On a beau être dans les bois, en dessous d'un lac, en début de soirée au mois d'octobre, il n'y a pas un poil d'humidité, tu as remarqué ?

— Comme vous voudrez, commissaire. Le maire dit que la construction du barrage a duré quatre ans, et qu'il n'y a pas eu d'accident grave sur le chantier, seulement quelques incidents. Une chose assez exceptionnelle, compte tenu de l'ampleur des travaux. En fait, l'ingénieur Mangiaracina et son épouse ont été les seules victimes.

— Et elle y foutait quoi, sur ce chantier la femme de l'ingénieur ?

— Rien, elle était venue voir son mari qui était inspecteur des travaux. Il l'aurait emmenée une nuit visiter cette conduite, imprudence, bravade romantique, en tout cas une fatalité… la galerie s'est effondrée sur eux, ils sont morts tous les deux.

Arcadipane lève les yeux. Entre les arbres désormais tous semblables, la silhouette du barrage se découpe, noire, sur le ciel encore teinté de cobalt.

— Sa femme vient le retrouver la nuit sur le chantier et lui, l'emmène dans une galerie de décharge qui s'écroule.

— D'après ce qu'ils ont réussi à comprendre, les ouvriers avaient laissé des explosifs pour le creusement du lendemain. Le couple a touché ou mis les pieds au mauvais endroit, tout a explosé et la galerie s'est effondrée sur eux.

— Et l'ingénieur inspecteur ignorait tout de ces explosifs ? Quel inspecteur foireux. Il doit y avoir un dossier sur cette affaire, non ?

— Je me suis permis de demander au commissariat de faire quelques recherches. Les carabiniers de la vallée se sont chargés de l'enquête, s'il reste quoi que ce soit, ce sera des documents papier d'il y a plus de cinquante ans, qui sait où ils sont passés.

— La société de construction ?

— Une entreprise sous contrôle public, mais au début des années 1980, elle a été reprise par une société privée. Pour accéder aux archives il faudrait aller à Rome.

Arcadipane regarde le barrage, à présent du même noir que le ciel. À Clot, la nuit baise sans préliminaires.

— Et ici, au village, c'est tout ce qu'ils se rappellent de cette histoire ?

— C'est tout ce que j'ai pu reconstituer en mettant bout à bout deux mots de l'un, trois de l'autre et le silence d'un troisième. Vous savez comment ils sont… Et puis à la mairie, il n'y a rien. D'après le maire, si des habitants du village avaient été impliqués, peut-être, mais s'agissant d'étrangers…

— Ils peuvent bien aller se faire sauter.

— Plus ou moins…

— Bon, on va creuser, dit Arcadipane. Même si ça n'a aucun rapport avec Fuci et Vera Ladich…

— C'est possible, commissaire – Pedrelli éclaire de nouveau la plaque – mais puisque Fuci a été tué le 24 octobre au soir…

Arcadipane se penche et relit, à haute voix cette fois.

EN CES LIEUX ENRICO MANGIARACINA
ET DOMENICA COTTI ÉPOUSE MANGIARACINA
FIRENT DON DE LEUR VIE ET DE LEUR TALENT
AU PROGRÈS ET À L'AVENIR DE L'ITALIE ET DE CES VALLÉES.
25 OCTOBRE 1962

Il se redresse et sent ses vertèbres se rabougrir une à une. Les bois alentour se sont remplis de menus bruits. Bruissements innocents, clapotis, le chant lointain d'un oiseau prenant son quart de nuit.

— Il y a cinquante et un ans exactement.

— Presque exactement cinquante et un, commissaire.

Arcadipane prend un sucaï et le place entre ses lèvres. La présence du barrage, maintenant qu'on ne le voit plus, est moins menaçante, à l'instar des grilles qui, la journée, évoquent l'enfermement et la nuit, la sécurité.

— Évidemment, ce n'est peut-être qu'une coïncidence, constate-t-il en laissant glisser le sucaï dans sa bouche.

— C'est probable, dit Pedrelli en pointant la torche sur le sentier.

— Probable, répète Arcadipane en lui emboîtant le pas.

14.

Le rayon de soleil de 7 h 10 trouve Arcadipane éveillé, douche matinale déjà au compteur. Une douche qui a duré treize minutes : dix pour régler la température de l'eau et, après avoir échoué, trois pour se laver en vitesse. Ensuite, changement de sous-vêtements, nouvelle chemise, pas saumon, nouveau pantalon, à pinces, velours côtelé bleu, un petit coup de serviette sur ses mocassins qui gardent les séquelles de son expédition avec Pedrelli dans les broussailles, et le voilà prêt à descendre.

Il n'est pas encore 7 h 30 quand il franchit le seuil de la salle à manger où les quatre membres de l'équipe des plongeurs le saluent d'un « Bonjour, commissaire ». Ils se sont installés dans les deux chambres restées libres et, la veille, ont échangé quelques mots en fumant sur la place. Ils trouvent l'eau du lac extraordinairement froide, pour un bassin situé à mille huit cents mètres, sans doute parce qu'il est aussi alimenté par des eaux de source. En tout cas, toute créature plongée dedans sans combinaison n'y survivrait pas plus de deux ou trois minutes. Ce sont des hommes sages et taiseux, avec le torse à deux places des plongeurs, des joueurs de water-polo et des portefaix. Des hommes aux cheveux ras que leur profession a rendu quasiment français, bien qu'ils soient tous nés en Italie, et l'un d'eux à Turin. Certains métiers te poussent illico vers la France, c'est comme ça. En effet, ils parlent peu et lancent des regards à la Yves Montand, rares et mortels. Il te viendrait presque l'envie d'être une femme, quand ils font ça, peut-être parce qu'en tant qu'homme tu ne peux guère rivaliser.

Après l'avoir salué, tous les quatre baissent le nez sur leur déjeuner. Arcadipane rejoint sa table où, chose étonnante, la place de Pedrelli est encore vacante, comme le sont celles de Lavezzi et de Botta, ce qui n'a rien d'étonnant. Ottavio Claro sort de la cuisine où, en homme qui sait être au monde, il a relégué sa femme à l'arrivée des plongeurs. En termes de beauté, il fait largement le poids, mais là, il s'agit de regards à la Yves Montand. Personne ne discute la beauté de la Grande Muraille, mais elle n'a pas pour autant arrêté Gengis Khan, dont le nom rime presque avec celui d'Yves Montand, comme par hasard, et…

— Qu'est-ce que je vous sers ? demande-t-il, abrupt.

— Un double café, de l'eau gazeuse et un toast jambon fromage.

— Pas de toast, mais il y a du gâteau de courge avec de la confiture de mûres, si vous voulez.

— Vendu.

L'homme s'en va. Arcadipane se lève et se poste près de sa fenêtre habituelle. Quand il est sur une affaire, il a vraiment du mal à rester assis, sauf pour manger, pour conduire et pour aller aux chiottes. À l'extérieur, rien à signaler. Le ciel, voilé, laisse deviner du bleu.

Vêtue d'une veste, d'un sweat-shirt et d'un jean, la fille des Claro sort de la cuisine et va s'installer près de l'autre fenêtre, à quelques mètres de lui. Elle pose son plateau sur la table – bol de lait, part de gâteau et mandarine – puis pose son cartable sur une chaise et en sort cahier et stylo.

— Tu vas à l'école ? demande Arcadipane qui, comme tous les adultes, a une vision plutôt limitée de ce qu'est la vie d'un enfant, et ne dispose par conséquent que d'une ou deux questions pour les tourmenter.

— Bien obligée, répond-elle, histoire de clarifier illico la situation.

— Qui t'y emmène ?

— Le car.

— Celui de la navette pour la messe ?

La petite ne comprend pas – ou alors elle trouve la question stupide – et se met donc à colorier le dessin qu'elle a tracé en quelques coups de crayon sur une page de son cahier.

— Tu dessines ?

La fillette lève les yeux. Dans son regard, on lit clairement sa crainte qu'à l'avenir toutes ses rencontres ressemblent à celle-ci.

— Stella, c'est ça ?

— Ester.

— Joli prénom.

— En général, les gens s'en souviennent.

Elle pose son feutre pour tremper son gâteau dans le lait puis en mange une énorme bouchée. La lumière voilée qui filtre des fenêtres sur le roux de ses cheveux, le lait et le mercure de la confiture de mûres confèrent du relief à la scène. C'est peut-être pour cela qu'Arcadipane avance d'un pas vers elle, comme vers un feu dans la nuit.

— Tu es contente de vivre ici ?

« Comme ci comme ça », répond-elle d'un geste, parce qu'elle a la bouche pleine et qu'elle ne veut pas tacher son dessin.

— Il n'y a pas d'autre enfant, précise-t-elle après avoir dégluti. Il s'appelle comment, lui ? demande-t-elle en indiquant la créature qui fouine autour de la table en respirant fort.

— Trepet.

Elle penche la tête pour mieux le regarder léchouiller les miettes de gâteau et Dieu seul sait quoi d'autre.

— Trepet ! Viens ici, Trepet !

Puis elle se tourne vers Arcadipane.

— Mais ce n'est pas vraiment un chien.

— Qu'est-ce que tu veux dire ?

Elle regarde Trepet derechef, lui tend la main avec laquelle elle tenait son gâteau, qu'il vient lécher.

— Il est croisé avec d'autres animaux.

— Je n'en sais rien. Si je l'ai choisi, c'est peut-être parce que moi aussi, je suis croisé avec d'autres animaux.

La fillette rigole et, de sa main léchée, émiette de petits bouts de gâteau. Elle sait à présent que c'est pour de vrai. Les enfants voyagent sur de lointaines planètes et n'en reviennent que lorsqu'ils comprennent que c'est pour de vrai. Les enfants n'ont pas de temps à perdre.

— Quelle heure il est ? demande-t-elle.

— 7 h 35.

— Le bus passe dans cinq minutes, tu veux un dessin ? J'en ai donné un à ton ami.

— À Pedrelli ?

Ester hausse les épaules. Qu'est-ce qu'elle en sait, si c'était lui ou l'un des deux autres. Et puis, est-ce que c'est une question sérieuse ? Elle sort de son cartable une grosse règle et, avec la dextérité d'un relieur, la pose sur le cahier, appuie dessus et déchire la page de l'autre main.

Arcadipane saisit le dessin qu'elle lui tend.

— C'est joli, c'est quoi ?

— Tu dis que c'est joli et tu ne sais même pas ce que c'est ?

— Je me suis laissé emporter, c'est quoi ?

— Un ours.

— Il est gentil ou je devrais avoir peur ?

— Pas la peine d'avoir peur, réplique-t-elle en ramassant ses affaires, puisque tu es croisé avec les ours.

— À quoi tu vois ça ?

— Tu as la tête pelée mais tu es poilu.

Arcadipane se concentre à nouveau sur le dessin.

— Qu'est-ce qu'il fait ? Il prend du miel sur un arbre ? – et il lui montre l'arbre.

Ester tend le cou, vérifie, le regarde.

— Ce n'est pas un arbre, c'est un téléphone, tu ne vois pas qu'il a des pièces pour téléphoner ?

— Ah, oui, les voilà.

— Et ça, c'est le caca qu'il vient de faire.

— Moi aussi, je téléphone en faisant caca. Alors c'est vrai, on est bien cousins.

Ester se lève, ravie, et surtout soulagée qu'il se soit rattrapé au dernier moment. Puis elle attrape son sac à dos et sort sans lui dire au revoir.

Arcadipane retourne à sa table au moment où arrive Ottavio Claro. Il s'assied pendant que l'homme dispose sur la nappe le contenu de son plateau. Il lorgne le dessin.

— Elle a quel âge, huit ans ? demande Arcadipane en montrant la gamine qui, sur la place, grimpe dans un minibus jaune à neuf places.

— Huit, mais avec le restaurant, toujours au milieu des clients... Et lui ? On lui donne quelque chose ?

— Il ne le mérite pas, mais si vous avez quelques restes... même si c'est juste du pain sec.

— Je vais dire à Maria de lui remplir une écuelle.

Succinct, comme toujours, Ottavio Claro s'en va. Arcadipane boit son café, encore plus mauvais que la veille.

— Ne me gonfle pas, de toute façon, je ne te donnerai rien, grogne-t-il, sentant les yeux de Trepet sur le gâteau qu'il porte à sa bouche.

Cinq minutes plus tard, ils sont dehors. Arcadipane fume, adossé au mur, le dessin d'Ester, roulé, dépassant de sa poche, tandis que Trepet plonge le museau dans l'écuelle que lui a préparée Marta Claro. De temps en temps, il le relève, souillé de sauce, et lance des regards de défi à Arcadipane, comme si un daim attrapé dans les bois gisait sous ses pattes.

— Tu es ridicule, lui lance Arcadipane.

Pour s'épargner ce spectacle et se dégourdir les jambes, il avance sur la place où, outre leurs voitures, est garé le fourgon des plongeurs, avec la remorque pour les canots pneumatiques. Le matin a déjà la lumière de la journée, et aussi le froid, le silence et la modestie. L'épicerie est éclairée, la mercerie, fermée. Entre les deux, le téléphone. Tout est comme d'habitude.

Arcadipane s'approche de l'appareil en fumant. L'oreille en Plexiglas bleu qui le recouvre renferme aussi des souvenirs d'un autre temps, d'appels passés de la plage, après avoir fait la queue, pièces ou jetons à la main, ou d'attentes angoissées à la maison en espérant que le téléphone sonne. Incroyable qu'il ait lui aussi vibré ainsi pour des filles dont il a oublié le nom. Incroyable qu'à son époque également, même Bramard ait pu passer des coups de fil de ce genre, ou les ait attendus. Non, pas Bramard – mauvais exemple. Bramard était sûrement de ceux qui sautent dans le premier train et débarquent sans prévenir. Une de ces manœuvres qui sidèrent les jeunes filles comme les phares les lapins. Lui aussi aurait pu le faire, mais il n'a jamais osé. Il aurait passé tout le voyage à gamberger. Et si elle n'était pas là, j'aurais gâché l'argent du billet, ou alors, si je la trouvais avec un autre ? Ou bien si elle me disait ah, tu es là, ça me fait plaisir, mais que ça n'avait pas l'air d'être le cas ? Et d'étudier les horaires pour le retour. Mais non, Bramard n'y allait pas, à la mer, pas plus qu'il ne répondait au téléphone. Injoignable, à la montagne… comme ça, la fille pensait à lui tout le temps. Bramard, vraiment le mauvais exemple. Tandis que Pedrelli…

Une femme, plus très jeune elle non plus, sort de l'épicerie avec un cabas plein.

— Bonjour, lui dit Arcadipane.

La femme répond d'un signe contraint, manque lui marcher sur les pieds et disparaît dans la première ruelle.

Arcadipane revient alors au téléphone. Il en étudie la forme bleue, pas si vintage que ça, l'écran pour l'affichage, les touches numériques, avec dièse et astérisque, la fente pour les cartes téléphoniques, la marque NoiCom, le drapeau et le logo de la Région du Piémont, le petit volet pour la restitution des pièces…

Il se retourne vers l'hôtel et passe en revue les chambres du premier étage en cherchant quelque chose qu'il lui semble avoir remarqué les jours précédents : sur la dernière à droite, des autocollants d'animaux sont collés aux vitres. Il sort la feuille de sa poche, la déroule et regarde le dessin, puis le réverbère au-dessus de lui.

En traversant la place à grands pas, il croise Trepet qui, son repas terminé, clopine vers lui. Le voyant passer, l'animal fait volte-face, caracole sur ses talons et parvient à se faufiler derrière lui avant que la porte ne se referme.

Arcadipane actionne la sonnette sur le comptoir. Au *ding ding* les quatre plongeurs lèvent le nez – étant censés ne pas flotter du fait de leur métier, ils en sont à leur deuxième omelette.

Ottavio Claro déboule hors de la cuisine, agacé par la sonnette qui ne doit être ici que pour le décor, mais en voyant la tronche d'Arcadipane, il se fige, laissant la chaise entre lui et le comptoir.

— Elle se couche à quelle heure Ester, d'habitude ?

— À quelle heure…

— … elle va se coucher ? Ce n'est pas compliqué ! À quelle heure ?

— En semaine, vers 21 h 30.

— Et en fin de semaine ?

— Le vendredi et le samedi, elle reste ici avec nous, jusqu'à ce que Marta ferme le restaurant et l'emmène au lit, pendant que je range.

— Et ça nous fait quelle heure, ça ?

— Ça dépend du monde qu'on a, 22 h 30, 23 heures.

— 23 heures, ensuite le bain, le pyjama, une histoire… Autre chose : le téléphone, sur la place, ils sont nombreux à l'utiliser ?

— Je ne crois pas. On l'a réclamé à la Région en 2000, pour les touristes. Vu que leurs portables ne captaient pas, ils entraient chez nous pour utiliser le nôtre…

— Et ils vous cassaient les couilles.

— C'est vous qui le dites. En tout cas, ils ont installé un relais en 2008, et depuis le réseau est bon pour tous les opérateurs. Franchement, ça fait des années que je ne vois plus personne l'utiliser.

— Et les cartes ?

— Quelles cartes ?

— Les cartes téléphoniques, vous en vendez ?

— Non.

— Quelqu'un en vend, au village ?

— Personne, je ne sais même pas si on en trouve encore en ville.

Arcadipane le fixe quelques secondes, puis il fonce vers l'escalier, le gravit quatre à quatre, un étage, deux, un bout de couloir et le voilà devant la porte de son adjoint.

— Pedrelli ! – il frappe – Pedrelli ?

Silence à l'intérieur. Puis :

— Entrez, c'est ouvert.

Quelque chose lui disait de ne pas s'attendre à un tableau enchanteur, mais le spectacle de l'homme en tricot de corps et en slip, assis en tailleur sur un petit tapis oriental – de toute évidence rapporté de chez lui –, devrait être épargné à quiconque n'a pas commis au minimum un massacre dans une école. Sans parler de la cuvette rose pâle sur le sol et de la théière dont Pedrelli s'est enfilé le bec dans une narine.

— Qu'est-ce que tu fais ? lance Arcadipane sur le ton d'un père surprenant son fils automutilateur enfermé dans sa chambre avec un objet inapproprié.

Pedrelli écarte le bec de la théière de son nez et se penche au-dessus de la cuvette pour y expulser par l'autre narine le liquide qu'il a dû verser dans la première.

— *Jala neti*, commissaire. Cela sert à se prémunir des rhumes, de la sinusite et des inflammations en général. Ce n'est que de l'eau tiède avec un peu de sel. C'est une technique de yoga que tout le monde devrait…

— Ça ne m'intéresse pas ! le coupe Arcadipane qui ne l'a laissé aller jusque-là que par sidération. Tu dois faire deux choses immédiatement.

— Tout de suite, commissaire, répond Pedrelli en se relevant, après avoir reposé avec un soin yogique la théière sur le petit tapis.

— Première chose : je veux la liste des habitants du village qui n'ont ni téléphone fixe ni abonnement pour un portable. Non, ça tu le feras dans un deuxième temps, parce que ça ne nous apprendra pas grand-chose.

— Certainement, commissaire, si vous me dites quoi faire en premier, je m'occuperai de ça ensuite.

— Qu'est-ce qui te prend, Pedrelli, tu me brusques ? Il y a une minute, tu avais une théière dans le pif, et maintenant, tu me brusques, alors que je suis levé depuis deux heures et que j'ai eu le temps de réfléchir bien comme il faut ?

— Désolé, commissaire, je ne me permettrais pas..., couine Pedrelli en se recroquevillant telle une araignée.

— Arrête de geindre, Pedrelli ! Tu me fais perdre encore plus de temps.

— Oui, commissaire, dîtes-moi.

— Appelle les gars de la scientifique. Dans deux heures, je les veux tous autour du téléphone de la place...

— Mais... nous avons déjà les empreintes...

— Je veux celles qui sont sur les pièces dans la caisse du téléphone. Il ne doit pas y en avoir tant que ça, personne ne l'utilise, donc qu'ils fassent gaffe avec celles qu'ils trouveront, d'accord ? Pas de boulettes !

— Certainement, commissaire, je les appelle tout de suite. Vous savez qui a la clé ?

— Quelle clé ?

— Pour ouvrir la caisse.

— Qu'est-ce que j'en sais, moi ? Demande au maire, appelle la compagnie du téléphone, et si on ne la trouve pas, cassez tout ! Mais en attendant, une dernière chose.

— Je vous écoute.

— Habille-toi, parce qu'on a déjà un mort et une disparue, et va tirer Botta et Lavezzi du plumard et envoie-les monter la garde autour de ce téléphone. Personne ne doit y toucher, c'est clair ?

— J'y vais tout de suite, commissaire.

— Non, toi, tu as les autres trucs à faire.

— C'est que... je me suis permis...

— Qu'est-ce que tu t'es permis ? Parle, Pedrelli, sans tortiller ! Tu te ramones le blaire avec une théière, tu vas en forêt embrasser les arbres et au gymnase Parri apprendre les danses des Indiens d'Amérique, et maintenant tu n'oses plus me parler !

— J'ai renvoyé Botta et Lavezzi à la maison.

Arcadipane mastique quelque chose qui n'est ni un sucaï ni autre chose.

— Hier soir, ils ont demandé à rentrer à Turin – Pedrelli ouvre les bras – j'ai pensé... vous savez, la famille...

— Quelle famille ? L'un ne fréquente que des professionnelles et l'autre a une fiancée bimensuelle, tu appelles ça une famille ?

— Je sais, je sais, commissaire, mais cela faisait quatre jours qu'ils étaient ici, et nous ne pouvons plus payer d'heures supplémentaires... Ce sont de braves garçons, grandement disponibles, mais ils sont tout de même syndiqués.

— Grandement...

— Comment, commissaire ?

— Alors maintenant, tu les appelles grandement, et tu leur ordonnes de se bouger grandement le cul, parce que je veux grandement qu'ils soient à Clot dans deux heures.

— Bien sûr, commissaire, je leur rappellerai le caractère exceptionnel de...

Arcadipane lève la main pour le faire taire.

— Qu'y a-t-il, commissaire ?

Arcadipane rejoint la fenêtre et regarde en bas. En un éclair, l'idée le traverse que ce couillon de Pedrelli s'est pris la chambre avec vue sur la place et lui a refilé celle qui donne sur le barrage, mais déjà, il dévale l'escalier quatre à quatre. Trepet, immobile sur le palier où il faisait une pause dans la montée, s'aplatit juste à temps pour qu'il l'enjambe et le regarde, résigné, foncer vers l'entrée.

Une fois dehors, le froid gifle son visage entre-temps réchauffé. Il fouille sa poche où, au milieu des peluches et des grains de sucre, il trouve un dernier sucaï, qu'il fourre dans sa bouche. La vieille Scénic RX4 couleur feuille morte cherche à se garer sur la place sans gêner le passage. Le passage de qui ? Bah.

D'un geste, il salue Martina, qui vient de couper le moteur, et fait lentement le tour de la voiture, le temps d'enfoncer ses mains dans ses poches pour prendre la posture du gars qui attend depuis l'aube.

— Je savais que tu viendrais, lance-t-il dès que la portière s'ouvre.

— Je ne crois pas, non.

— Ah non ?

— Non, parce que je ne le savais pas moi-même.

Arcadipane se retourne vers la façade de l'hôtel où il aperçoit, derrière sa fenêtre, la figure fantomatique de Pedrelli toujours en tricot de corps et en slip. Trente ans qu'ils bossent ensemble, et il ne l'avait encore jamais vu sans chemise et sans pantalon. Mais au fond, il n'a jamais cherché d'actrice disparue non plus, ni compris l'homme dont il vient de saisir le sac à dos, ou écouté plus d'une seconde un témoin de Jéhovah.

— Venez, dit-il. Dans le doute, j'avais fait dresser une table pour quatre.

15.

Depuis une dizaine de minutes, ils se tiennent bras croisés, fesses calées contre le coffre de l'Alfa 33, garée dans la partie haute du pré, à une vingtaine de mètres de l'endroit où, trois soirs plus tôt, la Jaguar de Terenzio Fuci est devenue l'épicentre de ce séisme.

Sur la scène ne restent plus que les rubans qui délimitaient le périmètre. Voiture, passerelles, projecteurs : tout a été enlevé.

Les investigations ont été menées, ce qui devait être trouvé l'a été : en l'occurrence, rien. Une fois ces rubans disparus, le terrain retrouvera son aspect de toujours : un pré en pente légère au bout d'une piste, avec quelques grosses roches plates qui rompent la monotonie du vert et une belle vue sur le lac, au centre duquel stationne pour le moment le canot pneumatique des plongeurs.

Bramard observe tout ceci en silence, après avoir demandé, dix minutes plus tôt, la position exacte de la voiture et pas grand-chose d'autre. Arcadipane fume et le laisse faire. Il sait comment travaille Bramard sur la scène d'un crime. Ça aussi, il l'a appris de lui. C'est pourquoi il se tait, se bornant à rappeler de temps en temps Trepet qui, grisé par l'odeur des vieilles bouses, furète alentour. Le chien lève le museau comme si une mouche l'avait effleuré, scrute le panorama et repart en exploration.

— Tu me fais réécouter l'appel ? demande Bramard.

Arcadipane sort son portable et s'exécute : « Carabiniers d'Alve. » Silence, une respiration ténue, pas calme. « Carabiniers, parlez. » Long silence, aucune respiration audible. « Il y a un mort à Gias Vej. » Et la communication s'interrompt.

— Alors ?

— C'est un homme.

— Ils t'ont aussi greffé le sens de l'humour, à ce que je vois ! Tu en penses quoi, toi, des pièces du téléphone ? On se fait des illusions ?

— Il a essuyé le combiné ou utilisé des gants, il n'est donc pas complètement irréfléchi, mais ce n'est pas un professionnel, selon moi. Attendons de voir quelles cartes sortent.

— Et celles que nous avons ?

— Lesquelles ?

— L'appel, le fil électrique, l'absence de traces, Fuci qui embarque Anna Mattalia à Rome en 1962, la famille qui coupe les ponts, les villageois qui l'auraient bien collée sur le bûcher, la plaque de l'accident, Masimine Orusa et l'autre tache de sang dans sa Panda…

— Bonnes, mais elles proviennent de jeux différents.

— Qu'est-ce que tu veux dire ?

— Que si tu places côte à côte un valet, un quatre de bâton et une arcane, tu ne peux pas comprendre grand-chose.

— En effet, je ne pige que dalle.

— Moi non plus. Mais je crois que ce crime et la disparition de Vera Ladich sont le fruit de parties jouées en des lieux différents, à des époques différentes et avec des jeux de cartes différents. Au fond, c'est bien pour ça que tu es venu nous chercher, non ?

— Que je suis venu chercher qui ?

— Isa et moi. Un pour la partie de Clot, l'autre pour celle d'Orusa.

Arcadipane porte un sucaï à sa bouche.

— Je ne sais pas si Isa va venir.

— Elle viendra.

— Si tu le dis ! Et moi ?

Bramard sort d'une de ses poches deux petits pots de compote de pommes et une portion de fromage fondu. Il n'a ni bonnet ni écharpe, et un seul de ses cinq boutons ferme sa veste à carreaux verts, rouges et marron.

— Toi, tu pars à Rome.

Arcadipane se tourne vers lui.

— À Rome ?

— Terenzio Fuci et Vera Ladich ont vécu et travaillé à Rome pendant cinquante ans, et Amilcare Fuci aussi. C'est bien à Rome que se trouvaient le siège de la société qui a construit le barrage et la clinique où était hospitalisé le frère d'Anna Mattalia, non ?

Arcadipane contemple les Clarks grisâtres et déformées aux pieds de Corso. Jamais il ne l'a vu avec des baskets, des bottes ou des mocassins. Sandales Birkenstock d'avril à septembre, Clarks de sous-marque les autres mois de l'année. Fin de la discussion.

— Tu ne peux pas y aller, toi, à Rome ?

— Moi, je suis un prof à la retraite, dit Bramard en dépiautant sa portion de fromage. Que veux-tu que j'aille faire à Rome ?

— Et Isa ? Elle est flic, elle, et je pourrais…

— Isa ? À Rome ? En trois heures, elle serait visée par deux plaintes et une demande de renvoi. Et puis elle ne connaît personne, là-bas.

— Parce que moi, j'y connais quelqu'un ?

— Tu connais Franca Pes.

— La Pes ! Celle de l'affaire Lanteri ? Mais c'était il y a vingt ans, elle doit être à la retraite, maintenant !

— J'y suis moi aussi. À Rome, Pes est chez elle, et elle sait à quelle porte frapper, quoi demander et à qui.

— Elle le savait ! Tu parles, si ça se trouve, elle est morte d'ailleurs, la pauvre !

— Fais comme tu veux, n'y va pas. On n'est pas pressés, de toute façon.

Arcadipane se tourne pour le regarder pour la première fois depuis qu'ils sont ici. Le visage calme et concentré dont il se souvenait est maintenant calme et concentré, seulement plus vieux de quelques années. Son teint blême presque assorti au gris un peu éteint des montagnes alentour.

— On n'est pas pressés ? – il consulte sa montre. Vera Ladich a disparu depuis presque quatre-vingt-dix heures !

Bramard roule le papier alu de sa portion de fromage en une boule qu'il glisse dans sa poche.

— Si elle est morte, alors on a du temps – il prend l'un des petits pots de compote sur le coffre. Si elle est vivante et qu'on n'est pas pressé de nous le faire savoir, ça signifie qu'on n'est pas pressés nous non plus. On nous la gardera en vie.

Arcadipane le regarde ouvrir le pot, les yeux fixés sur les spirales d'un gros oiseau qui voltige au-dessus du bois à leur droite. À l'instar des soldats qui apprennent à monter leur fusil dans le noir, ceux qui ont passé plusieurs mois à l'hôpital…

— Alors qu'est-ce qu'on fait, nous autres qui ne sommes pas pressés, quand tu auras fini ta compote ?

Le couvercle du pot, une fois ouvert, se divise en deux parties que Bramard réunit pour former une cuillère presque passable.

— On va jeter un coup d'œil chez les Mattalia et chez Orusa, mais d'abord, je veux jeter un coup d'œil au registre de l'état civil du village. J'imagine que tu peux avoir accès à des données relatives aux revenus, non ?

Arcadipane acquiesce, Pedrelli se chargera de ça. Et en attendant, il observe cette cuillère qui n'existait pas il y a une seconde. Il a éprouvé la même sensation face au pèle-pommes à manivelle d'Ariel qui permet de trancher le fruit en spirale et de l'étrogner. Des idées simples mais géniales qui pourraient venir à n'importe qui, mais qui ne sont venues qu'à un seul. Comme *Nel blu dipinto di blu.*

— Tu ne m'as pas encore expliqué comment tu avais convaincu Elena.

Bramard lorgne Trepet qui, depuis qu'il a entendu le bruit du papier alu, s'est assis à ses pieds.

— Martina, répond-il, doit s'assurer que je ne fasse pas d'écarts et rendre compte. *Conditio sine qua non.*

Arcadipane le regarde manger une ou deux cuillerées.

— Ah, on n'est pas aidés, hein !

— Pourquoi ? Toi, qu'est-ce qui ne t'aide pas ?

— Ce qui ne m'aide pas, c'est que Mariangela veut vendre ma maison !

— Console-toi, dit Corso en haussant les épaules, Elena n'a pas eu besoin de me demander ça, je l'ai mise à son nom.

L'un des plongeurs remonte à bord du canot pneumatique, pendant qu'un autre nage à la surface du lac, immobile et tendue comme un tapis de billard qu'on aurait taillé dans une tenture de deuil. Ni amical ni hostile. Indifférent, à l'instar de tout ce qui renvoie à un échelon supérieur.

— Ton autre compote, tu ne la manges pas ? demande Arcadipane.

16.

Le maire ouvre la porte en trois tours de clé. La maison n'est plus raccordée au réseau électrique mais, bien que le soleil ne soit qu'une présence derrière les montagnes, la lumière qui pénètre dans l'entrée suffit à l'éclairer sur deux mètres, jusqu'à l'escalier. Arcadipane entre le premier, Bramard à sa suite, tandis que le maire et la secrétaire, une fois le seuil franchi, restent indécis, comme quand le technicien répare le lave-linge dans la salle de bains et qu'on ne sait pas trop si on doit le regarder travailler ou passer dans la pièce d'à côté et faire mine d'être occupé. Dans le doute, on s'en tire en lui demandant s'il souhaite un verre d'eau ou un café. Ce que ces deux-là ne peuvent en aucun cas faire.

— Venez, leur lance Arcadipane pour les tirer d'embarras.

Tout est moyen, dans la cuisine : la surface, la hauteur sous plafond, la qualité du mobilier des années 1960 et même la couche de poussière qui le recouvre – plutôt fine pour une maison inhabitée depuis six ans. Bramard, les mains dans les poches de sa grosse veste canadienne, examine les quelques tableaux aux murs : des paysages grossiers et un poster de plantes de montagne. Sur un buffet, un vieux téléphone gris. Une table avec un plateau en marbre et seulement deux chaises.

— Comment était le frère d'Anna ? demande Corso.

Beppe Dro et Gemma Lunel restent plantés sur le pas de la porte, elle devant lui, car il occupe l'entièreté de l'embrasure.

— J'avais une dizaine d'années quand il est parti avec sa sœur, répond le maire en ouvrant légèrement les bras, je me le rappelle grand, mince, les cheveux noirs, et très, très étrange. Il ne faisait rien de particulier, à part vadrouiller autour du village… parfois avec nous, les enfants. Il aimait les oiseaux. Il allait toujours chercher leurs nids.

— Il avait vingt ans, tout de même, relève Bramard. Un travail ? Des fiancées ?

— Il devait donner un coup de main à ses parents, je pense, s'occuper du poulailler, mais pas grand-chose d'autre. Pas de fiancée non plus, que je sache. Il était très beau, comme tous les Mattalia…

— Comme tout le monde, par ici, l'interrompt Arcadipane.

— Sauf moi ! ricane le maire, sans faire rire personne.

Bramard se tient près du canapé, accoudoirs en bois, coussins à grosses fleurs. Pas de téléviseur ni de radio dans la pièce.

— Vous disiez, à propos d'Aldo Mattalia ?

— Je ne lui ai pas connu de fiancée. Depuis l'enfance, il avait toujours été très introverti – intelligent peut-être, mais bizarre, comme je vous l'ai dit. Il avait un trouble de la parole, un bégaiement, et une main avec plusieurs doigts trop courts. Je m'en souviens parce que nous, les enfants… Vous savez comment c'est, dans un village…

— Il n'a jamais été violent ? Même quand on se moquait de lui ?

— Aldo Mattalia ? Non, il vivait dans son monde, je ne crois pas qu'il entendait ce que disaient les autres, et puis notre communauté était capable de gérer ce type de problèmes. Les cas de ce genre ne sont pas rares, dans ces vallées reculées.

Bramard force un peu pour ouvrir un tiroir : des couverts, des ustensiles de cuisine. Celui d'à côté contient de vieilles factures et des photos souvenirs de défunts. Comme si les Mattalia étaient sortis depuis quelques heures. Seules la poussière et la porte entrouverte du vieux frigo indiquent une absence prolongée.

— Ses parents ne sont jamais allés le voir dans sa clinique à Rome ?

— Non, répond Gemma Lunel, je ne crois pas qu'ils aient jamais quitté Clot plus d'une journée.

Bramard suit du regard la trajectoire des fils apparents sur le mur et au plafond. Anciens, blancs, mais ronds. Arcadipane le regarde faire. Il sait ce qu'il cherche, mais il avait déjà demandé à Botta et à Lavezzi de vérifier ça.

— J'imagine qu'à l'époque ils ont autorisé son hospitalisation, dit Bramard en continuant d'inspecter le bas des murs, sans quoi sa sœur mineure n'aurait pas pu partir avec lui ni le faire admettre dans une clinique.

Le maire hausse les épaules.

— Comme je vous l'ai expliqué, c'était une affaire privée. Il doit y avoir des documents. Mais je suppose qu'Anna et Fuci se sont toujours chargés de payer sa pension. Les Mattalia n'auraient pas pu…

— Cinquante-sept mille lires, lance Arcadipane.

Le maire et la secrétaire se taisent.

— C'est ce qu'ICA versait tous les mois, en 1962, aux Mattalia et à toutes les autres familles de Clot. Une somme qui ne leur aurait pas permis de payer une clinique comme celle où séjournait Aldo, mais qui équivalait au salaire d'un ouvrier spécialisé. Et qui se monte à présent, après revalorisation et passage à l'euro, à…

Arcadipane sort son carnet et en feuillette les pages au ralenti.

— Mille trois cent quatre-vingt-six euros. C'est ce que vous devez toucher vous aussi, j'imagine, en plus de vos revenus de géomètre, et du salaire de secrétaire de mairie de la dame.

— C'est exact, confirme le maire. Mais pour la charge de maire…

— Vous êtes seulement remboursé de vos frais, je sais, je reconnais que c'est un beau geste. Mais pour revenir à cet accord entre ICA et les habitants de Clot qui prévoyait une rente viagère…

— Les termes « rente viagère » sont inadéquats, il s'agit d'une indemnité pour les expropriations, la perte de pâturages et de bois et l'indice de risque.

— L'indice de risque.

— Le village se trouve à deux kilomètres en dessous du barrage.

— Indemnité qui sera versée jusqu'à ?

— Selon l'accord, jusqu'à dix ans après l'arrêt de l'exploitation et le démantèlement du barrage.

— Donc tant que la centrale reste en activité et que le barrage est debout.

— Selon l'accord qu'ICA a proposé et que les habitants ont signé.

— Pas tous, dit Bramard, comme s'il s'adressait à la statuette baromètre qu'il tient dans sa main.

Le rose du vernis à paillettes indique un mauvais temps inexistant. À l'évidence, l'humidité constante de la maison suffit à leurrer la silice et le chlorure de cobalt.

— Après la Seconde Guerre mondiale, les villages de nos vallées se sont dépeuplés, de nombreuses familles ont émigré en France ou dans la basse vallée pour travailler. Si Clot n'a perdu aucun habitant dans cette décennie-là, elle en a perdu la moitié en une seule année : de 183 habitants, nous sommes passés à 98. Plus de vingt familles sont parties en six mois. Comme je l'ai dit au commissaire quand nous nous sommes rencontrés, la construction du barrage a déchiré la communauté. Beaucoup s'y sont opposés, pour les raisons que vous pouvez imaginer, mais à la fin, la majorité a décidé de céder ses terrains.

Bramard repose la statuette sur le dos d'un coffre calé contre le mur, tel un animal pantelant aux pattes courtes.

— La majorité suffisait ?

— Non, les opposants ont signé un autre accord.

— Qui prévoyait ?

Le maire regarde Gemma Lunel, comme pour s'enquérir de la somme précise tout en la rassurant – ces informations sont publiques et il n'y a aucun risque à les divulguer –, mais les deux semblent surtout s'interroger sur les motifs qui ont poussé ce type, qui ne s'est pas présenté et qui n'a pas l'air en grande forme, à les forcer à assister à cette perquisition dans une maison qui sent le moisi et le salpêtre, alors qu'ils auraient pu parler de tout ça dans la salle du conseil, à portée de poêle. Un bref échange de coups d'œil, en réalité, mais les personnes corpulentes ont des regards de grande capacité.

— Six millions et huit cent quarante mille lires par famille, précise la secrétaire qui, aujourd'hui, a attaché ses cheveux, ce qui lui va bien, et porte des chaussures de ville.

— En plus du rachat de la maison et des propriétés, j'imagine, conclut Arcadipane.

— Bien entendu, ceux qui restaient pouvaient préempter les terres et les maisons, mais en fait, à part la terre, c'est ICA qui a presque tout acheté.

— Donc la plupart des maisons inhabitées du village appartiennent à ICA ?

— À la société qui a repris son portefeuille immobilier, en fait.

— Et qui gère le barrage aujourd'hui. ADIS, une société privée.

— Exact.

— Qui continue à verser leurs indemnités aux habitants grâce à des fonds publics, au nom du vieil accord qui prévoyait les choses ainsi.

— Voilà.

— C'est clair, dit Bramard. Allons faire un tour en haut.

— Nous devons vous accompagner ?

— Non, non, répond Arcadipane en passant entre le maire et Gemma Lunel pour atteindre l'escalier. Laissez-nous les clés sur la table, celles de la maison des Orusa aussi, je les ferai rapporter à la mairie. Vous pouvez y aller, merci.

À l'étage, seulement deux pièces : la chambre des parents, dont le lit double est encore recouvert de couvertures, et celle où dormaient Anna Mattalia et son frère avant de partir pour Rome, à présent occupée par le squelette d'un lit simple dépourvu de matelas. Pour le reste, méchantes armoires, plancher de bois usé et tables de chevet qui ne vaudraient pas vingt euros dans une quelconque brocante.

Bramard examine les fils électriques, identiques à ceux du rez-de-chaussée.

— On y a pensé, dit Arcadipane. Mais ils sont tous à leur place.

Bramard marche dans la pièce comme à l'intérieur d'une chrysalide qui a abrité la vie mais n'en conserve plus qu'un calque froid. Arcadipane le suit des yeux en pensant fugacement à Trepet, enfermé dans sa voiture avec le dernier appui-tête intègre, jusqu'à ce qu'il le voie s'arrêter et fixer quelque chose qui s'est accumulé sur un banc près du mur. Un petit tas de graines, peut-être de la saleté. Arcadipane s'approche.

— C'est quoi ?

— Des coccinelles. Avant l'hiver, la pionnière trouve un coin à l'abri et lumineux pour l'hibernation, elle émet des phéromones d'appel et les autres viennent la rejoindre.

— Pour se tenir chaud ?

— Aussi. Mais les coccinelles sont toxiques, surtout leurs élytres colorés. Un amoncellement comme celui-ci est une sorte de bouchée empoisonnée pour décourager les prédateurs.

Arcadipane repense à toutes les fois où il en a laissé grimper sur son doigt pour les montrer à ses enfants, en les faisant ensuite passer sur leurs petites mains. Il ne manquait plus que les coccinelles pour jeter le doute sur ses compétences paternelles !

— Où se trouve la maison des Orusa ? demande Bramard, le ramenant à l'odeur de renfermé de la pièce.

— Je crois que c'est celle-ci, répond Arcadipane qui en désigne une, derrière la vitre. Elles sont toutes pareilles, ici, mais je me rappelle sa frise bleue.

Bramard tend la main vers la poignée de la porte-fenêtre et se fige, comme chaque fois qu'une pensée soudaine le traverse, puis sa main se ranime et il tourne la poignée.

Le petit balcon sur lequel ils sortent est court et étroit. Le soir est tombé sur le village. Quelques réverbères éclairent des pans de murs, de toits, de fenêtres, des tronçons de ruelle et une fontaine. Dans l'une de ces bulles, la maison des Orusa.

Bramard se retourne et inspecte le mur extérieur au-dessus de l'embrasure de la porte-fenêtre. La petite lampe installée là n'est raccordée à aucun fil. Pourtant, il y en a eu un, comme en témoignent plusieurs crampillons et la trace de peinture plus claire qui les unit.

— Bordel de merde, lâche Arcadipane en se retournant pour voir si quelqu'un peut accéder au balcon de l'extérieur, et comment.

Juste à côté de la maison se trouve un de ces vieux fours dont le toit en pente rejoint le balcon. Arcadipane a ainsi la réponse à sa question, et c'est celle que tous les flics détestent : « N'importe qui. »

17.

Il comprend qu'elle vient d'entrer dans la salle rien qu'à la façon dont les plongeurs lèvent les yeux des tartines qu'ils sont en train de beurrer d'une manière *très française** pour les pointer sur la porte.

Après s'en être assuré, Arcadipane regarde Bramard, qui regarde Martina, laquelle regarde son téléphone, tandis que Pedrelli, Botta et Lavezzi, assis à l'autre table, regardent on ne sait quoi. Ce soir, une certaine confusion règne dans la salle.

En effet, le barrage routier ayant été levé, les journalistes ont envahi le village et ses alentours. Les plus tenaces sont montés à pied jusqu'au lieu du crime, d'autres se sont éparpillés dans les bois en quête d'une inspiration, d'un angle de vue qui puisse donner une idée du mystère ; les plus optimistes, carrément d'une piste, d'un indice, ou même d'un doigt, sinon du corps entier, chaud ou froid. Presque tous ont tenté de parler aux trente-six villageois qui se sont barricadés chez eux, sans avoir à forcer leur rythme quotidien. Unique exception, le maire, qui a fait deux trois déclarations insignifiantes que les journalistes enjoliveront, et ça ira bien comme ça.

Les reporters de presse et de TV détestant le froid, le silence et l'absence de barre sur l'écran de leur téléphone, ceux qui sont restés dîner à l'hôtel *Sosta del pellegrino* ne sont heureusement qu'une dizaine. Parmi eux, il y a Ceste, un fait-diversier historique de Turin qu'Arcadipane connaît pour des raisons évidentes. Un pacte d'entraide que Bramard lui a laissé en héritage. D'où le pastis que Bramard, Ceste et lui ont bu au comptoir avant d'aller s'asseoir à des tables différentes. Gracieusetés entre vieilles mégères et quelques mots à propos des faits : un échange dont chacun est sorti, sinon inviolé, du moins avec l'illusion d'avoir vaillamment résisté. Arcadipane a tout de même obtenu ce qui l'intéressait : la presse n'a pas encore relié la disparition de Vera Ladich et celle de Masimine Orusa, c'est-à-dire la raison pour laquelle Isa se tient plantée à l'entrée de cette salle à manger sous les regards à la Yves Montand des plongeurs.

Sa coiffure est la même que la dernière fois qu'il l'a vue : cheveux lisses, noirs, rasés sur le côté et longs ailleurs. Les anneaux aux oreilles, le blouson de cuir noir, le jean noir et les rangers également noirs ont refait leur apparition, mais pas le piercing au nez ni la petite cuillère tordue au lobe.

Isa les repère et s'avance vers eux, une besace style *Tant qu'il y aura des hommes* à l'épaule. En passant à côté des quatre plongeurs, elle les toise juste assez pour faire plier leurs regards comme Uri Geller les couverts.

— Ciao Bramard.

— Ciao Isa. Elle, c'est ma fille, Martina. Arcadipane, tu le connais.

Arcadipane fait un petit signe. Martina sourit et lève la main en un salut aphone. Isa approuve d'un hochement de tête, laisse choir sa besace par terre et s'assied sur la chaise libre.

— Tu vas bien ? lui demande Bramard.

— Bien, et toi ?

— Ça va.

Durant les secondes muettes qui suivent, le brouhaha aux tables voisines résonne comme une course de Formule 1.

— Moi aussi, je vais bien, annonce Arcadipane en rompant le silence. Juste une légère sciatique… je vous conseille de garder vos pantalons pour dormir, ils vont chercher leurs draps chez Picard. À propos, je demande à Pedrelli d'aller voir s'il reste une place pour toi…

— Il y a un lit disponible dans ma chambre, dit Martina. Si ça te va.

— C'est OK pour moi, lâche Isa avec un haussement d'épaules et l'enthousiasme d'une adolescente à qui l'on offre un livre de photographies des vieilles embarcations du Pô.

Ottavio Claro arrive à leur table. Si la beauté était une moto, celui-là conduirait une Husqvarna. D'ailleurs, si la beauté était une moto, presque tous ceux qui sont à cette table en auraient une : Martina, une Triumph avec un moteur récent mais une ligne années 1970 ; Isa, un modèle unique composé de pièces volées ; Bramard, une BMW qui a fait le Paris-Dakar mais qui, avec une maintenance rigoureuse, pourrait sans doute voyager plus loin… Quant à Arcadipane, il serait exactement celui qu'il est : un type qui a eu un Ciao trente-cinq ans auparavant, et c'est tout.

— Puisqu'il y a du monde, ce soir, nous avons préparé un menu. En entrée, nous proposons une assiette composée : viande crue, truite fumée, tomme fraîche au lait cru, salade russe et polenta avec du *brandacujun*[1].

— Elle est comment, la mayo, dans la salade russe ?

— Faite maison, avec des œufs de nos poules.

— Alors je prends une portion copieuse de polenta avec du *brandacujun*.

— L'assiette composée pour moi, déclare Arcadipane.

— Pour moi aussi, dit Martina.

— Je saute l'entrée.

Ottavio Claro note.

— Ensuite, nous avons du minestrone, du foie ou du bifteck grillé avec des légumes.

Bifteck grillé pour Arcadipane et Martina, minestrone pour Bramard et Isa, qui souhaite aussi des légumes. Arcadipane est le seul à prendre du vin. Ottavio Claro note tout cela, puis s'éloigne.

---

1. Nom ligure de la brandade de morue.

Arcadipane regarde Isa qui a pris un morceau de pain et le grignote, les yeux fixés sur un point au fond de la salle.

— Ben alors ? ricane Arcadipane. Avant tu commandais la moitié de la carte sans même la lire, et maintenant, pas de ceci pas de cela, tu es devenue végane, ou quoi ?

— J'ai pris de la morue.

— Musulmane, alors, parce qu'enceinte, ça m'étonnerait !

Sans cesser de fixer ce point, qui semble s'être vertigineusement éloigné, Isa ouvre son blouson et exhibe le léger bombement sous son maillot militaire gris.

Arcadipane se fige, le verre à quelques centimètres des lèvres. Il lorgne vers Bramard qui, d'un signe de tête, l'encourage à boire, ce qu'Arcadipane fait sans parvenir à détourner les yeux du ventre d'Isa, qui entre-temps a refermé son blouson.

— De combien ? demande Martina.

— Dix-sept semaines.

— Alors il naîtra en mars ?

— Il naîtra en mars ; je ne sais pas si c'est un garçon ou une fille ; nous n'avons pas encore choisi de prénom ; le père n'est ni content ni mécontent, vu que je l'ai fait avec le sperme d'un donneur ; oui, je suis lesbienne ; oui, ça a marché à la première tentative ; ça coûte autant qu'une petite voiture, mais tu ne peux pas la payer à crédit ni la revendre plus tard, et il n'y a pas des masses de choix en termes de couleurs ; non, quitter la police ne m'est pas passé par la tête ; oui, j'ai une compagne ; elle a quinze balais de plus que moi et elle n'est pas flic ; elle fait des sculptures en fer, des moustiques de deux mètres de haut qui plaisent aux Chinois ; oui, elle voyage beaucoup ; oui, je suis angoissée à l'idée de devoir m'en occuper toute seule ; bon, et maintenant, est-ce que quelqu'un veut savoir pourquoi je me suis cassé le cul à monter jusqu'ici, ou bien je suis tombée dans une de ces émissions du midi, genre recettes de cuisine, surtout hydratez-vous bien et « pourquoi recourir à la fécondation quand il y a tous ces enfants à adopter » ?

Avec un sens du *timing* dont tous lui savent gré, Ottavio Claro arrive avec les plats. Les yeux baissés, Arcadipane attaque son assiette composée par le *brandacujun*, il ne sait pas ce que c'est mais il devine confusément une assonance entre ce plat et son état d'esprit actuel.

Isa pignoche sa polenta puis, s'accommodant du silence qui a suivi sa tirade, sort d'une poche intérieure de son blouson un papier qu'elle pose au centre de la table.

Arcadipane le scrute : les quelques lignes en petits caractères qui y sont imprimées laissent penser qu'il s'agit du verso de quelque chose. Il tend la main pour s'en saisir.

— D'abord, on doit passer un accord.

— Quel accord ? s'étonne Arcadipane, la main en l'air.

— Après mon congé mat, je veux réintégrer la criminelle.

— Quand je te l'ai proposé il y a cinq mois, après l'affaire Shun, tu m'as dit non ! rétorque Arcadipane en retirant sa main.

— La morue c'est bourré de phosphore, alors bouffes-en une quinzaine d'assiettes, et peut-être qu'à la fin du repas tu auras pigé pourquoi.

Arcadipane laisse tomber la polenta et entame la salade russe. Bramard touille sa soupe dans son assiette pour la faire refroidir, sans quitter le papier des yeux. Martina les regarde comme on regarde des joueurs de mourre[1] et qu'on ne sait pas compter.

— Ça ne dépend pas de moi, répond Arcadipane. Nos effectifs sont au complet en ce moment.

— Milan me va aussi.

— Parce qu'à ton avis ils font 8 heures-17 heures, à Milan ? Le maire a décrété qu'on n'avait le droit d'assassiner qu'aux heures de bureau – il mâche sa salade russe qui est bonne, malgré un légume au vinaigre, qui... À la routière, tu peux demander le service de jour, mais chez nous tu feras quoi si on t'appelle de nuit ? Tu vas allaiter pendant une filature ou une perquisition ? Tu connais nos horaires ou tu les as oubliés ?

— C'est un oui ou un non ?

1. *La morra*, la mourre : jeu de hasard dans lequel deux joueurs se montrent simultanément un certain nombre de doigts tout en annonçant chacun la somme présumée des doigts dressés par les deux joueurs.

— On y réfléchit et si un poste se libère, peut-être dans un an ou deux… si ça te tente toujours…

Isa pose calmement sa fourchette au bord de son assiette, reprend le papier et le range dans sa poche.

— Alors on se rappelle quand j'aurai besoin de conseils pour l'allaitement, lance-t-elle avec un sourire.

La brusquerie avec laquelle elle déplace sa chaise attire l'attention des tablées voisines, en particulier celles des journalistes. Isa ramasse son sac et se dirige vers la porte. Au moment où elle passe à côté d'eux, les plongeurs ne tentent rien cette fois-ci : il ne viendrait à l'esprit de personne d'arrêter avec la paume de la main un couteau qui tombe la pointe en avant. Enfin, il y en a bien qui tentent le coup, mais ils ne viennent jamais raconter la suite.

Une fois qu'elle a disparu dans l'entrée, Bramard est le premier à poser les yeux sur la fenêtre. Isa apparaît derrière la vitre, elle se faufile entre deux voitures garées et s'éloigne sous la lumière des trois réverbères de la place.

— Elle fait son cinéma ! commente Arcadipane avec un sourire, en croisant le regard de Martina. On la connaît, ton père et moi !

Isa rejoint une voiture qui doit être un Pathfinder – à l'évidence, les moustiques en fer se vendent bien, en Chine.

— Je crois qu'elle l'a vraiment mal pris, constate Martina, quand les feux clignotent, signalant l'ouverture de la voiture.

— Mais non ! soupire Arcadipane. Il faut juste laisser filer un peu de ligne, et tu vas voir que…

Isa monte. Ils entendent le bruit du gros moteur qui démarre.

— Tu ferais mieux d'y aller, dit Bramard avant de porter une cuillerée de soupe à sa bouche.

— Excusez-moi, dit Arcadipane.

Il s'efforce de marcher vers l'entrée avec décontraction, mais ses jambes courtes lui imposent un rythme accéléré qui ne s'y prête guère. Martina le voit apparaître à son tour derrière la fenêtre et trottiner vers le Pathfinder.

— Il va y arriver ?

Isa a abaissé la vitre de sa portière, elle l'écoute, sans couper le moteur.

— Si ce papier a de l'importance, oui, probablement, répond Corso. Autrement, il pourrait préférer avoir le dernier mot. Comment ça va, toi, avec Thomas ?

Martina prend un morceau de tomme et le porte à sa bouche.

— Plus ou moins comme ça, mais l'issue est plus incertaine.

Bramard acquiesce.

— Celui des deux qui est dans la voiture, c'est lui, ou c'est toi ?

— C'est moi.

— Et c'est lui qui court.

— Il court, mais quand il arrive à me convaincre et qu'on rentre ensemble, pas grand-chose ne change.

— Et vous en êtes à la… ?

— Troisième ou quatrième fois.

Ils regardent Arcadipane qui parle en gesticulant. Le regard d'Isa reste rivé au pare-brise.

— Je voulais te dire, papa, que même si Elena a donné son accord, ne va pas t'imaginer qu'elle n'est pas furieuse.

— Je le sais.

— Elle pèse le pour et le contre.

— Je le sais bien.

— Je pense que tu devrais…

Martina s'interrompt en voyant Isa revenir, Arcadipane sur ses talons, deux mètres plus loin. Ils s'asseyent, Isa ressort son papier et le repose au centre de la table, dans le bon sens cette fois-ci. C'est l'accusé de réception d'une lettre recommandée.

— Je suis allée au domicile de Masimine Orusa avec ce carabinier.

— Nazareno, précise Arcadipane, peut-être pour laisser entendre qu'ils ont justement parlé de ça dehors.

— Tous les médicaments correspondent à des ordonnances et sont compatibles avec son travail d'assistance aux malades en phase terminale. S'il en manque, ce n'est pas dans une quantité qui puisse suggérer un trafic illicite. Côté vie privée, quelques cartes postales de collègues, des lettres de patients ou de proches de patients qui la remercient. La maison lui appartient, achetée en 1971. Pas de photos sauf celle d'un paysage, sans doute d'Écosse ou d'Irlande, encadrée, dans l'entrée. Derrière il y a l'année d'impression, 1973. Tout est en ordre dans les tiroirs, personne n'y a mis le nez, soit les carabiniers ont fait une perquisition sommaire, soit ils n'en ont pas fait du tout.

Elle prend un morceau de pain, le rompt et en laisse tomber quelques morceaux dans la soupe. Elle en fatigue un avec sa cuillère puis le mange.

— Dans son ordi, pas de mails, de documents ni quoi que ce soit qui indique des contacts avec Vera Ladich, dit-elle la bouche pleine. Il y a bien quelques films, mais ce sont des comédies sentimentales des années 1980, donc aucun avec Ladich. Elle aime la poésie et fait partie d'un cercle local, elle en écrit, des textes courts en occitan, ou dans un dialecte proche.

— Et ça ? demande Bramard en montrant le papier.

— Tombé derrière le meuble de l'entrée, acquiesce-t-elle.

— Où je t'ai appris à regarder, rappelle Arcadipane. Comme Corso m'a appris à le faire.

Isa le dévisage.

— Tu joues à quoi, là ? À me transmettre un bijou de famille ?

— Je peux voir ? abrège Bramard.

Isa prend le papier et le lui tend.

— C'est l'accusé de réception d'une lettre recommandée, dit-elle, envoyée il y a quatre mois par Masimine Orusa à Lupita Lozano, infirmière d'origine mexicaine, quarante-deux ans, émigrée en Allemagne, puis en Italie, à Rome, où elle vit depuis 1998. J'ai pensé à une correspondance entre collègues, Masimine pouvait l'avoir rencontrée à son travail ou pendant une formation. J'ai vérifié : Lupita Lozano n'a jamais bossé pour personne ni dans aucun établissement au Nord de l'Italie, et Masimine Orusa n'a pas eu de contrat ailleurs que dans la province de Coni. Sa dernière formation date d'il y a six ans, toujours dans la région.

— Alors qui c'est, cette Lupita, bordel ? demande Arcadipane.

Isa ramasse avec sa cuillère ce qui reste de sa polenta, la morue ayant été liquidée depuis longtemps.

— Lupita Lozano, répond-elle, travaille depuis sept ans à la Villa Greppi, la clinique privée de la banlieue de Rome où Aldo Mattalia, le frère d'Anna Mattalia, était hospitalisé depuis 1962 et où il est mort il y a quatre mois – elle lèche le dos de sa cuillère. Voilà, bordel, qui est Lupita Lozano, pour le moment.

18.

Le brouhaha de la salle, étouffé dès lors qu'ils ont fermé la porte de l'hôtel derrière eux, disparaît tout à fait quand ils quittent la place en prenant la première ruelle. Bramard et Martina marchent côte à côte, les manches de leurs vestes s'effleurent, leurs pas résonnent. Des rares fenêtres éclairées filtrent des sons ouatés, comme s'ils provenaient d'une tanière très profonde.

Une promenade digestive, voilà le prétexte avec lequel ils ont quitté la table avant l'arrivée du gâteau qu'Isa et Arcadipane ont commandé, mais Bramard cherche avant tout le silence, Martina le sait et se tait.

— À quoi tu penses ? lui demande Bramard.

— À cette bonne odeur de bois qui brûle.

— Et puis ?

— Au fait que si, sur Terre, tout le monde se chauffait au bois, en cinq ans, les forêts auraient disparu et l'humanité serait intoxiquée par le monoxyde de carbone. Au fond, la poésie doit toujours triompher du désastre, non ?

Ils sont à l'orée du village et, les mains dans les poches, ils regardent l'église sur laquelle le clair d'une lune presque pleine tombe à plomb. Aucune autre lumière.

— On va jusque là-bas ?

— D'accord.

Ils traversent le pré et suivent le sentier qui, lentement, les hisse au-dessus des maisons. À mesure qu'ils s'éloignent, Clot leur révèle sa forme d'animal qui dort, lové sur lui-même, la tête sous sa queue. L'air a son équilibre, à la fois froid et propre, dense et léger, tout à fait présent. Une cohérence que Bramard ne trouve qu'en montagne, raison pour laquelle la montagne est son territoire. En quelques minutes, ils sont devant la façade.

— Vue d'ici, elle n'est pas bien jolie, dit Martina. Mais il paraît qu'à l'intérieur, ses fresques sont démentes, pour un endroit aussi reculé.

— Elles sont l'œuvre de Johannes Van Drift, un peintre célèbre dans toute l'Europe au début du XVIe siècle. On raconte qu'il fuyait la France pour des problèmes d'argent, voire pire, et qu'en empruntant des sentiers reculés pour franchir la frontière sans se faire attraper il est tombé sur ce village. Il y a demandé l'hospitalité, et on la lui a offerte. Il a dû penser que c'était l'endroit idéal pour disparaître en attendant de se trouver un protecteur en Italie. Pendant l'année qu'il a passée ici, il a écrit de nombreuses lettres aux cours italiennes, et peint les fresques de l'église. C'est pourquoi on l'appelle le Maître de Clot.

Martina contemple le bourg, tout petit, au-dessous d'eux. Le sentier qui les a menés jusqu'ici.

— Genre, tu vas au pub un soir, tu tombes sur les U2, et après quelques bières, ils décident de jouer devant vingt personnes ?

— Dans cet ordre d'idée.

Il regarde la façade dans laquelle, jadis, une main a enchâssé ces petits visages de pierre.

— Cette tradition vient des Celtes, explique Bramard. Elle rappelle les têtes des ennemis qu'on fichait sur des pieux à l'entrée du village ou qu'on suspendait au-dessus des pas de portes pour décourager les visites hostiles et éloigner les esprits.

Ils longent le flanc de l'église, sur une trentaine de pas. Le clair de lune étire les ombres des bas-reliefs zoomorphes, leur conférant du mouvement.

— Ces animaux, en revanche…

— Arrête de faire ton prof – elle lui prend le bras. Si tu crois que je ne sais pas que tu es toujours un policier. Tu n'as jamais cessé de l'être, hein ?

— Heureusement, sans quoi tu ne serais…

— Qu'est-ce qu'il y a ?

— La lune. Sur les vitres de l'église.

— Très romantique, tu devrais appeler Elena pour le lui dire, je ne peux tout de même pas vous servir de médiatrice pour ce genre de choses.

Bramard s'éloigne de quelques pas et regarde la fenêtre de l'église, puis dans la direction où, derrière un éperon rocheux, s'étend le pré où l'on a retrouvé Terenzio Fuci, sans Vera Ladich.

— Ça te va de conduire une dizaine de minutes ?

19.

— Écoute… puisqu'on est entre nous… Je ne voudrais pas que tout à l'heure… Je suis content que… bref… on s'est compris, non ?

— Non. Et on n'est pas obligés de parler en attendant le gâteau.

— OK.

Isa se remet à pianoter sur son portable. Peut-être écrit-elle à sa fiancée. Cette Angela, Arcadipane ne l'a vue qu'une fois, mais on n'oublie pas facilement une personne qui vous couperait volontiers la tête avant de l'enfouir sous un géranium. Il se demande quel genre de mère elle sera, parce que dans ces cas-là… l'une des deux sera plus maternelle, et l'autre ? Deux mamans ? Quel cauchemar.

Isa relève le nez et le dévisage, comme si elle avait capté sa pensée. Arcadipane abaisse les yeux sur la table et tripote un bout de mie de pain.

— Commissaire ! l'interpelle Pedrelli.

Arcadipane se retourne et le cherche dans la salle. Le téléphone collé à l'oreille, son adjoint lui fait signe d'approcher.

Arcadipane lui répond par le même geste. Quand tu as commandé du gâteau, tu dois rester à ta table. Car le moment est délicat. Si le serveur se pointe et qu'il ne te voit pas, il croit que tu as changé d'avis. Toi, tu reviens et tu le lui réclames, mais il n'y a plus de gâteau : la dernière part est échue à un client qui a changé d'avis dans l'autre sens, car l'envie lui en est venue en le voyant passer…

Pedrelli rapplique en trottinant.

— J'arrive commissaire : c'est le laboratoire, ils disent que c'est important.

— Pourquoi ils ne m'appellent pas directement ?

— Ils disent que vous êtes injoignable.

— Putain !

Il prend le portable de Pedrelli qui sent le pin des montagnes. Pedrelli est le seul type de sa connaissance qui bichonne à ce point son téléphone, il crache sur l'écran puis l'astique pour ôter les traces de gras, le flanque dans sa poche et dans sa voiture, et le soir, le bidule sent le pin des montagnes !

— Arcadipane, j'écoute… Tu en es sûr ? OK, dis-moi son nom – il fait signe à Pedrelli de lui donner de quoi écrire. C'est un nom allemand ? demande-t-il en le notant sur le calepin, avant de taper sur la table pour attirer l'attention d'Isa. Non, transmets-moi le dossier par mail, je le lirai plus tard, là on y va ! (Il se lève et fait signe à Isa de bouger son cul.) Envoie-le aussi sur mon portable, donne-moi juste son adresse… (Il se rembrunit.) Comment ça, tu n'as pas son adresse ? OK, on va se démerder, envoie-moi le tout et appelle les carabiniers… Ah, tout vient d'eux… OK, je vois ça avec eux plus tard… salut… Oui, oui, merci.

— Qu'est-ce qui se passe ? demande Isa.

Arcadipane a déjà enfilé sa veste.

— Les pièces, on a une empreinte qui matche.

— Quelles pièces ?

— Je t'explique ça en route… Pedrelli, appelle-moi ces deux-là et dis-leur de lâcher leur digeo. Fissa !

Les journalistes devraient s'intéresser à ces quatre flics qui foncent hors de la salle sans daigner jeter un regard aux tiramisus et à la tarte aux pommes qu'Ottavio Claro est en train d'apporter. Ils devraient échafauder des hypothèses quant au motif de ce démarrage en trombe, et pourquoi pas, les suivre, mais quand les journalistes décrochent, ils décrochent, et quand ils décrochent, ils boivent. En outre, il fait froid, dehors, leurs portables captent puis ne captent plus, et dans les rédactions, on n'aime guère les nouvelles qui tombent au moment du bouclage.

Pour ne rien dire des trois tiramisus et de la tarte désormais sans maître.

20.

Martina baisse la vitre et sort la tête.

— Tu es sûr qu'on peut ?

Les phares éclairent Corso qui lui fait signe d'avancer. Il tient le ruban de signalisation qu'il vient d'enlever.

— Hein ?

— Je ne crois pas que ce soit une bonne idée !

— Viens, avance, doucement.

Martina rentre la tête et fait descendre la Scénic au pas à l'intérieur de ce carré en pente légère. Elle craint que le frein lâche, que la voiture prenne de la vitesse, pénètre dans la pénombre du bois, puis finisse tout en bas, jusqu'au lac. C'est absurde, elle a conduit en Afrique sur des pistes bien plus… et aussi au Brésil, quand il pleut sur la Rocinha…

— Encore un peu… à côté de cette grosse pierre plate.

— Mais je touche !

— Tu ne touches pas, la Jaguar était plus basse… voilà, encore cinquante centimètres… Stop, arrête-toi.

— Je coupe ?

— Éteins les phares et coupe le moteur.

Martina s'exécute, et fait mine de descendre.

— Reste au volant, s'il te plaît, et allume le plafonnier.

Martina obéit. À travers le pare-brise sur lequel se reflète la lune, elle voit son père s'éloigner à reculons et en zigzag, tel un sourcier, sans quitter la voiture des yeux.

21.

Pas de sonnette. D'ailleurs aucune des maisons n'en a, dans ce bled de merde, se dit Arcadipane avant de reculer d'un pas et de regarder les trois fenêtres à l'étage dont l'une est éclairée.

— Monsieur le maire ! appelle-t-il d'une voix forte. Monsieur le maire !

Rien. Et il ne répond pas au téléphone. Peut-être qu'il en a assez des journalistes.

Lavezzi traficote la serrure. Il est doué pour ce genre de trucs, et mieux vaut ne pas se demander pourquoi. Et en effet, le battant s'ouvre. Ils montent l'escalier tous les cinq, Pedrelli ferme la marche. Face à la salle du conseil où ils se sont réunis l'autre jour, la porte plaquée acajou d'un appartement. Ils frappent. Rien. Ils frappent derechef.

— Monsieur le maire !

La porte s'entrouvre et, dans l'entrebâillement, apparaît le mufle d'herbivore de Beppe Dro.

— Qu'est-ce qui se passe ?

Il porte un tricot de corps. En dessous, ça n'est pas clair.

— Il faut qu'on parle, répond Arcadipane.

— Installez-vous dans la salle, elle est ouverte, je m'habille et j'arrive.

— On va causer ici, à la bonne franquette.

Beppe Dro s'écarte et ils entrent. La cuisine-salle à manger est moins que hideuse et plus que banale. Quelques pièces d'*arte povera*, un canapé, des chaises dépareillées, une cuisine design flambant neuve, une grande télévision à écran plat, une table en verre. La console des jeux vidéo qui gît sur le sol oriente Arcadipane vers un syncrétisme pathologique entre rêve d'adolescent et cauchemar d'adulte avec déjà un pied dans le troisième âge.

— Qui est Ludwig Ubac? demande-t-il.

Le maire est venu se planter au centre de la pièce, comme s'il devait diriger une circulation imaginaire. Le fait qu'il porte un short rouge de basketteur floqué du numéro 32 n'arrange rien.

— Comment ça? C'est Ludwig!

— Et pourquoi vous n'avez rien dit?

— À quel sujet?

— Celui de ses antécédents?

— Bah, parce que… – Beppe Dro s'interrompt pour mieux réfléchir. C'est de l'histoire ancienne. Et puis Ludwig n'est pas du village.

— Il n'est pas de Clot?

— Si, mais il habite en dehors de la commune. Sur le col. Vous m'avez dit que vous aviez ratissé tout le versant, donc quelqu'un a bien dû passer par chez lui.

— Allez chercher la carte et montrez-nous où il vit, parce que ce gars n'a pas d'adresse connue.

Beppe Dro disparaît derrière la porte de sa chambre à coucher. Arcadipane n'a jamais entendu parler d'une mairie avec appartement de fonction, mais il y a un tas de trucs dont il n'a jamais entendu parler et ce n'est pas le moment d'y penser. De la chambre proviennent des bruits de tiroirs et d'autre chose.

— Joignez-vous à nous! lance Arcadipane. Comme je vous l'ai dit, on ici est à la bonne franquette.

Beppe Dro sort de la pièce la carte à la main, et sa masse cache la presque totalité de Gemma Lunel, laquelle, dans son dos, vient de revêtir une robe de chambre qui n'est sûrement pas la sienne vu qu'elle marche dessus.

La pauvrette pourrait tout de même stocker quelques affaires ici, se dit Arcadipane, vu que leur histoire dure sans doute depuis des années, mais il sait aussi que ceux qui s'allongent ensemble gèrent leurs moments de verticalité de manières très disparates. Sa chance, c'est qu'avec le temps et son métier, il a appris à comprendre tout de suite si ces manières peuvent constituer un délit, en être le mobile ou le résultat. Et ce n'est pas le cas ici.

Sa neutralité à ce sujet doit se lire sur son visage car, sans rien demander, Gemma Lunel va aussitôt jusqu'à l'évier charger une cafetière pour huit. Le maire a déroulé la carte sur la table.

— Ici – il pose son gros doigt sur le papier. Ludwig habite ici.

Il indique un point en amont du lac. Ne connaissant rien aux cartes ni aux échelles, Arcadipane n'a aucune idée de la distance que ça représente.

— Ils ont inspecté cette zone ? demande-t-il à Pedrelli en lui montrant la carte.

— Oui, oui, je ne sais pas qui s'en est occupé, mais toutes les habitations et tous les abris possibles ont été inspectés. Ils ont vérifié partout. Donc forcément chez cet Ubac aussi.

Arcadipane réfléchit, puis se tourne vers le maire.

— C'est loin du village ?

— À une quarantaine de minutes à pied.

— Et autrement qu'à pied ?

— Il n'y a pas de route, seulement un sentier.

— Et en partant de Gias Vej ?

— Une demi-heure.

— Il vit seul, ce gars-là ?

— Oui, il a toujours vécu seul.

— Il a le téléphone ?

— Non… C'est un type… à part.

— À part dans le sens où il a un fusil derrière sa porte et deux pistolets dans le tiroir de sa cuisine ? On n'a pas eu le temps d'approfondir, mais le trafic d'armes fait partie de ses antécédents.

— Mais non, c'est une vieille histoire… très exagérée. Il n'a même pas de fusil de chasse.

Le gargouillis du café s'élève dans la partie cuisine – plaque à induction, super rapide.

— Donc, vous le connaissez bien ?

— Je le connais comme on peut connaître un Ubac, répond Beppe Dro en haussant les épaules. Ça a toujours été une famille un peu…

— À part.

— Le père aussi, était un type réservé, répond-il en hochant la tête, la mère un peu moins. Mais quand même, ils vivaient à l'écart. Ludwig n'avait pas trente ans quand ses parents sont morts, ensuite il a vécu seul. Il vient au village faire ses courses, bavarder un peu et acheter son tabac, après quoi il rentre à la maison.

— De toute façon il touche son indemnité.

— Non, lui non. Il y avait droit lui aussi, mais il ne l'a jamais demandée.

— Alors de quoi il vit ?

— De peu, je crois.

Gemma Lunel apporte les tasses jusqu'à la table, deux par deux. Arcadipane la remercie du regard pour avoir agi sans rien demander. Ils en prennent tous une, sauf Pedrelli, parce qu'à cette heure-ci… En réalité, quelle que soit l'heure.

Maintenant qu'il voit Isa à côté de Gemma Lunel, Arcadipane perçoit entre elles non pas une ressemblance, mais une affinité typologique, dirait-il s'il connaissait le concept et les mots pour le définir. Alors il se borne à les reluquer par en dessous en buvant son café, puis il pose sa tasse et revient à ses moutons.

— Pourquoi dites-vous qu'il n'est pas du village ?

— C'est une vieille histoire. La commune de Clot et celle d'Assiglio se disputent le lieu où il vit depuis toujours. De vieilles querelles qui ont traversé les époques. Bref, aujourd'hui, au cadastre, ces terres font partie de la commune d'Assiglio bien qu'elles se trouvent sur le versant de Clot.

— Donc, avec Ludwig Ubac, ça vous fait trente-huit habitants en tout.

— Oui, mais lui, il est dans les registres de la commune d'Assiglio. Enfin, à supposer qu'il y soit.

— Parce que c'est une personne à part.

Beppe Dro boit son café et hoche la tête.

— On pourrait le prendre pour un ours ?

— Qu'est-ce que vous vous voulez dire ? De caractère ?

— Non. Un enfant qui le verrait de nuit pourrait le confondre avec un ours ?

Le maire cherche à deviner le double-fond de la question et, ne le trouvant pas, il se tourne vers Gemma Lunel.

— Il est aussi grand que Beppe, dit celle-ci (quelle tendresse, pense Arcadipane… Beppe !), mais plus mince. Et l'hiver, il porte ce gilet en peau de mouton, sans manches.

— En peau de mouton, comme celle-ci ? demande Arcadipane en montrant sa veste.

— Non, pas en peau retournée… Avec de la laine de mouton.

— OK, monsieur le maire ! – Arcadipane frappe dans ses mains. Pantalon, chaussures, et vous nous accompagnez.

Huit minutes plus tard, tous, sauf Gemma Lunel, sont sur la place.

— On monte en voiture jusqu'à Gias Vej ? demande Arcadipane.

— De là-haut, il faut passer par le bois et le sentier disparaît… Ce ne serait pas un problème la journée, mais à cette heure… – Dro lève les yeux vers le disque blanc légèrement entamé sur un côté. La lune est là, mais sous les arbres… Mieux vaut partir d'ici, à mon avis.

— On va faire comme ça. Toi, Pedrelli, tu retournes à l'hôtel et tu appelles le juge pour un mandat de perquisition. S'il veut savoir pourquoi, tu lui dis qu'on a avancé, qu'on a un suspect et peut-être un flagrant délit, s'il ne te demande rien, tu la fermes. On prend le téléphone satellite et on reste en contact. Isa, tu vas avec lui.

— Qu'est-ce que je suis venue foutre ici, alors ?

— Pas de terrain pour toi, ton chef me l'a fait promettre, et il a raison. Je ne t'emmène pas chez ce type, on ne sait pas ce qui pourrait se passer… Si ça ne te convient pas, tu prends ta voiture et tu t'en vas, ce n'est pas le moment de discuter

– il consulte sa montre. Si c'est lui qu'on cherche, il détient Vera Ladich depuis quatre-vingt-seize heures et cinquante minutes !

Ils traversent la place en tournant le dos à Pedrelli et à Isa qui se dirigent vers l'hôtel. Le maire ouvre la marche dans une première ruelle, tourne dans une deuxième, puis s'engage sur un sentier qui grimpe et les oblige à se mettre en file indienne. Derrière Beppe Dro, Arcadipane ausculte ses mocassins – il devrait leur élever un monument et, hélas, peut-être bientôt un mausolée. Il fouille la poche de sa veste, rien. Dans celle de son pantalon : deux. Il gobe un sucaï.

La masse du gaillard devant lui le protège du vent, lui épargnant de la fatigue. Dommage que la salade russe se rappelle à lui par moments, ce légume au vinai… Bon, tant pis, les sucaï font digérer, décide-t-il.

Il regarde sa montre, 22 h 20. Qu'est-ce qu'ils foutaient déjà au pieu, le maire et la secrétaire ? Deux hypothèses : beaucoup d'ardeur ou bien trop de torpeur.

Reste que ni l'une ni l'autre ne constitue un délit.

22.

Bramard observe la Scénic immobile à cinquante mètres de lui, son pare-brise, qui reflète le clair de lune, est un rectangle blanc, et derrière ce voile, Martina est invisible.

Il remonte de deux ou trois mètres, comme il le fait depuis une dizaine de minutes, en se tenant à l'orée de la clairière, il s'arrête de nouveau et regarde la voiture. Maintenant, il distingue Martina par la fenêtre de la portière. Il pose une pierre par terre puis s'éloigne de dix autres pas et pose une autre pierre.

À vue de nez, il peut voir Martina au volant par la fenêtre latérale sur cinq ou six mètres. Ce serait la même chose de l'autre côté de la voiture, mais de l'autre côté, le terrain tombe à pic. Conclusion : celui qui a vu Fuci et qui a téléphoné se trouvait ici. Exactement là où se tient Corso à présent, quelques pas au-dessus ou en dessous. Mais pourquoi ?

Il retourne à la voiture et dit à Martina de descendre.

— On a fini ? Il fait froid !

— Presque, prends la torche dans la boîte à gants, s'il te plaît.

Ils rejoignent ensemble l'endroit que Corso a marqué entre deux pierres.

— Qu'est-ce qu'on cherche ?

— Je ne sais pas.

Imitant Corto, Martina regarde par terre mais sans s'éloigner de lui. À pas lents, discrets. Il y a bien des empreintes, mais des dizaines de personnes ont foulé ce terrain.

Ils s'enfoncent dans le bois où l'air possède une consistance différente, comme si quelqu'un avait posé un couvercle au-dessus d'eux. En montagne, on perçoit tout de suite que les arbres sont une extension de la terre, son prolongement. Matière analogue. Une alliance très ancienne, à tel point que quand la terre semble écraser le bois, ou que celui-ci prend le dessus sur elle, ils ne font en réalité que sceller un nouveau pacte. Ils sacrifient une part pour le bien du tout. Les hommes peuvent percevoir ce lien, mais ils en sont exclus. Et rares sont ceux qui le comprennent.

— Papa.

— Oui.

— Nous sommes dans un bois, dans le froid, en pleine nuit. Et moi, j'ai promis à Elena de te tenir à l'œil. Tu es en train de faire à peu près tout ce que tu ne devrais pas.

— Tu as raison, répond Corso sans cesser de chercher, mais j'ai tout de même mangé ma soupe !

— Ah, bah… C'est quoi ? Qu'est-ce que tu as trouvé ?

Martina s'approche.

— Alors, c'est quoi ?

Corso ramasse deux morceaux de bois et les lui montre.

— Des petits bâtons, constate-t-elle.

— Brisés par quelqu'un, tu vois ?

— Et ?

— Regarde ce creux, ces bâtonnets étaient disposés ici et ici, en guise d'espaceurs – il les plante dans la terre. Celui-ci, en revanche – il lui montre un bout de bois en Y – devait être ici et servait de chevalet – il le plante. Il y en avait sans doute d'autres qui sont sûrement dans les parages.

— Et qu'est-ce que c'est, un signe ?

— Un piège à lacet, qui sert à attraper de petits oiseaux. Celui qui l'a fabriqué s'y connaît parce qu'il a choisi le bon endroit, à la lisière de la clairière. Il a dû y placer un appât, des framboises, des mûres, ou bien des graines. Et s'il y a celui-ci, il doit y en avoir d'autres.

— Mais où est passé le lacet ?

— En général, c'est du métal ou du plastique. Quand il a détruit son piège, il l'a emporté. Il ne tenait pas à ce qu'on sache qu'il était venu ici.

— Mais qui est-ce ? Celui qui a… – Martina cesse de se frotter les mains. Oh merde, papa ! Tu m'as mise à la place du mort ?

— Il fallait que je comprenne d'où il pouvait le voir…

— Il fallait que tu comprennes… Putain, papa, excuse-moi, mais on est à l'endroit où un homme a été tué et où Vera Ladich a été enlevée, et tu te sers de moi comme cobaye ? Bon allez, on y va, maintenant. Tu diras ça à Arcadipane, ils se chargeront de…

— Oui, oui, va dans la voiture. Je jette encore un coup d'œil dans les parages.

Bramard s'éloigne. Martina soupire et regarde la Scénic au loin, sans défense, au milieu du pré.

— Papa, chuchote-t-elle. Où es-tu ?

— Ici, suis ma torche. J'en ai trouvé un autre.

23.

— C'est quoi, ce bouzin ? demande Arcadipane. Un container ?

— Une sorte…

— Et ils ont fait comment, pour apporter un container jusqu'ici ?

— C'est une longue histoire, répond le maire en hochant la tête. Je vous l'ai dit, qu'il était…

— À part. C'est bon, j'ai compris.

Arcadipane lève à nouveau la tête pour lorgner par-dessus le rocher derrière lequel ils se sont cachés. Plus qu'à un container, la demeure de Ludwig ressemble à un baraquement de chantier. Ce qui n'ôte rien à l'incongruité de la présence de ce parallélépipède posé tel un étron à deux mille mètres d'altitude, sur ce plateau planté de sapins séculaires, et pourtant clairsemés, auquel on n'accède que par le sentier sur lequel ils viennent de suer sang et eau. Surtout Arcadipane, à vrai dire – le maire est génétiquement équipé, Botta est plus affûté qu'un séminariste, quant à Lavezzi, avec tout ce sexe tarifé…

Arcadipane jauge le tuyau de tôle d'où s'échappe une bouffée de fumée, signe que quelque chose là-dedans produit de la chaleur. Les deux fenêtres, sur le côté long du préfabriqué, sont masquées par un tissu sombre, peut-être une vieille couverture, qui laisse cependant filtrer un peu de lumière.

— Lavezzi !

— Oui, commissaire.

— Viens ici et écoute-moi.

Lavezzi se coule jusqu'à lui, contournant l'éminence du maire.

— Maintenant, tu vas t'approcher en faisant gaffe, OK ? Vois si tu entends quelque chose, là-dedans. Ou si tu peux, jette un œil par l'une des fenêtres. Je veux savoir si Ladich est là et ce que fabrique ce Ludwig. S'il dort ou s'il brique son service en porcelaine, tu reviens au rapport et puis on défonce la porte. La politesse attendra. Ce serait bête de se faire farcir de plombs.

Lavezzi semble acquiescer. La lune offre aux pins une ombre généreuse, zébrant le plateau autour du baraquement. Eux sont planqués dans une rayure noire.

Arcadipane suit la course penchée de Lavezzi en se touchant l'oreille droite, comme chaque fois qu'un de ses subordonnés effectue une tâche qui n'est pas sans risques.

Un héritage de l'époque où celui qu'on envoyait en première ligne, c'était lui. Un apprentissage dont, dans l'ensemble, il ne s'est pas trop mal tiré, si l'on exclut une rosace de plombs à travers la porte devant laquelle il venait d'ordonner « Police, ouvrez ! », ainsi qu'il l'avait vu faire dans les films. Chanceux, il fut. Un plomb lui sectionna un lobe, et c'est tout. Quatre doigts plus à gauche et… au lieu de quoi on le lui a si bien recousu que ça ne se voit plus.

Arrivé au baraquement, Lavezzi s'accroupit sous l'une des fenêtres et s'adosse à la tôle. Il se soulève, essaie de lorgner à l'intérieur, mais très vite, il rabaisse la tête. Il s'attarde quelques instants, puis revient, toujours courbé en deux.

— Il y a un tissu sur les fenêtres, chuchote-t-il, même pas essoufflé. Mais j'ai entendu une voix d'homme et une voix de femme.

— Tu en es sûr ?

— Je n'ai pas compris ce qu'ils disaient, mais c'est un homme et une femme, sûr.

Arcadipane regarde le maire.

— Vous m'avez bien dit qu'il vivait seul, non ?

— Il a toujours vécu seul.

— Il n'aurait pas une fiancée ? Une cousine qui lui rendrait visite ? Une femme qu'il paierait ?

— Il a plus de soixante-dix ans !

— C'est bien pour ça qu'il devrait la payer !

— Non, impossible. Je ne lui connais aucune famille. Et pour monter ici, il faut forcément passer par le village. Ça se saurait.

Arcadipane glisse son dernier sucaï dans sa bouche. Il a oublié de se ravitailler à l'hôtel, et le sachet dans sa chambre est presque au bout du rouleau. Il sait qu'il devrait appeler Pedrelli, faire venir quelqu'un de Coni ou de Turin, voire demander le soutien des carabiniers dans la vallée, mais il sait aussi que quand tu dois arracher une dent, tu ne peux faire tenir que deux mains dans une bouche.

— Vous, monsieur le maire, vous restez ici, tranquille, compris ? Nous, on y va. Lavezzi tu enfonces la porte, Botta et moi, on entre. Armes à la main. Si quelqu'un vous le demande, nous avons frappé et, n'obtenant pas de réponse, nous sommes entrés. Rappelez-vous de ça, monsieur le maire. Maintenant, on bouge.

Arcadipane se relève, pas tout à fait comme un athlète, mais décemment pour son âge, et, la tête basse, il claudique vers le baraquement. Dans le dernier segment de l'ascension, l'un de ses mocassins a expiré, sa semelle pendouille à présent telle la langue d'un cocker. Une démarche sautillante qui, aux yeux de ses subordonnés, a peut-être des allures de danse de guerre, ou d'un secret du métier qui leur serait révélé seulement ce soir. Arcadipane n'a pas le temps d'y réfléchir que, déjà, ils sont à la porte. En reprenant son souffle, il tend l'oreille et, en effet, il lui semble bien entendre une voix de femme. Il fait signe à Lavezzi d'agir. Ce dernier se place devant la porte qui ne devrait pas résister à un seul de ses coups de pied, et qui, de fait, n'y résiste pas.

Arcadipane ne saurait dire s'il a crié en entrant, ou si Botta et Lavezzi l'ont fait.

Ce dont il se souviendra dans une ou deux heures, c'est de l'odeur du poêle, et de quelque chose de collé au fond d'une casserole, d'un fauteuil, d'objets aux murs qui pourraient être des livres et d'une unique ampoule au-dessus de la petite table en bois clair au centre de la pièce.

Assis à cette table, Ludwig Ubac, Bramard et Martina qui les regardent.

Elle, les yeux écarquillés. Bramard, aussi calme que si la porte s'était ouverte sous l'effet d'un simple coup de vent. Et Ludwig Ubac.

Bah, c'est tout un roman, qu'il faudrait, si seulement il savait écrire, pour décrire ce qu'on devine dans les yeux de cet homme.

24.

Le mardi vingt-neuf octobre deux mille treize à zéro heure quarante-deux, le soussigné ARCADIPANE Vincenzo, officier de police judiciaire, commissaire en chef de la brigade criminelle de Turin, dans le cadre de l'exécution du mandat délivré par le substitut du procureur de la République NOVIZI Manlio, procède à l'interrogatoire de M. UBAC Ludwig, né le quinze septembre mille neuf cent quarante, résidant aux environs de Clot (province de Coni), adresse exacte inconnue, citoyen italien, célibataire, sans emploi. La personne entendue renonce à toute assistance légale après avoir été avertie que ses déclarations pourraient être utilisées contre elle. L'interrogatoire, qui a lieu dans les locaux de la mairie de Clot, est enregistré (dossier 8745-bv) puis transcrit par le commissaire adjoint Pedrelli Attilio.

Question : Vendredi 25 octobre, les carabiniers d'Alve ont reçu à 23 h 46 un appel téléphonique anonyme leur signalant un mort à Gias Vej. Êtes-vous l'auteur de cet appel ?

Réponse : Oui.

Question : Quand vous avez passé cet appel, connaissiez-vous l'identité du mort ?

Réponse : Non.

Question : Pourquoi ne pas avoir décliné votre identité aux carabiniers ?

Réponse : J'ai des antécédents. Je ne voulais pas être impliqué.

Question : Quels antécédents ?

Réponse : Vous les connaissez. Vous avez défoncé ma porte.

Question : Nous en parlerons plus tard. Comment avez-vous eu connaissance de la présence du mort à Gias Vej ?

Réponse : Je marchais dans le bois.

Question : À quelle heure ?

Réponse : Onze heures.

Question : Vous marchez souvent dans le bois à cette heure-là ?

Réponse : Je n'ai pas la télévision.

Question : Comme vous pouvez le constater, personne ne rit. Vous marchiez dans le bois et vous avez vu le mort.

Réponse : J'ai vu la voiture avec la lumière allumée, je me suis approché et j'ai vu le mort.

Question : À quelle distance vous êtes-vous approché ?

Réponse : Trente mètres.

Question : Trente mètres exactement ?

(Silence)

Question : Vous ne vous êtes pas approché davantage pour voir si cet homme était évanoui et s'il avait besoin d'aide ?

Réponse : Non, il était mort.

Question : À trente mètres, vous avez eu la certitude qu'il était mort ?

Réponse : Oui.

Question : Comment avez-vous fait, de nuit et à cette distance ?

Réponse : Le clair de lune tapait en plein sur ses yeux grands ouverts. Il n'y a qu'une seule raison pour qu'une personne ne cille pas.

Question : Et la femme ?

Réponse : Il n'y avait aucune femme.

Question : Vous n'avez pas vu de femme dans la voiture ou près de la voiture ?

Réponse : Non.

Question : Qu'avez-vous fait après avoir découvert l'homme, et aucune femme ?

Réponse : Je suis descendu au village pour téléphoner, comme je vous l'ai dit.

Question : Il ne vous est pas venu à l'esprit d'appeler le maire ou quelqu'un d'autre et de revenir à Gias Vej ?

(Silence)

Question : Savez-vous qui est la femme qui, d'après vous, n'était pas dans cette voiture ?

Réponse : Je l'ai entendu dire.

Question : Où ça ? Télévision, radio, journaux, ici au village ?

Réponse : Je n'ai pas la télévision, ni la radio. On me l'a dit au village. À l'épicerie.

Question : Donc quand vous avez vu la voiture et l'homme mort, vous ignoriez qu'il s'agissait de Terenzio Fuci, le mari de Vera Ladich ?

Réponse : Je ne le connaissais pas.

Question : Et Vera Ladich ? Vous la connaissiez, non ?

Réponse : Je connaissais Anna Mattalia.

Question : Qui est devenue Vera Ladich, et cela, vous le savez. Jusqu'à quel point connaissiez-vous Anna Mattalia ?

(Silence)

Question : Je vous ai demandé comment vous connaissiez Anna Mattalia.

Réponse : On se connaissait depuis l'enfance.

Question : Vous étiez amis ?

Réponse : Assez.

Question : Assez, ça veut dire amis, très amis, fiancés ?

(Silence)

Réponse : Seulement amis.

Question : Depuis quand ne l'avez-vous pas vue ?

Réponse : Depuis qu'elle a quitté le village.

Question : Mais vous saviez qu'elle était revenue, non ? Je suis sûr que tout le village a été au courant dès que Vera Ladich a mis le pied à l'hôtel.

Réponse : Je ne le savais pas. Je ne descends au village qu'une fois par semaine.

Question : Vous la détestez, vous aussi ?

Réponse : Je ne déteste personne.

Question : Vous ne détestez personne, mais en la voyant, cinquante ans après, qu'est-ce que vous vous êtes dit ? Parlez-moi sincèrement, d'homme à homme… Qu'elle avait pris un coup de vieux ? Qu'elle était toujours belle ? Que vous n'aviez pas réussi à l'époque, mais qu'à présent…

Réponse : Je ne l'ai pas vue. Je ne savais pas qu'elle était revenue au village.

(Silence)

Question : Vous ne savez donc pas où elle se trouve en ce moment ?

Réponse : Non.

Question : Quand les hommes de la Protection civile sont passés vous voir, vous ne les avez pas laissés entrer chez vous.

Réponse : Je n'avais aucune raison de les laisser entrer.

Question : Mais quand ils sont revenus deux heures plus tard avec un de nos agents, vous aviez trouvé une raison. Pourquoi avoir changé d'idée ?

Réponse : Je ne voulais pas de problèmes avec la police.

Question : Parce que vous avez des antécédents. Vous voyez qu'on y arrive ? Parlons-en. Deux arrestations et trois signalements de la Garde des finances et des carabiniers pour ce qu'on appellerait aujourd'hui « aide à l'entrée ou au séjour irréguliers ». Première arrestation en 1965, la dernière pour ces mêmes délits en 1999. Ça fait plus de trente ans de brillante carrière. Vous m'expliquez ?

Réponse : Que voulez-vous que j'explique ? Autrefois, c'était un métier.

Question : Lequel ? Celui de contrebandier ? De *passeur** comme vous les appelez dans le coin ?

Réponse : Mon père l'était, mon grand-père l'était…

Question : Et aussi votre arrière-grand-père, dont je me contrefiche. Vous pratiquez toujours ?

Réponse : Non. Je suis trop vieux. Mais si je le pouvais, je le ferais.

Question : Bien sûr, parce que vous êtes un philanthrope, un mécène, un Schindler, même si vous n'êtes pas riche et que vous vivez dans un container. À propos, comment avez-vous fait pour le monter jusqu'ici ?

Réponse : Ceux du barrage s'en sont chargé.

Question : Quand ça ?

Réponse : Notre maison était à côté de la rivière et destinée à finir sous le lac. Quand ils ont commencé à parler de ce barrage, mon père faisait partie des opposants, mais il est tombé malade et il est mort. Ma mère et moi on est restés seuls. L'entreprise nous a proposé de reconstruire la maison à un autre endroit de ce côté de la vallée, mais ma mère et moi, on n'a pas voulu. Mon père avait dit qu'avec la construction de la retenue, ce versant-là allait s'effondrer.

Question : Il allait s'effondrer. Et alors, ce baraquement ?

Réponse : On a préféré l'installer là-haut, en dehors de la commune de Clot. C'était une idée de mon père : il refusait de s'en aller, mais il ne voulait pas non plus rester dans le village qui lui avait pris sa maison. Le préfabriqué a été transporté là-haut par hélicoptère.

Question : Vous aviez quel âge à l'époque ?

Réponse : La vingtaine.

Question : Et vous vivez dans ce container depuis cinquante-deux ans. Vous avez des toilettes, au moins ?

(Silence)

Question : Après votre dernière arrestation pour facilitation de l'entrée et de la circulation de clandestins, vous avez dû payer une sacrée amende. Or il n'apparaît nulle part que vous receviez aujourd'hui de l'argent, pas de retraite ni de compte en banque, et vous ne touchez pas l'indemnité à laquelle vous avez droit. Comment vous en sortez-vous ?

Réponse : Je n'ai pas de gros besoins. Je trouve tout ce qu'il me faut dans les bois. Et il y a des truites dans le lac.

Question : C'est de ça dont vous parliez avec mon ami et sa fille ? Pêche, techniques de survie et pièges à oiseaux ? Vous creusez aussi des fosses avec des pieux pointus, comme dans les films ? Et puis de temps en temps, en plus des petits oiseaux, vous braconnez un chamois, un sanglier ou un cerf, non ?

(Silence)

Question : Vous m'avez pourtant dit que vous alliez à l'épicerie. Vous ne placez tout de même pas de collets au rayon charcuterie ? Avec quoi vous payez vos courses et votre tabac ?

Réponse : J'ai de vieux crédits.

Question : En plus des crédits, vous planquez bien un fusil quelque part ? Parce que vous ne me faites pas l'effet d'un homme qui se contente de baies et de passereaux !

Réponse : Je n'ai jamais eu de fusil.

Question : Bien sûr ! Est-ce qu'on a besoin d'un fusil quand on dispose de toute cette dynamite ?!

(Silence)

Question : Vous voulez bien m'en parler ?

Réponse : Vous avez lu le dossier, non ?

Question : Évidemment. Il dit que les caméras d'un chantier dans la vallée voisine ont filmé un homme, qui s'est révélé être vous, pendant qu'il s'emparait de trois caisses d'explosifs pour roche. Il dit aussi que vous avez été inculpé de ce vol et condamné à cinq ans, peine que vous avez purgée… En totalité, pour mauvaise conduite. Vous êtes sorti il y a sept ans. Ce que le dossier ne dit pas, c'est qu'en dix ans il y a eu dans les parages trois autres vols de matériel explosif pour carrières et chantiers de travaux publics. Vous n'avez été mis en cause que pour un seul de ces vols, mais je pense que vous savez où est passé tout ce matériel. Je sais que malgré une offre de remise de peine vous n'avez pas voulu le dire…

Réponse : Si je n'ai pas voulu le dire à l'époque, pourquoi vous croyez que je vais le faire maintenant ?

Question : Parce que quand on se retrouve dans un pétrin aussi foireux que celui dans lequel vous êtes, tout signe de bonne volonté est utile. Vous l'avez vendue, cette dynamite ? C'est de cet argent que vous vivez ? Ou bien, comme vous n'aviez plus d'argent, vous avez pensé à un enlèvement ?

(Silence)

Réponse : Je ne sais rien de cette femme.

Question : Alors nous notons sur le procès-verbal que, la nuit de jeudi à vendredi, vous êtes monté vérifier vos pièges, vous avez vu le mort dans la voiture, de nuit et à trente mètres, puis vous êtes descendu passer un appel anonyme parce que vous aviez peur d'être impliqué en raison de vos antécédents ? C'est votre dernière version ?

Réponse : C'est ce qui s'est passé. Je peux y aller, maintenant ?

Réponse : Je ne crois pas, non.

25.

À 2 h 45, Corso Bramard pose le dernier feuillet du procès-verbal sur les sept autres qu'il vient de lire, puis il prend le couteau sur la table et partage en deux la tomme restée sur l'assiette. Il en pique un morceau et le tend à Arcadipane qui, abruti par la fatigue et le lactose, fixe depuis une dizaine de minutes le petit tas de croûtes sur la nappe.

— Du fromage à 3 heures du matin, dit-il en prenant le bout de tomme. Fallait me le dire que tu voulais de la compagnie pour ton suicide assisté.

Le bruit du gressin qui se brise résonne dans la salle vide comme le verre sous le coup de talon dans un mariage juif. La plupart des tables sont déjà dressées pour le petit déjeuner, sauf une ou deux sur lesquelles reposent les cadavres laissés par les journalistes qui sont restés tard.

— Alors ? insiste Arcadipane.

— Alors, ce que je pense de ce procès-verbal ? Que Pedrelli a corrigé tes fautes en le tapant.

— Je sais ce que tu penses du procès-verbal. Alors, qu'est-ce que vous foutiez là-bas ?

Bramard détache un bout de fromage avec ses lèvres. Deux semaines d'affinage de plus et il faudra y mettre les dents.

— Je te l'ai dit, j'ai suivi la piste de ces collets, et on est arrivés à la maison.

— C'est un baraquement.

— … au baraquement. Il est sorti, je l'ai interrogé au sujet des pièges, et il nous a invités à entrer.

— Ça veut dire quoi, « il nous a invités à entrer » ? Tu lui as dit : je suis un prof à la retraite et j'aimerais vous parler des pièges que vous avez posés près de la voiture où Terenzio Fuci a été assassiné ? Ah, et voici ma fille, qui aimerait également vous parler des pièges que vous avez posés près de la voiture où Terenzio Fuci a été assassiné. Mais je vous en prie, entrez donc, buvons un coup et parlons des pièges que j'ai posés près de la voiture où Terenzio Fuci a été assassiné. C'est comme ça que ça s'est passé ?

— Grosso modo.

— Et tu n'as pas pensé qu'il était peut-être armé ? Qu'il pouvait vous faire disparaître, et que je ne savais même pas que vous étiez là-haut ?

Corso prend un autre gressin. Il mastique jusqu'à ce que la tomme redevienne du lait et le gressin, du blé.

— Je ne crois pas, conclut-il.

Arcadipane engouffre le dernier morceau de ce fromage qui pue le collant de vieille dame, qui en a la consistance et, pire encore, dont il est friand. L'horloge murale indique 2 h 55 et dehors, règne le même silence qu'à 10, 14 ou 18 heures.

— Assis devant le feu pour parler de pièges, à ce stade, en effet, pourquoi ne pas boire un canon !

— C'est une liqueur qu'il fait lui-même. Il appelle ça de la Socha.

— « Une liqueur qu'il fait lui-même », répète Arcadipane en le fixant. Tu débarques chez un suspect en pleine nuit, sans prévenir personne, et tu siffles le premier liquide qu'il te sert. Tu es en convalescence, putain ! Si Elena apprend ce que tu as fichu, elle me dissout dans la Javel ! Il t'a raconté quelque chose d'utile, au moins ?

Bramard ramasse une des croûtes et la racle de son couteau, en tirant un voile jaune et dur, mais encore comestible.

— Que son père lui a appris à poser des pièges et qu'il se prénomme Ludwig parce que sa mère aimait Beethoven.

— Merde, dommage qu'on vous ait interrompus ! Tu étais à deux doigts d'obtenir des aveux !

Bramard observe ce dernier fragment de fromage, arraché au rebut. Il l'examine en le retournant entre ses doigts, comme si la lumière produisait un effet en le traversant. Puis il le dépose dans sa bouche. Pendant quelques secondes, tous deux mangent en silence. Devant une carafe d'eau, une assiette vide, les derniers gressins, un petit tas de croûtes, un couteau et le procès-verbal.

— Vous perquisitionnez sa maison ?

— Ce n'est pas une maison, c'est un baraquement. Et oui, bien sûr qu'on le perquisitionne.

— Qui ça ?

— Pedrelli, et deux autres qu'il a fait monter. Lavezzi et Botta sont à la mairie et gardent ton compagnon de beuverie. Pourquoi ?

— Je n'ai pas vu de disques, ni d'appareil pour en écouter, dans cette maison.

— C'est sûr que boire sans musique…

— Fais-moi savoir si vous trouvez quelque chose.

— Quoi ? Des disques ?

— Tu as mis dans le procès-verbal qu'il vivait là avec ses parents. À moi, il a dit que sa mère était une passionnée de Beethoven. S'ils avaient des disques et un tourne-disque, c'est curieux qu'il les ait jetés. C'est très difficile de jeter des disques, surtout s'ils ont appartenu à une personne proche. C'est bien plus facile de se débarrasser de vêtements ou de livres que de disques, de lunettes et de papiers d'identité…

Arcadipane regarde la carafe d'eau qu'aucun des deux n'a touchée – peut-être parce qu'il n'y a pas de verres sur leur table. Il repense à ce qui lui est resté de sa mère et de son père. Leurs alliances, qu'il garde dans une petite boîte ; une bague qu'il a donnée à Mariangela plusieurs années avant leur mariage ; le jeu de cartes de briscola que son père gardait toujours dans sa poche ; la montre plaquée or que ses collègues lui avaient offerte pour sa retraite ; la robe de mariée de sa mère que Loredana a voulu raccourcir, puis rallonger, puis teindre pour une fête dont il a appris plus tard qu'elle était déguisée, ce qui lui a fait de la peine ; un vélo avec des freins à tige qu'aucun d'eux n'a jamais utilisé ; trois albums de photos dans lesquels ces deux âmes simples ont immortalisé son entrée dans la police, et puis son diplôme, leurs vacances à la mer, quelques oncles du Sud, des réveillons, des anniversaires et des fêtes dont le motif s'est perdu, toutes accompagnées de mousseux du supermarché. Par conséquent, son seul véritable héritage est son logement. Qu'aujourd'hui, Mariangela veut lui vendre.

— À ton avis, il faut l'arrêter ?

— Ses empreintes ne sont pas dans la voiture, il n'y a aucune trace de lui sur le pré. Pour quel motif tu veux l'arrêter ? L'appel anonyme ? Entrave à l'enquête ? Non-assistance à un mort ?

— Alors, d'après toi, il ne ment pas ?

— Pas de manière linéaire.

— Ça veut dire quoi, bordel, « pas de manière linéaire » ?

— Pas comme nous l'imaginons. On sait maintenant qu'il existe plusieurs terrains de jeu, il pourrait mentir au sujet de l'un d'eux et dire la vérité à propos d'un autre.

— Ce truc des terrains me rend fou.

— C'est pourquoi tu dois aller à Rome.

— Je ne veux pas aller à Rome. On tient un suspect, là.

— Comme tu veux. En tout cas, il vaut mieux le laisser libre et voir ce qu'il fabrique.

— Genre, pour qu'il nous mène à Vera Ladich ?

— Je ne crois pas.

— Tu m'as achevé. On va se coucher ?

Ils prennent l'escalier ensemble, laissant sur la table la carafe, deux gressins, un petit tas de croûtes, un couteau et le procès-verbal. Après quelques marches, Arcadipane s'en aperçoit et rebrousse chemin pour le récupérer. Quand il remonte, la semelle de son mocassin se prend dans une des tringles d'escalier et il perd l'équilibre. Une chute modeste, adaptée à l'heure et à l'absence de public. Un simple chiffonnage de fin de journée.

Il reste une ou deux secondes sur la marche où il s'est vautré et lorgne sa chaussure. Bramard l'attend sur le palier, concentré sur la sculpture en bois qui occupe l'angle du mur, comme si elle était vraiment digne d'attention.

Arcadipane se relève et le rejoint en renouvelant sa technique du pas sautillant. Au deuxième étage des veilleuses éclairent le couloir, un froid glacial filtre sous les portes des chambres.

Jamais ils ne se sont dit « À demain », « Bonne soirée » ou « Bonne nuit ». Ils quittaient le bureau à des heures où la soirée était terminée, la nuit, déjà entamée, le lit, un endroit où ruminer sans même pouvoir boire un café, et le sexe, un analgésique. Quant au lendemain, mieux valait ne pas y penser. Ainsi, le premier qui sortait laissait la porte ouverte et disait « Je te laisse fermer ». Voilà tout. Une prière plus qu'un ordre.

— Demain, je voudrais jeter un coup d'œil à l'église et aux fresques, dit Bramard, la main déjà sur la poignée.

— On demandera les clés au maire.

— Il faut que tu ailles à Rome.

— Je vais y réfléchir.

— Il faut que tu parles avec cette infirmière et avec la secrétaire de Fuci.

— On verra.

— Qu'on comprenne ce qu'il y a derrière l'accident de l'ingénieur et de sa femme.

— J'y enverrai peut-être Pedrelli et Lavezzi. Autre chose ?

— Non.

De la chambre de Martina, qui à présent est aussi celle d'Isa, leur parviennent des voix étouffées. Arcadipane se penche vers la porte.

— Elles discutent.

— On dirait bien.

Un éclat de rire de Martina, puis un autre, qui n'est pas d'elle.

— Je ne l'avais jamais entendue rire, et toi ?

— Non plus.

Arcadipane s'approche de Bramard, le dos courbé, prêt à la confidence.

— Tu y crois, toi ?

— À quoi ?

— À cette histoire de grossesse… de donneur. On peut vraiment faire des trucs pareils ?

Bramard le regarde.

— Oui, répond-il en ouvrant la porte de sa chambre. Mais pour nous deux, il est trop tard, de toute façon.

26.

Des hommes en file indienne, la tête enfermée sous un capuchon, la main posée sur l'épaule de celui qui les précède. Une file aveugle de seize corps unis par ces mains et par une corde qui les attache l'un à l'autre par la taille. Leurs vêtements sont humbles, leurs pieds, nus, et leurs bras, forts, mais aucun d'eux n'a la posture de l'esclave ou du prisonnier. Leurs mains libres pourraient ôter les sacs qui recouvrent leurs têtes et dénouer la corde. Ils pourraient fuir, et pourtant, tout dans leurs corps se soumet à cette cécité forcée.

Un jeu ? Leurs tenues n'évoquent pas un moment particulier. Rien n'indique qu'il s'agit d'une fête ou d'une cérémonie. Il n'y a pas de spectateurs. Et puis c'est la nuit, même si le clair de lune illumine la scène. On le comprend au ciel bleu foncé où pulsent quelques étoiles. Une *nuit américaine**, quatre siècles avant que le cinéma ne l'invente.

Bramard se concentre sur l'homme en tête qui tient la corde. Le seul sans capuchon.

Il est représenté de trois quarts, en train de s'éloigner d'un groupe de maisons et de mener les autres hommes vers les montagnes, au fond. Son visage est à peine visible, mais il a les cheveux sombres et ne semble ni jeune ni vieux. Il paraît grand, aussi robuste que ceux qu'il conduit en un lieu qu'ils ne peuvent ou ne doivent pas connaître. Il porte à l'épaule une besace qu'on devine pleine – peut-être de gourdes semblables à celle qu'il tient dans sa main droite, tandis que la gauche tient la corde.

Bramard quitte le banc du mur latéral d'où il a observé la fresque et marche dans le couloir central entre les deux rangées de sièges qui constituent le seul mobilier. L'église est petite, la nef, plus encore, il ne lui faut qu'une vingtaine de pas pour atteindre la porte d'entrée. Il lève les yeux et regarde de cet endroit.

Au fil des années, il a visité de nombreuses églises et chapelles de montagne. Il y est souvent entré pour s'abriter de la pluie, ou par besoin de fraîcheur et de silence ; pour l'odeur qu'elles ont, pour leurs dalles polies par le passage de milliers de fidèles et pour s'étonner à chaque fois de l'ardeur tendre et dépouillée à laquelle elles sont consacrées. Pour se sentir seul, pour se sentir mal, pour se sauver, en tout cas, jamais pour prier.

C'est pourquoi il sait que ce qu'il voit à présent est d'un autre niveau. La main qui a fixé cette scène sur le mur n'est pas celle d'un bon peintre itinérant ni celle d'un artisan passionné que le destin ou sa famille ont voué aux couleurs plutôt qu'au bois, à la forge, au bétail, au seigle ou à l'épée. Les connaisseurs distinguent au premier coup d'œil une technique modeste d'une patte maîtrisée, mais tout le monde, même ceux qui, comme lui, ignorent presque tout de la peinture, reconnaît la flagrance du talent.

— C'est quel passage ?

Bramard se retourne, Arcadipane est à quelques pas de lui.

— Comment ?

— Sur cette fresque, c'est quel passage des Évangiles ou de la Bible ? Celui où Abraham vole ses esclaves au Pharaon ?

— Pourquoi ?

— Je ne sais pas, ce sont des esclaves, là, non ?

— Je n'en sais rien.

Arcadipane sort deux sucaï de sa poche et les lui tend sur sa paume ouverte. Bramard secoue la tête. Arcadipane en prend un et glisse l'autre dans sa poche.

— Tu veux voir un truc ?

Ils traversent la nef en direction de l'autel, leurs pas résonnent dans l'air froid et confiné. Entre les petites fenêtres, les murs latéraux sont subdivisés en panneaux également peints à fresque par Johannes qui, durant son séjour d'un an et demi – Bramard l'a lu sur la brochure – a travaillé tous les jours et sans doute pas mal de nuits.

— On a vérifié qu'il n'y avait pas de souterrain là-dessous ? demande Arcadipane lorsqu'ils arrivent à l'autel.

— Oui, avec une sorte de sonar. Il n'y a rien, seulement ce qu'on peut voir.

Bramard ralentit l'allure sous la grande crucifixion qui occupe le mur derrière l'autel, puis son regard s'arrête sur l'arc gothique à sa droite. C'est à cet endroit, là où le soleil du matin touche les murs froids par la fenêtre opposée, que Johannes Van Drift a peint, en 1506, la *Madone à la Labrena*.

Bramard observe le jeune visage dont l'expression hésite entre malice et pudeur. Une salamandre est posée comme une broche au-dessus de son sein gauche : tache noire chamarrée de jaune sur l'azur pâle de sa robe. Ses cheveux lâchés, qui ne sont pas encore ceux d'une épouse, mais déjà plus ceux d'une enfant, recouvrent l'une de ses épaules. Seule une mèche, échappée au peigne, effleure le côté de son cou, défiant la noirceur lumineuse du petit amphibien.

— Qu'est-ce que tu regardes ?

— La Madone à la Labrena.

— C'est quoi, la bestiole, sur sa poitrine ?

— Une salamandre. En occitan, *labrena* signifie « salamandre ».

— Ça se faisait ?

— Quoi donc ?

— De décorer sa robe avec une salamandre ?

— Non, d'ailleurs, il n'existe pas d'autre Madone à la salamandre. Qu'est-ce que tu voulais me montrer ?

Ils passent sous la petite ouverture sans porte qui, dans le mur derrière l'autel, permet d'accéder à l'abside. C'est comme d'entrer dans un édifice différent. La pièce est petite, semi-circulaire, avec des murs nus percés de deux fenêtres, hautes et étroites, qui peuvent être obturées avec de lourds volets de bois. Les murs sont en pierre vive, le sol, pavé d'insolites tommettes sang-de-bœuf. L'espace est dépouillé, pas comme si on l'avait débarrassé de son mobilier, mais bien comme s'il avait été conçu pour rester vacant. Peut-être l'utilisait-on autrefois pour entreposer les objets sacrés, mais le seul mur contre lequel on pourrait installer une armoire est aussi le seul chaulé et peint à fresque.

Tandis qu'Arcadipane s'approche d'une fenêtre, Bramard examine la femme dans le rectangle. La même que celle du chœur en moins jeune et qui, ici, allaite un enfant d'environ deux ans. À son côté, un homme plus âgé lui enlace la taille. Ses cheveux sont roux et raides, longs jusqu'aux épaules. Son teint n'est pas lunaire, comme celui de la femme, mais flamand. Sur son nez, des taches de rousseur que l'enfant semble avoir héritées, avec le blond-roux des cheveux. La femme entre eux n'a pas un air heureux, mais accompli.

— Tu viens ou non ?

Bramard s'arrache à sa contemplation et s'approche de la fenêtre par laquelle lorgne Arcadipane, sur la pointe des pieds et, par solidarité, fait mine de tendre le cou bien qu'il n'en ait pas besoin, puisqu'il fait bien vingt centimètres de plus que lui. L'ouverture donne sur le cimetière. Parmi les tombes, trois personnes : l'une vient d'arriver et marche, une autre est agenouillée et ôte des mauvaises herbes, la troisième leur tourne le dos, immobile, et fixe une sépulture, c'est Ludwig Ubac.

— Tu l'as laissé partir ?

— Qu'est-ce que tu racontes ? Tu ne vois pas que c'est un leurre en carton ? On en a installé une dizaine dans le village pour créer la pagaille. Ravi de constater que ça fonctionne.

Bramard cesse de tendre le cou.

— C'est peut-être la tombe de ses parents.

— S'il ne les a pas enterrés sous son container, avec ses disques. En tout cas, Lavezzi doit être dans les parages et le tenir à l'œil.

— Alors pourquoi tu m'as appelé ?

— Pour te faire chier, la peinture et ceux qui la regardent me gonflent, tu le sais.

— Veux-tu que j'aille lui parler ?

— Ceux qui parlent correctement aussi, ces derniers temps.

Bramard traverse l'abside après un dernier coup d'œil à la sainte Famille. Plusieurs vers en caractères gothiques figurent sous la fresque. À la différence des autres écrits dans l'église, ce n'est pas du latin mais de l'occitan. Du moins, c'est ce qu'il croit, il n'a pas su les traduire.

Il parcourt de nouveau la nef en regardant les scènes sacrées sur les murs latéraux où, au second plan, des personnages assistent aux Noces de Cana, à la résurrection de Lazare, à l'expulsion des marchands du temple. Les femmes ont des visages durs et obtus, les hommes, des trognes marquées aux nez tordus et aux grandes oreilles déformées.

Dehors, l'air pique et sent la neige, mais le ciel n'en a pas la consistance et un peu d'été s'accroche encore à ses lambeaux bleus.

En faisant le tour de l'édifice, Bramard croise un vieil homme monté du village. Le temps d'échanger un signe, et il est déjà à l'entrée du cimetière. Se rappelant ce qu'il a vu de la fenêtre, Bramard se déplace au milieu des tombes mais, lorsqu'il arrive à l'endroit où se tenait Ludwig, il ne l'y trouve pas. Il jette un coup d'œil à la ronde, puis rejoint le muret d'enceinte du cimetière et scrute les virages en lacets du sentier qui descend au village. Rien, là non plus.

Il retourne à la sépulture devant laquelle il a vu Ludwig. Une seule pierre tombale, deux noms : Giuseppe Ubac et Rachele Ara, des dates et, à côté du nom de la femme, une petite étoile de David.

Bramard lorgne le vieillard qu'il a croisé en entrant dans le cimetière et qui vient de déposer un rameau de sapin sur une tombe blanche. Son profil est grossier, ses pommettes saillantes, ses mains semblent avoir été brisées et réparées tant bien que mal. Il cherche l'autre du regard. Il semble avoir le même type de faciès.

— Tu lui as carrément sauté au cou, à ce que je vois !

La voix d'Arcadipane ne le surprend pas, il l'a entendu approcher, avec son mocassin abîmé.

— Tu as remarqué les hommes sur les fresques dans l'église ?

— Non.

— Pas saint Joseph ou Jésus, les autres personnages. Leurs visages, leurs nez et leurs oreilles.

— Ils ont un visage, un nez et des oreilles, en effet.

Bramard lui montre le vieil homme, à quelques tombes d'eux, puis celui qui désherbe, à genoux.

— Deux vioques. Rabougris, pifs en biais et feuilles de choux, mais tout est en place là aussi. D'autres découvertes éblouissantes ?

— La mère d'Ubac s'appelait Rachele Ara, répond Bramard en indiquant la pierre tombale. Cette étoile de David est le seul symbole religieux de ce cimetière. Il n'y a pas de croix sur les tombes, ni sur la façade ni à l'intérieur de l'église.

Arcadipane balaie les lieux du regard.

— Il y a une crucifixion derrière l'autel.

— Mais la croix n'a que trois bras.

Arcadipane voit le vieillard ramasser le sac où il a entassé l'herbe arrachée et s'éloigner. Reste l'autre, le dernier arrivé. Aucune photographie sur les tombes, ni fleurs. Seulement des rameaux de sapin, posés sur les pierres blanches ou sur l'herbe.

— Qu'est-ce que ça veut dire ? demande-t-il en repêchant le sucaï au fond de sa poche.

— Je n'en sais rien.

Arcadipane jette le sucaï dans sa bouche en reversant un peu la tête en arrière, comme si c'était un remède.

— Alors c'est quoi ? La carte d'un nouveau jeu ?

— Nouveau pour nous, acquiesce Bramard. Mais pour eux, je crois que tout ça remonte à des siècles.

27.

La place d'un village minuscule, la nuit vient de tomber et la lumière de trois réverbères frappe le coffre de quelques voitures, dont une Alfa 33 avec un appuie-tête rafistolé et une vieille Peugeot amarante. Un téléphone public, une épicerie et une mercerie, des façades de pierre et la présence silencieuse des montagnes. Une somme de choses qui devrait porter naturellement à la souvenance, sinon à la paix intérieure, ou du moins, dans le cas d'un type comme Arcadipane, à un vague désir de cognac, de plaid et de chien à caresser. À Clot, cependant, l'addition de ces mêmes éléments ne donne pour résultat qu'un zéro glacial et tranchant ; il semblerait que le village ajoute à l'opération une variable invisible, un chiffre fantôme qui annule tout le reste.

Raisonnement mathématique complexe que l'esprit d'Arcadipane condense depuis dix minutes en une formule leste, « Patelin de merde ! », tandis qu'il fait les cent pas en parlant au téléphone avec le directeur général, évidemment mécontent.

— C'est le choix que nous avons fait... Bien sûr, il comporte des risques... Bien entendu... Deux de nos hommes le suivent en permanence... Oui, j'ai vu les journaux, mais heureusement, nous sommes à l'écart, ici, reclus, je dirais... Une chance, c'est certain, j'imagine que pour vous, en revanche... Ils se prennent tous pour Sherlock Holmes... Rome ? J'étais sur le point d'y aller, et sur ce, l'empreinte de Ludwig Ubac sur une pièce et son aveu pour l'appel anonyme... Bien sûr, c'est une certitude : c'est lui qui a téléphoné, ça figure sur le procès-verbal... Non, pas de liens récents avec la victime, ni avec Vera Ladich ou Masimine Orusa... Les plongeurs sont repartis ce matin, ils n'ont rien trouvé dans le lac, heureusement... Nous avons plusieurs pistes, c'est vrai, mais si vous voulez mon avis, c'est comme si chaque carte provenait d'un jeu différent... Non, pas du Monopoly... Je réfléchissais à voix haute... Oui, évitons les métaphores... La perquisition du container d'Ubac? Nous ferons le point sous peu... Un container, oui... c'est une longue histoire, je ne vous ferai pas perdre plus de temps, vu qu'il est l'heure de dîner... Non, pensez-vous, nous carburons aux sandwiches... Rome, en effet... Ce serait utile, c'est une ville qu'il faut connaître... Chambres et antichambres... Je n'en doute pas... Vous serez le premier informé... Bien à vous et à votre dame.

Arcadipane glisse son portable dans sa poche et remue ses doigts engourdis par le froid. À deux mètres de lui, Trepet, qui l'a suivi dans sa déambulation, le dévisage, immobile. Son corps trapu évoque une tête coupée qui aurait roulé au bas d'un échafaud puis servi de ballon de foot à des gosses pendant toute une journée.

— Allez, viens me voir, fait Arcadipane en tendant la main, pour se faire pardonner cette pensée.

Les yeux du chien le scrutent, inflexibles, la méchanceté qui les a menés à l'échafaud encore vive.

Arcadipane consulte les messages qu'il a entendus arriver dans la journée : offres de forfaits téléphoniques, sa banque, deux publicités, son opérateur qui le prévient qu'il va lui prélever 8,99 euros, et qu'on lui fait une faveur. Dans la matinée, il a envoyé un message à Loredana pour lui demander comment s'était passé son examen. Aucune réponse. Pourtant, il lui semblait bien que c'était aujourd'hui. Ou alors, c'était hier? Demain? Poser la question à Mariangela? Même pas en rêve : sur ce front-là, depuis le déjeuner de la discorde, c'est le silence. Soit ses meubles sont déjà sur le trottoir et attendent le passage des encombrants, soit Mariangela, pleine de confiance dans le genre humain, espère qu'il digère et se présente chez elle avec un blanc-seing pour la vente, quelques bières à partager avec Giampiero et un certificat de bon usage du subjonctif de l'Accademia della Crusca[1].

« Tu peux toujours attendre », se dit-il en secouant la tête et en parcourant ses messages. Pourquoi tout le monde ne fonctionne pas comme Giovanni et lui ? « Quoi de neuf? », lui a-t-il écrit à 9 h 45 et lui, à 9 h 46 : « Tout roule. » Rapide, concis, essentiel, sans parler du fait que cette histoire de grossesse est vraiment une connerie.

Il accorde un demi-coup d'œil à la pierre grise qui l'environne. Bordel, ce qu'il donnerait pour boire un petit blanc avec vue sur les poubelles au bar de son quartier ! Tout lui manque : la puanteur de la Doire, les pigeons difformes, les voitures en double file sans feux de détresse et les dessins abstraits laissés sur les trottoirs par des types dont le chien a chié mou, mais qui ont tout de même tenté de rattraper l'affaire. Bref, la civilisation. Depuis quand l'a-t-il quittée ? Deux mois ? Six ? Huit ?

Il entre dans l'hôtel, suivi de Trepet auquel il doit tenir la porte. Un signe à Ottavio Claro qui carafe du vin derrière le comptoir, et les voilà dans la salle.

Isa, Martina et Bramard sont assis à la table ronde, en compagnie de Pedrelli que personne, Botta et Lavezzi étant partis surveiller le baraquement, n'a eu le cœur de laisser tout seul. En plus, les plongeurs ont levé le camp et les équipes de recherche se sont réduites à quelques mythomanes qui errent dans les bois, ravis de leurs gilets fluo. Restent quelques journalistes, dont les rangs se sont clairsemés, la faute à la loquacité des villageois et à quelques événements bien dégueu qui se sont produits entre-temps. N'ont pas lâché le morceau : deux faits-diversiers aguerris de la presse locale, une journaliste télé et son cadreur qui profitent du déplacement tous frais payés pour s'envoyer en l'air toutes les nuits, et un type muni d'une mystérieuse accréditation

1. Société savante rassemblant des experts en linguistique et en philologie italienne.

« Totally news » qui parle, reprend, interviewe, coupe et monte tout seul, et bâfre tous les œufs durs du buffet. Des personnes qu'Arcadipane a fait confiner aux tables du fond de la salle par Ottavio Claro, de façon à pouvoir discuter pendant le dîner sans chuchotements de conspirateurs.

— Nous avons déjà commencé, prévient Pedrelli qui, en bon Piémontais, aime constater l'évidence, laquelle ne se trompe jamais.

Arcadipane ôte sa veste, l'accroche au dossier de sa chaise et s'assied. Dans son assiette, du bœuf cru à la piémontaise, comme dans celle de Martina. Isa, Corso et Pedrelli ont quant à eux fini leur riz blanc, que Pedrelli a saupoudré de la sempiternelle poudre grise dont il agrémente sa nourriture. Une substance bénéfique au nom imprononçable, les cendres de quelque saint homme, sans doute.

— Isa, tu commences ?

La bouche pleine, Isa temporise d'un geste. La nuit dernière, Arcadipane l'a entendue se lever plusieurs fois, peut-être pour vomir. Au moins, ça l'a changé des brames de la journaliste et du cadreur qui, derrière le mur, semblaient rameuter un troupeau.

— Aujourd'hui, je suis allée voir les derniers patients de Masimine Orusa, dit Isa qui, toute pâle et les yeux rougis, est encore plus belle que d'habitude. Trois femmes et deux hommes. Que des vieux, à part un gars de quarante-deux ans.

— Elle n'avait que cinq patients ?

Isa le fixe, les autres se contentent de manger.

— Ça fait presque un mois qu'elle a disparu.

— Et alors ?

— Elle suivait des patients au stade terminal.

— Ahhh, bien sûr, évidemment..., comprend Arcadipane. Continue.

Isa prend une bouchée pour faire passer sa gêne.

— Les patients et leurs familles en parlent comme d'une personne disponible. Ponctuelle, professionnelle, et aussi affectueuse. Elle était à la retraite depuis cinq ans, mais elle continuait à travailler à domicile, bénévolement, ou en se faisant juste rembourser des frais, à la discrétion des familles.

— Un ange, quoi.

— Elle n'a jamais reçu de legs ou de sommes importantes en héritage. Jamais de cadeaux coûteux. Quand une famille friquée a voulu lui donner cinq mille euros, elle leur a demandé de filer l'argent à une école de formation pour le personnel sanitaire au Ghana. Ces derniers mois, elle aurait refusé plusieurs patients. Des gens qui avaient eu ses coordonnées grâce au bouche-à-oreille se sont entendu répondre qu'elle ne pouvait plus assister d'autres malades.

— Et pourquoi ?

— Son âge, les patients qu'elle suivait déjà, le besoin de garantir un maximum d'attention. Tout ça est plausible, mais…

— Mais ?

Isa boit une gorgée d'eau.

— Le plus jeune des patients qu'elle visitait au moment de sa disparition était prof à la fac, poursuit-elle. Il enseignait l'eschatologie.

Arcadipane lance un regard à la ronde, mais personne ne bronche, il abandonne donc l'idée de demander ce que ce mot signifie et accueille un vide de plus dans sa vie.

— Apparemment, ils parlaient souvent du moment qui l'attendait. Il dit qu'elle avait trouvé une clé surprenante pour faire face à la mort. Un mélange d'humour noir, de vision panthéiste, de charité chrétienne, de mysticisme et de strict matérialisme.

Arcadipane écoute pendant quelques secondes le bruit des mâchoires autour de lui, puis quémande un peu de réconfort dans les yeux de Trepet. Le chien, qui a immédiatement identifié en Martina le maillon faible, la contemple avec une dévotion suppliante. Quand Arcadipane abaisse distraitement la main et tente de le corrompre avec un gressin, l'animal lui adresse le regard furtif que méritent les dragueurs de nonnes, puis il accepte l'offrande avec dédain avant de se remettre à bader la jeune femme. Arcadipane reporte son attention sur son assiette, il plie une tranche de bœuf cru et la mange.

— Vas-y, continue, dit-il. Je réfléchissais au panthéisme mélancolique.

— Il y a environ un mois, reprend Isa, pendant une des dernières visites de Masimine Orusa, le professeur lui a avoué que sa plus grande peur, c'était de se retrouver dans une immense solitude, une fois passé de l'autre côté. Il raconte qu'elle l'a pris dans ses bras, ce qu'elle n'avait encore jamais fait, et qu'elle l'a rassuré en lui assurant qu'elle serait là pour l'attendre, elle, de l'autre côté.

— Elle lui a vraiment dit ça ? s'étonne Arcadipane. Qu'elle serait là pour l'attendre ?

— Un truc de ce genre.

Corso rassemble soigneusement les derniers grains de riz éparpillés sur le blanc bordé de bleu de son assiette.

— L'autre jour, tu as précisé que « presque » tous les médicaments trouvés chez elle correspondaient à des ordonnances.

— Elle peut en avoir administré une partie sans avoir gardé les ordonnances. C'est compliqué de vérifier ceux qui manquent et en quelle quantité, beaucoup de patients ne sont plus là.

— Si tu veux bien, ça vaudrait tout de même la peine d'essayer.

— Si les carabiniers m'ouvrent la maison…

— J'appellerai Nazareno, promet Arcadipane. Demain ?

— OK, de toute façon, je dois rentrer chez moi. Jeudi, j'ai une échographie.

— Moi aussi, je dois rentrer en ville, dit Martina. Tu m'enverras une photo du flageolet, jeudi, quand ce sera fait ?

Bramard tousse. Ottavio Claro débarrasse les assiettes et pose sur la table la soupière avec le potage de légumes qu'ils ont commandé quand Arcadipane était dehors.

— J'aimerais un bifteck.

— Nous n'avons pas de viande ce soir, mais Marta peut vous faire une omelette : oignons, épinards, ou bien une *rugnusa*.

— C'est quoi, une *rugnusa* ?

— C'est celle qu'on fait avec des restes, explique Martina. En Amérique du Sud, on l'appelle *tortilla rica*.

Arcadipane n'a pas compris, mais le mot « restes » lui suffit pour choisir les oignons. Les épinards, même pas en rêve, ils cherchent toujours à se faufiler quelque part, pour ne pas rester seuls, ou allez savoir pourquoi.

— La perquisition chez Ubac ? demande-t-il dès que Claro a tourné les talons.

Pedrelli touille le potage dans son assiette, en faisant sa tête des mauvaises nouvelles.

— Nous avons cherché partout et même tout retourné sous l'auvent, à l'arrière, sans rien trouver qui ait un rapport avec Vera Ladich ou avec Fuci.

— Les lacets ?

— Ça oui, ils sont en plastique, comme du fil de pêche.

— Pas de fil électrique ?

— Du matériel récent, pas de fil plat. Le baraquement n'est pas relié au réseau, il n'a que des panneaux solaires de quelques kilowatts qu'il a assemblés lui-même. Sinon il utilise une lampe à huile et des torches à recharge solaire. De toute façon, il pourrait avoir pris ce fil sur le balcon des Mattalia, comme vous l'avez fait remarquer. On a inspecté la cendre dans son poêle, au cas où il aurait fait brûler quelque chose : chou blanc.

— Des disques ? insiste Bramard. Un appareil pour écouter de la musique ?

— Non. Quoi qu'il en soit, tout a été photographié avant son retour. La seule chose que je me suis permis de prendre pour vous la montrer – il sort un sachet en plastique d'une poche de sa veste gris souris – c'est ceci...

Arcadipane, le seul qui n'ait pas de cuillère à la main, attrape le sachet qui contient des coupons pareils à des tickets de tram.

— Qu'est-ce que c'est ?

— Des tickets de cinéma, dit Bramard, sans même les avoir regardés.

— Ou d'un autre spectacle, ajoute Pedrelli en parsemant sa soupe des restes du saint homme. J'ai pensé que ça vaudrait la peine de vérifier.

— Tu as bien fait, acquiesce Arcadipane. Au même instant, en entendant claquer la porte de l'hôtel, il se rappelle avoir vu s'éteindre, une minute plus tôt, les phares d'une voiture sur la place et avoir pensé que cette voiture ressemblait beaucoup à… Pour se dire ensuite que c'était impossible… D'ailleurs pourquoi devrait-elle… et même si c'était le cas, comment aurait-elle su que l'hôtel est justement celui où il la voit à présent entrer, avec ses béquilles et un sac à dos à l'épaule ?

Arcadipane lève lentement les mains et appuie ses paumes sur la nappe.

— Bonsoir, entend-il Claro lui dire de derrière le comptoir, alors qu'Ariel avance déjà vers leur table, sa parka ouverte sur le mouvement étrange de son bassin et de ses jambes torses et sèches.

Les autres, qui avaient à peine tourné la tête à son entrée, ont maintenant cessé de manger et la fixent. Les journalistes aussi, semble-t-il, puisqu'on n'entend plus dans la salle que le *toc toc* de ses béquilles, conjugué à celui du pas traînant de ses souliers orthopédiques sur le parquet.

Arcadipane se lève d'un bond, sans prendre garde au fracas de la chaise qui est tombée, fonce vers elle et l'intercepte à deux mètres de la table. Quelqu'un qui entrerait sur ces entrefaites penserait peut-être à un garde du corps bloquant une groupie entrée par ruse dans le restaurant où dîne un vieux rocker après le dernier concert de sa carrière. Une intrusion pouvant aussi bien déboucher sur un coup de feu, une pénible échauffourée, une nuit de débauche, un simple autographe ou une invitation à s'asseoir. Tout cela si Arcadipane et Bramard étaient un garde du corps et un rocker, mais puisqu'ils sont un ex-flic et un flic, il s'ensuit qu'avant qu'Ariel puisse ouvrir la bouche, Arcadipane lui tend la main pour qu'elle lui confie ses béquilles, après quoi il la prend dans ses bras comme une enfant, les jambes pendantes, le menton sur son épaule, et se dirige vers l'escalier.

Tandis qu'ils s'éloignent, Ariel regarde les quatre personnes assises à la table, la jeune femme aux cheveux cuivrés mise à part, elle sait qui elles sont, bien qu'elle ne les ait jamais vues. Leurs quatre paires d'yeux les accompagnent jusqu'à ce qu'Arcadipane et elle disparaissent derrière le coin aveugle de l'escalier, ne laissant derrière eux que le choc des béquilles contre les murs.

Isa est la première à se remettre à manger. Pedrelli, le dernier.

Ils continuent ainsi pendant un moment, en silence, du fond de la salle, des voix s'élèvent à nouveau, et même un rire, mais sans malveillance.

— Il a oublié sa veste, constate Pedrelli en se penchant pour ramasser la chaise tombée.

Tous les trois regardent la veste en peau retournée pendue au dossier de la chaise.

— Et son chien, remarque Isa.

Ils recommencent à manger. Dans l'air flotte l'odeur de l'omelette aux oignons qu'Ottavio Claro apporte malgré tout à la table.

28.

— Je te fais honte ; tu peux le dire, il n'y a rien de mal à ça.

— Tu ne me fais pas honte.

— Et pourquoi donc ? J'ai bien honte de toi, moi.

— Ce n'est pas vrai.

— Bien sûr, que c'est vrai.

— Alors c'est moche.

— Ça fait trente ans que tu es abonné au premier rang des scènes de crime et tu trouves ça moche ? Par moments, tu m'inspires une telle tendresse que tu ne me fais presque plus honte. Non, je rigole. J'ai honte.

— Fais comme tu veux. Moi, je n'ai pas honte de toi.

— Nous ne sommes jamais allés dîner au restaurant ou boire un verre. Ni à la mer. Ni au cinéma. Le matin, on descend ensemble, mais on déjeune dans un bar différent. Tu sais pourquoi, au moins ?

— Pas parce que j'ai honte.

— C'est possible, en tout cas, c'est parce que moi, j'ai honte de toi.

Silence.

— Admettons, aucun de nous n'a de problème pour admettre qu'il est un freak. Toi, tu passes ton temps à harceler des gens seulement parce qu'ils ont manifesté leur antipathie envers un semblable de façon un peu excessive. Quant à moi, je fais ce travail, et j'ai cette vie privée fabuleuse… Pourtant, nous savons bien à quoi penseraient les gens en nous voyant ensemble. Et cela ne nous plaît pas du tout.

— Moi, je n'en sais rien. Ils penseraient à quoi ?

— À une toile de Schiele couchée sur un tableau de Botero, ou vice versa, ce qui est encore pire. Et pardonne-moi cette métaphore picturale, j'espérais que tu ne saurais pas qui sont Schiele et Botero… *Oups !*

— Alors, pourquoi tu es avec moi ?

— « Tu es avec moi », mais tu t'entends parler ? « C'est moche », « tu es avec moi ». Et c'est quoi, la suite ? Tu m'agrafes une orchidée sur la poitrine et tu m'emmènes au bal du lycée ? Nous remportons le prix du plus beau couple : lui, petit, laid, semi-analphabète, mais pourvu d'une queue harmonieuse, et elle, infirme, belle, vive, mais avec le frein moteur de la langue rompu ?

Arcadipane, qui fixait jusqu'alors le plafond, tourne la tête vers elle. Il ne saurait dire s'il est soulagé que le lustre en bois et verre fumé disparaisse de son champ de vision, ou de revoir son profil.

— Dans ce cas, tu aurais pu ne pas venir.

— En effet, j'aurais pu ne pas prendre ma voiture pour te rejoindre. Il est également vrai qu'il existe des sites à prise rapide, comme tu le sais, et comme je suis super bonne en photo, et que la plupart des hommes, une fois qu'ils ont changé de slip, se sont lavé les aisselles et mis en tête cette idée-là, ne se laissent pas décourager par une paire de chaussures orthopédiques… Et si ton affaire ne suffisait pas à faire jurisprudence, pense qu'à Pompéi, on a retrouvé l'empreinte d'un couple qui était en train de baiser au moment du désastre. Il était sur elle, dos au Vésuve, elle avait les mains sur ses hanches, peut-être pour l'avertir. Si elle lui a dit de s'arrêter à cause de la nuée ardente, il lui a probablement répondu que ça ne l'impressionnait pas. Elle est morte avec le regret de devoir donner raison à cette conne de Cornelia qui répète depuis des années que les hommes ne savent jamais quand il est temps de se retirer d'une femme.

Silence. Pénombre, mais pas suffisante car la lumière des réverbères entre par la fenêtre. Dans la chambre, il fait froid, et pourtant ils sont tous les deux en sous-vêtements. Un choix discutable, comme de s'acheter un arc et pas de flèches. Ils sont couchés en travers du lit, sans les oreillers. Son profil à elle ferait bel effet sur à peu près n'importe quoi, même sur la porte de la salle de bains, ouverte au fond de la pièce.

— Pourquoi tu fais ça ?

— Tu me fais une contre-analyse « miroir reflet » ou bien tu essaies juste de récupérer une partie des cent euros que tu me dois ?

— Je ne te donnerai pas cent euros.

— Tu disais ça aussi la première fois que tu es entré dans mon cabinet.

— Je n'étais pas en forme, hein ?

— Quoi, encore ? Après le bal du lycée, la parenthèse nostalgique ? Je te signale que je n'ai pas encore de passé sur lequel pleurer, moi ! Alors le matin, quand tu te réveilles et que ton oreiller est trempé, sache que je n'y suis pour rien. C'est toi, qui chouines la nuit. À propos, comment va ta femme ?

— Elle veut vendre notre appartement.

— Une femme avisée, son fiancé et elle achèteront probablement un logement dans du neuf. Et ils seront même si chanceux que l'entreprise le terminera à temps, au lieu de se tirer avec l'acompte en saccageant leurs vieux jours, comme ça t'arriverait à toi si tu essayais. Si ça se trouve, ils bénéficieront même de fenêtres de meilleure qualité que celles qui étaient prévues, parce que l'entreprise a eu une occasion. Dans tous les cas, nouvel architrave, nouveau lit, plomberie neuve. *Oups !*

— Je n'ai pas honte de toi.

— Ne tends pas l'autre joue, elle est tout aussi laide.

— Tu ne m'as pas répondu.

— Tu veux savoir pourquoi... Non, je suis bien incapable de le dire ! À part pour ta queue harmonieuse, tu veux dire ?

— Tu ne devrais pas parler comme ça.

— Pourquoi ? Ta femme ne te l'a jamais dit ?

— Ce sont des choses d'ordre privé, et je n'ai pas envie de te parler de...

— J'ai compris, elle ne te l'a jamais dit. Quel dommage, quelqu'un vit avec Van Gogh pendant vingt ans sans jamais lui dire que ses tableaux sont admirables. Bon, certes, tes mauvais côtés ne se limitant pas à une oreille coupée et à la folie, les journées sans problèmes ont dû être rares, mais tout de même, c'est cruel. J'espère que quelqu'un d'autre te l'a dit. Un andrologue, un proctologue qui s'est trompé de côté, un camarade de vestiaire. Si ça peut t'aider à l'avenir, je peux t'écrire une lettre de références. Ton modèle de queue est très en vogue en Orient. En Afrique, hélas, il sera difficile de lui trouver un marché mais qui sait, quand le niveau de vie s'y élèvera et que les familles pourront là-bas aussi se permettre une deuxième voiture… pour pouvoir se déplacer en ville quand tu es pressé. Tu dors ? Parce que je viens de dépenser vingt-trois euros…

— Non, mais je dois me lever tôt demain matin.

— Tôt à quelle heure ?

Arcadipane consulte sa montre. La douce fatigue qu'il ressent dans son bras durant les quelques secondes où il le soulève lui rappelle certains retours à la maison en fin d'après-midi, enfant, après des heures passées à jouer dans la rue ou dans la cour. Monter les marches avec les jambes en coton jusqu'au quatrième parce qu'on ne donne pas la clé de l'ascenseur aux petits, certaines odeurs de sueur et de cuisine mêlées, la promesse bientôt tenue de boire et de manger avant de jeter son corps au lit, sans forcément le laver…

— Tu dors ? Parce que les vingt-trois euros dépensés tout à l'heure, sont devenus vingt-trois euros soixante-dix à cause de l'inflation !

— Réveil dans quatre heures et demie.

— Où vas-tu ? Tuer ta femme dans son sommeil parce qu'elle veut vendre votre appartement ? Je comprends qu'avec l'âge, on puisse préférer travailler à la maison, mais…

— À Rome.

— À Rome ? Tu es fou ? Je te signale que les Romains n'ont pas l'habitude des gens comme toi ! Tu risques d'avoir des problèmes ! Et qu'est-ce que tu vas y faire, à Rome ?

— C'est censé être confidentiel.

— Pour cent euros, je suis tenue au secret professionnel, ça n'intéressera guère les deux qui carambolent de l'autre côté de ce mur, quant à la fille qui vomit toutes les vingt minutes dans la chambre d'à côté…

— Elle est enceinte.

— Qui ? La rousse ou Lisbeth Salander ?

— Isa.

— Et la rousse, qui c'est ? Non, ne me dis rien. Hypothèse A : la fiancée de Lisbeth. Hypothèse B : la fille de Bramard, si Bramard est bien le mec beau comme un pull en cachemire chiffonné. C : tu es moins bête que ce que je croyais et je ne suis pas la seule déséquilibrée à être attirée par certaines harmonies génitales.

— C'est la fille de Bramard.

— Celle qu'il a retrouvée après…

— Celle-là. Et mon train part à 7 h 10.

— Tu fais quoi, là ? Tu me brusques ?

— On peut aussi rester couchés tranquilles et dormir.

— « Rester couchés tranquilles » ! Pour vingt-trois euros et deux heures de route ? Tu as vraiment bien fait de venir consulter chez moi, parce que tu as le sens des réalités d'un directeur de la RAI.

— Alors on fait l'amour ?

— « On fait l'amour », « Tu es avec moi », « c'est m… »

— Arrête, s'il te plaît !

— OK. Toi au-dessus, d'accord ?

— J'aimerais bien que ce soit toi, pour une fois.

— C'est ça, et quand Google Earth nous prendra en photo j'aurai l'air d'être à plat ventre sur la butte du lanceur d'un terrain de base-ball !

Silence. Il ferme les yeux.

— Bon, d'accord, moi dessus, dit Ariel.

Elle enlève sa culotte et lui ôte son slip.

— Mais à une condition.

— Je t'écoute.

— Puisqu'il y a des magasins de chaussures, à Rome, ce mocassin réparé avec du chatterton…

— Je sais.
— Débrouille-toi pour en trouver un neuf, sans ça, je crains de ne plus pouvoir te voir.
Sur ce, elle lui grimpe dessus.

29.

Bramard s'installe à la table à laquelle il était assis dix heures plus tôt. Sur la même chaise. Mais à présent, il est seul.

La veille, ils se sont levés sans commenter la scène qui venait de se dérouler sous leurs yeux et qui, à l'évidence, les avait sidérés, Isa, Martina et lui sont sortis pour une promenade, justifiée par les besoins de Trepet, tandis que Pedrelli accompagnait les collègues arrivés de Coni pour prendre la relève de Botta et de Lavezzi, en planque chez Ludwig. Après quoi Corso, Isa et Martina sont rentrés à l'hôtel et se sont dit bonsoir sans avoir eu besoin de discuter de qui s'occuperait de la veste et du chien. Bramard a laissé la veste accrochée à la poignée de la porte et pris le chien avec lui.

Une fois au lit, il est resté allongé dans l'obscurité pendant quelques minutes. Il ne souffre pas d'un endroit précis mais chacune de ses jointures, de la plus petite phalange aux grands os du bassin, lui semble lâche et moins solide. Et puis ce fond nauséeux… Isa est sans doute la seule à la comprendre. Dans tout ça, au moins l'insomnie est une vieille amie.

Il a allumé la lampe de chevet et pris le cinquième des dix-neuf numéros du *Milieu du siècle*, le journal trouvé dans la chambre de Vera Ladich. Le roman-feuilleton qu'il contient procède selon un schéma que Corso connaît bien : l'héroïne est une toute jeune fille, Colette, née dans une famille aisée sans être riche, dans la région de Douai, non loin de la frontière belge. Son père, un homme généreux et apprécié de tous, est propriétaire d'un terrain dans lequel on découvre un gisement de charbon. Ne disposant pas des finances nécessaires à son exploitation, M. Dubois fonde une société avec d'autres bourgeois de la région disposés à investir, mais lorsqu'il tombe malade puis meurt, ses associés, épaulés par plusieurs citoyens prêts au faux témoignage, s'emparent du terrain, de la mine et de toutes les propriétés de la famille Dubois. Expulsés de leur maison, contraints de se réfugier chez des cousins sur la côte, l'adolescente, sa mère Camille et son petit frère Jean entament une descente dans la pauvreté et dans la déchéance…

Bramard a passé deux heures, sur les dix qui séparent le dîner du petit déjeuner, à la même table, à lire six autres épisodes du roman – beaucoup de temps pour peu de pages, mais le français du XIXe siècle ne lui est pas familier… Une ou deux heures de sommeil, une autre passée à fixer le plafond, en pensant à cette femme étrange arrivée pendant le dîner, un bref somme, une demi-heure à observer Trepet, couché sur le tapis de la salle de bains. À l'aube, il s'est rhabillé.

Un tour sur la place pour les besoins du chien, l'absence de sachets spécifiques palliée par le sac en plastique donné par Ottavio Claro, auquel, entre-temps, il a demandé si le commissaire Arcadipane était déjà parti. Réponse : « Je crois que son adjoint et lui ont filé aux aurores, ils n'ont même pas pris de petit déjeuner. » Un café américain avant que Martina ne descende, un nouveau déjeuner avec elle comme si c'était le premier, thé vert pour tous les deux et un gâteau sans beurre préparé exprès pour lui, l'embrassade et le départ de sa fille. « Tu es sûr que ça va aller, sans voiture ? Je compte revenir te chercher dans un jour ou deux. » Un deuxième café allongé, maintenant qu'on ne le surveille plus et, à 7 h 20, Bramard ouvre avec soin, étant donné la fragilité de la reliure des pages, le douzième épisode de l'*Histoire d'une fille sans remords*. Avec la ferme intention de consacrer au moins une heure à quelques chapitres et autant de cafés américains.

— Ciao.

Bramard lève les yeux au-dessus de ses lunettes de presbyte. Ariel est à deux pas de lui, une main appuyée à la table. Il ne l'a pas entendue approcher, malgré ses béquilles, signe qu'il y a eu un peu de chorégraphie, la veille. Elle a sa parka sur le dos et son sac à l'épaule.

— Tu veux déjeuner ?

— Qui paie ?

— Personne ne m'a rien dit, j'imagine que c'est la police.

— Alors oui.

Bramard recule une chaise. Elle pose son sac à dos par terre, presque sur Trepet, qui émet un léger grognement mais ne se déplace pas. Elle s'assied.

— Alors ? – elle désigne le journal – il le restaure ou non, cet empire, Napoléon III ?

Apparemment, elle lit le français, même à l'envers, elle connaît l'histoire et sa vue est excellente, car elle a déchiffré l'année en petits caractères à la une du journal. En outre, elle a de l'esprit et possède la beauté des choses bancales. Qualités qui confirment qu'elle n'a aucun point commun avec Arcadipane.

— Qu'est-ce que tu prends ?

— Un cappuccino tiède et... il y avait quoi, dans cette assiette ?

— Du gâteau pour malade.

— Dans ce cas, j'en prendrai une part pour bien portant.

Comme Marta Claro apporte un autre déjeuner sur la table libre sous la fenêtre, Bramard en profite pour passer commande.

— Tu as des questions ? demande Ariel.

— À quel sujet ?

— Au sujet du fait qu'Arcadipane – c'est comme ça que je l'appelle – et moi, on baise, mais qu'il a honte de moi – même s'il prétend le contraire –, et moi de lui, et là-dessus, tu peux me croire sur parole. Ou bien de nos vingt-trois ans de différence, qui ne sont pas grand-chose au regard de l'incompatibilité et de l'incomparabilité de nos cerveaux. En outre, je ne peux absolument pas garantir qu'il ne sorte pas dévasté de cette histoire, auquel cas il aurait toujours une thérapeute sous la main.

Et puis, soit dit en passant, je ne sais pas si tu l'as remarqué, mais je suis infirme.

— J'ai compris, répond Bramard, qui jadis aurait allumé une cigarette, histoire de gagner trente secondes pour réfléchir. Mais non, je n'ai pas de question.

— Donc, tu ne te demandes pas ce que je suis venue foutre ici ? Pas de sous-entendu sexuel, je te prie, je ne les supporte pas et ça ne rendrait qu'une pâle idée de la bataille de Stalingrad à laquelle nous nous sommes livrés cette nuit. À côté, dans la chambre voisine, c'était la guerre des Malouines. En tout cas, puisque tu me le demandes, j'ai pris la décision de venir la nuit dernière au moment où je me suis réveillée et où, en tendant la main, j'ai senti un vide. Par association, j'ai pensé à Arcadipane, c'est comme ça que je l'appelle. Alors, j'ai essayé de me lever. C'est là que je me suis aperçue que j'étais infirme. J'ai donc crié dans la nuit ! « Quand est-ce arrivé ? », me suis-je demandé. Après quoi je me suis rappelée que j'étais née comme ça, et j'en ai conclu que j'avais dormi vraiment longtemps. Levons-nous et faisons-nous du mal, me suis-je dit. Je me suis assise à mon bureau et j'ai cherché un endroit moche et sale, en retard d'un siècle, où quelqu'un lié au milieu du cinéma a laissé sa peau et où un vieux schnock est en train de s'éreinter à découvrir la façon dont les choses se sont passées. Google m'a donné deux possibilités, mais Ostie, c'est trop loin, et donc, me voilà.

— Tu es très intelligente, acquiesce Bramard, mais je n'aimerais pas me retrouver sur ton divan.

— Je n'ai pas de divan, mes patients s'étendent tout de go dans mon lit, comme le démontre le cas Arcadipane, c'est comme ça que je l'appelle. Quant à toi, tu es aussi beau que les deux jeunes femmes d'hier soir, à tel point qu'en voyant Arcadipane, c'est comme ça que je l'appelle, assis à votre table, j'ai pensé qu'il avait admirablement réussi à me cacher son masochisme sous la flopée de ses autres problèmes. Heureusement qu'il y avait aussi le petit bonhomme dont personne ne se souvient.

— Pedrelli.

— Pedrelli. Comment s'appelle-t-il, déjà ? Tu vois, je l'ai déjà oublié. Ta fille est partie ?

— Tout à l'heure.

— Et Lisbeth Salander ? Elle déjeune à genoux devant le siège des toilettes ?

— Elle est enceinte.

Marta Claro apporte le cappuccino et la tarte d'Ariel, ou peut-être s'en aperçoivent-ils seulement maintenant qu'elle est plantée près de leur table, avec le regard de quelqu'un qui vient d'assister à une partie de ping-pong en accéléré. Ariel lui prend le plateau des mains.

— Mais j'extravague, ça, je le garde. Et c'est toi, le père ?

— Comment, pardon ? demande Marta Claro.

— Rien, c'est à lui que je m'adressais. Ils font des miracles de nos jours, mais il ne faut tout de même pas exagérer.

Marta Claro opine machinalement du chef et s'éloigne.

— Alors ? insiste Ariel en croquant dans sa tarte aux myrtilles. C'est toi le père ?

— Le donneur.

— Putain, vous êtes tellement feignasses que tous les moyens sont bons pour arriver tout de suite à la cigarette. Et Arcadipane, c'est comme ça que je l'appelle, il le sait, que vous vous êtes reproduits avec prophylaxie ?

— Non.

— Pourquoi me le dire ?

— Tu l'avais déjà compris.

— Jolie réplique, très Clint Eastwood, même si tu ressembles davantage à Werner Herzog. Et pour parler sans ambages, ta fille est au courant qu'une femme qui a plus ou moins son âge va lui donner un frère ?

— Elle a trois ans de plus.

— D'accord. Tu as l'intention de l'en informer ?

— J'y réfléchis.

— La vache, toi, tu es du genre à prendre le taureau par les cornes ! À ta place, je la préviendrais avant qu'elle ne couche avec la maman de son petit frère. Tous les matins en se levant, le thérapeute sait qu'une chose de ce genre est en train de se produire quelque part dans le monde, et il est sûr de pouvoir remplir son frigo durant les trente ans à venir. Mais revenons à nos moutons : vous allez la retrouver, Vera Ladich ?

— Probablement.

— Raide morte, hein ?

— J'aimerais que ce soit aussi facile.

— Et lui, il le sait ?

— Arcadipane, comme tu l'appelles, sait bien plus de choses que ce qu'il croit savoir. C'est pour cela qu'il est un bon policier et un mauvais… tout le reste.

— Certes, mais moi, c'est avec tout le reste, que j'ai affaire… Bon, je dois y aller, cette petite discussion a été… – elle se lève, un gros bout de tarte entre les dents – a été… – le temps d'attraper ses béquilles et elle l'a déjà dévoré. Bon, à bientôt.

Bramard la suit du regard jusqu'à la porte. L'hôtelier la salue, elle lui répond vaguement en fonçant vers la sortie, craignant peut-être qu'on lui présente la note. Par la fenêtre, il la voit rejoindre sa Golf sur la place et s'y hisser péniblement – mais avec une agilité qui implique un long entraînement – démarrer et partir. Puis son regard tombe sur la fillette qui a parlé à Arcadipane de l'ours et du téléphone. La fille du propriétaire. Il la salue de la main, elle aussi. Elle déjeune en dessinant. Les lueurs de l'aube, derrière la vitre, confèrent à ses cheveux l'éclat d'un filigrane.

Bramard prend le cappuccino qu'Ariel a abandonné. Il en boit une gorgée, même s'il devrait éviter le lait, et reprend la lecture de l'*Histoire d'une fille sans remords*. Il est arrivé au passage où Colette, dont la mère est morte et dont le frère a été placé dans un institut, entre au service d'une aristocrate cynique qui commence par la maltraiter mais qui, au fil des pages, se révèle être une remarquable préceptrice. La duchesse lui apprend en effet à se débrouiller, avec une lucidité féroce, dans un monde dominé par des hommes puissants, vaniteux et obtus qui…

Isa déboule de l'escalier avec sa besace.

— J'y vais, dit-elle en se plantant à bonne distance de sa table.

— Comment ça va ?

— Ça va que quand je gerbe, c'est mieux, parce que quand je ne gerbe pas, j'ai la gerbe.

— Tu ferais peut-être mieux de rentrer chez toi.

— Pour rester vautrée dans le canapé, boire des tisanes et me faire masser les pieds par Angela ? Je préfère encore me faire embaucher comme plongeuse ici, à l'hôtel.

— C'est dur, hein ?

— Très. En tout cas, ta fille est super. Espérons que ça ne dépend pas que de la mère.

— En grande partie.

— Alors il va falloir que j'y mette du mien. Je m'en doutais un peu. De quoi tu as besoin ?

— Qu'est-ce qui te fait croire que j'ai besoin de quelque chose ?

— Le papier qui sort de la poche de ta chemise. Tout le monde s'est barré, Arcadipane, sa copine et ta fille, alors j'imagine que c'est pour moi.

Bramard sourit. Il le déplie. Elle y jette un coup d'œil et voit que la liste est plutôt longue.

— J'ai rendez-vous dans une heure et demie avec l'autre carabinier, là, qui doit m'emmener chez Masimine Orusa. Si ça se trouve, j'y passerai la matinée. Sache-le.

— OK, fais ce que tu pourras…, dit-il en lui tendant le papier.

Elle le prend et le lit.

— Ce sont deux essais sur les fresques de l'église, explique Bramard. J'ai contacté une librairie de Coni et la bibliothèque, ils te les mettront de côté. Il y a aussi le nom et le numéro de téléphone d'un des auteurs. Corrado Dao. Il était instituteur à Clot à l'époque de la construction du barrage, et je crois qu'il a toujours été un passionné d'histoire de l'art. C'est le premier à avoir écrit sur ces fresques. On lui doit le qualificatif de « Maître de Clot ». J'ai essayé de l'appeler, sans résultat.

Il est très âgé et habite Centallo, si tu as le temps d'y passer, demande-lui s'il serait d'accord pour venir au village et bavarder un peu.

— D'accord.

— Encore deux choses. Un texte qui provient du couvent de Santa Maria degli Angeli est conservé dans le fonds ancien de la bibliothèque de Coni. C'est une lettre envoyée aux frères du couvent au milieu du XVI[e]siècle par un élève de Johannes Van Drift. J'en ai parlé à Arcadipane qui a relayé en haut lieu : ils en ont fait une photographie qu'ils te remettront.

— Heureusement qu'il fallait que je me repose. La dernière chose ?

— Les films de Vera Ladich. Tu pourrais me les procurer ? J'aimerais les revoir.

— Je peux te les enregistrer sur une clé USB.

— Du moment que c'est à la portée d'un primitif technologique.

— C'est bon, j'espère avoir tout ça ce soir.

— C'est demain, ton échographie ?

— Demain après-midi, mais j'ai décidé de rester ici cette nuit. Angela me gave.

— Si tu veux, on en parlera à ton retour.

— Tu déconnes ?

— Je ne sais pas.

— Bon, vas-y doucement, toi aussi.

Désormais, le cappuccino est froid. Et imbuvable, grâce à Dieu.

Bramard détache un petit morceau de tarte, le pose sur sa paume et le donne à Trepet. De la place lui parviennent des bruits d'accélérateur au point mort, comme quand le conducteur au volant a longtemps conduit une moto. Puis le Pathfinder d'Isa passe devant les fenêtres avant de s'engager sur la route qui part de la place. Bramard se penche de nouveau sur les aventures de Colette et de la duchesse. La langue chaude de Trepet inspecte avec soin les espaces entre ses doigts.

— Ce sont tes filles ?

Il lève les yeux sur la fillette.

— Non, aucune de ces deux-là.

La fillette dessine sans le regarder. Ses feutres et ses pastels sont éparpillés sur la table.

— Je croyais que c'étaient toutes tes filles.

— Seulement celle qui a les cheveux roux, comme toi. Mais elle n'est plus là.

Ester referme son cahier et finit son lait.

— Et elle est partie où, ta fille avec les cheveux roux ?

— Au travail. C'est ce qu'elle m'a dit.

Elle a rangé feutres et pastels dans une boîte qu'elle glisse à présent dans son sac à dos avec son cahier, tout en lançant de temps en temps des coups d'œil vers la table de Corso. À l'évidence, ce qui l'intéresse, c'est le chien.

— Mes cheveux sont roux « ginger ». Marta l'a lu sur Internet. Ceux de ta fille ne sont pas pareils.

— Je suis d'accord avec toi. Tu connais Trepet ?

Ester laisse son sac à dos à moitié ouvert sur la chaise, et approche de la table de Corso. Elle regarde Trepet.

— Il est où, son maître ?

— Au travail, lui aussi.

— Il cherche la dame du cinéma ?

— Eh oui.

— Papa dit qu'ils ne la retrouveront pas. Et toi, tu ne la cherches pas ?

— D'abord, je prends mon petit déjeuner. Et d'après moi, on la retrouvera. Je crois que c'est le bus pour l'école.

Ester se retourne et lance au minibus un coup d'œil qui témoigne d'un intérêt très modéré.

— Alors maintenant, il est tout seul ?

Elle parle du chien.

— Son maître me l'a confié, mais je pourrais avoir besoin d'un coup de main. À supposer que tu apprécies Trepet.

— Pas tellement.

— C'est vrai qu'il n'est pas bien beau, mais il gagne à être connu...

— J'avais un frère et il est mort petit parce qu'il était comme lui. Je ne l'ai pas connu. Marta m'a montré sa photo, il a l'air normal mais il est dans un lit avec une couverture. C'est pour ça qu'ils m'ont adoptée. Quand j'y pense, ça me fait de la peine. N'empêche, s'il n'était pas mort, ils ne m'auraient pas prise avec eux.

— C'est un peu triste, mais c'est juste.

Ester tend la main et Trepet vient la flairer.

— Tu crois que tu pourras t'en occuper un peu quand tu rentreras de l'école ?

— Je crois que oui.

Deux minutes plus tard, elle a disparu, et le minibus aussi.

Bramard se remet à lire l'*Histoire d'une fille sans remords*, pourtant quelque chose occupe son cerveau ailleurs. Trepet promène son regard à la ronde, comme s'il se demandait pour quelle raison tous ces humains s'occupent de lui et où peut bien être passé le type un peu chauve qui le nourrit d'habitude.

30.

Le haut-parleur du wagon le réveille alors que le train ralentit déjà.

Arcadipane, bien qu'embrumé par cinq heures de sommeil inconfortable et interrompu par les cafés du chariot, sait déjà que Pedrelli a descendu son bagage, enfilé sa veste et envoyé un message à sa femme Paola se terminant par : « … nous entrons à présent en gare de Rome. » Les Piémontais sont toujours heureux d'écrire ou de lire le nom de lieux exotiques où il est peu probable qu'ils mettent les pieds mais où, s'imaginent-ils, quelques indigènes poursuivent leur fruste existence sans rien savoir du gianduiotto[1], des bow-windows et de la pratique alchimique de la bagna cauda[2].

— Commissaire, nous entrons à Rome-Termini.

Arcadipane sait aussi que, dès qu'il ouvrira les paupières, il trouvera les petits yeux de Pedrelli qui le scrutent à vingt centimètres de lui. Chose que tu peux accorder à ta mère quand tu es petit et, une fois adulte, tolérer de la part des deux ou trois femmes que tu aimeras, auxquelles il convient d'ajouter une ou deux infirmières au réveil d'une anesthésie générale, mais Pedrelli… Non, pas Pedrelli !

1. Bonbon de chocolat fourré de gianduja, une pâte de noisette et de cacao, originaire de Turin.

2. Sorte d'anchoïade tiède dans laquelle on trempe des crudités.

— Mon bagage est en haut ?

— Je crois… je vérifie tout de suite.

Arcadipane ouvre les yeux, convaincu d'avoir feinté l'embuscade, mais il se retrouve face aux parties basses de Pedrelli qui récupère son sac dans le porte-bagages. Le train est presque à l'arrêt, des gens stationnent dans le couloir. Derrière la fenêtre, beaucoup de lumière et un quai à peu près désert.

— Voici votre sac, commissaire. On descend ?

— On descend, on descend.

Il se rappelle la gare Termini à cause des arrêts et des correspondances, souvent nocturnes, lors de longs voyages vers la Basilicate. Souvenirs sépia : parents épuisés, casse-croûte, boissons gazeuses, valises, sueur, bandes dessinées, et cette fois où, alors qu'il lisait *Diabolik*, il avait vu par la fenêtre du compartiment deux agents de la police des chemins de fer plaquer un gros pickpocket au sol et s'était dit « n'importe quoi, mais flic, ça, jamais ! »

— Ils ont prévenu qu'on serait attendus dans le hall, devant la librairie, dit Pedrelli qui le précède avec le zèle horripilant du gars qui a pensé à tout.

La gare est bondée comme peut l'être la gare d'une capitale : étrangers, touristes, travailleurs pendulaires, badauds, plus tous ceux qui ont l'air de zoner dans ce chaudron depuis des heures dans l'espoir d'arracher un lambeau de la viande encore attachée à l'os. Rien de spécial, en somme, mais après Clot, Arcadipane a l'impression d'être dans un grand magasin le premier jour des soldes. Et puis la lumière, toute cette lumière, partout.

Le collègue qui les attend devant l'entrée de la librairie aurait moins l'air d'un flic s'il changeait de visage et enfilait un uniforme, mais bien entendu, il en va de même pour eux puisqu'il les repère à cinquante mètres et lève le bras pour se signaler.

— Colajanni, enchanté – il leur serre la main à tous les deux. La voiture est juste devant.

Tandis qu'ils le suivent, Arcadipane l'observe, le temps de le classer dans la catégorie baskets blanches, blouson de cuir, chemise slim, pantalon cigarette, cheveu noir et court avec trop de gel et cul musclé. Pour savoir si son âme s'est endurcie durant ses quinze années de service ou s'il est entré dans la police parce qu'il était déjà comme ça tout petit, ce qui change tout, il faudrait le voir à l'œuvre au moins une semaine. Et Arcadipane espère vivement ne pas avoir à le faire.

Ils remontent la file de taxis alignés en face de la gare. Assis dans leur voiture, les chauffeurs lisent, écoutent la radio ou tripotent leur portable. L'un d'eux salue Colajanni. Sa BMW est au bout de cette file. Deux taxis se sont arrêtés derrière, mais quand ils arrivent, les deux chauffeurs se bornent à les saluer d'un signe.

Colajanni s'assied au volant, Arcadipane et Pedrelli hésitent un instant puis se décident pour le schéma insolite : Pedrelli à l'avant et Arcadipane à l'arrière avec les bagages.

— Votre voyage s'est bien passé ? demande Colajanni, ce dont il se fout éperdument, à l'instar de tous ceux qui posent ce genre de question.

— Nickel.

— OK. Alors on a deux hôtels conventionnés, un à Trastevere, l'autre à Prati. En fait, il y en a d'autres, mais en banlieue et je ne vous les conseille pas. Celui de Trastevere est un quatre-étoiles, mais la nuit, dehors, il y a plus de bordel. Celui de Prati est un trois-étoiles, tranquille et propre, on y mange même pas mal, alors que celui de Trastevere n'a pas de restaurant. Vous choisissez et je vous y emmène. Vous posez vos bagages, vous prenez une douche, une petite sieste si ça vous va. Et quand vous voudrez vous déplacer, vous avez mon numéro, vous m'appelez. Tant que vous êtes à Rome, je suis votre H24. – Il ricane, ce qu'Arcadipane comprend en entendant tinter l'une sur l'autre ses chaînettes de plagiste. Et si vous avez des questions, posez-les-moi, soit j'ai l'info, soit je sais à qui la demander. Alors, Trastevere ou Prati ?

— On va au siège de la Veronica Film, lâche Arcadipane. La secrétaire de Fuci nous attend.

Colajanni le lorgne dans le rétroviseur : le policier a une tête de navigateur qui vient de comprendre que le vent qui souffle n'est pas celui qu'il croyait, mais en mer, on prend le vent comme il vient.

Il démarre, passe la première et longe au pas la kyrielle de taxis. Encore quelques saluts de la main et les voilà dans le trafic. Dehors, c'est le printemps, même si ça devrait être au mieux la queue de l'été. Et la lumière, toute cette lumière ! Arcadipane ferme les yeux et cesse d'entendre Pedrelli et Colajanni qui bavardent : la zone à trafic limité, les transports, le smog même à Turin, l'éternel problème de la réfection du revêtement de la rue où Pedrelli vit depuis trente ans de mariage honnête, stable et pépère. Les yeux fermés, il laisse cette lumière traverser ses paupières, son visage et son torse, enfin libéré de l'étau des derniers boutons, parvenant à toucher ce qui réside en dessous, sur la nature duquel, après la nuit dont il conserve encore quelque odeur coupable, il est de moins en moins sûr, et qui l'effraie.

31.

Assis au sommet d'un rocher sur lequel, deux ans auparavant, il aurait grimpé en deux prises et un bond, Bramard reprend haleine et fixe les rubans qui entourent encore le périmètre où tout est arrivé. De l'amont, souffle un vent faible qui les agite vaguement.

Il lui est arrivé tant de fois de revenir des semaines, des mois, voire des années après, sur les lieux d'un crime. Ce pouvait être un pan de trottoir que des dizaines de personnes avaient entre-temps arpenté, des appartements habités par de nouveaux locataires qui ne connaissaient pas la victime ou bien par des personnes qui l'avaient connue, mais qui s'en étaient désormais fait une raison.

La vibration persistait.

Aucune présence obscure. Pas de signe d'infamie. Juste une légère oscillation qu'une personne ignorant ce qui s'est produit en ces lieux ne saurait à quoi attribuer. Celle que Bramard ressent à présent.

Il se lève et jette un dernier regard au pré marqueté de roches plates dont les reflets bleu-vert évoquent la peau d'un serpent : des ophiolites d'origine volcanique qui remontent à l'époque où cette terre était un plancher océanique, avant d'être soulevé dans la mer des roches carbonatées. Il pressent que s'il avait été présent alors, s'il pouvait se rappeler tout ce que cette terre a été avant que l'homme ne la peuple, il saurait aussi ce qui est arrivé à Terenzio Fuci et à Vera Ladich, qui n'est qu'un chapitre récent de tout ce processus de naissance, de mort et de calcification. La preuve en est que, dans ce carré, l'herbe a continué à pousser, les pierres, à s'éroder, et les Alpes, à s'élever de quelques fractions de millimètres, résultat de la poussée des plaques tectoniques et de la fin d'une ère glaciaire vieille de dix-huit mille ans.

Avec précaution, Bramard descend du rocher. Il traverse le pré et entre dans le bois en direction du lac, dont la noirceur a aujourd'hui viré au bleu. Il compte rester à l'écart du baraquement de Ludwig et de la surveillance dont il est l'objet. Depuis qu'il a été relâché, l'homme est resté dans les parages, ne sortant pratiquement pas de chez lui. Il a réclamé qu'on lui restitue les outils avec lesquels il travaille le bois, ce qu'on lui a accordé. Il est descendu une fois à l'épicerie et a acheté à la mercière une paire de chaussettes et une chemise en flanelle, sans doute en prévision de l'hiver. Bramard n'a nul besoin de le voir ni de lui parler, parce qu'il connaît cet homme. D'une manière ou d'une autre, sa vie aurait pu être la sienne si l'aiguillage des rails n'avait pas dérouté son train vers une ville différente, mais pas si éloignée. Dans la tête d'Ubac, il y a beaucoup de la sienne, et vice versa. Il en est certain. Beaucoup, mais pas tout – ça aussi, il en est certain. Dans ce hiatus se niche ce qu'Ubac sait et qu'il tait de la mort de Terenzio Fuci, et surtout, de Vera Ladich.

Bramard s'arrête sur une pente d'où il peut voir le cours d'eau qui alimente le lac et descend du sommet de la vallée, les bois qui cèdent place au pré, puis à la roche. Son regard balaie les sapins, comme on effleure du doigt le dos d'une femme. Il ne se rappelle presque plus rien de Michelle, même plus son dos, qu'il aimait tant. Il est trop tard pour se demander pour quelles raisons tout ce pourquoi il a vécu est tombé dans l'oubli. Il lui reste trop peu de crépuscules à vivre pour en consacrer ne serait-ce qu'un seul à chercher à le comprendre.

Soudain, c'est comme si ses yeux achoppaient sur une imperfection dans cet océan d'arbres, une de ces cicatrices infimes qui rendent la peau plus réelle. Il regarde mieux, ce doit être à environ cinq cents mètres du point où il se trouve, en altitude. Il se met en route.

Il y parvient en plein midi et passe une autre demi-heure à chercher un endroit où cette inclinaison anormale des troncs est le plus visible. Une ligne divise le bois, de quelques degrés, coupant net le flanc de la montagne. En dessous, les plus vieux arbres penchent vers la vallée, ou leurs troncs ont répondu à la gravité en se courbant.

Il rebrousse chemin à reculons sans quitter le terrain des yeux, jusqu'à ce qu'il la trouve, bien en vue par endroits, cachée par l'herbe ailleurs : une fissure, l'amorce d'un éboulement que la végétation a presque entièrement recouverte, le glissement de la plaque supérieure partiellement ressoudé. Mais la cicatrice demeure, dans la terre et dans la mémoire des arbres.

Il descend vers le lac, qu'il atteint vingt minutes plus tard. Un sentier l'entoure, sans doute conçu pour servir de promenade mais, à l'évidence, peu fréquenté à présent. Il se retourne pour étudier le versant qu'il vient de descendre, le bois, le pré d'où il est parti : il distingue parfaitement le rocher sur lequel il est monté, quant aux rubans, il ne saurait dire s'ils sont vraiment visibles ou s'il en a l'impression parce qu'il sait qu'ils sont là.

Il longe le lac, quelques poissons montés gober un insecte percent de loin en loin sa surface. Au niveau du barrage, il franchit le tourniquet qui régule le passage sur la plate-forme du couronnement. Difficile d'imaginer qu'une voiture puisse arriver jusque-là, mais elle est assez large pour qu'un petit véhicule puisse y circuler. Sans doute pour permettre l'accès aux équipes d'entretien.

À mi-parcours, il se penche vers l'eau qui, tranquille, s'appuie contre la muraille, une quinzaine de mètres plus bas ; puis de l'autre côté où le mur plonge sur quatre-vingt-douze mètres avant de rencontrer les glissières où coule le modeste cours d'eau qui apporte à Clot un peu de toute cette eau. Deux kilomètres plus bas, le village se dresse, surveillé d'en haut par son église, à l'écart, telle une chaussure égarée.

Une fois à l'autre extrémité du couronnement, Bramard emprunte le sentier qui descend le vallon parmi les massifs d'aulnes, jusqu'à la galerie de décharge où Arcadipane et Pedrelli lui ont montré la plaque qui commémore l'ingénieur et son épouse. Il se tient là, immobile, à méditer, quand il entend du bruit. C'est l'un des vieux du village qu'il a déjà vu, même s'il ne se rappelle pas où. Courbé, une serpe à la main, il monte à tout petits pas. Il pourrait avoir quatre-vingt-dix ans, mais ne pas faire son âge, comme tous les gens d'ici.

— Bonjour.

— *Bon matin**, répond le vieux.

Bramard attend de comprendre s'il a l'intention de s'arrêter. Il ne l'a pas.

— Je voulais vous poser une question, à vous qui êtes du coin.

L'homme poursuit son chemin sans lui prêter attention. Mais, comme pour exprimer une disponibilité, il se gratte l'oreille, qu'il a en chou-fleur, comme la plupart des vieillards d'ici – mais pas le maire ni Ottavio Claro, dont les mains ne sont pas non plus déformées par d'anciens traumas aux phalanges.

— Sur l'autre versant, en dessous de Gias Vej, j'ai remarqué une fissure.

À l'évidence, le vieux ne comprend pas le mot « fissure », et il est sincère.

— Une faille – Bramard dessine de la main une coupure horizontale. Comme s'il y avait un début de glissement de terrain.

— C'est la *Putèlo*, répond le vieux, qui n'a regardé ni la main de Corso ni ce à quoi il se réfère. Mon grand-père disait qu'elle a toujours été là, mais qu'elle ne bouge pas.

— Donc elle est très ancienne.

L'homme ne répond rien.

— Vous allez chercher du bois ? Vous voulez un coup de main ?

— Pas la peine. Juste un peu d'aulne pour faire la Socha.

Inutile que Bramard ajoute quoi que ce soit, le vieux est déjà loin.

32.

— Vous êtes sûrs d'y trouver encore quelqu'un ? Il est presque 18 heures.

— On a eu le directeur au téléphone, répond Arcadipane, les yeux rivés à son portable.

Il est assis à l'avant, à présent, Pedrelli est à l'arrière et veille sur les bagages. Depuis qu'ils ont quitté le périphérique, la BMW s'est rapidement dégagée des immeubles et des concessions pour s'engager sur une route peu fréquentée. Alentour, des maisons et les premières percées de campagne.

— C'est vous qui savez, conclut Colajanni.

Arcadipane garde le silence. Il lorgne le rétroviseur latéral et surprend Pedrelli le menton abaissé sur la poitrine, les mains croisées. Il dort. Ils se sont réveillés à 4 heures, sont rentrés à Turin, cinq heures de train, Colajanni, un pipi au bar, la voiture devant, moteur allumé, puis à toute blinde rue del Babuino où Mlle Brocani les attendait à l'entrée.

Arcadipane repense au siège de la Veronica Film dont ils sont sortis il y a trente minutes, au rez-de-chaussée d'un palais du XVIIe siècle à couper le souffle. À l'intérieur, un décor composite, plus consulaire que cinématographique : bureaux anciens, meubles de prix, tapis et lampes dont une seule vaut l'intégralité du rayon luminaires d'Ikea, plafonds hauts et peints à fresque. Si la Veronica Film se trouvait à Turin, ces lampes auraient été allumées, ici en revanche, même fin octobre et au niveau de la rue, la lumière pénètre généreusement, rédimant les meubles sombres, le remugle des tapis, les rideaux apocalyptiques, la laideur des deux filles qu'Arcadipane a vues passer et repasser et celle de l'homme grassouillet qui se préparait du café dans le couloir avec des dosettes, qui était encore pire. Même la lumière a ses limites, s'est-il dit, tandis que Mlle Brocani, en tailleur, les faisait entrer dans la pièce qui devait être le bureau de Terenzio Fuci.

— Voici le bureau de M. Fuci, a-t-elle confirmé.

En ce qui la concerne, il n'est pas question de laideur : Mlle Brocani n'a pas les proportions défectueuses typiques des laids, Arcadipane en sait quelque chose. Ses cheveux sont coiffés avec soin et d'une couleur adaptée à son âge, la peau de son cou, toujours ferme, et ces dents, sûrement toutes naturelles, doivent même avoir éclairé des sourires, quoique de circonstance. Une femme d'environ soixante-cinq ans, plus grande que lui d'une tête, qui a conservé un corps mince sans avoir à faire d'effort. Une histoire de gènes. Dommage que la température interne de ce corps ne dépasse sans doute pas 15 degrés – l'endroit idéal pour y stocker des salaisons : sombre, froid, sec et trop souterrain pour les souris.

Ce n'était pas à cause de ce qu'elle était, ni de ce qu'elle disait. Tous les arguments étaient là : la consternation pour la mort du *dottore* Fuci, le sentiment de perte, l'inquiétude pour madame, les nuits passées à veiller en attendant un coup de fil, la violence qu'ils se faisaient tous, chaque matin, pour venir travailler, mais c'est ce que M. Fuci aurait voulu. Le désarroi, les questions qu'ils s'échangent dans les couloirs, d'abord à haute voix, à présent, seulement du regard. L'obsession qu'un détail ait pu leur échapper, quelque chose qui pourrait les aider à comprendre, à sauver madame. Lui échapper à elle, entrée à la Veronica Film à seize ans avec un diplôme de dactylo. Elle qui accompagnait M. Fuci et madame depuis cinquante ans !

Tout cela sonne juste, et c'est sûrement vrai. Mais la souffrance, l'erreur, l'espoir, le doute et le sexe ont à voir avec la chaleur et le sale, or Mlle Brocani a toujours préféré le propre.

Certaines personnes sont ainsi faites. Elles choisissent l'ombre non pas par prédisposition au mal, mais parce que la lumière vieillit et fane. Elle donne la vie, mais au même moment elle la reprend. Elle fait démarrer le chronomètre.

Précise et ponctuelle, elle a répondu aux questions.

D'ailleurs, Arcadipane est venu jusqu'ici pour recueillir des informations concises et le faire rapidement. La vie privée du couple qu'on ne peut pas définir autrement que comme retirée : M. Fuci, toujours cordial, Vera, réservée (on vous l'a déjà dit ?), peu d'amis, quelques week-ends à Procida ou dans leur villa au bord du lac de Bracciano, cinéma, théâtre, la saison des concerts et de rares événements pour la sortie des films qu'ils produisent, auxquels Fuci était presque toujours le seul à assister.

À ce propos, la Veronica Film : une société de production à mille lieues des fastes des années 1960 et 1970 quand, grâce aux films dans lesquels jouait Vera, ils ont ouvert la route au cinéma italien, et pas seulement, mais en tout cas à une entreprise saine, respectée, aujourd'hui axée vers la production de documentaires et d'émissions surtout destinés à la télévision du Vatican.

Les questions rituelles, auxquelles Mlle Brocani a déjà répondu lors de leurs entretiens téléphoniques : la réservation de l'hôtel à Clot, le fait qu'elle ignore tout du motif de ce voyage ; non, elle n'était pas au courant de l'achat de ces concessions funéraires ; oui, bien entendu, elle savait dans quelles circonstances M. Fuci et Vera s'étaient rencontrés ; oui, c'est elle qui accompagnait Vera tous les jeudis quand elle rendait visite à son frère ; oui, perdre celui-ci quatre mois auparavant a été une souffrance terrible pour elle, même si Aldo s'était absenté du monde depuis bien longtemps. Après quoi, elle les a raccompagnés à la porte cochère, devant laquelle Colajanni les attendait en pianotant sur son portable.

Arcadipane étend les jambes, la position la plus reposante que lui permette ce voyage en voiture. Le fait est que la rencontre avec la secrétaire de Fuci, même à y repenser maintenant, a laissé bien peu dans les mailles du filet. Et c'était la première des trois raisons pour lesquelles ils sont venus à Rome. Ne reste plus qu'à espérer que la deuxième rencontre sera plus fructueuse, et c'est vers celle-ci qu'ils roulent.

— On est presque arrivés, annonce Colajanni, comme s'il avait lu dans ses pensées.

Pendant leurs déplacements en voiture, Arcadipane a remarqué qu'il conduisait tout en écrivant de longs messages avec un seul pouce, l'autre main amarrée au volant et les yeux allant et venant de la route à l'écran, et vice versa, tels deux furets.

— On est dans quelle zone ?

— Marcigliana. C'est ici que se trouve la réserve naturelle. Il y a de vrais coins de paradis dans les parages.

Arcadipane pense que seuls les types portant des baskets blanches et plaquant leurs cheveux en arrière de cette façon utilisent l'expression « coins de paradis ». Pedrelli s'est réveillé, mais il n'a pas encore prononcé un mot. La voiture parcourt une route de campagne qui file droit sur ce qui ressemble à une église en partie en ruine, ou à un hameau, mais qui se révèle être un domaine, à mesure qu'ils s'en approchent.

— Il n'y a guère de panneaux, par ici, hein ?

— Penses-tu – Colajanni se gratte une incisive de l'ongle. C'te villa, même le GPS ne la trouverait pas. Si je ne me suis pas perdu, c'est parce qu'à trois kilomètres il y a un restaurant que je connais.

La BMW s'engage sur l'allée et grimpe la colline au sommet de laquelle trône la Villa Greppi, entourée d'un parc laissé à l'état naturel, à voir le feuillage des arbres derrière le mur d'enceinte.

Ils s'arrêtent à la grille. Colajanni baisse sa vitre, qu'il a gardée entrouverte toute la journée. Il sonne, puis tourne la tête pour savoir ce qu'il doit dire.

— Dis juste Arcadipane.

Il s'exécute, et la grille s'ouvre.

La villa apparaît puis disparaît derrière les arbres qui, peu à peu, se font plus rares, laissent à nu un édifice du XVIIIe siècle, peut-être modifié par la suite, avec un plan en U sur trois niveaux, surmonté d'une tourelle.

Une infirmière en uniforme aigue-marine et ballerines blanches les attend. Pas d'autres voitures devant l'entrée, le personnel doit utiliser un parking à l'arrière. La femme a dans les vingt-cinq ans, asiatique, cheveux brillants, mince mais gironde, ce qui explique pourquoi Colajanni, qui est resté au volant en voyant Mlle Brocani, descend cette fois de sa voiture, se présente, puis va poser son cul sur le capot et le pied sur le garde-boue et les regarde gravir le grand escalier jusqu'à la dernière marche.

— Le directeur vous attend, annonce la jeune femme une fois le seuil franchi.

Son uniforme mis à part, rien dans le décor ne rappelle la fonction du lieu où ils se trouvent : pas de fauteuil roulant ni de pied à perfusion, de déambulateur ou d'odeur de soupe. Ce qui confirme que ni la maladie mentale ni la vieillesse ne remettent les riches au niveau des autres. Il faut vraiment attendre jusqu'au bout.

On les introduit dans un salon où Arcadipane s'abstient de lever les yeux au plafond, tant il a eu son compte de fresques. Et puis, il sent ses vêtements lui coller à la peau et la fatigue peser sur ses lombaires. Mais il sait aussi que le moment qui vient pourrait bien être le clou de ce voyage, alors… Pedrelli n'a pas l'air en grande forme, lui non plus. Son visage est à peu près de la même teinte que le sol en marbre. Au réveil aux aurores, à l'alimentation non conforme à ses canons conjuguée aux possibilités réduites de miction, il faut ajouter le changement de latitude en direction de l'équateur : déplacer un Piémontais vers le sud sans précautions revient à l'abandonner dans une fête où il ne connaît personne.

Dans le salon, huit petites tables rondes, toutes flanquées de deux chaises et recouvertes de nappes damassées qui font penser à un tournoi de buraco[1] de très haut niveau. Le directeur arrive. Il n'a pas plus de quarante-cinq ans, mais des heures

1. Jeu de cartes de la même famille que la canasta et le rami.

de tennis à son actif. Malgré son bronzage et sa chevelure de tennisman, quelque chose chez lui suggère un léger problème physique sous-jacent.

— Bienvenue, les salue-t-il en souriant, j'ai pensé qu'il serait moins formel de vous recevoir dans la salle de jeu que dans mon bureau.

— D'accord. J'imagine que vous savez pourquoi nous sommes ici.

— Bien sûr, répond-il en appuyant sa hanche à une table de manière vraiment informelle. J'ai fait appeler Lupita mais si vous avez besoin de quoi que ce soit, je reste à votre entière disposition. En ville, vous vous en doutez, on ne parle que de ça. Nous connaissions tous M. Fuci, et Mme Ladich, bien sûr... Ce qu'on lit dans les journaux montre qu'une personne peut disparaître aux yeux du monde pendant des décennies, mais quand elle a tant semé... Pour nous, ils faisaient désormais partie de la famille, tous les deux. Je dirige la Villa Greppi depuis 2000, mais quand Aldo est arrivé, mon père en était le directeur. Pour vous dire que nos hôtes sont à nos yeux comme des oncles et des tantes. Rendez-vous compte que la comtesse, qui a maintenant quatre-vingt-seize ans, n'en avait que dix-neuf lorsqu'elle est arrivée.

Arcadipane s'efforce de prendre un air surpris, plutôt que consterné, mais il remarque que la mâchoire du directeur se crispe. Ce sont des choses qui arrivent quand la lame de la verve rencontre une plaquette de beurre qui sort du congélateur.

— Combien de patients avez-vous ?

— Huit hôtes, le corrige-t-il. Sept en ce moment. Depuis la disparition d'Aldo, nous avons une place disponible, mais nous préférons choisir avec soin. Heureusement, la liste d'attente est longue.

— Le prix de la pension doit être élevé ; je peux savoir combien ça coûte ?

— Si la question concerne l'enquête, je suppose que je suis tenu de vous répondre.

— Non, pure curiosité de ma part. Mais vous m'avez déjà répondu.

Pedrelli s'est déplacé jusqu'à l'une des grandes portes-fenêtres qui donnent sur la terrasse. Derrière la balustrade en pierre, les dernières lueurs du jour rasent les champs, les collines, deux villes au lointain et une ligne de cyprès en diagonale sous lesquels passe une route. Pedrelli a beau paraître fasciné par toute cette douceur, si ça se trouve, il observe une chiure de mouche sur la vitre.

— Je peux vous offrir quelque chose pendant que nous attendons Lupita ?

— Ça va très bien comme ça, merci. D'après Mlle Brocani, les visites de Mme Ladich étaient régulières.

— Très régulières. Elle n'a pas manqué un jeudi depuis que je travaille ici. D'habitude, elle arrivait le matin vers 9 heures et rentrait à Rome au milieu de l'après-midi.

— Donc Mlle Brocani, Vera Ladich et son frère déjeunaient ensemble ?

— Mme Ladich et Aldo en tête-à-tête. Mlle Brocani et le chauffeur étaient... autonomes. Nous disposons de vastes espaces pour les proches de nos hôtes, et même d'appartements s'ils le souhaitent.

— Est-ce que Vera Ladich les a utilisés ? Il lui est arrivé de rester dormir ?

— Pas que je sache.

— Elle n'est jamais venue seule non plus, sans Mlle Brocani ?

— Les personnes de cette notoriété peuvent difficilement se déplacer seules, surtout à Rome. C'est le prix du succès.

— J'imagine que beaucoup de vos hôtes viennent de ce milieu-là.

— La notoriété est parfois un facteur aggravant, quand vous ou l'un de vos proches êtes en souffrance. Dans ces cas-là, l'unique antidote est la confidentialité, et la confidentialité est notre impératif.

Las de discuter avec un dépliant, Arcadipane lorgne Pedrelli en espérant le réactiver, mais son adjoint persiste à s'intéresser davantage à l'extérieur. À cet instant, une porte s'ouvre qui n'est pas celle par laquelle ils sont entrés, ni celle qui a accouché du directeur. Une femme qui pourrait être Lupita Lozano passe la tête.

— Entre, Lupita ! confirme le directeur.

La femme a bien l'air d'avoir quarante-deux ans, d'être mexicaine et infirmière, ainsi qu'Isa l'avait dit, elle fait quelques pas timides, dans son uniforme aigue-marine, puis elle recule comme si elle avait changé d'avis, referme la porte entrouverte et rejoint le directeur. Derrière Pedrelli, le soleil s'est couché, et le lustre du salon s'est allumé sans que personne ne touche un interrupteur. La même chose se produit chez Pedrelli qui, soudain, se retourne.

— Vous êtes Lupita Lozano ? demande Arcadipane.

— Oui, répond la femme, d'une voix qu'une simple brise pourrait emporter.

Elle fait la taille d'Arcadipane, son corps est robuste et dans son visage large, ses yeux ont l'humilité des personnes dures à la tâche.

— Bonsoir, nous avons quelques questions à vous poser. Monsieur le directeur, vous permettez ?

— Bien sûr, bien sûr. Je voulais juste faire les présentations. Lupita, commissaire Arcadipane et…

— Pedrelli.

— … agent Pedrelli. Je suis attendu en ville, mais appelez-moi quand vous le souhaiterez. Considérez la Villa Greppi et ma personne comme des amis de la famille Fuci, à votre entière disposition.

— Bien entendu, dit Arcadipane. Vous pouvez y aller.

L'homme serre sportivement la main de Lupita – un geste de coéquipiers qui s'encouragent – et sur ce, il prend la porte.

— Très cordial, votre chef.

Lupita acquiesce, sans baisser les yeux avec un regard un peu fuyant.

— Vous étiez l'infirmière d'Aldo Mattalia ?

La femme adopte une étrange posture de soldat au repos, un pied légèrement en avant et les mains dans le dos, sans doute l'expérience du travail qui, depuis des années, lui impose la station debout.

— Il n'y a pas d'infirmière attitrée, nous travaillons par roulement avec tous nos hôtes. C'est une manière de former communauté, mais il est vrai qu'Aldo et moi étions très proches. Chaque hôte a ses préférences et nous aussi…

Elle parle un italien qu'Arcadipane aurait honte de comparer au sien. Plus que l'accent espagnol, c'est une pointe d'accent allemand qui y transparaît, signe que ses quelques années en Allemagne ont façonné sa façon de parler et donc, de penser. À garder à l'esprit, se dit-il.

— Félicitations pour votre italien. Vous l'avez étudié ?

— Je vis à Rome depuis 1998 et j'ai passé mon diplôme ici, en Italie. C'était l'une des conditions pour travailler à la Villa Greppi.

— Je peux vous demander pourquoi vous avez quitté l'Allemagne ?

— J'ai rencontré un Italien de Rome. Aujourd'hui, nous sommes séparés, et j'ai deux enfants.

— Moi aussi, acquiesce Arcadipane en se demandant aussitôt ce qui lui prend.

La fatigue, le train, la nuit blanche avec Ariel, bon, ceci dit… Quant à compter sur Pedrelli pour donner un coup de main… C'est à peine s'il tient encore debout, celui-là ! La vérité, c'est qu'un Piémontais ne devrait jamais pêcher ailleurs que dans un étang du Piémont.

— Commissaire ? fait Pedrelli.

— Oui, oui, je réfléchissais – il se passe une main sur le menton pour rendre la chose crédible. Parlez-moi d'Aldo Mattalia, quel genre d'homme c'était ?

— Une très gentille personne, docile.

— Cet endroit n'est pas fait pour les personnes gentilles et dociles, tout de même ! Sans quoi, vous devriez rajouter des tentes dans le parc, je me trompe ?

La femme regarde vers la fenêtre, comme si la prolifération des tentes était une menace réelle. Son regard croise celui de Pedrelli, qui bloque son échappatoire. Elle le pose alors sur l'une des huit tables, la plus proche.

— Je ne sais pas. Je l'ai connu déjà âgé. Peut-être qu'il était différent quand il était jeune. Il parlait peu, comme reclus dans son monde. Certains se réfugient ici parce qu'à l'extérieur, c'est trop difficile pour eux. Ils ne sont pas malades.

— On lui avait diagnostiqué un autisme de niveau trois : déficit grave en compétences de communication sociale, comportements restreints et répétitifs, difficulté extrême à faire face au changement…

— Oui, confirme Lupita Lozano.

Arcadipane songe que lui aussi souffre de ce genre de troubles, certes sous une forme bénigne… Puis Pedrelli fait quelques pas et il se reprend.

— Vous connaissez une certaine Masimine Orusa ?

Cette fois, Lupita Lozano le regarde droit dans les yeux. Difficile de dire si c'est à cause de l'étrangeté de la question ou de la nécessité de bien réfléchir avant de répondre.

— Non, je ne la connais pas.

— Vous n'avez jamais reçu de lettre d'elle ?

— Non.

— Je vous demande ça parce que nous avons trouvé chez Mme Orusa l'accusé de réception d'une lettre recommandée qui vous a été envoyée, chez vous, à Rome.

— Je suis désolée, je ne sais pas qui est cette dame.

— En revanche, j'imagine que vous connaissiez bien Vera Ladich.

— Bien sûr.

— Vous étiez amies.

Pour la première fois, Lupita Lozano sourit – sans doute à cause de l'absurdité de l'affirmation. Elle, amie de Vera Ladich ? S'il était avocat, Arcadipane préférerait retirer sa question. Mais puisque c'est fait, autant…

— Comment définiriez-vous la relation entre Mme Ladich et son frère ?

— Magnifique.

— Vous n'y avez pas réfléchi longtemps.

— J'ai un frère, moi aussi, et je n'ai pas une telle relation avec lui.

— Mais vous, vous n'avez pas enfermé votre frère dans une clinique pendant cinquante ans.

— Non, mais il vit en Angleterre.

Arcadipane se demande s'il s'agit d'un problème lexical, ou d'un trait d'ironie. Il constate que Pedrelli sourit. Quel homme bizarre.

— Bon, conclut Arcadipane, j'aurais préféré vous entendre dire que vous connaissiez Masimine Orusa, mais vous avez été très aimable. Nous ne vous ferons pas perdre plus de temps.

— Bonsoir, dit Pedrelli.

— Bonsoir, dit Lupita Lozano.

Après quoi elle se retourne et, d'une démarche plus assurée qu'à son arrivée, elle rejoint la porte.

— Madame Lozano ! l'arrête Arcadipane. Une dernière question.

Elle se fige, la moitié du corps de l'autre côté du seuil.

— Les hôtes sont vraiment bien traités ici ?

Lupita sourit. Le noir brillant de ses cheveux tranche sur la laque ancienne du battant.

— Ceux qui vivent ici, dit-elle, ou leurs familles, pourraient décrocher leur téléphone et acheter la Villa Greppi en moins de deux heures.

— On ne peut pas être plus claire.

— Bonsoir, répète Pedrelli.

— Bonsoir, dit Lupita Lozano en disparaissant derrière la porte.

Voilà, c'est tout. Trente-six heures sans fermer l'œil pour ça.

33.

De retour du barrage, il s'est reposé pendant une heure, en tout cas, il a tenté de le faire, il a lu quelques chapitres du roman-feuilleton et passé le reste de l'après-midi à arpenter le village en espérant faire des rencontres, sans grand résultat – deux femmes entrées et sorties de l'épicerie qui fait aussi bureau de tabac mais ne vend que trois marques de cigarettes et une de tabac à rouler ; un vieux qui s'est aussitôt défilé ; quelques regards derrière des fenêtres. Pour le reste, il a croisé le maire, arrivé en voiture puis reparti, les journalistes qui levaient le camp, rappelés à l'ordre et à l'économie par leurs rédactions, et Gemma Lunel avec laquelle il a échangé deux ou trois propos de circonstance.

Il a appelé Elena, sans la trouver disposée à la conversation. Elle lui a passé Ani, ils ont discuté de l'ambiguïté d'une des réponses multiples d'un contrôle sur la figure de l'intellectuel italien à l'époque des Communes, qui lui a valu la note de 9+. Matei était à son entraînement de foot, et de toute façon, aucun des deux n'étant bavard au téléphone, mieux vaut éviter. Il a appelé Martina, numéro injoignable, puis Arcadipane, et ça sonnait dans le vide.

Il est maintenant 19 h 15, mais il n'a pas envie de rentrer à l'hôtel où il a déjà choisi son menu pour dîner, blanc de poulet et agnolottini au bouillon. Seule alternative : terminer l'*Histoire d'une fille sans remords* puis éteindre la lumière mais, heureusement, à cet instant, il la voit se garer, descendre et marcher, un sac de supermarché à la main, vers le banc devant la mairie sur lequel il est assis.

— Tu as perdu la boule ? lui demande Isa.

— En effet, la journée aurait pu me faire cet effet.

Elle le regarde, indécise, puis pose son sac par terre, s'assied à côté de lui et s'adosse au mur.

— Gitanes maïs, dit-il avant qu'elle lui pose la question. Je n'en avais pas vu depuis vingt ans.

— Où tu as déniché ça ?

— Devine ! (Il indique du menton les deux magasins, à présent fermés, sur la place.) Et pour toi, comment ça s'est passé ?

— Bah, tu sais… le spa, l'esthéticienne, le coiffeur et après, l'apéro, où j'ai rencontré un gars avec lequel je me suis envoyée en l'air dans un appart en attique avec panorama sur Coni. À la troisième bouteille de champagne, il m'a proposé le mariage et dit qu'il mettrait son empire immobilier au nom du bébé.

— Tu as tout trouvé ?

— Dans ce sac, il y a les deux essais et les photos de ce putain de document ancien, ces connards de bibliothécaires m'ont fait poireauter des plombes, ils ne les trouvaient pas, soi-disant, mon cul, ils ne les avaient pas encore faites, oui. Dans le sac noir, il y a un de mes vieux PC sur lequel j'ai chargé les films de Ladich. Seul échec : Corrado Dao, l'instit. Je suis allée chez lui, il est sorti sur son balcon, je lui ai tout expliqué mais il m'a dit qu'il était trop vieux pour monter au village et que tout ce qu'il savait de ces fresques figure dans son bouquin.

— Il fait si vieux que ça ?

— Ben à quatre-vingt-six balais, ce n'est pas un perdreau de l'année ! Et toi ? À part tenter de te suicider avec ces clopes ?

— Moi, je retourne les cartes qu'on a en main, ce qui ne me donne pas d'idée précise. Ou bien trop, et elles ne collent pas entre elles.

— Alors on n'a plus qu'à espérer que nos deux bersagliers trouvent la brèche de Porta Pia[1].

---

1. Allusion à la prise de Rome, le 20 septembre 1870, par les troupes du royaume d'Italie qui précède l'annexion de la ville au royaume et la fin des États pontificaux.

Bramard fume. Isa gratte le bout d'une de ses rangers avec le talon de l'autre. La nuit s'est déjà abattue sur la place. Seules lumières, celles de l'hôtel et quelques rares fenêtres.

— Tu penses le faire ?

— Quoi ?

— Parce que si tu y penses, c'est le moment, personne ne nous regarde.

Bramard tend le bras et lui pose la main sur le ventre. Il ferme les yeux et fume.

— Tu auras déjà passé l'arme à gauche quand il naîtra, ou tu comptes le voir grandir un an ou deux ?

— Je ne crois pas que ça ne dépende que de moi.

— Pourquoi ? On s'est mises d'accord avec Angela. On ne lui racontera rien mais tu pourras le voir quand tu voudras. Ou alors je t'enverrai des photos. Ça fait un peu taulard, mais si tu préfères…

— Je parlais de passer l'arme à gauche.

— Ah, ça, c'est ton affaire. Bon, maintenant, j'irais bien bouffer avant d'aller au lit. Je pars tôt, demain. Des trucs à faire dans les prochains jours ?

Bramard retire lentement sa main du ventre d'Isa et va chercher le sachet dans la poche de sa veste canadienne. Il le lui passe.

— Si tu peux jeter un coup d'œil à ces tickets trouvés chez Ludwig ? Je ne sais pas s'il est possible de remonter à leur origine et de les dater, mais si quelqu'un est capable d'y arriver, c'est bien toi.

— La vache, que de politesses, ce soir ! dit Isa en faisant disparaître le sachet dans son blouson en cuir. On dirait bien que le bellâtre de Coni qui a mis sa fortune à mes pieds t'a foutu le feu aux fesses. Quoi d'autre ?

— Il y a bien une chose, mais je ne crois pas que ce soit une bonne idée que tu t'en charges.

— Quoi ? Tu m'as donné ton sperme en te faisant une dernière branlette un pied dans la tombe, et maintenant, tu joues l'effarouché ?

Sans décoller sa nuque du mur, il tourne la tête vers elle.

— Tiens, je me demandais justement où tu étais passée.

— Demande-le-toi autant que tu veux, c'est moi qui ferai l'éducation du flageolet. J'ai déjà acheté des rangers taille 18 sur Internet. Alors ?

— Les Claro, le couple qui gère l'hôtel, ont eu un fils avant d'adopter leur fille. Je crois qu'il est mort peu après sa naissance. Si ça s'est produit à l'hôpital, comme je le présume, je voudrais savoir de quoi il est mort.

Cette fois-ci, c'est elle qui se tourne vers lui.

— C'est moi, qui me demandais où tu étais passé, bordel !

— Excuse-moi, tu as raison.

— Mais putain… – Isa fourre les mains dans ses poches. C'est vraiment le truc idéal à me sortir la veille de l'échographie.

Marta Claro ouvre une des fenêtres de la cuisine et secoue un torchon d'où tombent quelques miettes. Le temps qu'elle la referme, un moineau, surgi de l'obscurité, sautille déjà dans le carré de lumière sous la fenêtre.

— Tu me files une taffe ? demande Isa.

— Tu es folle ? Tu ne devrais même pas t'approcher de moi quand je fume ça.

— C'est clair – elle se lève et s'étire. Si j'avais su !

34.

Nous descendîmes la vallée le douzième jour alors que nos mules n'en pouvaient plus de manger si peu et d'avancer toujours. Le vent soufflait sans relâche depuis l'aube et le destin ne nous avait offert aucun abri. Mon Maître ne parlait plus depuis deux jours et nos derniers outils et nos derniers vêtements, je les avais vendus sur un marché en France, suivant bon conseil car sur notre route nous n'en trouvâmes point d'autres.

Le village tout petit que jamais carte ni voyageur n'avait nommé était à deux heures de marche et nous y arrivâmes au soir. La grand-rue menait à l'église et de là au village, assez éloigné. Lorsque nous y fûmes rendus, nous n'y trouvâmes ni âmes ni auberge. Nous restâmes sur la place où pendant longtemps rien ne se passa et je m'assombris en ne voyant ni hommes ni bêtes, seulement deux corbeaux venus se réchauffer près d'une cheminée qui fumait.

De coutume, à notre arrivée, toujours quelqu'un sortait pour nous demander si nous étions des Français ou des marchands ou des pèlerins de retour des lieux très saints ou des soldats, parce que chez l'homme, la curiosité est toujours plus forte que la peur, mais cela n'arriva pas dans ce bourg. Excitées par le bruit de l'eau qui courait au-dessous et tout autour des maisons, les mules piétinaient et l'une d'elles chia et puis dispersa son crottin et les corbeaux s'envolèrent des toits comme des âmes noires. Ainsi passa la nuit, mon Maître dans la fièvre, moi dans la faim, et tous deux, sans mot dire, dans la peur.

À l'aube, six hommes sortirent chacun d'une ruelle différente. D'abord, la mine grave, ils nous observèrent et quand ce fut fait, celui-là qui était arrivé le premier me fit signe de le rejoindre.

Il me demanda, en me gardant dans la lumière du seul œil qu'il avait : « Est-ce ton père ? »

Je répondis à cet homme plus haut que moi d'une tête : « Mon Maître. » Comme les autres, il était vêtu d'une grossière chasuble et pourtant, nos riches habits désormais en haillons ne lui faisaient guère impression.

Comme j'avais coutume de le faire, je commençai à raconter : « Une tempête nous surprit après la frontière, et quatre de nos mules tombèrent dans un ravin avec tout leur chargement de banastes, de barils et de dames-jeannes et d'étoffes dont nous allions faire commerce… » Mais j'entendis mon Maître approcher et il posa une main sur mon épaule pour me signifier de cesser mes fables. Puis il proféra les premières paroles sincères que j'entendais sortir de sa bouche depuis le début de notre fuite : « Je suis Johannes Van Drift, peintre émérite en Espagne, en France et dans les terres du Nord où je vis le jour. Je me trouve en disgrâce, chassé, poursuivi, affamé et dépouillé de tout sauf du talent qui est le mien. Ma faute est d'avoir parlé trop librement à qui me priait d'être sincère, de m'être adonné au vice du jeu, ce dont je fais amende, et dans la couleur de mes cheveux qui, sur les terres dont nous venons, est regardée avec soupçon. »

L'homme nous dit : « Venez. » Et nous le suivîmes.

Ils nous donnèrent l'hospitalité sans rien demander en retour. Mon Maître dormait tout le jour, secoué par les fièvres, et la nuit, il écrivait – je crois, puisque je l'entendais pleurer, hurler et supplier – des lettres à des persécuteurs et aux défenseurs dont il espérait l'accueil à Florence, à Padoue, à Rome et, qui sait, à Milan. Quand la fièvre tomba, grâce à une liqueur forte et amère qu'ils lui donnèrent et qu'il m'arriva aussi de boire, il put sortir. La vie du village était modeste, sans passage d'étrangers ni marché. De ses bêtes, de ses terres et de ses bois, il tirait tout ce dont il avait besoin. J'avais vu de nombreux villages depuis cinq ans que j'étais disciple auprès de mon Maître, mais aucun comme Clot. En effet, aucun seigneur, ou garnison, ou évêque, ou bailli n'avait la main sur ce village. On n'y sonnait pas les matines, ni la messe, ni le glas, ni les vêpres, l'église n'ayant ni clocher ni cloches. Tous les villageois étaient capables de lire en langue vulgaire et de faire des comptes, même les femmes ; je ne vis jamais quiconque faire oraison ni n'entendis personne faire exhortation en récitant quelque passage des Écritures. Aucune croix ni sacrement n'accompagnaient la naissance ou le trépas. Confession ou corps du Christ, personne n'en dispensait. Je demandai à mon Maître si c'étaient eux les Albigeois, les Cathares ou autres hérétiques enfuis dans les montagnes après que leurs frères avaient été pliés à la vraie foi, mais mon Maître moqua mon ignorance et me dit : « *Stulus caelum confundet cum inferno et invocabit ignem*[1]. »

Quelques jours plus tard, il m'ordonna d'ouvrir les banastes avec le matériel…

Bramard perçoit la vibration de son portable sur la couverture. Il regarde le nom sur l'écran.

— Ciao.

— Tu es en train de dîner ?

— Non, je suis au lit.

— Comment ça, au lit ? Il est… 21 h 15. On n'a pas encore mangé, nous !

— Vous êtes des hommes du monde. Du nouveau ?

— À part le fait qu'on nous a collés dans un hôtel où tout est fuchsia, y compris la lunette des chiottes ? Même les chaises sont recouvertes de housses rembourrées fuchsia, jusqu'au buffet du petit déjeuner…

— Tu as besoin de compagnie, Vincenzo ?

— Penses-tu, je suis avec Pedrelli qui est un joyeux drille, pas vrai Pedrelli ? Pedrelli te salue. Qu'est-ce que tu lis ?

— Des documents sur le Maître de Clot.

— Pourquoi ? Il a disparu lui aussi ?

---

1. « Un imbécile confondra le paradis avec l'enfer et invoquera le feu. »

— Les fresques. Écoute, si tu as des nouvelles à m'apprendre, autrement…

— Qu'est-ce que je pourrais bien t'apprendre ! Brocani, on croirait un elfe mort, Lupita Lozano affirme qu'elle ne sait pas qui est Masimine Orusa et le siège d'ICA, la société qui a construit le barrage, se trouvait dans un immeuble qui a été rasé il y a dix ans.

— Et la société qui a repris sa gestion ?

— ADIS ? Ils disent qu'ils ont encore une partie des archives, mais que l'autre s'est perdue dans les déménagements. Demain, ils essaieront de nous transmettre quelques infos sur l'accident de l'ingénieur et de sa femme, s'ils arrivent à retrouver les dossiers. Je compte là-dessus comme de voir Pedrelli en jean.

— Rien de bon, en somme.

— Et pourquoi ? Il fait 19 degrés, on roule en BMW, il y a plus de trente-sept personnes dans les parages et le type qui nous véhicule nous laisse de temps en temps aller aux chiottes tout seuls !

— Ce qui veut dire ?

— Ce qui veut dire qu'il nous tient en laisse et qu'il doit faire son rapport à quelqu'un dont on ne sait pas dans quel camp il est.

— Appelle Franca Pes.

— Pourquoi faire, bordel ! Si elle n'est pas morte et qu'elle décroche, je lui raconte quoi ? Je suis le gars qui est venu à Rome il y a vingt ans avec un autre gars…

— Je l'ai prévenue.

— Prévenue de quoi ?

— De ta présence, et de son motif.

— Je ne le ferai pas.

— Je t'envoie son numéro, au cas où.

— Pas la peine – il entend le *bling* de l'arrivée du message.

— C'est fait.

— Je l'efface.

— Comme tu veux. Bonne nuit.

— Bonne nuit mon cul.

Bramard raccroche. Il regarde Trepet qui, vautré sur le tapis, l'épie depuis la salle de bains. Ses yeux : deux boutons gris dans la semi-pénombre. Il reprend les pages sur papier brillant du document.

Quelques jours plus tard, il m'ordonna d'ouvrir les banastes avec le matériel de notre art et de faire le compte de ce qu'il y avait et de ce qui manquait. Je fis ce qu'il m'avait ordonné après quoi deux hommes du village descendirent dans la vallée pour se procurer ce qui manquait, jamais je ne sus avec quel argent. Je fus chargé de préparer les échafaudages, mais la nuit, je traçais sur du bois les croquis de chapitres des Écritures que nous avions pareillement fixés sur l'enduit d'autres églises. Chaque soir, avec habileté, mon Maître les améliorait et il les estimait presque toujours plus réussis que ceux qui les avaient précédés. C'étaient là les rares louanges que je recevais de lui depuis l'âge de treize ans, quand mon père, qui désespérait de moi, l'avait prié de me prendre dans son atelier, parce que de lettres, de musique, de commerce et de chiffres, rien ne savais et rien ne sais.

Le deuxième mois, je fus chargé d'enseigner à trois hommes de Clot à appliquer l'enduit. Toujours la pluie retardait le séchage, me laissant plus de temps que nécessaire pour fabriquer les couleurs simples de base. C'est alors que mon Maître me convoqua pour me narrer des histoires du village que les hommes réunis lui avaient demandées et que notre main devait faire apparaître vives sur les murs de l'église.

Je brûlai alors mes croquis et j'en fis de nouveaux, que mon Maître corrigea car tel est l'usage d'obéissance dans notre art, dont c'est le tout premier commandement. Le deuxième étant que notre art consiste à conduire les hommes en un lieu où ils pourront voir. Toujours, mon Maître me le répétait : « Minico, avant de tracer une seule ligne, n'oublie pas que tu dois te faire le guide des yeux de ceux qui regardent et d'autres qui viendront. Comme le savant dénoue les nœuds de l'écriture pour le simple qui voit surgir la lumière là où régnait l'obscurité, ainsi nous faisons et ainsi nous ferons avec les formes et les couleurs, afin que chaque chose se révèle aux yeux de ceux qui regardent, soit pure et bonne et sainte, soit cruelle, mais toujours dans la nature véritable que Dieu lui donna. »

Les murs de l'église étaient bruts, mais sans difficulté, et le moment venu, nous commençâmes notre travail. L'hiver déclinait et pareillement aux murs, mon Maître reprenait couleurs et force. Il appelait hommes et femmes du village à prêter leur profil pour les personnages du fond, et parmi elles, il en choisit une pour la Madone jeune, et souvent la fit poser. Quand venait le soir, mon Maître m'ordonnait : « Allume les feux et va-t'en dormir », et moi, j'obéissais parce que ses mains étaient dans la fièvre des couleurs et de la forme.

Vint l'été, même dans ces terres auxquelles l'hiver paraissait enchaîné. Herbes et plantes fleurirent et tout se mit à préparer ses fruits. Je n'allège pas ma faute, mes frères, en disant que nous imaginons le démon avec des yeux de bête sauvage, des pieds de bouc et des ailes de corbeau, mais qu'il peut aussi se montrer trompeur, doux et charmant tel le moineau. Je ne détourne pas les yeux de mon erreur, mes frères, si je dis que nous croyons la damnation annoncée par les vapeurs de soufre alors qu'elle peut revêtir la robe du silence et du doux ruisselis.

Je puis accuser la jeunesse car je vis et pourtant je ne compris pas, car je touchai de la main mais ne voulus pas croire la damnation que mon Maître et moi célébrions sur ces murs. Jamais Madone à la salamandre ne nous fut demandée et jamais nous ne la vîmes ou entendîmes nommer, aussi, quand je voulus connaître la raison de telle étrangeté, mon Maître me répondit que c'était la coutume des villages que de porter de vieilles idoles païennes dans la sainte foi comme drapeau du péché qui fut et ne sera plus jamais. Il faut peser ma faute avec la tare de la jeunesse, et la sienne, sur l'autre plateau de la balance, avec celle de ce sentiment fou qui s'était installé dans son corps et dans son âme sans que j'aie pu l'en empêcher.

Le blasphème survint la nuit qui rassembla les hommes ni trop jeunes ni trop vieux sur la place pour les conduire ensuite, encapuchonnés, en un lieu secret. Dans les jours qui suivirent cette nuit, dont plusieurs hommes ne revinrent pas, ceux qui revinrent restèrent cachés, laissant le village aux femmes. Mon Maître sombra dans une humeur noire, comprenant peut-être seulement alors, aveuglé d'amour qu'il avait été, ce qui se passait dans l'église durant les nuits de lune où elle nous était fermée, et dans cette pièce qu'ils nous demandaient de laisser nue.

Notre travail était presque achevé et on nous attendait en Émilie, où mon Maître avait trouvé hospitalité et commandes, lorsqu'il fit ce dernier dessin et, en seulement deux jours et deux nuits, secrètement, il le paracheva. Je venais d'aller me coucher quand il me réveilla.

Il me dit : « Lève-toi, habille-toi et ne fais pas un bruit. » Et vite nous nous enfuîmes dans l'obscurité sur nos deux mules qu'une année de repos avait ravigourées. Il ne se retourna pas, il ne mangea pas, il refusa toute halte et ne prononça pas une parole pendant tout un jour et toute une nuit. Comme nous approchions de Coni, mon Maître me demanda de m'asseoir sous un arbre pour parler à l'homme que j'étais devenu, et non au garçon qu'il avait laissé l'année d'avant au-dessus du col d'où Clot s'apercevait à peine.

Il me dit : « J'ai aimé une femme, liée par un lien plus fort que celui du mariage. Bientôt, elle aura l'âge de monter dans la pièce, elle y verra le signe que j'y ai laissé et elle pourra choisir entre trahir les siens en acceptant ma main, ou me trahir moi en acceptant leur rite. Quoi qu'il en soit, ma route se fait incertaine et plus propice à la damnation. Dans cette ville que tu vois il y a un couvent, et dans ce sac, une missive dans laquelle je demande qu'on t'accueille et t'offre protection. Comme tous les saints hommes de ces terres, ils savent tout de la Socha. Ils ont tenté de l'éradiquer, mais cette vallée est un chas par lequel même l'Esprit saint ne peut passer. Apprends donc ce que tu peux de mon erreur, entre dans les ordres, qu'ils te gardent éloigné du vice, des femmes et de la peinture. Ma vie est perdue, la tienne a été à peine effleurée par ce mal. Tranche la partie infectée et accorde-moi ton pardon. »

Puis il courba la tête et attendit que je lui tendisse la main comme l'homme de Dieu qu'il espérait que je deviendrais. C'est ainsi que j'empruntai ma route en ce monde jusqu'à devenir l'homme séculier, accompli mais non meilleur que je suis.

Je restai trois ans au couvent qui est à présent le vôtre où je cherchai, sinon la sainteté, du moins la rectitude, échouant dans ces deux voies. Quand j'eus assez de courage pour admettre ma perdition, je pris la mer et vis bien des ports, j'appris les chiffres et l'écriture pour donner substance à ces chiffres. Je fis plus d'une guerre, je crus les premières saintes, mais avec le temps, je finis par penser que seule ma faim était sacrée.

Je perdis mon nom et m'en donnai d'autres, tous dignes d'être crus. Je fis commerce d'hommes et sur leurs terres, connus la maladie qui donne le sommeil et bien des jeux de cartes et de pions. Je vis des hommes lamentables prospérer et les meilleurs périr, et j'appris le *sic transit gloria mundi.*

Je ne semai aucune graine en chemin, et si quelqu'un a mes yeux, il n'a pas mon nom, et donc ce que je suis mourra avec moi.

Mon départ définitif approche, je passe mes jours dans ce cloître du Finistère où l'on m'a recueilli, sans jamais regarder la mer qui a perdu de son attrait, et en trompant ces frères qui, comme vous tous, aspirent tant à apporter le salut.

Je ne souffrirai pas le jeûne puisque je ne ferai pas amende honorable.

Je confie cette lettre misérablement écrite à un pèlerin de retour de Saint-Jacques-de-Compostelle, qui s'est arrêté pour se purifier dans la cellule voisine.

Il l'apportera en Ligurie et la confiera à des marchands de sel qui la transporteront jusqu'à votre couvent où je connus mes seules années de paix véritable.

Elle n'est adressée à personne, et personne ne se rappellera le nom de celui qui l'a écrite.

Personne n'en retirera de sagesse car, de tous les voyages que je fis, je peux seulement dire que, partout, je recherchai le péché et les ténèbres que, pendant les jours de Clot, je sentis brûler en moi et autour de moi, sans jamais les trouver mêlés d'une telle pureté. Avec cette dernière, je me délie donc du commandement de mon

Maître, qu'elle serve, à qui la lira, de lieu d'où ils pourront voir la perdition qui tous nous menace et nous tient.

Bramard étudie la feuille encore quelques secondes.

À cet instant, dans un hôtel à sept cents kilomètres de là, dans un petit salon aux murs fuchsia, attablé devant une nappe fuchsia, Arcadipane cesse d'écouter Pedrelli qui énumère les vertus de la betterave, attrape son portable et commence à écrire un message très compliqué.

35.

À 7 heures, le rez-de-chaussée de l'*Hotel Papi* est déjà engorgé par un groupe de Japonais et un autre de Chiliens qui ont réservé le premier tour de visite aux musées du Vatican et tentent d'éviter la cohue du petit déjeuner. Résultat : un parfait chaos, auquel Arcadipane et Pedrelli ont échappé grâce à la réactivité de l'adjoint qui, en rentrant de sa promenade de 6 heures, est tombé sur les avant-postes des deux groupes et a eu la présence d'esprit de sauvegarder quelques croissants, d'envoyer un message à son supérieur et de s'étaler sur deux sièges avant que la horde ne déferle. À présent, ils mangent, perchés sur les hauts tabourets de la salle du petit déjeuner, qui est en réalité le couloir reliant la réception de l'hôtel – un couloir un peu plus large – aux cuisines – qui occupent un autre couloir, plus étroit celui-ci. Face au mur fuchsia, genoux sous le menton – la planche servant de bar n'étant guère plus large qu'une gouttière –, ils tentent de dissimuler leurs assiettes aux Japonais qui, devant le buffet razzié, se sont d'abord affligés, puis flagellés, après quoi, en l'absence d'une Chine à envahir, se sont jetés sur tout ce qui traînait, prêts à s'attaquer aux écouteurs d'une adolescente de Santiago ou à la ceinture herniaire d'un vieux rabbin. « Ça, c'est Rome », dirait Arcadipane, si ce n'était pas malpoli de parler la bouche pleine.

— Quel est le programme, aujourd'hui, commissaire ?

— Comment ça, quel est le programme, on n'est pas en voyage de noces. Pousse donc ce cappuccino avant que ce Japonais flanque son coude dedans en faisant un selfie devant.

— Permettez, dit Pedrelli au Japonais.

Petite cravate sous son coupe-vent, chemise blanche et regard d'hermine, après la journée plombée de la veille, l'adjoint a l'air d'avoir repris du poil de la bête. Les touristes se pressent dans leur dos, à coups d'épaule, d'appareil photo et de guide de Rome. Au énième heurt, Arcadipane avale sa dernière gorgée de café, prêt à se mettre en route.

— Tu n'as pas changé d'un poil !

Il se retourne : Franca Pes est plantée là, à deux pas de lui, et de sous son exubérante crinière blonde, ses grands yeux verts le scrutent. À part ses gros seins, qu'il se rappelait logés au quatrième étage avec vue panoramique et sont désormais descendus à l'entresol, juste au-dessus d'un bedon proéminent, la Pes reste le genre de femme qui mêle volumes imposants (chevelure, tête, bouche, poitrine, détermination et stratégies de guérilla) et fautes de goût abyssales, y compris pour Arcadipane (ballerines aux pieds, quilles comme des allumettes, jupe d'ado au genou, ceinture en pneu recyclé, badge « Femmes dans la police : en masse, merci ! »). Il y a une vingtaine d'années, l'ensemble faisait son petit effet, dans sa version surbaissée et avec les racines visibles, également, mais pour d'autres motifs. Reste qu'elle ne passe pas inaperçue.

— Combien d'années ? demande Arcadipane.

— Soixante-sept, répond Pes avec une grimace. Mais ne te gêne pas, balance-moi ton café dans la tronche, tant que tu y es !

— Je voulais dire : depuis combien d'années on ne s'est pas vus ?

— Vingt-cinq. Tu sais qu'avec Bramard, on a parié sur le temps que tu mettrais à m'appeler, si jamais tu le faisais ?

— Vous avez du bol d'avoir du temps pour rigoler. Qui a gagné ?

— Peu importe. On y va ?

— Tu ne veux pas déjeuner ? dit Arcadipane qui voudrait bien un autre café. Les Japonais se sont presque tous barrés.

— Ce sont des Coréens, dit Pes en jetant un coup d'œil au buffet qui évoque un tableau de Cézanne auquel on aurait retiré les pommes et teinté le fond de fuchsia. Et je n'envisage pas une seconde de mettre des trucs pareils dans ma bouche.

— Bon, alors on peut y aller. Dehors il y a…

— Non, il n'est plus là.

— Qui ça ? Colajanni ?

— Je l'ai prévenu que je prenais le relais.

— Tu as fait ça ?

— En vérité, je lui ai dit de dégager.

Arcadipane regarde vers l'entrée de l'hôtel, bien qu'il ne puisse pas la voir d'ici.

— Mais… tu es toujours dans la police ?

— Non, je suis à la retraite. Je bosse comme consultante.

— Pour qui ?

— Si j'étais un homme, tu ne me le demanderais pas. Je bosse comme consultante pour qui en a besoin, comme toi maintenant. Le sujet est clos.

— Comme tu veux. Ce matin, il faut qu'on passe voir cette société…

— ADIS ? Pas la peine, ils n'ont rien trouvé, si tant est qu'ils aient cherché. En revanche, je vous emmène voir quelqu'un qui nous attend au parc Savello.

— Qui ça ?

— Je vous l'expliquerai en route. Et lui ?

— Lui, c'est Pedrelli.

— Enchanté, madame Pes – ils se serrent la main.

— Contente que tu sois un gentilhomme, ça en fait au moins un.

— Qui te dit que c'est un gentilhomme ?

— Mes gros nénés qui tombent. C'est la première chose que tu as reluquée, et pas lui. Allez, on bouge, je suis garée en double file.

Franca Pes s'avance, bousculant l'air dans le couloir et un couple de Coréens qui s'était attardé. Ses nénés sont peut-être descendus de quelques crans, mais son dos et son barycentre sont toujours ceux d'une femme taillée pour la mêlée, et qui entend bien s'y lancer quitte, si Dieu le veut, à tout faire péter.

36.

À sa table, Ester déjeune en dessinant. La salle est déserte. Plus un journaliste. Bramard, Botta et Lavezzi sont les seuls hôtes de la *Sosta del pellegrino.* Les deux agents relayent les collègues qui montent matin et soir de Coni pour couvrir la surveillance de Ludwig Ubac vingt-quatre heures sur vingt-quatre. Les micros et les caméras cachées dans le baraquement durant la perquisition n'ont rien donné d'intéressant. Ludwig ne reçoit aucune visite. Il n'a pas de téléphone pour appeler qui que ce soit et lui dire quoi que ce soit de compromettant. Pas même un chien devant lequel laisser échapper une confidence. Il ne parle pas dans son sommeil. Il ne se montre au village que pour faire quelques courses et échanger deux trois mots avec l'épicière. S'il croise quelqu'un d'autre, il lui adresse un signe et on lui répond pareillement. Le soir, dîner à 18 heures : soupe, fromage, parfois de la viande en boîte, ou du thon, après quoi il lit une heure ou deux un livre pêché sur l'une des étagères qui tapissent les parois, et qu'il a construites lui-même. Il n'éteint jamais sa lampe à huile après 21 heures. Ses outils de menuisier lui ont été rendus, mais il ne s'en est pas servi jusqu'ici. Gouges, pinces, étaux, scies, équerres, râpes, ponceuse et burins se taisent. De toute façon, même s'il s'en servait, ça ne ferait pas grand bruit : c'est du vieux matériel, manuel, rien d'électrique. À l'arrière du baraquement, il y a un générateur, mais il ne l'allume jamais. Bramard a appris du maire qu'avant d'aller en prison, Ludwig possédait une moto de cross avec laquelle il descendait parfois au village. Personne ne l'a vue depuis des années et on ne l'a pas trouvée aux alentours du baraquement. En revanche, pendant la perquisition, ils sont tombés sur deux jerricans d'essence pour le générateur et un bidon d'huile pour la lampe. Mais aucun explosif.

Tout cela peut signifier beaucoup : Ludwig a caché Vera Ladich et depuis des jours, il la laisse seule, au risque de la laisser mourir de faim et de soif. Ou bien il l'a tuée et a fait disparaître son corps, le temps n'a alors plus aucune importance. Ou bien ça ne veut rien dire du tout : son coup de fil mis à part, Ludwig n'a rien à voir avec Vera Ladich et Terenzio Fuci.

La veille, Bramard a passé deux heures dans la chambre de Lavezzi à observer sur l'ordinateur l'intérieur du baraquement filmé par la caméra qui y est dissimulée. Les images de la vie minuscule de Ludwig Ubac aux couleurs grainées lui ont rappelé l'instant où un corps s'apprête à s'étendre et à trouver le repos. Une sensation qu'il éprouve ou qu'il désire souvent, ces derniers temps, ayant justement un corps qui se fatigue vite. Dans la vie de Ludwig Ubac, cet instant de réconfort semble s'étaler sur la journée entière. Un spectacle émouvant si on le voit comme la lame de fond d'un effort éreintant. De quoi peut bien résulter cette fatigue dont Ludwig cherche à se reposer ? Qu'a-t-il dû déplacer, enlever ou tenir ? S'agit-il de la tension d'un instant ou d'un fardeau porté pendant des années ? Personne ne le sait, à part Ludwig Ubac. Mais c'est le nœud que Bramard s'efforce de défaire.

Il boit une gorgée de café américain et tourne la page du livre illustré de photographies consacré au Maître de Clot qu'il a commencé à feuilleter hier soir, après avoir lu la lettre de Minico Curto, le disciple du Maître. Allongé dans son lit, trop fatigué pour déchiffrer les mots, il s'est alors concentré sur les fresques de Johannes et de son apprenti aux murs de l'église. Sur ces clichés des années 1960, les couleurs apparaissent passées et vraies. Comme si leur destin sacré n'avait pu soustraire le Christ, Joseph et la Madone au verdict du temps qui pèse sur les hommes. Comme si leurs visages avaient été peints non pour vivre éternellement, mais pour vieillir à leur tour, connaître la mort, puis l'oubli. Une hérésie que la récente restauration a effacée, ramenant les aiguilles du temps à l'époque où Johannes Van Drift les a peintes, en niant l'intention du peintre et la vision qu'il avait projetée d'eux cinq cents ans plus tard.

Bramard commence à lire. Ce qu'il cherche, c'est la traduction des vers en langue d'oc que le peintre a inscrits sous la fresque de la petite salle de l'abside.

— Il aime bien ça, dit Ester.

Bramard, qui ne l'a pas entendue approcher, la regarde caresser Trepet, accroupie sous la table. Les yeux mi-clos, le chien émet un gargouillis de cafetière.

— On dirait bien. Qu'est-ce que vous avez fabriqué tous les deux, hier ?

— On est allés se promener dans le bois.

— Trepet s'est bien conduit ?

— Mmm... Plutôt bien, mais... – et elle balance la tête à droite et à gauche – ... il mange les crottes.

— Tu devrais lui apprendre à ne pas le faire.

— J'ai essayé, mais il n'apprend pas très bien.

— Non, en effet. C'est une de ses caractéristiques.

— Ça veut dire quoi ?

— Qu'il n'apprend pas très bien.

Ester se consacre quelques instants exclusivement au chien. Elle passe son index dans le sillon qui partage son crâne en deux. D'avant en arrière. Trepet la fixe, hypnotisé.

— Elle n'est plus là, la fille qui attend un bébé ? demande-t-elle soudain, en lorgnant la mine hésitante de Corso. Celle avec des cheveux bizarres.

— Comment sais-tu qu'elle attend un bébé ?

— C'est Marta qui l'a dit quand elle lui préparait à manger.

— D'accord. Non, elle n'est pas là.

— Elle est partie voir le papa du bébé ?

— Pas vraiment. C'est une histoire un peu compliquée, et en attendant, je crois que c'est l'heure de ton car.

Ester se retourne vers la place au fond de laquelle, de la route, pointe la partie haute d'un véhicule portant l'écriteau « Bus scolaire ». Elle hausse les épaules.

— Marta dit que je lui ressemble, poursuit-elle.

— À Isa ?

Ester appuie son épaule contre celle de Corso. Elle désigne le livre ouvert sur la table, à la page de la photo de la sainte Famille peinte par Johannes dans la pièce derrière l'autel. Du doigt, elle trace un cercle autour du visage de l'enfant qu'allaite Marie.

— À l'enfant Jésus ? demande Corso.

— C'est une fille.

Corso regarde Ester qui, comme tous les enfants quand ils pensent avoir raison mais n'ont aucune envie de s'expliquer, s'est mise à jouer avec l'ourson qui pend de la bretelle de son sac à dos.

— C'est pour ça, ajoute-t-elle, qu'Ottavio et Marta m'ont voulue dès qu'ils m'ont vue.

— Ah oui ?

— Oui, parce qu'ils ont compris que c'était moi le salut du village. Ils me l'ont raconté quand j'étais petite.

Corso se remet à observer l'enfant dans les bras de la Madone, sa carnation nordique, le fin duvet blond-roux qui frise et fonce un peu sur sa nuque, pour rendre l'effort de la tétée, la chaleur qui émane de sa mère, la somnolente volupté de ce transfert de vie. Le bus klaxonne.

— Je dois y aller, dit Ester.

Bramard la regarde disparaître dans le hall de l'hôtel et réapparaître derrière la vitre ; elle court vers le bus au centre de la place et ses cheveux flottent dans la grisaille, petite bouée rouge sur une mer qui se prépare à la tempête.

37.

Une fois le Kangoo aux portes coulissantes garé au pied de la muraille que longe la petite route, ils ont rejoint à pied l'esplanade où, depuis cinq minutes, ils attendent l'ouverture des jardins. Au-dessus de leurs têtes défilent des nuages océaniques démentis par l'air frais, mais pas froid, et par la lumière berbère qui, à presque 8 heures, s'étend déjà sur la ville. Ils attendent l'ouverture du portail en même temps qu'un voiturier clandestin, un vieux qui vient d'allumer son réchaud pour faire griller des châtaignes et une Rom munie d'une couverture, d'un chiot et d'une soucoupe. Outre ces personnes, qui travaillent dans les allées des jardins, patientent deux petites familles de touristes nordiques de formation classique : père, mère, fils de quinze ans, fille de treize et créature d'âge indéfini dans un porte-bébé. Père et ado vêtus de bermudas identiques, avec la même coupe de cheveux, fille coiffée au carré comme sa mère, bébé pourvu d'un vague duvet sur le crâne, la morve au nez parce qu'au nord de Munich, le mouchoir ne se porte que sur la tête. Le tout agrémenté de polaires, de chaussures de marche, de chaussettes en laine, de sacs à dos, de gourdes métalliques à la ceinture et d'une légère odeur d'aneth.

Le cul sur le rebord de la fontaine, Franca Pes les regarde avec indifférence, une main sous le jet d'eau craché par le mascaron. Depuis qu'ils sont sur l'esplanade, elle semble plus absorbée et plus jeune, comme si la beauté du décor alentour la traversait, mais en lui demandant quelque chose en échange. Un phénomène qui n'appartient qu'aux natifs de cette ville, les autres n'y entendant rien. D'ailleurs, Arcadipane, qui au premier coup d'œil a rangé fontaine, église, loggia, Pes, portail d'entrée et Aventin dans sa spacieuse catégorie « trucs antiques », n'y comprend rien, s'agite, fait les cent pas et regarde l'heure.

— Quand est-ce qu'il arrive, ton ami ?

— Ce n'est pas mon ami et il n'arrive pas, répond-elle, captivée par l'eau et ses reflets, il est déjà à l'intérieur.

— Comment ça, à l'intérieur ?

— Il a les clés.

— Comment ça se fait ?

Franca Pes porte un peu d'eau à ses lèvres sans répondre. En quête de soutien, Arcadipane se tourne vers Pedrelli mais ce dernier est comme tous les Piémontais, tu les laisses cinq minutes tout seuls et tu les retrouves en train d'examiner quelque mécanisme avec un intérêt tout technique – en l'occurrence, le réchaud du vendeur de marrons.

— Je croyais qu'il était détective privé, lâche Arcadipane, agacé par ce détail et par beaucoup d'autres, pas gardien de square !

Pes flanque une petite baffe au jet, altérant le gargouillis monotone de l'eau dans l'eau.

— Ce n'est pas mon ami, il n'est plus détective depuis des années et il n'est pas le gardien de ces jardins. S'il en a les clés, c'est parce qu'il connaît du monde, comme je te l'ai expliqué en voiture. Cette mise au point étant faite, as-tu déjà parlé à quelqu'un de ce problème ?

— Quel problème ?

— Ton incapacité à écouter les autres.

Avec nonchalance, Arcadipane gobe un sucaï.

— J'ai déjà une thérapeute, merci.

— C'est récent, j'espère, fait Pes en se levant. Voilà, ça ouvre.

Une Panda portant le logo de quelque organisme, société, entreprise, association municipalisée ou confrérie conventionnée, stoppe devant le portail. Le chauffeur en descend et ferraille bruyamment avec la serrure, avant de s'écarter avec révérence pour laisser passer la Rom. Les Nordiques lui emboîtent le pas et ils les suivent. Le voiturier clandestin et le vendeur de marrons chauds sont d'ores et déjà à leur poste de travail.

Les jardins sont propres, pas bien grands, répartis suivant un plan en croix et fermés par un muret bas derrière lequel s'étend Rome. Toutes choses qui n'intéressent nullement Arcadipane, qu'indiffèrent également les quelques grands arbres et les nombreux orangers en pot qui, explique Pes, donnent à ce parc le nom sous lequel les Romains le connaissent. Tout le contraire de Pedrelli qui va, le nez en l'air, en esthète voué à la contemplation.

Pes se dirige vers un septuagénaire qui, au loin, dans un coin, surveille un landau.

— Ciao Federico ! le salue-t-elle à voix basse.

Touché par l'attention, il lui sourit. Ils s'embrassent sur les joues. Federico Amidei est grand, il a les cheveux blancs et un visage d'acteur de roman-photo qui a surmonté la fin de cette époque moyennant quelques excès. Sa chevelure, longue et drue, ressemble beaucoup à celle de Terenzio Fuci et, dans une quinzaine d'années, pourrait être identique. Ce qui indispose Arcadipane, pour des raisons trichologiques strictement personnelles.

— Voici Arcadipane, dit Pes.

— Commissaire…, lui dit l'homme, qui doit avoir été rencardé, en lui tendant la main.

— Et son adjoint, c'est… – Pes regarde autour d'elle – l'autre, là-bas !

— Pedrelli ! crie Arcadipane, le rappelant du muret d'où il admire Rome à pleins poumons.

— Quel endroit magnifique ! dit Pedrelli une fois de retour parmi eux.

Arcadipane l'a vu un jour examiner un mafieux estourbi d'un coup sur la nuque avec cette même pureté d'âme et s'emplir d'un émerveillement franciscain pour la colonne de fourmis qui, depuis des heures, emportait les restes de poulet de l'assiette dans laquelle la face du boss était plongée.

— Penelope, c'est ça ? demande Pes en désignant le landau. Je peux ?

— Bien sûr.

Pes écarte un peu la couverture. Arcadipane se penche par politesse, apercevant une bouille ronde sous un bonnet au crochet, deux yeux clos et une tétine. La bouille lui rappelle cette boule de pâte que Mariangela enveloppait dans du film alimentaire et plaçait au frigo avant de faire une tarte. Moche, ridée, jaunâtre, mais pour finir, quelque chose de bon en sortait. On peut espérer qu'il en aille de même pour celle-ci.

— Elle est superbe, dit Pes, elle a quel âge, maintenant ?

— Deux mois. Au cours desquels elle a dû dormir environ six heures. Le seul moyen d'offrir quelques heures de répit à sa mère, c'est d'aller la balader avec le landau. Comme notre quartier est mal famé, la nuit, je la colle dans la voiture et je l'emmène ici, je ferme derrière moi et personne ne vient me dépouiller.

— Tu as toujours été un oiseau de nuit – Pes flatte ses larges épaules de la main –, même si c'était pour d'autres raisons, autrefois.

Ils échangent des œillades. Travail ? Coucheries ? Trafics ? Blâme amnistié ? Quoi qu'il en soit, pourquoi ils se reluquent comme ça, putain ? Il y a du monde. Qu'ils fassent ça en privé.

— Tout ce sommeil gâché, ricane-t-il, apparemment ravi de se vautrer dans la nostalgie du bon vieux temps. Quand j'y pense… – il regarde l'heure. Bon, allez, causons, elle va se réveiller bientôt et je la ramènerai à la maison. J'en profiterai pour dormir un peu moi aussi.

Franca Pes sort un paquet de chewing-gum. Arcadipane croyait qu'ils n'étaient plus dans le commerce. Quelqu'un doit les lui envoyer d'Amérique, cachés dans un colis de cocaïne, c'est certain. Elle en propose à tout le monde. Le seul à en prendre un, c'est Federico Amidei, policier jusqu'en 1968, sous les radars pendant trois ans pour cause d'infiltration chez les extrémistes de droite, allez savoir pourquoi – contrôler, fomenter ou faire la liaison –, puis réapparu en 1971 et devenu détective privé dans le milieu romain du spectacle et de la politique, métier qu'il a exercé jusqu'en 2001, quand il a ouvert un magasin d'antiquités, de numismatique et de médiation dans la vente de documents anciens. Teint olivâtre et sourire de crooner. Un de ces gars qu'il vaut mieux avoir dans son camp mais, de l'aveu de Pes elle-même, qu'il convient de garder à l'œil.

— C'est vous qui enquêtez sur Vera Ladich ?

Il fixe sur Arcadipane ses prunelles marc de café.

— Sur Vera Ladich et sur Terenzio Fuci, précise Arcadipane. Qu'est-ce que vous savez à ce sujet ?

— De ce qui vient de se produire dans le nord, rien du tout, à part ce qu'ont raconté les journaux. Mais bon, comme j'ai frayé avec ce milieu…

— Vous savez quelque chose que tout le monde ne sait pas. Alors dites-le-nous, comme ça vous irez vous coucher et nous, on reprendra notre montée au calvaire, comme le commun des mortels.

Federico Amidei sourit.

— Vous êtes bien impatient, constate-t-il.

— Je lui ai déjà signalé ce problème, dit Franca Pes, nettement moins souriante. Et cette ville est la dernière où il devrait se trouver.

— Bien, on fera un colloque sur ce thème plus tard. Pedrelli, tu peux arrêter de bayer aux corneilles, sortir ton calepin et prendre deux-trois notes ? Histoire de justifier les frais de train et d'hôtel ? Pour le panorama, tu reviendras pour tes noces d'argent, hein ?

— Et cynique, avec ça, lâche Federico Amidei. Ça ne doit pas être facile de bosser avec vous.

— Ça doit être très facile de ne pas bosser avec vous, en revanche. Alors, qu'est-ce que vous savez au sujet de Ladich ?

L'espace d'un instant, l'homme semble se demander s'il va poursuivre cette conversation ou s'en aller. Mais le bébé dort, Pes pose sur lui des yeux désolés, la lumière est merveilleuse ce matin et, au cours de sa vie, il a rencontré des palanquées de connards, et des plus dangereux que celui-ci, donc…

— Vera Ladich a joué dans sept films. Tous tournés à Rome ou dans ses alentours. Et avec le même réalisateur : Sergio Vescovi. Après le deuxième, en 1965, tout le monde était fou de Mademoiselle le look, aux États-Unis comme en France. Elle a reçu des propositions faramineuses de cinéastes avec lesquels toutes les actrices italiennes auraient tué pour tourner. Aucune n'a été prise en considération. En Italie, personne n'ignorait que Vera Ladich ne travaillait qu'avec Sergio Vescovi qui travaillait uniquement pour la Veronica Film, c'est-à-dire pour Terenzio Fuci. Les producteurs et les réalisateurs étrangers n'étant pas au courant, ils ont tenté le coup plus d'une fois.

— Au courant de quoi ?

— Du fait que Vera Ladich ne faisait pas un pas sans son mari ou leur secrétaire.

— Mlle Brocani, dit Arcadipane qui sent aussitôt ses pieds refroidir.

— Et je ne vous parle pas seulement des plateaux. Quand Ladich a percé, à Rome, ce n'était plus la *dolce vita* de la décennie précédente, mais il y avait encore de quoi s'amuser : restaurants, boîtes de nuit, bars, fêtes dans les villas, voitures de sport, escapades, virées nocturnes à Capri ou à Versilia.

— Et Vera Ladich, que dalle.

— Les seules occasions où elle se montrait, c'était les premières de ses films à Rome, toujours flanquée de son mari et de Brocani. On ne l'a jamais vue à un dîner ou à l'inauguration d'une salle, elle n'a jamais quitté la ville. Ses deux prix d'interprétation à Cannes, c'est son mari qui est allé les chercher. Pas d'interviews ni de tournées de promotion, zéro gala de bienfaisance. Sortie tous les jeudis, sans exception, pour rendre visite à son frère, même quand elle était en tournage. Ce qui explique peut-être pourquoi elle n'a jamais accepté d'aller tourner à l'étranger.

Pedrelli note tout cela dans son carnet en minuscules majuscules, une écriture de cadre moyen de la Fiat. Dans sa fougue, il a même ouvert son coupe-vent.

— Une vie de nonne, en somme.

Federico Amidei sort une cigarette de la poche de son manteau croisé. Il l'allume. Il souffle sa première bouffée loin du landau.

— Par ailleurs, les Fuci étaient une famille liée depuis toujours à l'aile la plus intransigeante du Vatican. Un de leurs cousins avait été cardinal, un de leurs oncles, évêque. Et ce n'était pas simplement une façade. Rome est pleine de gens qui demandent une audience au Saint-Père et qui, en privé, se comportent comme des gorets. Les Fuci étaient d'une autre trempe. Ils se considéraient comme des croisés, des jésuites, Amilcare plus que son frère Terenzio, en vérité, mais ils étaient issus de cette lignée. Vous avez vu le film *Todo modo* ?

— Non.

— Il y est question de retraites spirituelles inspirées des exercices d'Ignace de Loyola, de jeûnes, de nuits de veille : de la prière pure et dure. On dit qu'après la naissance de leur première fille, Amilcare Fuci et sa femme avaient fait vœu de chasteté devant le pape.

— Voilà pourquoi on l'appelait comme ça ! ricane Franca Pes.

— Comment, comme ça ?

— Amilcare « Fuco[1] », répond Federico Amidei, qui a repris son sérieux car il travaille, et quand il travaille, il ne rit que si son travail le requiert.

Un vent insistant s'est levé, chassant les nuages au loin. Pour les apercevoir, il faut regarder vers le sud, en direction de Naples, même si quelques tentacules flottent encore au-dessus de la périphérie de la ville. Les touristes nordiques ont laissé place à un groupe d'Espagnols accompagnés d'un guide qui contemplent Rome du belvédère. Tous en file le long du muret. Goya en ferait une belle scène d'exécution. À supposer qu'Arcadipane sache qui est…

— Et tout le monde était au courant de ça ? demande-t-il.

1. *Fuco* signifie « faux bourdon », le mâle de l'abeille dont le rôle consiste à féconder la reine lors du vol nuptial auquel il ne survit généralement pas.

— De quoi ?

— Du fait que Vera Ladich vivait en recluse.

— Ça ne faisait pas les gros titres des journaux, mais tous ceux qui avaient affaire à eux ne pouvaient l'ignorer.

— Et personne n'y trouvait à redire ?

— Pourquoi ? Si ça lui convenait !

— Ça lui convenait ?

— Il lui aurait suffi d'un coup de fil pour dégotter un amant milliardaire, elle aurait pu partir du jour au lendemain en France ou en Californie avec un seul des contrats qu'on lui a proposés, et installer son frère dans n'importe quelle autre clinique de luxe. Si elle ne l'a pas fait, c'est qu'à l'évidence, elle avait ses raisons. Si ça se trouve, elle aimait Fuci, allez savoir. Dans ce monde, grâce à Dieu, il y a eu pire, comme vies et comme secrets, sans quoi je n'aurais pas vécu de ça pendant trente ans.

— En quoi consistait votre boulot, exactement ?

Federico Amidei fume en regardant le landau.

— Ici, à Rome, ce n'est pas l'argent ni la charge que tu occupes, qui compte. Ça, ce sont les effets collatéraux désirés. Ce qui compte, c'est ce que tu sais – d'une pichenette, il balance sa cigarette à demi fumée. Et moi, je suis doué pour savoir les choses, et pour ne plus les savoir.

— Savoir et ne plus savoir.

— Quelqu'un a besoin de savoir et quelqu'un d'autre a besoin que les autres ne sachent pas. Je garantis une chose et l'autre.

Arcadipane prend son deuxième sucaï de la journée et le met dans sa bouche.

— Alors, pourquoi vous le faites maintenant ? demande-t-il.

— Quoi ?

— Nous raconter ce que vous allez nous raconter.

Federico Amidei le scrute, laissant entrevoir la part sombre dont Pes a parlé.

— Qu'est-ce que vous mangez ?

Arcadipane sort un sucaï de sa poche et le lui montre.

— Jamais vu, c'est quoi ?

— Laisse tomber, lâche Pes. À Rome, on ne mangerait pas ça même en pleine famine après une guerre nucléaire.

— Goûtez-en un ! fait Pedrelli, car le Piémontais est prodigue, surtout des possessions d'autrui.

Arcadipane le lui tend de mauvaise grâce. Federico Amidei le prend, étudie sa forme modeste, sa couleur minérale, sa consistance frigide. Malgré tout, en homme du monde, il le met dans sa bouche. Ils le regardent mastiquer, la mine sérieuse.

— Je dois une faveur à cette dame, dit Federico Amidei en désignant Pes, avant d'avaler le sucaï puis de sortir une autre cigarette et de l'allumer.

— Une faveur de quel ordre ? demande Arcadipane.

— Comme je viens de vous le dire, à Rome, ce qui compte, c'est ce qui se sait. Donc, si je vous raconte ce que je sais de Fuci et de Vera Ladich, c'est parce que la dame ici présente sait quelque chose à mon sujet. Je paie une dette, pour être clair. Alors j'imagine que la dame vous est redevable.

— Pas du tout.

— Franca souhaite donc vous faire un cadeau, ses raisons ne me regardent pas. Vous voulez entendre ce que j'ai à dire, ou nous rentrons chacun chez nous, moi avec mon bébé et vous avec vos bonbons punitifs ?

Arcadipane est content de ne pas être armé. Il hoche la tête. La petite dans le landau couine. Amidei pose la main sur le guidon et lui imprime un va-et-vient, qui fait comme un ressac sur le gravier.

— La première fois que j'ai parlé avec Terenzio Fuci, c'était le 23 octobre 1973, dit-il avec sa voix de professionnel. Il m'a appelé au milieu de la matinée et a demandé à me rencontrer à midi. Je savais qui il était mais on ne s'était jamais vus. Quand je lui ai posé la question, il m'a répondu qu'un ami lui avait donné mes coordonnées, sans spécifier de qui il s'agissait. Il m'a donné rendez-vous à Bracciani, j'ai appris ensuite qu'il y possédait une villa. Mais il a choisi de me retrouver près d'un belvédère sur la colline. Fuci est arrivé avec sa propre voiture, sans chauffeur. Après les paroles de circonstance, il en est venu au fait : ce matin-là, il s'était réveillé et sa femme n'était pas dans leur lit. Elle était partie dans la nuit, ou aux aurores, sans rien lui dire et sans prévenir Brocani. Trois heures plus tard, elle n'était pas rentrée et n'avait pas donné de nouvelles, alors il avait décidé de m'appeler. Il voulait que je la retrouve.

— Un peu tôt pour s'adresser à un détective privé, non?

— Première étrangeté.

— La deuxième?

— En 1973, son frère Amilcare aurait pu mobiliser en un coup de fil des escadrons de carabiniers et de policiers pour n'importe quelle affaire personnelle et ce, dans la plus grande discrétion.

— Donc il ne voulait pas que son frère sache que sa femme avait disparu.

— Connaissant leur ménage, j'ai aussitôt pensé qu'elle avait filé à l'anglaise avec un autre, ce qui expliquait que Fuci ne veuille pas impliquer son frère. Par acquit de conscience, je lui ai demandé s'il pensait à un enlèvement. J'avais été consulté quelques semaines auparavant pour le kidnapping du jeune Getty, ça n'avait débouché sur rien, mais ça s'était su. Il m'a répondu qu'il l'excluait. C'était seulement un moment de confusion, une fugue due au besoin d'alléger la pression. Je n'ai pas eu besoin de négocier ma rétribution : il y avait cinq millions de lires dans sa mallette, j'en recevrais autant une fois Vera Ladich retrouvée.

— C'était beaucoup, cinq millions, en 1973, siffle Pes.

— Beaucoup, oui. Inutile de vous dire que la somme impliquait une totale confidentialité.

— Et qu'est-ce que vous avez fait?

— Ce que je faisais toujours dans ces cas-là, j'ai commencé à tirer quelques-unes de mes ficelles, parlé à deux trois personnes, entendu les contacts que j'avais dans les lieux où les gens qui veulent quitter Rome doivent passer. Ça n'a pas été très compliqué, deux jours plus tard, j'étais à l'agence où, le 22 octobre, vingt-quatre heures avant de disparaître, Vera Ladich avait acheté un billet d'avion.

— Un billet d'avion.

— Édimbourg, départ le 23 octobre à 9 heures, aller simple. Elle avait tenté de l'acheter sous le nom d'Anna Mattalia, mais sa carte d'identité étant périmée, elle avait dû utiliser des papiers au nom de Vera Ladich.

— C'est alors que vous avez découvert que Vera Ladich était Anna Mattalia, née à Clot et non à Basovizza. En 1946 et pas en 1944.

— Avant de s'apercevoir que la carte était périmée, la fille de l'agence en avait fait une photocopie. Moyennant quelques billets, elle a bien voulu fouiller sa corbeille et me l'a remise.

La petite pleurniche, elle a perdu sa tétine. Federico Amidei la lui remet dans la bouche. Elle fait comprendre que ça ira pour l'instant, mais que le monde doit se préparer à son réveil.

— Marchons un peu, dit Amidei.

Ils se mettent en route. Arcadipane à la droite d'Amidei, la Pes à sa gauche. Pedrelli, un pas derrière eux. L'odeur des orangers se mêle à celle des châtaignes grillées que le vent apporte de l'autre côté du mur. Ils croisent un couple qui en a acheté un cornet. La femme se plaint qu'elles soient brûlées à l'extérieur et crues à l'intérieur. Elle dit cela avec une stupeur toute lombarde que l'homme accueille en faisant oui, oui, sans quitter son téléphone des yeux. Le soleil est à présent assez haut pour projeter les premières ombres et faire grimper de 5 degrés la température de la ville.

— Vous l'avez dit à Fuci ?

— Que j'étais au courant pour Anna Mattalia ? Non, mais en sortant de l'agence, je l'ai appelé d'une cabine publique pour l'informer du billet d'avion pour Édimbourg. Je lui ai proposé de prendre un vol pour l'Écosse le soir même, d'y trouver Ladich et de la lui ramener le lendemain. Mais il a refusé.

— C'est-à-dire ?

— L'affaire était résolue. Mme Ladich venait de rentrer. Une équivoque, une incompréhension. Il me ferait porter cinq millions dans l'après-midi et je devais considérer l'enquête close.

Ils sont arrivés au muret. La ville s'étend sous leurs yeux, coupoles et toits battus par un soleil rasant. Une buée, plus qu'une brume, au-dessus des bâtiments. Des millions d'êtres humains qui respirent, transpirent, émettent des humeurs et pleurent. Un vaste échange de liquides entre l'humanité et l'atmosphère, voilà ce que sont les métropoles. C'est comme de mettre la tête dans un sachet coloré sous lequel on entend une musique magnifique, mais qui ne dispose que d'un trou minuscule d'où le gaz carbonique peut s'échapper. Et l'oxygène entrer. Le bébé se réveille. Cette fois-ci, ce n'est pas un accident de tétine, c'est très clair. Federico Amidei saisit le sac accroché au guidon. Il s'assied sur un banc proche. Il sort une Thermos d'eau chaude et du lait en poudre, puis commence à préparer un biberon. La petite pleure.

— Je la prends ? demande Pes.

Federico Amidei lui fait signe que oui, tandis qu'il verse l'eau en surveillant les graduations sur le biberon.

Avec précaution, Pes soulève la petite qui se calme dès qu'elle trouve son épaule. Le soleil lui caresse le visage et elle, les yeux clos, dodeline de la tête comme si elle cherchait à le téter. Pes lui soutient la nuque de la main.

— Je crois qu'il faudrait la changer.

— Après le biberon, dit Federico Amidei.

Pes lui remet le bébé qui, en effet, une fois sorti de ses couvertures, a embaumé les deux mètres carrés alentour d'une odeur verte de caca acide. Mais pour l'instant, elle tète paisiblement en agitant les mains pour écrire des mots fantômes.

— Raconte-lui donc le reste, dit Pes. Ce que tu as déballé jusqu'ici ne couvre pas ta dette.

Dans le regard que ces deux-là échangent, Arcadipane devine qu'il y a entre eux des antécédents qui n'ont rien à voir avec le sexe ou avec l'amour, mais tout de même avec des histoires sales qui se sont mal terminées, au cours desquelles un paquet de monde a morflé.

— Tu lui as fait lire les articles ?

— Non, répond-elle.

Il regarde la petite et ils comprennent qu'il ne cessera pas de la regarder tant qu'elle n'aura pas fini de manger et lui, de parler.

— Une semaine après ce coup de fil, un hebdomadaire national dévoile une liaison clandestine entre Vera Ladich et le réalisateur Sergio Vescovi. L'article explique que le mari et producteur de l'actrice, informé de l'adultère qui, de toute évidence, durait depuis longtemps, est effondré. Toute la presse relaie la nouvelle. Il est question d'une séparation, peut-être temporaire, entre les conjoints. La semaine suivante, la revue qui avait lancé le scoop initial évoque une escapade amoureuse à l'étranger des amants que le mari aurait découverte. Ensuite, pendant un mois ou deux, aucun des protagonistes ne fait de déclarations, les choses se tassent et puis, juste avant Noël, Vera Ladich accorde une interview à ce même magazine, dans laquelle elle déclare regretter l'erreur commise. Elle est profondément désolée du chagrin causé à son mari bien aimé et annonce son retrait des plateaux pour se consacrer entièrement à sa famille.

Arcadipane a tout écouté les mains enfoncées dans ses poches, en savourant le soleil qui lui réchauffe la nuque. Pedrelli est à côté de lui, le crayon en l'air. Pes a pris un deuxième chewing-gum, sans en proposer à personne pour ne pas interrompre le récit.

— Donc elle serait allée à Édimbourg avec le réalisateur ? dit Arcadipane qui cherche à boucler la boucle.

Federico Amidei le regarde en secouant la tête : la boucle ne se bouclera pas si facilement.

— Au début de mon enquête, j'ai rencontré Sergio Vescovi dans un bar de la place d'Espagne. Je voulais lui demander s'il savait où Vera Ladich était passée. Vescovi n'était donc pas en Écosse, mais à Rome.

— Il n'était pas avec Vera Ladich ?

— Non.

— Il a peut-être menti, vu qu'ils avaient une liaison.

— Ils n'avaient aucune liaison.

— C'est lui qui vous l'a dit… ce Vescovo ?

— Sergio Vescovi, le corrige Pes.

— Sergio Vescovi.

— Tous ceux qui le connaissaient savaient qu'il ne pouvait pas avoir de liaison avec Vera Ladich.

— Il ne pouvait pas.

Federico Amidei l'observe pour voir s'il a saisi l'allusion.

— Qu'est-ce que vous saviez sur lui ? demande Arcadipane.

— Ce que tout le monde savait, mais j'avais sous le coude des photos qu'il n'aurait pas voulu voir publiées. Alors quand je lui ai demandé ce que je voulais savoir, j'avais la certitude qu'il ne mentirait pas.

Arcadipane regarde Pes, qui plisse un peu les yeux comme pour lui dire de ne pas s'inquiéter, qu'elle lui expliquera plus tard.

— Mais si le scoop de l'adultère était bidonné, pourquoi Vescovi et Ladich ne l'ont-ils pas démenti ? demande Arcadipane, qui tente d'assembler les pièces du puzzle tant bien que mal.

— Je n'en sais rien.

— Qu'est-ce que vous savez, au juste ?

— Que la revue qui a lancé la nouvelle appartenait à un groupe éditorial dans lequel la famille Fuci avait des parts.

Arcadipane sort de sa poche un sucaï qui lui échappe et tombe par terre, il se penche, le ramasse et le porte à sa bouche. Il mâche. Entre-temps, les jardins se sont peuplés. Touristes et Romains passent à quelques mètres d'eux et lorgnent ce bébé qu'un homme aux cheveux blancs nourrit au biberon, cette femme aux larges épaules et à la tignasse bouclée, ce type avec un coupe-vent et une tête de métallo, coiffé comme Gianni Agnelli, et puis ce drôle de bonhomme dans sa veste en peau de mouton qui mange les trucs qu'il ramasse par terre. Pourtant, les bavardages des passants ne pénètrent pas dans leur bulle, pas plus que la litanie de la mendiante ou le cri du vendeur de marrons. Ne leur parviennent que la chaleur du soleil, les effluves des orangers, la fumée du réchaud et l'odeur de cannabis que quatre étudiants absentéistes fument paresseusement sur un banc en plein cagnard. Étourdi par ce mélange, Arcadipane contemple la ville qui, dans quelques années, dévorera Pes et Federico Amidei avec leur passé, leurs secrets, leurs mauvaises actions, ce qu'ils savent et ce qu'ils ignorent, les informations qu'ils ont vendues et celles qu'ils ont retenues contre rétribution. Turin fera la même chose avec Pedrelli et lui. Dévorés, digérés et chiés en un ou deux ans. L'espace d'un instant, il lui semble comprendre les gens qui vivent à Clot et dans des villages plus petits encore. Ceux dont il n'a jamais saisi ce qu'ils fichaient sur Terre. Qui ont choisi de sauver quelque chose d'eux-mêmes en travaillant à rebours, en se privant de choses, en se privant de personnes, en laissant tout aux mains du temps, en l'écoutant couler, goutte à goutte. C'est à cela que Rome sert : à comprendre si tu veux y rester ou si tu es fait pour vivre ailleurs. En ce qui le concerne, il est clair que c'est ailleurs.

— Commissaire ? l'appelle Pedrelli.

— Bien sûr, répond-il sans avoir la moindre idée de ce dont il est sûr ni de pourquoi il a prononcé ces mots.

La petite Penelope fait son rot sur l'épaule de Federico Amidei, qui vient d'étaler sur le banc le léger matelas sur lequel il va la changer. Qui sait ce que ces mains ont fait… Et voilà ce qu'elles font à présent.

— Combien vous êtes-vous fait payer ?

— Pour quoi ? dit l'homme, qui pour être grand-père, n'en est pas moins habile à nettoyer l'intérieur de cuisses rebondies, plein de plis et de replis.

— Pour ne pas faire état de la photocopie qui prouvait que Vera Ladich avait été Anna Mattalia.

— Dix millions.

— Dix millions pour la retrouver, dix millions pour garder le secret sur son identité, et pour l'autre question ?

— D'après vous ?

— Dix millions de plus ?

— Naaan ! (D'un geste d'expert, il empaquette la couche incriminée.) L'argent a son importance, mais il faut aussi penser à ses vieux jours. On ne peut pas grenouiller trop longtemps dans ce marigot.

En cassant le poignet comme un basketteur, Federico Amidei expédie la couche dans la poubelle à deux mètres d'eux.

— Le magasin d'antiquités.

— Vous voyez ? Deux jours à Rome et vous avez déjà perdu un ou deux kilos de balourdise savoyarde.

Federico Amidei ferme les attaches de la couche propre, puis du body. À demi endormie, Penelope rit quand il lui chatouille le ventre. Les enfants ont ce don formidable de pouvoir effectuer deux gestes vitaux en même temps. Un don que l'on perd par la suite, au prétexte de ne plus profiter que d'un seul, ce qui est une grave erreur. C'est généralement en mourant qu'on se retrouve à n'en faire plus qu'un seul, mais pour de bon.

— Une dernière chose.

— Je vous en prie, dit Federico Amidei en reposant le bébé dans son landau.

— Il est encore vivant, ce Sergio Vescovi ?

— Artistiquement, vous voulez dire ?

— Assez vivant pour être interrogé ?

— Je crois qu'il a une ferme quelque part en Toscane, avec vos puissants moyens, vous le retrouverez en un clin d'œil. Mais aux dernières nouvelles, il passait neuf mois de l'année en Thaïlande, retranché dans un hôtel avec une caisse de rhum et une autre de Viagra, alors bonne chance. Ciao, Franca Pes – il pose un baiser sur sa joue, effleurant ses lèvres au passage – ce fut un plaisir que d'apurer enfin nos comptes.

— Ciao Federico, dit-elle en lui caressant le visage. Toujours le même adorable enfoiré.

L'homme rigole et lève une main en s'éloignant avec le landau.

— Saluez Turin de ma part. S'il me vient une envie de rhumatismes, de nourriture lourde et d'emmerdements, je ne manquerai pas de vous rendre visite.

Ils le regardent partir, fendant la foule des visiteurs qui, à leur tour, ne peuvent s'empêcher de remarquer cet homme de haute taille aux cheveux longs, drus et blancs, qui pousse un landau des années 1970.

Quand il a disparu, sans un signe d'accord, ils s'asseyent de conserve sur le banc. Aux odeurs qui flottent dans l'air s'est ajoutée la vague senteur du caca de Penelope qui, pour quelque motif blasphématoire, s'harmonise avec l'autel de la patrie[1] qui se dresse au loin. Il est tout juste 9 heures et ils se sentent déjà défaits, épuisés, vidés comme au terme d'une confession interminable et pourtant incomplète.

— Il y a un truc que je n'ai pas compris, dit Franca Pes.

— Tu as du bol, moi, c'est plus d'un.

— À part la véritable identité de Ladich, que savait Federico qui vaille son magasin ?

— Il savait que Vescovi n'avait pas quitté Rome et qu'il ne pouvait pas être l'amant de Vera Ladich. Et donc, que le scandale de la liaison adultère était un montage de Fuci.

— Mais si Vera Ladich n'avait pas de liaison avec Sergio Vescovi, pourquoi jeter en pâture aux journaux une histoire pareille ? Quel avantage avait Fuci à passer pour cocu ? Je ne pige pas.

— Moi non plus.

— Alors ?

— Alors il faut qu'on trouve ce Vescovi. Pedrelli, tu as tout noté ? Parce que moi, j'ai tellement la tête à l'envers que je me ferais volontiers une sieste.

— Bien sûr, commissaire. Dès qu'on aura une minute, je mets tout ça au propre et on récapitule.

— C'est ça, récapitulons.

— En attendant, c'est tout de même curieux cette affaire de dates.

— Quelles dates ?

— Vera Ladich est partie à Édimbourg le 23 octobre 1973, l'ingénieur et sa femme sont morts dans l'accident de la conduite le 25 octobre 1962 et le 24 octobre dernier, Fuci a été tué et Vera Ladich a disparu.

— Tu veux dire que si un oiseau te chie sur la tête, ça peut être une coïncidence, mais que si c'est une vache, d'une manière ou d'une autre, tu l'as un peu cherché ?

---

1. Monument à Victor-Emmanuel II, colossal et tout de marbre blanc, qui domine la ville de la colline du Capitole.

La parabole reste en suspens quelques secondes durant lesquelles ils regardent leurs chaussures. Puis ils se concentrent tous les trois sur le mocassin droit d'Arcadipane. Avec le temps et à force de pas, le chatterton s'est en partie effiloché et en partie fondu au cuir synthétique, l'ensemble a quelque chose d'aérospatial.

— Tu as vu ton ami Federico ? dit Arcadipane. Il s'est tapé une nuit blanche et il était frais comme une rose. Moi, quand je serai grand-père, j'aurai de la chance si j'arrive à changer mes propres couches tout seul.

— Je te signale que Penelope est sa fille.

— Sa fille ?

— La mère n'a que trente-deux ans. Quant à lui, tu n'as pas remarqué ses pupilles ? Il se fait deux mille euros de cocaïne par semaine, alors forcément, la nuit, c'est un fauve.

— Je ne l'aurais pas dit. Il a de belles dents.

— Fausses. Trente mille euros par mâchoire. Chez le dentiste que fréquentent les acteurs et les cocaïnomanes qui ne sont pas sur la paille.

— Quel monde, dit Arcadipane en secouant la tête et en pêchant des sucaï dans sa poche. Il en a trois sur sa paume, il les offre. Pes en prend un.

— C'est gentil, non merci, dit Pedrelli. Mais si on trouve une supérette sur la route du retour, je veux bien qu'on s'y arrête, je m'achèterai un yaourt.

38.

Bramard a compris qu'il était vieux quand il s'est aperçu qu'au lycée, ses élèves scrutaient avec une curiosité d'historien deux objets dont l'usage lui était coutumier : les mouchoirs en tissu et la souris.

Cela explique pourquoi Isa n'en a inséré aucune dans la housse du PC et pourquoi Bramard lutte depuis plusieurs minutes avec le *trackpad* pour bloquer le photogramme du film à l'endroit exact où il le souhaite.

Dans *Un après-midi d'août*, Vera Ladich est Carla, une jeune femme des beaux quartiers de Rome, mariée à un architecte de renom avec lequel elle a eu deux enfants, encore en bas âge. Une vie paisible de grande bourgeoise, beaucoup de temps pour se consacrer à la décoration de sa maison, à ses amies, à l'équitation, aux activités de ses enfants qui fréquentent une maternelle et une école primaire privées où les enseignants sont de langue anglaise. Alfredo, son mari, décide de profiter de l'été pour rénover leur salle de bains. En août, il travaillera sur un chantier à Cortina, Carla et les enfants passeront le mois dans leur villa de Porto Ercole. Les ouvriers auront le champ libre pour tout démolir, installer de nouveaux équipements et poser du carrelage. Tout se passe comme prévu, sauf qu'avant le 15 août, Carla doit rentrer à Rome pour quelques jours : l'une de ses amies est hospitalisée suite à une tentative de suicide plus démonstrative qu'alarmante. Elle passe la nuit chez elle et au matin, croise les ouvriers, parmi lesquels se trouve un certain Saverio, un jeune de banlieue, embauché à l'essai. Un après-midi, alors que le jeune homme est resté seul à casser du carrelage, ils font connaissance, sont attirés l'un par l'autre et couchent ensemble. Tout semble se conclure dans ce geste inexplicable pour Carla, complètement hors de son contexte. Elle n'avait encore jamais trompé Alfredo. Elle retourne à Porto Ercole, où ses enfants sont gardés par leur grand-mère paternelle. Elle reprend sa vie habituelle, plage, parties de rami avec ses amis, affectueuses conversations téléphoniques avec son mari. Mais bientôt, elle use d'un prétexte pour regagner Rome et revoir Saverio qui, entre-temps, a été licencié pour avoir volé des outils. Ils se retrouvent dans son quartier de banlieue, puis dans un hôtel sordide, et Saverio finit par lui demander de l'argent pour rembourser certaines dettes. Des gens qui pourraient lui faire du mal le recherchent. Carla ne peut pas retirer cette somme sans qu'Alfredo s'en aperçoive et lui demande des comptes. D'où l'idée de simuler un cambriolage. La vie de Clara glisse sur une pente savonneuse vers la perdition et vers le désastre.

Bramard s'efforce de faire obéir le *trackpad* à son index, mais ses jointures grossies et raidies par des années de grimpe manquent de la légèreté nécessaire. Le curseur bouge brusquement. Déplacer et cliquer sont deux gestes qu'il ne parvient pas à dissocier. Il finit par y arriver, relance la lecture, regarde pour la énième fois la scène dans laquelle Carla, en pleine nuit, réveille ses enfants de cinq et sept ans. Elle les fait venir dans son lit où elle dormait seule. Elle les embrasse. Dès qu'ils se rendormiront, elle s'en ira. Elle a choisi Saverio, elle a choisi le précipice, elle risque de ne plus les revoir, et c'est peut-être mieux ainsi. Elle les serre dans ses bras. Elle ne peut rien leur expliquer. Ils sont trop petits. Et elle ne s'explique pas non plus à elle-même pourquoi elle a décidé de fracasser sa vie parfaite. Leurs vies parfaites. Alors elle se tait et elle les embrasse tous les deux. Puis elle sourit. « Retournez vous coucher, maintenant », leur dit-elle. Ils se lèvent pour partir, elle les rattrape, les enlace une dernière fois. Gros plan sur elle. « N'oubliez jamais… » dit-elle, puis ce léger déplacement des yeux vers l'objectif de la caméra, vers Bramard qui la regarde, l'un des sept moments qui ont fait d'elle Mademoiselle le look, et ses lèvres susurrent : « … le bien que je désire pour vous. »

D'un coup maladroit sur le *trackpad*, Bramard fige l'image, le regard, la dernière syllabe. Il les contemple. L'ordinateur, sur ses genoux, lui transmet une chaleur agréable, dans cette pièce froide. Il prend le carnet à côté de lui et note cette phrase à la suite des autres prononcées par Vera Ladich dans les deux films précédents qu'il a regardés dans sa chambre :

« … s'il vous plaît… »

« … et alors le mal ne pourra plus me nuire… »

« … le bien que je désire pour vous… »

Il tente de les combiner, mais elles ne semblent mener à aucun sens, juste à une vague atmosphère de tristesse, de résignation. Son téléphone sonne sur la table de chevet où s'empilent les boîtes des médicaments qu'il doit prendre matin et soir, et aussi après le dîner. La sonnerie est celle des vieux appareils des années 1970 qu'Ani lui a installée sans qu'il ait eu besoin de le lui demander. C'est Isa.

— Salut, bon, je te le dis tout de suite, je n'ai pas fait l'échographie. C'est remis à demain. Donc je ne sais pas si c'est un garçon ou une fille, et je ne sais pas non plus si j'aurai envie de te le dire.

— Je comprends.

— Tu as du nouveau ?

— Je regardais les films, ensuite je veux finir ce roman-feuilleton. Du travail de bureau, en somme. Tu as réussi à me trouver quelque chose ?

— Quelques trucs. Je viens de t'envoyer un mail, mais si tu veux, je te raconte.

— Tu les as racontés à Vincenzo.

— Pas encore.

— OK, tu le feras plus tard.

— Tu ne peux pas l'appeler, toi ?

— Je pourrais, mais tu sais bien ce que je veux dire. C'est lui, ton supérieur.

— Je suis à la routière, il n'est plus mon supérieur.

— Tu sais ce que je pense de ça aussi. Appelle-le.

— OK, je vais faire un groupe, comme ça quand je t'écris, il peut lire aussi, d'accord ?

— D'accord, et maintenant dis-moi, si tu veux bien.

— Si je veux bien… Tu m'as fait chercher des trucs. Pourquoi je les garderais pour moi…

— Isa ?

— Écoute, j'ai la rage, là.

— J'entends.

— J'ai toujours la gerbe, je dors hyper mal, je suis en train de devenir un gros tas, Angela ne me lâche pas. Je ne suis plus très sûre d'avoir fait le bon choix.

Bramard se tait, elle pleure peut-être un peu, mais discrètement.

— Ça va bien se passer.

— C'est clair que pour toi, ça va bien se passer, tu t'en es tiré avec une branlette sans même devoir m'acheter des fleurs, m'offrir à dîner et passer sur le bidet à la fin !

— Tu n'aimes pas les fleurs. Je t'invite à dîner quand tu veux. Et je peux passer sur le bidet tout à l'heure.

— Va te faire foutre.

— Le médecin m'a dit que je pouvais aller où je voulais, du moment que je faisais ça calmement.

Elle rigole, la gorge encore serrée.

— Tu veux savoir ce que j'ai trouvé, ou bien non ?

— Je veux.

— Bon, alors, je commence par les quatorze tickets récoltés chez Ludwig Ubac.

— Allons-y.

— Ce sont des tickets de cinéma qui datent des années où les films de Ladich passaient dans les salles. J'ai encore besoin de temps pour savoir quelles salles les ont émis et pour quels films. Fin du chapitre ticket.

— C'est déjà quelque chose. Le fils des Claro ?

— Il est mort à l'âge d'un an et dix mois à l'hôpital de Coni en mai 2002. D'une maladie génétique rare, mais je n'ai pas trop envie d'en parler, alors je t'ai envoyé par mail tout le matos que j'ai trouvé.

— D'accord. Et là, qu'est-ce que tu fais ?

— Je glande, je dégueule et je chiale.

— Angela n'est pas là ?

— Elle est dans son atelier, elle bosse, mais ça vaut mieux comme ça. Maintenant, épargne-moi tes conseils, surtout de lecture.

— Pourquoi ?

— Ça me gonfle. Je préfère regarder un film avec Ladich, moi aussi.

— Tu veux revenir ici ?

— Non, ce serait le bordel. Et puis je dois faire ces recherches sur les tickets. C'est plus facile d'ici. Et toi, ça va comment, à la maison ? Je ne te le demande jamais.

— Ça va.

— Ce n'est pas vrai.

— Non, ce n'est pas vrai, mais tu sais déjà tout.

— Ta compagne...

— Elena.

— Tu le lui as dit ?

— Oui.

— Elle m'en veut ?

— À toi, pas du tout. À moi, oui. Parce que je suis ici avec Vincenzo au lieu d'être à la maison et de me reposer.

— Pareil pour Angela.

— Tu vois, que tu le savais.

— On est vraiment des têtes de con, hein ? – elle ricane. Arcadipane aussi, mais lui, en plus, il est moche. Bon, je te laisse, j'ai la gerbe !

Et elle raccroche

Bramard repose son téléphone sur la table de chevet, en équilibre instable sur le tas de médicaments. Il le regarde s'incliner, puis se stabiliser. Il arrête le film et cherche le Wi-Fi de l'hôtel, entre le mot de passe « pellegrino » et ouvre sa boîte mail.

Le premier message est celui d'Isa, le reste, des spams et quelques mails du lycée, parce qu'il n'a pas encore été rayé de la liste de diffusion. L'objet : « Syndrome de Wolcott-Rallison ». Il l'ouvre, pas de texte, seulement un lien qui renvoie à une page. Il clique dessus.

Le syndrome de Wolcott-Rallison (WRS) est une maladie génétique très rare associant un diabète néonatal permanent (DNP), une dysplasie épiphysaire multiple et d'autres manifestations dont des épisodes récurrents d'insuffisance hépatique aiguë. Moins de soixante cas ont été rapportés à ce jour. La plupart des patients appartiennent à des familles consanguines. La maladie est probablement sous-diagnostiquée en raison du décès précoce des patients avant le diagnostic. Le diabète est très précoce, il se manifeste en général avant l'âge de six mois, est irréversible et d'emblée insulinodépendant. La dysplasie squelettique se développe durant la première ou la deuxième année et est associée à une petite taille (nanisme à tronc court). Un défaut de minéralisation ou des signes de dysplasie épiphysaire des os longs, du pelvis et des vertèbres – le crâne étant habituellement épargné – sont visibles sur les radiographies dès l'apparition du diabète. L'atteinte hépatique est la troisième manifestation caractéristique et la complication la plus sévère pouvant mettre en jeu le pronostic vital. Elle se manifeste par une élévation des enzymes hépatiques, une hépatomégalie et des épisodes aigus de défaillances hépatiques. Les autres atteintes et leur sévérité varient selon les patients…

Bramard revient au début de la notice et relit : « La plupart des patients appartiennent à des familles consanguines. La maladie est probablement sous-diagnostiquée en raison du décès précoce des patients avant le diagnostic. »

Il se lève et fait quelques pas dans la pièce, les mains dans les poches. À travers ses chaussettes, ses pieds peuvent sentir les jointures entre les lames du parquet. Il a envie de fumer, il sait qu'il ne doit pas. Il va à la fenêtre. Ester et Trepet sont sur la place. Ester cherche à le faire jouer avec un bâton. Pour lui faire plaisir, Trepet clopine sur ses trois pattes jusqu'à l'endroit où elle l'a lancé, il le flaire, puis la regarde. Elle l'appelle, il la rejoint, sans lui rapporter le bâton. « C'est bien, l'entend-il lui dire. C'est bien quand même. » À son retour de l'école, Ester l'a pris avec elle, comme la veille. À présent, ils avancent sur la route qui sort du village et mène au bois. Quand ils y entrent, Corso distingue encore la tache rouge de son anorak. Trepet, en revanche, disparaît au milieu du feuillage clairsemé, se confondant avec le tapis de feuilles jaunies.

Il revient prendre son téléphone sur la table de chevet. Il cherche les messages d'Arcadipane.

« Il faut que je parle à Ludwig Ubac », écrit-il.

Alors qu'il attend une réponse, il voit qu'il a été inclus dans un groupe WhatsApp.

Arcadipane, Isa et lui. Nom du groupe : « Vieilles burnes et une chatte ».

39.

Arcadipane débouche les petits trous du guéridon métallique avec un cure-dents. Il ne sait pas exactement ce qui les obstrue, vu qu'ils sont en plein air sous cette pergola, ce n'est pas très hygiénique, il le sait, mais ça le détend et ça le dispense de parler avec Pes et Pedrelli pendant qu'ils attendent qu'on vienne prendre leur commande.

Un *bling* de son téléphone le distrait de ces pensées plus lasses que sombres. Il saisit l'appareil et le regarde. Il a été inclus dans un groupe WhatsApp. Isa, Bramard et lui : « Vieilles burnes et une chatte ». On est bien barrés, se dit-il, avant de voir que Bramard lui a envoyé un message. Il l'ouvre et le lit.

BRAMARD
Il faut que je parle à Ludwig Ubac.

Il réfléchit, puis il écrit.

ARCADIPANE
OK, je préviens la surveillance.
Ne fais pas de conneries.

Puisqu'il a le téléphone en main, il en profite pour envoyer un message à Mariangela qui continue à se taire. Il opte pour la technique du coup en bande.

ARCADIPANE
Loredana va bien ?
Je lui ai écrit, mais elle ne m'a pas répondu.
Comment s'est passé son dernier examen ?

Elle lui répond aussitôt.

MARIANGELA
C'était lundi. Ça ne s'est pas bien passé.
Comme toujours, tu es en retard.

Il décide de ne pas céder à la provocation.

ARCADIPANE
Elle s'est plantée ?

MARIANGELA
Elle a eu 28, mais elle préfère le repasser parce qu'elle dit que ça va faire chuter sa moyenne.

ARCADIPANE
Elle est folle ?

MARIANGELA
Elle n'est pas folle, elle est exigeante. Peut-être intransigeante. En tout cas, certains choix la regardent. Tu pourrais l'écouter et lui parler, pour une fois. Au lieu de te contenter de messages.

ARCADIPANE
Si tu es en colère à cause de l'appart, ce n'est pas la peine de t'en prendre à moi.

MARIANGELA
La moitié de l'appartement t'appartient, à qui veux-tu que je m'en prenne ?

ARCADIPANE
Tu n'as qu'à vendre ta moitié à toi !

Silence. Arcadipane repose son portable, presque satisfait. Un gamin sri lankais arrive avec des petites serviettes et les leur distribue. Il leur demande ce qu'ils veulent. Arcadipane n'a même pas regardé l'unique feuille plastifiée qui fait office de menu. Tandis que Pes et Pedrelli passent commande, il tente de la lire mais n'y reconnaît pas de noms familiers. Trop de *k* et de *y*. Sur ce, un doute l'assaille. Un doute affreux. Il reprend son portable.

ARCADIPANE

Je disais ça pour plaisanter !

MARIANGELA

Figure-toi que j'y pense sérieusement. Gian Pietro et moi nous avons déjà ébauché un plan. Si la copropriété nous permet d'ouvrir une porte dans le mur aveugle du palier…

ARCADIPANE

Tu n'es pas intransigeante, toi, tu es dingue !

MARIANGELA

… nous pourrions le diviser en deux unités, il faudrait juste aménager une autre salle de bains.

Il ne répond rien, il a dit ce qu'il avait à dire. Il pose son portable sur le guéridon et reprend le menu sans parvenir à se concentrer, mais l'appareil se met à sonner. Arcadipane le regarde : numéro inconnu, probablement son avocat, un géomètre, ou l'administrateur de la copropriété que Mariangela a déjà contacté. Il se lève en faisant signe qu'il doit répondre.

— Commande quelque chose pour moi, dit-il à Pedrelli en masquant le micro de la main, puis il s'éloigne sur le trottoir.

Ils ne sont pas loin de leur hôtel. Les immeubles sont très turinois.

— Allô ? dit-il sur un ton formel.

— Vincenzo Arcadipane ?

— C'est moi.

— Bonjour, je vous appelle de l'*Hotel Papi* pour vous signaler qu'un pli vient d'être déposé à votre nom.

— Je n'attendais pas de livraison. Ça vient d'où ?

— Je n'en sais rien. On nous l'a remis en main propre.

— Qui ça ?

— Un homme. Le pli ne porte ni le nom du destinataire ni celui de l'expéditeur, mais il nous a dit que c'était pour vous.

Arcadipane réfléchit.

— C'était un grand type, dans les soixante-dix ans, avec des cheveux longs et blancs ?

— Je ne crois pas. Il a garé son scooter devant l'entrée et il est entré avec son casque sur la tête. Le temps de laisser le pli et il était reparti. En tout cas, il n'était pas grand.

Silence.

— J'ai pensé qu'il fallait vous prévenir.

— Vous avez bien fait, j'arrive.

Arcadipane entre l'adresse de l'hôtel sur le GPS de son téléphone et constate qu'il se trouve à quatre minutes à pied. Il se tourne vers la terrasse du restaurant : Pedrelli et Pes sont en pleine conversation. Pedrelli a ôté son coupe-vent, avec son petit complet gris et sa cravate lie de vin, à Turin, il a la dégaine d'un inspecteur du fisc, mais plus on le déplace vers le sud, plus il vire au croque-mort. À Palerme, il entrerait sans doute dans la catégorie exhumeur de cadavres.

Il leur tourne le dos et, en suivant son portable tel un sourcier sa baguette, rejoint l'hôtel. Un bruit d'aspirateur arrive du couloir des petits déjeuners. Les tables sont dressées dans la salle à manger qui, cependant, est presque déserte.

La voix du réceptionniste, en veston fuchsia, est très différente de celle qu'il a entendue au téléphone. Le type lui répète toutefois les mêmes mots. Guère de détails à ajouter, sinon que le scooter était d'un modèle petit et vieillot, pas un de ces gros engins modernes qui ressemblent à des motos, et que, quand le type a relevé la visière de son casque, il avait des lunettes. Il portait un blouson, mais allez savoir de quelle couleur.

Le pli est une enveloppe matelassée. Souple, elle semble contenir des papiers. Arcadipane l'ouvre et jette un coup d'œil à l'intérieur. Des documents, semble-t-il. Il la glisse sous son bras, remercie et repart.

En le voyant revenir, Pedrelli bondit sur ses pieds tel un suricate. Ses yeux trahissent l'inquiétude, la déception et le reproche, émotions qu'heureusement, sa nature piémontaise lui fera ravaler. Et en effet, dès qu'Arcadipane prend place, il se rassied et se tait.

— Syndrome de Stendhal ? commente Pes, qui n'est pas piémontaise pour deux sous et a déjà attaqué son plat.

— Quelqu'un a laissé ce pli pour moi à l'hôtel. Sans nom d'expéditeur.

— Qu'est-ce que c'est ? hasarde Pedrelli.

— On verra ça plus tard, il faut que je mange, je vais tourner de l'œil. Tu as pris quoi, toi ?

— Salade d'épeautre, avec des crevettes et d'autres trucs que tu n'aimes pas.

— Bonne chance, et qu'est-ce que tu m'as commandé ?

— Un poke, dit Pedrelli. Voilà, ça arrive.

Le serveur sri lankais pose deux gros bols sur le guéridon et tourne les talons. Arcadipane pressent tout de suite le problème, mais il préfère surseoir en se versant un verre d'eau qui n'est même pas gazeuse, mais tant pis, cette petite marche lui a donné soif. Après quoi, il lui faut affronter l'amère réalité.

— C'est quoi, ce bouzin ?

— Un plat typique de la cuisine hawaïenne, à base de thon pelé et poêlé, de sel marin, de kimchi et d'algues. C'est léger et bourré de vitamines. J'y ai fait ajouter un peu de riz parce que je sais que vous aimez les hydrates de carbone.

De la pointe de sa fourchette, Arcadipane tâte ce qui, à ses yeux, ressemble à un camion de poisson ayant accidentellement versé dans un champ d'herbes médicinales.

Pes a fini et se lève.

— Vous faites quoi, maintenant ?

Arcadipane la regarde par en dessous.

— Si on survit à ça, on va chercher à comprendre ce que sont ces documents et qui nous les a envoyés.

— J'ai quelques bricoles à expédier de mon côté, entre autres, retrouver la trace de Sergio Vescovi. Vous me direz si vous trouvez des infos intéressantes là-dedans. Je peux vous laisser la note ?

— Bien entendu, plastronne Pedrelli qui tricote des baguettes au-dessus de son bol.

— Tu es un amour, dit Pes en enfilant sa veste.

Elle rejoint son Kangoo, qu'elle a garé en double file devant la terrasse. Sans allumer ses feux de détresse. Elle démarre et s'en va.

— Goûtez-le ! l'encourage Pedrelli. J'en mange souvent, à Turin, mais celui-ci est vraiment excellent.

Arcadipane regarde son portable. Sur le front de Mariangela, tout est calme. Puis, avec sa fourchette, il pioche dans son bol, en adoptant la technique « un peu de tout », dans l'espoir que la confusion l'améliore.

Il mastique, résigné. Rien, ça lui rappelle la maternelle. Ça a un goût de morve.

40.

À Clot, le soleil se couche deux fois. La première est brutale : la sphère flotte au-dessus de la ligne des montagnes jusqu'à ce qu'une cime plus haute la scinde puis, en l'espace de quelques secondes, l'engloutisse. La seconde est languide, comme tous les crépuscules, mais plus encore à Clot parce que la lumière s'en va sans promesse de retour.

Quand Bramard arrive au baraquement, le jour est à mi-chemin de cette deuxième phase. L'air a déjà la netteté de la nuit, mais une clarté diffuse révèle encore les choses. Une belle heure, surtout en montagne, même s'il faut avoir le cran d'y faire face, de savoir l'attendre et de la voir s'en aller. Bramard a ce cran, il n'a pas grand mérite : c'est à cette heure-ci qu'il est né et il a vécu une vie qui est l'équivalent de ce moment. S'il doit faire une prédiction, c'est de cette manière qu'il tirera sa révérence. Pourtant, une joie modeste l'habite : malgré la montée, il sent ses jambes moins éprouvées que les jours précédents. Il aime à penser que quelque chose dans son corps est en train de s'adapter.

Il s'approche du baraquement qui est d'un doux bleu passé. À l'instar du rouge, le bleu vieillit bien. Ce n'est pas le cas du jaune, ni du gris. Quant à l'orange, il meurt avant d'avoir pu vieillir.

Il frappe à la porte. Les deux hommes en planque ont été avertis, il sait qu'ils le tiennent à l'œil. Avant qu'il ait le temps de frapper de nouveau, une voix l'appelle de l'arrière du baraquement. Il descend deux marches puis longe l'abri. Ludwig est là, juste derrière le coin, et travaille un tronc de deux mètres de long avec une plane à écorcer. À sa ceinture pend la serpe avec laquelle il a élagué les branches qu'il foule aux pieds.

— Ne me demandez pas ce que je fabrique, dit-il. L'envie me vient de le faire, alors je le fais, mais le pourquoi, je ne le sais qu'après coup. Entre-temps, ça me fait toujours un peu de bois de chauffage et d'exercice.

Bramard regarde les bras de l'homme, robustes, sans coudes ni biceps : tubulaires, serrés dans les manches du pull vert foncé qu'il portait le soir où il les a fait entrer dans sa demeure, Martina et lui. Son cou, en revanche, est délié, presque élégant.

— Je voulais discuter un peu avec vous, dit Corso.

— On n'a pas grand-chose d'autre à faire, par ici. Vous voulez savoir quoi ?

Bramard s'approche. Sous l'auvent, à part l'établi, propre et ordonné, l'espace est envahi de seaux, de tréteaux, de planches, de bâches et de jerricans vides. Un tas de bûches s'élève contre la paroi à côté d'un autre, plus petit, de bouts de bois de tailles différentes, avec des courbes et des lignes nées de l'usage d'une scie sauteuse ou d'une circulaire. Les chutes du façonnage de quelque objet.

— Que savez-vous de la Socha ?

— Je sais comment la faire. Comme tout le monde au village. Mais c'est un secret que nous préférons garder.

— Pas la liqueur. La cérémonie dont parlent certains documents.

Ludwig Ubac fait légèrement pivoter le tronc, montrant sa partie encore à écorcer.

— Il n'y a que deux documents qui mentionnent la Socha – il se penche et reprend son travail de nettoyage –, la lettre de Minico Curto, qui est peut-être un faux fabriqué au XVIIe siècle, et le livre de l'instituteur qui estime que cette lettre est vraie.

— Mais il y a aussi les fresques.

— Comme il existe des fresques où figurent des hommes sauvages, des fontaines de jouvence, des sirènes et des dragons, entre autres chimères – il trouve un nœud et l'extirpe en deux coups de serpe.

— Donc vous pensez que ce n'est qu'une légende ?

Ludwig redresse le dos, comme s'il était resté courbé trop longtemps.

— Vous m'avez l'air d'être un homme qui connaît la montagne – il essuie son front de sa manche. Vous devriez savoir que dans des endroits comme celui-ci, il n'y a guère d'autre distraction que de se construire un passé. À quelques vallées d'ici, tous les quatre ans, ils préparent pendant des mois un carnaval qui commémore l'expulsion des Sarrasins, alors que tout le monde sait que les Arabes ne sont jamais arrivés jusqu'ici. Clot a choisi la Socha.

Bramard regarde vers le sentier par lequel il est arrivé. Le bois est un tapis sombre et indistinct qui descend jusqu'aux lampadaires du barrage. Le lac, une bouche noire qui engloutit la lumière.

— Qui est le Muret ?

— Dans notre langue, c'est la marmotte.

— Dans la Socha, je veux dire. Qui est le Muret dans la Socha ?

Ludwig cesse son travail et le dévisage.

— Vous n'avez pas l'intention de lâcher le morceau, hein ?

Une fois à l'intérieur du baraquement, Ubac fait signe à Corso de patienter. Il va jusqu'à la table, craque une allumette et enflamme la mèche d'une lampe. Il l'accroche au plafond puis lui fait signe d'approcher. Tandis que Bramard s'assied, Ludwig prend une cruche d'eau, une bouteille de Ricard, une soucoupe avec des olives et quelques morceaux de sucre. Le poêle est éteint, et il ne semble pas vouloir l'allumer. Il s'assied à son tour. Sur son pull et dans ses cheveux, de la sciure et quelques fragments d'écorce. Comme s'ils avaient coutume de boire ensemble, il verse un doigt de pastis dans chaque verre, puis de l'eau.

— Dans un mois, on pourrait y mettre de la neige, mais pour le moment, je n'ai pas de glaçons.

Bramard lève son verre à sa santé. Ils boivent. Ludwig a soif parce qu'il a travaillé. Bramard n'a pas bu de pastis depuis huit mois.

— Le Muret, dit Ludwig, c'est celui qui mène les hommes encapuchonnés, sur la fresque. C'est le seul à savoir où se trouve la Socha.

— Que veut dire Socha ?

— Souche.

— La souche de l'arbre ?

— Oui, celle de l'arbre, et aussi celle d'une famille, d'une lignée. Dans la légende, la Socha est à la fois le nom du jeu et celui de la salle où il est joué, chaque année, une nuit, par les hommes de la communauté qui ont entre seize et cinquante ans.

— Et où se trouve-t-elle ?

— Là où se trouvent l'île d'Ééa et l'île au Trésor, Macondo et Arkham !

Bramard balaie du regard les étagères remplies de livres. Des romans, surtout, mais aussi de la poésie, des textes en français, de vieux essais. Il imagine Ludwig, plus jeune, descendant à Coni, toujours dans la même librairie, et revenant à chaque fois avec un sac à dos plein, et quelques volumes attachés au siège de sa moto, parce que les trials n'ont pas de porte-bagages. Et puis, un jour, cessant de le faire. Commencer à relire. À mieux lire ce qu'il avait déjà lu. À comprendre, enfin. Un destin qu'il connaît bien.

— Quel est le principe de la Socha ?

Ludwig allonge un peu son pastis et fait de même avec celui de Corso.

— Et pourquoi elle vous intéresse, cette histoire ?

— Vous le savez.

Ludwig Ubac boit une gorgée de pastis, ou peut-être y trempe-t-il seulement ses lèvres.

— Pendant la Socha, les hommes combattent. À mains nues. Avec un capuchon sur la tête, jusqu'à ce qu'il n'en reste qu'un seul debout.

— Pour quoi se battent-ils ?

— Pour la descendance. Jusqu'à l'année suivante, le vainqueur de la Socha sera le seul à coucher, une fois par mois, avec toutes les femmes du village de plus de seize ans, en âge fertile.

— Et les autres ?

— Ils élèveront les enfants comme si c'étaient les leurs, en attendant la prochaine Socha. Chez les loups aussi, le mâle dominant est le seul à se reproduire, jusqu'à ce qu'un autre mâle le défie et le batte. C'est un pacte au sein de la communauté qui contribue à la renforcer. Si la hiérarchie ne se renouvelait jamais, la horde serait faible et résignée. Si elle se renouvelait trop souvent, elle se désunirait.

— Et si une femme refuse ce pacte ?

Ludwig verse un autre doigt de pastis dans les deux verres désormais vides. Le liquide limpide s'opacifie dès qu'il y ajoute de l'eau.

— Elle devra partir. Ou bien épouser le Muret. La femme du Muret est la seule à ne pas devoir coucher avec celui qui remporte la Socha.

Bramard boit, ou peut-être trempe-t-il seulement les lèvres dans son verre.

— Vous avez connu Corrado Dao ?

Ludwig hoche la tête.

— Vous étiez dans sa classe ?

— Non, il est arrivé en 1958, après que l'autre instituteur a été chassé. J'avais déjà dix-huit ans.

— Et pourquoi cet autre instituteur a-t-il été chassé ?

— Des différends. Des histoires de village. Les instituteurs venaient d'ailleurs, ils n'étaient pas bien vus. Si Dao n'était pas de Clot, il était tout de même de la région, il connaissait la mentalité des gens, notre langue.

— Et il voulait étudier les fresques.

— Il avait ses propres idées sur cette question.

— Par exemple, que la Socha était une coutume antique amenée dans la vallée par une tribu celte. Un rituel qui était encore pratiqué à Clot à l'époque où Johannes Van Drift a peint ces fresques ?

Ludwig se borne à le fixer, à sourire et à secouer la tête.

— J'ai une torche, mais la lune est haute, vous n'en aurez pas besoin.

Ils vident leurs verres, puis Bramard se lève, boutonne sa veste et fait quelques pas vers la porte. Il se retourne. Ludwig est assis à la table. La serpe accrochée à sa ceinture effleure le sol en lino.

— Vous devez l'avoir beaucoup aimée, dit Corso.

Bien qu'éteint, le poêle émet un sifflement. Le vent s'est engouffré dans son tuyau, sur le toit.

— Ça ne suffit pas, vous le savez bien.

Corso acquiesce et abaisse la poignée.

— Non, ça ne suffit jamais.

Dehors, la lune est haute, la piste vers le sentier bien visible. Comme l'avait dit Ludwig Ubac.

41.

— Ciao.
— Ciao.
— Quelle voix ! Tu dormais ?
— Non, je suis seulement fatigué… Tiens, on dirait le début d'une conversation entre une femme et son mari en déplacement.
— Tu sais à quoi je pensais l'autre jour, dans le train… depuis combien de temps on se connaît ? Depuis l'année d'avant que tu deviennes commissaire, non ?
— 1980.
— Trente-trois ans.
— Trente-trois. Il est presque 22 heures, ici, et là-bas ?

Une seconde de silence durant laquelle Arcadipane consulte sa montre, Corso en est sûr.

— Ça t'amuse, hein ?
— Quand on s'appelle deux fois par jour, il faut bien pimenter un peu l'affaire.
— Je te signale qu'aujourd'hui, je t'ai téléphoné pour que tu saches ce qui était ressorti de notre rencontre avec ce connard d'Amidei, pas parce que tu me manquais. On appelle ça croiser les informations.
— Bien sûr, bien sûr, alors j'imagine qu'il y a autre chose à croiser.
— Non, cette fois, c'est parce que tu me manquais.

Bramard entend Arcadipane verser un liquide dans un verre.

— Tu bois ?

— C'est de l'eau pour y mettre mon dentier. Évidemment, que je bois ! – et sur ce, il siffle une gorgée. Je peux te parler ou tu veux aussi savoir comment je suis habillé ?

— Je sais comment tu es habillé.

— Bon, eh ben sonne-moi quand tu sauras qui a buté Fuci et où est passée Ladich ! Je peux parler ?

— Parle.

— Aujourd'hui un homme a laissé un pli à notre hôtel, une enveloppe jaune, fermée. Il a dit au réceptionniste que c'était pour moi et il a filé en scooter. Il ne s'est pas présenté et n'a pas ôté son casque.

— Intéressant.

— Sinon, pourquoi je t'appellerais ?

— Qu'est-ce qu'il y avait dans ce pli ?

— J'y arrive. Dedans, j'ai trouvé la copie d'un article de journal et des documents que je viens de lire. D'après ce que j'ai compris, l'auteur de l'article s'est appuyé dessus pour écrire. Ce sont des études, des projets relatifs aux barrages. Il faudra les montrer à un professionnel. J'en ai déjà parlé à Pes.

— Et l'article ?

— L'article est plus clair, c'est une enquête que le journaliste, qui s'appelle… – il feuillette ses papiers – Gianni Polidòri ou Polídori.

— Jamais entendu parler.

— C'est bizarre, toi qui sais tout. En 1964, ce Polídori a publié dans une revue bimensuelle qui s'appelait *Il Maggio*.

— Oui, celle-là, je m'en souviens.

— Ben voyons. Il a publié cette enquête sur cinq barrages du Nord de l'Italie qui, selon lui, posaient des problèmes de sécurité.

— Un an après la tragédie du Vajont.

— Précisément. L'un des barrages dont il parle est celui de Clot qui d'après lui présente de grandes similitudes avec celui du Vajont. En gros, il dit qu'une partie de la montagne au-dessus du lac risque de s'effondrer.

— Oui, j'ai vu ça.

— Quoi, qu'est-ce que tu as vu ?
— Une faille, dans le bois.
— Comment ça, une faille ? Et tu ne m'as rien dit ?
— J'ai demandé à un vieux qui m'a dit qu'elle était là avant la construction du barrage.
— Parce qu'ils sont diplômés en géologie, maintenant, les vioques de Clot ? Tous ingénieurs en génie civil ? Tu sais que des fois, tu es tellement intelligent que tu en deviens crétin ? Exactement l'inverse de Pedrelli, d'ailleurs !
— Il y a des preuves de ce risque d'effondrement, dans les documents ?
— Je n'en sais rien, je n'y comprends que dalle, tu penses bien, mais maintenant que tu m'as dit ça, inutile de chercher un géologue ! On n'a qu'à les soumettre à un pépé de Clot. On lui refile deux verres de cette bibine infâme qu'ils adorent et on l'envoie là-haut faire une expertise ! – il feuillette encore ses papiers. Écoute ce passage… le journaliste écrit : « ICA, entreprise publique qui a projeté, planifié et construit le barrage de Clot, et qui à présent le gère, n'a pas souhaité réagir à nos observations, se bornant à l'envoi d'une lettre rejetant notre demande de confrontation et nous menaçant de poursuites judiciaires que, si vous lisez cet article, *Il Maggio* devra probablement affronter. Preuve s'il en est que notre alerte n'est pas infondée : la décision prise par ICA, quelques jours après la tragédie du Vajont du 9 octobre dernier, de réduire de plus d'un tiers le volume d'eau du bassin de retenue. Une réserve risible qui est toujours celle du bassin aujourd'hui. Un choix absurde en l'absence de danger géologique puisque, selon plusieurs experts, une pareille réduction du contenu du bassin divise par deux le rendement énergétique de la centrale, faisant du barrage de Clot un équipement destiné à long terme, une fois déduits les coûts d'entretien et de gestion, à travailler substantiellement à perte », et cetera, et cetera…
— Il faudrait parler à ce Polidòri ou Polídori.
— Il est mort. Huit ans après cet article. On a parlé avec un de ses collègues de la revue. Cancer du larynx. Rien de suspect. Deux paquets de Muratti par jour.

Bramard fixe la porte entrouverte de la salle de bains. Le halo de lumière de la lampe de chevet se coule dans ces vingt centimètres, projetant une lame qui touche le ventre rose de Trepet. Le chien dort depuis deux heures sur le tapis, éreinté par le rythme effréné des activités ludopédagogiques que la fille des Claro lui a imposées.

— On sait si c'est vrai, cette histoire de contenu du bassin ?

— On fera vérifier, mais à vue de nez, le niveau a toujours l'air assez bas aujourd'hui.

— Et les documents ? Quand penses-tu pouvoir les soumettre à quelqu'un ?

— J'attends des nouvelles de la Pes. En attendant, j'en ai fait faire des copies à Pedrelli et demain, on va voir la société qui gère le barrage. On verra si avec ces trucs-là en main, on arrive à leur faire ouvrir ces putains d'archives. Pendant ce temps-là, Pes cherche Sergio Vescovi. C'est le seul qui peut nous expliquer ce qu'il y avait derrière le voyage de Ladich à Édimbourg et la fausse liaison. Tu as pu parler à Ubac ?

— Ce soir.

— Alors ?

— Il l'aimait.

— Comment ça se fait ? C'était juste une des femmes les plus canons de la planète ! Tu es sûr que vous n'avez pas encore éclusé de cette saloperie ? N'oublie pas que tu es en convalescence ! Va savoir l'effet que peut faire cette mixture avec les médocs que tu prends !

— Je pense qu'il l'a trahie.

— Qui ?

— Ludwig Ubac.

— Dans quel sens ?

— Je n'en sais rien.

— Bravo, bonne idée de rajouter des trucs qu'on ne sait pas à tout ce merdier. Maintenant, prends tes médocs, ferme la porte de la salle de bains parce que le chien ronfle et éteins la lumière. On en reparle demain à tête reposée.

— Je veux d'abord finir les films avec Ladich. Il y a quelque chose dans ces films… les moments où elle regarde l'objectif de la caméra…

— Corso ?

— Oui ?

— Tu es là-bas parce que je te l'ai demandé, alors je me sens obligé de te poser la question : tu vas tenir le coup, ou il faut que je m'inquiète ? Parce qu'un coup de fil à Martina et en deux heures, tu es chez toi.

— Je cherche à mettre de l'ordre.

— OK, ce soir, ça n'a pas l'air de fonctionner, alors laisse tomber les films, les pépés au nez cassé, l'absence de croix, les naissances de l'après-guerre à avant-hier, les registres de l'état civil, le fils des Claro et tout ce que tu m'as raconté aujourd'hui. Prends tes médicaments et n'appelle pas Elena, si elle t'entend dans cet état, à tous les coups elle envoie un gars pour t'exfiltrer et un autre pour me buter. Éteins la lumière et dors.

— D'accord. Mais je vais lire un peu, je veux finir ce roman-feuilleton…

— Laisse tomber ça aussi, la journée est finie. Dis-moi juste une chose, après on raccroche.

— OK.

— Tu sais ce que c'est, toi, un poke ?

— Non, c'est quoi ?

— Je ne sais pas, mais j'en ai mangé un, et va savoir si c'est lié, ça fait deux heures que je suis sur le trône.

42.

L'entrée de l'*Hotel Papi* est fuchsia. Il est 9 heures et Franca Pes est en retard. Arcadipane lui téléphone. Franca Pes ne répond pas. Quand les choses vont mal, l'entrée de l'*Hotel Papi* est plus fuchsia encore.

— Essaie, toi, dit Arcadipane. Pendant ce temps-là, je vais faire appeler un taxi.

— D'accord.

La jeune femme qui l'accueille au comptoir porte un tailleur fuchsia. Elle est gentille. « Tout de suite », dit-elle, puis elle lui donne le numéro du taxi, il l'oublie dans la foulée et revient vers Pedrelli.

— Alors ?

— Rien. Ça sonne, mais elle ne décroche pas.

— On laisse tomber. Le taxi est là dans trois minutes.

À bord, ils se taisent. Le siège de la société qui a succédé à ICA se trouve à l'EUR[1], il leur faut traverser toute la ville et le chauffeur les a prévenus : mieux vaut passer par le centre que de le contourner, tous ceux qui se hasardent à le faire mettent deux fois plus de temps. Qu'ils lui fassent confiance ou non, ils n'ont plus qu'à rester le cul sur la banquette et à se laisser trimbaler.

Outre la fois où il y est venu avec Bramard, et où il a rencontré la Pes (mais où est donc passée cette tarée ?), il n'est

1. Quartier de l'Exposition universelle à Rome.

retourné à Rome qu'à deux occasions : l'une avec Mariangela, l'autre avec Mariangela et les enfants. La première, c'était l'hiver, la deuxième, il faisait très chaud. La tournée habituelle des musées et des ruines à visiter, soif, somnolence, pieds en compote, files d'attente, envie de déjeuner cinq fois par jour et de boire des litres de bière après dîner. Toutes choses qu'il a faites avec Mariangela, même si, à cette époque, il se contentait d'une chambre à coucher et d'un restaurant pas trop loin. Avec les enfants, il a dépensé beaucoup d'énergie à récuser leurs plaintes et à nier leur ennui, en faisant semblant de ne pas les partager. Ah, et puis il y est revenu une quatrième fois, il s'en souvient maintenant, pour une formation sur la base de données européenne des empreintes digitales. On les avait installés dans un gros hôtel de banlieue : salle de conférence, salle de sport et vue nocturne sur un rond-point avec des travestis. Deux collègues de Trente qui avaient trop bu s'étaient dit un soir qu'il serait marrant de voir ces demoiselles s'enfuir à travers champs sur leurs talons hauts. Ils étaient partis en courant du parking en hurlant « Police, police ! », sans uniforme ni gyrophares. L'un d'eux s'était retrouvé avec la mâchoire en miettes et l'autre s'était brisé la jambe en tombant dans un fossé.

— Vous avez vu, commissaire, quelle merveille !

— Oui, une merveille.

En l'espace d'une dizaine de minutes, Rome les a déjà incorporés dans son chaos. Touristes et locaux, trafic, magasins, bus, vestiges, ponts, immeubles, groupes, scooters, étals, agents de police, clochards, photographes amateurs et deux-roues qui slaloment entre les voitures, en sursautant sur les nids-de-poule comme un saphir sur un disque rayé. Arcadipane contemple ce fourmillement et se dit, comme il se l'est dit la première fois qu'il l'a vue, que cette ville tient de l'examen de la prostate : elle te surprend, pendant quelques instants tu crois que ça pourrait même te plaire, mais à la longue, si tu n'es pas un fan de ce sport, tu as franchement hâte qu'on t'enlève ce doigt.

Le siège d'ADIS est un immeuble vitré des années 1960 qui, comme beaucoup d'autres alentour, a mal vieilli. Le vigile à sa porte contrôle leurs badges et prévient en haut lieu. Ascenseur. Dernier étage. Une femme qui a des allures de lanceuse de deuxièmes maris note leurs noms et prénoms et les emmène jusqu'à une salle d'attente meublée de six sièges en métal et cuir noir. Vingt ans de frictions fessières ont produit sur le cuir de splendides craquelures de carte géographique. Dans l'air flotte un de ces parfums qui d'ordinaire servent à étouffer l'odeur des chiottes, des revues d'architecture sont disposées sur une table basse.

Ils sont assis depuis peu quand un homme, vêtu comme se vêtent les hommes de cette caste, vient les chercher. Il se présente comme directeur, son nom est à l'image de son costume, semblable à des milliers d'autres. Il les installe dans une salle de réunion, lieu classique pour traiter les questions emmerdantes. Dans la bouteille sur la table, l'eau porte des traces de mucilage, signe qu'on ne doit pas en traiter souvent à cet étage.

— Au cours de notre enquête, nous avons mis la main sur ces documents, dit Arcadipane en sortant de l'enveloppe la copie de l'article. Nous voudrions l'avis de votre société à ce sujet.

Il a choisi de la faire brève. D'en venir au fait. Il a peu dormi et les chaussures pointues et cirées l'agacent.

L'homme qui, en 1964, n'était pas né, commence à lire. Il le fait calmement en changeant, au fil des pages, de couleur.

— Si vous m'accordez dix minutes, le temps que je m'interface avec les personnes compétentes, dit-il en se levant.

— Allez donc vous interfacer, je vous en prie.

Les dix minutes deviennent quinze, puis vingt. Pedrelli feuillette une brochure sur les barrages. Le Piémontais est friand de brochures. Il n'imagine pas que les gens puissent mentir, se faire mousser, encore moins par écrit et avec d'aussi belles photos. Arcadipane arpente la pièce et, de temps en temps, s'arrête devant la baie vitrée. Il contemple ce quartier tout en droites, en circonférences et en arches, où les seules formes irrégulières sont les humains. Une vision qui a quelque chose d'étourdissant.

— Bonjour, lance une voix de baryton qui lui est familière.

Il se dit que c'est impossible, puis il se retourne : Alberto Spurio, l'avocat de la Veronica Film se tient sur le seuil.

Il s'est raccourci les cheveux sur les côtés, ce qui le grandit et le rend plus antipathique encore. Il porte à peu près le même costume mais il n'a pas de mallette. Il ne devrait donc pas tenter de leur faire signer un accord de confidentialité de quatorze pages. Mais qui sait ?

— Qu'est-ce que vous faites ici ? laisse échapper Arcadipane, comprenant aussitôt qu'il aurait dû encaisser avec plus de nonchalance.

— Je pourrais vous poser la même question, répond l'autre en opinant du chef. Notre cabinet juridique suit ADIS, je suis ici pour une réunion.

— Vous êtes donc l'avocat de la Veronica Film et celui d'ADIS ?

Alberto Spurio leur fait signe de s'asseoir et, pour éviter tout malentendu, s'assied lui-même.

— Je m'occupe personnellement des intérêts de la Veronica Film et de la famille Fuci, tandis que le cabinet dont je suis associé, Neri-Spurio-Domenicali, compte ADIS parmi ses clients, entre autres sociétés.

— Et les autres avocats de Rome ? dit Arcadipane en prenant place. Tous balancés dans le Tibre ?

Spurio fait mine de ne rien avoir entendu. Il feuillette l'article que d'ailleurs il a déjà lu.

— Je serai bref, articule-t-il, car cette affaire ne mérite pas que ni vous ni moi y perdions notre temps.

Il a de belles mains, c'est indéniable. Un ancêtre paysan, batelier ou cultivateur de chanvre, les lui a sans doute transmises, malgré lui, d'accouplement en accouplement : ongles carrés, doigts puissants, large paume, veines saillantes.

— Je ne peux pas parler au nom de l'autre société impliquée, qui a recouru à des poursuites judiciaires et obtenu satisfaction, mais en ce qui concerne ICA, sachez qu'une plainte fut déposée contre la revue bimensuelle *Il Maggio*, ouvertement hostile à la Démocratie chrétienne et à Amilcare Fuci, pour avoir publié des informations fausses et tendancieuses tirées de documents soustraits illégalement à ICA.

— Illégalement ?

— Les documents auxquels Gianni Polídori se réfère faisaient partie d'un dossier que quelqu'un a pris sans autorisation dans les classeurs. On a pu remonter à un employé, peut-être payé, peut-être convaincu par le journaliste dont il partageait les opinions politiques. Quoi qu'il en soit, le tribunal a condamné la revue *Il Maggio* au paiement d'une amende de dix millions de lires pour avoir utilisé des données confidentielles et, pire encore, pour avoir manipulé et mis en avant des extraits qui, hors contexte, pouvaient être mal compris.

— Que du bidon, alors ?

— Personne n'a repris cet article. Même *L'Unità*, qui avait publié les papiers accusateurs de Tina Merlin avant et après la tragédie du Vajont, n'a pas consacré une seule ligne à ces fadaises.

— Pourtant, l'article soutient que le barrage de Clot a été construit au mauvais endroit. Que Clot ne figurait même pas parmi les dix premiers sur la liste des sites élus.

Alberto Spurio pose les photocopies sur la table et appuie ses belles mains dessus, comme s'il voulait les y faire disparaître.

— Les décisions de cet ordre sont déterminées par des dizaines de facteurs. Pourquoi donc Amilcare Fuci aurait-il dû choisir un site inadapté ? Pour s'assurer un bassin de votes de cinquante personnes ? Pour procurer une femme à son frère ? Il existe des méthodes moins compliquées, surtout pour qui gravite dans les milieux du cinéma ou de la politique.

— Des intérêts économiques ?

— Ce barrage a été l'un des rares grands ouvrages d'art construits dans la période de l'après-guerre à nos jours, à être achevés dans les délais prévus et sans dépassement du budget prévisionnel. Ce qui signifie que le prix des matériaux n'a pas été gonflé, que les plans n'ont pas été modifiés, que les travaux n'ont pas été sous-traités et que ni les appels d'offres ni les tests n'ont été truqués. La moindre lire d'argent public dépensée pour ce barrage a été répertoriée et a fait l'objet d'une vérification. Je vous mets au défi de trouver un ouvrage mené à terme d'une manière aussi limpide. Je vous le dis sincèrement…

— On est ici pour ça !

— Votre façon de procéder, outre qu'elle manque de la logique la plus élémentaire, ne me paraît pas avoir fait progresser d'un cheveu l'enquête sur l'assassinat de Terenzio Fuci, sans parler du fait que vous ne faites rien pour retrouver Mme Ladich ! J'espère que vos supérieurs savent comment vous perdez votre temps et que vous avez leur soutien, faute de quoi...

— Vu la pénurie, on pourrait se retrouver avocats à Rome ?

Quand ils sortent des bureaux d'ADIS, il est midi passé et le soleil a déjà chauffé à blanc les cinq marches de béton qui mènent de l'immeuble à la rue. Mieux vaut ne pas penser à ce que doit être cet endroit l'été.

— Bah, dit Pedrelli, ça ne s'est pas si mal passé.

— C'est clair, ils auraient pu nous enfoncer un balai dans le fion et y foutre le feu. Au lieu de quoi, on n'a eu droit qu'au manche.

— Commissaire, vous êtes vraiment pessimiste ! On appelle un taxi ?

— Non, non, pas de taxi, il nous plumerait encore de cinquante-cinq euros. J'essaie de joindre la Pes.

— Alors pendant ce temps-là, je vais acheter une petite bouteille d'eau au bar. Vous en voulez une ?

— Oui, gazeuse. N'oublie pas le reçu !

Arcadipane consulte son téléphone. Isa vient d'envoyer un message sur le groupe « Vieilles burnes et une chatte ».

ISA

J'ai la confirmation: les tickets trouvés chez Ubac ont tous été émis par le cinéma Alpi de Coni entre 1960 et 1975. Donc ça pourrait être des tickets des films dans lesquels jouait Ladich.

ARCADIPANE
Donc on ne sait pas encore si c'est bien le cas ?

BRAMARD

On peut s'en assurer ?

ISA

Demain, en revenant à Clot, je m'arrête à Coni pour parler au gérant de la salle et à son père qui en était le gérant à l'époque. Ils me diront si on peut remonter des codes des tickets aux films et à la date. J'ai aussi fait imprimer la photo de Ludwig que les carabiniers avaient dans leur fichier. Je la leur montrerai. On verra bien...

ARCADIPANE

Si ça se trouve, il est allé voir deux fois les sept films... Va savoir.

BRAMARD

Oui, va savoir... L'échographie ?

ISA

Dans une heure ou deux. Mais bon, c'est pas la soirée des Oscars. Si toutes les pièces sont en place, ça m'ira.

Le téléphone d'Arcadipane se met à sonner. C'est Pes. Il répond.

— Putain, mais où...

— J'ai trouvé Sergio Vescovi.

— Ah.

— Ah, c'est la façon turinoise de dire : merci, tout seul, je n'y serais jamais arrivé, quel flair de limier ?

— De limier ? Bon, donne-moi son adresse, on saute dans un taxi et on se retrouve là-bas.

— Si tu as cinq cents euros à dépenser... Il va falloir sortir de Rome. À part ça, j'arrive, je suis à cinq minutes du siège d'ADIS.

— Ah !

— Ah, encore une manière turinoise pour dire : grâce à Dieu, j'ai écouté ce cador de Bramard et j'ai contacté Franca, des femmes comme celle-ci, on n'en fait plus, parce que moi, je ne suis qu'un pauvre couillon qui ne trouverait pas le Colisée ? Je sais que vous autres, à Turin, vous êtes du genre synthétique... la sobriété savoyarde, quoi...

— On t'attend ici.

Alors qu'il le range dans sa poche, le téléphone émet un *bling*. Il le regarde : le nom du groupe « Vieilles burnes et une chatte » a été modifié. Nouveau nom du groupe : « Vieilles burnes et une chatte, va savoir ».

43.

Sur le groupe « Vieilles burnes et une chatte ».

ISA
J'ai la confirmation: les tickets trouvés chez Ubac ont tous été émis par le cinéma Alpi de Coni entre 1960 et 1975. Donc ça pourrait être des tickets des films dans lesquels jouait Ladich.

ARCADIPANE
Donc on ne sait pas encore si c'est bien le cas?

BRAMARD
On peut s'en assurer?

ISA
Demain, en revenant à Clot, je m'arrête à Coni pour parler au gérant de la salle et à son père qui s'en occupait à l'époque. Ils me diront si on peut remonter des codes des tickets aux films et à la date. J'ai aussi fait imprimer la photo de Ludwig que les carabiniers avaient dans leur fichier. Je la leur montrerai. On verra bien...

ARCADIPANE
Si ça se trouve, il est allé voir deux fois les sept films...
Va savoir.

BRAMARD
Oui, on verra bien... L'échographie?

ISA

Dans une heure ou deux. Mais bon, c'est pas la soirée des Oscars. Si toutes les pièces sont en place, ça m'ira.

Bramard fixe l'écran, plus rien, fin des messages.

Il devrait peut-être lui écrire quelque chose, en privé. Bientôt il entrera dans le bois et il n'y aura plus de réseau. À l'instant même où il y pense, son portable émet un signal. Le nom du groupe vient d'être modifié : « Vieilles burnes et une chatte, va savoir ».

Bramard glisse son portable dans sa poche et siffle Trepet, qui s'est attardé pour observer le village. Le chien le rejoint en clopinant sur ses trois pattes, ses gros yeux protubérants voilés de mélancolie.

— Tu restes avec moi aujourd'hui, fais-toi une raison, lui dit Bramard, en lui flattant la tête. Ester doit faire ses devoirs, ordre de sa maman.

Ils se remettent en marche. Dans son sac à dos, Bramard a mis le pain et le fromage que lui a donnés Marta Claro. Dans une demi-heure, ils seront à Gias Vej. Il veut savoir si ses jambes, comme il en a eu l'impression la veille en montant chez Ludwig, ont conservé un peu de la force qu'elles avaient autrefois. Il veut regarder à nouveau ce pré. Ce lieu qui devrait lui parler mais qui se borne à lui murmurer des mots inintelligibles. Il veut le revoir sous le ciel incertain d'aujourd'hui, avec ses nuages bas, son vent froid et veule qu'apporte l'hiver.

Il consacre un dernier regard aux maisons de Clot, adossées dans l'ombre, comme des miettes de pain noir dans un tiroir. Lui qui a tant vécu sans rien vouloir, maintenant qu'il devrait se contenter d'être en vie, il veut. Doucement, Corso, doucement, se dit-il.

44.

On peut considérer la conduite de Franca Pes comme « bonne », bien qu'elle soit la somme d'une série de choix discutables. Pour commencer, l'inclinaison de son siège qui l'oblige à effleurer le volant du bout des doigts au lieu de l'empoigner et le port de lunettes à double foyer, fortement déconseillées aux conducteurs, dont elle prétend avoir besoin pour voir son tableau de bord. Et puis elle roule beaucoup trop près des voitures qui la précèdent, chose étrange vu qu'elle avance à une lenteur d'escargot. En plus, automne ou pas, elle porte, sans collants et sans retenue, une jupe courte perturbante pour ceux qui la regardent conduire.

— Tu désapprouves ma conduite ?

Dernier point, et non des moindres, elle est insolente.

— Penses-tu, répond Arcadipane, tu as raison de rouler lentement, avec tout ce bordel !

— À mon avis, à Turin, c'est pire.

— Qu'est-ce qui est pire ?

— La circulation et la façon dont les gens conduisent. Et puis vous avez ces contre-allées.

— Où est le problème ?

— Le problème, c'est que cinq cents mètres avant de tourner à gauche, tu dois te mettre dans la contre-allée opposée. Si tu ne sais pas à quel moment tourner ou que tu le comprends au dernier moment, comment tu fais ?

— Tu utilises le GPS.

— Le GPS, c'est comme la pornographie : par la bouche, par devant, par derrière, sur le visage et dans dix minutes, j'arrive ! – elle imite la voix du GPS, mais on dirait plutôt un DJ. Moi, au volant comme au lit, je suis de la vieille école : pas de hâte et place aux imprévus.

Arcadipane fixe le trafic en songeant, horrifié, aux imprévus.

— C'est une observation très intéressante, dit Pedrelli de la banquette arrière.

Arcadipane se retourne pour le regarder.

— Une observation intéressante ? Toi qui imprimes les itinéraires la veille au cas où le GPS ne capterait pas !

— Laisse notre Pedrelli tranquille, dit Pes, parce qu'à mon avis... – et elle agite la main comme pour dire « Aïe aïe aïe ! ».

— À ton avis, quoi ? demande Arcadipane, déjà éreinté, bien qu'ils ne soient qu'à la mi-journée.

— Entre les draps, il doit être de ceux qui attaquent par surprise, précise Pes en hochant la tête.

— Mais enfin ! glousse Pedrelli. Je suis marié depuis...

— Qui attaquent quoi par surprise ?

— Ehhh ! Pedrelli, c'est de l'eau qui dort ! Che Guevara écrivait un truc du genre : si les forces de l'ennemi sont supérieures aux tiennes, oblige-le à combattre dans des lieux impraticables. Je suis sûre que Pedrelli est l'homme des lieux impraticables, pas vrai ? Un guérillero !

— Mais non ! proteste Pedrelli, qui finalement arbore enfin quelque chose d'un peu coloré : son visage.

— Excusez-moi de vous détourner des lieux impraticables, fait Arcadipane, mais Vera Ladich a disparu depuis... cent quatre-vingts heures. On arrive quand, chez ce Vescovi ?

— Tu vois comme tu es impatient ? Tu n'écoutes pas les gens, tu utilises le GPS et tu es impatient. Alors que si tu avançais lentement, tu remarquerais un tas de choses. Que nous sommes suivis, par exemple.

— Comment ça, nous sommes suivis ?

— Par un gars à scooter, avec un casque rouge, mais ne te retourne pas.

— Et il nous suit depuis quand ?

— Je ne sais pas trop, sans doute depuis que je vous ai récupérés devant ADIS.

Ils gardent le silence pendant quelques secondes.

— Un employé de la société, peut-être, se demande Pedrelli, envoyé par Me Spurio ?

— Je n'en sais rien, répond Franca Pes, mais je déteste être suivie. Et surtout, je ne veux pas le conduire jusqu'à Vescovi.

Arcadipane réfléchit. S'ils sont suivis dans les rues de Rome, cela veut dire que ce qui s'est passé à Clot est parti de la capitale. Ce qui remet en jeu la possibilité d'un enlèvement orchestré par quelqu'un qui peut se déplacer sur tout le territoire, qui n'est pas pressé de demander une rançon ou qui l'a déjà demandée à leur insu, et rien ne dit qu'il s'agit d'argent. Quelqu'un qui peut opérer sans que la police ne puisse intercepter la demande ni filer la rançon. Ceux qui savent faire ce genre de choses font partie d'organisations structurées, mafieuses, mais dans ce cas, pourquoi tuer Fuci, et de cette façon en plus, au lieu de le prendre lui aussi en otage ? Pourquoi enlever Masimine Orusa qui n'a rien à voir avec le barrage ni avec les Fuci ? Ou alors, tout cela n'a aucun rapport avec Fuci et les deux femmes ? Simplement, l'affaire du barrage est encore sensible et certains risquent encore d'y perdre leur réputation, leur argent et leurs avantages.

Arcadipane lorgne dans le rétroviseur : le scooter conduit par l'homme au casque rouge se tient à une distance de quelques voitures.

L'idéal, ce serait que ce soit une histoire d'assureurs : ça lui est arrivé, une fois, avec un mort des beaux quartiers de Turin dont l'assurance-vie excluait tout paiement en cas de suicide. Les assureurs eurent l'idée de lancer un enquêteur sur la piste de danse sans en avertir la police.

Pedrelli l'avait appelé un soir, trois jours après le décès – suicide ou homicide, on l'ignorait encore – pour lui dire qu'on avait coincé un individu dans l'appartement où les faits avaient eu lieu. Quand il avait appris son nom, il avait su qui il était et pourquoi il était là-bas : un ex-flic devenu détective, un type bien mais affligé de quelques vices – surtout les femmes et par conséquent, un peu de racket parce qu'il fallait bien se les payer. Ils avaient bossé ensemble avant qu'il ne soit écarté pour raisons disciplinaires. Il avait fait mine de ne pas avoir été informé et attendu le lendemain matin pour venir le délivrer. Un petit rappel. Une façon de lui épargner un savon qui lui aurait été plus pénible qu'une nuit en cellule. Le type, qui s'appelait Follonica, mais qui n'était pas toscan, l'avait alors invité à casser la croûte chez un traiteur en cochonnailles de sa connaissance, dans la zone des hôpitaux. C'était un dimanche matin, très tôt. Les flics connaissent les endroits où l'on peut bien manger à des heures insolites, mais les détectives aussi. Au fond, ce sont des métiers qui impliquent des besoins, des frustrations, des horaires et des désastres familiaux similaires. La différence est la même qu'entre le football et le foot à cinq. Si tu as été policier et que tu as joué sur un vrai terrain, quand tu sens que tu n'as plus assez de souffle, tu peux décider d'opter pour le foot à cinq. L'inverse ne se produit jamais.

Ils avaient mangé un somptueux sandwich au jambon braisé, avec moutarde et choucroute. Follonica lui avait dit que sa nuit en cellule lui avait remis les idées en place. Il traversait un moment difficile : en plus des quatre enfants qu'il avait eus avec son épouse, un an auparavant, une autre femme lui avait appris l'existence d'un cinquième. Lettres à madame, menaces de test ADN, le bordel. À la fin, pour sauver son mariage, il avait accepté de lâcher trois cents euros par mois et de se faire faire une vasectomie. Un signe de bonne volonté envers son épouse qui ne souhaitait plus avoir de nouvelles surprises, ni à la maison ni ailleurs. Le médecin lui avait assuré que l'intervention n'entraînerait pas de baisse du désir ni de ses prestations. Six mois plus tard, il pouvait le confirmer, mais quelque chose d'autre n'allait plus. Impossible pour lui désormais de regarder un match de foot, de boxe et même un film un peu violent. Bagarres et accidents provoquaient chez lui des crises de panique. Une nuit, sa femme l'avait surpris en larmes devant la télé : au Japon, un skieur croate était tombé pendant la descente.

Certains disaient que l'opération était irréversible, mais les médecins avaient des avis différents. Il allait économiser pour s'offrir une contre-vasectomie. Il ne savait pas si ça fonctionnerait, mais ça valait la peine de tenter le coup. À la fin de cette confession, il avait eu l'air soulagé. Du reste, le sandwich était exceptionnel, la bière, pas trop fraîche, et Turin, dans l'une de ses rares matinées où elle s'éveille en embaumant.

— Commissaire ?

— Quoi ?

— Vous avez entendu ce que disait Mme Franca ?

— Non, je réfléchissais.

— Je disais qu'il faut avant tout savoir si c'est vous qu'il suit, ou bien moi. Étant donné l'endroit où j'étais avant de venir vous chercher, je crois plutôt que c'est vous.

— Pourquoi, où tu étais ?

— Dans une église évangélique pentecôtiste.

— Pour quoi faire ?

— Pour y rencontrer un pasteur, je vous en parlerai si ça fonctionne. Maintenant, on s'occupe de « casque rouge », OK ? Voyons qui il file, au juste, de vous ou de moi.

— Voyons ça.

Franca Pes ralentit.

— Tu vois cet hôtel là-bas, avec l'enseigne verte ? Je m'arrête devant, je descends de voiture et j'y entre. Tu me salues, tu prends le volant et tu démarres.

— Pour aller où ?

— Nulle part. Tu roules jusqu'au premier carrefour, en faisant mine de ne pas savoir où tu vas, je suis sûre que tu y arriveras facilement. Ensuite, tu tournes à droite, puis à droite, puis encore à droite. Bref, tu fais le tour du pâté de maisons. Tu repasses devant l'hôtel et tu t'arrêtes une vingtaine de mètres plus loin. Et tu attends, OK ?

— Et si l'autre ne me suit pas parce que c'est toi qu'il suit ?

— Quand tu reviens, tu le bloques avec la voiture.

— Je bloque un gars dont on n'est pas sûrs qu'il nous file ?

— Simple vérification, on peut le faire. Et moi, j'en suis certaine. Allez, on bouge, sinon il va se méfier.

Franca Pes repart et, à une vitesse modérée, rejoint l'hôtel. Elle se gare en double file, en allumant ses feux de détresse, pour une fois. Elle descend de la voiture, Arcadipane fait de même. Ils se saluent. Le casque intégral rouge pointe au-dessus du toit d'une Golf garée derrière eux. Arcadipane s'installe au volant.

— J'aurais sans doute dû monter à l'avant, dit Pedrelli, ç'aurait été plus crédible.

— Enfile ce coussin bleu sous ta veste, répond Arcadipane en passant la première, et fais la femme enceinte qui s'assied à l'arrière pour étendre ses jambes.

Pes est entrée dans l'hôtel. Arcadipane rejoint le feu un peu plus loin et tourne à droite. Il roule au pas, en regardant autour de lui, l'air perdu. Comme acteur, il est nul à chier, mais casque rouge ne peut pas voir sa tête et il les suit. Il tourne encore à droite, laisse passer deux pâtés de maisons pour ne pas avoir l'air trop débile. Il tournera à droite à la prochaine. Mais c'est un sens interdit. Il poursuit sa route, le scooter toujours à ses trousses. Arcadipane a en tête l'alignement turinois des rues, mais quand il peut enfin tourner à droite, il ne se retrouve pas dans la rue de l'hôtel.

— Ville de merde !

Il tourne encore une fois ou deux au hasard et finit par retrouver le bon chemin sans trop savoir comment. Pas très porté sur l'action, Pedrelli reste muet. L'enseigne verte de l'hôtel est là-bas, devant eux, ils la dépassent et, comme convenu, Arcadipane s'arrête une vingtaine de mètres plus loin, devant une sortie de véhicules. Il se penche vers la boîte à gants, faisant mine d'y prendre quelque chose et, ce faisant, lorgne le rétroviseur latéral. Pris au dépourvu, le type à scooter est planté à une dizaine de mètres. Les deux pieds à terre. Il regarde en direction du Kangoo et il a tort, parce qu'à ce moment-là, Pes déboule et, d'un coup d'épaule digne d'un rugbyman, l'envoie valser en même temps que son engin.

Arcadipane jaillit du Kangoo, Pedrelli aussi, après avoir lutté avec la porte coulissante. Un instant plus tard, ils sont penchés sur l'homme qui a une jambe coincée sous son scooter et Franca Pes à vingt centimètres du nez. Il a l'air plus étourdi qu'autre chose et il se tient une main.

— Je crois que j'ai le poignet cassé.

— Enlève ton casque ! hurle Pes.

D'un sac en tissu accroché à son guidon, des kiwis ont roulé sur le bitume. Un homme qui trimbale un kilo de kiwis, voilà qui ne peut signifier qu'une chose : il y a chez lui une femme qui a déjà essayé le yaourt, le verre d'eau chaude au réveil, les graines de lin, les pruneaux, la gym, le tabouret sous les pieds aux toilettes, les céréales, le régime riche en fibres, la course et la méthode des constellations familiales.

— OK, OK, fait Arcadipane, tout le monde se calme.

Pedrelli est resté à un ou deux mètres de distance, blanc comme un linge. Arcadipane l'appelle du regard et, ensemble, ils relèvent l'engin, libérant la jambe du type qui s'assied, sans lâcher son poignet.

— Ah, ça fait mal, insiste-t-il. Il me faudrait de la glace !

— De la glace mon cul ! fait Pes qui n'est pas du genre à se laisser embrouiller. Pourquoi tu nous suivais ?

— Je suis journaliste, dit l'homme en tentant de défaire la jugulaire de son casque.

— Journaliste ? s'étonne Pes.

— Ex-journaliste, admet l'autre qui, décidément, se débrouille mal de sa seule main gauche. C'est moi qui ai laissé cette enveloppe à votre hôtel.

Arcadipane fait signe à Pedrelli de lui donner un coup de main. Ils l'aident à se relever. Puis à ôter son casque. Il en émerge le visage d'un homme plus vieux que lui d'une dizaine d'années, aux yeux dociles et à la barbe clairsemée, il a la pâleur et la maigreur d'un petit garçon tourmenté par quelque sentiment diffus d'échec.

— Je m'appelle Tommaso Spinapolice, articule-t-il, avec un seul *l*.

Tandis que derrière une grille, quelqu'un vocifère contre le bâtard qui a posé sa caisse comme un étron devant une sortie de véhicules, Arcadipane regarde ce semblable avec son scooter amoché, son poignet cassé, ses kiwis éparpillés et sans doute une femme constipée qui, plus tard, à la maison, lui en remettra une couche.

La vie est si difficile, des fois, pense-t-il.

45.

Il a mangé son pain et son fromage, but l'eau de sa gourde. Au-dessus de lui, le ciel est compact : des nuages qui, s'il faisait plus froid, apporteraient la neige, alors que maintenant, ils pourraient délivrer une pluie fine, insistante, sans doute persistante. Et pourtant, il n'a aucune envie de rentrer. Il est là, assis sur la roche plate à côté de laquelle la Jaguar de Fuci était arrêtée. Pareille aux autres pierres éparpillées dans le pré, plus livides aujourd'hui puisque le ciel a décidé de mettre la lumière au clou.

Les rubans rouge et blanc ont été en partie arrachés par le vent, laissant les piquets dessiner la géométrie du lieu où tout est arrivé. Il sait que ce n'est pas un hasard. Que ce pré et ces pierres sont une pièce importante du jeu qu'ils sont en train de jouer. Il se lève et marche jusqu'à l'endroit où il a trouvé les pièges qui l'ont mené chez Ubac quelques nuits plus tôt. Il repense à Martina. À présent, le fait de l'avoir entraînée jusqu'ici, la nuit, puis dans le bois, et enfin chez Ubac, lui apparaît non seulement stupide, mais fou. Que lui est-il passé par la tête ? Rien. Et c'est bien le problème. Ils se sont parlé depuis et elle a évoqué cette nuit-là en riant, comme si, à distance de quelques jours, elle lui semblait n'être qu'une aventure extravagante et sans danger. Ce qu'elle n'était pas.

Elle est bien sa fille, dans la façon qu'elle a de tout balayer devant la possibilité de parvenir à son objectif. Pour elle, il ne s'agit pas de trouver un assassin, mais d'ouvrir un nouveau refuge pour femmes dans un coin perdu du monde. Peu importe. C'est toujours un sauf-conduit pour la solitude. Il le sait bien.

Le piaulement d'une buse, le plus lourd de reproches de tous les cris de la montagne, le ramène au pré, à Vera Ladich, à Terenzio Fuci, à la raison pour laquelle il est ici. Trepet, après avoir scruté le ciel, peut-être par terreur antique, rabaisse le museau et reprend son inventaire des odeurs.

Corso observe cette ligne incertaine et peuplée de jeunes arbustes qui sépare le bois de la clairière de Gias Vej. Pour atteindre les premiers arbres séculaires, il faut parcourir dix, parfois vingt mètres, jusqu'au cœur de la végétation. C'est donc qu'il y a un demi-siècle, cette clairière était plus vaste et dessinée autrement : les habitants de Clot qui élevaient du bétail, c'est-à-dire presque tous, abattaient scrupuleusement chaque année les jeunes arbres envoyés en reconnaissance par le bois pour s'emparer de la pâture. Une guerre qui doit s'être prolongée des siècles durant, sans qu'aucun des belligérants n'ait vraiment l'intention d'éliminer l'autre. Un équilibre impliquant que chacun exerce la juste pression sur la frontière pour compenser celle de l'adversaire. L'âge des plus jeunes arbres dit que ce pacte a été rompu il y a une cinquantaine d'années. L'homme a cédé du terrain et le bois, ne rencontrant pas de résistance, a déplacé la frontière. D'ici un siècle, pas beaucoup plus, cette clairière sera un bois.

Bramard marche et effleure de la main les pointes tendres des jeunes sapins.

« Conduire les hommes en un lieu où ils pourront voir », écrivait Minico Curto dans sa lettre en parlant de son métier et de celui de Johannes, le Maître de Clot.

C'était la même chose pour son travail, à l'époque où il savait encore le faire. Un lieu, et la vibration provoquée par ce qui s'y était produit. Au moment où il y arrivait, quelques heures et quelques jours plus tard, il enregistrait cette oscillation et cherchait à la faire réagir avec l'un des éléments de la table des passions humaines pouvant mener à un crime. Quand la réaction survenait, il isolait ces passions et y mêlait un colorant pour les rendre plus visibles, puis il les traduisait en faits : une concaténation logique d'événements qui aboutissait au coup de feu ou de couteau, à l'étranglement, à l'empoisonnement et ainsi de suite. L'instant où le pacte entre les vivants se brisait, où le masque de la coexistence pacifique tombait, montrant l'être humain dans sa nature la plus nue. L'homicide est un mémorandum, quand on a la chance de pouvoir l'observer avec détachement.

Voilà ce qu'avait été son travail : un assemblage d'intuition, de logique, d'expérience et de cynisme, de grammaire de l'humain et d'expertise en combinaison des éléments. La partie qui exigeait du talent venait ensuite : voir ce qui s'était produit mais aussi être capable de le montrer aux autres et par conséquent, de le comprendre. Montrer la scène et donc « amener ses collègues, le juge d'instruction, le parquet, le tribunal et le coupable lui-même en un lieu d'où ils pourront voir ». C'est ainsi que, la plupart du temps, il avait obtenu des aveux. En amenant le coupable en un lieu où il pouvait voir, de façon claire et entière et inattendue, ce qu'il avait fait.

Il regarde alentour. Du ciel tombe à présent cette bruine qui, en montagne, en l'absence de pylône, de route asphaltée ou de bâtiment, vous renvoie aussitôt au Moyen Âge. C'est peut-être pour cela qu'il cherche le barrage des yeux. Un bouchon gris de quatre-vingt-dix mètres de haut, bâti pour retenir 18,42 millions de mètres cubes d'eau, qui n'en retient aujourd'hui qu'un peu moins de 10.

Trepet aboie après quelque chose et il lui vient la certitude que le lieu qu'il cherche, celui d'où l'on peut voir, n'est pas celui-ci.

46.

— Bon, pourquoi tu fais cette tête ? Une radio, c'est une radio, non ?

Arcadipane évite de répondre et étend les jambes en appuyant sa nuque contre le mur pour reposer son dos et ses cervicales. Entre les heures passées sur le trône à cause du poke et un oreiller à l'épaisseur incongrue, sa nuit a été, une fois de plus, un désastre.

— À quelle heure on devait être chez Vescovi ?

— Je l'ai prévenu. Il nous attend. Il part dans deux jours, pas dans deux heures ! Ce que tu es stressé, tout de même, si ça urgeait à ce point, on n'avait qu'à faire comme je le disais.

— C'est ça, on n'avait qu'à l'interroger en pleine rue et puis le planter là, avec son poignet cassé, son scooter bousillé et ses kiwis en vrac ? Et puis il aurait porté plainte contre toi qui lui as sauté dessus et contre moi qui ne t'ai pas empêchée de le faire. Le truc, c'est que je tiens à toucher ma retraite, tu vois ? Je n'ai pas de secrets d'État au coffre à monnayer pour me payer la maison de retraite, moi.

— Alors détends-toi. On a fait comme tu voulais, non ?

— Non, on n'a pas fait comme je voulais ! « Si on va aux urgences, on y passera la journée ! – il l'imite, en secouant une chevelure qu'il n'a pas. Allons chez mon ami Carlo… » Ça fait quarante minutes que ton pote Carlo et Spinapollice sont là-dedans. Et je ne sais même pas si c'est bien légal, ce qu'il est en train de lui faire !

— Alors entre et embarque-le, ton « Spinapollice » ! Je te signale que Carlo ne travaillait pas, aujourd'hui. Il nous a fait une sacrée faveur en venant aussi vite à son cabinet.

Arcadipane se lève et rejoint l'unique fenêtre qui éclaire la pièce, mais puisqu'on est à Rome, la lumière est amplement suffisante. Pedrelli marche autour du Kangoo que Pes a bien sûr garé n'importe comment. Captant son regard, il se retourne et lui fait le signe du pouce levé. Arcadipane lui répond d'un pouce renversé en se disant que Botta les a tous rendus débiles avec son scoutisme à la con. La porte derrière lui s'ouvre.

— Venez, dit la voix de l'homme.

Tommaso Spinapolice est assis sur la table en Inox au centre du cabinet. Un élément qui, compte tenu de l'évacuation prévue pour les liquides, pourrait faire penser à une table d'autopsie si elle ne mesurait pas seulement cent vingt centimètres sur quatre-vingt-dix. Même si l'homme est à présent moins blême, ses jambes pendantes et son menton collé à sa poitrine lui confèrent toujours une dégaine de gamin qui vient de faire une bêtise.

Carlo D'Amico, lui, est à très l'aise : blouse blanche, mais ouverte ; professionnel, mais cordial ; crâne dégarni, mais bronzé ; chaussures bateau, mais usées juste ce qu'il faut ; épaules larges, mais sans arrogance, il est en train d'examiner deux petites radios placées sur des panneaux lumineux de grandes dimensions.

— Notre Tommaso n'a rien de grave, aucune fracture, dit-il d'une voix douce et aussi insupportable qu'un velouté de petits pois. Juste une entorse modérée du ligament scapholunaire. Nous lui avons fait (« nous lui avons fait », mais vas-y, tu es tout seul !) un beau bandage rigide pour maintenir son poignet et atténuer la douleur. Prenez des analgésiques pendant une semaine, dans quinze jours, vous m'ôtez ce bandage, vous faites un peu d'auto-éducation en lançant et en rattrapant une balle de tennis. Et vous serez comme neuf. D'accord ?

Tommaso Spinapolice acquiesce, l'air penaud, en souriant tout de même un peu.

— Le scooter, nous le laissons au garage pendant un petit mois au moins, n'est-ce pas ? (« Nous le laissons », mais non !)

Il y a deux gestes qui déplaisent au scapholunaire ayant subi une lésion : accélérer en moto et jouer au baby-foot.

— Merci, Carlo, dit Franca Pes en s'avançant vers lui. Tu as été un amour, comme toujours – et sur ce, elle le prend dans ses bras et fiche son nez entre ses pectoraux, bien dessinés mais sans exagération, sous un T-shirt qui, sur Arcadipane, serait un maillot de corps, mais qui sur lui est « la première chose qui m'est tombée sous la main dans ma hâte de quitter la maison ».

— Mais de rien, Franca, que ne ferais-je pas pour toi – et il lui dépose un baiser au milieu de son crâne, sur le point exact d'où surgit son abondance de frisures.

À un pas de la porte, Arcadipane les observe. D'Amico ayant dans les quarante-cinq ans, et pouvant difficilement être le neveu de Franca Pes, il préfère ne pas imaginer de quels sordides secrets cette visite est la rétribution.

— OK, dit Pes en se détachant de Carlo, maintenant, on va raccompagner ce monsieur chez lui et te laisser tranquille.

D'abord, elle le plaque et lui casse presque le bras, pense Arcadipane, et maintenant, il est devenu « ce monsieur ». Si elle lui avait tiré dessus, elle l'appellerait « l'amour de ma vie » ?

— Pour tout vous dire, j'ai envoyé un message à ma femme, je crois qu'elle est en route pour venir me chercher, dit timidement Tommaso Spinapolice qui vient de modifier le programme.

— Bien, dit Pes en regardant Arcadipane, je pense que nous devrions tout de même discuter un peu tous les trois, n'est-ce pas, commissaire ?

Arcadipane enfonce les mains dans ses poches et les toise tous les trois.

— Carlo, vous avez été très aimable et si nous n'étions pas dans un tel merdier, je vous inviterais volontiers à boire un cocktail, mais M. Spinapollice et nous devrions…

— Spinapolice, le corrige Pes, tandis que l'homme lève une main pour signifier que ça n'a aucune importance…

— Spinapolice, bien sûr, il faut que nous lui causions et assez rapidement, donc sans vouloir vous chasser de votre cabinet…

— Pensez-vous, de toute façon, je dois passer un coup de fil.

Carlo D'Amico prend la porte. Spinapolice reste au centre de la pièce, tout seul, assis sur la table en Inox. À sa droite, Arcadipane, qui lui barre la sortie. À sa gauche, entre l'armoire à médicaments et la balance, Pes. Tommaso Spinapolice referme son blouson, Carlo doit avoir pris sa tension.

— Je suis désolé pour tout ça..., dit-il en regardant sa main, sans se rendre compte du paradoxe de cette affirmation. Mais après vous avoir laissé ces documents à l'hôtel, je voulais m'assurer que vous n'alliez pas enterrer l'affaire.

— Pourquoi on l'aurait enterrée ? Vous savez que nous enquêtons sur un homicide et sur un possible enlèvement ?

— Oui, je l'ai lu dans les journaux. Et puisqu'il s'agissait de Fuci et du barrage de Clot, j'ai pensé que c'était l'occasion rêvée pour rouvrir ce chapitre. J'ai encore quelques contacts dans la police, c'est comme ça que j'ai appris que vous veniez à Rome et où vous alliez loger.

— C'est Colajanni qui vous l'a dit ?

— Non, je ne le connais pas. Qui est-ce ?

Comme il pose cette question téméraire, le regard de Tommaso Spinapolice révèle l'homme qu'il a dû être et dont il n'a plus du tout l'allure. Une épiphanie qui, à rebours, change tout : son casque rouge, sa filature, l'enveloppe avec les documents, son scooter, sa tristesse d'enfant grondé, et même son sac de kiwis. Sans compter le fait qu'il a accepté de venir ici plutôt qu'aux urgences. Tout ce qui, un instant auparavant, semblait être le fruit de l'ingénuité et de la maladresse, à la lumière de ce regard, devient intention, résolution et ténacité. Du reste, si l'on trouve des coquillages au sommet des Alpes, pourquoi une forme archaïque de courage ne pourrait-elle pas subsister en un lieu aussi improbable que Tommaso Spinapollice, songe Arcadipane.

— Peu importe qui est Colajanni, dit-il en changeant de ton lui aussi. Dites-moi plutôt pourquoi vous n'êtes pas venu me parler en personne ? Pourquoi cette enveloppe ?

— C'était une façon de tâter le terrain, répond Spinapolice. Pour savoir dans quel camp vous étiez. De gros intérêts sont en jeu, j'ai déjà failli y laisser ma peau, une fois.

— Quand ça ?

— En 1976.

— Il s'est passé quoi, en 1976 ?

Tommaso Spinapolice ouvre la bouche pour répondre quand la porte s'ouvre brutalement et qu'une femme en blazer vert et pantalon clair, coiffée d'un carré court à la Valentina de Crepax[1], déboule dans la pièce. La cinquantaine, des talons tapageurs et un sac seau, toute pimpante malgré les larmes qui ont fait dégouliner son mascara. Une fois épuisée la force cinétique de son entrée, surprise de trouver autant de monde, elle reste un instant interdite.

— Tommaso ! crie-t-elle, en identifiant le motif de sa présence en ces lieux et en courant l'embrasser. Qu'est-ce que tu as fait ?

L'homme l'enlace de son bras valide et lui murmure à l'oreille des choses qui n'ont pas l'air de la rassurer : il est si pâle, hâve même, une vraie loque, et puis ce poignet, montre-moi, mais c'est un plâtre ? Toi qui es si prudent à moto ! Elle lui attrape les joues, embrasse sa barbe clairsemée, en y laissant des traces de rouge à lèvres. Arcadipane ne peut s'empêcher de penser que le seul endroit où il a vu des espèces aussi différentes à touche-touche, c'était sur les étals des poissonniers de Porta Palazzo. Surtout le samedi en fin d'après-midi, quand une sériole trop chère pour les clients du marché échoue à côté de la caisse en polystyrène des calamars, dans laquelle n'en gît plus qu'un seul, mal en point et l'œil vague. En général, ça ne dure que quelques minutes, ces deux-là se contemplent, comparant leurs destins respectifs, puis les restaurateurs viennent acheter la sériole à prix cassé et le calamar finit dans un seau avant de disparaître sous les brosses rotatives des balayeuses de la voirie.

— Mon épouse Raffaella, dit Spinapolice, en espérant contenir celle-ci tout en respectant les convenances.

1. Héroïne d'une série de bandes dessinées érotiques de Guido Crepax (1933-2003).

Arcadipane considère le couple avec un intérêt ichtyologique, oublieux de la question peu banale qui s'apprête à être posée. Le mot « épouse », en particulier, l'oblige à revoir le binôme sériole-calamar à Porta Palazzo, car il implique qu'il ne s'agit pas de la rencontre sporadique et fortuite qu'il s'était imaginée. Du reste, Mariangela et lui… Bon, Mariangela n'a pas grand-chose d'une sériole et lui, rien d'un calamar… Ombrine et baudroie, oui, c'est plutôt ça. Et pourtant, plus de vingt ans passés ensemble sur la glace, dans des caisses contiguës. Donc, au fond, ce n'est pas si étrange… Soudain, il pense à Ariel. Quelle créature marine pourrait-elle être ? Une huître, se dit-il en se traitant de vieux dégueulasse. Il en résulte par ailleurs qu'Ariel est dans le vrai : huître et baudroie forment un duo atroce !

— Commissaire ? demande Franca Pes.

— Oui ?

— La dame voudrait savoir comment l'incident s'est produit.

— Bon, disons que votre mari vous expliquera tout ça plus tard, au calme. Je comprends votre émotion, mais maintenant, il faut absolument que nous lui parlions en tête à tête.

— Même pas en rêve.

— Comment ça, même pas en rêve ? fait Arcadipane, plus abasourdi qu'agacé, vu qu'il ne s'était encore jamais fait mordre par une sériole sur l'étal d'un poissonnier.

La femme se détache du calam… de son mari pour se mettre à fouiller frénétiquement son sac seau, d'où elle finit par extraire une carte de visite, et même deux, l'une pour Arcadipane et l'autre pour Pes, sur lesquelles est écrit : « Raffaella Tuttolomondo », et en dessous : « Avocate pénaliste ».

— Mais non, Raffaella – Tommaso Spinapolice pose sa main valide sur le bras de son épouse dans l'évidente intention de la ramener à la raison – ce n'est pas la peine…

— Tommaso ! Tu es un homme bon, et je le sais. Mais la vie aurait dû t'apprendre que la bonté et l'honnêteté ne sont pas toujours récompensées, alors maintenant, pour l'amour que nous nous portons mutuellement, tu me laisses faire – elle ôte la main de son bras et la pose sur la table en Inox. Maintenant, ces deux policiers vont m'expliquer : un, ce que fiche ton scooter cabossé dans la voiture rouge garée en bas ; deux, qui sont l'acteur de soap-opéra qui a cherché à me rassurer et le type qui a voulu me donner un sac de kiwis ; trois, qu'est-ce que tu fous ici, avec un poignet dans le plâtre, sur la table d'un cabinet vétérinaire !

47.

Corso Bramard sort de la douche, pose les pieds sur le T-shirt sale qu'il a étendu devant le lavabo et commence à s'essuyer. Le tapis de bain appartient à Trepet, qui dort dessus, à un mètre de là.

Ils sont rentrés depuis peu de leur montée à Gias Vej. Il a pris un café américain au comptoir pendant que Trepet avait droit à une écuelle d'eau et à quelques restes du déjeuner. Ester rentrerait bientôt de l'école mais, comme Marta le lui a dit ce matin, aujourd'hui, pas de distractions : exercices de mathématiques.

Corso pend sa serviette au crochet derrière la porte. Il regarde son corps amaigri, ses tendons et ses muscles, autrefois habillés de chair et de force, désormais apparents. Depuis qu'il est tombé malade, il éprouve une tendresse nouvelle pour cette machine qui jusqu'alors l'avait servi sans demander d'attention particulière. Percevoir la beauté passée au moment de la décadence est un mécanisme commun, mais ce n'est pas seulement ça. Il se meurt, au sens le plus large du terme. Même si l'intervention s'est bien passée et que sa rémission est acquise, ça n'en est pas moins un faux plat qui annonce une autre pente. Ainsi vont les choses.

Le téléphone sonne dans la poche de son pantalon accroché à la poignée de la porte. Il avait l'intention d'en changer, mais sans réfléchir davantage, il l'enfile et répond.

— Un instant, dit-il, puis, avec une pudeur qui lui vient sans doute de cette affection nouvelle pour son corps, il met aussi sa chemise et la boutonne.

— J'y suis !

— Qu'est-ce que tu faisais ? demande Arcadipane.

— Rien, répond Corso, par pudeur, encore. Il y a du nouveau ?

— Du lourd. Tu es bien installé ? Parce que ça va prendre un moment.

— Alors attends une minute.

Corso se met une serviette sèche sur la tête et passe dans la chambre. Il place un oreiller contre la tête de lit et s'assied en étendant ses jambes lasses.

— Me voici.

— Tu es où ?

— Dans ma chambre.

— Avec une femme ?

— De quoi tu parles ?

— Je n'en sais rien ! Elena est montée ?

— Non, c'est tout juste si elle me parle.

— Profites-en. Je peux y aller ou non ?

— Vas-y, vas-y.

— Tommaso Spinapollice, ça te dit quelque chose ?

— Non, qui est-ce ?

— Un autre journaliste, mais vivant, celui-là. Oh, la Pes a bien tenté de l'assassiner, mais...

— À propos, comment ça se passe avec elle ?

— On en causera une autre fois. Spinapollice, c'est le type qui m'a laissé l'enveloppe avec l'article et les documents sur le barrage de Clot.

— Vous l'avez retrouvé comment ?

— C'est une longue histoire, je te la raconterai plus tard. L'important, c'est qu'il est en vie, malgré la Pes, et qu'une fois sa femme calmée, il a pu nous dire pas mal de trucs.

— Qu'est-ce que sa femme vient faire là-dedans ?

— Rien, écoute-moi. En 1976, ce Spinapollice débutait dans le journalisme, il bossait au noir pour un ou deux journaux romains, surtout sur des enquêtes où il fallait user ses semelles et casser les couilles aux gens, en risquant de se prendre des mandales au passage. Le genre de taf que tu refiles au dernier arrivé s'il en a la trempe et l'ambition, tu vois ce que je veux dire, non ?

— Je vois.

— Dans ce cas, je continue. En novembre 1975, Pasolini est assassiné. Quelques mois plus tard, Pelosi est condamné pour l'homicide qu'il a avoué, mais tu te rappelles que pas mal de monde avait des doutes au sujet de cette affaire et que la presse de l'époque suivait d'autres pistes.

— Bien sûr.

— En 1976, alors que Pelosi était déjà en prison, Spinapollice cherchait encore des informations dans le milieu des jeunes marginaux parce qu'il avait eu vent de la présence, cette nuit-là, de plusieurs voitures sur le terrain vague de l'Idroscalo, et qu'un témoin affirmait que Pasolini avait été assassiné par un groupe. En creusant cette piste, il apprend que Pasolini n'était pas le seul dans le monde romain du spectacle à frayer avec ce milieu. Depuis des années, plusieurs cinéastes et acteurs faisaient la même chose, de manière plus hypocrite, en recevant ces jeunes chez eux ou dans des chambres d'hôtel. Parmi ceux-là, Sergio Vescovi, le réalisateur des films dans lesquels Ladich a tourné, celui qu'on doit rencontrer et qui était censé avoir eu une liaison avec elle. Le pote espion de Pes nous a dit que c'était impossible et maintenant, on sait pourquoi, vu que lui aussi est un inverti.

— Je n'utiliserais pas ce terme.

— Non ? On ne peut plus le dire ?

— Non.

— Vu qu'il avait des goûts particuliers ?

— Non plus. Continue.

— Bon, Spinapollice cherche à le rencontrer. Il ne s'intéresse pas à ses goûts, mais aux contacts qu'il avait avec certains garçons de ce milieu-là, peut-être liés à l'affaire Pasolini. Sauf que Sergio Vescovi, après avoir appris pourquoi Spinapollice veut lui parler, le fuit. Spinapollice insiste et quelqu'un fracasse sa voiture. Il prend peur, mais il comprend qu'il a mis le doigt sur un point sensible et, vu qu'il est jeune et couillon, il ne lâche pas. Puisqu'il ne peut pas atteindre directement Vescovi, il a l'idée de passer par celle qui passe pour être sa meilleure amie, et sa muse.

— Vera Ladich.

— Laquelle, trois ans auparavant, a mis un terme à sa carrière d'actrice, justement à cause de sa liaison avec Sergio Vescovi. Spinapollice tente de prendre contact avec elle mais bien entendu, il se heurte à un mur. À ce stade, n'importe qui aurait lâché l'affaire, mais Spinapollice, à qui, si tu le voyais aujourd'hui, tu donnerais la pièce, était sans doute une vraie teigne à l'époque. Alors il s'accroche, il la file et il constate que la célèbre diva mène une vie de recluse avec une seule exception : le jeudi, elle sort avec chauffeur et secrétaire et va passer la journée dans une clinique aux environs de Rome. « Qu'est-ce qu'elle va y faire ? », se demande Spinapollice. Évidemment, il sait qu'elle est mariée à Terenzio Fuci, le frère d'Amilcare Fuci, et qu'il vaut mieux ne pas chier dans les bottes de cette famille-là, mais puisqu'il est...

— Jeune et couillon...

— Il corrompt un infirmier de la clinique qui lui permet de s'approcher assez pour prendre des photos de Vera Ladich alors qu'elle se promène dans le parc de la Villa Greppi, en compagnie d'un homme un peu plus âgé qu'elle et qui lui ressemble un peu.

— Ensuite, l'infirmier corrompu lui apprend que le patient se nomme Aldo Mattalia et qu'il est né à Clot. Après quelques recherches, il découvre que Vera Ladich n'est pas le vrai nom de l'actrice, qui s'appelle en réalité Anna Mattalia, elle aussi née à Clot, où Amilcare Fuci, on ignore pourquoi, a voulu à tout prix édifier un barrage.

— Exact, et là, c'est le début du gros bordel, parce que quand il va chez son directeur pour lui faire part de ce qu'il a découvert, le gars, qui n'est plus jeune et encore moins couillon, lui répond qu'il ne veut ni entendre parler de cette histoire ni même regarder ces photos. Ce qui pousse Spinapollice à faire circuler l'info pour trouver un autre journal disposé à en faire quelque chose. Résultat, un ou deux jours plus tard, son appartement est dévasté et les photos disparaissent. Il se fait une raison et pense tout laisser tomber, sauf qu'à ce moment-là, il est contacté par un autre journaliste qui a entendu parler de son enquête.

— Gianni Polídori.

— Ou Polidòrí, lequel, des années plus tôt, avait publié cet article sur le barrage de Clot qui lui avait valu un procès. Polidòri est alors mourant, et il veut remettre à quelqu'un ce gros dossier qu'il garde caché depuis, avec les documents qu'il a réussi, on ne sait pas comment, à faire sortir des archives d'ICA. Ceux qui disent que Clot n'était vraiment pas le bon site où construire un barrage. Et qui mieux qu'un jeune journaliste couillon et casse-couilles qui fourre son nez dans une affaire reliée aux barrages et à la famille Fuci ?

— Et c'est comme ça que Spinapollice se retrouve avec entre les mains l'histoire de Vera Ladich et de son frère, et aussi avec le matériel de l'enquête qui prouve que le barrage a été construit au mauvais endroit.

— Voilà. Ce qui nous permet de penser qu'il se met à faire exactement ce que nous sommes en train de faire, c'est-à-dire imbriquer ces pièces pour comprendre si l'une a quelque chose à voir avec l'autre. Sauf que nous sommes en 1976 et que, dans la salle des commandes de la Démocratie chrétienne, il y a Amilcare Fuci, et donc notre jeune et couillon Spinapollice, un jour qu'il vadrouille à moto dans les rues de Rome pour poser des questions, est rejoint par une voiture qui braque brutalement, le renverse et fait même une marche arrière pour l'écraser. Spinapollice finit à l'hosto avec une fracture de l'humérus et du bassin, plus un traumatisme crânien dont il met six mois à se remettre, sans jamais récupérer complètement. Entre-temps, il s'est renseigné sur la plaque du véhicule qu'il a réussi à voir en partie : un ami flic qui l'aime bien l'informe que c'est une voiture du SID[1], des services secrets. Conseil : laisse tomber, ce que fait Spinapollice, que ses fractures ont rendu d'un coup moins jeune et moins couillon. Jusqu'à la semaine dernière,

1. *Servizio Informazioni Difesa* : service de renseignement militaire entre 1966 et 1977.

quand Terenzio Fuci meurt et que Vera Ladich disparaît. Alors Spinapollice se dit que puisque les Fuci sont défunts et la DC, remisée dans les livres d'histoire, il est temps de dépoussiérer ces documents et de les confier, moyennant quelques précautions, à une personne qui n'est autre que ton serviteur. Et à toi, par personne interposée.

Bramard prend sa gourde sur la table de chevet et boit une gorgée, comme s'il venait lui-même de prononcer tous ces mots.

— Donc, Spinapolice ne sait pas pourquoi le barrage a été construit ici ?

— Non, il ne le sait pas. Mais si on te paie le gîte et le couvert dans un trois-étoiles, il y a bien une raison, non ? Réfléchis, on en reparle plus tard. On arrive chez Vescovi.

48.

Sans portail ni mur d'enceinte, le domaine est simplement ceint d'une barrière basse de poteaux horizontaux et arrondis, style ranch. Difficile d'estimer sa surface, mais dans les deux directions, cette barrière se prolonge à perte de vue, en épousant le flanc de la colline.

Ils parcourent l'allée de gravier blanc entre les oliviers. L'horloge du Kangoo indique 16 h 38. La lumière est encore belle et le ciel, de ce bleu irréel des sacs-poubelle. Dix minutes plus tôt, ils ont vu au loin le village d'Itri et son château, mais depuis un bout de temps, ils pourraient se trouver dans n'importe quelle zone collinaire au-dessous de Rome et à dix kilomètres de la mer.

Parmi les oliviers, des installations agricoles commencent à apparaître, puis des paddocks avec des chevaux, un herbage où, éloignées les unes des autres, paissent des vaches de race chianina, à l'allure africaine, des moutons, et enfin, une ferme, avec des remises d'un côté et une grange de l'autre.

Ils garent la voiture à côté de quatre ou cinq autres sous une treille de roseaux. Avant même d'ouvrir les portières, ils sont frappés par l'odeur des chèvres, qu'ils aperçoivent dès qu'ils descendent, dans un enclos entouré de grillage juste à côté du parking. Un homme en vêtements de travail les attend, chemise au-dessus du pantalon, dans les trente-cinq ans, indien peut-être, en tout cas, la peau sombre et le blanc de l'œil pas tout à fait blanc. Cheveux courts et très noirs. Lèvres superbes.

— Monsieur vous attend, dit-il, comme dans les vieux films qui se passent dans les colonies britanniques, avec cet accent-là.

Arcadipane, Pedrelli et Pes le suivent jusqu'à la maison en regardant autour d'eux. Tout leur donne l'impression d'une exploitation agricole en pleine activité. Foin stocké. Un ou deux silos. Un homme qui conduit un tracteur dans l'oliveraie. Étant donné les effluves qui flottent dans l'air, il doit aussi y avoir des porcs, quelque part.

Mais dès qu'ils ont franchi le seuil, ils passent dans un autre monde : le couloir est une descente dans le mobilier mythique des années 1960, pour ne rien dire de la tapisserie à losanges marron et orange qui, sur les murs rustiques et irréguliers, prennent de bizarres inclinaisons, au diapason de la touche psychédélique des lieux. Les meubles sont chargés d'objets, de miroirs, de téléphones en bakélite ou en plastique rouge, orange, blanc. L'odeur des bêtes a été supplantée par celle de l'encens. Pas de fabrication indo-pakistanaise, non, du véritable encens d'église, sépulcral, pour tout dire. Arcadipane, Pedrelli et Franca Pes ne peuvent échanger ni regards ni points de vue, l'encombrement du couloir les contraignant à avancer l'un derrière l'autre derrière l'Indien, en file conséquemment indienne. Et quand la porte coulissante japonaise s'ouvre sur le salon, Sergio Vescovi est là, qui les attend, assis sur un grand canapé modulaire en velours noisette. Cinq modules dont un d'angle. Sur lequel il est assis.

— Je vous en prie.

Malgré sa calvitie, ses joues flasques et son visage parsemé de taches, il est clair qu'il a été beau, même s'il aurait sans doute aimé l'être davantage. Impossible de savoir s'il est gros ou mince car il porte un caftan très ample dont la teinte ne tranche pas sur celle du canapé. Si l'on plisse les yeux, homme, caftan et canapé se fondent en une unique figure, celle d'un grand cétacé en début de putréfaction. Ce qui pourrait expliquer l'encens.

Arcadipane et Pes s'asseyent sur deux modules détachés du canapé et placés en position d'audience concédée. Pedrelli saisit une chaise sous la table en cristal et se met entre eux deux, mais plus près d'Arcadipane.

— Merci, Gamage, dit Vescovi à l'homme qui les a accompagnés, et il lui fait un signe de la main ; entre ses doigts, un mince bâtonnet de réglisse. Puis-je vous offrir quelque chose de frais à boire, un des jus de fruits que nous faisons nous-mêmes, peut-être ? La journée a été terriblement chaude, pour un début novembre.

— Merci, mais…

— Je boirais volontiers un jus de fruits, fait Pes.

— Moi aussi, acquiesce Pedrelli.

Sergio Vescovi décolle son dos du canapé. Il n'est pas gros, tant s'en faut, sous le caftan, sur ses jambes comme des allumettes, des taches, comme sur son visage.

— Sampath ? appelle-t-il d'une voix forte. Apporte-nous des jus !

Arcadipane jette un regard à la ronde. Meubles semblables à ceux du couloir, tapis unis aux couleurs acides. Aux murs, de grandes photos en noir et blanc, dans des cadres en stuc doré. Plusieurs montrent Vera Ladich toute jeune, certaines prises lors de tournages, d'autres non. Sur l'une d'elles, elle mime un pas de danse dans les bras d'un homme qui pourrait être Vescovi. De cet homme-là, le Sergio Vescovi qui leur fait face n'a conservé que les yeux : remarquables, très noirs et mécontents, qui soutiendraient la comparaison avec ceux de Mademoiselle le look.

— Sampath ? appelle-t-il de nouveau en forçant la voix, sur un ton impatient, avant de se tourner de nouveau vers eux.

— Vous voilà donc, je me demandais combien de temps ça prendrait pour quelqu'un se décide enfin à venir m'interroger.

— Ne vous inquiétez pas, dit Arcadipane en ouvrant sa veste, parce qu'on étouffe, dans cette pièce. Il ne s'agit pas vraiment d'un interrogatoire.

— Mais pourquoi pas ? Faisons en sorte qu'il s'agisse d'un interrogatoire en bonne et due forme ! Questions-réponses. En ce qui me concerne, vous pouvez même tout enregistrer, si vous le souhaitez. Je sais tout de Vera ! Sa vie, ses miracles, et je ne dirai pas sa mort par pure superstition. Oh, voici notre Sampath ! Qu'étais-tu parti faire ? Traire le taureau ? – il rit. Pose ça là et sauve-toi, nous allons procéder à un interrogatoire. Mais pourquoi n'as-tu pas apporté le jus de prunes ?

— Fini, répond Sampath, qui pourrait être un cousin de l'homme qui les a conduits jusqu'ici, mais beaucoup plus jeune. Vingt ans, peut-être. Et en Italie depuis peu.

— Comment ça, fini ? Je vous ai dit l'autre jour d'en préparer encore. Peu importe, allez, file, ces messieurs-dame ont sûrement mille choses à faire. Servez-vous, je suis si impatient.

Pedrelli se penche, saisit l'un des deux brocs que le jeune homme a posés sur la table basse en plastique noir aux pieds en pattes de lion et remplit un verre. Puis il montre le broc à Pes.

— Oui, merci, ça m'ira très bien.

Pedrelli remplit un deuxième verre et le lui tend.

— Goûtez et dites-moi ce que c'est, à votre avis ! fait Vescovi.

Ils s'exécutent.

— Abricot, fait Pes.

— Nèfles, fait Pedrelli.

— Bravo ! Des nèfles, des nèfles ! (Il lève les mains en l'air comme si on le menaçait d'une arme.) Si vous avez autant de flair vous aussi, commissaire, je suis fait comme un rat ! Je me rends, sortez les menottes !

— Personne ne vous arrêtera, rassurez-vous.

— Quel dommage !

— Je suis le commissaire Arcadipane. Voici mon adjoint Pedrelli et Mme Pes, une collaboratrice, avec laquelle vous avez parlé au téléphone.

— Bien entendu, se reprend Vescovi. L'interrogatoire doit commencer suivant le protocole. Alors, que voulez-vous savoir ? Buvez un peu de jus, vous aussi. Les nèfles doivent être autorisées en service, non ?

— Non, je vous remercie. Nous sommes venus vous voir pour obtenir de vous quelques éclaircissements sur plusieurs aspects de la vie de Vera Ladich. Pour commencer, j'aimerais avoir votre version de la liaison que vous auriez eue avec Vera Ladich, et du scandale consécutif à la suite duquel elle a mis un terme à sa carrière.

— Fausse, apocryphe. Une intox fabriquée de toutes pièces pour la presse. Et ceci n'est pas ma version. C'est la pure vérité.

— Vous n'avez donc entretenu aucune relation avec Vera Ladich ?

— Définissons le mot de « relation » : avons-nous travaillé ensemble pendant dix ans ? Oui. A-t-elle été ma meilleure amie, ma muse, l'actrice à qui j'ai dû mon succès ? Certainement. Avons-nous parfois dormi ensemble, tendrement ? Bien sûr. Du sexe ou quelque chose qui s'en approche ? Non.

— Donc aucun lien sentimental.

— Définissons les mots de « lien sentimental »...

— C'est bon, c'est bon, j'ai compris.

— Je sais bien, je vous charrie.

Soudain, face à eux, l'homme se tasse et tombe le masque. Sa voix s'abaisse d'une octave et ses épaules s'affaissent, toute sa fringance s'est évanouie. Un changement brutal, le deuxième auquel ils assistent aujourd'hui. En témoignent les yeux tristes de Sergio Vescovi qui, écrasés entre ses cernes et ses sourcils trop fournis, semblent vides, même si sa bouche continue à sourire.

— S'il n'y avait rien entre vous, pourquoi n'avez-vous pas nié cette liaison ?

— Parce que Terenzio Fuci me l'a demandé. Je savais qu'après ce qui s'était passé, Vera ne tournerait plus et que personne ne voudrait de Sergio Vescovi sans elle. Terenzio m'a demandé de jouer le rôle de l'amant et j'ai accepté. En échange, j'ai signé avec la Veronica Film un contrat pour cinq films, que j'ai réalisés au cours des quinze années suivantes. Plus mauvais les uns que les autres. Tout ce que vous voyez ici – d'un geste, il englobe la pièce, la maison, le domaine –, je l'ai acheté avec l'argent des premiers films avec Vera, mais je l'ai conservé grâce à celui que j'ai gagné avec les suivants. En Europe, personne ne leur a accordé d'attention, nous avons trop bon goût, mais sur les marchés du Moyen Orient et de l'Inde, il y a encore un public pour les regarder. Une partie des droits que je touche est en roupies.

Dans le salon, où la lumière décroît à mesure que le soleil se couche, un ange passe. On entend Franca Pes boire une gorgée de jus.

— Mais vous étiez ami avec Vera, dit soudain Pedrelli, qui pour sa part n'en boira sans doute plus.

— Nous le sommes devenus après les deux premiers films, c'est-à-dire en 1965. J'ai connu Vera quand elle s'appelait encore Anna, mais pendant deux ans, même si nous travaillions ensemble, elle gardait ses distances. Elle me croyait chargé de la surveiller et se méfiait de moi, qui en revanche, étais déjà son esclave. Elle ne savait pas jouer mais elle n'en avait pas besoin : il suffisait de la placer devant la caméra et le miracle se produisait. Je l'ai compris dès la première fois où elle a regardé l'objectif et prononcé ces deux mots qui ne figuraient pas dans le script : « ... s'il vous plaît... » Puis, dans le film suivant, cette autre réplique qui n'était pas prévue non plus : « ... et alors, le mal ne pourra plus me nuire... » Si j'ai eu quelque mérite, c'est celui de deviner que ce qu'elle faisait pouvait transformer un artiste, même un réalisateur médiocre comme moi. Au fil des années, Vera a compris la dévotion que j'avais pour elle. Elle s'est ouverte, nous avons lié amitié. Au fond, à part son frère, j'étais la seule personne qu'elle pouvait voir seule, sans que Terenzio ou cette mante religieuse de Brocani soient présents. Et nous avions tous les deux quelque chose à cacher.

— Vera se confiait donc à vous ?

— Oui, elle se confiait à moi et elle m'aimait bien, mais j'ai fini par la trahir. Du reste, c'est ce que tout le monde a fait. Ceux qui la désiraient ont cherché à la détruire quand ils ont compris qu'ils ne pourraient pas l'avoir. Quant à moi, je l'ai trahie par ambition et par crainte, en cela au moins, j'ai fait preuve d'originalité.

— Par crainte de ne plus travailler ? demande Pes.

— Entre autres, car Terenzio en savait beaucoup sur mon compte. Si vous êtes arrivés jusqu'ici, je n'ai pas grand-chose à vous expliquer. C'était une époque où l'homosexualité était tout juste tolérée si vous étiez un cinéaste de talent comme

Pasolini, paix à son âme. Mais moi, avec l'écriteau « pédéraste » accroché autour du cou, que serais-je devenu ? Le brouillon raturé de Pier Paolo, son intelligence, son courage et son génie provocateur en moins et sans même sa mort tragique. J'aurais été celui que je suis aujourd'hui, en somme, mais dépourvu d'argent, sans ce domaine, sans mes jeunes Sri Lankais et sans la renommée de réalisateur qui a vécu l'âge d'or du cinéma italien et eu en plus la bonne fortune d'une liaison avec Vera Ladich. C'est déplaisant pour moi de l'admettre, mais Terenzio Fuci a tenu parole, et c'est une chose rare dans ce milieu. Vers le milieu des années 1960, un journaliste s'est mis à fouiner dans ma vie privée et il l'a fait taire. Ce n'était pas par générosité, bien entendu : je n'étais qu'un pion par le biais duquel ce type voulait atteindre Vera et à travers elle, la famille Fuci, mais comme on dit, en sauvant le bateau, on sauve aussi les rats qui sont à bord.

Arcadipane s'extrait avec difficulté de son module et se sert un verre de l'autre broc.

— Kakis, dit Vescovi.

Arcadipane hoche la tête, de toute façon, maintenant qu'il s'est servi. Il se rassied.

— Il y a une chose que je ne m'explique pas : elle aimait son mari, Vera Ladich ?

— Non.

— Vous en êtes sûr ?

— Je suis sûr de deux choses : l'une, c'est que Vera n'a jamais aimé Terenzio. L'autre, c'est que durant toute sa vie, Terenzio a éperdument aimé Vera. J'irais même jusqu'à dire qu'il est peut-être le seul à l'avoir vraiment aimée.

— Il l'a aimée.

Vescovi secoue la tête, il sourit.

— D'un amour certes morbide, malsain, claustral, mais si l'on ne peut pas décider d'aimer, on peut encore moins décider de la façon dont les autres doivent nous aimer, ne croyez-vous pas ?

— Mais alors pourquoi…

— Pourquoi Vera a-t-elle passé sa vie avec lui ? Ni pour le cinéma ni pour la gloire, en tout cas. Être actrice n'a jamais intéressé Vera. S'éloigner des plateaux a été un soulagement pour elle, pas un sacrifice.

— Mais si ce n'était pas pour la gloire, alors pourquoi ?

— Je n'en sais rien, dit Sergio Vescovi.

Pour la première fois, il cesse de fixer ses interlocuteurs pour regarder ailleurs. Il secoue la tête.

— Je crois que tout a commencé dans ce village de montagne d'où ils venaient, son frère et elle, mais Vera n'a jamais voulu m'en parler. Et si elle ne m'en a rien dit, je doute qu'il y ait quelqu'un à Rome qui le sache.

Le soir a envahi la pièce et tous ces objets frivoles ont revêtu d'un coup la mélancolie d'un Luna Park à l'abandon. Pensif, Arcadipane boit une gorgée.

— Une dernière chose, dit-il en s'efforçant d'avaler la mixture qu'il a dans la bouche.

— Certainement, acquiesce Sergio Vescovi, mais si ça ne vous ennuie pas, allons dans la cuisine. Il commence à faire froid, ici. Là-bas, les garçons ont dû allumer un feu dans la cheminée. Et puis au fond, maintenant que nous avons fait connaissance, nous pouvons poursuivre dans un décor plus informel.

Sergio Vescovi, quatre-vingts ans passés, à la fois maigre et bedonnant, se lève et, la tête haute, défile entre eux. De ses yeux qui semblaient si naturellement noirs coulent à présent quelques gouttes de rimmel que la pénombre ne suffit pas à masquer.

Dès qu'il leur tourne le dos, Pes attire l'attention d'Arcadipane et, d'un geste du menton, lui montre une photo dans un cadre, sur le piano.

— Jeune, il ressemblait à Anthony Perkins ! murmure-t-elle.

Arcadipane ne sait pas qui c'est. Sur ce, ils se lèvent et le suivent.

49.

On frappe à la porte. Bramard ouvre les yeux et regarde la fenêtre. Il est 17 heures passées, il fait presque nuit.

Il ôte ses lunettes, avec lesquelles il s'est endormi, et enlève de ses cuisses l'ordinateur sur lequel il regardait l'avant-dernier des films dans lesquels a joué Ladich. En a-t-il vu dix minutes, ou quinze, avant de s'endormir ? On frappe de nouveau.

— J'arrive.

Pour rejoindre Gias Vej, il a grimpé la pente à vive allure dans l'idée de se mettre à l'épreuve, puis l'a descendue en vitesse parce que les deux heures passées assis à observer le pré lui avaient glacé les os. Résultat : médicaments du déjeuner loupés, genoux douloureux, fatigue, message inquiet d'Elena parce qu'il ne répondait pas au téléphone et cette sieste, qui l'a retiré du monde pendant deux heures. Tout ça pour quoi ? Aujourd'hui encore, Gias Vej – son herbe jaunie, ses pierres sombres et son périmètre d'arbustes plus jeunes – est resté une énigme.

Il ouvre la porte. Ester est là, comme il s'y attendait.

— Tu dormais ?

— Oui, un peu, mais tu as bien fait de me réveiller. Tu as fini tes devoirs ?

Ester hoche la tête et lorgne dans la chambre.

— Trepet dort sur le tapis de la salle de bains. Il s'est bien dépensé, lui aussi, aujourd'hui.

— Vous êtes allés dans le bois ?

— À Gias Vej, mais il s'y est moins amusé que quand il y va avec toi.

Ester hausse les épaules, comme quoi, ce sont des choses qui arrivent. Elle porte un sweat léger couleur crème, ses cheveux roux ginger sont rassemblés, comme d'habitude, en une queue plusieurs fois repliée dans un élastique, difficile d'estimer leur longueur. Probablement très longs. C'est une belle enfant, avec un je-ne-sais-quoi en plus. Peut-être parce que ses yeux ont la teinte de certains ports où l'eau n'est ni haute ni basse. Et sa peau, celle des dunes que le vent façonne. En effet, rien en elle n'évoque la montagne, sinon son pantalon en velours, ses chaussures de marche et cette moustache de confiture sous son nez, et pourtant, à la montagne, elle est chez elle. Elle serait à sa place n'importe où. Voilà ce qu'Ester a en plus. Outre sa beauté, et son mystère.

— Je pourrais lui donner son goûter.

— Il en sera ravi. Je vais te le chercher.

— Hm, hm.

Quelques secondes plus tard, Bramard revient avec le chien.

— Vas-y doucement, c'est un petit vieux, lui aussi.

— Après le goûter, on fera juste un petit tour sur la place. Pour le dressage.

— Sur la place, c'est raisonnable. Et je t'informe qu'aujourd'hui, il a mangé très peu de crottes, tu fais du bon travail.

— Avec moi, il en mange tout le temps.

— Il apprendra.

Ester se penche et gratte Trepet sous le cou. Le chien, encore dans le champ gravitationnel du sommeil, vacille et ferme les yeux.

— Aujourd'hui, un monsieur m'a demandé si tu étais à l'hôtel, dit Ester.

— Il t'a demandé ça quand ?

— Dans le car de l'école.

— Il connaissait mon nom ?

— Oui. Il a dit « monsieur Bramard ».

— Il était comment ?

— Vieux et un peu petit.

— Aussi vieux que moi ?

— Plus. Je lui ai dit que tu étais là, mais quand on est descendus du car, il est parti d'un autre côté.

— Tu as vu de quel côté ?

Ester secoue la tête puis, de ses deux mains, elle abaisse les oreilles de Trepet, lui tirant en arrière la peau du museau. Le chien la laisse faire, telle une vieille diva qui, chez son chirurgien esthétique, peut enfin baisser la garde.

— Je peux te demander quelque chose ? dit Ester.

— Tu peux.

— Puisque tu n'as pas de pistolet – elle penche la tête pour évaluer le résultat du travail de ses mains sur le masque de Trepet –, finalement, tu fais quel travail, toi ?

50.

Dans la cuisine flotte encore l'odeur du foyer qu'on vient d'allumer. Une odeur que ceux qui ont un certain âge savent riche de promesses, dont la plupart sont tenues : chaleur, nourriture, reflets changeants qui embellissent femmes et hommes. En les voyant chatoyer sur les quatre Sri Lankais surpris à table par leur arrivée, Arcadipane, Franca Pes et Pedrelli se figent sur le seuil. Vescovi, lui, entre dans la cuisine et y tournicote en agitant les mains en l'air et en faisant « Allez ! Allez ! ». Sans dire un mot, ils se lèvent tous les quatre et s'esquivent, chacun dans une direction différente ; offensés, mais nonchalants comme des chats qu'on prive d'un rebord de fenêtre ensoleillé.

Sergio Vescovi, qui en traversant le couloir a enfilé un pull difforme par-dessus son caftan, s'assied sur la chaise que le Sri Lankais des jus de fruits vient de quitter. Pes, Arcadipane et Pedrelli s'installent sur les autres. Pedrelli a diligemment emporté son verre avec lui. C'est une grande cuisine, à l'ancienne, une cuisine de vieille ferme. La cheminée est vaste, avec un manteau trop large pour réchauffer vraiment la pièce, mais l'odeur, la lumière et les reflets suffisent. Une grande table avec un plateau en marbre sur lequel on pétrissait autrefois la pâte, un évier en graniglia dont le robinet goutte, une dizaine de bocaux qui trempent dans une bassine.

— Je repars après-demain pour Trinquemalay, dit Vescovi. En fait, vous avez eu de la chance de me trouver ici début novembre.

D'habitude, à cette époque, je suis déjà là-bas, mais cette année, j'avais des travaux à suivre. Et puis deux des garçons ne sont arrivés en Italie que cet été. Il fallait voir s'ils s'adapteraient. Les Sri Lankais sont très honnêtes et très fiables, mais pour faire autre chose que du commerce, il faut leur laisser un peu de temps.

— Ce sont eux qui tiennent le domaine ? demande Pes.

— De A à Z. Gamage est avec moi depuis quinze ans. Je joue au seigneur d'antan, je flâne à travers champs, j'admire mes bêtes, je fais de petites siestes à l'ombre de mes oliviers et je savoure mes légumes biologiques. Me faire passer pour un vrai fermier n'a jamais été dans mes intentions. Je ne sais même pas me servir d'une bêche, alors vous pensez, les machines agricoles. Et puis la merde des animaux me fait horreur. En revanche, j'aime beaucoup voir les autres rentrer le soir, sales et en sueur. Désormais, les plaisirs charnels ont laissé place à la contemplation. Si cela s'était produit il y a une quinzaine d'années, mes finances et ma santé en auraient bénéficié. Mais vous vouliez me poser une question, n'est-ce pas ?

— Tout à l'heure, vous avez laissé entendre que ce que Vera avait fait l'aurait obligée de toute façon à arrêter le cinéma. J'imagine que vous faisiez allusion aux deux jours pendant lesquels elle avait disparu.

— Trois.

— Trois jours, bien sûr. Vous savez où est allée Vera Ladich pendant ces trois jours.

— Je le sais, et vous ?

— En Écosse.

— En Écosse.

— Pourquoi ?

— Avant de vous répondre, puis-je savoir si vous pensez qu'elle est morte ?

Arcadipane regarde Pes, qui regarde Vescovi. Pedrelli boit une gorgée de jus.

— Pourquoi vous me demandez ça ?

— Je crains d'être en train de faire quelque chose de peu élégant.

— Élégant ?

— Étant donné ce que je vous ai raconté, il est clair que je peux difficilement passer pour un champion de l'honnêteté, mais voilà, même si j'ai perdu tout crédit à ce titre... L'élégance est une qualité à laquelle je ne souhaite pas déroger. Entendons-nous bien, une trahison peut être élégante, un homicide, une omission, un geste moralement abject également. Même une décapitation. Mais retourner l'ourlet d'une vie dont la propriétaire a passé le pas, voilà qui n'est pas élégant du tout.

— Vous attendez qu'on vous dise que vos informations pourraient se révéler indispensables pour qu'on la retrouve vivante ?

— C'est la formule d'usage ?

— Celle-là même, elle est assez élégante pour vous ?

Sergio Vescovi accuse le coup. Pes jette un regard torve à Arcadipane.

— Ce jus-ci est vraiment exceptionnel, s'immisce Pedrelli qui, en vingt ans de vertueux endiguement de ce sale caractère, a acquis un sens de l'à-propos digne d'un stand-upper.

— Merci, vous êtes très aimable, répond Vescovi, en appuyant sur le « vous ».

Pes tend le bras par-dessus la table et, dans une manœuvre qui change la donne, pose sa main sur celle de Vescovi.

— C'est vraiment très important, dit-elle. Où Vera est-elle allée, et avec qui, pendant ces trois jours ?

Sergio Vescovi hoche la tête, content que quelqu'un comprenne enfin ses « élégants » scrupules. Il retourne sa main et serre celle de Pes, pour lui faire savoir qu'en ce qui le concerne, ce petit différend est oublié.

— Vous faites un travail difficile, admet-il.

— Très, confirme Arcadipane. Nous savons que le 23 octobre 1973, elle a pris un vol pour Édimbourg. Ce que nous ne savons pas, c'est pourquoi et, éventuellement, avec qui.

— Un instant, dit Vescovi en se levant. Je reviens tout de suite.

Il quitte la cuisine et ils restent seuls. Dans la cheminée, le feu languit. Il faudrait y ajouter une des bûches que les Sri Lankais ont empilées à côté du foyer. Ce qu'Arcadipane fait, après quoi il contemple les flammes, un coude posé sur la tablette.

— Et s'il s'enfuit ? chuchote Pes.

— Pourquoi il ferait ça ?

— Parce que tu as été grossier.

Assise à cette table, le menton sur ses mains jointes, on dirait une gamine s'apprêtant à livrer une confession aux conséquences imprévisibles. Avant de la revoir, il croyait se rappeler assez nettement à quoi elle ressemblait il y a trente ans, quand ils se sont rencontrés, mais la Franca Pes d'aujourd'hui s'est superposée à ce souvenir. Dans sa tête, il arrive à substituer un uniforme à ses vêtements, mais son visage reste celui qu'elle possède à présent.

— Vous avez cru que je m'étais enfui ? lance Vescovi, qui s'est entre-temps coiffé d'un tarbouche, en rentrant dans la cuisine.

— Pensez-vous ! dit Pes.

Vescovi pose un quarante-cinq tours sur le plateau en marbre.

— *Pazza idea*[1] et, sur la face B, *Morire tra le viole*[2], débite Pedrelli, le regard presque navré par la médiocrité du défi. Sorti au printemps 1973.

Mais à l'évidence, Vescovi semble, pour sa part, franchement impressionné.

— Vous êtes un homme surprenant.

— Oui, mais quel rapport ? dit Arcadipane, toujours appuyé à la cheminée, histoire de recadrer tout le monde.

Sergio Vescovi se rassoit, saisit le disque et contemple sa pochette dont une moitié de visage de Patty Pravo occupe tout le côté gauche. Yeux, nez et bouche noirs, prunelle rouge.

— Vera aimait beaucoup les chansons de Patty Pravo. Elle ne l'a rencontrée qu'une seule fois, à la première de notre dernier film, début 1973. Si elle avait disposé d'un peu de liberté, je crois

1. « Idée folle ».
2. « Mourir parmi les violettes ».

qu'elles seraient devenues très amies, mais bien sûr, Terenzio ne pouvait pas permettre une telle chose. À l'époque, Patty était au cœur d'un scandale. Riccardo Fogli avait largué sa femme pour elle, et il allait bientôt quitter les Pooh. La Veronica Film recevait une partie de ses capitaux de financiers liés au Vatican. Vera Ladich ne pouvait certes pas avoir pour amie une briseuse de ménage.

— D'accord, mais je vais me répéter : quel rapport avec Édimbourg ?

— C'est qu'Édimbourg est en Écosse, et qu'en Écosse, se trouve Gretna Green.

— Oh mon Dieu ! fait Pedrelli.

— Qu'est-ce qui t'arrive ?

— Votre adjoint est une pointure dans un tas de domaines, dit Vescovi. Vous devriez lui témoigner davantage de considération.

Pedrelli a bondi sur ses pieds, mais il reste exactement là où il était, une main posée à plat sur la table, l'autre accrochée à son verre.

— En 1973, Patty Pravo a épousé Riccardo Fogli à Gretna Green, en Écosse.

— Et alors ? fait Arcadipane qui n'a encore rien compris, mais qui s'est brusquement éloigné de la cheminée, parce qu'il a beaucoup trop chaud.

— Alors, pendant ces trois jours, Vera Ladich est allée à Gretna Green pour se marier, dit Pes.

Silence.

— Mais puisqu'elle était déjà mariée ! rétorque Arcadipane pour plomber l'hypothèse.

— Riccardo Fogli aussi ! s'esclaffe Sergio Vescovi. Les mariages de Gretna Green sont célébrés suivant le rite celtique et ne sont pas reconnus en Italie, mais ce rite permet de lier des personnes déjà mariées.

Arcadipane fouille sa poche puis se fourre un sucaï dans la bouche. C'est seulement le deuxième qu'il mange depuis qu'il est à Rome. Deux jours, deux sucaï. Depuis combien d'années cela ne lui est-il pas arrivé ? Ce serait donc Turin, le problème ? Le nord ?

— Je pense que c'est ce soir-là, à la première, que Patty a confié son projet à Vera, projet qui ne fut connu du grand public que bien plus tard. Quand deux âmes sœurs se rencontrent, il arrive qu'elles se livrent des secrets que même leurs amis les plus intimes ignorent. Et au moment opportun, Vera s'est souvenue de Gretna Green. Trois jours me semblent suffisants pour partir en Écosse, se marier et rentrer.

— Mais avec qui ?

— Ça, je l'ignore, répond Vescovi. Elle m'a seulement dit qu'elle allait convoler en Écosse, mais à son retour, Fuci était hors de lui et, comme je vous l'ai raconté, j'ai dû faire un choix. Prendre le parti de Vera et renoncer au cinéma, ou devenir celui que je suis aujourd'hui. Évidemment, ma décision n'a pas poussé Vera à me faire d'autres confidences.

— Vous avez dit à Fuci qu'elle était partie se marier en Écosse ? demande Pes.

— Je n'ai pas eu à le faire, il le savait déjà. Ne me demandez pas comment.

— Et vous n'avez aucune idée de la personne avec laquelle Vera a fait cette folie ?

— Je ne vois rien de fou dans cette escapade. Tout le reste de sa vie a sans doute été insensé, mais ces trois jours-là, non. Et je suis persuadé que, où qu'elle soit à présent, sur terre ou en dessous, elle ne les regrette pas. Ici s'achève le récit du vieux réalisateur pervers avec un pied dans la tombe et l'autre au Sri Lanka. Aurez-vous l'amabilité de remettre une bûche dans la cheminée ? Quand tombe le soir, il monte une humidité…

Arcadipane s'exécute. Franca Pes est déjà debout. Elle tend la main et serre celle de Vescovi.

— Maestro ! le salue-t-elle.

— Vous êtes trop bonne.

Pedrelli termine son jus et se lève à son tour.

— Ce fut un plaisir, dit-il en lui serrant la main.

— Et vous, une véritable surprise. Je vous raccompagne.

Ils s'engagent tous les trois dans le couloir, oubliant Arcadipane à côté de la cheminée, comme si c'était lui l'hôte de ces lieux. Quand il rejoint la porte, Pedrelli et Pes sont déjà dans la cour. De grosses formes claires apparaissent dans la nuit, émettant une lumière blanche et reposante qui confère aux haies de pittosporum une teinte vert pâle. L'odeur des porcs s'est retirée, ne laissant flotter dans l'air qu'un vague désir de charcuterie. Assurément plus élégant. En franchissant le seuil, Arcadipane effleure le corps de Sergio Vescovi qui, vu d'aussi près, conserve encore une certaine majesté.

Ils font quelques pas vers la voiture. Puis Arcadipane s'arrête et se retourne.

— Vous êtes sûr ?

— De quoi ? demande Vescovi, resté sur le seuil.

— De ne pas savoir avec qui Vera Ladich était en Écosse.

— Je n'ai pas de nom.

— Qu'est-ce que vous avez, alors ?

Vescovi sort de sa poche son mince bâtonnet de réglisse, et le met dans sa bouche.

— Je subodore qu'il s'agit de quelqu'un qu'elle avait laissé dans ce trou où elle était née. Quelqu'un avec qui elle avait continué à parler, malgré la prison dans laquelle Fuci l'avait enfermée.

— Parlé, comment ça ?

— Sous les yeux de Fuci et de millions de personnes, y compris des miens. Une ruse qui aurait pu venir à l'esprit de Dumas si le cinéma avait existé à l'époque de Dumas. Et pourtant, cette petite montagnarde… Qui l'eût cru ! Mademoiselle le look… quelle salope !

Arcadipane se fourre un sucaï dans la bouche. Avant même qu'ils aient rejoint la voiture, il a déjà cliqué sur l'image de la Schtroumpfette associée à Lavezzi dans la liste de ses contacts favoris.

51.

La lourde porte de l'église est entrouverte, à l'intérieur, les lumières sont allumées. Bramard pousse le battant juste assez pour entrer.

L'homme lui tourne le dos, il est assis sur l'un des bancs, au milieu de la nef. Il porte un chapeau gris, à rabats, qui lui protège la nuque et les oreilles. Un manteau bleu qui a vécu. Son regard est tourné vers le mur à sa gauche et laisse voir un profil qui a quelque chose de ligneux, sa peau a la couleur, et peut-être la consistance, d'une noix. Il a sûrement beaucoup fumé.

Corso s'approche de lui. L'église est froide, avide du son des pas qu'elle amplifie aussitôt.

Il ne s'assoit pas sur le même banc que lui, mais derrière, pour ne pas interférer avec son regard tout en entrant dans son champ de vision.

— Je n'avais pas mis les pieds dans cette église depuis plus de cinquante ans, dit Corrado Dao. Et pourtant, j'en ai gardé les clés accrochées à côté de ma porte tout ce temps, comme si tôt ou tard, je devais y retourner.

Il s'essuie les yeux avec un mouchoir. Ce ne sont pas des larmes, mais cette matière minimale et cireuse que les yeux des vieux secrètent lorsqu'ils s'émeuvent.

— Je suis Corso Bramard, je seconde le commissaire Arcadipane sur l'affaire de Fuci et de Vera Ladich.

Corrado Dao le regarde, à présent. Son visage pourrait être celui d'un vieillard de Clot, si l'étude et les livres ne l'avaient pas rendu plus ouvert et plus sage, tout en lui conservant une curiosité enfantine. Ses yeux sont d'un vert de lierre et ses cheveux devaient être jadis d'un châtain intense.

— J'imagine que c'est vous, qui m'avez envoyé la demoiselle.

— Isa Mancini, oui.

— Elle a pu trouver les livres ?

— Oui, le vôtre, sur le Maître de Clot, et aussi la lettre de Minico Curto.

Corrado Dao hoche la tête, comme il devait le faire autrefois, quand ses élèves s'étaient appliqués. Certains naissent pour enseigner et il est de ceux-là. Des femmes et des hommes aussi robustes que des chariots de supermarché : on a beau les abandonner, les négliger, les jeter dans un fossé, on peut les reprendre et les remplir, une poussée et les voilà prêts à reprendre du service. En l'occurrence, à enseigner. Même quand ils sont rouillés, à l'instar de Corrado Dao.

— Vous pensez vraiment que la Socha a existé ? Que ce n'est pas seulement une légende ?

— J'en suis certain, acquiesce-t-il. Tout comme vous.

— Jusqu'à quand ?

— Jusqu'à quand a-t-elle été pratiquée ? Officiellement, jusqu'à la moitié du XVIe siècle. On avait bien cherché à l'éradiquer, à plusieurs reprises, mais sans grand acharnement. Au fond, les habitants de Clot n'avaient aucune velléité de prosélytisme, leur intérêt était de maintenir leur pratique au sein de la communauté. C'est le pape Paul IV, élu au trône pontifical après avoir été inquisiteur, qui s'y est employé. Il estimait être le bras armé de la Contre-Réforme. En somme, si une petite communauté qui perpétuait un rite pouvait être tolérée avant Luther, après le schisme, en revanche…

— Comment s'y est-il pris ?

Corrado Dao allonge le bras sur le dossier en bois. Ses doigts sont jaunis. Le tabac. Pourtant, il a encore de bonnes dents, bien qu'un peu en désordre.

— Aux Juifs, il avait imposé les ghettos, où ils pouvaient continuer à pratiquer leur foi. Au fond, le judaïsme était certes un aïeul imprésentable du christianisme, mais un parent tout de même. La Socha, en revanche, était un rite païen qui avait résisté au christianisme en bâtissant lui-même son propre ghetto, sa propre forteresse. Or, une forteresse, cela se prend avec une expédition qui, si elle est motivée par la foi, devient une croisade. Il enrôla des mercenaires suisses et souabes. Le village résista une semaine ou deux, mais il finit par tomber, beaucoup furent tués et les survivants, contraints d'abjurer. Les sépultures anciennes furent profanées, et les restes des corps, brûlés avec ceux qui étaient tombés pendant l'assaut car tous avaient trépassé dans la fausse foi. Un massacre, mais soyons cyniques, on en a vu de bien pires, dans l'histoire.

— Comment avez-vous appris tout ça ? Je n'en ai trouvé de traces écrites nulle part.

— Des documents du Vatican. Quand je suis arrivé à Clot, j'étais jeune, mais j'avais déjà consacré plusieurs années à étudier ces fresques, et j'ai continué à le faire ensuite, sans avoir besoin de les revoir. Le dévouement et l'absence de jugement sont parfois récompensés, même par les archives du Vatican.

— Pourquoi ce dévouement ?

— Je suis surpris que vous me posiez la question, sourit Dao. Vous avez vingt-quatre ans de moins que moi, d'accord, mais vous pourriez être ailleurs, profiter de votre retraite, de votre fille que vous avez eu tant de mal à retrouver, ou bien reprendre des forces loin de cette vallée humide.

— Vous avez fait des recherches à mon sujet ?

— Je fais des recherches sur tout ce qui m'intéresse. Ne le prenez pas pour une insolence ou pour une forme de voyeurisme. Je suis tout simplement curieux. Et vous êtes une personne intéressante. Pas autant que Johannes Van Drift, mais tout de même…

Corrado Dao fait pivoter sa tête pour embrasser du regard l'ensemble des fresques.

— Peintre, poète, ambassadeur, courtisan, séducteur, hérétique, joueur, fuyard, duelliste, amant, voyageur, cartographe, mercenaire, traître. Il faudrait avoir plusieurs vies pour expérimenter tout cela, lui est parvenu à tout vivre en une seule, et elle ne fut pas si longue.

Bramard suit son regard qui s'est à présent arrêté sur la scène peinte au-dessus de la porte : celle des hommes encapuchonnés menés par le Muret vers la salle de la Socha.

— Vous croyez vraiment qu'un homme aussi averti des choses de ce monde n'a compris qu'au dernier moment ce qu'il était en train de peindre ?

Dao hausse les épaules de manière irrévérencieuse. Il porte presque certainement une veste, sous son manteau. Et bien sûr, une cravate : petit nœud, couleur neutre, comme celles de Pedrelli.

— Je n'en sais rien. En tout cas, je ne pense pas que ce qui se faisait à Clot aurait été un problème pour lui. Il avait vécu dans de nombreuses cours. Il était coutumier de mœurs sexuelles plutôt variées. Il aurait même pu considérer que la Socha était une pratique pure, un héritage primordial. Le primitif l'attirait beaucoup. Il n'y a rien d'affecté ni d'artificiel dans sa peinture, comme vous pouvez le constater. Mais ensuite, il s'est épris de cette femme et, comme tous les hommes, il est tombé dans le piège de la possession.

— Avez-vous jamais envisagé que Minico Curto ait pu inventer cette histoire par amour de la littérature ? Pour se forger le rôle du témoin clé ? Ou que la lettre soit un faux ?

Dao semble soupeser sérieusement l'hypothèse. Puis il se lève.

— Venez.

Corso le suit tandis qu'il marche vers l'autel mais, au moment où Dao s'apprête à le contourner en se dirigeant vers la porte qui donne sur l'abside, il lui effleure l'épaule pour l'arrêter. Un geste qui le surprend lui-même davantage que l'homme, qui le regarde à présent, dans l'expectative.

— Dites-moi, lui demande l'homme.

Bramard lui montre le mur à gauche de l'autel où deux luminaires détachent les couleurs de la *Madone à la Labrena* de la pierre grise des colonnes et du sol.

— Pourquoi cette salamandre ?

Dao passe à côté de lui avec une indifférence qui raconte combien Johannes et ses fresques ont compté dans sa vie plus que tout être humain. Isa a tout passé au crible : jamais marié, pas de liaison ni d'enfants. Aucune rumeur d'homosexualité non plus. Corrado Dao a enseigné à l'école élémentaire toute sa vie, jusqu'à sa retraite. Une existence entière consacrée à ses élèves et à ses recherches sur Johannes et sur la Socha. Cet homme au cheminement si particulier se tient à présent devant la *Madone à la Labrena*, l'œuvre la plus célèbre de Johannes Van Drift, peintre mineur de la première moitié du XVIe siècle, connu d'une poignée d'érudits de renommée internationale et de quelques passionnés de peinture locale.

— *Labrena a la poaa, pilha ton dalh e vai t'estremar*, récite Corrado Dao. Si en montant aux prés, tu vois la salamandre, prends ta faux et va te cacher. C'est un dicton de ces vallées. Il évoque le fait que la salamandre annonce la pluie. La pluie qui donne la vie, qui rend la terre fertile. La salamandre pourrait donc être symbole de fertilité, c'est en tout cas l'interprétation la plus courante.

— À laquelle vous ne souscrivez pas.

— Seulement en partie, acquiesce-t-il. Si cette Madone représente, comme je le crois, une jeune fille de seize ans sur le point d'être initiée à la Socha, la salamandre sur sa poitrine pourrait symboliser sa matrice qui sera bientôt fécondée. Elle devient alors, selon la perspective de la Socha, l'emblème d'une communauté qui place avant l'égoïsme individuel la nécessité de transmettre la semence la plus vigoureuse ou utile au bien commun. Le vainqueur de la Socha n'était pas forcément le plus costaud. Dans certains cas, celui qui transmettait sa semence durant l'année à venir pouvait être le plus malin, le plus chanceux et même le plus déloyal. Dans l'*Iliade*, Ulysse représente la ruse, Achille, la colère, Ajax, la force, et ainsi de suite. Toutes qualités précieuses. Le Muret était le seul à assister à la Socha à visage découvert, et donc, à savoir avec quels moyens le vainqueur avait défait les autres. Sa mission était de s'assurer que personne n'utilise d'autres armes que ses mains.

— Mais…
— Mais quoi ?
— Vous m'avez dit que vous ne souscriviez qu'en partie à cette interprétation.
Depuis qu'il est venu se placer sous la Madone à la Labrena, Corrado Dao a gardé les mains dans les poches de son manteau. Bramard sait que de la droite, il a ouvert un paquet de cigarettes et que, du bout des doigts, il caresse les filtres de celles qui lui restent.
— À mon avis, si la salamandre n'était qu'un symbole de fertilité, nous en trouverions d'autres représentations à l'extérieur de l'église, alentour, dans le village, répond-il. Je me rends bien compte que l'hypothèse est audacieuse, mais je crois plutôt qu'elle indique le lieu de la Socha. La salle dans laquelle elle se jouait. C'est aussi ce que vous pensez, n'est-ce pas ?
Bramard avance d'un pas et vient se placer à côté de Dao. À leur posture, on dirait deux dévots sous l'objet de leurs prières, mais leurs yeux sont en réalité rivés au petit amphibien jaune et noir qui orne la poitrine de la jeune fille.
— Vous n'avez jamais essayé de déchiffrer l'indice ? demande Corso. De découvrir où se trouve la salle de la Socha ?
— Parmi mes maigres talents, je ne crois pas compter ceux d'un Indiana Jones. Et de toute façon, la salle de la Socha a été détruite au cours de la croisade lancée par Paul IV.
— C'est ce que disent les documents des archives pontificales ?
— Entre les lignes, acquiesce Dao. Après la prise de Clot, les inquisiteurs envoyés par le pape torturèrent le Muret devant sa femme et ses enfants. Il finit par parler, la salle fut retrouvée et détruite.
— Où était-elle ?
— Ce n'est pas précisé. Le dernier Muret a emporté son secret avec lui. On dit qu'il fut brûlé vif sur la place avec toute sa famille. Tous étaient bâillonnés afin de ne pas révéler le lieu de la Socha à ceux qui les regardaient brûler.
Bramard fait encore un pas vers le mur. Il contemple le visage de la Madone, son expression ambiguë, entre pudeur et désir de séduire.

— C'est le portrait de la jeune fille dont Johannes est tombé amoureux, ici, à Clot ?

— Si l'on en croit Minico Curto, oui, mais cela pourrait être le visage d'une jeune fille quelconque, ou qui n'existait que dans la tête et dans les fantasmes de Johannes.

— Ce que vous ne pensez pas.

— Non, je pense que Johannes est bien tombé amoureux de cette jeune fille après l'avoir choisie comme modèle pour peindre la Madone, et que cet amour fut peut-être réciproque. Qu'il peignit cette salamandre sans rien suspecter de sa signification, sur la suggestion du Muret, et que c'est la jeune fille qui, quand elle eut seize ans, lui parla de la Socha et de ce que cela impliquerait pour elle. Il est probable qu'alors, Johannes ait fait pression sur le Muret pour qu'il la laisse partir, peut-être même qu'il l'a menacé de faire parvenir aux oreilles de l'Inquisition l'existence de cette pratique. Quoi qu'il en soit, l'idylle entre Johannes et Clot était terminée. Comprenant que les choses allaient mal tourner pour lui, Johannes organisa sa fuite. Mais avant cela, sinon en deux nuits comme le raconte Minico, en tout cas, en grande hâte, il peignit la fresque dans la petite pièce de l'abside. Voilà tout ce que j'ai déduit des écrits, des récits oraux et des circonstances historiques. De preuves au sens strict du terme, il n'y en a pas, vous le savez. Autrement, cette histoire serait moins fascinante. De même que les affaires qu'on élucide sans avoir besoin d'un homme comme vous.

Dao a prononcé ces dernières phrases d'une voix faible, comme le deviennent nos pas quand nous nous demandons si ce sont nos jambes qui cèdent, ou le sol. Une sensation que Bramard connaît bien.

— Vous êtes fatigué ?

— Oui. Ce n'est pas tant le voyage que le fait de revenir ici, après tout ce temps.

— Je comprends. Montrez-moi ce que vous vouliez me montrer, et puis vous irez vous reposer.

Ils contournent l'autel et rejoignent la petite ouverture sans porte qui donne sur la pièce de l'abside. Il n'y a pas d'éclairage dans cette pièce. Ils s'arrêtent à quelques pas du seuil, les pieds dans le rectangle de lumière qui provient des projecteurs du chœur. Corrado ôte son chapeau. Il passe une main dans ses cheveux, qui sont rares et très blancs. À présent, il paraît bien ses quatre-vingt-six ans. Il remet son chapeau, et regarde la fresque sur le mur nu.

— Vous m'avez demandé si j'avais déjà envisagé que Minico Curto pouvait avoir tout inventé. La réponse est là – et il montre la sainte Famille qui, dans la pénombre et de l'endroit où ils se tiennent, ressemble à une affiche en noir et blanc.

— Que signifient ces vers en langue d'oc écrits sous la fresque ? Dans votre livre, vous citez toutes les inscriptions latines mais vous ne faites pas mention de celle-ci.

De la poche où Bramard pensait qu'il gardait ses cigarettes, Corrado Dao sort un étui à lunettes. Il les chausse calmement, un geste habituel, effectué des milliers de fois, en prenant son temps, puisque ce n'est jamais du temps perdu. Puis il avance vers le centre de la pièce. Bramard le suit.

— Ouvrez les volets, s'il vous plaît, lui demande-t-il. Il y a peut-être encore un peu de clair de lune.

Bramard jette un regard à la femme, à l'homme et à l'enfant sur le mur. Il se souvient d'Ester, de sa conviction qu'il s'agit d'une fille et non d'un garçon. Dans la ressemblance impossible à expliquer entre le teint et les cheveux de la fillette de la fresque et ceux d'Ester, il perçoit alors un sentiment d'inéluctabilité, de fatum qui, pendant quelques instants, l'étourdit et le transporte. Son cœur ralentit d'un ou deux battements. Ses jambes faiblissent.

Il se dirige vers le volet autour duquel il distingue un cadre plus lumineux. Il l'ouvre et la pâleur du clair de lune l'assaille sans l'aveugler. Dehors, le pré et les pierres tombales du cimetière ont un aspect clément et non lugubre. Il se dresse sur la pointe des pieds pour mieux voir, oubliant que ce qui l'intéresse se trouve dans son dos. Il devine alors un mouvement sur la place du village, dans l'angle que le cadre de la fenêtre lui permet de voir. Il se déplace et tend le cou. Les réverbères éclairent une scène explicite : Lavezzi fait descendre quelqu'un du siège arrière de la Giulietta dont le gyrophare est allumé. L'homme est grand et menotté dans le dos, comme c'est l'usage quand les suspects sont potentiellement dangereux. Il porte un gilet en peau de mouton. C'est Ludwig Ubac.

Lavezzi l'a pris par le bras gauche et le conduit vers la mairie. Botta ferme la voiture et les rejoint, se plaçant à la droite d'Ubac. Une autre voiture stoppe à côté de la Giulietta. L'une de celles qui montent tous les jours de Coni pour relayer Botta et Lavezzi dans leur surveillance.

Bramard cherche Dao : tourné vers la fresque, chapeau sur la tête et mains dans les poches, il n'a pas bougé. En sentant son regard, il se retourne.

— Tout va bien ?

Bramard secoue la tête, et d'un pas vif, file vers la porte.

— Je vous laisse fermer, merci, lui répond-il.

Il parcourt la nef à grandes enjambées et sort, encaisse avec bonheur la gifle glacée puis se lance sur la route en courant à moitié. Trois virages, en un éclair il est au pré. Là, son portable commence à recevoir les signaux des appels reçus quand il était là-haut, sans réseau. Sans ralentir, il le consulte, pour autant que la lune le lui permette. Un de Martina, six d'Arcadipane, trois de Lavezzi et un d'un numéro inconnu. Il s'apprête à faire primer l'arithmétique quand il pose le pied droit sur l'une des pierres qui bordent le sentier. Il sent sa cheville plier, quelque chose se tendre, puis lâcher. Il ne tombe pas, il s'affaisse. L'herbe est mouillée, mais pas glacée, il se relève, essuie son portable qu'il a lâché et, en boitant, reprend sa route tout en appelant.

52.

Les panneaux annoncent Frosinone à une dizaine de kilomètres, ils seront à Rome d'ici une heure et demie, d'après Pes. À 19 h 30, sur la E45, roulent voitures, camions, et l'armada des fourgonnettes des petits entrepreneurs qui rentrent en ville de leurs chantiers des environs ou de tournées de livraison. Il y a de la fatigue et de l'électricité dans les dépassements, dans les clignotants qui ne sont pas mis lors des changements de file, dans les regards qui transpercent les habitacles. Mais l'air encore tiède, les vitres à demi abaissées et l'espoir qu'il n'y ait pas le bouchon habituel à l'entrée de la ville sauvent la situation.

Le portable d'Arcadipane repose sur son ventre. Depuis qu'ils ont quitté le domaine de Sergio Vescovi, il n'a fait que téléphoner. À Lavezzi, qui ne répondait pas, puis à Botta, qui finalement lui a passé Lavezzi, au juge, au directeur général, aux collègues de Coni. Six tentatives avec Bramard, aucune réponse. Trois ou quatre coups de fil à Isa pour qu'elle vérifie un truc. Téléphone éteint.

Pes et Pedrelli ont assisté en silence à ses efforts, à ses discours, à ses explications. Tous deux savent l'importance de ces moments, un mot de travers, un appel passé avant un autre peuvent créer des tensions, des malentendus, des équivoques qui dureront tout au long de l'enquête et feront grincer les rouages.

Quant au dernier appel de Lavezzi, ils n'ont même pas essayé de le commenter.

La tête que faisait Arcadipane, sa façon lapidaire de répondre leur ont tout dit. Et maintenant qu'ils pourraient parler, ils sont trop épuisés pour le faire. Arcadipane a l'impression d'avoir quitté le hall fuchsia de l'*Hotel Papi* en jurant parce que Pes était à la bourre depuis au moins un siècle. Quand il pense à Spinapollice, c'est presque comme à un ami d'enfance longtemps perdu de vue. Vescovi ? Un vieux pote du service militaire. Et pourtant, ils ont renversé Spinapollice cet après-midi même et bu ce jus de kaki il y a à peine deux heures. Il en a encore des fibres entre les dents.

— Non, mais c'est dingue, dit Franca Pes en lâchant le levier de vitesses pour monter le volume de la radio.

La voix d'une femme s'élève dans le Kangoo et l'espace de quelques secondes, Arcadipane croit qu'elle chante en français. Il comprend vite que c'est l'effet de l'épuisement et de la voix théâtrale de l'artiste qui, en réalité, chante en italien. Il s'interroge pendant une strophe entière où elle raconte qu'il lui dit qu'il est fatigué et que c'est elle qui le veut… Mais qui est fatigué ? Qui veut quoi ? Pourquoi lui met-il sa veste sur le visage ? Puis vient le refrain et il la reconnaît.

— C'est la chanson du disque de Vescovi ?

— Eh oui ! dit Pes en dodelinant de la tête, en d'autres circonstances, elle serait prête à chantonner.

Ah, mon Dieu, quand une affaire se résout, on devrait sauter de joie, mais l'épisode qui les attend demain, Pedrelli et lui, est loin d'être réjouissant.

— Elle est restée en tête du classement des singles pendant neuf semaines, pontifie Pedrelli. Quelqu'un avait fait courir le bruit qu'elle parlait de Fogli et d'elle. Et bien sûr, le scandale a fait bondir les ventes.

— Ah, mais je le veux pour moi, cet homme-là ! J'adore les encyclopédiques ! pérore Pes.

Arcadipane regarde son téléphone, il va l'appeler, il le sait. Ce n'est qu'une question de temps. La chanson touche à sa fin et la chanteuse, finalement, semble prête à se résigner. Au fond, faute de grives, on mange des merles. À propos, ils n'ont pas déjeuné ! Malgré la fatigue et son envie de prendre une douche, Arcadipane ne refuserait pas quelques spécialités romaines. Ne serait-ce que pour inviter à dîner cette sainte femme de Pes, parce que sans elle, ils auraient sûrement dû cavaler jusqu'en Extrême Orient pour récupérer Vescovi ! Il n'a pas parlé de ça au directeur général, pas en sa présence… Et puis, inutile de mettre la charrue avant les bœufs, cela dit, une citation, une récompense, le remboursement des frais d'essence, au moins…

Son portable vibre sur son ventre, puis il sonne. C'est lui.

— J'ai essayé de te joindre six fois, où tu étais passé, putain ?

— J'étais à l'église. Je viens de voir Lavezzi et Botta emmener Ubac menotté à la mairie.

— Oui, on l'a arrêté, on va venir le chercher. Pourquoi tu es essoufflé ?

— J'ai couru. Je me suis tordu la cheville.

— Bon, on a un tas de choses à se dire, alors, surtout toi !

Arcadipane lui raconte leur rencontre avec Vescovi et lui explique qu'ils savent maintenant ce que Vera Ladich était partie faire en Écosse, et qu'en plus, Vescovi affirme que pendant toutes ces années, elle est restée en contact avec quelqu'un à Clot. Qu'elle le faisait à travers ses films. Il a appelé Isa pour lui demander de vérifier ça et deux trois autres trucs, mais elle ne répond pas. Bramard lui a parlé ? Non. Espérons que l'échographie n'a rien décelé de bizarre. En tout cas, Ubac avait chez lui quatorze tickets de cinéma, et coïncidence, Vera Ladich a joué dans sept films. Il a dû aller les voir au moins deux fois. Pour bien comprendre le message. Mais quel message ? Il va falloir bosser là-dessus, mais c'est suffisant pour arrêter Ubac. Que s'est-il s'est passé ? Cela aussi, ils doivent le tirer au clair, Anna Mattalia et Ludwig Ubac avaient sans doute une liaison à l'époque. Sur ce, Fuci débarque et fait miroiter à la gamine une carrière d'actrice, Mattalia se laisse convaincre, d'autant que Fuci promet aussi d'installer son frère dans un endroit où il recevra les meilleurs soins. Alors elle largue Ubac et part vivre la grande vie à Rome, mais s'aperçoit vite qu'en réalité, c'est une vie de merde. Fuci est taré, il a tellement la trouille qu'elle le trompe qu'il la séquestre. Elle ne peut pas sortir seule, ni téléphoner ni fréquenter qui que ce soit. Sauf quand elle va voir son frère, toujours escortée de la Brocani, elle ne peut pas mettre le nez dehors. Elle est jeune, mais pas sotte, donc, d'après Vescovi, elle a l'idée de transmettre des messages à Ludwig Ubac à travers ses films, peut-être pour lui faire savoir qu'elle pense à lui, qu'il lui manque, qu'il faut qu'il vienne la sauver. Jusqu'à ce qu'ils parviennent, d'une manière ou d'une autre, à rétablir le contact et à organiser ce mariage celtique en Écosse. Oui, un mariage celtique, je t'expliquerai plus tard. Elle s'évade, quitte Rome et atterrit à Édimbourg où Ubac l'attend. Ils se marient, ou pas, pour l'instant, on n'en sait rien. Mais avant ou après le mariage, elle change d'avis : plus de dix ans ont passé, Ubac est peut-être devenu un autre homme, ou alors, Fuci a réussi à la retrouver et lui fait du chantage avec son frère. En tout cas, Vera Ladich revient à de meilleures dispositions. Et à Rome. Pour couvrir sa fugue et justifier le fait qu'il veut lui faire quitter l'univers du cinéma, il monte de toutes pièces le scandale de sa liaison avec Vescovi, qui accepte parce qu'il y trouve son compte, et que Fuci en sait assez sur lui pour lui pourrir la vie. Fuci contrôle tout de nouveau : Vera se retire du monde, en passant pour l'épouse qui, après une aventure, décide de sacrifier sa carrière pour son époux bien aimé. Fuci fait figure de grand homme qui sait pardonner une incartade et même, continuer à travailler avec le réalisateur qui lui a planté des cornes. Quelle largesse de vue ! Quelle modernité ! Vescovi continue à faire ses films de merde qu'il vend en Orient. Tout est bien qui finit bien, selon les vœux de Fuci. Sauf pour Ubac, qui est fumasse, vu qu'il perd Ladich pour la seconde fois. Alors il mouline, il mouline, jusqu'au moment où la possibilité d'une vengeance lui arrive à domicile. Fuci et Ladich retournent à Clot pour cette histoire de tombes. Cinquante ans ont passé, ils se disent qu'Ubac, s'il est toujours en vie, a dû se faire une raison, mais voilà, Ubac a une mémoire d'éléphant. Il ne rate pas cette occasion et il les bute.

Le silence règne dans la voiture, ainsi qu'à l'autre bout du fil, où que soit Bramard.

— Il n'y a aucune preuve qu'Ubac ait su que Fuci et Ladich étaient au village, finit-il par dire, et on n'a pas la certitude que ces billets correspondent aux projections des films de Ladich. Ludwig Ubac n'a pas laissé ses empreintes dans la Jaguar. Ni son ADN. On n'a rien trouvé non plus sur le fil qui a servi à étrangler Fuci. Si les choses s'étaient passées comme tu le crois, Ubac aurait dû emmener Vera Ladich, vivante ou morte, et quitter Gias Vej sans laisser une seule trace sur le terrain. Et puis, pourquoi aurait-il téléphoné pour signaler la présence de la voiture et du cadavre ? Quel avantage pouvait-il en tirer ? Et Masimine Orusa ? Pourquoi la faire disparaître elle aussi ? Ubac n'a pas non plus laissé ses empreintes dans la Panda d'Orusa.

Arcadipane l'a écouté tout en essayant d'arracher un bout du chatterton qui enrobe son mocassin. Pendant ces trois jours à Rome, il a pensé une fois ou deux à aller s'acheter des chaussures, mais il n'en a pas trouvé le temps.

— Il a avoué, dit-il.

Silence.

— Qu'est-ce que ça veut dire, « il a avoué » ?

— Il a avoué avoir tué Terenzio Fuci et Vera Ladich. Dès que Botta et Lavezzi sont entrés dans son baraquement pour l'arrêter. Il a déclaré qu'il voulait soulager sa conscience et il a avoué les deux crimes. Il nous a assuré que demain, il nous mènerait à l'endroit où il a caché le corps de Ladich.

Bramard se tait. Arcadipane sait ce qu'il pense : j'ai parlé avec cet homme deux, trois fois, et je ne l'ai pas compris. C'est quelque chose qui lui est arrivé à lui aussi, et plus d'une fois. Mais lui, c'est lui : un milieu de terrain qui bosse sur la quantité, l'important, c'est qu'à la fin, la balance entre erreurs commises et points marqués penche du côté qui le fait gagner. Pour Bramard, c'est différent. Une fois dans sa vie, il s'est trompé, et cette erreur a détruit sa vie. D'ailleurs, ce n'était pas vraiment une erreur, il lui aurait seulement fallu davantage de temps. C'est moche de se dire ça, mais il lui aurait fallu une autre victime. Qui ne soit pas Michelle. Ni Martina.

— Et Masimine Orusa ? demande Corso.

— Pour le moment, il a déballé ce que je viens de te raconter. Il n'a pas mentionné Orusa. Tout à l'heure, il sera emmené en prison à Coni où un avocat l'attend. J'ai déjà prévu un interrogatoire avec un collègue compétent qui abordera la question d'Orusa. Ubac a déclaré que jusqu'à demain, quand je serai sur place, il ne dirait rien du corps ni de l'endroit où il se trouve, mais il changera peut-être d'avis. Nous, en tout cas, on prend un vol à 7 h 40 et on atterrit à Levaldigi. Une heure de route et on sera là-haut.

Silence.

— Je veux lui parler.

— Mais tu crois quoi ! Il s'agit d'une arrestation, il y a un juge, je ne peux pas te laisser faire ça. S'il en parle à son avocat, le gars nous bousille.

— Cinq minutes. Avant que vous l'emmeniez.

— Laisse tomber – Arcadipane arrache enfin son lambeau de chatterton. Ç'aurait pu finir mieux, mais au moins, c'est fini. Maintenant, on va manger un morceau et puis aller se coucher, d'accord ?

53.

— La première fois qu'elle est allée en France, ma mère avait quatorze ans, avant ça, elle n'avait pris le train qu'une fois, pour une sortie à Turin, et elle en était revenue très impressionnée. Son père était commerçant en confiserie, il avait un petit atelier dans la banlieue de Gênes. C'est par un de ses clients qu'il lui a trouvé une place pour une saison au service d'une veuve allemande qui passait l'hiver à Nice. Il voulait qu'elle apprenne le français et qu'elle voie un peu le monde.

» La première année, elle a fait la vaisselle et du raccommodage. Elle dormait dans les combles de la villa, qui donnait sur la mer, avec trois autres filles, deux Françaises et une Italienne, comme elle. Mme Heinle recevait beaucoup, mais pour s'occuper de ça, elle avait deux employées de maison et une cuisinière. Les jeunes filles étaient chargées des tâches modestes et des commissions. Elles faisaient aussi un peu de jardinage. La villa était fréquentée par le beau linge de la Côte d'Azur, des écrivains, des poètes et des peintres, mais surtout par des musiciens, parce que Martha Heinle avait été une chanteuse lyrique assez connue. Elle s'était retirée quand son mari était tombé malade et, une fois veuve, elle n'avait plus chanté, mais dans la villa, il y avait toujours un disque qui tournait ou quelqu'un qui jouait du piano. Ma mère avait pris quelques leçons. Elle connaissait des chansons génoises. Des chansons de marins. Un peu cochonnes. Ça amusait Martha Heinle de les lui faire chanter, surtout s'il y avait du monde. Elle riait et l'appelait *meine kleine genuesische Schlampe* ou, quand il y avait des Français après le dîner, *ma petite salope génoise**. C'était une longue femme maigre, avec de grandes narines ovales. Elle changeait de robe trois fois par jour, même quand elle n'avait pas d'invités, et elle évitait le soleil.

» Elle disposait d'un patrimoine inépuisable, garanti par plusieurs mines dans le Nord de l'Allemagne et par des concessions en Afrique. Ma mère la détestait mais elle l'admirait. Elle la craignait, tout en recherchant sa présence. C'était une femme qui avait vu, qui savait et qui avait accès à tant de choses qui étaient hors de sa portée, dans le modeste milieu juif de sa famille. En octobre, elle était toujours contente de partir au service de Mme Heinle, et en mars, toujours contente de rentrer à Gênes.

» Elle a travaillé quatre saisons à Nice, jusqu'en 1939, quand Mme Heinle a fait savoir au client de mon grand-père que cet hiver-là, elle ne séjournerait pas sur la Côte d'Azur. Ma mère disait que grâce à ses connaissances haut placées, Mme Heinle avait appris que l'Allemagne allait envahir la France. Pendant les premières années de la guerre, ma mère n'a eu aucune nouvelle de Mme Heinle. En Italie, la situation empirait, surtout pour les Juifs. En 1943, elle et sa famille ont été raflées puis déportées. Elle s'est retrouvée dans un petit camp et sa mère dans un autre, pas très loin, elle l'a retrouvée à la fin de la guerre, mais elle était malade et elle est morte peu après. Elle n'a jamais su ce qui était arrivé à son père.

» Dans le camp où ma mère était internée, il fallait travailler, et on mourait surtout à cause du froid et des privations, mais régulièrement, il y avait la sélection. Les quatre femmes les plus faibles étaient éliminées sur place d'une balle dans la tête. Le commandant allumait un gramophone et le reliait aux haut-parleurs. Il aimait la musique, les airs d'opéra. Il passait les déportées en revue et choisissait celles qui devaient être abattues. Un jour, il s'est arrêté devant ma mère et il a levé son pistolet. À ce moment-là, ma mère s'est mise à chanter le seul air allemand qu'elle connaissait. C'était le lied *Es war einmal ein König*, de Beethoven. Elle l'avait appris chez Mme Heinle, qui le jouait souvent. C'est celui que chante Méphisto dans *Le Faust* de Goethe. À partir de ce jour-là, au lieu du gramophone, le commandant a utilisé ma mère. La chanson parle de puces qu'un roi cajole et habille de vêtements dorés, mais qui piquent tout le monde et qui finissent écrasées. L'idée que les puces du texte étaient des femmes juives amusait beaucoup le commandant, et il attendait que ma mère arrive à cette strophe pour exécuter ces femmes.

» Un jour, le commandant a fait amener ma mère dans son bureau et lui a demandé qui lui avait appris ce lied. Ma mère lui a dit que c'était Mme Heinle, une célèbre chanteuse allemande.

» Quatre jours plus tard, une voiture est entrée dans le camp. On avait permis à ma mère de se laver. Son chauffeur a fait descendre Mme Heinle. Une passerelle avait été construite pour qu'elle puisse rejoindre le bureau de son neveu sans salir sa robe.

» Ma mère a été appelée. On lui a donné un verre de liqueur. Mme Heinle n'a pas eu l'air surprise de la trouver là, ni de voir dans quel état lamentable elle était. Elle s'est bornée à lui dire qu'elle la reprenait à son service. Elles sont retournées à Nice, où ma mère a peu à peu repris des forces, même s'il lui a fallu travailler quand même. Mme Heinle ne lui a jamais posé de questions sur le camp.

» Un jour, elle a fait préparer ses bagages et elle est partie, en laissant à ma mère un petit pécule. Ma mère a décidé de rentrer en Italie, à Coni, où elle avait peut-être encore de la famille. Mais le Nord de l'Italie était aux mains des Allemands et des fascistes, et elle était juive.

» Elle a marché jusqu'à la frontière et payé pour la franchir à travers les montagnes. Le passeur, c'était mon père. Quand je suis né, elle a voulu m'appeler Ludwig parce que connaître *Es war einmal ein König* de Beethoven lui avait sauvé la vie. Une fois, je lui ai demandé si ça ne la rendait pas triste de penser au camp à chaque fois qu'elle m'appelait. Elle m'a dit que si. Elle avait survécu en chantant pendant qu'on tuait d'autres femmes, alors elle avait décidé d'associer ce souvenir à ce qu'elle avait de plus cher, pour ne jamais l'oublier.

Ils restent un moment silencieux.

— Ce n'est pas ce que je vous ai demandé.

— Non, mais c'est la première question que vous m'avez posée quand vous êtes entré chez moi avec votre fille. Et ce jour-là, je ne vous ai pas répondu.

Bramard regarde le visage de Ludwig Ubac par la vitre abaissée. La pluie annoncée à midi tombe maintenant dans la nuit, en cordelettes froides et obliques.

— Mais je viens de vous demander si c'est vous qui avez tué Terenzio Fuci et Vera Ladich.

— Oui, c'est moi qui les ai tués.

— Comment ?

— Je les ai étranglés avec le fil électrique que j'ai pris sur le balcon des Mattalia.

Debout, appuyé à la voiture, Bramard a froid et envie d'une cigarette. Quelques gouttes commencent à dégouliner dans son dos.

— Et comment se fait-il que les chiens n'aient pas retrouvé le corps que vous dites avoir caché ?

Ludwig se gratte les joues de ses deux mains unies par les menottes.

— C'est facile de leurrer les chiens, ils veulent toujours faire plaisir à quelqu'un.

Lavezzi s'approche en catimini. D'autres policiers sont arrivés sur la place. Une dizaine en tout. La presse n'est pas encore là, mais ce n'est qu'une question d'heures.

— Arcadipane avait dit cinq minutes. Il faut vraiment qu'on y aille, maintenant.

Corso hoche la tête. Il sait qu'il n'obtiendra pas d'autre réponse. Il tourne les talons avant que la vitre ne soit remontée, que Botta ne s'installe au volant et que Lavezzi ne s'asseye à côté d'Ubac, avec un autre agent.

Quand la voiture démarre, il est déjà près de la porte de l'hôtel. Il attend d'entendre s'éloigner la Giulietta et les autres voitures, la pluie et la pente engloutir peu à peu leur bruit. Il se retourne alors pour voir la place désormais déserte. Le vent s'est levé, inclinant la pluie de quelques degrés supplémentaires. Au-dessus de la mercerie, il remarque pour la première fois de la lumière derrière une fenêtre. Une ampoule, ou peut-être plusieurs bougies. Sur le toit, la cheminée fume.

Il entre, Ottavio Claro est derrière le comptoir. À l'évidence, il aimerait lui poser des questions, mais il n'en fera rien, bien sûr.

— Qui habite au-dessus de la mercerie ?

— C'était la maison de l'instituteur, autrefois. On m'a dit qu'il était de retour, mais moi, je ne le connais pas. Enfin, je lui aurais donné une chambre, s'il me l'avait demandé. Il ne doit plus avoir l'électricité là-haut.

Bramard monte dans sa chambre. Il n'a pas dîné, mais il n'a pas faim. Il lui reste peut-être un bout de pain dans son sac à dos, assez pour ne pas prendre ses médicaments l'estomac vide.

— Excuse-moi, dit-il en attrapant Trepet qui somnole dans la salle de bains.

Il le pose dans la douche puis ouvre le robinet du lavabo. En entendant l'eau couler, le chien urine. Il n'a plus le courage de le sortir. Il le repose sur le tapis, rince la douche puis se déshabille et se glisse sous l'eau chaude pour chasser le froid de l'église, de la pluie, de tout ce qui vient de se passer. Il devrait appeler Martina, mais il est trop fatigué. Il devrait dormir, mais il est trop fatigué.

Sur ses tibias sont apparus des hématomes. Il a dû se cogner en montant à Gias Vej, ce matin, en marchant dans le bois, mais il ne s'en est pas aperçu et ce n'est pas bon signe.

Il prend les trois derniers numéros du *Milieu du siècle*. Botta s'est renseigné auprès de l'ami de son père qui vend des livres anciens. Quelques jours plus tard, sa réponse est arrivée : les dix-neuf numéros sortis entre novembre 1852 et mars 1853, ceux qui contiennent l'ensemble de l'*Histoire d'une fille sans remords*, ont une valeur marchande qui oscille entre huit mille et dix mille euros, s'ils sont complets et en bon état, comme ceux-ci. Une lecture coûteuse, peut-être un cadeau de Fuci à Vera. À la demande de celle-ci ?

Une heure et vingt-cinq minutes plus tard, Bramard sait comment se termine le roman. Une fois son père mort de maladie,

Colette, la protagoniste, que l'avidité de bourgeois malhonnêtes a réduite à la misère, a perdu sa mère, Camille, de phtisie et a dû placer son frère. Entrée au service d'une noble dame cynique mais préceptrice redoutable, Colette entame son ascension sociale. Usant de sa beauté mais, plus encore, de la ruse, elle séduit, crée des liens et tisse sa toile dans le beau monde. Devenue veuve encore jeune, riche et pourvue d'un nom aristocratique, elle retrouve, grâce à son argent, son petit frère qui a grandi et travaille dans un port. Ensemble, ils reviennent dans la région de Douai où, dix-huit ans ayant passé, personne ne les reconnaît. Petit à petit, Colette rachète les propriétés de son défunt père et fait choir un à un ses anciens associés dans un piège financier qui les contraint à vendre tous leurs biens. Avant de les chasser, pauvres et humiliés, elle les rassemble sur la colline qui surplombe le village et les force à assister à l'incendie de leurs demeures et de leurs récoltes, en ultime signe de mépris. Leur vengeance consommée, Colette et son frère embarquent pour les Amériques, riches et maîtres de leur sort.

Le roman achevé, Bramard boit un peu d'eau et note quelques lignes dans un carnet, après quoi il allume son ordinateur et commence à regarder le film et demi qui lui manque pour compléter la filmographie de Vera Ladich.

Deux heures et dix minutes plus tard, il claudique sur la place en compagnie de Trepet, en fumant l'une des Gitanes achetées à l'épicerie qu'il s'était cachées à lui-même derrière le radiateur de sa chambre.

Il marche en pensant à ce roman, à ces films.

Sa cheville lui fait mal. Chez l'instituteur, une faible lumière luit encore.

54.

Une jeune femme de chambre noire dresse la table du buffet. Elle fait équipe dans le couloir-salle à manger avec un jeune homme à l'air famélique, à la mine dolente et aux épaules étroites dont les cernes disent qu'il a choisi le mauvais job pour un couche-tard. La jeune femme n'a pas ce problème. Énergique et directive, elle lui dit comment et où disposer les plateaux. Le jeune homme doit être à l'essai car il n'a pas encore droit à l'uniforme fuchsia.

Arcadipane les observe en sirotant son cappuccino. Ensuite, s'il en a le temps, il boira un café. Il s'est levé tôt pour pouvoir déjeuner tranquillement, il déteste arriver stressé à l'aéroport. Il est de la vieille école, celle des voyages organisés. « Il est conseillé d'arriver à l'aéroport une heure et demie avant l'horaire du vol », est-il écrit sur les billets, dans l'enveloppe marquée du logo de l'agence. Leur vol est prévu à 7 h 40. Il est 5 h 45. Trente minutes de taxi. Ils sont dans les temps.

Pedrelli a déjà pris son petit déjeuner et il est sans doute dans sa chambre, où il médite en se rinçant le nez. Drôle de bonhomme, on croirait un petit robot, tout en discipline et en bon sens turinois, et puis tout à trac, le voilà qui se révèle être un érudit de la variétoche ! Mais au fond, même à Turin, qui semble construite rationnellement, il y a la Mole Antonelliana, bâtiment extravagant s'il en est. Ils en parlaient justement hier soir, dans le petit resto où Pes les a emmenés. Le dîner a été agréable, ils ont même rigolé un peu, malgré la fatigue et la perspective de se retrouver d'ici quelques heures dans le froid et dans les bois pour exhumer une actrice ensevelie depuis une semaine.

Tout à coup, Pes surgit à l'entrée du couloir. Elle porte les mêmes vêtements que la veille, malgré la journée éreintante qu'elle a passée dedans.

— Qu'est-ce que tu fais ici ? lui demande-t-il.

— Je fais qu'il faut qu'on file illico.

— Mais je t'ai dit qu'on prendrait un taxi, ce n'était pas la peine de…

— C'est la peine, parce que Lupita Lozano nous attend.

— Quoi, Lupita Lozano ? On l'a déjà interrogée !

— Eh bien on va recommencer. Je n'étais pas convaincue, alors hier je suis allée voir le pasteur de l'église pentecôtiste qu'elle fréquente. Je sais que ces communautés sont très unies, à l'ancienne. Je lui ai expliqué la situation et lui ai dit qu'elle était sans doute mêlée à une affaire trop compliquée pour elle. Il m'a promis de lui parler.

— Et ensuite ?

— Il l'a fait et m'a envoyé un message un peu avant minuit, mais je ne l'ai vu que ce matin. Heureusement, j'avais suivi le conseil de Pedrelli…

— Il t'a convaincue de te lever pour faire ce truc avec la théière ?

— Je ne crois pas que ça me convienne, mais comme tu peux voir, ça a au moins servi à quelque chose. J'ai appelé le pasteur. Il nous attend chez Lupita.

— Mais on a un avion à prendre, on ne peut pas le louper !

— Elle habite au Corviale, c'est sur la route de Fiumicino – elle regarde l'heure. Si on se dépêche, on a quarante minutes et même plus devant nous. Va chercher Pedrelli, parce que s'il m'ouvre la porte en pyjama, je ne réponds de rien.

55.

Il n'a dormi que quelques heures, mais d'un sommeil de plomb.

Il n'aurait pas pensé que ce soit possible mais désormais, il se fie modérément à ce qu'il pense. Voilà ce qu'il a médité au réveil pendant les cinq minutes qu'il a passées à fixer le plafond, les mains entre l'oreiller et sa tête. Mais s'il ne se fie plus guère à ses pensées, il se fie encore moins à ses méditations.

Trepet a pissé tard dans la nuit et dort encore, il le laisse dans la chambre et descend déjeuner. Il a faim. La veille, il a jeûné et fumé. Son corps lui envoie des signaux d'effondrement mais, comme à la fin des œuvres lyriques les plus longues, malgré la fatigue, ni l'orchestre ni les chanteurs ne tremblent. Cependant, il sait qu'il ne lui reste guère de temps.

Corrado Dao est attablé au centre de la salle. Dans un coin, plusieurs policiers déjeunent. Ils attendent probablement l'arrivée d'Ubac. Et d'Arcadipane. Ils mangent en silence parce qu'il est tôt et parce que, dans la pièce, se trouvent aussi trois ou quatre personnes qui ont tout l'air d'être des journalistes. Signe que la nouvelle a filtré mais de façon succincte, ne parvenant qu'aux mieux introduits – lesquels en général sont aussi des professionnels au long cours qui préfèrent la garder pour eux jusqu'au moment où ils auront de quoi la garnir comme il se doit.

Bramard rejoint la table de Corrado, qui est habillé comme la veille, mais dont le manteau bleu est ouvert sur sa veste.

Il remarque qu'il ressemble à Leonardo Sciascia vieux, même si Sciascia, lui, n'est jamais arrivé jusqu'à quatre-vingt-six ans.

— Asseyez-vous.

Corso l'aurait fait de toute façon.

— Je vous dois des excuses, dit Bramard. Hier soir, je vous ai fait manquer le dernier car. Je vous aurais raccompagné si j'avais eu une voiture. Et comme vous l'aurez constaté, les autres étaient très occupés.

— Ce n'est pas grave. J'ai les clés de ma vieille maison. Il n'y a pas l'électricité, mais tout le reste fonctionne encore. Même la lampe à huile. J'y ai mieux dormi que dans mon propre lit.

— Mais vous avez veillé tard.

Dao boit une gorgée de son cappuccino. Devant lui, seulement quelques biscuits.

— Vous aussi, si votre chambre est bien celle du deuxième étage, près de l'escalier.

Corso ramasse une miette à côté de la tasse de Dao. Il la pose sur l'un des carreaux de la nappe, devant lui. Du doigt, il se met à lui faire parcourir ce petit quadrilatère grenat qui contient du blanc.

— J'avais des devoirs à terminer, dit-il.

— Quels devoirs ?

— *Noble dame, s'il vous plaît / souffrez-le bien que je désire pour vous, puisque moi je souffre le mal / et alors, le mal ne pourra plus me nuire / il me semblera même que nous le partageons à parts égales.*

— Je vous félicite, acquiesce Dao.

— Vous me la dites en langue d'oc ?

— *Bona dompna, si.us platz, siatz sufrens / del ben qu'ie.us vuoill, qu'ieu sui del mal sufrire, / e pois lo mals no.m poira dan tener, / anz m'er semblan que..l partam egalmens.* C'est curieux, non, qu'un évêque ait écrit des mots pareils ? D'ailleurs, Dante a placé Folquet de Marseille au Paradis, parmi les bienheureux du neuvième chant, tout en prévenant ses lecteurs qu'il fut dans sa jeunesse un poète amoureux. Comme Dante lui-même. Tous deux corrompus par Vénus et rattrapés par la foi.

— Ces vers sont un message de Johannes ? C'est cela, que vous alliez me dire hier soir dans l'église ?

— En tant que troubadour, Folquet de Marseille a eu beaucoup d'influence sur les poètes des siècles suivants. Johannes a fréquenté les cours de France, il connaissait sûrement son œuvre. Je pense que ces vers sont le dernier message qu'il a laissé à la femme qu'il aimait. Il savait qu'elle entrerait dans cette pièce pour s'unir au vainqueur de la Socha et espérait sans doute qu'en lisant ces vers, elle changerait d'avis et s'enfuirait à sa recherche. L'image de la sainte Famille peinte à fresque est une vision de leur avenir ensemble. L'enfant qu'allaite Marie a les cheveux roux et les traits nordiques de Joseph. Et je crois que Joseph est un autoportrait de Johannes. Cette fresque est un désir, un augure et une invitation.

— Pourquoi ne pas l'avoir mentionné dans votre essai ?

— Il m'a semblé plus juste de respecter le caractère secret de cette communication.

Venu servir un homme à la table près de la fenêtre, Ottavio Claro s'arrête à côté d'eux.

— Un café américain, lui demande Corso. Et du pain avec du beurre.

— De la confiture ?

— Non, merci.

L'homme s'en va. Les policiers sont sortis fumer. Deux journalistes les ont suivis, dans l'espoir que le rite de la cigarette entraîne quelques confidences. Bramard a toujours fumé seul, et presque jamais à table. Ce geste a toujours été, pour lui, trop intime, trop privé, comme tout ce qu'on pratique en sachant qu'on se fait du mal : l'amour, le sexe et l'escalade. Derrière les vitres, la pluie continue à tomber, non pas dru, mais avec patience.

— Vous saviez que Vera Ladich citait ces vers dans ses films ?

Corrado Dao a terminé son cappuccino.

— Je m'en suis aperçu à son quatrième film, et le cinquième m'en a donné la certitude.

— C'est vous qui les aviez traduits à Anna ?

— Ce n'était pas nécessaire, ici, tout le monde les connaissait.

Ottavio Claro apporte le café américain, le pain et le beurre. Dao en profite pour commander lui aussi un café. Il attend qu'Ottavio se soit éloigné.

— Savez-vous ce qui distingue une personne intelligente d'une autre qui croit l'être ?

— J'ai mon idée, dites-moi la vôtre.

— Une personne vraiment intelligente peut accepter de croire à ce qu'elle ne comprend pas. Moi, quand je suis arrivé dans ce village, je pensais être intelligent : je connaissais l'histoire et la langue de cette terre, j'avais étudié à fond la vie de Johannes, analysé chaque centimètre de ses fresques, cherché des correspondances avec les récits oraux, les chansons et les vieilles légendes qui évoquaient la Socha, et pourtant, je n'étais pas assez intelligent pour croire. Même pas à ce que j'avais sous les yeux…

Bramard le regarde sucrer son café à l'excès pour un homme de son âge – de n'importe quel âge – puis en boire une petite gorgée qui lui laisse la lèvre inférieure humide. Encore un de ces trucs de vieux pour qui, d'une façon ou d'une autre, rien n'a plus d'importance.

— Au fait que la Socha se pratiquait encore.

— Oui, répond Dao, même si Corso ne lui posait pas vraiment la question. Je ne sais comment, elle a survécu à la croisade du pape Paul IV, après quoi le village l'a conservée, transmise et cachée.

— Quand l'avez-vous compris ?

Dao sort ses cigarettes de sa poche, des Diana rouges, paquet souple. Pas le genre que vous verriez un tel homme fumer. Sans doute fumait-il une autre marque jadis, les Diana sont un compromis qu'il a accepté. Pas le plus douloureux, songe Bramard. Il les pose sur la table, comme une sorte de sablier qui annonce une pause dans cette conversation.

— Trop tard, répond-il en ôtant la main du paquet.

— Trop tard pour quoi ?

Dao boit son café, en approchant la tasse de ses lèvres à plusieurs reprises, et en vérifiant à chaque fois la quantité restante, comme s'il était indispensable de terminer ce café jusqu'à la dernière goutte, comme si c'était le dernier.

— Vous avez envie d'aller faire un tour ? lui demande-t-il en posant sa tasse et en prenant ses cigarettes.

— Pourquoi pas.

— Alors unissons cela à notre envie de fumer.

56.

Franca Pes roule vite, à présent. La circulation est fluide, si tôt le matin, mais quand il le faut, elle emprunte les voies réservées aux taxis et aux bus. À côté d'elle, Arcadipane, Pedrelli est derrière, avec leurs sacs de voyage. Outre les frais d'essence, il faudrait aussi prévoir les frais d'amendes.

Arcadipane regarde l'horloge du Kangoo : c'est une heure à la con pour appeler, mais ça fait dix minutes qu'il attend depuis qu'ils sont montés en voiture et plus tard, il risque de ne plus avoir le temps. Il presse donc la touche consacrée et porte le téléphone à son oreille.

On répond aussitôt.

— Oh !

— Je t'ai réveillée ?

— Non.

— Je t'entends mal.

— C'est le haut-parleur, je suis sur la route. Je l'enlève.

— Non, non, laisse-le, ça suffit pour qu'on se comprenne.

— OK, qu'est-ce que tu veux ?

— Comment ça, qu'est-ce que je veux ? Je t'ai appelée cent fois, hier soir !

— Je m'engueulais avec Angela, mais j'ai entendu ton message et là, j'y vais.

— Tu es déjà dans ta voiture à cette heure-ci ?

— J'ai dormi dedans. J'ai vu ton message en sortant pisser ce matin, et je suis partie.

— Quoi, tu dormais dans ta voiture ? Mais où ça ?

— Sur le parking du restoroute, c'est plus sûr. Et leurs chiottes sont ouvertes la nuit.

— Mais tu es enceinte, putain ! Si vous vous êtes engueulées, elle n'avait qu'à se tirer, l'autre !

— C'est ce qu'elle voulait faire, mais pas moi.

— Vous êtes complètement dingues toutes les deux ! Je vais vous le faire retirer d'emblée, moi, ce marmot !

— Ne me le dis pas deux fois, parce que je signe tout de suite, qu'est-ce que tu me veux, bordel ?

— C'est au cinéma de Coni, que tu vas ?

— C'est naze ce point d'interrogation, tu connais déjà la réponse.

— Bon, bon, j'ai compris. Écoute, pour cette histoire de billets pour Édimbourg, tu as pu trouver quelque chose ?

— Quand ? Cette nuit dans ma bagnole ? Tu crois que c'est facile de retracer les listes de passagers des compagnies qui volaient de l'Italie à l'Écosse en 1973 ? Je ne sais même pas s'ils conservent ces données quelque part.

— Qu'est-ce que j'en sais, moi ! Vous trouvez toujours un tas de trucs, vous autres, avec vos ordinateurs !

— C'est clair, même des kits pour s'inséminer toute seule.

— C'est bon, calme-toi, commence par Coni. Les tickets de cinéma. Les films. Et tu montres la photo au vieux gérant. Et dès que tu pourras, vois ce que tu peux faire à propos de ces vols. Si on découvre qu'Ubac a pris un avion pour l'Angleterre ou pour l'Écosse, on tiendra le bon bout.

— Comme tu es compréhensif depuis que je suis en cloque. À quelle heure vous atterrissez ?

— Vers 9 heures. Toi, roule doucement et attache ta ceinture.

— La ceinture, elle m'emmerde, je ne la mets pas.

— C'est autorisé, pour les femmes enceintes ?

— Non, je me la joue rebelle. Je t'appelle dès que j'en sais plus.

Arcadipane coupe la communication et soupire. À la radio, les infos parlent des vols de bicyclettes en Italie. Turin est en tête de la classification avec dix-huit mille larcins par an. Arcadipane se dit qu'il doit connaître les responsables d'au moins la moitié d'entre eux. Ils ont l'habitude de se retrouver sur la terrasse du bar de l'avenue Brescia, en bas de son immeuble. Et l'autre, est-ce qu'elle le lui a déjà vendu, cet appartement ? Ou pire, est-ce qu'elle l'a divisé en deux avec du placoplatre ?

— Il est de toi ? demande Pes.

— Quoi ?

— Le bébé.

— Quel bébé ?

— Celui de la fille avec laquelle tu parlais ?

Arcadipane tourne la tête vers la fenêtre.

— Non, c'est celui de Pedrelli.

57.

Avant même d'arriver à l'église, Bramard et Dao ont fini leurs cigarettes.

Dao est un montagnard, il en a l'allure, mais c'est aussi un fumeur de quatre-vingt-six ans et il est sur le point de prendre une décision, Corso le sent. C'est pourquoi il accueille son silence. Et aussi parce qu'il a lui-même soixante-deux ans et qu'il se remet d'une intervention qui n'avait que trente pour cent de chances de réussite. Sans compter qu'il marche en fumant, avec une cheville esquintée.

Une fois sur le parvis, Dao s'autorise une pause et reprend son souffle. Clot est dans l'ombre, comme d'habitude, mais le premier soleil, qui cogne le bord du barrage, projette sur ses maisons un reflet lumineux.

— Il est beau lui aussi, à sa façon, vous ne trouvez pas ?

— Pas tellement, répond Corso. À votre avis, pourquoi Amilcare Fuci a-t-il décidé de le faire construire ici ? D'après les archives, il existait une dizaine de sites mieux adaptés.

— Vous ne l'avez pas encore compris ?

— Peut-être, mais il y a tant de choses à comprendre, dans ce village. Vous avez eu quatre ans pour le faire et moi, seulement quatre jours.

Dao hoche la tête. Il allume une autre cigarette en utilisant un briquet rose jetable. Les fumeurs sérieux se moquent bien de la qualité de leur briquet. À l'instar des vrais chasseurs, qui se préoccupent davantage de leurs chaussures que de leur fusil.

— Il existe deux sortes d'hommes mauvais, dit Dao en expulsant sa première bouffée. Ceux qui font le mal pour obtenir de l'argent. Et ceux qui utilisent l'argent pour faire le mal. Amilcare Fuci ne s'intéressait pas à l'argent.

— Qu'est-ce qui l'intéressait ?

— Purifier le monde – Dao tire sur sa cigarette. Amener le royaume de Dieu sur la Terre.

Corso sent sa cheville pulser dans sa chaussure, dont les lacets sont trop serrés. Il devrait savoir que comprimer ce qui gonfle n'est pas une bonne idée. Mais ça fait partie des choses qu'on oublie : quand on a mal quelque part, c'est toujours la première fois.

— La Socha ? C'est pour ça que Fuci a fait construire ce barrage à Clot ?

Dao le fixe, en se passant sur la lèvre le pouce de la main qui tient sa cigarette ; un geste d'homme de lettres – ou d'amateur des films de Godard.

— L'instituteur qui m'a précédé avait probablement remarqué quelque chose, répond-il en hochant la tête. Il venait d'une famille d'ecclésiastiques, il a dû en parler autour de lui. Parce que la curie a envoyé un prêtre fouiner à Clot. Ça n'a duré que quelques semaines et quand les gens du village ont compris que l'instituteur était mêlé à ça, ils l'ont chassé lui aussi. Je crois que c'est comme ça que tout a commencé, mais je n'ai jamais pu parler à cet homme, il est mort peu après. En tout cas, la rumeur est parvenue jusqu'à Rome. Et tout ce qui parvenait au Vatican parvenait à Amilcare Fuci.

— Qui était obsédé par l'hérésie et par le péché.

Corrado Dao regarde le barrage comme on regarde une sœur qui vous a fait de la peine mais avec laquelle on partage tant de souvenirs.

— Il devait croire qu'éradiquer le rite qui avait survécu à Paul IV lui ferait gagner le royaume des cieux. Mais c'étaient les années 1950, il ne pouvait pas recourir aux mercenaires suisses, aux tortures et aux bûchers.

— Alors il a fait du barrage l'instrument de sa croisade.

Dao se remet à regarder le village : journalistes et policiers sont rentrés à l'hôtel et les villageois, qui ne sortent quasiment plus depuis une semaine, ont un motif de plus pour rester cloîtrés.

— Ceux qui partaient toucheraient une grosse somme et ceux qui voulaient rester répudieraient la Socha en échange de l'indemnité pour eux et pour leurs enfants. Dans les deux cas, la Socha n'aurait plus de disciples. Un contrat oral. Une transaction civile, économique, en accord avec l'esprit du temps. Il n'aurait pas dû y avoir de morts.

— Mais il y en a eu. À l'époque et maintenant.

Corrado se borne à hocher la tête.

Bramard l'observe, dans cette clarté bizarre qui tient lieu de matin. Derrière le visage tavelé par la fumée et par les heures passées sous la lumière artificielle, il devine la substance d'un homme semblable à lui : une vocation, une erreur, peut-être plus d'une – cela, il le saura bientôt –, et puis toute une vie passée à réparer et à ressasser, deux mouvements qui, conjoints, empêchent qu'on se pardonne.

— Sous la fresque, reprend Corso, Johannes a écrit deux autres vers que Vera n'a jamais prononcés dans ses films. J'ai cherché à savoir d'où ils étaient tirés. En tout cas, pas des poèmes de Folquet. J'imagine que vous savez ce qu'ils signifient.

Quand ils ont quitté l'hôtel, il a cessé de pleuvoir, mais le ciel clame qu'il ne s'agit que d'une trêve. L'air est lourd d'humidité. Tout est pesant.

Corrado tire une dernière taffe et jette sa cigarette à demi fumée.

— Vous y arriverez, avec cette cheville ?

Vingt minutes plus tard, ils sont parvenus là où deux bons marcheurs seraient parvenus dix minutes plus tôt. La bouche de la conduite de décharge est là, à quelques mètres d'eux, enfouie dans le sous-bois.

Dao avance de quelques pas vers la grille fermée par un cadenas. Du bras, il écarte les fougères, découvrant les noms de l'ingénieur et de sa femme, la date et l'épigraphe qu'ils ont méritée. Corso fixe son dos, sous son manteau bleu.

— C'est Aldo Mattalia qui a fait ça ? demande-t-il.

Corrado Dao se retourne, cherchant à lire sur le visage de Corso comment il l'a compris.

— Quand quelqu'un s'enferme de son propre chef en prison, dit Corso, c'est souvent pour expier une faute qu'il a commise, ou alors, pour endosser la faute d'autrui. Quand j'ai su quelle vie menait Vera Ladich avec Terenzio Fuci, je me suis demandé ce qu'elle cherchait à expier.

Dao se remet à fixer la plaque.

— Si Aldo était né ailleurs, il aurait pu connaître un parcours d'artiste, répond-il. Ou d'excentrique, mais à Clot, la seule voie possible pour un garçon comme lui était celle d'idiot ou de fou.

Quelques cheveux humides de sueur s'échappent de son chapeau. La pluie se remet à tomber. Sur son manteau apparaissent les premières taches sombres.

— Il a fait ça parce qu'il s'opposait au barrage ?

— Oui.

— Pourquoi ?

Dao approche le nez de la plaque, comme si ce qu'il avait à dire était écrit là, en caractères minuscules.

— Pour les mêmes raisons que la moitié du village – il ôte une feuille collée au bronze. Les vieux de Clot ont toujours su que Gias Vej était instable, que des éboulements s'y produisaient. Les légendes autour de la Socha parlent de Clot comme d'un bourg sur la plaine du lac, reconstruit en aval après un glissement de terrain. Seule la maison du Muret, qui pour certaines raisons ne pouvait être déplacée, était restée à côté de la rivière. Rien ne laisse de traces plus fiables dans les récits que le souvenir de désastres anciens. Et c'était sur cette plaine qu'on prétendait former un lac. C'est pour cela que la moitié des villageois a préféré toucher l'argent et s'en aller.

— Mais pas les Mattalia, cependant.

— Chiaffredo était un homme à l'ancienne, il n'aurait jamais quitté Clot. Et puis, il y avait Aldo. Il avait plus de vingt ans, il était comme il était et il ne travaillait pas. Cette indemnité lui garantirait une rente pour quand eux ne seraient plus là. Ils pensaient qu'avec le temps, sa phobie du barrage lui passerait, mais hélas...

À présent, il pleut dru. Quelques feuilles tombent sur le sentier devenu boueux.

— Au début, il s'est contenté d'embêter les gens en cherchant à les convaincre du danger, mais ensuite, il est monté jusqu'au chantier pour harceler les ouvriers. Ses parents, qui craignaient un incident, l'ont enfermé à la maison. Anna aimait beaucoup Aldo, elle était toujours patiente avec lui. Elle a fait de son mieux pour le rassurer, mais il restait persuadé que l'eau nous submergerait tous. C'est alors qu'il a commencé à écrire des lettres.

— Des lettres ?

— Aux journaux, aux carabiniers, au Parlement, au président de la République. Il les apportait à l'épicerie qui faisait office de bureau postal, on les lui affranchissait et dès qu'il avait tourné les talons, elles finissaient dans le poêle. Quand il a constaté qu'il ne recevait aucune réponse, il a semblé se résigner, mais il est devenu apathique, absent. Et Anna s'en est inquiétée. Elle est venue me parler, elle pressentait que quelque chose de terrible risquait de se produire. Mais j'étais trop pris par mes recherches sur les fresques et sur le Maître pour m'occuper d'Aldo Mattalia.

Dao laisse retomber la fougère et se redresse. Les épaules de son manteau sont toutes sombres à présent. Il allume une autre cigarette. À sa façon de l'abriter au creux de sa main, il est clair qu'il a l'habitude de fumer sous la pluie. Corso l'imagine faire de longues promenades dans la campagne autour de l'endroit où il vit, en fumant et en revivant tout ce qu'il est en train de lui raconter.

— J'avais étudié Clot pendant des années et je vivais alors au sein de la communauté. Je voulais démontrer que la Socha n'était pas une légende et qu'elle avait perduré jusqu'à la croisade de Paul IV. Je me croyais intelligent, comme je vous l'ai dit, et en fait, j'étais aveugle : la croisade qui avait éradiqué la Socha s'était déroulée au cours des trois dernières années sans que je le soupçonne.

— Vous l'avez compris quand Aldo a provoqué l'accident ?

Corrado Dao le regarde. Ses petits yeux ont pris la teinte brunâtre des alentours.

— Il n'y a eu aucun accident, dit-il.

Il sort un mouchoir d'une poche de son manteau et essuie les commissures de ses lèvres où ses mots ont laissé de l'écume. La pluie tombe, lourde et verticale, cognant les pierres à coups de sabot.

— Un matin, pendant la classe, j'ai vu par la fenêtre que tout le village était rassemblé devant l'hôtel – il prend une longue bouffée, profonde, pensive. Depuis quelques jours, Amilcare Fuci séjournait à Clot avec son frère pour assister aux derniers essais du barrage. Une heure plus tôt, Aldo Mattalia avait tenté d'entrer dans sa chambre, n'y parvenant pas, il s'était glissé dans celle d'à côté, où dormaient l'ingénieur et sa femme, et à ce moment-là, il les gardait en otage sous la menace d'un couteau. Il disait qu'il ne les libérerait que si l'on démolissait le barrage.

Pendant une seconde ou deux, Bramard regarde Corrado Dao qui fume sa Diana rouge, à l'abri du bord de son chapeau.

— Vous avez essayé de lui parler ?

— Oui, mais il était en plein délire. Fuci et son frère lui avaient promis de faire ce qu'il disait, ils mentaient, bien sûr, mais Aldo voyait le barrage de la fenêtre et il exigeait qu'on le détruise sous ses yeux. Même Anna ne parvenait plus à le raisonner. Alors quelqu'un a proposé d'appeler les carabiniers, mais Amilcare Fuci a refusé. Il ne voulait pas que la nouvelle se répande. Ça a duré jusqu'à l'après-midi, quand les Fuci ont décidé d'appeler des ouvriers et de leur faire défoncer la porte. Aldo l'a compris. On a entendu des hurlements. Quand la porte est tombée, il était trop tard. De rage ou de terreur, il avait égorgé l'ingénieur et poignardé sa femme au thorax. On l'a trouvée encore en vie, mais elle est morte quelques minutes plus tard.

Bramard regarde la plaque, derrière les fougères. Il allume une cigarette à son tour. Sa bouche s'emplit de fumée et de chaleur. Sa cheville, en revanche, est comme un nœud lourd et froid.

— Qui a eu l'idée de l'accident ?

— Je ne sais pas. Le frère de Fuci, peut-être. Signaler les homicides aurait attiré l'attention sur les plaintes d'Aldo et les contrôles auraient retardé ou empêché la mise en fonction du barrage. Amilcare Fuci a fait comprendre qu'il était prêt à abandonner le projet. Mais le contrat parlait clair, il devait être en activité. Pour les habitants de Clot, ç'aurait donc impliqué de se retrouver avec un mur de quatre-vingt-dix mètres au-dessus du village et aucune indemnité. Un accident, en revanche, surtout s'il était imputé à une imprudence, serait plus facile à gérer. À part les villageois et une poignée d'ouvriers, personne ne savait ce qui s'était vraiment passé. Le maire de l'époque a réuni tout le monde à la mairie. La décision a été prise en l'espace d'une ou deux heures. Les corps ont été apportés ici dans la nuit – il indique la cavité – et on a fait exploser la galerie. Après ça, on a appelé les carabiniers.

— Et vous étiez d'accord ?

Il secoue la tête.

— C'est Anna qui m'a convaincu d'accepter et de ne jamais en parler à personne. Elle était certaine qu'en prison, son frère mourrait ou qu'on le ferait tuer avant pour l'empêcher de parler. C'est une nuit où nous avons tous dû faire des choix difficiles. Moi, j'ai choisi de porter ce fardeau.

— Et Anna a choisi Terenzio Fuci – Corso fume doucement, pour se laisser le temps de trouver les mots. Elle a accepté de le suivre à Rome et de devenir sa chose. En échange, Aldo serait interné dans une clinique de luxe, où elle pourrait venir le voir, au lieu de finir en prison. C'est comme ça que ça s'est passé ?

Dao acquiesce.

— Je crois qu'il est venu à Clot pour la voir. Son frère, ou quelqu'un d'autre qui travaillait sur le barrage, avait dû lui parler d'elle. Inutile de vous dire qu'Anna dégageait quelque chose de très particulier, un je-ne-sais-quoi qui allait au-delà de la beauté et qui ne pouvait pas passer inaperçu. Dès son arrivée au village, Terenzio Fuci avait demandé à Chiafreddo Mattalia de lui laisser faire un bout d'essai, ce qu'il avait refusé. J'ignore si Anna était au courant de cette proposition. À cette époque, elle était en conflit avec son père qui l'avait retirée de l'école d'infirmières et recluse à la maison. Quoi qu'il en soit, si Aldo n'avait pas commis l'impensable, Anna ne serait jamais allée à Rome. Elle n'aurait jamais quitté Clot pour une carrière d'actrice.

— À cause de Ludwig ? C'est pour lui qu'elle ne serait jamais allée à Rome ?

Dao tire sur sa cigarette et garde la fumée en bouche. Corso jette un regard à la ronde. Une brume basse, montée de la vallée, a englouti le village, seules les cheminées les plus hautes en émergent, comme autant de périscopes. En quelques instants, le vent la pousse sur la pente en direction de Gias Vej, où, à mi-chemin, elle s'effiloche, mêlant sa substance à celle des nuages.

— Ce qui expliquerait pourquoi Anna, devenue Vera Ladich, s'est rappelée des vers inscrits sous la fresque, poursuit Corso, *s'il vous plaît / souffrez-le bien que je désire pour vous, puisque moi je souffre le mal / et alors, le mal ne pourra plus me nuire / il me semblera même que nous le partageons à parts égales.* Puisque Johannes avait transmis ce message à sa bien-aimée à travers sa peinture, elle pouvait faire de même grâce au cinéma. Un moyen pour faire savoir à Ludwig qu'elle l'aimait et qu'elle pensait toujours à lui, même si les circonstances l'avaient contrainte à faire ce choix. Messages qui, à l'évidence, ont atteint leur objectif puisqu'il y a neuf jours, il a tué l'homme qui, cinquante ans plus tôt, avait gâché leur vie avec ce chantage. Qu'est-ce que vous en dites ? C'est ainsi que cela s'est passé ?

Dao le fixe sans répondre. Son manteau est à présent bleu nuit. Au-dessus d'eux, les feuilles ne retiennent plus rien.

— Puisque vous l'avez arrêté, j'imagine que oui.

— Oui, acquiesce Bramard, une main tenant sa cigarette, l'autre enfoncée dans la poche de sa veste canadienne maintenant trempée. Les choses ont dû se passer comme ça, cela dit, je me demande pourquoi il a tué Vera, dans ce cas ?

Ils se fixent. Deux hommes qui fument sous la pluie, sur un sentier boueux. L'un, la tête nue, l'autre, coiffé d'un chapeau qui n'oppose plus aucune résistance à l'eau.

— C'est ce que vous croyez ? demande Dao. Que Vera est encore en vie ?

— Non, dit Corso en secouant la tête. Je ne le crois pas, j'en suis sûr. Vera Ladich est toujours vivante. Je suis aussi certain que Terenzio Fuci n'a rien soupçonné quand Vera lui a demandé de revenir à Clot pour enterrer son frère. La mort d'Aldo a défait la chaîne qui l'avait liée à lui toute sa vie, c'est vrai, mais cinquante ans avaient passé. Terenzio devait penser que Vera avait fini par avoir de l'affection pour lui, sinon par l'aimer. Au fond, c'était lui qui avait fait d'Anna Mattalia l'actrice Vera Ladich, et puis, toutes les actrices ne jouent pas pendant des décennies. Il ne doit rien avoir soupçonné non plus quand elle lui a demandé de monter voir le lac d'en haut.

— Alors, vous avez tout compris, à présent ?

Corso se frotte la joue sur laquelle coule un filet d'eau, puis il secoue la tête.

— Je ne sais pas qui de Vera ou de Ludwig a étranglé Terenzio Fuci. J'ignore comment ils s'y sont pris pour effacer leurs traces autour de la voiture, où se cache Vera et pourquoi Ludwig prétend l'avoir tuée, mais pour être sincère, la question que je me pose depuis que nous nous sommes rencontrés ce matin est tout autre.

Dao regarde Bramard qui porte sa Gitane à ses lèvres en l'abritant au creux de sa main et tire dessus jusqu'à ce que la braise se remette, par miracle, à manger tabac et papier. Corso retient longtemps la fumée puis l'expulse si fort qu'elle s'élève malgré la pluie.

— Pourquoi êtes-vous revenu au village ?

Corrado Dao se tait, ses petits yeux fixent Corso à travers le rideau de pluie.

— Il y a quelques jours, poursuit Corso, vous disiez à ma collègue que vous n'étiez pas en état de vous déplacer et pourtant vous êtes là, à me raconter en détail comment les choses se sont passées : la Socha, la croisade d'Amilcare Fuci, le meurtre de l'ingénieur et de sa femme, la mise en scène de l'accident, la liaison entre Vera et Ludwig, le chantage de Terenzio... Pourquoi ne pas l'avoir fait la semaine dernière, puisque vous vouliez vous libérer de ce poids ?

Corrado Dao tire sur sa Diana.

— Le moment n'était pas encore venu.

— Le moment de quoi ?

Dao tourne les yeux vers l'autre versant où, entre les brumes, se distingue à peine la tache claire de Gias Vej.

— *Li mars se levara XL cobdes sobre tota la terra, et non s'estendra, et li mars tornara en son istament. Et li peisson cridaran sobre la mar et las bestias et li aucel sobre terra s'aiostaran et cridaran.*

— Ce sont les vers sous la fresque dont je vous ai parlé ? Ceux dont je n'ai pas trouvé l'origine ?

Dao opine de la tête.

— « La mer grossira et montera de quarante coudées. La mer descendra et s'enfoncera dans les abysses. Les poissons de la mer crieront. Les poissons et les bêtes de la Terre crieront et brûleront. » Johannes les a tirés de la version provençale de la *Doctrina pueril* de Raymond Lulle, qui les tenait de l'Évangile de Nicodème.

Bramard le regarde, la pluie a fini par éteindre la Gitane entre ses doigts.

— Qu'est-ce que ça signifie ?

Corrado Dao sourit, il abaisse les yeux sur ses pieds, chaussés de souliers modestes. Probablement du style de ceux qu'il portait en cette fin d'octobre 1962. Sauf qu'il ne pleuvait pas, ce jour-là, tandis qu'à présent, ils sont à demi immergés dans l'eau qui ruisselle sur le sentier.

— Je me pensais intelligent et je ne l'étais pas assez pour croire ce que j'avais sous les yeux... Ne faites pas la même erreur que moi. Allez-vous-en.

Bramard lâche sa cigarette que l'eau entraîne aussitôt sur quelques mètres.

— Pourquoi voulez-vous que je parte ? Où est Vera ?

Dao sourit, le visage calme.

— Il est trop tard.

Bramard fait un pas vers lui.

— Où est la salle de la Socha ?

Corrado Dao secoue la tête, puis il ferme les yeux, lève son visage vers le ciel et ouvre ses paumes, en un geste d'accueil.

— Emmenez la fillette, dit-il. C'est la seule innocente.

Bramard recule d'un pas, comme si sa cheville blessée venait de céder, puis d'un autre, enfin, il se retourne et se met à courir tant bien que mal vers le village.

58.

Arcadipane regarde les arbres qui bordent la route sur leur gauche et dont les feuilles sont à présent pleinement automnales : une palette du jaune au rouge que le soleil à peine né fait vibrer d'une lumière adamantine. Un moment de réconfort, avant de se retourner vers le paquebot en béton armé haut de neuf étages et long d'un kilomètre, derrière la fenêtre de sa portière.

— C'est quoi, cet endroit ?

Franca Pes ralentit un peu, un œil sur les numéros de blocs qui défilent.

— C'est le grand « bide » du Corviale. Tu sais, quand tu reçois du monde à dîner, que tu essaies de mijoter un truc spécial pour épater la galerie et que tu le foires ?

Arcadipane ne parvient pas à détacher les yeux de ce transatlantique gris qui semble remonté à la surface après des décennies passées sous une pression démentielle qui en a écrabouillé les strates les unes sur les autres, en laissant par miracle toutes ses vitres intactes.

— Non, avoue-t-il. Je ne cuisine jamais.

— Peu importe. Ça, c'est le résultat. Ils l'ont achevé au milieu des années 1980 et quelques semaines plus tard, sept cents familles le squattaient déjà. Je m'en souviens parce que c'étaient mes dernières années de service et qu'on y est venus plus d'une fois. Voilà, c'est ce bloc !

— C'est prudent, de laisser ta voiture ici ?

— À ton avis, pourquoi j'ai acheté cette bagnole ? Personne ne volerait un Kangoo, à Rome. À qui le revendre, maintenant que même les plombiers veulent des Mercedes !

Ils marchent à grand pas vers l'une des entrées. Quelqu'un a dessiné un grand œil sur le pavement en porphyre. Comme des pavés manquent, on dirait qu'il les regarde d'un écran pixellisé. Sur le béton des parapets, un tas de graffitis sans ambition graphique. L'un dit : « Rome est bonne mais toi grave plus. » Arrivé aux interphones, Pes sonne. Il y a des touches anonymes, d'autres avec des étiquettes adhésives. De l'interphone, une voix demande qui c'est.

— Franca Pes, dit Franca Pes.

L'ascenseur est en rade, mais ce n'est qu'au troisième étage. Les escaliers ne sont pas si moches, compte tenu de l'extérieur, sauf qu'au lieu d'une rampe, il y a des grilles qui vont des marches au plafond.

Celui qui doit être le pasteur pentecôtiste les attend sur le palier. Quand il les voit débarquer hors d'haleine, il fait une mine qui leur intime d'y aller mollo, parce que s'ils imaginent qu'il va les laisser presser Lozano comme un citron, ils repartiront bredouilles. C'est un homme petit, clairement sud-américain, avec des cheveux d'un bel argent sur sa peau foncée. Il est vêtu simplement, en civil, chemise bleue, jean, mocassins à pompons. Le calme avec lequel il les salue est une autre manière de faire passer le message.

C'est un appartement de banlieue comme il y en a tant, modeste, mais bien tenu. Mobilier de seconde main, en revanche on a investi dans les lampes, qui débordent de pampilles et de verroteries. Le pasteur les précède dans le couloir. « Piero tout court », a-t-il corrigé, quand Arcadipane a hasardé un « *don* ». Le prénom Piero doit être un compromis pour faciliter la vie de ses fidèles. Il leur montre une porte vitrée fermée sur une pièce sombre et leur fait signe de ne pas faire de bruit.

— *Dos niños*, chuchote-t-il.

Lupita Lozano les attend dans son séjour ouvert sur une kitchenette. Une vague odeur de friture flotte dans l'air mais malgré l'heure matinale, ça n'a rien de désagréable. L'infirmière porte l'uniforme aigue-marine de la Villa Greppi. D'après ce que Pes leur a dit, elle doit bientôt filer pour prendre son service. À l'évidence, elle n'a guère dormi, le pasteur doit être là depuis un moment, tous deux ont l'air fatigué et elle, est inquiète. D'ailleurs, quand ils entrent dans la pièce elle ne se lève pas et se borne à les saluer d'un signe de tête. Des jouets sont rassemblés sur deux étagères et sur un petit meuble. La famille ne roule pas sur l'or, mais rien ne donne le sentiment d'un laisser-aller. Pas même les reprises sur la nappe verte.

— Et si on s'asseyait un moment ? suggère Piero.

Personne ne lui répond mais tous s'exécutent.

— Alors, Lupita, ces messieurs-dame sont ici pour que nous leur disions quelque chose, n'est-ce pas ?

Son ton et le pluriel montrent que Piero, ou quel que soit son nom, a fait de la patience et de la ténacité ses armes. Ses mains sont celles d'un paysan. Guère différentes de celles de maître Alberto Spurio, à croire que les mains sont vraiment attribuées n'importe comment.

— Vous vouliez nous parler de Vera Ladich, j'imagine ? l'encourage Pes.

Elle acquiesce. Elle cherche ses mots.

— Quand je vous ai demandé l'autre jour à la Villa Greppi si vous connaissiez Masimine Orusa et si vous aviez reçu d'elle une lettre recommandée, vous m'avez répondu que non, dit Arcadipane. Peut-être que vous y avez réfléchi depuis et qu'un souvenir vous est revenu. Ce sont des choses qui arrivent.

Lupita acquiesce de nouveau. Elle semble si intimidée qu'Arcadipane ne serait pas étonné qu'elle ait perdu son italien impeccable quand elle ouvrira la bouche.

— Deux mois avant la mort d'Aldo, dit-elle enfin dans un excellent italien, Mme Ladich m'a demandé d'envoyer une lettre pour elle.

— Ah ! fait Arcadipane.

— Je suis entrée dans la chambre pour prendre la tension d'Aldo et elle était seule avec lui. Il était alité depuis plusieurs mois, l'issue de la maladie ne faisait plus aucun doute. Mme Ladich m'a tendu une enveloppe déjà timbrée. Elle m'a demandé de la mettre dans ma poche, d'inscrire mon nom et mon adresse au dos, et de l'expédier le soir même.

— Et c'est ce que vous avez fait ?

— Depuis le temps que je prenais soin d'Aldo, j'avais compris qu'on ne lui laissait pas beaucoup de liberté et qu'elle n'avait pas d'amis. Je ne pensais pas mal faire.

— Bien entendu, c'était un simple service, admet Arcadipane. Personne ne peut rien vous reprocher. À qui était adressée cette lettre ? À Masimine Orusa ?

Elle acquiesce encore, après quoi elle boit une gorgée d'eau, du verre qu'elle tenait coincé entre ses genoux et qu'Arcadipane n'avait pas remarqué.

— La semaine suivante, Mme Ladich m'a remerciée d'avoir envoyé la lettre. Elle m'a dit que la réponse de son amie arriverait sans doute chez moi. Et qu'elle me serait reconnaissante de la lui apporter à la clinique et de la lui remettre sans me faire remarquer du personnel ni de Mlle Brocani.

— Quand la réponse est-elle arrivée ?

— Quelque temps après. Une dizaine de jours, je crois. C'était une lettre recommandée.

— Expédiée par Masimine Orusa ? La personne à qui Mme Ladich avait écrit la première fois ?

— Oui.

— Et vous la lui avez remise ?

— Oui, le jeudi suivant. Elle l'a lue tout de suite, nous étions seules dans la chambre. Elle m'a paru troublée. Elle a pleuré. Cela arrivait parfois, depuis qu'Aldo était malade, mais ce jour-là, c'était différent. Je lui ai demandé si je pouvais faire quelque chose, si elle voulait que j'envoie une réponse. Elle m'a dit que non et m'a priée de la laisser seule. Mais le jeudi d'après, elle m'a donné trois lettres.

Arcadipane regarde Pes, puis il se concentre à nouveau sur Lupita Lozano qui semble épuisée mais soulagée, comme si le plus dur avait été de commencer.

— Trois lettres. Toutes pour Masimine Orusa ?

Lupita Lozano secoue la tête.

— Seulement une.

— Et les deux autres ?

— J'ai lu les noms sur les enveloppes, par curiosité, mais à part celui de Masimina…

— Masimine Orusa, la corrige Pedrelli, qui écope d'un regard noir d'Arcadipane.

— Masimine Orusa, oui. À part elle, je me rappelle un prénom parce qu'un de mes professeurs d'allemand à Stuttgart s'appelait Ludwig.

— Ludwig Ubac.

— Oui, Ludwig. J'ai oublié le nom de famille.

— Et la troisième lettre ?

— Je ne sais plus, c'était un homme. Avec un nom de famille court.

— Comme Ubac ?

— Aussi court, mais différent.

Arcadipane réfléchit, mais rien ne lui vient à l'esprit, il consulte l'heure. Le temps qu'ils s'étaient accordé est presque écoulé. Dans l'appartement voisin, quelqu'un cogne le filtre d'une cafetière contre un évier.

— Vous avez reçu ou envoyé d'autres lettres après ça ?

— Quelques-unes.

— Combien ? Et à qui ?

— Toutes entre Mme Ladich et Mme Orusa.

— J'ai compris. Écoutez, nous devons filer, un avion à prendre. C'est très important. Mais je vous demande de bien vouloir appeler la clinique pour dire que vous êtes souffrante, que vous ne viendrez pas travailler.

— Mais, je…

— Téléphonez-leur, nous nous chargerons de justifier votre absence. Mme Pes nous accompagne à l'aéroport, ensuite elle passera vous chercher pour vous emmener au commissariat central. Soyez tranquille, vous n'avez rien fait de mal, mais nous avons besoin d'une déposition signée, d'accord ?

Au commissariat. Et maintenant, je vous remercie… – et Arcadipane se lève.

— Lupita, dit le pasteur, qui semblait avoir disparu.

La femme abaisse le regard.

— Tu dois leur dire aussi l'autre chose.

Le portable d'Arcadipane sonne. Il le regarde. C'est Lavezzi. Sans doute des détails administratifs à propos de Ludwig. Ils doivent le transférer de la prison de Coni à Clot. Plus tard. Il coupe l'appel.

— Dites-nous cette autre chose, dit-il, en reposant ses fesses sur la chaise.

59.

— Il ne décroche pas, fait Lavezzi, il est peut-être déjà dans l'avion.

— Il m'a dit qu'il décollait à 7 h 40. Rappelle.

Lavezzi s'agace. Il le prend pour un secrétaire, ou quoi ? D'habitude, c'est Botta qui se coltine ces corvées, mais pour le moment, il est dans la pièce avec Ubac et les deux collègues de Coni. Arcadipane a insisté : quand Ludwig Ubac est à Clot, je veux qu'il y en ait toujours un de vous deux auprès de lui ! Le reste du temps, il est sous la responsabilité des collègues de la Région, mais à Clot… Ils auraient pu aller le chercher à la prison un peu plus tard. Maintenant ils vont devoir se le taper à la mairie jusqu'à l'arrivée du commissaire…

Bramard le regarde tandis qu'il rappelle, haut-parleur activé. Il entend sonner, puis ça coupe.

— Rien à faire, dit Lavezzi, qui s'apprête à rempocher l'appareil quand il entend le *bling* d'un message. Il l'ouvre, le lit, puis le montre à Bramard : « Plus tard, bordel ! »

— Il doit faire un truc important, conclut-il.

— Ce que je te demande l'est bien davantage.

— J'imagine, mais sans le feu vert du commissaire, moi, je ne prends pas cette responsabilité.

Corso s'approche de la fenêtre du palier sur lequel ils discutent depuis une dizaine de minutes. L'avocat commis d'office de Ludwig est sur la place, portable à l'oreille. Pour s'abriter de la pluie, il s'est réfugié sous l'oreille en Plexiglas bleu du téléphone public. Il n'a sans doute pas lu le dossier, sans quoi il éviterait cet endroit, même s'il n'y a plus de preuves à polluer.

— Quelque chose de grave va arriver, dit Bramard.

Lavezzi ne lui répond pas, mais Corso sait qu'il sourit.

— Tu as entendu ce que je viens de dire ?

— J'ai entendu. Qu'est-ce qui va se passer ?

— Ubac le sait. C'est pour ça que je dois lui parler.

Bramard se retourne parce qu'il espère que son visage marqué par la douleur, ses cheveux trempés et ses yeux rouges seront plus éloquents que ses arguments.

— Quand tu verras l'avocat arriver, tu frappes à la porte et je sors. Deux minutes.

Après l'avoir fixé un moment, Lavezzi le rejoint à la fenêtre et regarde l'avocat sur la place.

— Deux minutes. Et si ça se sait, moi, j'étais parti pisser, et tu es entré de ta propre initiative.

En pénétrant dans la salle, Corso prend conscience qu'il se trouve à l'endroit même où, une nuit d'octobre 1962, les habitants de Clot ont décidé du destin d'Aldo, d'Anna, de Ludwig et sans doute, cinquante ans à l'avance, de celui de Terenzio Fuci. Il hésite un instant, puis il se dit qu'au fond, c'est très bien comme ça. Tout doit finir là où tout a commencé.

Ludwig est assis, dos à la porte, il porte son gilet en peau de mouton. Ses cheveux sont aplatis sur sa nuque. Contrairement à Corso, il a dormi cette nuit, ou du moins, il a eu le sang-froid de rester allongé. Ce qui montre clairement qui a l'avantage.

Botta et les deux agents en uniforme considèrent Bramard, perplexes, surtout les deux agents qui ne le connaissent pas. Pas tant parce qu'il ne s'est pas présenté qu'à cause de ses vêtements trempés, de ses chaussures boueuses et de sa démarche claudicante. Le poêle est éteint, il fait froid et tous ont gardé leur veste et leur chapeau, et pourtant, depuis qu'il a quitté Dao, Corso ne sent plus rien. Seulement sa cheville qui pulse, mais comme une nouvelle qui provient des confins de l'empire : assourdie, déphasée, peut-être même inexacte.

Botta fait un signe à ses collègues pour leur dire : attendez, on verra bien.

Bramard en profite pour s'asseoir à côté de Ludwig qui continue à regarder droit devant lui. Il se penche sur la table pour s'approcher. Il ne veut pas que les autres l'entendent.

— Où est Vera ? murmure-t-il.

Ludwig tourne les yeux vers lui.

— Tu le sauras en même temps que les autres.

Il a pris le ton de l'homme auquel des gens ont confié leur vie et qu'en échange d'argent, il a menés dans les ténèbres, au-delà de la frontière. Un homme qui a tutoyé ces personnes comme il tutoie maintenant Corso, en sachant que si quelque chose se passait mal, il serait le dernier à payer. Au fond, même si ça peut sembler paradoxal, il n'y a pas un prêtre qui ne soit ainsi fait. Et pas un criminel qui soit plus habité par la bonté que par l'égoïsme.

Corso repense à ce que Dao lui a dit : « : Je connaissais l'histoire et la langue de cette terre, j'avais analysé chaque centimètre de ses fresques, et pourtant, je n'étais pas assez intelligent pour croire. Même à ce que j'avais sous les yeux… » « Amilcare Fuci ne s'intéressait pas à l'argent, mais à purifier le monde. À amener le royaume de Dieu sur la Terre. »

Il ferme les yeux, inspire, tache de retrouver son calme.

Dans ce jeu, chaque carte en recouvre une autre dont il cherche à détourner l'attention : le barrage est la carte avec laquelle Fuci voulait couvrir sa croisade ; l'explosion du tunnel, celle qui a couvert le meurtre de l'ingénieur et de sa femme ; la sainte Famille, l'artifice imaginé par Johannes pour parler à sa bien-aimée ; les vers de Folquet de Marseille, les messages codés que Vera Ladich laissait glisser à travers les barreaux de sa cellule. Une table de jeu autour de laquelle les joueurs s'assoient masqués : Vera Ladich était en réalité Anna Mattalia ; Mademoiselle le look, une prisonnière malheureuse ; l'amoureux Terenzio Fuci, un bourreau ; le pieux Amilcare, un fanatique ; et l'homme face à lui ? Le solitaire et naïf Ludwig ?

Corso regarde Ubac lever ses mains menottées vers son visage et se gratter la barbe. Un geste identique à celui qu'il a eu hier quand Corso, debout sous la pluie, lui parlait par la vitre ouverte de la Giulietta qui allait l'emmener en prison. De grandes mains puissantes, dures, et pourtant élégantes, comme celles d'un prestidigitateur dont la droite trace des volutes dans l'air tandis que la gauche réalise son tour.

— Hier soir, vous m'avez raconté l'histoire de votre mère, dit-il. J'avais compris que Vera Ladich était en vie et vous le saviez, mais au lieu d'essayer de me convaincre que vous l'aviez tuée, vous m'avez expliqué pourquoi vous vous prénommez Ludwig.

Ludwig Ubac détourne le regard. Corso sait qu'il est sur la bonne piste. Mais il ignore s'il aura le temps de la suivre jusqu'au bout.

Il pose un poing sur la table et y appuie le menton. Sa main et sa manche sont souillées de boue. Il a dû tomber en dévalant le sentier, mais il ne s'en souvient pas.

— Autrefois, on me demandait souvent pourquoi je me prénomme Corso. J'avais une belle histoire pour l'expliquer. Si belle qu'après l'avoir entendue, personne ne me demandait jamais le pourquoi de Bramard. C'est pour cela que vous m'avez raconté l'histoire de votre prénom ? Que signifie Ubac ?

À présent, Ludwig se concentre sur la fenêtre derrière laquelle la pluie tombe à verse, formant comme un mur gris.

— Excusez-moi !

Bramard se retourne. L'un des agents vient d'avancer d'un pas. Dans les trente-cinq ans, affecté aux transferts – une tâche subalterne – soit parce qu'il est entré tard dans la police, soit parce qu'il est peu fiable. La troisième hypothèse étant qu'il serait trop futé, ce qui pourrait avoir entraîné des conflits avec ses supérieurs, mais l'une des deux premières est plus probable.

— Je suis de la vallée d'à côté, dit-il, et chez nous, l'*ubac*, ça veut dire l'envers.

— C'est-à-dire ?

L'agent fixe un point un peu en dessous du lustre. C'est sans doute l'une des premières hypothèses qui est la bonne.

— Le versant de la vallée qui reçoit le moins de soleil, explique-t-il, le contraire de l'*adrech*, qui est le versant bien exposé.

Bramard le remercie d'un signe de tête. Un geste que l'homme, dans le clair-obscur de la pièce, ne doit pas avoir distingué. Puis il repose le menton sur son poing. De cette position, il observe Ludwig, ses yeux calmes et antiques, son visage austère de prêtre soldat.

— C'était toi, le dernier Muret, dit Corso.

Ludwig abaisse le regard sur lui et sourit. Comme les enfants qui jouent à cache-cache à l'instant où ils sont découverts, avant de prendre peur, de hurler, de se désespérer, de mentir, de nier, de crier à la trahison et de se résigner. Parce qu'il est si plaisant d'être découvert, et donc, compris, par quelqu'un. Même lorsqu'on a tout fait pour ne pas l'être. C'est humain. Et Ludwig est plus humain que beaucoup d'autres. Mais c'est le genre d'humain le plus difficile pour un policier. Celui qui, après avoir souri, se taira. Bramard le sait, puisqu'il est de la même espèce.

— Dao m'a dit d'emmener la petite fille, dit-il. Où est la salle de la Socha ? Qu'est-ce qui va se passer ?

Ludwig se remet à regarder devant lui et donc, se tait.

Bramard cherche une Gitane dans la poche intérieure de sa veste, où l'eau s'est infiltrée, mais pas assez, espère-t-il, pour traverser le carton et le papier alu du paquet. Il se lève et s'approche du poêle. Il y a des allumettes sur une tablette.

— Je fume, dit-il à haute voix, pour avertir les agents, comme s'il était un détenu, ou peut-être parce que quand l'esprit parcourt ses galeries, la bouche s'attache aux choses les plus simples, au fait présent, à l'incontestable. Il va à la fenêtre et l'entrouvre. L'air froid prend la place de la fumée qu'il souffle à l'extérieur sans grand plaisir. La place est pleine de voitures de police, banalisées ou non. Les réverbères ont été allumés tant la chape de nuages et la pluie ont tout assombri. L'avocat n'est plus sous l'oreille du téléphone public. Il espère qu'il est parti boire un café, mais ce n'est sûrement pas le cas.

— Corrado Dao dit qu'il est revenu ici payer pour sa faute. Quelle est la tienne ?

— J'ai tué Fuci, je vous l'ai dit.

— Je parle de celle qui te pèse depuis cette époque. Pourquoi tu ne l'as pas épousée, puisque vous vous aimiez ? Pourquoi tu l'as laissée partir à Rome avec Fuci ? C'était toi, le Muret, tu pouvais avoir la femme que tu voulais. Elle t'a demandé de le faire pour Aldo et toi, tu as obéi ? C'est pour cette faute-là que tu es ici maintenant ?

Il a prononcé chaque mot comme s'il récitait une prière, entre ses lèvres, parce que celui qui doit écouter est en lui, pas ailleurs. À cet instant, on frappe. Bramard prend le temps de tirer sur sa Gitane, avant de s'avancer vers la porte.

— Ce n'était pas moi qu'elle aimait, dit Ludwig, alors qu'il n'a fait que deux pas.

Bramard tourne la tête juste assez pour ajuster son regard à celui d'Ubac.

— Pourquoi, qui aim…, commence-t-il, mais il connaît déjà la réponse.

On frappe de nouveau, plus fort, plus longtemps.

Ubac sourit, des larmes coulent jusqu'à sa bouche.

— Ça n'a plus d'importance, désormais.

Bramard se remet à clopiner vers la porte que Lavezzi vient d'ouvrir.

60.

Son portable ne cesse de vibrer en lui massant la cuisse. Arcadipane le reprend, regarde l'écran, c'est encore ce grand couillon de Lavezzi – il sait lire ses messages, ou non ? Il consulte l'heure, il leur reste sept minutes : Lavezzi attendra.

Car sur le canapé, Lupita est devenue toute pâle, signe que nous y sommes, il y a bien quelque chose de plus grave que les lettres à Orusa, à Ubac et à ce troisième destinataire au patronyme bref dont il ne sait encore rien. Arcadipane range son téléphone dans sa poche.

Le pasteur s'est transporté sur le canapé, à côté de la femme et pose sa main sur les siennes. S'il ne transpirait pas l'honnêteté de chacun de ses cheveux grisonnants, le geste pourrait sembler déplacé, mais dans la pièce, ils sont tous suspendus aux lèvres entrouvertes de Lupita.

— Lupita…, dit Piero.

— Je sais, acquiesce-t-elle. C'est juste que j'aurais pu perdre mon travail… J'ai deux enfants… Leur père me donne ce qu'il peut, mais ce n'est pas beaucoup.

— Nous avons peu de temps, intervient Arcadipane, qu'est-ce que vous voulez nous dire ? Que vous avez demandé de l'argent à Mme Ladich pour envoyer et recevoir ce courrier ? Ce n'est pas un délit, si c'est ce que vous croyez… Je vous absous au nom de la loi et don Piero fait pareil au nom de Dieu, d'accord ?

Il va pour se lever, mais il remarque que le visage de l'infirmière s'est rétracté tel un pruneau, donc ce n'est pas ça. Ou mieux, c'est juste le petit bout de queue que le lézard a laissé dépasser des cailloux.

— Montre-lui, dit le pasteur.

Lupita Lozano acquiesce mais elle ne bouge pas.

— Mme Ladich n'avait jamais d'argent sur elle, dit-elle enfin. C'était Mlle Brocani qui payait tout, alors elle ne pouvait pas… et elle s'interrompt de nouveau.

— Écoutez, ça commence à…

Arcadipane fait mine de partir, mais Franca Pes le prend de court en quittant sa chaise pour venir s'agenouiller devant la femme. En la voyant arriver, don Piero a ôté sa main, et il a bien fait car Pes saisit alors celles de Lupita Lozano et les étreint, comme on le fait avec celles des enfants pour les ramener à l'instant présent.

— Regardez-moi, demande-t-elle.

Lupita s'exécute et Arcadipane se dit qu'ils sont sur la bonne voie.

— J'ai eu deux enfants, moi aussi, avec un homme qui, un beau jour, a découvert qu'être père était trop difficile. J'étais jeune, j'avais peur et je faisais un travail difficile et mal payé. Ma mère habitait loin, je n'avais personne pour m'aider, comme vous. Tous les soirs, j'allais me coucher en me demandant si j'arriverais à me lever le lendemain matin. À élever mes gosses, à leur donner tout ce dont ils avaient besoin…

Arcadipane ne voit pas son visage, mais il est presque sûr qu'elle pleure.

— … Alors je vous comprends parfaitement. Et eux aussi – elle se retourne d'un bloc, et Arcadipane a tout juste le temps d'opiner du chef. Dans toute cette histoire, vous êtes la seule innocente. N'ayez pas peur. Je suis de votre côté et je vous soutiendrai, d'accord ?

Lupita Lozano la regarde fixement, comme une grenouille les phares aveuglants d'une Land Rover à pneus larges. Puis, avec délicatesse, elle dégage ses doigts de ceux de Pes, qui continue à hocher la tête pour bien lui signifier qu'elle est sincère et que ce que Lupita s'apprête à faire est une bonne chose. Lupita se lève et rejoint la commode sur laquelle trône le téléviseur, qui est tout de même un bel écran plat de trente-deux pouces avec un décodeur Sky.

Elle ouvre un tiroir, l'ôte entièrement et le pose par terre. Elle se penche et détache la chemise transparente qu'elle a fixée avec du ruban adhésif au fond du tiroir du dessus. Elle chiffonne les quatre morceaux de ruban, puis sort plusieurs papiers de la chemise. Elle revient s'asseoir entre le pasteur et Pes, qui a pris place sur le canapé. Arcadipane regarde l'horloge sur le mur. S'ils ratent cet avion, ils sont foutus !

— Qu'est-ce que c'est ?

Pes doit déjà avoir vu l'en-tête du document parce qu'elle écarquille les yeux.

— C'est une copie du testament de Mme Ladich, dit Lupita.

— Comment ça, son testament ? dit Pedrelli, qui s'est réveillé lui aussi.

— Elle m'a dit que ces lettres valaient plus que tout, pour elle, et... puisqu'elle ne pouvait pas me donner d'argent...

— Montrez ça à Mme Pes, s'il vous plaît... Franca, jettes-y un coup d'œil.

Franca s'en empare, d'un geste brusque. Elle lit.

— Comment l'avez-vous récupéré ? demande Arcadipane.

— Quand Aldo est mort, Mme Ladich a demandé à Mlle Brocani à rester seule avec lui quelques heures. Elle en a profité pour faire venir un notaire. Ils ont rédigé ce testament dans la chambre, nous n'étions que nous trois, et à la fin, nous avons signé.

— Qu'est-ce qu'elle vous a laissé ?

— « ... propriétés, argent, titres », lit Franca Pes, « dont entre-temps Mme Ladich, née Anna Mattalia, serait entrée en possession au décès de son époux Terenzio Fuci, même si celui-ci décédait de mort violente. Les biens susmentionnés seront transmis en totalité et non en partie, sans aucune limitation légale, à Mme Lozano Lupita, en plus de l'appartement au

42 de la rue del Babuino, déjà au nom de Mme Ladich Vera, et de tout autre bien ne faisant pas partie du portefeuille de la société Veronica Film – Pes ralentit sa lecture puis articule les derniers mots. Les dispositions susmentionnées s'entendent comme valables et applicables en toutes circonstances en cas de décès de Mme Ladich Vera, qu'il soit dû à des causes naturelles ou violentes. »

Arcadipane s'appuie d'une main à la table, son autre bras pend le long de son corps.

— Mais ça veut dire quoi, bordel ! Qu'elle avait prévu…

— Excusez-moi, le coupe don Piero, Lupita, dis-lui ce que Mme Ladich a demandé au notaire ce jour-là.

— Oui, dit la femme, qui ensuite ne dit plus rien.

— Alors ? Qu'est-ce qu'elle a demandé ?

— Elle a demandé – elle se tord les mains – si on pouvait préciser que le testament restait valable même en cas d'homicide, d'attentat, d'inondation et de désastre involontaire.

— D'inondation et…

— Mais le notaire lui a répondu qu'on ne pouvait pas mentionner ces choses-là.

Arcadipane fixe Pes qui fixe Lupita. Une triangulation qui dure un peu plus d'une minute, puis Pedrelli lui effleure le coude.

— Commissaire ?

Arcadipane bondit sur ses pieds et fonce vers la porte sans un mot, Pedrelli et Pes – testament en main – sur ses talons. Arcadipane croit avoir vu un enfant sortir de la chambre – une petite tête noire et brillante, peut-être montée sur un pyjama de super-héros – mais il ne saurait l'affirmer, parce qu'une seconde plus tard, ses mocassins composites, les bottines de Pedrelli et les ballerines de Pes dévalent déjà les escaliers. Arcadipane tente d'appeler Bramard. Injoignable. Il réessaie. Injoignable. Il rappelle Lavezzi.

— Commissaire, ça fait une demi-heure…

— Une demi-heure mes couilles, évacuez illico les villageois ! Je préviens le directeur général et toute la smala, mais vous, pendant ce temps-là, vous faites dégager tout le monde, pigé ?

— Entendu, commissaire, on a déjà commencé.

— Comment ça ? demande Arcadipane qui ralentit à peine l'allure. Quand ça ?

— Il y a dix minutes.

Ils passent au pas de charge sur l'œil pixellisé de l'esplanade.

— Et qui vous a dit de le faire ?

— Bramard.

— Ah ! Et comment… peu importe, il est où ? Il ne décroche pas.

Ils se jettent dans le Kangoo.

— Je ne sais pas, il a dit qu'il devait trouver la salle, qu'il montait à l'église.

— À l'église ? Pour quoi faire ?

— Je n'en sais rien, il boitait…

— Il boitait ? Mais pourquoi ?

Franca Pes démarre en trombe en faisant crisser ses pneus, ce qui ne produit jamais le même bruit que dans les films, mais un chuintement tristounet de ballon qui se dégonfle ou de succion de cathéter.

— Je ne sais pas, commissaire, c'est un vrai bazar, ici, il pleut.

— Ubac le lui a dit ?

— Quoi ?

— Est-ce qu'il a dit à Bramard où était l'explosif volé sur les chantiers ?

Lavezzi reste muet.

— Il le lui a dit ou non ?

— Aucune idée, je n'étais pas présent. Botta dit qu'ils ont juste parlé d'une salle.

— Une salle ? Quelle salle ?

— Je ne sais pas, c'est vraiment le bordel, ici. En plus, Ubac refuse de bouger.

— C'est-à-dire ?

Franca Pes prend le virage un peu trop large, l'un de ses enjoliveurs heurte la bordure du trottoir et ils le voient filer tout droit sur l'herbe, tel le bouclier d'Achille après la chute du héros.

— Il ne veut pas partir. On a tout essayé, mais on n'arrive pas à le déplacer. Il pèse au moins cent kilos.

— Filez-lui une châtaigne, putain, vous avez bien un taser !

— Non.

— Bon, démerdez-vous pour me le coller dans une bagnole, mais continue à le cuisiner, compris ? Et c'est toi qui t'en charges, Botta a trop bon cœur. Et faites dégager tous les autres.

— Alors ceux-là, vous savez…

— Qu'est-ce qu'ils font ?

— Ils sont tous barricadés chez eux. On est seulement huit. Et puis il y a l'avocat d'Ubac qui nous les brise !

— Et qui c'est, celui-là ?

— Je n'en sais rien, commissaire, mais vous pensez que c'est vrai, cette histoire ? Que le barrage va nous tomber dessus ?

— À ton avis, on s'est mis d'accord, Bramard et moi, pour vous faire une petite blague ? Évacuez, évacuez… Putain, Franca, fais gaffe, on doit arriver vivants à cet avion !

— C'est bon, commissaire, on fera au mieux. Même si, comme le maire nous l'a fait remarquer, il nous faudrait un arrêté !

— Qu'il le carre dans son gros cul, son arrêté. Tasez-le lui aussi et flanquez-le dans une voiture. On est presque à l'aéroport. Je raccroche, je dois appeler les huiles, il faut qu'un hélico nous attende à Levaldigi, dans deux heures, on est là ! Toi, en attendant, contacte les gars du barrage, fais-toi expliquer s'ils ont un plan d'évacuation et s'il y a des zones sûres. S'ils peuvent vider ce putain de lac. Et préviens les artificiers, aussi. Non, demande plutôt à Botta de faire tout ça, OK ? Pas de panique ! Je raccroche, j'ai d'autres coups de fil à donner. Et prévenez la tour de contrôle pour qu'ils me passent les messages pendant qu'on est en vol.

Arcadipane coupe la communication, il est en nage et les deux autres aussi. Dans l'habitacle, il doit flotter une puanteur de baleine échouée.

— Commissaire ?

— Quoi ?

— Le directeur général… Vous devriez lui téléphoner, nous arrivons à l'aéroport.

— Oui, oui… – et il compose le numéro.

Tandis qu'il attend qu'on décroche, Pes enquille la voie réservée aux taxis en klaxonnant. Elle est défaite, en sueur, les tendons de son cou apparaissent et ses mains sont agrippées au volant.

Elle pile devant l'entrée des départs.

— Je ne savais pas que tu avais deux enfants, dit Arcadipane en ouvrant sa portière.

— Je n'ai pas d'enfants ! Sauve-toi, idiot !

— Oui, il l'embrasse en vitesse sur la joue. Merci, Franca.

61.

Si d'aventure quelqu'un entrait maintenant dans l'église, il y verrait un homme de dos, assis sur le premier banc à droite, tout près de l'autel. Il remarquerait ses cheveux mouillés, d'ailleurs il pleut dehors, mais c'est sans doute la décontraction de sa posture qui le frapperait, en dépit de l'alarme qui retentit dans ces murs. Un vacarme qu'explique la lourde porte forcée, les éclats de bois à l'entrée, mais pas les gouttes de sang qui maculent le seuil.

En s'approchant, il constaterait que les vêtements trempés de l'homme ont formé une flaque sur le sol en pierre ; que sa main droite saigne et qu'à côté de lui, sur le banc, il y a une barre de fer de la longueur d'une canne, rouillée. L'instrument de l'effraction.

En arrivant à sa hauteur, il pourrait enfin voir son visage aux traits complexes, embelli par la fatigue et par la douleur, phénomène qui ne s'observe que chez les jeunes, un paradoxe, vu qu'il paraît plus vieux qu'il n'est. La dernière chose qu'il pourrait suspecter, c'est que malgré le chaos de l'alarme, le cerveau de cet homme est en train de travailler de la manière méthodique, efficiente et imaginative qui le distingue, là où les autres pataugeraient ou céderaient aux conclusions faciles.

Bramard se gratte la joue, sans cesser de fixer l'animal sur la poitrine de la Madone à la Labrena. Une faible lumière filtre de la fenêtre, dehors, la grisaille est totale, et pourtant, la peau noire et jaune de la salamandre brille, hypnotique, tel l'œil d'un tourbillon qui effraie et attire.

Corso se rappelle les mots de Dao, la première fois qu'ils se sont vus, dans cette église : « … Je pense plutôt qu'elle indique le lieu de la Socha. La salle dans laquelle elle se jouait. »

Il soupèse cette affirmation en termes de pierre angulaire et, après l'avoir jugée satisfaisante, la pose sur le sol, puis se lève et s'approche de l'autel. L'espace d'un instant, il se demande si l'alarme s'entend, au village, puis il se dit que si Lavezzi et les autres font ce qu'il leur a demandé de faire, ça n'a guère d'importance. Ils ont dû prévenir Arcadipane, qui n'a peut-être pas compris le motif de l'évacuation mais qui, il en est certain, n'aura pas donné d'ordre contraire.

Il se concentre à nouveau sur la Madone et sur la salamandre. Le Muret a toujours été le seul à connaître l'emplacement de la salle de la Socha. Le père de Ludwig est mort en 1958, quand Ludwig avait dix-huit ans, il lui a sûrement transmis le témoin et son secret. Mais Ludwig ne parlera pas. C'est pourquoi Bramard est ici, dans cette église, au lieu d'être dans la salle du conseil et de l'interroger. Il doit trouver seul la salle de la Socha. Il doit retrouver seul Vera Ladich. Et il doit le faire avant qu'elle ne puisse mettre en œuvre ce qu'elle projette depuis sans doute très longtemps.

Il repense à sa deuxième visite au baraquement d'Ubac. Quand il lui a demandé ce qu'était le Muret, Ludwig, feignant de ne pas comprendre la question, lui a répondu : « Dans notre langue, c'est la marmotte. »

Parce que celui qui conduit la Socha est *le muret* : la marmotte. Parce qu'elle est la guetteuse ? Parce qu'elle prévient ses congénères du danger ? Que font-elles d'autre, les marmottes ? Elles vivent en petites communautés, se nourrissent de fleurs et de racines, creusent des galeries et des terriers dans lesquels, à l'automne, elles s'enferment pour… Et si la salle de la Socha était souterraine ?

Il revient s'asseoir sur le banc, au même endroit, ses vêtements ont cessé de dégouliner, sa veste canadienne, imbibée d'eau, pèse le poids de la fonte. Il tourne et retourne cette pierre entre ses mains, il l'examine, essaie de la poser sur la pierre angulaire : la salamandre indique la salle de la Socha qui se trouve sous terre.

Il regarde la salamandre sur la fresque, puis le sol. Ce n'est pas ici : ils ont utilisé un sonar, s'il y avait eu des pièces ou des galeries, ils les auraient découvertes, même chose pour le cimetière. Les caves des maisons de Clot ont été fouillées, toutes les trappes soulevées. Et pourtant, l'unique salamandre représentée à Clot est celle qui lui fait face.

Il doit penser autrement, obliquement, ce qu'autrefois il faisait d'instinct, sans avoir besoin de se le rappeler. « Chez nous, l'*ubac* veut dire l'envers, a dit l'agent, le versant de la vallée qui reçoit le moins de soleil, le contraire de l'*adrech*... » La salle de la Socha pourrait donc se trouver quelque part sur le versant ombreux de la vallée. Mais au début de l'enquête, ils ont tout inspecté : grottes, cavités, galeries naturelles et conduits. Les spéléologues ont étudié les cartes et exploré la moindre anfractuosité. Non, le mot *ubac* doit faire référence à autre chose... À l'ombre de quelque chose, peut-être ? Ou bien à « l'envers », au « contraire », mais de quoi ?

Il écarte cette pierre, sans la jeter au loin, elle pourrait lui servir plus tard.

Il longe la nef en direction de l'entrée, en gardant les mains dans ses poches où, hormis le papier alu qui a gardé sa consistance, son paquet de cigarettes est en bouillie. Il s'arrête à cinq mètres de la porte qu'il vient de forcer – trop tard pour demander la clé au maire ou à Dao. La lumière rouge de l'alarme pulse sous les poutres du plafond comme un œil qui veut voir, puis qui ne veut plus, puis qui veut de nouveau. Un rythme qui semble s'accorder à celui qui bat dans sa cheville et dans la blessure de sa main.

« ... Conduire les hommes en un lieu où ils pourront voir, écrivait Minico Curto, ... notre art consiste à conduire les hommes en un lieu où ils pourront voir. »

Bramard tente d'empiler cette pierre sur les deux premières : la salamandre indique la salle de la Socha ; la salle où on la jouait est souterraine ; en un lieu où l'on peut voir. Il démonte sa petite tour et la remonte en plaçant ses pierres dans un autre ordre : la salle où l'on joue la Socha est sous la terre, la salamandre indique l'endroit où elle se trouve et il y a un endroit d'où on peut la voir.

Son regard passe de la lumière rouge à la grande fresque au-dessus de la porte : les hommes encapuchonnés, la corde qui les relie, le Muret qui les conduit vers les hauteurs de la vallée. La salle de la Socha n'est pas dans le village, ni dessous, mais dans la partie haute de la vallée, cela, il l'avait compris, mais où ? Quel est le lieu d'où l'on peut voir la salamandre qui l'indique ?

La fresque montre la rivière qui, à l'époque de Johannes, traversait la cuvette où à présent se trouve le lac. Bramard regarde la vaste plaine. À côté du cours d'eau, on distingue la silhouette d'un chalet. Il repense au procès-verbal du premier interrogatoire de Ludwig Ubac, le Muret : « Question : … vous vivez dans un container. À propos, comment avez-vous fait pour le monter jusque-là ?

Réponse : Ceux du barrage s'en sont chargés.

Question : Quand ça ?

Réponse : Notre maison était à côté de la rivière et destinée à finir sous le lac. »

Ce que Ludwig a déclaré alors correspond à ce que Dao lui a dit : « Les légendes autour de la Socha parlent de Clot comme d'un bourg sur la plaine du lac, reconstruit en aval après un glissement de terrain. Seule la maison du Muret, qui pour certaines raisons, ne pouvait être déplacée, était restée à côté de la rivière. »

Il revient vers le banc près de l'autel et reconsidère sa pile de pierres : la salle de la Socha est souterraine ; la salamandre est le signe qui l'indique ; il y a un endroit d'où l'on peut voir la salamandre ; la maison du Muret se trouve sur le plateau et ne peut être déplacée.

Il sort un mouchoir trempé de la poche de son pantalon et bande la coupure peu profonde mais longue de sa main, puis il récupère la barre de fer rouillée et rejoint la porte.

Dehors, l'attend la pluie drue et verticale. Le ciel s'est encore abaissé d'un cran et mange la tête des montagnes qui entourent la vallée. Le parvis est devenu une mare.

Corso jette un coup d'œil à la place du village sans y trouver ni l'agitation ni l'absence de mouvement qu'il espérait. À travers le rideau de pluie, il lui semble reconnaître Lavezzi et quelques autres silhouettes s'agitant autour d'une poignée de voitures. L'alarme couvre toute voix qui pourrait parvenir jusqu'ici.

Il pourrait descendre, téléphoner à Arcadipane, aider à l'évacuation ou tenter d'arracher encore quelques mots à Ludwig, si tant est qu'on ne l'ait pas déjà emmené. Au pire, monter dans la première voiture et ramener chez Elena, Martina, Ani et Matei la personne incompréhensible qu'il est, même à ses propres yeux, pour le temps qui lui reste à l'être.

Voilà ce qu'il pourrait faire, ou alors, grimper jusqu'au barrage en suivant son intuition.

Corso acquiesce, sans bien savoir à quoi et, sans hâte, s'engage sur le sentier qui s'élève.

62.

L'édifice est décidément fasciste. Dans la somme de ses rectangles et de ses carrés inscrits les uns dans les autres, dans la verticalité de sa tour, dans la typographie de son nom et même dans sa teinte vert-de-gris qui a sans doute été rafraîchie. Et pourtant, l'affiche du dessin animé programmé pour le week-end suffit à démilitariser le vieux bâtiment qui abrite le cinéma Alpi.

Isa s'est garée juste devant. La rue est peu fréquentée, les passants, rares ; des fenêtres d'un immeuble voisin s'échappent des bruits de coups de masse et des nuages de poussière. Le cinéma est fermé.

Comme convenu, elle compose le numéro et dès qu'on lui répond, elle s'annonce.

Elle s'assied sur l'une des trois marches qui mènent à l'entrée, conçue à l'époque où ce cinéma était l'un des rares de la ville, peut-être le plus important. Elle est fatiguée, au sens le plus large du terme, et elle a mal au dos, à un endroit dont elle ignorait jusqu'ici l'existence.

Dans le demi-sommeil de sa nuit à l'intérieur de sa voiture, elle s'est demandée plusieurs fois ce qu'il adviendra d'elle dans dix mois, dans un an. De quelle manière elle pourra gérer les événements et les concilier avec ce métier, qui n'en est pas un, elle s'en rend bien compte. Les seuls qu'elle ait vus aux prises avec une pareille obsession sont Bramard et Arcadipane. Si, d'une certaine manière, ils lui sont chers, ils ne sont certes pas de brillants exemples de gestion familiale. Incroyable comme on peut, en l'espace de quelques mois, se sentir à ce point étrangère à la personne qu'on était au moment de prendre une décision aussi définitive.

— Mademoiselle Mancini ?

Le hall est plus fasciste encore que la façade, pense Isa, en regardant les grandes photos d'acteurs en noir et blanc. Parmi eux, une Vera Ladich jeune, comme elle l'a toujours été dans ses films ; qui fume et ne sourit pas, comme dans ses films, où elle a souvent fumé, et très rarement souri.

Tandis qu'ils rejoignent la billetterie, Isa écoute ses rangers qui résonnent sur le sol en marbre. Avec son museau pointu, Modesto Dovetta ressemble beaucoup à un setter de taille moyenne. Il lui adresse les mots lénifiants qu'on prononce parce qu'il est un peu grossier d'en venir tout de suite au fait. Isa ne l'écoute pas : elle a appris à repérer la vibration des conversations sans nécessité. À épargner du temps et des gigaoctets, pour se concentrer à nouveau dès qu'elle sent cette vibration changer, comme c'est le cas à présent.

— Je vous présente mon père, dit Modesto Dovetta. Mon grand-père gérait ce cinéma, alors papa a commencé à y travailler tout petit, juste après la guerre. D'abord, il a fait le ménage, puis découpé les billets, ensuite, il a été projectionniste et à la fin des années 1950, c'est lui qui le dirigeait. Il n'entend plus grand-chose, mais sa mémoire, hélas, est encore bonne.

Le vieux Dovetta est une version de son fils qu'on aurait laissé six semaines sur les claies d'un séchoir à fruits. Le teint jaunâtre, la peau sur les os, une grosse tête pleine de cheveux blancs prudemment rabattus en arrière par un brushing.

— Papa ? C'est Mlle Mancini. Je t'en ai parlé. Elle est venue te montrer une photo. Mets tes lunettes.

L'homme fixe Isa, s'interrogeant peut-être sur la nature de l'animal en question.

— Qui est-ce ? demande-t-il d'ailleurs.

— C'est Mlle Mancini. Je te l'ai expliqué dans la voiture. C'est au sujet des films avec Vera Ladich. Tu t'en souviens ?

— Ah oui, je me souviens des branlettes.

— Papa ! S'il te plaît !

Modesto sort des lunettes de la poche du veston de son père et les lui met. Pendant quelques instants, le vieil homme ne semble pas comprendre ce qui lui arrive. Il les touche de la paume de sa main.

— C'est un garçon ? demande-t-il encore.

— C'est Mlle Mancini. Elle a une photo à te montrer. Allez-y.

Isa sort de la poche de son bombers une impression de la photo du dossier des carabiniers. C'est un Ludwig Ubac dans sa quarantaine, cheveux courts, à peu près inchangé, sinon que sa barbe sombre lui faisait des yeux arabes.

Modesto Dovetta prend la photo et la pose sur le comptoir de la billetterie devant son père. Le vieux Dovetta aplatit les deux mains sur le plan en Formica, un geste qu'il a sans doute effectué des milliers de fois pour contrôler un billet de banque, une pièce d'identité ou une carte de réduction. Il semble prendre la chose très au sérieux.

— Ce n'est pas Vera Ladich ! déclare-t-il.

Isa enfonce les mains dans ses poches. Elle commence à bien se marrer. Ils devraient mettre des pépés de ce genre dans les voitures, à la place des autoradios.

— Non, papa, ce n'est pas Mademoiselle le look…

— Sans quoi je ne me serais pas fait de branlettes.

— Laisse tomber les… Oublie ça. Tu te souviens de ce monsieur ? Il venait ici, au cinéma ?

Le vieux Dovetta lève mollement la main comme pour signifier tais-toi, je réfléchis, ne me fais pas perdre mon temps, à chaque fois que tu ouvres le bec, je me demande si je n'aurais pas mieux fait de continuer à me faire plaisir tout seul.

Le fils lance un bref coup d'œil à Isa et soupire : un sale caractère. Isa acquiesce, compréhensive.

— Il venait à moto, dit le vieux Dovetta, qui n'en a pas terminé, car il serre les dents comme s'il poussait sur le trône. Une moto de cross, finit-il en effet par lâcher.

Modesto Dovetta regarde Isa en hochant la tête. Dans ses yeux, un filigrane d'orgueil filial.

— Les tickets correspondent aux dates de sortie des films avec Ladich ? demande Isa. Vous vous rappelez s'il venait voir ces films-là ? S'il venait les voir deux fois ?

Le vieux Dovetta fixe la photo, les bras toujours ouverts, les mâchoires toujours crispées, dans son effort pour exhumer le passé à mains nues. À l'évidence, il porte un dentier, mais à l'ancienne, avec de fausses gencives vraiment très fausses.

— Il venait les voir l'après-midi, une seule fois.

Isa sort la pochette de tickets, elle les étale sur le comptoir, par ordre de codes.

— Il y a deux tickets pour chaque projection.

L'homme la regarde.

— Qui es-tu, toi ?

— Il y a deux tickets pour chaque projection, insiste Isa. Pourquoi ?

Le vieux Dovetta sifflote entre ses dents. Une manifestation sonore très personnelle.

— Il venait avec une femme, affirme-t-il conséquemment.

Silence.

— Il venait avec une feeemme ! répète le vieux en tapant du poing sur le comptoir.

— C'est bon, papa, c'est bon ! Calme-toi !

Isa cherche dans les yeux de Modesto Dovetta des preuves de la fiabilité des souvenirs de son père. L'homme penche très légèrement la tête, ce qui signifie, pour ce genre de choses, un bon quatre-vingt-cinq pour cent.

— Donc, ce sont les tickets de deux personnes qui venaient voir le même film ?

— Qui es-tu, toi ?

— Papa, écoute la demoiselle, c'est important.

Le vieux acquiesce, compassé.

— Il venait avec une femme, répète-t-il.

— Une fiancée ? tente Isa.

L'homme secoue la tête.

Isa réfléchit un instant, en fixant les tickets. Puis elle prend son portable, ouvre sa galerie de photos, en fait défiler quelques-unes et tombe sur celle qu'elle a prise dans l'appartement de Saluzzo : une vieille carte d'identité, dénichée dans un tiroir. Elle lui montre la photo.

— C'est elle, tranche le vieux Dovetta, sans hésiter. Je m'en souviens parce qu'à la sortie, elle pleurait toujours et qu'il ne la consolait jamais. Ils n'avaient pas l'air d'être ensemble. Il y a des choses qu'on n'oublie pas. Qui es-tu, toi ?

Isa tient toujours son portable en l'air, mais elle a déjà la tête ailleurs.

— Tu es sûr, papa ?

— Aussi sûr que tu es un couillon – puis il se tourne vers Isa. Qui es-tu, toi ?

Une fois sortie du cinéma, elle appelle Arcadipane. Injoignable. Il doit être dans l'avion. Elle essaie Bramard. Injoignable lui aussi.

En montant en voiture, elle tape un message et l'envoie sur le groupe « Vieilles burnes et une chatte, va savoir ». Elle démarre.

Le jeune Dovetta verrouille la porte du cinéma. À côté de lui, le vieux Dovetta attend, avec ces jambes fléchies des vieux, qui semblent toujours sur le point de s'asseoir. Isa a déjà enclenché la marche arrière, mais elle s'immobilise.

Le jeune Dovetta glisse la clé dans sa poche et se retourne, son père le couve d'un regard qu'Isa n'a jamais connu. Modesto Dovetta pose une caresse sur sa nuque chevelue, puis ils descendent les marches bras dessus bras dessous. Isa observe ce phénomène qui se produit entre certains êtres humains et auquel, jusqu'à présent, elle n'a pas eu accès. Elle sent que ce qu'elle porte dans son ventre pourrait bien faire changer les choses. Elle se retourne, écrase l'embrayage, puis elle passe la première et fonce, ou s'enfuit, c'est selon.

63.

Il progresse le long du couronnement du barrage en s'appuyant à la rambarde en fer, sa cheville pèse désormais le poids impondérable des choses absentes. Pendant la montée, il a ouvert sa chaussure puis l'a refermée, mais ses lacets se sont de nouveau détendus.

Un système efficace draine la pluie de cette bande d'asphalte de deux mètres de large, enfermée entre deux murets. Deux kilomètres plus bas, les toits de Clot s'assortissent au gris qui descend du ciel, les cheminées fument à gros bouillons. De l'autre côté, le lac semble paisible sous la pluie qui le cogne fort. Sa noirceur lugubre et artificielle évoque un enterrement où quelques raseurs saluent un défunt qui, pour sa part, ne les a jamais appréciés.

À la fin de la passerelle, il s'engage sur le sentier qui longe ce côté du bassin. Au sol, des emballages de bonbons, quelques mégots, le bouchon d'une bouteille, un mouchoir froissé : les restes de dimanches estivaux abandonnés sans malveillance.

Arrivé à l'endroit où se trouvait peut-être l'ancien village, en admettant qu'on puisse se fier à la fresque, il s'arrête et lève les yeux vers l'*ubac*, le versant ombreux de la vallée, de l'autre côté du lac. La pente s'élève doucement à travers une série d'escarpements, jusqu'à une première ligne de montagnes dans les deux mille mètres, qui laisse vite place à la couronne des sommets à trois mille.

Corso se dit que les hommes qui marchaient, aveuglés, vers la Socha avaient l'esprit embrumé par la peur, par le désir et par la liqueur qui porte aujourd'hui encore le nom du rite. La salle ne doit pas être très loin.

Il laisse de côté la deuxième chaîne et se concentre sur la partie qui descend vers le lac. Là, il cherche un signe qui puisse rappeler une salamandre, mais de ce côté, il n'y a guère de traces d'interventions humaines : pas de murs en pierres sèches ni de jeunes arbres là où, autrefois, s'ouvraient peut-être des plaines ou des herbages, aucune piste ni chemin visible à cette distance.

Il monte en suivant le sentier. Après une dizaine de minutes, il s'arrête de nouveau et observe, mais rien dans le tableau n'attire son attention.

Il se trompe quelque part. Pourtant, la pierre est la bonne, il en est certain : « l'*ubac* est le versant contraire, l'envers, dans l'ombre », mais c'est comme s'il la posait du mauvais côté. Fumer l'aiderait à penser, à manipuler cette pierre, à la voir différemment, mais ses Gitanes sont en bouillie, sans parler des allumettes, et il pleut toujours.

Le mauvais côté… l'envers.

Il observe le chemin parcouru, puis celui qui lui reste à faire pour atteindre l'autre bout du lac. Il évalue le plus court et reprend sa marche sur la pente légère. Chaque pas lui demande un effort et la douleur à sa cheville commence à gagner peu à peu sa jambe, mais c'est pire s'il reste immobile.

Une fois atteint l'arrière du miroir d'eau, traverser le torrent qui l'alimente lui prend cinq bonnes minutes. Le problème n'est pas tant le courant, apaisé par une centaine de mètres de plat, c'est de poser son pied douloureux entre les pierres de la grève. Il avance avec précaution, s'appuyant de la main quand la barre de fer ne suffit pas. Avant d'arriver sur l'autre rive, il tombe deux fois, et constate que l'eau du torrent est plus glaciale encore que la pluie, puis il s'engage sur le sentier qui descend vers le barrage.

À présent, c'est l'*adrech*, qu'il regarde, celui qui prend davantage de soleil, en admettant qu'on puisse l'imaginer comme tel un jour comme celui-ci.

Il s'arrête de nouveau à l'endroit où il suppose que se trouvaient, jusqu'au remplissage du bassin, l'ancien village, la maison du Muret, donc des Ubac, comme il a fini par le comprendre. Il observe la pente, reconnaissant le sentier par lequel il est descendu quelques jours auparavant, en rentrant de Gias Vej. Il s'est rendu plusieurs fois dans cette clairière : de jour, de nuit, avec Arcadipane, seul et avec Martina. Il a inspecté avec soin la roche à côté de laquelle la Jaguar était arrêtée. Aucune salamandre, pas d'inscription ni de signe qui puisse laisser supposer une intervention humaine. Même chose pour les rochers épars sur cet herbage jauni, sur lequel le bois gagne peu à peu, en envoyant en reconnaissance ses jeunes pins d'un vert plus tendre.

Corso place la barre de fer devant lui. Il s'agenouille péniblement, sans quitter Gias Vej des yeux. Puis il se relève et commence à descendre la rive qui va de la passerelle au lac. Sa cheville saine peine à supporter son poids, mais le plus éprouvant, c'est de s'efforcer d'imaginer Gias Vej sans les arbres qui n'y étaient pas un siècle auparavant.

Maintenant qu'il est sur cette rive, que son esprit et son œil se sont accoutumés à l'exercice, il voit.

À cette distance et sous la pluie, les roches bleues qui parsèment la clairière sont d'un noir brillant. Et la tache d'herbe jaunie, tronquée par le vert clair des arbres les plus récents qui en altèrent le contour, rappelle la forme qu'il garde à l'esprit depuis maintenant deux heures. L'*ubac*, l'envers : le noir qui devient jaune, le jaune et noir. Comme l'image en négatif d'une salamandre.

Il remonte la rive aussi vite que sa cheville, sa fatigue et le terrain fangeux le lui permettent. Il lui reste en poche une dernière pierre à installer, mais à ce stade, il n'y a plus qu'un seul endroit où la poser, comme quand on achève un travail bien fait.

On n'a relevé aucune empreinte autour de la Jaguar ni dans le reste du pré, cette nuit-là.

La barre de fer qui lui a permis de forcer la porte de l'église et l'a aidé à marcher jusqu'ici va peut-être lui servir encore. Si c'est le cas, c'est qu'il est encore un bon enquêteur. Se dire qu'il va sans doute crever avec cette certitude l'apaise, puis lui cause une peine infinie.

64.

Dès que l'avion s'immobilise sur la piste, Arcadipane et Pedrelli se lèvent. Averti, le personnel invite les autres passagers à rester assis pour faciliter leur déplacement vers la sortie.

Tandis qu'un véhicule approche et installe l'escalier, Arcadipane rallume son portable. Lavezzi ne répond pas. Il appelle Botta.

— Commissaire, je suis content de vous entendre…

— Oui, oui, comment ça se passe ? Donne-moi de bonnes nouvelles.

— Les bonnes, c'est qu'on a pu joindre la société, la Protection civile et qui de droit, ils disent tous que vu le volume d'eau limité du bassin, les villages en aval ne devraient pas subir les conséquences d'éventuels débordements ou effondrements parce qu'ils sont assez éloignés et que l'eau perdrait de sa vitesse. Ce sont des calculs faits à la louche, c'est un peu la panique chez eux aussi, alors on fait quand même évacuer et on a barré la route au bas de la vallée pour que personne ne monte.

Deux agents les attendent au pied de l'escalier, ils leur serrent la main en vitesse puis les accompagnent vers l'hélicoptère qui les attend sur la piste voisine. La pluie soulève de petites aigrettes sur le tarmac.

— La vidange du lac ?

— Ce n'est pas une opération rapide, commissaire, en plus, il pleut, en tout cas ils sont en train de s'en occuper.

— Et les artificiers, ils disent quoi ?

— Ils ont commencé par la base du barrage, mais une recherche à l'aveugle présente des risques, parce qu'on ne sait pas bien de quel type d'explosifs et de quels dispositifs d'amorçage il s'agit. Ceux qu'avait volés Ludwig servaient au creusement de tunnels selon la technique dite « forage et dynamitage ». Ça permet de fractionner la roche en produisant des ondes sismiques qui se propagent dans le terrain. En tout cas, on se renseigne sur toutes les disparitions d'explosifs sur les chantiers de la région ces dernières années.

— Et bien sûr, ce connard ne parle pas !

— On le tient sous bonne garde, il ne pourra rien activer, mais si vous voulez mon avis, il avait tout prévu. Bramard a l'air de le penser aussi.

— Vous l'avez retrouvé ?

— Lavezzi est monté à l'église : la porte a été forcée, l'alarme sonne mais il n'y était pas. Il doit sûrement chercher la fameuse salle, s'il pense que Vera Ladich y est retenue.

Ils sont arrivés à l'hélicoptère dont les pales tournent déjà.

— C'est un grand garçon, hurle Arcadipane, il sait se débrouiller… Donne-moi les mauvaises, maintenant.

— On n'a pu évacuer de chez elles qu'une dizaine de personnes. Les autres sont toujours barricadées et ne veulent rien savoir. Qu'est-ce qu'on fait ?

— Les pompiers sont là ?

— Oui.

— Faites-les intervenir, alors, et défoncez les portes.

— Sincèrement, commissaire, il paraît qu'ils ont tous des fusils de chasse, par ici.

— Quoi, ils vous ont menacés ?

— Non, ils ont juste placé des meubles devant leurs portes et ils restent enfermés sans un mot. On a beau appeler et frapper, rien à faire. Je nous vois mal…

Arcadipane s'assied sur la banquette à côté de Pedrelli. Deux membres de l'équipage les sanglent et les équipent de casques antibruit. Arcadipane écarte le sien un moment pour terminer sa conversation.

— Alors insistez, mais sans leur forcer la main, il ne manquerait plus qu'un des nôtres se fasse farcir de plomb par l'un de ces trente demeurés. Continuez à mettre la pression à Ubac. Je ne dis pas qu'il faut lui taper dessus, hein, mais ne faites pas dans la dentelle, d'accord ? Laisse faire Lavezzi, si ça te chiffonne. Et si Martinengo est arrivé, dis-lui de s'y coller aussi. Toi, tu te charges de l'évacuation, tu coordonnes, tu restes en liaison avec les pompiers et la Protection civile, nous, on est là dans moins d'une demi-heure.

— D'accord, commissaire, bon voyage.

Arcadipane raccroche. « Bon voyage mon cul, se dit-il. Même avec un barrage qui risque de s'écrouler sur sa tronche, il garde ses bonnes manières, celui-là ! »

Tandis que les patins de l'hélicoptère décollent du sol, il entend le *bling* d'un message. C'est sur le groupe « Vieilles burnes et une chatte, va savoir ». Ça vient d'Isa, il le lit.

— Pute borgne !

— Que se passe-t-il, commissaire ? s'inquiète Pedrelli.

Arcadipane ne lui répond pas, il appelle avant qu'ils ne soient trop en hauteur pour capter. Une sonnerie, et Isa répond.

— Tu as lu ? dit-elle.

— J'ai lu, tu es sûre ?

— Plutôt. J'ai repensé à cette photo accrochée chez elle à Saluzzo, ce paysage anglais, ou irlandais. Je vous avais dit qu'elle avait l'air d'avoir été prise dans les années 1970, tu te rappelles ?

— Elle pourrait l'avoir prise en Écosse ?

— Oui, dans ce village… Gretna Green. Corso est au courant ?

La ligne commence à faiblir.

— Aucune idée. Lavezzi et Botta ne savent pas où il est. Il a compris que Ladich était en vie, c'est clair. Il doit la chercher. Il sait aussi que… Tu m'entends ?

— Mal, de toute façon, je monte à Clot, là. Dès que j'arrive, je me mets en chasse après lui.

— Non ! On évacue tout le monde. Le barrage risque de céder.

Silence.

— Tu m'as entendu ? Le barrage va céder ! N'y va pas !

— Il va céder ? Mais pourquoi ?

— Pas le temps de t'expliquer ! Fais demi-tour, tu as compris ? Ne fais pas ta tête de mule comme d'habitude ! Pas cette fois ! Dis-moi que tu as compris !

Silence.

— Tu m'entends ?

Pedrelli lui montre l'écran de son téléphone : pas une seule barre. Ça ne capte plus.

Arcadipane regarde l'heure, même si l'heure qu'il est ne change rien au problème. Ça pourrait arriver maintenant, demain, ou jamais. Il jette un coup d'œil dehors. Il pleuvait déjà pas mal à Levaldigi mais maintenant, c'est pire.

Arcadipane a pris plusieurs fois l'hélicoptère, et ça n'a jamais été avec plaisir. Du reste, toutes les personnes enthousiastes à l'idée de monter dedans qu'il a connues étaient soit complètement barges, soit terriblement frivoles. Après, il y a Pedrelli, qui constitue toujours une catégorie à lui seul.

— Coni, constate en effet Pedrelli, en désignant la zone qu'ils sont en train de survoler, d'ici, on comprend bien pourquoi ils l'ont appelée ainsi, hein[1] ?

Arcadipane opine du chef, parce que c'est peut-être la dernière chose qu'ils font ensemble, puis il se prend la tête entre les mains et se concentre sur le plancher en tôle gaufrée de l'engin qui les emporte à Clot.

Ses mocassins sont deux morceaux de cuir remâché. Le chatterton, en revanche, tient le coup et brille que c'en est une merveille.

---

1. Coni, est le nom français et piémontais de Cuneo, qui signifie en italien « coin », ou « cale ». La ville tire son nom de la forme du plateau sur lequel elle se dresse, à la confluence de deux rivières.

65.

Vaguement rectangulaire, la roche mesure à peu près deux mètres sur un. Plate et polie par les poussées telluriques qui l'ont ramenée à la surface, par les fractures qui en ont déterminé les dimensions irrégulières, par les intempéries qui, au fil des siècles, ont émoussé ses dimensions et arrondi ses angles, dans le respect de sa forme originelle.

Malgré le rabot du temps et de la nature, toutefois, la pluie révèle de petites cavités, mares miniatures dans lesquelles la vie semble grouiller, quand ce ne sont que les gouttes qui les agitent. Du velours bleu, taché du gris et du brun des lichens.

Corso commence par le côté en aval. Il s'agenouille et essaie de glisser ses mains sous la pierre, ne trouvant que la terre, compacte et inflexible. Il progresse, latéralement, toujours à genoux, comme un pénitent cherchant la meilleure position pour se repentir, et réitère sa tentative. Il creuse et décèle un début de jeu, ce qui veut dire que la roche n'est guère épaisse. Il arrache un peu d'herbe et essaie de faire levier avec la barre de fer, sans succès. Pour augmenter la pression, il se remet debout. En vain.

Il se passe la main sur le visage, s'essuie les yeux et reprend son souffle. Il a perdu son mouchoir, sa blessure saigne mais la pluie la lave.

Il regarde la roche.

Le Muret entrait-il dans la salle par un autre accès, l'ouvrant de l'intérieur pour la Socha ? Les Ubac se sont-ils transmis le secret de ces deux passages au fil des siècles ? Existe-t-il un réseau de galeries encore plus complexe ? Tout ce qu'il sait, c'est que Ludwig Ubac, le dernier des Muret à détenir ce secret, ne parlera pas. Ne lui restent plus que cette roche, une barre de fer, une cheville esquintée, une main blessée et trop peu de temps.

Il se déplace sur le côté court, en amont, s'allonge sur le dos et tente de pousser la roche de son pied valide. Elle ne bouge pas d'un millimètre.

Il se remet à genoux et se sert de la barre pour faire levier. Il l'enfonce jusqu'à ce qu'il la sente cogner contre du fer. On dirait une roulette. Bien, pense-t-il : il y a un rail sous cette roche, ou en tout cas, un mécanisme. Il se couche de nouveau et, en griffant l'herbe mouillée, pousse derechef sur la pierre mais cette fois-ci, latéralement. La masse se déplace légèrement, comme ces couvercles de coffret à bijoux qui s'ouvrent en pivotant sur un axe. Avec ses mains, il tire puis pousse encore. Dans son dos, quelque chose est sur le point de se déchirer, Corso sait que ce serait la fin, alors il relâche la tension et cherche de la fluidité dans l'effort. Il grince des dents et il hurle, la pluie étouffe le son avant qu'il parvienne à ses oreilles mais quand il abaisse le regard, entre la pierre et la terre, une fente est apparue.

D'une vingtaine de centimètres.

Il approche le visage. Le rebord du puits est en pierre. Dedans, un rail est creusé dans lequel court une sphère de vieux métal rouillé. Voilà comment il s'ouvre, de l'intérieur, où l'obscurité est totale.

Il y glisse la main, puis le bras, jusqu'au coude. Au moment de l'en retirer, ses doigts rencontrent une surface dure et plate. Il l'explore et sent qu'elle se termine par une arête : c'est une marche.

Il se remet à pousser pour élargir la fente, juste assez pour pouvoir se glisser à l'intérieur.

De l'orée de la clairière, les jeunes sapins qui l'ont guidé jusqu'ici assistent à la scène. La pluie a ravivé le vert de leurs aiguilles et une brise incline leurs têtes en un geste d'assentiment. Derrière eux, les troncs plus vieux montent la garde, indifférents, comme des parents qui se sont lassés d'un spectacle trop souvent vu.

66.

Elle ne voit les lumières rouges des feux de stop qu'au dernier moment, à cause de la vitesse et de la pluie qui recouvre le pare-brise aussitôt après le passage des essuie-glaces. Elle serre les mains sur le volant, freine et rétrograde en relâchant rapidement l'embrayage. La voiture est récente, excellente mécanique, disques de bonne qualité, étriers de freins efficaces, plaquettes neuves, Angela tient beaucoup à l'entretien. Résultat, elle s'arrête à une dizaine de centimètres du pare-chocs de l'Ibiza devant elle.

Les bras tendus, agrippée au volant, elle savoure un instant l'adrénaline qu'elle ne s'autorise plus spontanément depuis qu'elle est enceinte. Sa moto est au garage, elle bosse dans un bureau et de toute façon, à la routière, il n'y a pas grand-chose à espérer à part les accidents, les camionneurs bourrés, quelques bastons à l'arrière des restoroutes entre tapineuses et clients priapiques mais rapiats. Tout le reste n'est qu'ennui, procès-verbaux, bons d'essence, notes de frais, organisation des plannings et collègues qui sont au flic ce qu'un Pékinois stérilisé est au loup.

Elle laisse aller ses bras, détend son cou. Une minute pour reprendre ses esprits, et puis elle ouvre sa portière et sort pour voir ce qui se passe et parce qu'elle a besoin d'air.

D'emblée, la pluie sur son visage, froide et désagréable. Six voitures sont à l'arrêt devant le poste de contrôle. Un type de la police municipale, casquette avec capuche et cape imperméable sur le dos, remonte la file pour expliquer qu'on ne passe pas : route impraticable, éboulement, chutes d'arbres, accident, ils ont bien dû inventer quelque chose pour ne pas dire la vérité.

Le *bip* d'un klaxon discret l'oblige à refermer sa portière et à se serrer contre son Pathfinder, une voiture banalisée, mais munie d'un gyrophare, passe sans se hâter, sirène éteinte. Des collègues, sans aucun doute. Quand elle arrive aux barrières, l'un des cinq ou six flics qui les surveillent s'en approche. Les occupants du véhicule s'identifient, ou peut-être les connaît-on déjà, parce que le flic fait un signe avant de rejoindre à grands pas, dans ses jambières, les barrières et d'en déplacer une avec l'aide d'un collègue. La voiture avec gyrophare passe, la barrière est remise en place.

Isa remonte à bord du Pathfinder. Elle ramasse sur le siège le T-shirt en boule qu'elle a porté cette nuit et s'éponge le visage, les cheveux et le cou. Elle boit une gorgée de son complément alimentaire, elle sait que c'est du bidon : sels, sucre et colorants. Angela ne cesse de le lui répéter, achète-toi deux sachets de magnésium, mange une pomme et allonge-toi, je vais te lécher et tu te sentiras beaucoup mieux. Les quelques fois où elle l'a écoutée, il a bien fallu qu'elle en convienne. Elle met son clignotant et sort de la file qui, entre-temps, s'est allongée d'une ou deux voitures. Le chauffage et le ventilateur sont à fond parce que dès qu'elle les baisse, les vitres s'embuent.

Avant de s'arrêter, elle sort l'étui avec sa plaque et sa carte. Elle baisse sa vitre. L'homme qui se penche a les yeux las et les lèvres blêmes, les joues avachies par sa vie paisible d'agent de la circulation.

— Bonjour, désolé, il va falloir faire demi-tour…

Isa lui tend l'étui et il l'ouvre. Il y voit mal et doit l'approcher de ses yeux. La pluie l'empêche sans doute de garder ses lunettes.

— Je lis que vous êtes de la routière. Qu'est-ce qui vous amène de Vercelli ?

— Je bosse avec le commissaire Arcadipane.
— Vous êtes sûre de vouloir y aller ?
— Oui, et je suis pressée.

L'homme lui rend ses papiers, l'un de ses yeux marron est plus clair que l'autre.

L'homme n'a pas l'air convaincu, il lorgne sur les sièges, évalue sa coupe de cheveux, ses boucles d'oreilles.

— Vous savez ce qui se passe, là-haut ?
— Je suis informée, c'est pour ça que je monte.

L'agent de la municipale tourne les yeux vers ses collègues en quête d'un avis, mais ils bavardent sous leurs parapluies. Plusieurs des voitures de la file manœuvrent pour faire demi-tour, il se crée un petit embouteillage. La route est étroite. Isa gêne une marche arrière.

— C'est bon, fait l'homme, mais faites bien attention.

Isa range son étui.

— Pourquoi vous me dites ça ?
— Je ne sais pas, ma fille a la même coupe de cheveux que vous. Faites gaffe.

Isa lui sourit et lui aussi. Elle passe la première. Les types aux parapluies déplacent les barrières.

En montant, elle croise plusieurs véhicules de la Protection civile, une camionnette des gardes forestiers, les voitures de personnes évacuées de villages en dessous de Clot. Et en effet, quand elle les traverse, les lumières des maisons sont éteintes, les magasins, fermés, et quelques retardataires se joignent à la petite caravane. On se rend compte du nombre d'habitants d'un lieu quand on doit les déplacer. Et dans ces villages, il n'y a pas grand monde.

Passé les dernières maisons, elle parcourt un tronçon de route faussement plat, avant de trouver la montée en lacets. Elle roule vite, mais sans imprudence. La silhouette du barrage, qui apparaît derrière un virage, lui fait reculer la tête, comme une chiquenaude sur le nez. Elle sait qu'elle la verra pendant quelques secondes, puis les lacets la lui cacheront, et lorsqu'elle la reverra de nouveau, elle sera à Clot.

Elle relève le pied de l'accélérateur et ses mains mènent la voiture sur le bas-côté.

Une fois à l'arrêt, Isa éteint le ventilateur du chauffage qui soudain l'incommode, et écoute un moment la pluie qui cogne et glisse sur la tôle. Ensuite, elle descend.

Elle s'approche du muret qui sépare la route de l'escarpement. Elle ne sent pas la pluie. En dessous coule la rivière, insignifiante et somme toute tranquille : la queue fine et interminable de cet animal imposant qu'est le lac.

Les bras ballants, elle fixe son gris azuré qui blanchit en esquivant les roches. Elle a envie de mettre les mains dans les poches de son bombers, pour sentir ce qu'il y a dessous. Elle s'y autorise. À travers le tissu synthétique de la doublure, elle touche son ventre. De toute façon, elle est seule. Et si quelqu'un passait à l'instant, il ne verrait qu'une fille bizarrement coiffée, les mains dans les poches de son bombers, qui médite en contemplant la rivière. Et c'est tout.

Une voyageuse sur un océan de merde, ricane-t-elle. Mais en attendant, elle pleure.

Puis elle tape du pied par terre, comme pour se dire à elle-même : « Allez ! » Elle se retourne, monte dans la voiture et repart. Dès que la route s'élargit, elle fait demi-tour et redescend vers la vallée.

67.

Ils sont encore assez loin quand Arcadipane aperçoit le type en vêtements fluo qui fait des signaux avec ses bras.

— C'est ici qu'on descend ? demande-t-il dans le casque.

Le genre de bêtise qu'on lâche quand on éprouve un léger soulagement et que se taire serait pire. D'ailleurs le gars de l'équipage qui a voyagé avec eux se contente de faire oui de la tête.

Pedrelli a le visage collé au carreau, il est resté comme ça pendant tout le trajet.

— C'est sûr que vu d'ici, ça a l'air encore plus petit, constate-t-il.

Arcadipane jette un coup d'œil sur le village, sa place avec quelques voitures, des silhouettes qui s'agitent, les véhicules rouges des pompiers, ceux de la Protection civile, blancs. Des gens qui ne devraient plus être ici.

L'hélicoptère amorce sa descente sur le pré qui sépare les maisons de l'église. Ils ont foulé cette herbe plus d'une fois, ces derniers jours. À présent, elle lui paraît sombre et brillante. On distingue bien les zones où l'eau a commencé à stagner et reflète le ciel. C'est la dernière chose que voit Arcadipane, avant de fermer les yeux et de se masser le visage.

Quand les patins touchent terre, de cette façon hésitante qui te confirme que tu t'en es probablement tiré, il les rouvre. L'habitacle continue à se balancer quelques secondes, puis le gars leur fait signe qu'ils peuvent se détacher et il ouvre la porte.

Une fois dehors, il regarde ces quatre bicoques de merde dont Botta s'éloigne en courant vers eux, avec un parapluie, évidemment. Le seul dans un rayon de plusieurs kilomètres, c'est sûr, mais du reste, si Noé avait été boy-scout, il aurait utilisé le bois pour allumer un feu de joie et chanter autour.

— Commissaire ?

— Quoi ?

— Vous vous sentez bien ?

— Non, mais c'est l'hélicoptère. On en est où, ici ?

— Les artificiers ont ratissé toute la base du barrage, dit Botta, en les invitant à le suivre vers le village. Pour le moment, ils n'ont rien trouvé.

— Ubac ne parle toujours pas ?

— Non, Lavezzi le tient sur la sellette à la mairie.

« Sur la sellette. » Quand Botta dit ce genre de trucs, Arcadipane le buterait. Il marche à côté de lui, en se tenant à distance du parapluie. Jusque dans la mort, il tient à garder un minimum de dignité. Pedrelli est sur leurs talons, il entend derrière lui le bruit de ses bottines d'écolier sur les pavés.

— L'évacuation ?

— On a réussi à en faire partir quelques-uns en douceur, mais ils sont une dizaine à être encore barricadés chez eux, dont l'ancien instituteur, paraît-il. Et puis nous avons un gros problème.

— Parce qu'on en a des petits, d'après toi ? (Au fond de la ruelle, ils aperçoivent la place et les lumières des gyrophares.) Quel gros problème ?

— On ne trouve pas la fillette.

Arcadipane s'arrête pile à côté de la bouche d'une gouttière qui lui inonde les pieds.

— La gamine de l'hôtel ?

— Oui, la fille des Claro.

— Et elle est passée où, bordel ?

— On ne sait pas. Apparemment, elle a pris l'habitude d'aller promener le chien dans le bois.

— Quel chien ?

Botta abaisse le regard.

— Le vôtre.

— Trepet ? Ce matin ? Avec cette pluie ?

— Elle n'avait pas école, aujourd'hui. Elle est sortie tôt. Son père et des gars de la Protection civile sont partis à sa recherche. Sa mère est restée à l'hôtel au cas où elle rentrerait. Mais si elle est bien dans le bois au-dessus du barrage, comme on le croit, elle n'est pas en danger.

— Et Bramard ?

— Les techniciens qui procèdent à la vidange du bassin disent avoir vu un homme faire le tour du lac en boitant, mais ensuite, il a disparu.

Arcadipane se remet à marcher et réfléchit à toute vitesse.

— Informez l'hélico de la disparition de la gamine et envoyez d'autres gars la chercher. Que ceux qui restent au village exfiltrent les derniers vieux. Et s'ils refusent de descendre, persuadez-les au moins de monter, mais il faut qu'ils dégagent d'ici. Embarquez-moi Ubac et faites de même : je veux voir tout le monde au-dessus du barrage.

Il s'arrête à l'orée de la place, où quelques types de la Protection civile font monter deux vieilles et un vieux récalcitrants dans leur fourgonnette.

— Et trois de moins, acquiesce-t-il. Maintenant, toi, Botta, contacte les artificiers. Il faut qu'ils nous disent si ça a un sens de continuer à chercher les explosifs ou si on doit opter pour une autre stratégie. Nous, on doit s'occuper des Claro et de ceux qui restent.

— Entendu, commissaire.

— Pedrelli, tu prends les commandes. Appelle le directeur général.

— Mais, commissaire, où…

— Je monte au barrage, dit Arcadipane en reprenant la ruelle par laquelle ils sont arrivés.

— Commissaire ! tente Pedrelli.

Arcadipane ne se retourne pas.

Ils entendent le *shlic shlac* de ses mocassins en lambeaux qui s'éloignent. Une fois son supérieur disparu, Pedrelli se place sous le parapluie de Botta et tous deux se dirigent vers l'hôtel pour coordonner et téléphoner à qui de droit.

68.

Arrivé à la dernière marche, il s'immobilise. Il y en a seize, il les a comptées. Mais elles s'arrêtent ici, comme la corde fixée à la paroi qui lui a servi de main courante, tandis que la clarté qui tombe de l'ouverture délave les ténèbres dans lesquelles il est descendu.

Il prend son portable et tente d'activer sa torche, en vain. L'eau l'a noyé. À présent, il est comme aveugle. Pour ce qu'il en sait, il pourrait y avoir devant lui un siphon, une rampe, un mur ou encore un puits.

Planté là, il réfléchit dans l'obscurité puis, paumes ouvertes, il cherche les murs. Le boyau dans lequel il se trouve ne fait pas plus d'un mètre cinquante de large. Des parois de terre compacte et sèche, d'où affleurent quelques pierres. Plafond bas. Une vingtaine de centimètres de vide au-dessus de sa tête.

Il se courbe et tâte le sol. De la pierre polie.

Il tente quelques pas. Il a l'impression que la galerie s'incurve vers la droite et que le sol suit une pente légère. Il se fie à cette perception, et avance avec précaution. Pour prévenir un obstacle ou un trou, il glisse le pied gauche en avant. Le droit, il doit désormais le traîner. Il pense à Michelle. S'il a passé une grande partie de sa vie à descendre aux enfers pour la retrouver, c'est peut-être ici que se termine son voyage.

Après dix ou vingt mètres, il entend une musique, non loin. C'est la chose la plus vivante à laquelle il peut s'accrocher là-dessous. Il la suit, mais au moment où il s'apprête à l'identifier, elle s'arrête.

Il imagine que quelqu'un écoute à présent, dans le noir, le bruit de ses pas, de sa respiration.

Il avance le plus silencieusement possible, mais la barre de fer qu'il tient cogne les parois de la galerie et résonne quand elle rencontre la roche. Dans ce silence, même le frottement de son pied sur le sol fait un vacarme.

De l'obscurité, il lui semble voir émerger une clarté : un essaim de lucioles qui dessine une forme rectangulaire. Quelques mètres plus loin, cette forme devient une porte, une plaque de fer perforée derrière laquelle brille de la lumière. À mesure qu'il avance, il distingue aussi une silhouette, debout.

— Je m'appelle Corso Bramard. Je peux m'approcher ?

Mais la réponse qu'il attend ne vient pas.

Il est désormais assez près pour reconnaître, de l'autre côté de la porte, la femme de soixante-dix ans qui devait sûrement en paraître moins, avant ces jours-ci. Même sa veste trop grande, son bonnet informe et les boucles d'un blond sale qui s'en échappent n'altèrent la beauté qu'Anna Mattalia a traînée comme un fardeau toute sa vie.

Le regard de Corso s'attarde sur ces grands yeux, liquides et hiératiques, fixés sur lui. Assez pour comprendre le chagrin de ceux qui ont craint de les perdre, de ne plus être regardés par eux. Certains iraient sans doute jusqu'à commettre des injustices, voire pire, pour ces yeux-là…, songe-t-il. Il jauge la barrière qui le sépare d'eux. Le fer est ancien, d'une dizaine de centimètres d'épaisseur. Les trous, du diamètre d'un auriculaire. La vieille serrure pourrait bien céder, mais pas les chaînes et les deux cadenas, neufs, qui la ferment.

— N'y pensez même pas, dit Anna Mattalia.

— À quoi ?

— À utiliser cette barre de fer. La porte est robuste et je n'aurai besoin que de quelques secondes.

— Je le sais. Je n'y pensais pas.

— Dans ce cas, qu'est-ce que vous êtes venu faire ?

— Parler avec vous. Chercher à comprendre.

Son regard se perd dans l'obscurité d'où Corso a surgi. Celle dans laquelle elle a dû marcher ce soir-là, après avoir tué, ou vu tuer, Terenzio Fuci.

— Je n'ai rien à vous dire, et puis si vous êtes ici, c'est que vous avez déjà compris.

Corso hoche la tête. Derrière la femme, la salle est une cavité naturelle aussi grande que la place centrale d'un petit village. Son plafond doit être haut, parce qu'il ne le voit pas. Sur les parois, des signes qui pourraient le distraire, et il n'en a pas le temps.

— Masimine est ici avec vous ?

Anna fait un pas de côté. Corso aperçoit au centre de la salle un grand lit sur lequel est étendu le corps de la femme, les couvertures tirées jusqu'au menton, son visage désormais minéral, ses cheveux qui forment une auréole argentée sur l'oreiller. À côté, un pied à perfusion. La poche de liquide est à moitié vide. La tubulure et le cathéter, enroulés, comme on le fait quand ils ne servent plus.

— Elle a souffert ?

— Je n'en sais rien. Elle disait que la morphine soulage beaucoup et qu'une fois dans le coma, on ne sent plus rien. J'ai pensé que cela lui ferait plaisir que je la croie. Au fond, c'était une professionnelle de la douleur, et donc du mensonge. Dans un certain sens, nous l'avons été toutes les deux.

La voix d'Anna est comme un verre plein à ras bord de miel sombre. La même impression de douceur, d'opacité et de danger.

— Quand est-ce arrivé ?

— Je n'en sais rien, répète-t-elle. Il y a une heure ou deux. Je n'ai pas regardé ma montre – puis elle comprend que la question est à double-fond. Avant de le faire, je voulais rester encore un peu avec elle, ajoute-t-elle.

Outre le lit, la salle est meublée d'une table, de deux chaises et d'un coffre que Ludwig Ubac a dû fabriquer ces derniers mois, tandis qu'il préparait cet endroit pour accueillir Anna Mattalia et Masimine Orusa le temps nécessaire, pas bien longtemps, probablement. Corso sait maintenant d'où venaient les chutes de bois, à l'arrière de son baraquement.

Corso voit aussi des caisses en plastique remplies de boîtes de conserves et de provisions. Un réchaud, des casseroles et de nombreux jerricans d'eau. Ludwig savait qu'une fois le corps de Fuci découvert, il ne pourrait plus venir dans la salle. Attirer les soupçons sur lui avant d'avouer a servi à détourner l'attention de ce lieu, pour permettre aux deux femmes de passer ces derniers jours ensemble. Sur le coffre, le sac rectangulaire avec lequel Masimine effectuait ses tournées. Corso se prend à espérer que les médicaments ont suffi à ménager quelque espace à un peu de joie.

— C'est Ludwig qui a tué Terenzio ? Ou c'est vous ?

Anna pose les mains sur la grille et y appuie le front. Ses yeux coïncident avec deux des trous. Une porte en fer construite il y a des siècles, et pourtant, conçue pour les yeux de Mademoiselle le look.

— C'est moi, dit-elle simplement. Ludwig m'a seulement procuré le fil, ensuite, il a déplacé la pierre pour me faire descendre ici. C'est lui qui a aménagé les lieux.

— Et Masimine ?

— Masimine était déjà là. Elle avait du mal à bouger. Et de toute façon, c'était à moi de le faire.

— Vous le haïssiez à ce point ?

— Ne soyez pas ridicule. S'il s'était agi de haine, j'aurais pu l'assassiner il y a longtemps. La haine est si facile à assouvir. Ce qui est vraiment difficile, c'est de jouer l'amour. C'est pour ça que je devais le faire. Il fallait qu'il comprenne que sa vie, comme la mienne, avait été une fiction. La différence, c'est que je jouais et que je le savais, mais lui, non.

— C'est pour ça que vous avez utilisé ce fil ?

— Vous savez d'où il vient ?

— Oui.

— C'est sur ce balcon que Masimine et moi nous nous asseyions le soir. C'est là que nous avons compris qui nous étions, et ce que nous voulions. Et quand nous l'avons compris, nous avons arraché ce fil ; une excuse pour ne pas allumer la lumière que mon père avait installée. C'est seulement dans l'obscurité que nous pouvions être nous-mêmes – elle regarde autour d'elle et un rictus creuse ses fossettes. Comme vous le constatez, les choses n'ont pas tellement changé. C'est moi qui ai demandé à Ludwig de prendre le fil chez nous.

— Et Ludwig l'a fait.

Anna n'a même pas besoin d'acquiescer.

— Dao m'a tout raconté, au sujet de votre frère et du faux accident. Mais Ludwig ? Pourquoi vous a-t-il aidée ? Qu'est-ce qu'il cherche à se faire pardonner ?

Vera sourit, comme on sourit quand une personne ignore une chose qui est si évidente pour vous.

— Comment croyez-vous que mon père ait appris, pour Masimine et moi ? Il était bien trop vieux jeu pour avoir ne serait-ce que l'idée d'une chose de ce genre.

Corso laisse glisser son dos contre la paroi et s'assied par terre. De cette position, il remarque une ouverture dans le mur au fond de la salle : elle doit mener à une autre entrée, celle par laquelle, le soir du 24 octobre, Ludwig est passé avant de traverser la salle de la Socha et de parcourir la galerie pour déplacer la roche de l'intérieur et permettre à Vera de descendre ici sans laisser de traces sur le pré de Gias Vej. Trois câbles électriques courent sur le sol et disparaissent dans ce passage, sans doute reliés à un générateur. Dans la salle, la lumière est stable, et pourtant on ne sent aucune odeur d'essence, aucun bruit ni vibration. S'il y a bien un générateur, ce tunnel doit mener loin.

— Pourquoi Ludwig a-t-il parlé à votre père ?

— Parce qu'il voulait que je l'épouse. Mon père était d'accord et moi aussi, j'aurais dû l'être. Devenir la femme du Muret m'aurait dispensée de la Socha, dommage, j'avais de l'amitié pour Ludwig alors que…

— … vous aimiez Masimine.

— Nous voulions fuir en France. Nous pensions que Ludwig serait content de nous aider, de nous savoir heureuses. Au fond, nous avions grandi ensemble. Masimine aussi, était son amie. Alors, nous nous sommes confiées.

— Et Ludwig vous a trahies.

— Il ne l'aurait peut-être jamais regretté si Aldo ne s'était pas enfermé dans cette chambre avec l'ingénieur et sa femme. Mais voilà… Avant que je parte, il m'a demandé pardon. Je lui ai répondu que je ne le lui accorderais que si, le temps venu, il m'aidait. Et il y a quelques mois, ce temps est venu.

Corso se met à genoux, comme s'il devait soulager son dos ou prier, les deux choses étant également vraies, d'une certaine manière, puis il se laisse choir contre la paroi opposée, d'où il aperçoit l'autre côté de la salle. Il y voit des caisses en bois, pas très grandes, de facture industrielle. Trop nombreuses, si c'est bien ce qu'il craint que ce soit. Un câble qui part de sous le lit court jusque là-bas.

— Vous ne pouvez pas vous contenter de Fuci ?

Anna se tourne, suit son regard, puis se remet à le fixer.

— Fuci n'a pas été le seul. Ils sont tous coupables.

— La fillette aussi ?

— Dao vous a dit de l'emmener loin d'ici.

— Et ses parents ? Ils étaient à peine nés, quand tout cela est arrivé.

— Ce ne sont pas ses parents. Ils sont les enfants de la Socha et de ce village, comme tous les autres. Et puis, si vous êtes ici, j'imagine que les habitants sont en train d'être évacués, non ?

— C'est compliqué, vous le savez bien.

Elle fait signe que oui, comme si elle avait su dès le départ que les gens de Clot refuseraient de quitter le village. À cet instant, ses yeux magnifiques ont une expression butée. Corso comprend alors que cette femme n'est plus Anna Mattalia depuis longtemps. Difficile de savoir si cela s'est produit au moment où elle est montée dans cette voiture pour Rome, quand elle a changé de nom ou quand elle a cessé de communiquer avec Masimine à travers les films, mais Terenzio Fuci a réussi. Il a réussi à transformer Anna Mattalia en Vera Ladich. À en faire la femme qu'il voulait.

— Comment êtes-vous arrivé jusqu'ici ? demande-t-elle, comme si elle percevait ses pensées et tentait de les désamorcer.

— Vous voulez vraiment le savoir ?

— Vous êtes bien descendu pour ça, non ? Pour gagner du temps et sauver quelques vies. Ou alors vous croyez sérieusement que vous me ferez changer d'avis ?

Corso a envie de fumer, ça fait des heures qu'il en a envie. Un peu de feu et de chaleur, à présent que tout est glacé en lui.

— L'*Histoire d'une fille sans remords*. Pourquoi une personne qui n'est pas amatrice de livres anciens dépenserait-elle une telle somme pour un roman-feuilleton oublié ? Je l'ai lu, et quand, à la fin, Colette se venge des Douaisiens qui ont détruit sa vie...

— Et quoi ? Vous n'êtes pas ici seulement à cause d'un vieux roman ?

— Les fresques, les vers de Folquet de Marseille dans vos films, les explosifs volés par Ludwig, votre disparition de trois jours...

— Vescovi ! (Elle sourit, sans rancœur.) Il est toujours vivant, le pauvre ! La vie est tellement injuste : j'avais un talent dont je ne voulais pas et lui qui désirait tant être un artiste...

Un long bruit prolongé les distrait, ça vient du lit. Corso ne l'identifie pas, ou préfère ne pas le faire.

— Ne soyez pas embarrassé, lui dit Vera dans un sourire. Masimine m'a prévenue. Elle a eu cette délicatesse. « La dernière chose que tu entendras de moi sera très certainement gazeuse. » Elle était sympathique, vous savez ? Sympathique et attentive.

Corso acquiesce. Vera se tourne vers lui.

— L'école d'infirmières, c'était son idée pour qu'on soit ensemble. Ça ne nous intéressait pas tant que ça, mais je crois qu'à la fin, Masimine y a trouvé sa vocation. J'en suis heureuse pour elle : elle a accompli sa vie sans moi. Sans elle, moi, je n'ai pas pu.

— Vous avez été une bonne actrice.

Elle se retourne, sur ses lèvres, un sourire triste.

— Je vous en prie, ne gâchez pas mes derniers instants avec la rhétorique de l'artiste qui offre des émotions à son public.

Je n'ai fait du cinéma que pour parler à Masimine. Pour le reste, savez-vous ce que j'ai espéré toute ma vie ?

— Dites-moi.

— J'ai espéré que Terenzio meure, pire, j'ai espéré qu'Aldo meure. Voilà ce que j'ai fait de ma vie : attendre ces quelques jours et désirer ce que je suis sur le point de faire. C'est ainsi : certaines personnes diluent une larme de bonheur dans une profusion de vie, il m'est arrivé le contraire.

— Vous êtes sûre de vouloir faire ça ?

Vera hoche la tête, comme pour dire adieu, puis elle se dirige vers le lit. Elle abaisse les couvertures, prend la main de Masimine, peut-être pour la porter à ses lèvres, mais ses membres se raidissent déjà. Elle sourit et lui caresse le bras, comme pour lui dire « tout va bien, ce n'est pas grave ! », puis elle se penche et l'embrasse.

— Vous avez dix minutes, dit-elle.

— Rien ne vous oblige à le faire.

— À vous accorder dix minutes ? Ne croyez pas que ce soit par bonté. Je me fiche bien de vous. C'est seulement parce que nous ne voulons pas d'homme avec nous. C'est la raison pour laquelle ni Ludwig ni Dao ne sont ici. Le seul dont j'aurais souhaité la présence, c'est mon frère, mais ça n'a pas été possible.

— Alors ces trois concessions…

— Je doute qu'un seul morceau de nous finisse là-dedans, mais disons que symboliquement, l'une est pour Aldo et les deux autres pour nous. Mieux vaut que vous y alliez, maintenant. Cette conversation devient mélodramatique et il vous reste… à peine plus de neuf minutes.

— Rien ne vous oblige à faire ça, voilà ce que je voulais vous dire.

— Vous vous trompez. C'est la seconde chose vraiment nécessaire que je fais dans ma vie et ce sera la dernière. La première, nous l'avons payée, Masimine et moi, les autres paieront pour celle-ci. « La vie paie le samedi », disait souvent mon père, pour dire qu'elle finit toujours par vous présenter la note. Aujourd'hui, pour Clot, ce jour est venu.

— Même pour Ludwig et Dao ?

Vera Ladich remonte les couvertures jusqu'au menton de Masimine, comme pour la protéger du froid qui à présent envahit son corps, puis elle fait le tour du lit et s'assied à côté d'elle.

— Je leur ai écrit pour leur exposer mes intentions et ils m'ont proposé leur aide. S'ils ont décidé de rester à Clot, c'est leur choix – elle se penche et ramasse un boîtier noir d'où part un câble. Si vous voulez faire de même, descendez vers le lac. Sinon, je vous conseille de courir vers les hauteurs.

Corso prend appui sur sa barre et se relève. Nul besoin de suivre ce câble du regard pour comprendre où il aboutit.

— Allez-y, dit-elle en le voyant immobile. Je vous l'ai dit, je ne veux pas mourir en compagnie d'un homme, mais si vous m'y obligez…

Corso consacre un dernier regard à ces yeux au magnétisme morbide, puis il se retourne et commence à remonter le tunnel en boitant.

Il avance en heurtant les parois, bientôt englouti par une obscurité et un silence denses. À mi-chemin, il jette sa barre de fer et se fie à ses mains, jusqu'à ce qu'il bute sur la première marche. Tandis qu'agrippé à la corde fixée au mur, il gravit les seize marches, il lui semble entendre de nouveau cette mélodie, mais il est déjà trop loin et trop essoufflé pour penser à lui donner un nom.

Comme un mort-vivant, à la force de ses bras, il s'extrait du sépulcre. Une fois debout, il regarde vers la faille d'où se détachera le glissement de terrain si les vibrations de l'explosion sont assez puissantes pour le déclencher. Trois cents mètres de terrain jusqu'au lac. Il porte une montre à son poignet, mais il n'est pas certain d'arriver à lire l'heure, si tant est que ce soit une bonne idée de le faire.

À grand-peine, il commence à se traîner vers les hauteurs. Il se demande s'il entendra l'explosion. Peut-être a-t-elle déjà eu lieu. Peut-être la montagne est-elle déjà en train de s'effondrer, et lui avec elle.

Il parvient jusqu'au col où la montée s'apaise et se laisse tomber dans l'herbe et dans la boue. Quelques secondes plus tard, il se retourne et cherche le lac des yeux. Tout semble immobile, sauf la pluie. Au loin, minuscule, il croit distinguer, à l'entrée du couronnement du barrage, une silhouette trop familière.

69.

Arcadipane atteint le barrage, ruisselant et hors d'haleine, les pieds dans deux blocs de glaise qui au moins, pour voir le bon côté des choses, maintiennent ses mocassins entiers.

Après être sorti du village, il a marché jusqu'à l'église puis il est monté jusqu'à la plaque des époux défunts et enfin, s'est traîné jusqu'au barrage, de plus en plus courbé, sous la pluie qui le trempe, sans cesser de penser à Ariel et à ses souliers orthopédiques, à Mariangela qui veut vendre son appartement, à Loredana avec ses examens à rallonge, à la fiancée de Giovanni qui, à Modène, ne mange plus cru, à Isa et à son flageolet et aux chaussettes que, depuis trente ans, Pedrelli trouve repassées et toujours appariées dans le deuxième tiroir de sa commode. Au bonheur, en somme. Celui qui flotte alentour et qu'il s'obstine à esquiver comme de la fiente de pigeon.

Pourquoi ne note-t-il pas, une bonne fois pour toutes, la date des examens de sa fille ? Pourquoi ne dit-il pas à Mariangela, d'accord, vendons cet appartement et tous mes vœux ? Pourquoi, avec l'argent de la vente, ne s'achète-t-il pas un deux-pièces correct, plutôt que d'habiter un taudis, au quatrième étage sans ascenseur, qui pue la veuve et la farine infestée de mites ? Pourquoi ne part-il pas un dimanche matin de bonne heure avec son Alfa 33, qui lui a donné tant de satisfactions, pour aller voir Giovanni jouer à Modène ? Il flânerait en centre-ville en attendant l'ouverture du stade, s'achèterait un carnet qu'il n'utiliserait jamais, s'ennuierait, lirait le journal, alors il appellerait Ariel, Loredana ou même Bramard, en admettant qu'il arrive à le sortir de cette galère en un seul morceau ! Plus d'affaires, de preuves ni de cadavres pourvus de trous ne figurant pas parmi ceux avec lesquels nous sortons tous de l'usine. Juste bavarder de tout et de rien, évoquer le bon vieux temps, péter ensemble pour se tenir chaud, il n'y a rien de mal à ça ! Pourquoi ne pas emmener Ariel voir ce match à Modène ? Au retour, faire halte au restoroute, boire un café en râlant contre le sandwich trop cher, froid et pas assez copieux, tout en traînant dans les rayons et tomber sur cette boîte de cent soixante marqueurs en promotion, même si la moitié d'entre eux sont à moitié secs, et puis, à qui les offrir ? Les acheter quand même.

Voilà ce qui passe par la tête d'Arcadipane tandis que, la main en visière pour protéger ses yeux de la pluie, il cherche la silhouette de Bramard au bord du lac. Il a l'habitude qu'il n'en fasse qu'à sa tête, qu'il garde ses cartes pour lui et ne les abatte qu'à la toute fin, que ses constructions mentales restent hermétiques à la plupart des gens, y compris à lui. N'empêche, s'il le voyait exploser maintenant, ça lui foutrait vraiment les bou... C'est alors qu'il la voit.

À cette distance, avec la pluie et la fatigue, cela pourrait être n'importe qui avec un ciré jaune, capuche rabattue, sauf que le ciré jaune qui vient de sortir du bois est tout petit, et qu'un corniaud à trois pattes claudique à ses côtés.

Arcadipane lève le bras et l'agite.

La gamine ne semble pas le voir. Elle descend un tronçon de sentier à découvert, disparaît derrière la cabine de maintenance pour réapparaître là où commence le couronnement du barrage, sur la plate-forme duquel elle s'engage, en marchant dans sa direction. Arcadipane voudrait qu'elle lève les yeux, qu'elle remarque sa présence et presse le pas pour le rejoindre, puis il l'emmènera en lieu sûr. Au lieu de quoi, à cet instant précis, un grondement sourd et anormal se propage dans le terrain alentour et l'envahit dans sa totalité. Une vibration qui traverse ses mocassins glaiseux, remonte à ses genoux, à ses testicules et à sa cage thoracique pour se bloquer comme un grumeau dans ses cervicales.

Après un instant de sidération, Arcadipane s'avance vers la petite. Il sait qu'en face, il se passe quelque chose sur la montagne, mais il garde les yeux rivés sur l'enfant qui, immobile au centre de la plate-forme de service, s'est retournée pour regarder ce qu'il ne veut pas voir.

— Ester ? dit-il d'une voix qui ne peut rivaliser avec le fracas de branches et de troncs qui s'élève et enfle à présent dans l'air.

Tout en marchant, Arcadipane jette un bref coup d'œil au versant sur lequel de grosses pierres roulent en faisant le bruit d'une pelletée de gravier dans une gouttière. Elles donnent l'impression de descendre au ralenti, impression faussée par les trois hectares de montagne qui, sous ces pierres, sont en train de glisser, placides, dans le lac, en un bouillonnement d'écume brune.

— Ester ! crie-t-il. Cours !

Maintenant, il faudrait qu'ils foncent de l'autre côté du barrage et qu'ils montent vers les hauteurs en s'accrochant à tout ce qu'ils peuvent. Mais Ester reste plantée là, dans son ciré jaune, et Trepet aussi, à quelques centimètres de ses bottes, également jaunes.

Une fois arrivé à leur hauteur, Arcadipane empoigne son chien et se le colle sous le bras, mais alors qu'il s'apprête à attraper la gamine pour la jeter sur son épaule, elle se retourne.

— Reste ici, lui dit-elle, en lui prenant la main. N'aie pas peur.

Arcadipane se fige, les petits doigts chauds d'Ester entre les siens.

Il regarde l'endroit où la montagne se coule dans le lac, tel un serpent qui se glisse sous une couverture douillette, en la soulevant un peu. Des ondes brunes s'élargissent à la surface dans toutes les directions. Derrière lui, au loin, les cris de plusieurs personnes. Le père d'Ester et les hommes partis à la recherche de la fillette, se dit-il. Pourtant, il ne se retourne pas, il ne répond pas aux appels et surtout, il ne s'enfuit pas.

Il se penche vers l'avant et voit le niveau du lac s'élever le long du mur. Il serre fort la main de l'enfant et de son bras, comprime Trepet qui émet un couinement de biniou, mais ne se débat pas. Il ferme les yeux.

L'eau envahit la plate-forme par les trous de drainage. Arcadipane la sent dissoudre la terre autour de ses mocassins, entrer dedans, entourer ses chevilles. Il sent quelque chose de chaud dans la partie basse de son corps, et espère s'être seulement pissé dessus. Comme lui, le chien tremble. Il s'en aperçoit parce que la main d'Ester, elle, est ferme.

Une minute plus tard, ou peut-être deux, l'eau reflue de la plate-forme, aussi calmement qu'elle en avait pris possession.

Quand il rouvre les yeux, le lac est une tache marron remplie de troncs, de branches et de débris flottants. La montagne semble avoir perdu un pan de sa peau, rien de grave, une écorchure d'où quelques cailloux s'écoulent encore, jusque dans l'eau. Et sur tout cela, il pleut, exactement comme avant.

Il abaisse le regard sur Ester, qui vient d'ôter sa capuche. Ses cheveux roux mouillés sont plaqués sur son crâne.

— On peut y aller, maintenant, dit l'enfant avec le sérieux de qui a rempli sa mission.

Arcadipane traîne les pieds sur quelques mètres, sans lui lâcher la main. Ottavio Claro et d'autres hommes accourent vers eux.

— Tu sais qu'aujourd'hui, Trepet n'a pas mangé une seule crotte ? dit Ester.

70.

Il n'a pas dépassé les quatre-vingts kilomètres-heure durant tout le voyage.

À cause de la route mouillée, bien sûr, et de l'épuisement qui, il le sent, s'attaque à présent à ses viscères ; du peu de confiance en ses propres réflexes et en la prise de ses mocassins sur les pédales ; du risque de somnolence et des pneus d'hiver qu'il n'a pas encore montés, mais surtout, pour se donner le temps de parler, chose que Bramard et lui, quoi qu'il en soit, ont trouvé le moyen de ne pas faire.

Il faut dire que, ces dernières heures, il a péroré sans désemparer. D'abord, pour restituer les faits dans les détails au directeur général ; puis, pour informer le président de la Province et celui de la Région ; ensuite, pour rassurer les maires de la vallée, enfin, pour coordonner la suite du programme avec le chef de la Protection civile et les autorités compétentes. Il pouvait s'estimer chanceux quand ses interlocuteurs n'étaient pas concernés par une partie de l'histoire, sans quoi il lui fallait tout recommencer depuis le début : le plan ourdi par Anna Mattalia et Masimine Orusa dans le but d'éliminer Fuci et de dérouter les enquêteurs avec ces taches de sang sur les sièges des voitures en les mettant sur la piste de l'enlèvement ; les deux femmes cachées dans la salle secrète depuis le premier jour grâce à la complicité de Ludwig ; leur projet de passer ensemble leurs derniers jours, après toute une vie de séparation, la maladie de Masimine étant dans sa phase terminale ; les explosifs rassemblés par Ubac au fil des années dans cette galerie ; la volonté d'Anna Mattalia de tout faire sauter pour submerger Clot dès que Masimine serait passée de vie à trépas ; l'explosion qui, par chance, n'a pas eu l'effet escompté ; le glissement de terrain, important mais insuffisant ; le volume du lac de retenue heureusement maintenu à un bas niveau depuis des années à cause du danger que représentait cette faille.

Selon son interlocuteur, Arcadipane a donc choisi quoi raconter et avec quels détails, en omettant la question de la Socha, trop complexe, et celle de la fille des Claro. Que pourrait-il bien dire ? Qu'une fillette qui semble être la descendante de Johannes, le Maître de Clot, a sauvé le village en arrêtant les eaux ? Oui, l'affaire a été résolue en partie grâce à Bramard, à Isa, à Pedrelli, à Franca Pes et à lui, et aussi grâce au hasard, pour ne pas dire par pur coup de bol ! Doit-il se coiffer d'un bonnet de bouffon, en plus ?

Et puis Lavezzi, Pedrelli, Botta et les collègues de Coni et de Turin, pouvait-il les laisser dans l'ignorance des derniers événements ? Il a bien été obligé de tout leur raconter, même si c'était pour la dixième fois, car eux aussi y seraient restés, sous ce barrage, si le lac avait débordé !

À un moment donné, attablé dans la salle du restaurant de l'hôtel, devant un douzième café infect, il s'est surpris à raconter les faits pour la énième fois à un type qui lui avait demandé le pourquoi de tout ce merdier. Arrivé à l'épisode de la salle aux explosifs, cependant, il s'est interrompu et lui a lancé : « Mais bordel, vous êtes qui, vous, au juste ? » « Le technicien de la surveillance, il paraît que personne n'arrive à éteindre l'alarme de l'église. Je vais monter voir, mais avant, j'aimerais bien que vous me racontiez la suite, c'est passionnant ! »

En revanche, Bramard et lui ne se sont parlé qu'au barrage, après qu'Arcadipane l'a vu arriver du versant d'où le terrain s'est effondré, alors qu'ils s'apprêtaient, les autres, la gamine et lui, à redescendre à Clot. Corso lui a relaté les faits à sa manière lapidaire, comme si tout était évident et inéluctable. Quand il lui a demandé où se trouvait la salle de la Socha, Bramard s'est borné à regarder la ligne d'où la plaque s'était détachée, réduisant la clairière de Gias Vej de moitié. Ce qui signifiait que cette salle avait disparu, comme avaient disparu Anna Mattalia, Vera Ladich, Masimine Orusa, la Socha et tout le reste. Après quoi, il s'est penché vers l'enfant et l'a embrassée sur le front.

Arcadipane a donc consacré les heures suivantes à expliquer, rédiger des rapports, téléphoner, mettre en lieu sûr, éloigner les journalistes tout en réfléchissant à une déclaration à faire à la presse. Pendant ce temps-là, Bramard était séquestré à l'intérieur d'une ambulance. D'une fenêtre du restaurant, il l'a vu en sortir avec un sparadrap sur le front, une main bandée et le bas du pantalon coupé, laissant voir un bandage – en boitant, les vêtements trempés et boueux, comme lorsqu'il y était entré. Il s'est fait donner une cigarette et s'est mis à l'abri sous l'auvent de la mairie, jusqu'à ce qu'Arcadipane l'envoie chercher pour qu'ils écrivent ensemble le rapport final et appellent un dernier type auquel il fallait rendre compte.

— Là, tourne à droite, dit Corso.

Arcadipane s'exécute, comme il le fait depuis qu'ils ont quitté la départementale pour enquiller une série de routes municipales uniquement connues des gens du coin, qui s'enroulent au flanc des collines au lieu de les contourner. Il est 22 heures, les bourgs qu'ils traversent dans l'obscurité sont déserts ; quelques lumières dans les maisons, des réverbères allumés sur la place principale où se trouvent l'église et la mairie, puis les petites artères qui, de là, rayonnent jusqu'aux marges de ces agglomérats qui ne sont jamais bien grands, quoique anciens.

Ils entrent dans un hameau pareil aux autres, qui précède d'un ou deux kilomètres la maison de Corso.

— On en parle ?

— Ah oui ?

— C'était une question.

— La mienne aussi.

Ils sourient, car l'échange leur autorise encore trois ou quatre minutes de silence, qui leur laissent le temps d'arriver à l'allée de terre sur laquelle Arcadipane devra s'engager. À présent, il n'a plus besoin d'indications. C'est un chemin qu'il a souvent parcouru, toujours pour venir demander un coup de main. L'obtenant chaque fois.

L'Alfa 33 sursaute quand les roues quittent l'asphalte pour la voie qui mène à la ferme de Bramard. Son plan en L est celui des maisons qui, dans la région, n'étaient pas misérables : sa superficie bien répartie entre habitation, étable, et dépendances. Le hangar a été aménagé et vitré.

Arcadipane s'arrête dans la cour et coupe le moteur. En baissant le menton, il lorgne vers la porte au sommet de l'escalier extérieur. Porte fermée, fenêtres éteintes.

— Qu'est-ce que ça sent ? demande-t-il.

Bramard a remarqué l'absence de lumières pendant qu'ils montaient. Et puis la Yaris n'est pas dans la cour.

— Ça ne sent rien, dit-il. Donc pas bon.

Maintenant que le moteur de l'Alfa n'émet plus que de petits craquements dus à la chaleur, le ronflement régulier de Trepet sur la banquette arrière leur parvient. Le chien dort depuis qu'ils sont partis, encastré entre leurs deux sacs de voyage, comme une valise avec une roulette en moins. Arcadipane désigne le pantalon de Bramard.

— Tu aurais pu prendre une douche et te changer, au moins.

Corso passe une main sur sa cuisse où la boue a séché, en détachant quelques écailles qu'il tente de ramasser sur le siège.

— Laisse tomber, dit Arcadipane en ouvrant les bras – car s'il a pris le temps de se laver avant d'enfiler un pantalon propre (inutile d'expliquer pourquoi dans les détails), ses chaussures et sa veste ont suffi à dégueulasser sa voiture.

— Tu veux monter manger un morceau ?

— Non.

— Tu veux qu'on aille manger un truc chaud quelque part ?

— Non.

Bramard ouvre la portière et pivote de façon à pouvoir d'abord poser son pied gauche sur le sol. En s'accrochant à la poignée, il se lève. Après quelques sautillements, il s'immobilise et regarde vers la maison. Arcadipane voit son cul et sa veste tout croûteux de boue. Au cours des dix dernières heures, cet homme s'est infligé tout ce qu'il aurait dû éviter : le froid, le stress, la peine, la pluie et des efforts extrêmes, et Arcadipane sait que ce que Corso lui a raconté n'est que le sommet de l'iceberg. Parce que Corso Bramard est ainsi fait, et qu'il le sera toujours.

— Cette fois, on l'a échappé belle, hein ?

— Belle ? fait Corso en abaissant un peu la tête pour le regarder.

— Carrément, acquiesce Arcadipane. Si tu n'avais pas tout compris et donné l'ordre d'évacuer…

— Toi, tu l'aurais compris et tu l'aurais fait deux heures plus tard.

— Mais tu l'as compris plus tôt que moi.

— Ce n'est jamais assez tôt.

— Si c'était trop tôt, on n'aurait pas de boulot.

Bramard médite sur la question. Hoche la tête. De la poche de poitrine de sa veste dépasse le paquet de Gitanes qu'il a forcé Arcadipane à lui acheter à l'épicerie de Clot après l'avoir fait rouvrir dans ce but. Dans son sac à dos, qu'il se penche pour attraper sur la banquette arrière, il y en a cinq autres. Avant d'en saisir une des bretelles, Corso caresse la tête de Trepet. Le chien ouvre des yeux méfiants, mais voyant que ce n'est pas Arcadipane, il tire une langue reconnaissante.

— Merci pour les cigarettes, dit Bramard en soulevant son sac.

— Pour une semaine de boulot, c'est maigre, comme salaire. En tout cas, essaie de ne pas toutes les fumer ce soir.

— Pourquoi je ferais ça ?

— Parce que c'est ce que moi, je ferais. En plus, on n'aurait pas pu agir plus tôt, dans cette affaire. Ladich et son amie avaient déjà tout planifié. Tu ne pouvais rien contre ça.

Bramard gratte sa barbe de plusieurs jours qui, dans le clair-obscur du plafonnier, semble laquée sur sa peau. Un geste qu'Arcadipane ne l'a pas souvent vu faire, et toujours quand quelque chose prenait fin.

— Heureusement qu'il y avait la petite, finit-il par dire.

Arcadipane le regarde. Ils n'ont pas parlé dans la voiture par vieille habitude, mais aussi pour éviter d'avoir à tirer des conclusions au sujet d'Ester et de ses cheveux roux. Conclusions qui n'ont pas lieu d'être. Ou seulement sur un terrain sur lequel aucun d'eux n'a envie de s'avancer.

— Une bonne nuit de sommeil, et on en reparle demain ? propose Arcadipane.

— Demain ?

— Je t'appellerai. Va prendre une douche, mange un morceau et repose-toi. On aura sûrement besoin de toi pour de la paperasse.

Corso acquiesce.

— Ciao.

Arcadipane le voit marcher vers cette porte derrière laquelle, ils le savent tous les deux, il ne trouvera personne.

C'était tout de même de l'amour, pense Arcadipane, sans se demander s'il parle d'Anna Mattalia, de Corso ou de lui-même.

Il fait demi-tour et reprend le chemin de terre. Ce qui est navrant, c'est qu'il n'appellera pas Bramard demain et que pas une seconde, Bramard ne se demandera pourquoi.

71.

Une fois entré, il pose son sac à terre. Le chauffage est allumé, mais ça ne sent pas la cuisine. Juste une vague odeur de café. Ils ont dû partir ce matin, après le petit déjeuner.

Il allume la lumière. Dans le séjour, tout est en ordre, trop en ordre.

Il ouvre le robinet de l'évier et, de sa main valide, se passe de l'eau sur le visage en évitant le sparadrap collé sur son front.

Son téléphone émet une vibration muette. Marta et Ottavio Claro l'ont placé dans un bocal de riz et, trois ou quatre heures plus tard, le lui ont rendu en état de marche. C'est un message d'Isa.

ISA
Tu es vivant, il paraît.

BRAMARD
À peu près. Tu as bien fait.

ISA
Depuis quand écouter Arcadipane c'est bien faire ?

BRAMARD
Exact, mais tu as écouté quelqu'un d'autre.

ISA
Quelqu'une.

Bramard fixe son téléphone. Il reste de la boue dans les lignes de sa paume.

ISA
Tu chiales comme un vieux gâteux ?

BRAMARD
Pas encore.

ISA
OK, on se rappelle quand tu as fini.

ISA
Si tu tiens le choc.

Bramard attend un peu. Rien. Fin des communications.

Il s'essuie le visage et les yeux avec le torchon, puis reste quelques minutes les mains appuyées à l'évier en pierre. Dedans, un couteau sale, les traces d'une matière blanche.

Il va ouvrir le frigo : des restes dans des récipients, un plateau de fromages et, sur l'étagère centrale, un plat recouvert de film alimentaire. Il le referme et rejoint la porte d'entrée.

Il traverse la cour. Il n'a pas allumé dehors, ce n'est pas nécessaire, quand on a séjourné longtemps quelque part dans son enfance, on peut s'y déplacer dans le noir pour le restant de ses jours. Avant de gravir l'escalier qui mène à l'ancien hangar il s'arrête. Des rideaux qui masquent les grandes baies vitrées filtre un peu de lumière. Il monte lentement les marches. Il n'y a rien de pire, quand on a une cheville esquintée. Il ouvre la porte et entre.

Ani est assise, les jambes repliées sous elle, au fond de la pièce, dans le coin entre les deux bibliothèques, où se trouve le fauteuil avec des accoudoirs en bois qu'elle préfère aux autres et au canapé. Sous le halo du lampadaire qui pend au-dessus de sa tête. Elle le regarde.

— Maman et Matei sont partis chez Caterina, dit-elle.

— C'est ce que je me suis dit.

— Tu as mangé ?

— Non, mais j'ai vu les roulés à la bresaola. C'est gentil d'y avoir pensé.

— Il n'y avait pas de Philadelphia, j'ai mis du mascarpone à la place – elle désigne la table près de lui. J'ai fait du café américain, si tu en veux.

— Je croyais que tu n'aimais pas ça.

— Avec beaucoup de sucre et du lait, si.

Il prend l'une des trois tasses retournées sur le plateau. Il se contente de les passer sous l'eau, c'est pourquoi elles sont tachées. Ça ne le dérange pas, voire, il préfère. Il se sert du café et éteint la plaque.

— Tu as une mine épouvantable.

— Je sais. Qu'est-ce que tu lis ?

— *Madame Bovary*. On en a étudié un chapitre au lycée, ça m'a bien plu, et puis lire un seul chapitre d'un roman, ça n'a aucun sens. Je l'ai pris sans te le demander.

— Tu n'as pas besoin de demander – Corso boit une gorgée. C'est la meilleure chose qu'il boit depuis ce matin. Tu sais bien que tu peux prendre tous les livres que tu veux.

— Je préfère te les demander. Mais tu n'étais pas là… Maman m'a dit de te dire qu'elle t'appellerait demain.

— D'accord.

— Elle était super en colère.

— J'imagine.

— Tu ne veux pas t'asseoir ?

— Dans les films, d'habitude, on dit ça au moment d'annoncer une mauvaise nouvelle.

— Je te l'ai déjà annoncée. Mais tu as l'air fatigué. Qu'est-ce que tu t'es fait ?

Corso s'effleure le front.

— À la tête ?

— À la tête, à la main, partout.

Bramard parcourt les quelques mètres qui le séparent du fauteuil. Transporter une tasse pleine de café en boitant n'est pas l'épreuve la plus difficile qu'il ait eue à surmonter aujourd'hui, toutefois… Il s'assied, en laissant échapper un soupir. À présent qu'il est mieux éclairé, Ani le fixe comme qui découvre le désastre d'un appartement inondé après l'avoir imaginé de l'extérieur.

— Comment ta mère l'a appris ? demande Corso.

— Ils ont montré des images aux infos, à la télé, et on t'a vu. Et tu étais moins amoché que maintenant. Maman s'est mise à pleurer, en cachette, tu la connais. Et puis elle nous a dit de faire nos valises.

— À quelle heure ?

— Cet après-midi.

— Donc vous avez mangé ici, à la maison ?

— Oui, mais quel rapport ?

Bramard secoue la tête, ça l'agace de se tromper sur ce genre de détails. Du reste, qu'une pensée pareille le traverse est la raison pour laquelle il se retrouve dans cette situation.

— Tu n'es pas partie avec eux ?

— Demain, j'ai besoin de l'ordinateur pour un devoir, et il n'y a pas la fibre chez Caterina, ça prend une demi-journée pour télécharger une vidéo.

— C'est une excuse ?

De la main, elle fait un geste qui signifie comme ci comme ça. Elle a le visage d'Elena en moins pâle, les yeux plus en amande.

— Ta mère ne devait pas être contente.

— Non, mais j'ai seize ans. Et puis je ne voulais pas que tu ne trouves personne en rentrant.

Bramard boit une autre gorgée de café.

— C'est une gentille attention. Mais je crois que ta mère a raison.

— À propos de quoi ?

— D'à peu près tout.

— De penser que ton travail compte plus que tout ? Que tu ne peux pas t'en passer ?

— Ce n'est pas un travail, mais oui, c'est l'idée.

Ani referme son livre, en y laissant son doigt pour marquer la page. Elle porte un jean et un pull trouvé dans une friperie. Un modèle des années 1970. Mais sa coupe de cheveux est celle d'une petite fille, floue, sans intentions précises. Et ce parce qu'elle est immunisée contre toute forme de clichés. C'est la raison pour laquelle ils discutent dans cette pièce, de cette façon, à cette heure-ci. Et c'est la vraie raison d'être d'une bibliothèque.

— Tu l'expliques comment, toi ? demande-t-elle, avec l'une de ces questions qui sautent une dizaine de répliques.

Corso estime utile d'en faire autant, alors, après avoir posé sa tasse par terre, il se lève, claudique jusqu'à l'étagère des auteurs français. Il le trouve aussitôt parce qu'il se rappelle bien son dos, le retire, puis l'apporte à Ani et le lui tend.

— *Cyrano de Bergerac*, lit-elle. J'ai vu le film, je me suis ennuyée, mais c'est une belle histoire d'amour.

Corso revient s'asseoir. Il boit une gorgée de café.

— « Oui, vous m'arrachez tout, le laurier et la rose ! », récite-t-il, « Arrachez ! Il y a malgré vous quelque chose que j'emporte, et ce soir, quand j'entrerai chez Dieu, mon salut balaiera largement le seuil bleu, quelque chose que sans un pli, sans une tache, j'emporte malgré vous et c'est… »

Ani le regarde.

— Et c'est quoi ?

— « Mon panache », conclut Corso.

Reste le zonzonnement de la vieille lampe halogène. Une folie en termes de consommation, mais il a toujours bien aimé ce genre de lumière. Et l'odeur qui s'en élève quand des insectes tombent dedans.

— Qu'est-ce que ça veut dire ?

— Ça veut dire qu'au moment de mourir, au lieu de déclarer enfin son amour à Roxane, il préfère emporter avec lui son panache.

— Qu'est-ce que c'est ?

— La plume qu'il porte à son chapeau.

— Il préfère son panache à Roxane ?

— Je ne crois pas. Seulement, c'est son panache.

Ani ouvre le livre et le feuillette.

— Tu es en train de me mettre en garde ?

— Contre quoi je devrais te mettre en garde ?

— Contre les hommes qui préfèrent leur panache ?

— Ce n'est pas une question d'hommes ou de femmes, mais de personnes.

Elle feuillette encore quelques pages.

— Je suis comme ça, moi ?

— Comment, comme ça ?

— Une personne qui préfère son panache ?

— Je n'en sais rien. Il est trop tôt pour le dire, tu le comprendras toute seule.

Ani tapote des doigts la couverture rigide, élégante bien qu'il s'agisse d'une édition bon marché.

— Mais à ton avis, j'en ai un ou non, un panache ?

Bramard boit.

— Tu en as un.

Elle sourit, puis cesse. Elle réfléchit aux conséquences de cette affaire et à ses horizons.

— Je ne sais pas si j'ai envie de le lire.

— Laisse-le là, je le rangerai. Je vais prendre une douche, maintenant.

— Je ne voulais pas te le dire – elle se bouche le nez en rigolant – mais tu en as besoin. Et puis appelle Martina. Elles se sont parlé, Maman et elle.

— Je sais, je l'ai déjà appelée.

— Tes médicaments ?

— Je les prends tout de suite.

— Il faut que tu manges, avant.

— Je mangerai tes roulés à la bresaola.

— OK. Je vais lire encore un peu, je commence tard, demain.

Corso acquiesce et se lève.

— Salue-la de ma part, dit-il en partant.

— Qui ça ?

— Madame Bovary.

72.

À la fin, il doit se contenter d'une place minuscule entre une Audi SW et un platane.

La soirée est mal choisie pour se livrer à des numéros de contorsionniste, mais ça fait vingt minutes qu'il cherche à se garer dans ce quartier où les gens s'achètent des caisses à cinquante mille euros qu'ils garent dans la rue parce que les garages, c'est trop cher. Vingt minutes durant lesquelles il ne lui est même pas passé par la tête qu'il aurait trouvé une place à coup sûr en bas de chez lui.

Il ouvre sa portière, en faisant attention à la peinture de l'Audi, mais pas tant que ça, puis, en une manœuvre humiliante, il doit se tortiller pour s'extraire de là. Heureusement, il est presque minuit et les riverains ont signé un accord pour laisser le trottoir à qui entend forniquer, se droguer ou se balader avec en tête une idée qui nécessite d'être agitée avant l'usage. Alentour, les passants sont donc rares et indifférents à sa personne.

Il fait descendre Trepet, tout frais, après son long repos.

Sur les cinquante mètres qui les séparent du numéro 66, le chien effectue deux mictions et une défécation douloureuse, dont Arcadipane doit ramasser le produit avec un mouchoir, parce qu'allez savoir où sont passés les sachets destinés à cet effet. Il sonne une fois. Il a prévenu de son arrivée par un message qui a reçu en réponse : « Alors je me lave en bas. »

La porte s'ouvre. Il rejoint l'ascenseur. Trois étages. Indisposé par la promiscuité, Trepet fixe le sol. La porte de l'appartement est entrouverte, Arcadipane espère que ce n'est pas depuis la dernière livraison de pizza.

Dès qu'il a franchi le seuil, le chien trottine vers la cuisine où il sait que se trouvent ses écuelles. Tandis qu'Arcadipane ôte sa veste en peau lainée, il entend le bruit des croquettes goinfrées, le *slap slap* dans l'écuelle d'eau, puis de nouveau les croquettes. Il suspend sa veste à la corde et passe dans le séjour où Ariel est assise à la table, et non dans le canapé, débardeur d'homme et short en triacétate de sportif, pieds nus, superbes, jambes chétives et énigmatiques : les siennes. Elle a rassemblé ses cheveux au-dessus de sa tête en une torsade brouillonne. Comme chez toutes les belles femmes, ce genre de coiffure négligée ne fait qu'empirer l'humiliation des personnes laides.

— Ce sont encore des chaussures, ou tu as enfilé tes pieds dans la gueule de deux marmottes ? En espérant qu'il s'agisse bien de leur gueule.

Arcadipane enlève la gauche du premier coup, alors qu'il doit forcer des deux mains pour se débarrasser de la droite. L'eau et la boue ont fait rétrécir le peu de cuir restant. Quant au chatterton, il le traîne depuis l'après-midi comme une bande de papier tue-mouche festive.

— Je prendrais bien une douche, dit-il.

— D'accord – elle mordille un crayon, et se remet à regarder l'écran de son PC. Pendant ce temps-là, je lirai quelques articles sur… « le commissaire originaire de Lucanie, cinquante-cinq ans, dont l'allure d'homme quelconque ne doit tromper personne ». Tu sais qu'il y a un sondage qui circule : « La RAI a-t-elle bien fait de programmer une rétrospective sur Vera Ladich ? » Moi, bien sûr, j'ai voté oui. En ton nom. Espérons que le schproum se sera calmé demain quand tu retourneras au bureau.

— OK, dit Arcadipane.

— Tu sais qu'un sparring-partner, ça doit au minimum lever les bras pour mériter son salaire ?

— Tu ne me verses aucun salaire.

— C'est juste, tout ce que je te fais, je le déduis au titre de donation de ma déclaration de revenus. Va prendre ta douche. Pendant ce temps-là, je torturerai un peu ton tripode. Trepeeet, je t'ai acheté une prothèèèse ! Voyons voir comment il résiste à la tentation !

La salle de bains est ordinaire, à part sa porte plus large, une ou deux cordes et la poignée à côté de la cuvette des toilettes, avec un écriteau « Tirer, mais en même temps, pousser ».

Il balance son sac de voyage par terre, ouvre les robinets de la douche et se déshabille. La vapeur embue le miroir, mais pas assez vite pour lui épargner la vue de son corps que ses derniers jours n'ont fait maigrir qu'aux mauvais endroits. Ses cheveux ont poussé au hasard, sa barbe est d'un noir de fumée et ses yeux se sont encore enfoncés. Enfin, grâce à Dieu, la condensation fait son boulot.

Une fois dans la douche, il reste immobile sous le jet brûlant, les bras croisés, de plus en plus rouge sous l'effet de la chaleur. Il pense à l'eau glacée qui, sur ce barrage il y a quelques heures, lui mordait les chevilles, à la fillette aux cheveux nordiques, à ces deux femmes dans la grotte, à toutes ces journées durant lesquelles ils ont échafaudé des hypothèses en marchant juste au-dessus de leurs têtes ; à Corso, qui est descendu là-dedans et qui à présent, compte ses cachets avant d'aller se coucher dans cette maison vide. Et lui ?

Il considère ses pieds. Jusqu'à ses trente ans, ils étaient splendides. Pas au-dessus des chevilles, ses jambes sont mastocs, comme des troncs d'olivier, mais ses pieds de jeune homme… puissants, harmonieux, des pieds de statue grecque. Un jour, il a constaté qu'ils étaient devenus moches eux aussi. Rien à faire, tu vieillis et tes pieds enlaidissent. Au départ, c'était ce que tu avais de mieux, et pour finir, c'est ce que tu as de pire. Les pieds des vieux sont toujours affreux, surtout quand ils commencent à se déformer et à se crevasser, comme les siens.

Il se savonne et se rince avec soin, pour changer – d'habitude, il se lave comme on nettoie une brouette – puis il attrape la grande serviette qu'Ariel lui a préparée. Après quoi, il s'assied sur le siège des toilettes et urine, bien qu'il l'ait déjà fait sous la douche, pile sur ses pieds. Pour leur apprendre.

Il en profite pour regarder son portable. Deux messages de Pedrelli : un rappel de ce qu'ils devront faire le lendemain dès qu'ils arriveront au bureau. Le Piémontais doit toujours savoir de quoi demain sera fait et surtout, informer les autres de ce qu'ils auront à faire, même si c'est partir en vacances. Mieux vaut mettre les choses au clair. Mais enfin, c'est en martelant ce clou déjà planté qu'on a construit l'Italie, alors qu'est-ce qu'il pourrait bien lui dire ?

Il passe aux autres messages. Mariangela : « Donne des nouvelles et fais-nous savoir si tu as besoin de quoi que ce soit ! » Loredana : « J'ai eu les félicitations du jury, papa ! Je t'aime. » Giovanni : « Un bon milieu de terrain ne lâche jamais rien ! On t'aime. »

Il répond à Mariangela : « Je vais bien, je t'appelle demain, prépare les papiers, on vend la maison. » Il copie une partie du message et envoie. Il colle dans le chat de Loredana : « Je vais bien, je t'appelle demain » et ajoute : « Je voudrais te présenter quelqu'un. » Il copie le message puis envoie. Il colle dans le chat de Giovanni. « Je vais bien, je t'appelle demain. Je voudrais te présenter quelqu'un. » Et il envoie.

Il se lève et cherche un slip propre dans son sac. Pendant qu'il l'enfile, deux messages lui arrivent. Loredana : « D'accord, papa, repose-toi, maintenant. » Giovanni : « Oui, appelle, nous aussi on a un truc à t'annoncer. » Il gamberge longuement sur ce second message, puis il ferme sa messagerie. Il enfile un T-shirt et sort de la salle de bains.

Ariel est assise dans son lit, adossée à un oreiller, celui-ci appuyé au mur. Elle fixe sa tablette à travers ces lunettes de savant fou qu'elle ne chausse que pour consulter sa tablette, mais jamais son ordinateur, allez savoir pourquoi. Elle a enlevé son débardeur, ce qui laisse penser qu'elle a également ôté sa culotte. Ses seins, petits et durs pointent juste au-dessus du drap, éclairés par l'écran. Arcadipane les regarde, ému, comme toujours, et pas seulement, soulève sa moitié de couverture et se couche, un bras derrière la tête. Elle finit de regarder une vidéo, il fixe le plafond, elle éteint sa tablette, il se frotte les mains sur le visage, elle pose sa tablette sur la table de nuit mais laisse la lampe de chevet allumée.

— Tu as déjà contacté un avocat ? lui demande-t-elle.

— Pourquoi un avocat, dis-moi ?

— Puisque tu as sauvé ce village, tu seras poursuivi pour crime contre l'humanité. C'est certain. J'en connais un bon. Tu peux l'appeler tout de suite, si tu veux, je l'ai prévenu.

Il ferme les yeux et ne répond pas. Il sent qu'elle le regarde.

— Je n'ai rien sauvé du tout. Le glissement de terrain a été moins important que ce qu'ils espéraient. Voilà tout.

— Bravo, bonne ligne de défense : « tentative » de crime contre l'humanité et non crime contre l'humanité. Si le juge est dupe, tu seras pendu vingt centimètres plus bas. Ça vaut tout de même la peine d'être tenté, non ? Tu veux ce numéro ?

— Demain, grogne Arcadipane.

— Pourquoi ? Ne me dis pas que tu veux dormir ! J'ai le feu au cul, moi. Je n'ai jamais été au lit avec un hors-la-loi.

— Ce n'est pas vrai.

— Que je suis en chaleur ? Tu veux mettre la main entre mes cuisses ?

— Tu es sortie avec un type qui clonait des cartes de crédit. Et avec un autre qui s'est pris deux ans pour trafic de médocs. Tu me l'as raconté toi-même.

— C'est vrai, j'avais oublié, alors, disons que je ne me suis jamais retrouvée au lit avec un hors-la-loi fougueux qui se rappelle tout ce que je dis.

Arcadipane se tourne sur le flanc et la regarde, sans lever sa tête de l'oreiller. Taies et draps ont dû être changés l'avant-veille. Juste assez pour sentir Ariel, et aussi l'amidon de maïs que la dame colombienne utilise pour les repasser. Elle soutient que ça ôte les mauvaises odeurs. Elle en met partout : serviettes, étagères de frigo, tapis, choux bouillis, chaussures, Trepet.

— Si tu as l'intention de me le dire, sache que je vais lancer une machine à laver, dit-elle.

— De dire quoi ?

— Que l'expérience que tu as vécue t'a fait comprendre quelles sont les choses vraiment importantes… Qu'un instant avant, tu es là, et le suivant… Ah, le destin ! Ah, la vie ! On se fait du mauvais sang pour un tas de bêtises, alors que ce qui compte pour de bon… Mais il est vrai qu'il faut être passé par là pour s'en rendre compte… C'est bien de cela dont on parle ? Parce que dans ce cas, moi, je suis dans la salle de bains en train de charger la machine et toi, tu parles tout seul. Mais si tu veux conclure ton discours, fais-le, je reviendrai à la fin de l'essorage.

Arcadipane tend le bras et pose la main sur son ventre.

— Ah, mais je me suis gourée sur toute la ligne ! C'est un désir de maternité qui t'anime ! En effet, j'avais bien remarqué que tu prenais un peu de poids, mais tu sais comment c'est : la dernière chose à laquelle on pense, quand on tombe sur un flic d'âge mûr petit et trapu, c'est la grossesse hystérique. Va savoir pourquoi, d'ailleurs ! En tout cas, s'il s'agit bien de ça, on est parés, parce que je mets dans la balance mon envie de ton pénis. Mais excuse-moi d'avoir prononcé ces mots : « mon envie de ton pénis », je ne voudrais pas me montrer prégnante. Au fond, tu as raison, dormons. Oh, et excuse-moi d'avoir dit « prégnante »…

— Tu m'as manqué.

— Inutile de me parler quand tu es dans la chambre et moi dans la salle de bains avec la machine qui tourne. Je te l'ai déjà dit mille fois : je n'entends rien !

Arcadipane laisse glisser sa main de son ventre jusqu'à sa joue, en s'attardant juste un instant sur l'un de ses seins.

Il reste ainsi un moment, à apprécier les os magnifiques de son visage sous sa paume, puis il enlève sa main et se remet sur le dos.

— On dort, maintenant, dit-il en fermant les yeux.

Pendant quelques secondes, seul le ronflement enfantin de Trepet s'élève dans la chambre. Un ronron qui berce Arcadipane et l'accompagne vers cet abandon auquel il aspire depuis des jours. Un Valhalla où la fatigue, les problèmes, la peur, l'appartement de la rue Brescia, le carnet qu'il n'a jamais acheté à Modène, la maladie de Bramard, Ester, la salle de la Socha, la voiture qui emmène Ludwig Ubac, l'alarme de l'église qui continue à sonner, l'échographie d'Isa, la tignasse en copeaux de Franca Pes, un poke dans lequel flotte le corps d'un peintre hollandais du XVIe siècle, la Peugeot merdique de Pedrelli… tout ce qu'il a vu, qui a été et qui sera, s'écoule gentiment de son corps, comme la chair des os des saints mis à bouillir pour en faire des reliques. La lampe de chevet s'éteint. Sous ses paupières, l'orangé se fait bleu, puis anthracite, puis noir.

Comme Ariel se hisse sur lui, il sent ses cheveux, qu'elle a détachés, effleurer son visage, ses os saillants chercher l'emboîtement, son museau se glisser dans l'espace entre son épaule et son cou, son haleine tiède comme une tasse de lait, ses seins, qui ont leur température propre, son poids, qui à chaque fois le surprend. Il ouvre les yeux. Sous le store à demi abaissé entre la lumière de la rue : réverbères, le clignotant d'un feu, quelques fenêtres de l'immeuble d'en face. Près de la porte-fenêtre, les deux cordes projettent au plafond une ombre paresseuse.

— Tu dors ? demande-t-elle, et plus qu'un son, c'est un souffle tiède sur son oreille.

— Non.

— Tant mieux ! Je commençais à me dire que la *rigor mortis* s'était emparée de ce truc en dessous de moi. Ce n'est pas que ça m'effraie, je n'ai pas de rendez-vous dans les deux jours qui viennent et il me reste plusieurs Arbres Magiques dans un placard. Mais je serais tout de même obligée d'appeler quelqu'un pour m'aider à descendre de là. C'est la deuxième fois que je te monte dessus, mais n'en prends pas l'habitude. C'est seulement parce qu'avec le chef d'accusation qui pend au-dessus de ta tête, qui sait quand nous nous reverrons.

Ils restent un moment comme ça, et c'est différent pour chacun d'eux. L'un des bras d'Ariel est largement ouvert, l'autre, sur l'épaule d'Arcadipane.

— Tu te rappelles ce que je t'ai dit dans cet hôtel au bord de la mer ? demande Arcadipane.

— Non.

— Tu ne te rappelles pas que je t'ai dit que je t'aimais ?

— Ah, c'était toi ?

— C'est si terrible que ça ?

— Oui, murmure Ariel, en calant mieux sa tête entre le cou et l'épaule d'Arcadipane.

Il ferme les yeux et respire son odeur de sujet difficile, de sujet qu'il désire.

— Bon, en tout cas, ne descends pas, dit-il.

— Pour aller où ? Maintenant que j'ai lancé la machine.

Notes

La citation page 7 est extraite de *Des anges mineurs*, d'Antoine Volodine, Seuil, « Fiction & Cie », 1999.

La chanson citée page 12 est *La C.I.A.*, paroles et musique d'Eugenio G. Finardi © 1976 Suono Edizioni Musicali Srl en coédition avec Soul Trade Music Publishing Group Srl, titre administré à 50 % par Suono Edizioni Musicali Srl et à 50 % par Soul Trade Music Publishing Group Srl.

La chanson citée page 92 est *Moliendo Café*, paroles et musique de José Manzo Perroni © 1961, Peermusic III Ltd. Tous droits réservés pour tous pays. Reproduit avec l'autorisation de Hal Leonard Europe thru Hal Leonard Europe BV (Italy).

La citation page 300 s'inspire du site www.orpha.net.

La citation de Folquet de Marseille page 395 est tirée de *Folquet de Marselha, Poesie*, a cura di Paolo Squillacioti, Carocci editore, coll. Biblioteca medievale, Roma, 2003.

La citation page 411 est tirée de Raymond Lulle, *Doctrina Pueril*, versione in occitano cit. in A. Collura, « *Sens e razos d'una escriptura* ». *Edizione e studio della traduzione occitana dell'* « *Evangelium Nicodemi* », tesi di dottorato Università di Trento/Université Paul Valéry, Montpellier 3, 2012-2013, p. 496. Merci au professeur Alessio Collura pour sa disponibilité et pour sa gentillesse.

La citation page 483 est tirée de *Cyrano de Bergerac* d'Edmond Rostand, acte V, scène 6.

CET OUVRAGE A ÉTÉ COMPOSÉ PAR BELLE PAGE
POUR LE COMPTE DES ÉDITIONS J.-C. LATTÈS
17, RUE JACOB – 75006 PARIS
CONTACT-LATTES@JCLATTES.FR
IMPRIMÉ EN FRANCE
PAR LABALLERY
EN NOVEMBRE 2025

PAPIER CERTIFIÉ

JC Lattès s'engage pour l'environnement en réduisant l'empreinte carbone de ses livres. Celle de cet exemplaire est de :
900 g éq. CO_2
Rendez-vous sur
www.jclattes-durable.fr

N° d'édition : 02 – N° d'impression : 511374
Dépôt légal : octobre 2025